W9-CMB-941

RED FOX

ANTHONY HYDE

RED FOX

roman

TRADUIT DE L'ANGLAIS (CANADIEN)
PAR FRANÇOISE ET GUY CASARIL

France Loisirs
123, boulevard de Grenelle, Paris

Édition du Club France Loisirs, Paris
avec l'autorisation des Éditions du Seuil

TITRE ORIGINAL : *The Red Fox*
Alfred A. Knopf, Inc., New York, 1985.
© 1985, Tusitala Inc.

© Avril 1986, Éd. du Seuil pour la traduction française.

ISBN 2-7242-3281-X

A Kathy, avec mon amour.

Nous avons, ici en Amérique, un préjugé trop manifeste et injustifiable contre la Russie. Un préjugé, vous en conviendrez, qui naît de la peur. Il s'est passé en Russie quelque chose d'étrange et de sinistre qui menace de démanteler notre civilisation actuelle et, instinctivement, nous redoutons le changement... Certains parmi nous murmurent que ce changement signifiera obscurité et chaos, d'autres prétendent qu'il s'agit d'une lumière précieuse, qui, à partir d'une petite flamme, parcourra la terre entière et la fera resplendir de bonheur. Il ne m'appartient pas de trancher. Je ne suis qu'une messagère qui place ses notes sous vos yeux.

LOUISE BRYANT, *Six Red Months in Russia*, 1918.

Première partie

May Brightman

La révolution russe, quand elle surviendra, sera d'autant plus terrible qu'on la proclamera au nom de la religion. La politique russe a intégré l'Église au sein de l'État, et confondu ciel et terre : un homme qui voit un dieu dans son maître ne peut guère nourrir d'espoir pour un paradis, sauf à travers les faveurs de l'empereur.

MARQUIS DE CUSTINE, *La Russie en 1839.*

1

J'allais apprendre que tous les vrais secrets sont enterrés et que seuls des fantômes disent la vérité. Il est donc à propos que même pour moi tout ait commencé dans un cimetière, au milieu de mystères, de souvenirs et de mensonges.

Cette année-là, le 28 octobre fut une journée froide. La pluie menaçait et, quand je sortis de la petite église de bois avec le père Delaney, notre haleine se condensa en buée devant nous. L'automne, mais un automne qui cédait déjà le pas à l'hiver. Les trois grands chênes marquant la limite du cimetière étaient aussi dénudés que de vieux squelettes, et les herbes de l'été, mortes, baissaient la tête entre les pierres tombales, puis tombaient en ondes brunes, désordonnées, d'une mer fossilisée. Nous marchions lentement, en silence. Je ne venais en cet endroit qu'un jour par an, mais c'était comme si je ne l'avais jamais quitté. Chaque pas apportait une bouffée de souvenirs : le bruissement du gros pantalon du vieux prêtre à mes côtés ; l'odeur de feuilles mouillées sous nos pieds ; une croix de fer rouillé entrevue parmi la végétation : JENNIFER, À L'ÂGE DE TROIS SEMAINES, 1917. Les années passaient mais rien ne changeait, et, quand nous nous sommes arrêtés enfin devant la tombe de mon père, nous aurions pu être cinq ans plus tôt, ou dix ans, ou même quinze. Toutes les anciennes émotions remontèrent à la surface — le choc, le chagrin, et par-dessus tout l'impossibilité de croire ce qui s'était passé —, mais elles étaient maintenant si attendues, si habituelles, que même leur mélancolie devenait un réconfort. Tendrement, je baissai les yeux vers la dalle de granit rouge poli, et le vieux prêtre murmura une prière à mi-voix : les mots latins que ma mère préférait (il le savait). Je m'inclinai. A demi agenouillé, je posai l'habituel bouquet de

13

bleuets contre la pierre lisse, puis je me redressai et levai les yeux. La tombe de mon père se trouvait juste sur la crête de la colline ; de l'endroit où je me tenais, je pouvais voir, à des kilomètres de là, un éperon des Tuscarora Mountains, au nord-ouest de Harrisburg (Pennsylvanie). Vers le bas, des nuages gris lançaient des tentacules de pluie sur le versant opposé. Puis quelques gouttes me mouillèrent le visage. Le vent, qui se mit soudain à souffler en rafales, me mordit la joue. Je me détournai.

Le père Delaney avait la tête baissée lui aussi. Il devait avoir froid ; il ne portait que son complet noir de prêtre avec une écharpe écossaise autour du cou, comme s'il désirait cacher son col en cet endroit douteux. Il m'avait toujours plu. La soixantaine bien sonnée, peut-être soixante-dix ans : robuste de charpente, mais voûté, avec le visage triste, tombant, d'un Irlandais et les grosses mains d'un mineur — c'était le métier de son père. Au bout d'un instant, après le silence de rigueur, il me dit :

— Je suis content que vous soyez venu, Robert. A dire vrai, je n'étais pas sûr que vous feriez le voyage.

Je le regardai, un peu surpris :

— Pourquoi cela, mon père ?

— Oh, j'ai toujours compris pourquoi votre mère venait, mais pour vous, je n'ai jamais bien su... ce que vous en pensiez. Quels étaient vos sentiments.

Ma mère était morte l'hiver précédent ; pour la première fois, je faisais le pèlerinage annuel tout seul. Chaque année, pendant tant d'années, elle était venue par amour, attachement et loyauté — et surtout parce qu'elle désirait démentir les doutes que j'avais vus luire dans de si nombreux regards. *Un accident de chasse. En tout cas, c'est ce que l'on a dit... Peu m'importe ce que tout le monde raconte, ce n'est pas juste : on n'aurait jamais dû les laisser l'enterrer ici...* J'avais toujours supposé que le prêtre avait simplement reporté ces raisons sur moi-même — mais il ne se trompait pas : elles n'avaient aucun sens pour moi. J'avais mes propres motifs. Je savais, en réalité, que tout ce que ma mère avait refusé de croire était parfaitement vrai. Mon père s'était tué. Pour moi, le seul mystère était *pourquoi* ?

— Elle l'aimait d'un amour très profond, mon père, dis-je enfin. C'est une honte que nous n'ayons pas pu l'enterrer ici, elle aussi.

— Elle me manquera. Chaque automne, je me faisais une joie d'attendre sa visite.

Je détournai les yeux et les reposai sur la pierre tombale. Enfant, elle m'avait fait peur, comme si c'était la gueule d'un immense piège terrible. Plus tard, elle m'avait simplement frustré : une porte fermée, verrouillée, barricadée — j'avais beau frapper de toutes mes forces, elle ne s'ouvrirait jamais. A présent, ce n'était plus qu'un monument, mais il me vint à l'esprit que son inscription, en lettres profondément gravées dans le granit, devenait de plus en plus obscure, pour se changer en une sorte d'hiéroglyphes. Ma mère elle-même s'en était allée ; il ne restait plus que moi pour les déchiffrer.

MITCHELL SVEN THORNE
17 FÉVR. 1902-28 OCT. 1956
Londres — Paris — Le Cap — Mexico — Rome

Mitchell : jamais Mitch. *Sven* : le prénom de son arrière-grand-père, de Stockholm. *Thorne* : à l'origine, c'était Torne, le nom d'une rivière qui coule le long de la frontière entre la Suède et la Finlande. Bientôt, très bientôt, nul ne connaîtrait même plus ces faits élémentaires. Comme pour le confirmer, le père Delaney me demanda :

« Ces villes... J'essayais de me rappeler pourquoi elles étaient là.

— Vous vous souvenez bien, mon père. Il travaillait aux Affaires étrangères. Ce sont les postes qu'il a occupés.

— Ah oui... Et vous êtes né en Afrique du Sud, n'est-ce pas ?

J'acquiesçai. Je n'y avais vécu qu'une année, mais cela avait empoisonné le reste de ma vie : Le Cap est un lieu de naissance gênant sur le passeport d'un journaliste.

Le père Delaney fit passer le poids de son corps d'une jambe sur l'autre.

« Vous aviez quatorze ans, je crois, à la mort de votre père ?

— Oui. Presque quinze.

Ses lèvres se serrèrent et il secoua la tête.

— C'était trop jeune, Robert. Je me souviens encore de vous à l'enterrement, puis les premières années où vous êtes venu avec

15

votre mère. Toujours si raide, tellement silencieux... Je me disais parfois que vous deviez ressentir une colère terrible, puis je me suis demandé si vous n'aviez pas peur, comme une personne possédant un secret et trop effrayée pour le révéler.

Je le regardai, stupéfait. Était-il au courant ? Avait-il deviné que je savais de façon certaine ce que tous les autres ne faisaient que soupçonner ? Je me détournai vivement pour regarder la vallée au loin. La pluie s'était rapprochée, elle se coulait autour des hauteurs et obscurcissait le paysage au-delà. En contrebas, un faucon sillonnait le ciel au-dessus d'un champ. Je l'observai un instant, mais, presque aussitôt — la banalité familière de cette journée désormais ébranlée par les allusions du vieux prêtre —, je m'aperçus que je regardais en réalité le passé. *Dimanche, 28 octobre 1956.* Une cabane, à moins de quinze kilomètres de l'endroit où je me tenais maintenant. Ma chambre froide et nue ; le matelas dépouillé de ses draps. Moi-même allongé sur le lit, les yeux au plafond. Tout près, des voix étrangement miniaturisées sortent de l'écouteur de mon transistor. J'écoute les commentaires après le match. Les *Giants* ont battu les *Eagles* par 20 à 3. Alex Webster a gagné tant de mètres ; Frank Gifford a intercepté tant de passes... Les voix ronronnent. Je cesse d'écouter. C'est le week-end où nous fermons la cabane pour la saison et ma mère s'affaire dans la pièce voisine ; elle nettoie ; puis la porte-moustiquaire claque : elle vient de sortir. Un moment plus tard, je lance mes pieds par-dessus le rebord du lit et je m'assieds. C'est à cet instant que je vois mon père. Il s'éloigne de la cabane d'un pas vif — pendant une seconde, je peux croire qu'il se dirige vers la voiture —, mais, juste au moment où il pénètre dans les bois, je remarque le fusil, son fusil de chasse, le Remington Wingmaster 870 à magasin tubulaire. Et je comprends. A cet instant, la tension que j'ai sentie en lui *et* en ma mère pendant toute la semaine précédente se cristallise soudain. Je *sais*. Mon cœur bat très vite. *Personne, en aucune circonstance, ne doit emmener un fusil dans les bois sans prévenir quelqu'un de ce qu'il va faire.* C'est sa règle d'or ; jamais il n'y contreviendrait lui-même...

« Robert ?

Le père Delaney me prit doucement le bras et me ramena à moi-même. Je m'efforçai de sourire.

16

— Je songeais, mon père. J'essayais de me rappeler ce que j'ai ressenti à ce moment-là... Vous avez sans doute raison. J'étais en colère. Mais je n'avais pas peur, non. Ou alors, c'était peut-être parce que ma mère ressentait les événements avec une telle intensité...

— Oui, elle les ressentait ainsi. Mais je pense à vous... Si vous me permettez, j'aimerais vous poser une question personnelle.

— Je vous en prie, mon père.

— Je n'aurais pas pu le faire du vivant de votre mère, car je sais qu'elle ne l'aurait pas souhaité. Et j'espère qu'elle me pardonnera à présent de supposer que... » Il hésita, puis leva les yeux vers mon visage. « Quand votre père est mort, vous savez que toutes sortes de rumeurs ont couru ?

— Oui.

— Vous le saviez à l'époque ? Dans votre adolescence ?

— Oui, je le savais.

Il secoua la tête.

— J'aurais dû le dire des années auparavant, mais je vais le dire maintenant. Ces rumeurs étaient sans fondement, Robert. Je n'ai jamais connu votre père de façon intime, mais je le connaissais suffisamment. Croyez-moi... Elles étaient sans fondement.

Pendant une seconde, le plus bref des instants, nous nous sommes regardés dans les yeux. Puis je me suis détourné. Mais presque aussitôt, par reconnaissance pour tout ce que ce vieil homme nous avait donné pendant tant d'années, je suis parvenu à mentir :

— Merci, mon père. Je sais... Je vous crois.

Pendant cinq minutes, tandis que le père Delaney retournait à l'église, je fixai des yeux la vallée.

Le rideau de pluie se rapprocha, comme avance une brume épaisse, puis son contour se perdit. Aussitôt, je sentis les premières gouttes, froides et piquantes, sur mon visage. Je baissai les yeux vers la tombe ; en une seconde, comme la pluie redoublait, elle se mit à briller d'un bel éclat velouté. Je me demandai si j'avais vraiment gardé le secret de la prière, si le vieux prêtre avait vraiment cru ses propres paroles. Difficile à dire. C'était un Irlandais comme on n'en fait plus : il accordait sans doute peu d'importance à la lettre des choses, et il laissait Dieu prendre soin des morts pendant qu'il s'occupait plutôt des vivants. Je compris qu'il avait vu depuis longtemps à quel point j'avais été troublé : aujourd'hui, il voulait simplement apaiser ces troubles. J'aurais aimé qu'il puisse y parvenir — mais, ce que les autres ne faisaient que soupçonner, j'en avais la certitude, ce qui était pour eux vagues conjectures formait mes plus clairs souvenirs. Et, tandis que la pluie tombait sur la pierre froide de la tombe de mon père, mon esprit s'en fut de nouveau vers ce jour-là. De nouveau, horrifié, je regardai mon père disparaître dans les bois. De nouveau terrifié, je sentis mon cœur battre plus vite. De nouveau, de nouveau... J'avais tout vu mille fois, mais rien ne changeait. Il n'y avait jamais rien à faire, sauf courir. Courir, courir : mais jamais assez vite. Enfin, à l'orée des bois, je m'effondrai... Devant moi une clairière, un coin de marécage asséché garni de joncs et de fougères mortes. Au-delà, un chemin de terre, et en haut d'une colline, sur la gauche, une conduite intérieure bleue, une Chevrolet, garée sur le bas-côté — innocentes images de la fatalité qui allaient me hanter pendant des années. Des larmes me brûlaient les yeux. Mon souffle tremblait dans ma poitrine. Je regardais autour de moi, au désespoir, mais dans ce paysage mort, rien ne bougeait. Sachant que mon père devait être tout près, j'essayais de crier, mais mes forces — sans doute comme les siennes — étaient épuisées, et mon cri ne troublait même pas les oiseaux. Ensuite, avec le tonnerre du coup de feu, la question explosait en moi : *Pourquoi ? Pourquoi as-tu fait ça ?*

Après plus de vingt ans, tandis que je m'arrachais au passé, je savais que c'était encore la seule question à poser.

Pourquoi ?

Je regardai sa pierre tombale — une porte fermée et verrouillée, une stèle gravée, avec des mots dans une langue que plus personne ne parlait. Découvrirais-je jamais la réponse ? Lui-même la connaissait-il ?

A cet instant, la pluie se mit à tomber pour de bon — glacée, torrentielle ; je frissonnai et relevai mon col. Pourtant, cette ondée qui me trempait était la bienvenue. *Laissons les morts enterrer les morts.* La pluie et le vent étaient vivants, et me disaient que j'avais

18

ma propre existence à vivre. Une fois par an, j'empruntais une journée à cette existence pour me souvenir que quelque part, au fond de moi, je restais encore cet enfant dans les bois — mais cette journée était maintenant terminée.

Je reculai d'un pas et me détournai. Tête baissée, épaules voûtées, je remontai le chemin vers l'église.

2

Comme je l'ai dit, tout a commencé dans ce cimetière, mais, sur le moment je n'avais aucun moyen de le savoir. Le 28 octobre, cette année-là, ne semblait pas différent des autres : une fin, non le commencement de quoi que ce fût. Pourquoi mon père s'était-il tué ? Lorsque je remontai dans ma vieille Volvo verte et m'élançai sur la petite route, l'église dans mon dos, la réponse à ma question n'était pas plus proche que dans le passé. Et je me dis donc, comme chaque fois : laisse-la dormir, oublie-la, que peux-tu faire d'autre ?

Mais évidemment je ne pouvais jamais oublier, oublier tout à fait. Et peut-être l'absence de ma mère, cette année-là, me rendait-elle l'oubli encore plus difficile. La route tournait et virait au milieu des collines du comté de Perry, dénudées par l'automne, et je sentis ma mère à mes côtés, j'entendis sa voix, basse comme un murmure, qui l'évoquait, *lui* — car, paradoxalement, c'était pour elle le meilleur moyen d'oublier. Elle fermait les yeux, se penchait en arrière sur le siège, et lentement les récits venaient — des récits élaborés avec tellement de précaution et de rigueur formelle qu'ils ne pouvaient qu'éloigner *son* image de nous et *le* métamorphoser graduellement en un personnage de ces vieux films qui continuent de s'animer sur le petit écran aux heures précédant l'aurore. Depuis longtemps, j'avais appris tous les scénarios par cœur ; à présent, sur le chemin de l'autoroute, je me demandai lesquels elle aurait choisis cette fois. Ma mère, « une vraie Française », avait rencontré mon père en 1938 lorsqu'il était en poste à Paris. Peut-être aurait-elle donc évoqué la comédie bouffe du jeune diplomate brillant, parlant un français ridicule appris en Iowa, qui avait aidé un industriel à obtenir certains permis, avait

21

reçu en retour une invitation à dîner, puis s'en était allé avec la jeune fille de la maison. Ou peut-être aurait-elle choisi un mélodrame — Bergman et Bogart —, car mon père et elle étaient tombés amoureux juste au moment où l'Europe titubait vers la guerre : ils prenaient le thé au Café de Flore pendant que les Allemands envahissaient l'Autriche ; ils se blottissaient dans l'appartement glacé de mon père, à Montparnasse, quand Chamberlain rentrait triomphant de Munich, et ils chantèrent avec les foules de la « drôle de guerre » le grand succès de la saison 1940, *Paris sera toujours Paris*, de Maurice Chevalier. Des dizaines d'années plus tard, ce détail particulier pouvait encore provoquer chez ma mère le rire le plus amer. « Mais nous n'en percevions pas l'humour mieux que les autres, ajoutait-elle aussitôt. Après la signature du pacte entres les communistes et Hitler, on ne pouvait plus croire à rien, semblait-il, même pas à la guerre... » Mais bien entendu, la guerre était survenue. Ils se marièrent à la hâte fin mai, pendant que les Allemands avançaient vers la ville. Ensuite — un autre conte qui lui était cher — s'était déroulée la séquence classique de course-poursuite, car mon père s'était soudain laissé aller à la panique. Craignant que son statut de diplomate ne suffise pas à assurer la sécurité de ma mère, il l'avait emmenée loin de Paris pendant la première semaine de juin, quand l'ambassade de Grande-Bretagne avait été évacuée. « Ton père avait sa petite voiture anglaise et il la conduisait comme une bicyclette au milieu de tous ces réfugiés. Je me rappelle que nous sommes arrivés à Bordeaux la veille de la chute de Paris, et nous avons écouté le reportage sur une radio portative. A l'époque, ces radios avaient de très grosses piles qui dégageaient en chauffant une odeur particulière — cette odeur a hanté mes rêves pendant des années... »

Mais la guerre n'offrait à ma mère que ses récits les plus dramatiques : il y en avait beaucoup d'autres. La gaffe classique de mon père avec Christian Herter... L'incroyable saga de leur voyage en bateau jusqu'au Cap... Une servante bizarre à Mexico... Tandis que les kilomètres défilaient sous mes roues, je les passai tous en revue ; et, à ma surprise, le processus fonctionna une fois de plus. J'évitai Harrisburg, par la déviation, traversai Hagerstown au pas et, quand l'interstate 81 tourna vers l'ouest, je sentis que le mystère de la mort de mon père retournait en coulisse pour douze mois de plus...

J'arrivai chez moi quelques minutes après midi.

« Chez moi », maintenant, c'est Charlottesville, en Virginie, petite ville du Piedmont à cent cinquante kilomètres au sud-ouest de Washington : lieu de naissance des explorateurs Lewis et Clark, siège de l'université de Virginie, une ville du Sud — mais avec discrétion. Comme chaque fois que j'y reviens, j'eus du mal à croire que je m'étais vraiment fixé là. Il n'y a que trente-cinq mille habitants (population à peine gonflée par les étudiants), alors que j'ai grandi dans une succession de capitales, fait mes études à New York (université de Columbia) et passé le plus clair de ma carrière journalistique à Berlin, Varsovie et Moscou — qui sont de grandes villes, quelles que soient vos convictions idéologiques. Et pourtant, à mon retour au pays, las de courir après la gloire la Betacam à la main, j'avais trouvé New York et Los Angeles insupportables et décidé d'essayer un endroit plus petit. Charlottesville emporta la palme pour deux raisons : l'université, avec ses excellents équipements de recherche, et la proximité de Washington, où je conserve la plupart de mes contacts. Aujourd'hui, trois ans plus tard, je suis parfaitement intégré — preuve peu réjouissante que j'arrive entre deux âges... Mais c'est une ville qui vous laisse en paix, et je pouvais y vivre le genre d'existence que je désirais : travail, petits plaisirs, habitudes calmes. Debout à l'aurore, j'écris en général jusqu'à midi, puis je fais un tour jusque chez Murchie — un haut lieu de l'endroit — pour mes journaux et mes cigarettes. Normalement, je m'offre un bon déjeuner. A La Souricière ou dans l'un des autres troquets d'étudiants — bière, sandwichs et des petites minettes plein les yeux — puis, protégé par les brumes de l'alcool et n'écoutant que mon devoir, je continue vers la bibliothèque Alderman pour les *Izvestia* de la semaine précédente et la pénitence de quelque prose académique. Cet après-midi-là, quand je quittai Emmet Street, je résolus d'enchaîner au milieu de mon emploi du temps et j'entrai à La Souricière ; mais ensuite je décidai de sauter l'université — à quoi bon prétendre que je pourrais travailler efficacement un jour pareil ? A la place, je fis quelques courses au supermarché et rentrai directement chez moi.

J'habite Walsh Street, non loin de l'ancien quartier noir de la ville, dans une maison de bois peinte en blanc qui s'orne de fioritures tarabiscotées très fin de siècle. Je laissai la Volvo dans l'allée, puis remontai le sentier avec mes provisions sur les bras, me glissai non sans mal par la porte d'entrée et me dirigeai aussitôt vers la cuisine. La maison me parut glacée et j'allumai donc un feu dans la vieille cuisinière à bois (de la taille d'une locomotive et presque aussi compliquée), puis je préparai un café et l'apportai dans le séjour.

D'habitude, la visite à la tombe de mon père n'est qu'une excursion d'une journée, mais cette fois je m'étais arrangé pour en faire la dernière étape d'un voyage de deux semaines à New York et à Boston ; la pièce avait donc un air abandonné, déserté. Reprenant possession des lieux, je commençai par remettre les coussins à leur place et ouvrir les rideaux, je plaçai un disque de Haydn sur la stéréo, puis je m'affalai sur la banquette. La table basse se trouvait juste devant moi, avec un gros tas de courrier éparpillé sur le plateau. Je devais être fatigué, ou ce fut peut-être le caractère particulier de ce jour-là, mais je ne trouvai rien d'anormal et, d'un geste presque absent, je me mis à trier les enveloppes. Texaco réclamait 58,93 dollars... Jimmy Swaggart me priait dévotement d'acheter une Bible reliée en « véritable bois d'olivier » pour une donation minimale de 25 dollars... Il y avait une lettre de mon agent sur les droits en langue française de mon second livre, mais nous avions déjà réglé la question ensemble à New York ; enfin, de la publicité, encore de la publicité, d'autres factures et toute une brassée de magazines : *The Economist, The Spectator, Foreign Affairs, la Revue slave, le Journal des études soviétiques, Écoutes des émissions soviétiques par la BBC, le Journal de l'armée rouge : Extraits et commentaires...* Je terminai mon café et apportai le tas de papier dans mon atelier.

Comme c'est sans doute le cas pour tout le monde, mon atelier offre un portrait assez juste de son propriétaire — d'autant que je l'ai construit moi-même sur mes propres plans. C'est une ancienne véranda convertie qui s'étend sur toute la longueur de la maison. Des étagères à livres recouvrent le mur intérieur du plancher au plafond (deux mille volumes, presque tous sur l'Union soviétique) et contre le mur extérieur, sous les fenêtres, se trouve une sorte de comptoir en érable qui constitue mon principal plan de travail. Les outils de ma profession s'y étalent dans leur désordre habituel — articles, brouillons, coupures de presse, notes à moi-même (illisibles), deux magnétophones Uher (dont un en état de marche), une Selectric IBM, une vieille Underwood que j'ai traînée partout pendant des années comme une sorte de porte-bonheur, et mon tout dernier joujou, un ordinateur personnel IBM : 640K, disques durs Corona, imprimante C-Itoh... Mais peut-être ne partagez-vous pas les nouveaux enthousiasmes électroniques ? Bref, ces quelques éléments épars fournissent sans doute les indices les plus sûrs sur mon personnage. Ils vous diront sûrement que je suis une sorte de solitaire : élevé comme « un gosse d'ambassade », j'ai appris à me débrouiller seul ; ensuite, la mort de mon père parut m'isoler de tout le monde. Enfin, vous devez déjà avoir deviné que j'adore mon travail. En un sens, d'ailleurs, mon travail est lié à mon père. Il est mort en 1956, un an avant le Spoutnik, et, dans la grande panique qui suivit, mon lycée à Washington se mit à offrir des cours de russe. C'était exactement ce dont j'avais besoin — une étude dans laquelle je pourrais me perdre — et je fus très vite totalement emballé par la langue, le pays et le peuple. Cette fascination ne s'est jamais démentie et, pendant le plus clair de mon existence adulte, j'ai gagné ma vie, d'une manière ou d'une autre, en tant que « spécialiste de la Russie » : comme journaliste en Europe de l'Est et à Moscou, pendant peu de temps (et de façon misérable), comme professeur, et à présent comme écrivain indépendant. Même cet après-midi-là, je fus incapable de résister : je mis ma machine en marche. Elle me salua avec le bip IBM, puis une page de mon troisième livre scintilla sur l'écran d'une vie verte, fantomatique. Je la relus, je sentis même mon cerveau s'animer un peu, mais je me savais trop fatigué pour faire quoi que ce fût d'utile et je revins donc dans le salon, où je m'endormis en lisant. Quand je m'éveillai, il était plus de trois heures et le téléphone sonnait.

Encore étourdi, je me dirigeai d'un pas hésitant vers mon atelier pour décrocher — et je ressentis le pincement de cœur habituel lorsque la voix féminine lança :

— Western Union.

— Oui.

— Un télégramme pour vous, monsieur Thorne. Voici le texte :

CHER ROBERT : ESSAYÉ TE JOINDRE TOUTE LA SEMAINE. URGENT. PRIÈRE APPELER 416-922-0250. TENDRESSES. MAY.

May. May Brightman... Même après toutes ces années, entendre son nom me fit l'effet d'un coup de poing au creux de l'estomac.

« Monsieur Thorne ?

Il ne me fallut qu'un instant pour me reprendre. Je me raclai la gorge.

— J'écoute, mademoiselle. Pouvez-vous me dire d'où vient le télégramme ?

— Oui, monsieur. Origine : Toronto, Canada.

Elle était canadienne, mais je ne savais pas qu'elle habitait là-bas.

— Et pouvez-vous me répéter le numéro, je vous prie ?

Elle le fit et je raccrochai.

May Brightman. Je restai figé, la main sur le téléphone. May... Je n'avais pas de nouvelles d'elle depuis si longtemps ! Trois ans ? Cinq ? Mais bien entendu elle gardait toujours le contact — peut-être qu'une femme qui vous rejette ne peut jamais vous laisser tout à fait en paix. Cela semble très amer mais je n'éprouvais aucune amertume. Il s'était écoulé trop de temps, mon Dieu ! — tout était bien fini entre nous — pour que je puisse encore souffrir. Mais quelque chose subsistait, quelque chose de différent — une sorte de regret, un étrange sentiment d'inachevé. Que s'était-il passé entre nous ? Debout devant le téléphone, presque vingt ans après, je ne le savais toujours pas. Elle m'avait aimé, jamais elle ne l'avait nié. Quand je lui avais demandé sa main (j'étais très jeune et assez romantique pour accomplir ce haut fait sur un banc de Central Park, avec une brume mouvante dans l'air), elle avait dit « oui » sur-le-champ... Pour changer d'avis la semaine suivante sans fournir l'ombre d'une raison, d'un indice. Connaissait-elle elle-même le pourquoi de son refus ? Peut-être pas. Peut-être qu'aucune femme, dans les mêmes circonstances, ne sait jamais pourquoi elle dit « non ». En tout cas, May Brightman était devenue ce jour-là une autre question sans réponse...

Je me ressaisis et retournai dans le salon. N'était-il pas insolite qu'elle ait appelé aujourd'hui, tressant ainsi un autre lien avec mon père ? J'avais vécu ma vie dans l'ombre projetée par sa mort et May avait constitué ma grande tentative de sortir de cette ombre. Quand

26

elle m'avait éconduit, je m'étais de nouveau replié. Si je suis aujourd'hui un homme solitaire — quoique aussi à l'aise dans ma solitude qu'un poisson dans la mer —, May en représente à vrai dire l'une des raisons. Elle n'est pas la cause première, mais la seconde...

Que voulait-elle donc ?

Dans le salon, un whisky à la main, je ruminai la question. Je calculai que nous ne nous étions pas rencontrés depuis cinq ans. C'était en France, vers l'époque où j'avais quitté la télévision. Je me trouvais assez gêné, elle l'avait appris d'une manière ou d'une autre — et m'avait offert sa maison près de Sancerre le temps que je termine mon premier livre. C'était typique de nos relations à travers les années. Mais on ne pouvait pas dire que nous étions devenus « de simples amis », car notre relation avait été à l'origine trop complexe et intense, puis sa fin trop mystérieuse, pour permettre des sentiments aussi ternes. Et pourtant elle gardait le contact, presque comme une aile protectrice — peut-être éprouvait-elle une ombre de culpabilité. Je me demandai soudain si elle ne désirait pas seulement échanger trois phrases avec moi pour savoir comment je m'en sortais.

Sauf que le télégramme disait « Urgent »... Et ce n'était pas un mot que l'on associait normalement à May. Quand je l'avais rencontrée, à New York, elle étudiait le violoncelle au Juilliard et l'un de ses professeurs s'était plaint qu'elle avait l'« archet paresseux » : dans certaines ambiances elle était bien ainsi — une note douce qui se prolongeait paresseusement au long d'un après-midi d'été. Comme son père possédait de l'argent, elle n'avait jamais travaillé, et autant que je sache elle vivait encore seule — si elle m'avait éconduit, j'avais au moins la consolation de savoir qu'elle n'avait jamais dit « oui » à un autre. Peut-être était-elle devenue, pour cette raison même, un peu excentrique avec l'âge, mais elle conservait la confiance calme et froide des riches ; elle n'était pas facile à décontenancer. Il n'y avait dans sa vie absolument rien d'« urgent » — en fait, je ne l'avais vue avoir peur qu'une fois : le soir où elle avait essayé de m'expliquer sa décision de rompre nos fiançailles. Mais, vingt ans plus tard, il était impossible que ce fût la cause de son anxiété... Et puis zut ! Je posai mon bourbon et décrochai.

Elle répondit à la première sonnerie — comme si elle attendait à côté du téléphone. Et elle était manifestement bouleversée.

— Robert... Robert, Dieu merci, c'est toi.

— Je regrette. Je rentre à la minute. La Western Union vient de me prévenir.

— Je t'ai téléphoné... J'ai appelé tous les jours de la semaine. Je t'ai envoyé un autre télégramme mercredi dernier...

— J'étais à New York. Que se passe-t-il ?

Elle respira à fond.

— Je suis désolée... Je vais bien. C'est mon père. Il a disparu... Je sais que cela paraît insensé, mais il a vraiment disparu. Il est parti. Personne ne l'a vu.

Je n'avais jamais rencontré son père, mais je savais qu'il comptait beaucoup pour elle. Je m'étais même parfois demandé si le refus de May n'était pas lié à lui en quelque manière, car elle avait changé d'avis après un voyage à Toronto pour le voir et lui annoncer l'heureuse nouvelle, avais-je pensé à l'époque.

— Quand est-ce arrivé ?

— Il y a dix jours. Pas samedi dernier, l'autre.

— Tu as averti la police ?

— Oui. Ils... Au début, ils ont eu peur qu'il s'agisse d'un enlèvement, mais il n'y a pas eu de demande de rançon et ils prétendent maintenant qu'il est parti de son propre gré et qu'il reviendra quand il lui en prendra l'envie.

— Tu sais... Ils ont probablement raison. C'est ennuyeux, mais...

— *Non*. Ils ont tort. Il n'est jamais parti sans me prévenir.

Sa colère — d'une intensité surprenante — avait explosé dans sa voix, mais elle se ressaisit aussitôt et ajouta :

« Robert, je suis désolée de te déranger pour ça, mais...

— Non, non. Tu ne me déranges pas.

— Je n'aurais peut-être pas dû t'appeler.

— Mais si, bien sûr. J'essaie seulement de réfléchir. Que puis-je faire ?

Elle hésita.

— Je ne sais pas. J'ai peur... J'ai peur qu'il se soit tué. Je connais toutes les raisons que tu vas m'offrir pour me prouver qu'il ne l'a pas fait — la police me les a déjà données — mais j'ai quand même peur...

Un suicide. Ce jour-là, entre tous les jours de l'année, ce n'était pas une question facile à écarter pour moi.

— Et pourquoi as-tu songé à ça ?

— Je préférerais ne pas le dire. En tout cas pas au téléphone.

— Mais tu as vraiment une raison ? Quelque chose de précis ?

— Oui.

— En as-tu parlé à la police ?

— Ils ne croient pas que ce soit déterminant. C'est pour cela que je t'ai appelé. J'ai besoin de quelqu'un qui puisse découvrir certaines choses pour moi. Quelqu'un qui sache poser des questions...

— May, je ne suis pas un flic. Je veux bien...

— Mais tu es journaliste, Robert. Tu peux obtenir certaines choses de l'Administration.

Je gardai le silence. Dans le temps, oui, j'étais journaliste, mais je ne le suis plus. Et je déteste « obtenir des choses » de l'Administration.

— Quel genre de choses ?

— C'est personnel. Je préfère ne rien dire. Tant que tu ne seras pas ici.

— Donc tu veux que j'aille à Toronto ?

— Oui. Je sais que tu as sûrement du travail... Mais cela ne te prendra pas très longtemps. Je suis sûre que cela ne te prendra pas très longtemps.

Elle avait raison : j'avais du travail. Je venais de passer deux semaines de vacances, plus ou moins, et je piaffais de me remettre à la tâche. Elle me dit :

« Et, bien entendu, je paierai ton voyage... Tu...

— Ne sois pas ridicule.

Je réfléchis encore un instant mais je n'avais guère le choix. Elle était visiblement bouleversée, et, même si je ne pouvais pas l'aider vraiment — en fait, je l'aurais juré —, je lui tiendrais la main jusqu'au retour de son père.

« Tu es sûre de ne pouvoir rien me dire de plus ?

Je l'entendis soupirer.

— Tu sais que j'ai été adoptée ?

29

— Oui. Je m'en souviens.

A ce mot, « souviens », je sentis qu'elle hésitait, comme si elle se demandait jusqu'à quel point elle pouvait compter sur le passé que nous avions presque partagé. Mais elle continua cependant :

— C'est lié à mon adoption. Les choses sur lesquelles je voudrais que tu t'informes.

— Très bien.

— Tu viendras ?

— Bien sûr. J'arriverai probablement demain.

Un soupir, expression absolue du soulagement, parcourut la ligne.

— Merci, Robert. Merci beaucoup. J'irai te prendre à l'aéroport.

— Non, non. Cela ne ferait que me compliquer la vie. Donne-moi simplement ton adresse, je tâcherai d'arriver en début d'après-midi. Et puis, essaie de te détendre.

Elle m'indiqua où elle habitait, nous prîmes congé, je raccrochai... et tout de suite je compris que quelque chose clochait.

C'était une sensation étrange. Forte. Précise. Et pourtant inexprimable. Pendant un instant, je crus que c'était le coup de téléphone lui-même — une convocation étrange dans des circonstances étranges : des craintes au sujet du suicide d'un père justement *ce jour-là*. D'ailleurs, étant donné nos relations d'autrefois, toute conversation était forcément maladroite, embarrassée.

Mais ces sentiments ne pouvaient guère être la cause du malaise intense qui m'avait envahi soudain. La requête de May était à tous égards inhabituelle, et, si j'avais eu la moindre idée des mésaventures dans lesquelles elle allait me précipiter, j'aurais éprouvé de sombres pressentiments. Or ce n'était pas du tout ce que je ressentais, mais quelque chose de plus particulier ; l'impression d'être observé, comme si une autre personne se trouvait là, dans ma maison... et puis — dès que cette pensée me vint — je compris.

Au téléphone, May m'avait appris qu'elle avait envoyé *deux* télégrammes : celui que je venais de recevoir et un autre, le mercredi précédent, pendant mon séjour à New York. Or celui-ci n'était pas dans mon courrier, j'en étais certain, et je revérifiai pour le confirmer. Il ne s'y trouvait pas. Lentement, je repassai dans ma tête les détails de mon arrivée. En entrant, j'avais un sac de provisions dans chaque main. Pour ouvrir la porte, j'en avais placé un en équilibre sur mon genou. Puis j'avais refermé la porte d'un coup de pied et m'étais dirigé directement vers la cuisine. De là — la séquence était d'une clarté parfaite — j'avais porté mon café dans le living, j'avais mis un peu d'ordre et je m'étais allongé sur la banquette. *Et c'était à ce moment-là que j'avais découvert mon courrier :* un gros tas, deux semaines de lettres étalées sur la table basse... et non dans le couloir, sous la fente de la boîte aux lettres, où il aurait dû se trouver.

3

La tombe de mon père... La conversation avec May... Le petit mystère de mon courrier... Le lendemain matin cela me parut une simple coïncidence, sûrement rien d'inquiétant. En outre, je fus entièrement absorbé par les préparatifs de mon départ, car Charlottesville n'est pas une ville facile à quitter. Il existe un aéroport local, mais, en fin de compte, le plus simple fut d'aller à Washington en voiture, de laisser ma Volvo chez un ami et de prendre l'avion à l'aéroport Dulles. Cela me prit beaucoup plus de temps que je ne m'y attendais et il était plus de quinze heures quand le 727 descendit d'un ciel lumineux d'automne pour me déposer à Toronto International.

Comme la plupart des Américains, je ne connais pas du tout le Canada — c'est le pays d'où vient l'hiver — et je ne m'y étais pas rendu depuis des années ; la ville me parut donc beaucoup plus grande, plus riche et plus bruyante que dans mon souvenir. Mais je me trouvais encore en Amérique du Nord ; Toronto était construite en béton et néon — gigantisme et audace. A la radio, l'hélicoptère de contrôle de la circulation décrivait l'embouteillage dans lequel nous étions bloqués ; le chauffeur du taxi, depuis le siège avant m'expliqua pourquoi il préférait Orlando à Saint Petersburg (Floride) pour ses vacances ; et, à côté de moi — abandonnée et commençant déjà à pâlir —, la pin-up girl du *Toronto Sun* débordait en toute innocence de son bikini. Je me tournai vers la fenêtre et regardai défiler les voitures, les gens et le fric.

May vivait près du centre-ville dans un quartier que le chauffeur appela Kensington Market. Je lui demandai de me laisser à l'entrée du quartier et je marchai un peu dans des rues bondées de monde et encombrées d'éventaires où l'on vendait de tout — depuis le homard jusqu'aux perles africaines. C'était de toute évidence un ancien quartier d'immigrants. Les juifs en étaient partis plusieurs décennies auparavant, ne laissant que deux ou trois restaurants et une synagogue barricadée. La plupart des cris autour de moi étaient du portugais et de l'italien, mais même les Italiens et les Portugais, me dis-je, devaient être sur le départ. Dans Spadina Avenue, presque tous les visages étaient jaunes, et derrière eux, à leur tour, s'avançaient de nouvelles hordes, plus surprenantes encore : des réfugiés des banlieues bourgeoises, gosses de riches bourrés de vitamines synthétiques et de marijuana. Dans la rue de May, les signes révélateurs apparaissaient partout : plantes exotiques aux fenêtres, ouvriers en train de décharger des pierres de taille, jeunes mères poussant des landaus d'osier dans la rue. Aujourd'hui c'était un ghetto en transition, dans cinq ans ce serait une adresse chic pour jeunes mariés — exactement, me dis-je, le genre d'investissement qu'un homme riche pouvait faire pour sa fille.

Je m'avançai jusqu'à la porte et sonnai.

Pas de réponse.

J'attendis un instant ; puis je posai mon sac par terre et je me dirigeai vers le côté de la maison. Une Coccinelle Volkswagen orange était garée au milieu de l'allée — May ne conduisait pas d'autre voiture. La clôture de planches penchait et je jetai un coup d'œil par-dessus. Un jardin très long et étroit. Au milieu, une sente de briques, et de chaque côté, occupant complètement l'espace, poussaient des rosiers en buisson, réseau de sarments gris couverts d'épines, piqueté çà et là par des bouquets de roses rouge sang. Il était plus de seize heures et le jour tombait vite, mais une tache de soleil blafard se frayait encore un chemin entre les maisons et les ateliers à l'entour. Je tournai mon regard vers ce halo et je vis May accroupie au milieu de la sente, de dos. Ses longs cheveux presque roux s'écoulaient en cascade sur le poncho de laine bleue qu'elle portait sur une robe bordeaux tombant à la cheville. Quand elle s'était accroupie, elle avait fait glisser la robe entre ses genoux pour former une sorte de panier ; elle y mettait le bois mort qu'elle taillait. Son sécateur claquait, puis elle avançait un peu, sans se relever, en se dandinant comme un canard. Je faillis l'appeler, mais quelque chose me retint et je l'observai en silence. May avait toujours possédé un côté mystérieux — cela faisait partie de sa séduction — et, en le percevant de nouveau, je crus en comprendre la nature. Le jardin, dans cette étrange lumière d'automne, évoquait une vieille photographie fanée, craquelée, marquée de plis, cornée aux angles — un cliché d'autrefois : jeunes filles coiffées d'immenses chapeaux à bride dont le regard se perdait à jamais dans l'ombre tandis qu'elles plissaient les yeux pour se protéger du soleil. Telle était, me dis-je, la nature de May ; elle n'appartenait pas tout à fait à notre époque... Mais déjà elle se relevait. Tenant sa robe à deux mains devant elle, elle descendit la sente vers un appentis dégradé par le temps, au fond, où elle lança le bois mort sur un tas de compost. Quand elle se retourna, elle me vit. Une ombre, ironique et angoissée, passa sur son visage. Mais aussitôt elle sourit :

— Robert... Robert...

— Je viens d'arriver. Je reviens à la porte, ou je peux entrer par ici ?

Elle s'empressa de me montrer un endroit où deux planches montées sur charnières formaient une porte, et j'entrai dans le jardin. Elle prit mes deux mains dans les siennes et nous nous sommes embrassés (ses lèvres, décemment, effleurèrent ma joue). Mais ensuite, avec un soupir qui était presque un gémissement, elle se blottit contre moi et je la pris dans mes bras.

— Dieu merci, tu es venu, murmura-t-elle. Tu es sûr que cela ne te dérange pas trop ? J'avais peur que...

— Peu importe, voyons.

Elle frissonna et se mit à pleurer, le visage appuyé sur mon épaule. Je la serrai contre moi, mais c'était étrange : je la tenais ainsi mais je me sentais complètement seul, comme s'il y avait quelque chose de faux dans ses larmes. Puis je compris. Elle pleurait de frayeur, non de chagrin, et on ne peut pas consoler un être qui a peur. Je la serrai plus fort.

« Ne t'en fais pas, murmurai-je. Il va revenir. Tout finira bien.

Elle se ressaisit, s'écarta doucement et tenta de sourire.

— C'est horrible.

— Non.

— Si. Je t'ai fait faire tout ce chemin simplement pour ça.

— Cela vaut bien le voyage, non ?

De nouveau elle me sourit.

— Merci... d'être venu. De me dire des choses gentilles.

Je lui rendis son sourire.

— Je viendrai toujours. Tu le sais.

Le pensais-je vraiment ? A vrai dire, je n'en étais pas très sûr — bien que, après tout, je fusse venu. Peut-être avait-elle des doutes elle aussi, car elle détourna les yeux d'un geste presque honteux, puis me prit par la main et m'entraîna vers la maison. A l'arrière, une salle de petit déjeuner donnait sur le jardin ; ensuite, se trouvait une vaste cuisine confortable, dallée de pierre et garnie de vieux meubles de pin. Assis sur le bord de la table je la regardai préparer du café — grains de Colombie, moulin Braun, filtre Melitta — et l'impression de dépaysement que j'avais ressentie dans le jardin se renouvela. Là-bas, comme le jardin lui-même semblait hors du temps, elle avait paru à sa place ; ici, où tout était ultra moderne — même les meubles anciens —, elle semblait déplacée. Mais le moindre de ses gestes l'aidait à se ressaisir, et elle se mit enfin à parler, à bavarder de tout et de rien, du jardin qu'il fallait préparer pour l'hiver, de mon voyage, de Charlottesville, de ce que j'étais en train d'écrire. Du mieux que je pus, je la mis au courant de ma vie actuelle, et j'eus l'impression que la sienne n'avait guère changé. Elle apprenait à jouer de la flûte et elle étudiait la composition au conservatoire de musique de Toronto ; elle avait sa maison, elle adorait le jardin, elle ne voyait que peu d'amis. Elle s'était installée à Toronto trois ans auparavant, mais elle voyageait encore beaucoup... A mesure qu'elle parlait, elle retrouvait son calme, quoique rien ne pût dissimuler l'angoisse qu'elle éprouvait. Et pourtant quelque chose dans son angoisse fit naître un doute dans mon esprit. Son visage était décomposé, buriné par l'inquiétude, et, pendant que le café passait, elle me pria de l'excuser. A son retour de la salle de bains, elle avait un peu meilleure mine... sauf son regard. Et, comme elle était plus calme, on remarquait d'autant mieux la frayeur, vive comme une flèche, qui couvait dans ses yeux. Mais peut-être n'était-ce pas vraiment surprenant — je me rappelai que son épreuve durait depuis dix jours. Quand nous nous sommes assis, plus tranquilles devant notre deuxième tasse de café, je lui demandai :

« Crois-tu pouvoir me raconter ce qui s'est passé ?

Elle leva sa tasse, puis la reposa :

— Il n'y a pas grand-chose à dire. En fait, c'est la police qui s'en est aperçue. Le samedi, vers trois heures du matin, une voiture de ronde a remarqué en passant devant la maison de mon père que la porte était restée ouverte... grande ouverte. Cela semblait presque volontaire, m'ont-ils dit. Un des agents a sonné, mais sans obtenir de réponse et il est entré. Il n'y avait personne. Ils ont attendu une vingtaine de minutes puis ils ont fait leur rapport par radio et refermé la porte. Une heure plus tard, ils sont revenus. Toujours pas de réponse, et ils ont donc envoyé une autre voiture le lendemain matin. Un voisin leur a donné mon nom.

— C'était le samedi... le 18 ?

Elle hocha la tête.

— Mais je suppose qu'il est parti dans la journée du vendredi. Sûrement pas le jeudi parce que je lui ai parlé ce jour-là.

— Et rien ne t'a paru anormal ?

— Non, pas vraiment. C'est difficile à dire... Après coup...

— Oui. Mais quand tu as su, que s'est-il passé ?

— La police a effectué ses vérifications — au début ils ont pris les choses au sérieux, parce qu'ils savaient qu'il était riche — et j'ai commencé à téléphoner à ses amis. Mais personne ne l'avait vu, personne n'avait de ses nouvelles. Il n'était pas à l'hôpital, il n'était pas mort à la morgue, il...

Sa voix resta en suspens. Elle s'était parfaitement dominée jusque-là, mais soudain elle semblait à bout. J'essayai de conserver un ton neutre.

— N'y avait-il aucun signe de départ en voyage ? L'absence de certains vêtements ? De valises ?

— La police m'a demandé de le vérifier, mais je ne saurais rien dire de certain. Le sous-sol est plein de vieux bagages — il a pu prendre deux valises sans que je m'en aperçoive. Et je ne connais pas tous ses vêtements.

— Est-ce qu'il conduit ?

Elle hocha la tête.

— Il ne se sert pas beaucoup de sa voiture mais elle était dans le garage — la police prétend qu'elle ne semble pas avoir roulé depuis des semaines. » Pendant une seconde, elle ferma les yeux. « J'ai réfléchi à tout ça, Robert. C'est inutile. Il n'y a eu aucun retrait insolite de sa banque, l'American Express assure qu'il ne s'est pas servi de sa carte... Il n'y a absolument aucun signe de lui.

Je me penchai en arrière, puis écartai ma chaise de la table ; sachant que ce que j'allais lui dire ne lui plairait pas, je désirais sans doute mettre un peu plus d'espace entre nous. Puis je repris :

— Très bien, j'accepte qu'il ait disparu. Il a fait preuve, à tout le moins, d'un sacré manque d'égards — mais les vieux messieurs sont parfois ainsi, tu sais. Je ne peux pas concevoir un suicide. Il est riche. Sa santé... Est-elle encore bonne ?

— Oui.

— Personne n'a retrouvé son corps.

— Cela ne veut rien dire.

— Il n'a pas laissé de lettre.

— Cela ne signifie rien non plus.

— Rien de positif, je suppose — mais il est difficile de réfuter une proposition négative. Jusqu'à son retour, tu dois considérer que le suicide est une possibilité, certes, mais très peu vraisemblable.

Elle hésita, baissa les yeux, puis les releva.

— Je t'ai dit au téléphone que j'avais une explication.

— Oui. Quelque chose lié au fait que tu as été adoptée.

Elle commença à parler, puis s'arrêta pour prendre une cigarette. J'observai son visage pendant qu'elle l'allumait. Un visage large, piqueté de taches de rousseur comme celui d'une petite fille, avec un nez légèrement retroussé. En un sens, elle ne paraissait pas son âge, mais quelque chose lui manquait — on aurait dit une fillette qui, un matin à son réveil, s'aperçoit soudain qu'elle a quarante ans : les années intermédiaires ont à peine laissé de traces... Ou bien cela venait-il de ce que je n'en avais pas fait partie ? Peut-être ; mais je me dis aussitôt que c'était beaucoup plus profond, car, lorsqu'elle porta la cigarette à ses lèvres, je remarquai que ses mains présentaient le même genre de décalage. Elle avait les poignets fins, délicats, très longs, pareils à ceux d'une vierge préraphaélite mélancolique. Mais les doigts eux-mêmes appartenaient à une vraie fille de la campagne — pratiques, forts, osseux, et (depuis peu) les ongles rongés jusqu'à la peau. Fille à papa... aristocrate hippie... princesse... paysanne... elle avait un peu de tout cela.

Comme à regret, elle dit :

— Tu savais que j'étais adoptée ?

— Oui.

— Bien. J'ai été adoptée très jeune, en 1940. Je n'avais que quelques mois. Je ne me souviens que de Harry... mon père. Je ne me rappelle même pas sa femme — ma mère légale —, parce qu'ils se sont séparés un an plus tard, je crois. Je suis restée avec lui : il est la seule famille que j'aie jamais eue. Et désiré avoir... » Elle leva les yeux vers moi. « Je n'ai même pas su que j'étais adoptée avant l'âge de quatorze ans.

Harry Brightman. Je m'en souvenais à présent : elle l'appelait toujours ainsi : Harry ou père. Je la regardai.

— Quatorze ans, n'était-ce pas un peu tard pour te l'apprendre ?

— Cela n'avait fait aucune différence jusque-là. Et cela n'a rien changé sur le moment. Ni plus tard... Je crois qu'il ne m'aurait peut-être jamais rien dit du tout, mais je lui avais demandé de voir ma mère et il a fallu qu'il m'explique. Nous étions en France, en vacances. Je me rappelle : à Cannes, assis dans un café. On pouvait voir la mer. Je lui ai dit qu'à notre retour chez nous j'aimerais rencontrer ma mère. Jamais je ne l'avais demandé auparavant, et je suppose que, si je l'ai fait ce jour-là, c'était à cause de mon âge. Alors il m'a raconté. Il m'a dit qu'il ne savait même pas où ma mère se trouvait et que de toute façon ce n'était pas ma vraie mère — j'avais été adoptée.

— Et qu'as-tu ressenti ?

— Pendant une seconde, ma tête s'est mise à tourner. Voilà tout. Aussitôt, les choses se sont remises en place. Rien n'avait changé. Et, sachant que ma mère n'était pas ma mère, j'ai cessé d'avoir envie de la connaître.

Elle hésita, puis continua :

« Mais je tiens à ce que tu ne passes pas à côté de la question dans tout ça : cela n'a fait aucune différence. Jamais. Ce jour-là à Cannes, il m'a dit tout ce que je sais sur mon adoption : j'étais bébé, cela s'est passé en 1940, dans la ville de Halifax. Point final. Le sujet n'avait pas été abordé avant et ne l'a pas été depuis... C'est-à-dire, sauf il y a quelques semaines.

— Ah bon ? Que s'est-il passé ?

39

— En fait, rien. Mais il s'est mis à en parler. Au début, il est resté vague. Des allusions. Puis il m'a demandé si je n'avais pas envie de savoir d'où je venais.

— Et qu'as-tu répondu ?

— Non... Je n'étais plus une enfant — cela n'avait aucun sens pour moi. Mais il a insisté : ne voulais-je pas savoir qui était mon vrai père ?... C'est *lui* mon vrai père. Je n'en veux aucun autre. » Elle leva les yeux vers moi : « Mais tu comprends ce que je veux dire ? Quelque chose dans cette affaire le tourmentait.

— Est-ce bien surprenant ? C'est un homme déjà âgé. Il n'a probablement plus longtemps à vivre. Peut-être désirait-il simplement t'offrir une dernière occasion de savoir.

— Il y avait autre chose.

— D'accord. Mais pourquoi cela te fait-il croire qu'il s'est tué ?

Le mot la fit tressaillir, mais elle tint bon.

— Je ne suis sûre de rien. Mais c'est possible, non ? Suppose que mes parents biologiques aient refait surface ? Ou bien que...

— Ou bien quoi ? Qu'est-ce que cela changerait ? Si tu étais enfant, si tu venais d'être adoptée... Oui, je comprendrais. Mais maintenant ? Vous iriez tous déjeuner ensemble, vous échangeriez des poignées de main, et les choses en resteraient là.

— Pas forcément. Suppose qu'il y ait eu quelque chose d'anormal dans l'adoption, quelque chose d'illégal.

— Tu crois que c'est le cas ?

— Non. Mais... certaines personnes achètent des nouveau-nés. Peut-être...

J'attendis, mais elle n'ajouta rien. Je réfléchis à ce qu'elle avait dit. Cela semblait tiré par les cheveux ; mais, même si Harry l'avait achetée, je ne vois pas qui pourrait s'en soucier, quarante ans plus tard.

— As-tu raconté cela à la police ? lui demandai-je.

Elle acquiesça.

— Ils pensent que ce n'est pas important. Ils sont sûrs qu'il n'a subi aucun chantage, à cause de son dossier à la banque. Ils m'ont dit qu'ils allaient enquêter mais je crois qu'ils n'ont rien fait.

— Et tu voudrais que je m'en occupe ?

Elle me regarda droit dans les yeux.

— Oui.

— A ta connaissance, c'est le seul élément insolite dans le comportement récent de ton père ?

— Oui. La seule chose qui me vienne à l'esprit.

— Très bien. Dans ce cas, j'accepte. Je ne te promets pas de miracle — même si je découvre quelque chose, ce sera sans doute sans rapport avec la disparition de ton père. Mais j'essaierai.

Elle sourit.

— Merci, Robert. J'étais sûre que tu accepterais.

Je lui pris la main.

— Rappelle-toi : pas de promesse.

Elle inclina la tête. Puis, après la tension de la conversation, je sentis une certaine gêne dans son attitude.

« Je viens de me rappeler : j'ai laissé mon sac de voyage sous le porche, lui dis-je.

Elle rit.

— Ne t'en fais pas, les voisins sont honnêtes. Va le chercher. Je te montrerai ta chambre.

Elle me conduisit à une chambre du premier et, après une douche, je m'allongeai sur le lit pour réfléchir — quoique davantage à May qu'à son père. En ce qui concernait Harry Brightman, je me faisais peu de soucis : j'étais prêt à parier qu'en proie à une tocade de vieux marcheur il pourchassait une donzelle dont il avait eu honte de révéler l'existence, surtout à sa fille. L'adoption de May, la possibilité d'un suicide, les nouveau-nés qu'on achète — tout cela n'avait rien à faire dans le tableau. La police, me dis-je, devait être parvenue à la même conclusion, et je ne voyais au fond qu'un seul détail s'inscrivant en faux : la frayeur de May. Elle était réellement aux cent coups, cela ne faisait aucun doute. Or, elle n'était pas du genre qui crie au loup pour rien. Au contraire. Elle avait toujours pris l'indépendance pour règle d'or, et son appel au secours témoignait donc amplement de l'attachement qu'elle éprouvait pour son père. Devais-je m'étonner de ces sentiments ? Avais-je le droit de le faire ? Sûrement pas. Si May avait été dominée par son père vivant, j'avais, quant à moi, vécu encore plus totalement sous l'influence de mon propre père, mort.

Je demeurai immobile, aux aguets. Derrière la fenêtre le jour s'éteignait déjà et les bruits de la rue semblaient assourdis et lointains. Dans la maison régnait le silence. Je l'écoutai : comme tous les silences, celui-ci avait son timbre particulier, un caractère gris, froid — tendu en quelque sorte —, et, comme j'essayais de mieux définir sa nature, mon esprit remonta lentement dans le temps, vers l'après-midi et la roseraie close, avec la silhouette agenouillée de May prise au piège du halo de lumière pâle. Le silence d'un couvent... telle fut l'image qui me vint à l'esprit, et je me demandai si c'était bien vrai, si une dévotion dont je n'avais pas eu la moindre idée l'avait cloîtrée loin de moi, si elle n'avait pas tenté de se servir de moi justement pour briser l'emprise de cette dévotion — mais en vain, et elle était devenue la victime d'une tragédie beaucoup plus accablante que la mienne... Ou bien, au contraire — et mon esprit se mit à courir à toute allure —, ces pensées n'étaient-elles qu'une simple projection ? Dieu sait que l'on m'a assez souvent traité de moine ; et plus d'une femme s'est plaint de se sentir, près de moi, en concurrence avec une présence fantomatique, d'autant plus puissante qu'elle demeurait invisible. Peut-être était-ce la réponse, car un souvenir me revint tout à coup. Un souvenir de notre dernière nuit, la dernière fois que nous avions fait l'amour : May était revenue de sa visite à son père, mais ne m'avait pas encore dit qu'elle avait changé d'avis. Cette nuit-là, elle avait fait preuve d'une passion violente, presque désespérée. Plus tard, j'avais supposé qu'elle essayait de me consoler, de m'offrir un cadeau d'adieu. A présent, j'en doutais. Ne m'avait-elle pas donné une dernière chance de la séduire et de l'enlever ? N'avais-je pas lutté, cette nuit-là, contre un autre protagoniste invisible — le père de May et l'amour qu'elle éprouvait pour lui ? Lorsque j'avais perdu, j'avais perdu pour elle comme pour moi...

Mais je n'allai pas plus loin : c'était *forcément* une projection. D'ailleurs, qu'est-ce que cela changeait ? Nous étions tous — anciens combattants ou non — morts depuis longtemps. Je n'étais plus aujourd'hui que la doublure de l'acteur d'autrefois, et mon rôle se réduisait à une simple formalité. Tenir la main, murmurer des paroles apaisantes, attendre que Harry revienne, la queue entre les jambes. Et, sur cette note, je sombrai dans le sommeil.

Je ne dormis pas longtemps, mais, à mon réveil, il faisait complètement nuit dehors. Je repris contact avec le réel et m'habillai. May était au rez-de-chaussée. Elle me sourit quand j'entrai dans la pièce — mais je crois que nous nous sentions l'un et l'autre un peu gênés.

— Je me demandais si tu ne t'étais pas endormi, dit-elle.

— Oui, pendant un moment. Et c'est la faim qui m'a réveillé. Allons prendre quelque chose.

— Je vais préparer le repas.

— Sortons. Sur mon chemin, j'ai cru voir un restaurant juif. S'ils ont un bon bortsch...

Nous avons pris nos manteaux. La nuit était fraîche, avec du vent, mais le restaurant se trouvait au coin de la rue. C'était l'un de ces restaurants juifs à l'ancienne mode, avec à l'entrée un comptoir où des vieux boivent du thé au citron et lisent *The Jewish Forward* en se curant les dents. A l'arrière, quelques tables ordinaires, des serveuses rondelettes et des plats succulents. J'avais décidé de ne pas aborder l'unique sujet évident, mais ce fut May elle-même qui en parla. Comme j'écrasais un morceau de pomme de terre dans ma soupe, elle demanda :

— C'est comme la cuisine russe, n'est-ce pas?

— Une partie de la cuisine juive, oui ; mais ceci est plutôt polonais. Ce qui m'a toujours paru très drôle : les Russes et les Polonais sont les peuples les plus antisémites de la terre, mais ils ont tous été élevés avec de la bonne cuisine yiddish. Et même les Allemands, dans une certaine mesure.

— Harry m'a dit un jour la même chose, je me rappelle. Il est Allemand, tu sais. Brightman... Hellman. Heinrich Hellman... Né à Berlin. Son père et sa mère sont morts pendant la Première Guerre mondiale et c'est un oncle de Winnipeg qui l'a adopté — l'oncle a fait changer le nom.

— Donc ton père d'adoption était lui-même un enfant adopté ?

— Je n'avais jamais fait le rapprochement. Je te l'ai dit, nous n'en parlions pas.

Pendant une seconde, sa voix parut trembler, et pourtant, quand elle reprit, son ton était redevenu normal — normal, mais au prix d'un effort conscient, comme si elle essayait d'effacer le désespoir qu'elle m'avait laissé percevoir jusque-là.

« Je sais que l'oncle de Harry était marié mais il n'avait pas d'autre enfant. A sa mort, il a laissé son affaire de fourrure à mon père, qui l'a installée à Montréal, puis a établi une succursale à Toronto.

— Quel métier étrange ! Mais pas au Canada, je suppose...

May me sourit.

— Je ne suis guère canadienne. Quand j'étais petite, il m'a emmenée à Banff et j'ai vu un ours avec des jumelles, mais c'est mon seul contact avec le désert du Grand Nord. En fait, tu aurais aimé discuter avec lui. Il dit toujours qu'il a gagné son argent en Russie, non au Canada — il prétend que Staline a fait de lui un millionnaire.

J'avalai un rouleau de chou farci.

— Je ne comprends pas.

— Tu sais, je ne sais pas dans quelle mesure c'est bien vrai. Mais il n'avait pas seulement un atelier de confection — où l'on transformait les peaux en manteaux —, il s'occupait d'import-export. Au cours des années trente, il a rapporté énormément de fourrures d'Union soviétique.

Un jour, à Leningrad, j'avais assisté à une vente de fourrures aux enchères. C'était colossal, avec des acheteurs venus de tous les coins du monde.

— Est-il allé là-bas ? En Russie ?

— Oh oui, plusieurs fois. Il faudra vraiment que tu lui parles. Je sais qu'il a eu l'occasion de rencontrer l'un des bolcheviks haut placés... Pas Lénine mais... Zinoviev ?

— Oui.

C'était logique. Zinoviev, proche ami de Lénine et premier président du Komintern, était un homme relativement cosmopolite, qui avait beaucoup voyagé — qualités qui expliquaient sans doute son intérêt pour un homme d'affaires étranger assez intrépide pour se rendre en Russie au lendemain de la révolution. Bien entendu, ces qualités mêmes avaient fait de lui le premier des grands bolcheviks que Staline avait éliminés. Cela s'était passé en 1934, Brightman avait donc dû se rendre en Russie avant.

« J'aimerais bien lui parler, répondis-je. Il n'y a plus beaucoup de témoins de cette époque encore de ce monde... et la plupart n'aiment guère en discuter — le sujet ne fait que révéler leurs propres folies idéologiques.

— Pas Harry. Il ne s'intéressait qu'à l'argent et n'en faisait pas mystère — ce que les Russes appréciaient, d'ailleurs. C'est ce qu'il a toujours dit.

Pour la première fois, j'éprouvais un vague intérêt pour cet homme, et soudain son image me passa devant les yeux. Une image de pure invention, bien sûr, puisque je ne l'avais jamais vu, mais néanmoins très vivante. Un marché en plein air. Des éventaires. Une grande silhouette massive emmitouflée dans un long manteau de castor, portant une grosse toque de fourrure. Et son visage se détournait de moi. Je dis :

— Si je comprends bien, son affaire était toute sa vie ?

Elle hésita.

— Je n'en suis pas certaine. Mais non... Pas toute sa vie. Il l'a vendue il y a une quinzaine d'années et il a été heureux depuis. Il voyage beaucoup — je tiens de lui à cet égard. Il adore l'art et il a une collection — estampes sur lino, gravures sur bois, ce genre de choses. Et puis il y a moi. Il est très attaché à moi, il l'a toujours été. C'est pour cela que je sais...

Jusque-là, comme elle parlait de son père de façon objective, elle était parvenue à se dominer ; mais ses traits se décomposèrent et je la vis faire effort pour se ressaisir. Aussi adroitement que possible, je détournai la conversation. Le repas s'acheva, mais il n'était encore que dix heures. Je n'avais pas envie de retourner si tôt à la maison, où nous serions amenés à continuer de parler, et je proposai donc une promenade ; de toute façon, j'avais dormi et ne me sentais pas fatigué. May m'expliqua la ville : les rues forment une grille nord-sud, est-ouest. Nous avons remonté Spadina — une large avenue dénudée, balayée par le vent — puis tourné vers l'est dans Bloor. C'était manifestement une artère animée ; même par ce froid, il y avait foule. Et tout le monde se hâtait vers les lumières vives au loin, vers l'est : Yonge Street, m'apprit May. Elle me montra, de l'autre côté de la rue, plusieurs bâtiments de l'université de Toronto (dont le conservatoire de musique), tous construits en granit magnifique, dans le style « gothique » de la fin du siècle dernier. Nous avons poursuivi notre chemin en silence, mais à l'angle d'une rue, May tendit le bras.

« Il habite ici, un peu plus loin... Harry, je veux dire.

— Pouvons-nous jeter un coup d'œil ?

— D'accord. C'est à deux pas.

Presque aussitôt, à quelques rues du centre ville, nous nous sommes trouvés dans un vieux quartier résidentiel cossu. Rien de commun avec la rue des Miséreux. Les maisons étaient de grandes bâtisses d'avant la Première Guerre, construites au milieu de pelouses immenses et abritées par des érables et des hêtres énormes. Le long du trottoir s'alignaient des BMW, des Mercedes et de bonnes, raisonnables Volvo. Un homme nous croisa, un sourire tendu sur ses traits — il était traîné en remorque par un dachshund grand modèle. Au bout de cinq minutes, je ne savais plus où j'étais, puis May s'arrêta sous un réverbère et me montra la maison, de l'autre côté de la rue.

« C'est là. Derrière la clôture.

La grille était basse, en fer forgé, avec une porte. Une grande haie — masse noire d'ombre — poussait derrière, et un hêtre immense dominait la pelouse. La maison, sombre, semblait presque perdue derrière l'arbre, mais elle était manifestement très vaste : trois niveaux plus un grenier, avec toute une rangée de chapiteaux, de pignons et de clochetons coupant la ligne du toit. On aurait pu la prendre pour une maison hantée, maléfique, sauf qu'elle semblait trop massive, trop solide, pour abriter des fantômes. May me dit :

« Elle est trop grande pour lui. Il ne cesse de le répéter mais ne peut pas se résoudre à déménager.

— Pouvons-nous entrer ?

Elle parut nerveuse :

— J'aimerais mieux pas... J'y ai passé une nuit, la première, dans l'espoir qu'il reviendrait. Mais je n'ai pas pu le supporter ensuite. J'avais trop peur.

— Est-ce que tu relèves son courrier ?

— Non... Je suppose qu'il en vient encore.

— Alors laisse-moi y aller. Tu as une clé ?

Elle n'avait pas envie que j'entre ; je le voyais bien. Mais je ne bougeai pas d'un pouce et, au bout d'un instant, elle pêcha une clé dans son sac. Je traversai la rue. La grille s'ouvrit en grinçant et je remontai une allée recouverte de pierres jusqu'à la porte d'entrée — large, d'un noir brillant, ornée d'un heurtoir parfaitement bien choisi pour la demeure d'un marchand de fourrure : une raquette de bronze frappait un renard sur le museau. J'engageai la clé. Elle fit tourner un verrou de sécurité — du type qui vous oblige à utiliser la clé pour refermer la porte de même que pour l'ouvrir. Ce détail expliquait probablement pourquoi la police avait trouvé la porte grande ouverte la nuit de la disparition de Brightman : s'il était pressé, il avait dû tirer la porte derrière lui, le verrou avait heurté le chambranle, et la porte avait rebondi. Je la poussai vers l'intérieur, ce qui fit glisser un beau tas de courrier dans l'entrée. Je restai immobile un instant, pour humer l'odeur particulière des maisons de riches : boiseries cirées, vernis, tapis de laine, propreté. Je ne pus trouver d'interrupteur mais mes yeux s'habituèrent vite à l'obscurité. Je ramassai le courrier et avançai dans le vestibule. Le couloir s'ouvrait en face, avec un escalier d'un côté ; tout de suite, à ma gauche et à ma droite, deux pièces avec des portes coulissantes. Les portes sur ma gauche étaient entrouvertes, et je passai la tête : meubles dans l'ombre, en enfilade, jusqu'au reflet obscur de grandes vitrines. Je reculai. La cuisine, me dis-je, devait se trouver en face, au fond du couloir. Tout était très sombre. Le silence irréel qui s'installe dans les pièces abandonnées avait envahi cet endroit — et tout d'un coup ce fut pour moi une évidence, un fait réel : Brightman avait disparu. Je me dirigeai à tâtons vers l'escalier, il y avait une lampe sur le pilastre et je l'allumai, puis je commençai à monter, la main guidée par la rampe, chaque pas assourdi par le tapis dans lequel je m'enfonçais jusqu'aux chevilles. Le palier intermédiaire était sombre, lui aussi ; celui du premier d'un noir de poix. Mais je continuai en aveugle, et, presque aussitôt, je sentis le chambranle d'une porte. Elle était ouverte. J'entrai dans la pièce et allumai une lampe.

J'étais entré par hasard dans la bibliothèque de Brightman.

En tout cas je suppose qu'il l'appelait ainsi. Elle était très vaste, d'un style particulier — lourd, démodé, pas tout à fait américain. Des lambris de chêne sombre s'élevaient jusqu'à hauteur de taille, le tour du plafond s'ornait de moulures surchargées et il y avait au centre un large médaillon duquel tombait un lustre. Malgré ses dimensions, la pièce paraissait encombrée car elle regorgeait de livres, de bibliothèques, de vitrines. Tous les meubles étaient massifs : le bureau, très ouvragé, occupait l'espace près de la porte ; des fauteuils de chêne, recouverts de brocart, se serraient autour de la cheminée ; un sofa et d'autres fauteuils s'alignaient près des vitrines au fond de la pièce. On avait une impression de musée — le « cabinet » d'un de ces gentlemen collectionneurs du XIXᵉ siècle, qui se serait intéressé à l'« histoire naturelle ». Les vitrines étaient pleines d'animaux empaillés, figés dans une pose naturelle (un castor, debout sur ses pattes de derrière, grignotait une brindille qu'il tenait entre ses pattes de devant ; un lynx se coulait furtivement sur une branche), et l'éclat vitreux de leurs yeux n'en était que plus macabre — quoique ce genre de collection fût sans doute bien naturel, étant donné la profession de Brightman. Mais je m'aperçus vite que cette collection n'était qu'une ébauche, comparée aux lithographies et aux gravures encadrées qui occupaient tout un côté de la pièce. Il y en avait cinq rangées, depuis le lambris jusqu'au plafond — elles semblaient entassées sur ce mur et non exposées : on vous invitait moins à les regarder qu'à les compter... ce que je fis : le total s'élevait à deux cent vingt-huit estampes, gravures sur bois et sur lino, lithographies et monotypes. Je ne suis pas très compétent en peinture et je ne connais pour ainsi dire rien en matière d'art graphique, mais, quand je longeai le mur, je parvins à reconnaître quelques noms : Käthe Kollwitz, Gaudier-Brzeska (trois gravures sur lino), Gertrude Hermes, Robert Gibbings, Rockwell Kent... Des œuvres modernes ou en tout cas de ce siècle ; et toutes en noir et blanc. Un grand nombre possédaient ce côté pesant et théâtral caractéristique de l'art engagé des années trente : symbolisme social accusé, pauvreté, sujets pris dans le monde industriel — puits de mine, gazomètres, réseau complexe de lignes et de formes que créent les grues sur les quais... Je reconnus sur l'une de ces gravures les thèmes de l'artiste russe Vladimir Favorsky : cosaques, ouvriers, soldats, Lénine et Trotski dont les silhouettes s'étiraient pour former une carte de la Russie au cours de la guerre civile des années vingt. Brightman devait l'avoir ramenée de là-bas, me dis-je, mais, quand je la décrochai du mur, je vis qu'elle provenait de la 18ᵉ Internationale de Venise en 1930. Je la remis en place et reculai d'un pas... Tout en me posant des questions.

Au restaurant, j'avais senti naître un certain intérêt pour Brightman lui-même ; à présent, il m'apparaissait comme le père le plus fascinant dont une orpheline ait pu rêver.

Je regardai autour de moi. Dans le vestibule, j'avais perçu son absence ; ici, sa présence s'imposait de toutes parts. Presque dans un état second, je refis le tour de la pièce et m'arrêtai près du bureau, juste à l'intérieur de la porte. Il s'ornait de sculptures, mais le plateau, éraflé, témoignait que Brightman y avait réellement travaillé — je remarquai des crayons et des stylos dans un gobelet, une agrafeuse, un rouleau de papier adhésif transparent, des enveloppes, des factures. Et il y avait également une photographie. De petit format (9 × 12) dans un cadre de bois tout simple. Brightman. Et mon imagination ne m'avait guère trompé. Il était grand, fortement charpenté avec une poitrine large posée sur une panse pesante. Un visage rond, sympathique, avec des cheveux fournis quoique légèrement en retrait sur son front haut. La photo avait été prise à l'extérieur : il portait une chemise de bûcheron et avait enfoui ses mains dans un pantalon de tweed. Avoir sa propre photo sur son bureau me parut un peu étrange à première vue, mais quand je la soulevai je compris ce qui faisait sa valeur. Au verso, une main maladroite avait écrit au crayon : *Harry Brightman, pris par May Brightman avec son Brownie personnel. Georgian Bay, 1er août 1949.*

Je reposai la photographie. Harry Brightman tel que May l'avait vu. Mais qui était-il ? Quel genre d'homme avait vécu et respiré dans cette pièce ? Et pourquoi l'avait-il quittée ? Pour la première fois, je me rendis compte que la réponse à cette question serait peut-être plus intéressante que je ne l'avais supposé. Mais je n'allais pas y répondre tout de suite, et May devait commencer à s'inquiéter. Je lançai un dernier coup d'œil par-dessus mon épaule, coupai l'électricité, fis un pas dans le couloir... et me figeai.

Je demeurai parfaitement immobile. Devant moi, le couloir était d'un noir de poix. Mais je savais que je n'étais pas seul.

Des pas, aussi impalpables qu'une haleine, s'avancèrent le long du corridor. Vers moi. Jusqu'à ma hauteur. Puis, pendant une fraction de seconde, j'aperçus un visage — des traits et le reflet de cheveux roux — puis ce visage me lança un coup d'œil égaré : un visage fin de belette, très pâle.

Aussitôt, il disparut.

Mon cœur battait si fort que je ne pouvais entendre rien d'autre. J'avais du mal à respirer. Je tendis l'oreille. Le tapis sur l'escalier était très épais, mais je distinguai des pas rapides, étouffés... J'attendis le bruit de la porte, mais n'entendis que le silence...

Une minute passa. Il devait se trouver au second quand j'étais entré. Pas Brightman. Absolument pas. Mais *quelqu'un*...

Je m'avançai lentement, avec précaution. L'escalier était noir comme un puits, mais je parvins bientôt au palier intermédiaire et la lampe du pilastre m'éclaira d'en bas.

Je descendis une marche à la fois. A trois marches du rez-de-chaussée, je m'arrêtai pour écouter de nouveau. Rien. Il avait dû s'en aller... Mais, s'il n'était pas parti, s'il m'attendait dans le couloir desservant l'arrière de la maison, je serais parfaitement visible dès que je franchirais la dernière marche.

Je m'agrippai à la rampe, me penchai en avant et tirai sur l'interrupteur à chaîne de la lampe.

Des taches rouges se mirent à danser devant mes yeux. J'attendis qu'elles s'estompent puis descendis les deux dernières marches sans bruit et m'engageai dans le couloir. Rien ne bougea. Je pris tout mon courage à deux mains et me glissai vers l'arrière de la maison. Il y avait un peu de lumière, grise et épaisse comme du brouillard. Au bout d'un instant une porte apparut devant moi. Au-delà, les ténèbres glacées de la cuisine. J'attendis aux aguets. Le bruit du réfrigérateur, qui démarra soudain, faillit me faire sauter au plafond, mais il n'y avait personne, et, quand je vérifiai la porte de derrière, elle me parut solidement barricadée. Je revins très vite vers l'entrée. L'homme était parti, soit par la façade, soit par le sous-sol. J'ouvris la porte et fis quelques pas dans la nuit...

Je m'arrêtai brusquement.

Je regardai par-dessus mon épaule : j'avais oublié le verrou de sécurité. Il avait heurté le chambranle et la porte avait rebondi, grande ouverte. Le vent la faisait aller et venir ; elle grinçait légèrement, sans doute exactement comme la nuit où Brightman avait disparu.

4

Je ne racontai rien à May.

Elle avait déjà très peur — et je commençais à penser que ce n'était pas sans raison —, inutile de l'alarmer davantage. En fait, plus j'y réfléchissais, plus j'avais l'impression que ce qui s'était passé me concernait *moi*, et non elle. Jusque-là, je n'avais joué le bon Samaritain qu'à mon corps défendant. Et bien entendu, je pouvais conserver encore cette attitude — après tout, Brightman était un homme riche, habitant un quartier bourgeois : j'avais été interrompu simplement par un cambrioleur. Peut-être. Mais d'un autre côté... Et cet « autre côté » me donnait des remords de conscience. Si la disparition de Brightman n'était pas seulement un acte inconsidéré — si elle avait un caractère plus sombre —, ses préoccupations concernant l'adoption de May risquaient d'être liées à son absence. Je ne voyais pas encore comment, mais le lendemain matin, je m'aperçus que pour la première fois je prenais toute l'affaire au sérieux.

Je me mis au travail sur-le-champ. J'étais (autrefois) un journaliste présentable, et l'information constituait alors mon pain quotidien. Quand on se lance sur une enquête, on obtient des renseignements par l'exercice de certaines compétences — ensuite, il suffit de faire jouer ses « contacts ». Je commençai donc mes recherches au siège principal de la bibliothèque publique de Toronto, d'abord avec l'index du *New York Times*, puis avec un lecteur de microfilms. J'appris que l'adoption, sans faire précisément les manchettes de la une, était devenue une sorte de problème social vers la fin des années soixante-dix. On avait remis en question les procédures traditionnelles ; des enfants adoptés revendiquaient le droit de connaître leurs parents « naturels » ; diverses associations s'agitaient. Je parcourus une douzaine d'articles axés principalement sur les États-Unis ; l'un d'eux comparait les pratiques américaines avec celles d'autres pays, dont le Canada. Je n'avais jamais entendu parler de l'auteur de ces textes, mais je connaissais évidemment une dizaine de journalistes du *Times*. Je téléphonai depuis la maison de May, et je découvris vite que mon homme travaillait maintenant à CBS, où je le trouvai. Comme je m'y attendais, il était ravi de rendre service — je devenais ainsi un de *ses* « contacts ». Pour rédiger son paragraphe sur le Canada, me dit-il, il avait discuté avec une femme du *Globe and Mail* de Toronto, une certaine Eileen Rogers. Je téléphonai au *Globe* et la chance me sourit : Miss Rogers me connaissait de nom — ou le prétendit. Elle avait écrit un grand reportage en trois parties sur « L'adoption au Canada » et n'avait pas de rendez-vous à l'heure du déjeuner.

Nous allâmes dans le restaurant d'un petit hôtel non loin de Bloor Street, du côté de l'endroit où je m'étais promené avec May la veille au soir. La salle était calme, avenante, élégante ; c'était en fait une cour intérieure couverte d'une verrière et fréquentée par la faune de la publicité et de la télévision ; chacun gonflait sa panse et sa note de frais sous le pâle soleil d'octobre que filtraient les vitres du toit. Eileen Rogers y était tout à fait à sa place. Elle incarnait le type même de la journaliste jeune, coriace et ambitieuse qui s'est frayé un chemin à la force du poignet, de la page féminine aux nouvelles politiques, et qui commence à scruter l'horizon au-delà. Cet horizon, découvris-je, s'étendait au sud de la frontière canadienne, car elle s'intéressait à tous les Canadiens qui ont particulièrement réussi dans les médias des États-Unis — Peter Jennings, Morley Safer, Robin MacNeil et une douzaine d'autres. Je lui donnai quelques tuyaux et quelques noms, mais bien entendu elle était surtout en train de gagner le droit d'avancer *mon* nom, ce qui était parfait, car, en retour, elle me fit un exposé de premier ordre sur les lois et les procédures d'adoption canadiennes. Au Canada, me dit-elle, l'adoption se trouve sous la juridiction des provinces exactement comme, aux États-Unis, elle relève de la responsabilité des États. La plupart des provinces canadiennes (comme la plupart des États américains) ont constitué des organismes officiels ou para-officiels pour régler l'ensemble de la question : on les appelle en général « association d'assistance à l'enfance », mais elles ressemblent beaucoup aux « agences d'adoption » des États-Unis. Eileen Rogers ne pensait pas beaucoup de bien de ces organismes, qu'ils fussent d'un côté de la frontière ou de l'autre.

— C'est écœurant, vraiment. Ils possèdent une sorte de mono-pole du malheur des nouveau-nés et ils ne songent qu'à une seule chose : conserver leur pouvoir. Ils ont bâti d'énormes empires — administrations, programmes, financement de la main gauche, financement de la main droite. Quand j'ai préparé cette série d'articles, j'ai appris à *mépriser* les œuvres sociales et tous ceux qui en vivent.

Je pris une gorgée de vin blanc et piquai ma fourchette dans la salade.

— Et quelles difficultés rencontrerais-je... si j'essayais de remonter jusqu'aux parents naturels de quelqu'un ?

— Oh, vous vous heurteriez de front au fondement de tout le système.

— Qui est ?

— Le secret. Le secret absolu, sacro-saint, légalisé. Dès l'instant où elle signe la formule d'abandon de son bébé, la mère perd tous ses droits sur lui — et l'enfant perd même tous ses propres droits. Aucun des deux ne peut jamais découvrir qui est l'autre. Telle est la base de pouvoir de ces associations : elles en tirent une autorité sans limites. Bien entendu, elles le justifient par de bonnes raisons — les parents adoptifs ne doivent pas être hantés par le spectre du retour de la mère naturelle — mais ce n'est que du vent. Le secret a été révoqué en Grande-Bretagne sans la moindre conséquence néfaste, et dans certains pays, par exemple en Finlande, il n'a jamais été pratiqué.

Selon Eileen Rogers, si May avait été adoptée par l'entremise d'une association d'assistance à l'enfance — dans son cas, puisqu'il s'agissait de Halifax, ce serait l'Association de Nouvelle-Écosse —, il n'existait qu'un moyen de découvrir l'identité de sa mère naturelle : un contact au sein de l'organisme. Elle me laissa entendre que, dans certaines circonstances, elle pourrait m'aider à ce sujet, mais je ne relevai pas l'allusion. Il y avait en effet une autre possibilité. La plupart des adoptions sont organisées par les associations d'assistance à l'enfance, mais il existe cependant certaines adoptions privées, organisées par des avocats et des médecins.

« Évidemment, les associations détestent cette procédure, mais cela permet à des avocats de gagner de l'argent — ce qui est également sacro-saint, n'est-ce pas ? — et, dans certains cas, c'est beaucoup plus commode pour tout le monde. Cela permet aux riches de dissimuler plus facilement les errements de leurs gamines. Et puis, il y a les cas de parents fauchés par un accident de voiture, lorsque les enfants sont recueillis par un membre de la famille.

— C'est donc l'avocat qui constitue la clé de tout ?

— Oui. A condition de pouvoir lui faire desserrer les dents.

Il était presque trois heures quand je rentrai chez May. Je lui rapportai l'essentiel de ce que j'avais découvert.

— Ce sera donc très difficile, dit-elle, si j'ai été adoptée par l'intermédiaire d'une de ces associations ?

— Oui, mais je crois que cette journaliste connaît quelqu'un à l'intérieur du système, en tout cas en Ontario. Ce sera d'un grand secours.

— Tu n'auras pas d'ennuis, j'espère ?

— Ne t'inquiète pas. Mais il faudrait savoir si tu n'as pas été adoptée de façon privée. Ce serait plus facile.

— Je t'ai dit tout ce que je savais. J'ai été adoptée à Halifax en 1940.

— Ton père doit avoir un avocat ?

— Bien sûr. Stewart Cadogan — il ne me plaît pas beaucoup.

— Leurs relations remontent-elles si loin ? En 1940 ?

— C'est probable. Il est âgé.

— De toute façon, il doit être au courant. Téléphone-lui et pose-lui la question. S'il affirme que tu as été adoptée de façon privée, prends rendez-vous, nous irons le voir ensemble.

Nous étions dans la cuisine, elle venait de servir des cafés. Elle baissa très vite les yeux vers la table.

— Si cela ne te fait rien... Si tu as besoin de le voir, j'aimerais mieux que tu y ailles seul. Je te l'ai dit : je ne l'aime pas. Nous ne nous sommes jamais bien entendus.

Je sentis de nouveau les ondes de sa peur.

— May... Tu ne sais rien d'autre ? Tu en es certaine ? Tu te rends compte qu'il est inutile de faire des mystères ?

Elle leva les deux mains et fit glisser les doigts dans ses cheveux, puis elle sourit et sa voix me parut trop calme.

— Essaie de comprendre : peu m'importe que tu saches, *toi*. S'il y a quelque chose à apprendre — si Cadogan a quelque chose à te dire —, peu m'importe que tu le découvres. Mais *moi*, je ne veux rien savoir... en tout cas si je peux l'éviter.

— Très bien. Mais tu ne pourras peut-être pas, que cela te plaise ou non. Tu en es consciente ?

— Oui, je sais. Mais j'ai vécu toute ma vie avec une version de mon passé et je préférerais ne pas en changer. Même si mon adoption est liée au départ de Harry, j'aimerais mieux que tu apportes tous les éléments directement à la police, pour leur permettre de le retrouver. Si c'est possible... Si tu peux faire comme ça.

J'acquiesçai, bien que ce fût loin de me réjouir :

— J'essaierai, lui dis-je. Mais tu sais, cet avocat n'aura peut-être pas envie de me voir seul. Ton adoption est une affaire confidentielle, très personnelle...

— Ne t'inquiète pas. Je vais tout arranger.

J'attendis dans la cuisine pendant qu'elle appelait l'avocat dans le vestibule. Elle revint au bout de dix minutes.

« Bonne nouvelle. Mon adoption était privée.

— Mais il refuse d'en parler ?

— Oh, il n'en avait guère envie, mais je l'ai convaincu. Mon Dieu, qu'il est tatillon ! Il faut que je lui écrive une lettre officielle pour lui préciser mes instructions.

Stewart Cadogan, conseiller de la Reine. J'étais impatient de le rencontrer. Il avait accepté de me recevoir le jour même, mais pas avant dix-huit heures trente, et je partis donc à la tombée de la nuit, dans la Volkswagen de May, affrontant pour la première fois la circulation de la ville. Ce ne fut pas difficile. Toronto est une capitale commerciale ; à cette heure tardive, plus personne n'avait d'argent à gagner dans les gratte-ciel immenses, et, comme les foules n'avaient pas encore commencé à en dépenser dans les restaurants et les bars, les rues demeuraient grises, vides, abandonnées. Les bureaux de Cadogan se trouvaient Victoria Street, juste derrière Yonge. Je me garai, puis marchai une centaine de mètres jusqu'à une vieille maison de brique rouge, qui s'ornait d'un escalier de pierre, d'un portique à colonnes et d'une lourde porte de chêne portant la plaque officielle de cuivre, comme il se doit. A l'intérieur, un vestibule obscur, avec un comptoir et un planton ; celui-ci, tout de noir vêtu et d'âge vénérable, me conduisit au premier. Certains cabinets d'avocats, anciens et riches, peuvent être très impressionnants, et celui de Cadogan entrait dans cette catégorie ; tandis que j'avançais à pas feutrés dans le sillage plein de dignité du planton, je pouvais presque entendre le bruissement de l'argent dans les comptes-dépôts de la firme. Je franchis la porte du bureau de la secrétaire — en heures supplémentaires pour moi seul, et un peu grognon —, qui me prit aussitôt en charge.

— Vous êtes monsieur Thorne ?

— C'est cela.

Je lui donnai la soixantaine. Tailleur bleu marine et chemisier blanc. Ses lorgnons ballottaient sur son cou à la hauteur de son goitre. Elle appuya sur l'interphone.

— Un M. Thorne désire vous voir, monsieur.

L'article indéfini, je ne sais pourquoi, me donna l'impression d'être un moins que rien, mais en tout cas on ne m'avait pas fait attendre. La secrétaire me tint la porte et je pénétrai dans le saint des saints de Cadogan. Une pièce vaste et sombre. Les tapis sur le parquet avaient l'air de Kashans, mais ils étaient usés presque jusqu'à la corde. Dans la cheminée de marbre des charbons incandescents émettaient une lueur bleue. L'ensemble évoquait la richesse, mais une richesse pratique, parcimonieuse, écossaise. En guise de salutations, Cadogan se souleva de son fauteuil, derrière un vieux bureau de bois. Il était très grand, un peu voûté, avec une grosse tête chauve. Ses mains me parurent grosses elles aussi, avec des articulations noueuses, tordues. On pouvait le prendre pour un directeur d'école, un pasteur à la retraite, ou même pour ce qu'il était en fait. Il accepta la lettre de May et m'indiqua un fauteuil de cuir près de l'angle de son bureau. Je m'assis et le regardai pêcher une paire de lunettes dans la poche de son complet. Il les plaça sur son nez et se mit à lire, les sourcils froncés, soupçonneux. Quand il eut terminé, il posa la feuille sur son bureau et l'aplatit sous l'une de ses énormes mains osseuses. Puis il leva les yeux vers moi.

— Vous n'en ferez pas une question personnelle, monsieur

Thorne, mais vous comprendrez que je ne vous reçois qu'à contrecœur.

— C'est bien ce qu'il me semblait.

— Vous admettrez même, peut-être, que votre position est, si je puis dire, équivoque.

— Oui, volontiers.

Un sourire fugitif apparut.

— Donc, vous vous rendez compte que la mienne ne l'est pas moins.

Je me gardai de répondre. Au bout d'un instant il poussa un grognement — j'en conclus qu'il était parvenu à une conclusion provisoirement favorable à mon sujet. Il se leva.

« Il est plus de six heures. Prendrez-vous quelque chose, monsieur Thorne ?

— Merci. Ce sera avec plaisir.

Il contourna son bureau pour se diriger vers une vitrine laquée, voisine de la cheminée. Il portait un complet marron — sans doute un exemple d'audace vestimentaire à ses yeux — visiblement passé de mode depuis plusieurs années. Comme c'est souvent le cas pour les vieillards, il semblait trop ample, suspendu à ses larges épaules.

Il prit des bouteilles et des verres dans la vitrine.

— Vous êtes jeune, vous préférerez donc un whisky. Je suis vieux, je me contenterai de xérès.

C'était une boutade, donc je souris. Mais il ne se retourna pas pour constater l'effet de sa saillie. Je le regardai servir. Bien entendu, il n'offrit ni eau ni glaçons. Il m'apporta mon verre et je remarquai que sa main, lorsqu'il tendit le bras, tremblait légèrement. Je pris une gorgée. A ma vive surprise, c'était un whisky canadien. J'aurais parié pour du scotch. Cela dut se lire sur mon visage, car Cadogan sourit.

« Dans ce pays, monsieur Thorne, nous appelons cela du *rye*.

— Il est excellent, de quelque pays que l'on vienne.

Peut-être me croyait-il incapable de la courtoisie la plus banale, car il hocha un peu la tête, comme surpris. Puis il s'installa derrière son bureau, son verre de xérès perdu dans sa vaste main.

— Si je comprends bien, dit-il, vous essayez de retrouver le père de Mlle Brightman ?

57

— Pas exactement. May pense que la disparition de son père est peut-être liée à son adoption, et elle m'a demandé de jeter un coup d'œil de ce côté-là.

Son regard ne quitta pas le mien, mais sa main glissa sur son bureau vers un dossier qui s'y trouvait.

— L'adoption. Une question très personnelle.

— Oui.

— Une affaire intime. Une affaire de *famille*.

— Je le comprends.

— Vous n'ignorez pas, je suppose, que j'ai proposé à Mlle Brightman de lui dire tout ce que je sais à ce sujet, mais qu'elle m'a demandé de ne parler qu'à vous-même ?

— Oui.

— Elle vous fait donc confiance.

— Oui, je crois.

— Sans vouloir vous offenser, monsieur Thorne, puis-je vous demander si vous êtes absolument certain de comprendre ce que signifie le mot « confiance » dans un domaine comme celui-là ?

Il m'avait offensé modérément, mais je ne me donnai pas la peine de le dissimuler.

— Je crois que vous n'avez pas à vous inquiéter à ce sujet, monsieur Cadogan.

— Bien. Je cesserai donc. Mais vous comprenez également que je ne suis nullement obligé de vous dire quoi que ce soit... May Brightman est ma cliente, ainsi que son père, et son intérêt dans cette affaire est évident. Mais ces documents proviennent du dossier de Harry Brightman, non de celui de sa fille. Or il ne peut pas, à strictement parler, vous accorder l'autorisation de les lire.

— Je suis certain que c'est exact — à strictement parler.

Il me lança un regard noir.

— En tant qu'avocat, monsieur Thorne, je ne vois que des avantages à parler strictement.

J'hésitai. Je ne voulais pas ergoter avec lui. Surtout, je savais qu'en fin de compte il suivrait les instructions de la lettre de May. Je lançai :

— Puis-je vous demander si vous pensez, vous, qu'il existe une corrélation ? Je veux dire : entre la disparition de Brightman et l'adoption de sa fille ?

Il se rembrunit, irrité par ce changement de direction. Puis il poussa un second grognement.

— Je ne dis pas oui, monsieur Thorne... Mais je ne dis tout de même pas non. De toute façon, je vais vous communiquer ces documents, parce que je suis certain que Harry Brightman désirerait me voir répondre favorablement à la requête de sa fille... et parce que, comme vous le verrez, ils contiennent très peu de secrets. » Brusquement, sans me laisser le temps de répondre, il poussa le dossier vers moi. « Vous ne connaissez sans doute rien des lois sur l'adoption, mais ce n'est guère nécessaire. May Brightman n'a pas été adoptée selon le statut en vigueur aujourd'hui — en 1940, la loi applicable datait encore des années vingt. C'est un détail curieux de cette loi qui donne au cas de May un intérêt particulier. Vous comprendrez en lisant.

Sans répondre, j'ouvris le dossier. Le premier document était sur pelure : le double d'un ancien mémorandum de « T. Tugwell », à « G. C. » Il résumait la loi d'adoption de Nouvelle-Écosse — chapitre CXXXIX des statuts amendés de 1923 — et se concentrait particulièrement sur les « consentements » qu'il fallait obtenir avant qu'un décret d'adoption soit accordé : en théorie, le consentement de tout le monde, depuis l'enfant lui-même, s'il avait plus de quatorze ans, jusqu'à l'époux, si la personne adoptée était une femme mariée. Mais on pouvait également s'en passer sous diverses conditions : si la personne dont le consentement était normalement exigé souffrait d'une maladie mentale, se trouvait dans un pénitencier, avait négligé l'enfant, ou l'avait laissé « aux soins de la charité ». En outre, continuait le mémo, si l'on ne pouvait pas retrouver une personne dont le consentement était normalement requis, la cour pouvait convoquer cette personne par annonces de presse, puis déclarer le consentement acquis si la personne ne se présentait pas. Enfin le mémo concluait : « NON, la présence physique de l'enfant n'est pas normalement exigée en audience ; et OUI, notre client doit être marié. *La loi ne précise pas cette condition de façon explicite mais, dans la pratique, elle est toujours requise.* »

En remerciant Dieu de n'avoir jamais été tenté par une carrière juridique, je levai les yeux vers Cadogan.

— Je suppose que ce texte a été rédigé à la demande de Brightman ?

— Oui. Ce n'est pas indiqué dans le dossier. Il a dû venir au bureau et parler confidentiellement à mon père.

Je regardai le haut de la page :

— G. C. est votre père ?

— Oui.

Je me replongeai dans le dossier. Les documents suivants : des lettres adressées à Brightman dans un hôtel de Halifax reprenaient plus ou moins le texte du mémorandum ; puis il y avait une lettre à un cabinet juridique de Halifax pour annoncer que Brightman allait prendre rendez-vous. Brightman avait accusé réception de la lettre, et pour la première fois je vis sa signature — large, ouverte, sans complications, correspondant parfaitement au visage de la photographie.

Cadogan me dit :

« Vous aurez remarqué que le point important est l'exigence de publicité dans la presse — section IV, chapitre CXXXIX. Le journal où l'on publie ces avis est normalement le journal officiel du gouvernement de la province, *The Royal Gazette*, et les documents suivants du dossier sont des pages de ce journal.

Elles étaient vieilles et jaunies ; lorsque je les pris, le papier fragile s'effrita entre mes doigts. La page comportait des annonces d'héritage, la nomination de procureurs de la Couronne, des règlements concernant le couvre-feu — car on était en 1940 et la Seconde Guerre mondiale battait son plein. Au milieu de tout cela, je trouvai le titre : *Loi d'adoption ; réf. : Florence Esther Raines*. Je lus ce qui était imprimé au-dessous :

A : Florence Esther, dont l'adresse actuelle est inconnue et qui est la mère d'Élizabeth Ann Raines :

PRENEZ NOTE que conformément aux provisions de l'ordonnance, dont copie vous est donnée ci-dessous, il vous est signalé qu'une requête a été présentée en vue de l'adoption de l'enfant Élizabeth Ann Raines, requête dont copie vous est également donnée ci-dessous ; et ladite requête sera entendue et considérée en la salle d'audience du comté, Palais de justice, Spring Garden Road, Halifax (Nouvelle-Écosse), le vendredi 28 juin 1940, à dix heures du matin.

R.A. POWELL
Duke Street
Halifax (N.-É.)
Avocat des requérants.

Je sautai jusqu'au bas de la page pour lire la requête proprement dite : le récit complet, exclusif et légalement certifié, de l'adoption de May Brightman :

1940-C.C.-Nº 1289
En l'audience de la cour de comté
du district Nº 1,
en référence au chapitre CXXXIX.
Statuts amendés de Nouvelle-Écosse, 1923.
« De l'adoption des enfants » ; et en référence à
ÉLIZABETH ANN RAINES

REQUÊTE

A Son Honneur A.F. Best, juge de la cour de comté du district Nº 1 :
La requête de Harold Charles Brightman, de la ville de Toronto, comté de York, province d'Ontario, commerçant, et d'Ellen Sarah Brightman, son épouse, expose humblement ce qui suit :
1. Ledit requérant, Harold Charles Brightman, réside depuis plusieurs années à Toronto, comté de York, où il exerce un commerce de fourrure ; ladite requérante, Ellen Sarah Brightman, est l'épouse dudit Harold Charles Brightman.
2. Lesdits requérants sont désireux d'adopter un enfant du sexe féminin Élizabeth Ann Raines, fille

illégitime de Florence Esther Raines, de Halifax, comté de Halifax.

3. Ledit enfant a l'âge de dix mois. Né le 12 juin 1939, il a été abandonné quelques semaines après sa naissance aux soins de Charles Grainger, docteur en médecine, qui a pourvu charitablement à ses besoins depuis cette date.

4. Lesdits requérants croient que la mère dudit enfant était de confession protestante. Lesdits requérants sont membres de l'Église anglicane et donneront audit enfant une éducation selon les doctrines de cette Église.

5. Lesdits requérants sont âgés l'un et l'autre de plus de vingt et un ans et possèdent des moyens suffisants et la capacité d'élever ledit enfant ; ils sont en mesure de lui fournir nourriture et éducation.

6. Lesdits requérants vous demandent que le nom dudit enfant, Élizabeth Ann Raines, soit changé en Sarah May Brightman.

7. En conséquence, lesdits requérants prient cette Honorable Cour de statuer selon les provisions du chapitre CXXXIX des statuts amendés de Nouvelle-Écosse, 1923, par lesquels ledit enfant peut être adopté comme leur enfant par lesdits requérants.

Et lesdits requérants prieront toujours, etc.

HAROLD CHARLES BRIGHTMAN
ELLEN SARAH BRIGHTMAN

Je remis la page de journal à sa place ; le dernier document du dossier était l'ordonnance d'adoption elle-même. Rien de ceci ne m'étonnait outre mesure, mais j'étais cependant fort surpris, surtout à la lumière de ce que ma collègue journaliste m'avait appris le matin même sur le « secret » de rigueur. Je me tournai vers Cadogan :

— Donc l'adoption de May Brightman a toujours été de notoriété publique.

— C'était un cas exceptionnel, bien entendu. Mais les suggestions que Mlle Brightman m'a faites au téléphone — chantage et le reste — sont hors de question. Il n'y a jamais rien eu de secret dans son adoption et, comme vous le voyez, tout était entièrement légal.

— Mais pas entièrement normal..., pensai-je à haute voix.

— Que voulez-vous dire, monsieur Thorne ?

— Je songeais au mariage de Brightman. » Je revins au début du dossier. « Dans son premier mémorandum, il est clairement impliqué que Brightman n'était pas marié quand la procédure a commencé. Votre clerc a souligné qu'il devait l'être. Sans doute un mariage blanc, un mariage de raison, surtout si l'on se rappelle que les époux se sont séparés presque aussitôt après.

Cadogan me lança un sourire glacé.

— Tous les mariages devraient être des mariages de raison, monsieur Thorne. Ils n'ont rien d'illégal — ni même d'anormal.

Mais cela ne me cloua pas le bec.

— Pourtant, répliquai-je, l'ordre des choses paraît inversé, non ? Je veux dire : le désir d'adopter un bébé devrait être la conséquence du mariage, et non le précéder.

— Sans doute, concéda-t-il. Mais je pense que Harry Brightman n'est pas le premier homme qui ait désiré un enfant sans vouloir se mettre une femme sur le dos. Il était riche, même à l'époque. Comme beaucoup de gens riches, il a simplement organisé les choses de la façon qui lui convenait le mieux.

Cela me mit la puce à l'oreille et je compris... ou presque. Brightman, qui est riche, désire un enfant. Mais pas n'importe quel enfant — cet enfant-là... Au lieu de faire l'adoption dans sa propre ville, il traverse le Canada jusqu'en Nouvelle-Écosse parce que... mais à ce point, mon raisonnement dérapa. Et je me lançai dans une autre direction.

— Vous apparteniez déjà au cabinet juridique quand tout cela s'est produit ?

— Techniquement parlant, oui. Mais j'avais été détaché — si l'on peut dire — dans l'aviation canadienne. C'était en 1940, ne l'oubliez pas. Il y avait une guerre. Les États-Unis n'y participaient pas encore mais nous, nous étions dans le bain.

Je devinai un soupçon de désapprobation et je me demandai ce qu'il aurait dit s'il avait su que mon père, précisément à cette époque, continuait ses affaires comme si de rien n'était, les Allemands étant à Paris.

— Donc votre connaissance personnelle de l'affaire est limitée ? lui dis-je. Uniquement de seconde main ?

— Si vous voulez. Mais est-ce important ?

— Je me demandais seulement si vous en aviez discuté avec Brightman.

— Très peu, et beaucoup plus tard. C'est moi qui me suis occupé du divorce — il a donc été obligé de me mettre un peu au courant.

— Quand était-ce ?

— En 1951 ou 1952, je crois. Mais, à ce moment-là, il vivait séparé de sa femme depuis de nombreuses années.

— Sa femme peut-elle être liée à notre affaire ?

— Non.

— Et pourtant, vous n'excluez pas totalement une corrélation entre la disparition de Brightman et l'adoption ?

Pour la première fois, Cadogan parut mal à l'aise. Il baissa les yeux. Puis, d'un geste affecté, il ôta ses lunettes et les glissa dans sa poche. Il dit :

— Monsieur Thorne, quand les gens affirment qu'ils désirent vous parler franchement, ils s'apprêtent en général à proférer un mensonge ; mais je veux vraiment que vous sachiez le fond de ma pensée. Pourtant, c'est difficile. Je suis l'avocat de Harry Brightman depuis de très longues années. Il a maintenant moins de problèmes juridiques que dans le passé, mais je m'en occupe personnellement. Et quand il a vendu son affaire — une question complexe —, c'est moi qui ai traité. Dans un passé plus lointain, il faisait fréquemment appel à mes services. Il confectionnait et vendait des fourrures, mais il en importait et en exportait également. Les ocelots viennent d'Argentine, les jaguars du Brésil, et l'on rencontre des problèmes pour vendre des visons aux États-Unis... Il avait toujours des difficultés à obtenir une autorisation ou une autre. Vous comprenez ?

— Continuez, je vous prie.

— Bien. La dernière fois que je l'ai vu, lors de notre déjeuner habituel, j'ai senti une attitude différente. Je veux dire : j'ai eu l'impression que quelque chose le préoccupait, quelque chose qui dépassait les limites normales de nos relations. Il m'a parlé d'une femme. Il faisait manifestement allusion à une liaison, une amourette du passé... mais c'était très vague. Pas du tout le genre de choses dont il aurait normalement parlé — et d'ailleurs, pas du tout le genre de choses dont je vous parlerais dans des circonstances normales.

J'inclinai la tête. En fait, la difficulté qu'il éprouvait à s'exprimer me fit deviner que ses sentiments pour Brightman étaient plus « personnels » qu'il ne le prétendait.

— Je comprends, monsieur. A-t-il cité un nom ?

— Anna. Il m'a dit : « Lorsque je songe à cette époque, Anna est mon regret le plus profond. » Nous parlions du passé, de la guerre. Peut-être avait-il bu un peu plus qu'à son habitude. Il parlait comme si j'étais au courant.

— Mais vous ne l'étiez pas ?

— Non.

— Et vous ne lui avez pas demandé qui était cette femme ?

— Cela aurait été gênant pour nous deux.

— Je vois... Mais il n'y a aucune Anna dans tout ceci. L'enfant se nommait Élizabeth Ann...

Il leva la main comme pour écarter l'objection.

— Qu'est-ce que cela prouve ? Un diminutif, un petit nom tendre...

Enfin, je compris. J'entendis de nouveau la voix de May dans mon oreille : *Il voulait m'apprendre qui était mon vrai père.* Mais, en général, on se préoccupait surtout de l'identité de la *mère...* Tout cela dut se peindre sur mes traits, car Cadogan me dit :

« Je gage que vous avez tiré la conclusion évidente, monsieur Thorne ?

— Oui.

May Brightman était l'enfant naturel de Harry Brightman. En l'adoptant, il ne faisait que régulariser la situation de sa fille illégitime.

— Êtes-vous parvenu à cette conclusion seulement ce jour-là, au cours de cette conversation ?

— Non, j'en avais le soupçon depuis de nombreuses années.

— Avez-vous jamais essayé de le confirmer ?

— Non. Cela ne me regardait pas. Je me suis dit, bien entendu, que cela influencerait son testament, et j'en ai tenu compte quand je l'ai rédigé. » Il hésita un instant. « Le jour de cette conversation, voyez-vous, je l'ai senti déprimé, pas tout à fait lui-même — mais rien ne m'a paru tragique. Je n'ai aucune raison réelle de supposer que ce soit lié à son départ soudain. S'il n'avait pas disparu, je n'en aurais sûrement pas gardé le souvenir.

Soit. Le vieil homme se pencha en arrière dans son fauteuil. Puis, d'un geste qui n'avait rien d'un réflexe, il consulta sa montre.

« Si vous me permettez... Je crois vous avoir dit tout ce que je sais.

— Oui, monsieur. Et je vous en remercie.

Je me levai. Cadogan ne me tendit pas la main. J'hésitai, puis décidai de ne pas lui offrir la mienne. Mais comme je me retournais pour sortir, il m'arrêta.

— Monsieur Thorne... Au début de notre entretien, je vous ai demandé si vous saviez ce que signifie le mot « confiance ». J'espère que vous comprenez maintenant pourquoi.

Dirais-je tout à May ? C'était la question qu'il me posait. Mais je ne pouvais répondre sans y avoir réfléchi, et je hochai donc la tête, fis demi-tour et quittai la pièce sans un mot. Le planton m'attendait ; je le suivis dans l'escalier jusqu'à la lourde porte de chêne donnant sur la rue. Le trottoir était sombre et désert ; il bruinait. Je m'arrêtai et la pluie fine, froide et piquante, contracta mon visage. Je respirai à fond. Dirais-je tout à May ? Je ne savais vraiment que faire. Et soudain — ce devait être la pluie — je me retrouvai dans le cimetière, devant la tombe de mon père, et une sensation étrange et inquiétante s'empara de moi : un sentiment obscur, désespérant, de ne pas être où je me trouvais par pur hasard ; l'impression qu'en quelque manière le destin de Brightman était intimement lié au mien. Curieusement, les origines de May devenaient mon propre secret, et s'associaient donc — évolution toute naturelle — à l'autre secret que je détenais : la vérité sur le suicide de mon père. Rien d'étonnant à ce que je trouve la situation inquiétante. Mais tout reposait sur une hypothèse : à savoir que je garde strictement pour moi ce que je venais de découvrir. Devais-je le faire ? Les instructions de May à cet égard étaient assez claires : elle ne voulait rien savoir sauf si cela devenait absolument nécessaire. Peut-être donc n'avais-je aucun droit de lui parler, puisque rien ne prouvait

66

encore que son adoption et la disparition de Brightman fussent liées. Les faits étant ce qu'ils étaient, pour quelle raison aurait-il pris la fuite ? Sans doute la vérité aurait-elle bouleversé May dans une certaine mesure, mais sûrement beaucoup moins que sa disparition soudaine ; en définitive, la vérité ne pouvait que les rapprocher davantage.

Que devais-je faire ?

En chemin, une voix douce me murmura une sage réponse : « Laisse tomber ! Laisse tomber ! » Mais je suppose que, même à ce moment-là, je savais déjà que je n'en ferais rien. Que cela me plût ou non, c'était à présent mon propre secret — j'avais découvert une vérité que personne n'aurait jamais dû connaître, et il y avait forcément une suite.

Quelle suite ?

Près de la voiture, je me rappelai les paroles du Roi Blanc à Alice : « Commence par le commencement et continue jusqu'à la fin. »

Pour May Brightman, et peut-être pour son père, le commencement se trouvait à Halifax (Nouvelle-Écosse) pendant le printemps de la guerre éclair, en 1940.

5

Quand je vivais à Moscou, mon premier ami russe « ordinaire »
fut un nommé Nikolaï Morozov, ingénieur devenu fonctionnaire.
Et comme de nombreux Russes qui ont reçu une formation
scientifique, il se prenait pour un littéraire frustré. Il aimait la
poésie. Par-dessus tout, il adorait Kipling. Pourquoi ? Je n'en sais
vraiment rien. Kipling est assez mal vu en Union soviétique
(« réactionnaire impérialiste », etc.), peut-être croyait-il donc faire
preuve d'audace. Ou bien — quoiqu'il parlât bien anglais —
trouvait-il les rythmes et les rimes simples de Kipling faciles à
apprécier. Bref, je l'accompagnai un jour à Leningrad en voiture.
Nous arrivâmes tôt le matin, par une froide journée de mars, et un
brouillard à couper au couteau s'élevait de la Neva, du golfe de
Finlande, des marécages et des lagunes autour desquels la ville est
construite. Aussitôt, Nikolaï se mit à déclamer :

> *Into the mist my guardian prows put forth*
> *Behind the mist my virgin ramparts lie,*
> *The Warden of the Honour of the North*
> *Sleepless and veiled am I !*

Dans la brume mes rostres protecteurs s'avancent,
Derrière la brume se dressent mes vierges remparts,
Insomniaque et voilée, je suis !
La gardienne de l'Honneur du Nord !

— Kipling ! balbutiai-je, un peu insomniaque moi-même. Son
célèbre poème sur Pétersbourg.
— C'est de Kipling, oui. Et ce devrait être son poème sur

Pétersbourg. Mais, en fait, c'est sur une ville du Canada qui s'appelle Halifax, en Nouvelle-Écosse.

Telle était, jusqu'à mon arrivée en ce matin de fin octobre, la somme de mes connaissances sur le grand port de l'est du Canada. Je n'aurais certes pas juré de la virginité de la ville, mais Kipling avait cent pour cent raison au sujet du brouillard. Nous l'avons traversé en aveugles, volets baissés, train d'atterrissage sorti, et je sentis l'ensemble de l'avion tâtonner à la recherche du premier contact avec le sol, au milieu des tourbillons épais de vapeurs cendrées, de toutes parts. Puis la piste apparut, si proche que cela faisait peur... et nous avons glissé sur un tarmac que la pluie rendait gluant, avec une douceur que seuls les ordinateurs de bord et de ferventes prières sont capables d'assurer.

Je pris un taxi jusqu'au centre de Halifax, petite ville de garnison dans le style fin de siècle, patinée par les ans et estompée ce jour-là par la brume et la pluie : d'étroites rues grises ; des maisons de bois battues par les vents ; et cette odeur mêlée — sel, poisson et carburant diesel — que partagent les ports du monde entier. Mon hôtel, le *Nova Scotian,* se trouvait au beau milieu de la ville et ma chambre donnait sur le port. Je pris mon petit déjeuner en regardant par la fenêtre, tandis que la note continue, lugubre, d'une corne de brume oubliée faisait vibrer les vitres. Malgré son épaisseur, le brouillard n'était pas assez dense pour que le port soit fermé. Un bateau-citerne Esso le traversa plusieurs fois, puis un cargo de vrac sec, sûrement chargé de blé, descendit le chenal. Sur son pavillon, la faucille et le marteau. Enfin, tandis que je terminais mon café, un vaisseau de guerre montra son nez, aussi gris que le brouillard, aussi sinistre et menaçant qu'un requin. Ce devait être un contre-torpilleur, et aussitôt mon esprit revint aux affaires. May Brightman avait été adoptée en juin 1940, le mois de la défaite française. Les États-Unis n'entreraient en guerre que dix-huit mois plus tard, mais depuis ce port même de Halifax les premiers convois transatlantiques se préparaient déjà à « relever le défi des sous-marins allemands » — comme aurait dit Edward R. Murrow. Je me demandai si Harry Brightman avait vu ces bateaux. Possible, mais il devait avoir bien d'autres choses en tête. La femme qu'il avait mise enceinte, par exemple : Florence Raines. Ou peut-être, Charles Grainger, le docteur qui avait recueilli l'enfant. Ou certainement l'enfant elle-même, la petite fille qu'il avait appelée May par la suite. Que devait-il faire ? Comment affronter la situation ? Quarante ans plus tard, je me lançai sur les traces de son problème.

Je n'avais encore aucune idée claire de ce que je découvrirais. Si je ne découvrais rien, je serais déçu, certes, mais non surpris outre mesure — la possibilité d'un résultat négatif était l'une des raisons pour lesquelles j'avais finalement décidé de ne rien dire à May : seulement c'était une petite comédie que je me jouais. En fait, j'allais mettre de côté tous mes doutes, toutes mes hypothèses, et jouer à l'apprenti reporter. En dehors de ce que tout cela signifiait, il y avait un problème technique, et j'allais le résoudre — *che sarà, sarà.*

Je commençai par essayer de retrouver Florence Raines, tout d'abord dans l'annuaire du téléphone — plusieurs Raines mais aucun « F » — puis au Centre administratif de la province, Hollis Street, vieil édifice de pierre qui abrite les fichiers des statistiques et de l'état civil. Les employés se montrèrent patients et efficaces ; en moins d'une heure, je précisai trois faits. Tout d'abord, Florence Esther Raines était née à Springhill, petite ville minière du nord-ouest de la province. Ensuite, elle avait épousé un nommé James Luton Murdoch, à Halifax, le 22 mars 1943. Enfin, elle était décédée, également à Halifax, le 12 juin 1971.

Il était presque midi quand j'obtins ce renseignement final, et, bien entendu, cela me coupa les jambes. Florence était la candidate idéale pour me révéler les dessous de l'adoption ; s'il s'était produit à ce moment-là quelque élément susceptible de provoquer la panique de Brightman quarante ans plus tard, elle l'aurait forcément su. Mais je me dis aussitôt que la mort de Florence Raines n'était pas la fin du monde, et, à mon retour à l'hôtel, je repris mon annuaire à la recherche de Murdoch, son mari... Au téléphone, une voix de femme, assez jeune, me répondit qu'il n'était pas chez lui.

— Pouvez-vous me dire quand il rentrera ?

— Pas avant la fin du mois. Il est à Montréal, chez sa sœur.

Je parlais probablement à l'une des filles légitimes de Florence — elle ignorait sans doute l'erreur de jeunesse de sa mère et refuserait de toute façon d'en parler si elle était au courant.

— Il est très important que je le joigne. Pouvez-vous me communiquer l'adresse de sa sœur ?

Elle me la donna, mais je la classai pour l'instant sous la rubrique « En dernier ressort ». J'avais un meilleur espoir : le docteur. Il n'était pas sur la liste « médecins et chirurgiens » des pages jaunes, mais il vivait encore dans les pages blanches : Grainger, Charles F., docteur en médecine. Je composai le numéro, et une femme — j'aurais parié pour une gouvernante — décrocha.

— Oh, non, le docteur n'est pas là, je regrette.

— Savez-vous quand il rentrera ?

— C'est difficile à dire, monsieur. Il m'a affirmé cinq heures, mais ce sera peut-être six, et plus probablement sept. C'est vendredi, vous comprenez. Son jour à la clinique.

Donc il pratiquait encore. Elle me donna l'adresse de la clinique et je sortis aussitôt. Je pris un taxi ; la pluie avait redoublé. Voilée sous la brume de Kipling, la ville se déroula sous mes yeux, grise, désuète, mais curieusement séduisante. Même loin de l'eau, on sentait la présence de l'océan : toutes les rues transversales vers le port étaient en pente raide — gîte contre laquelle les piétons et les bâtiments semblaient s'arc-bouter. Nous traversâmes le quartier commerçant, plutôt réduit, puis les rues me parurent de moins en moins bien tenues. Des maisons croulantes. Des magasins à bon marché. Un Café de New York et un Bar de l'Arc-en-Ciel, avec des portes étroites, écaillées, qui desservaient sans doute de petites chambres sordides, au premier. Des gens se hâtaient sur les trottoirs, la tête basse. Des visages de mie de pain. Des visages de bière à la pression. Des visages noirs… En fait je me rendis compte soudain qu'il y avait de nombreux visages noirs, ce qui me surprit suffisamment pour que j'en parle au chauffeur.

— Vous êtes américain ? répondit-il.

— Hm-hm.

— Autrefois, les esclaves venaient ici, vu ? C'était leur refuge. Le Chemin de fer clandestin, on appelait ça. Et tout ce quartier, c'était Africville. » Après un temps, pour me laisser digérer sa leçon d'histoire locale, il ajouta : « Vous savez au juste où vous allez ?

— Je n'ai que l'adresse.

Il trouva malgré tout : une petite maison de bois donnant sur l'une des rues les plus minables. Un écriteau mal peint disait *Clinique publique de Daly Street*, mais j'aurais de toute façon reconnu l'endroit au premier regard, car il en existe des versions à peu près identiques dans le monde entier : avant-postes à demi oubliés des années soixante où une poignée de hippies et d'extrémistes — tels des soldats japonais abandonnés sur des atolls du Pacifique — se regroupent pour brûler leurs dernières cartouches. Je remontai l'allée vers la porte. Elle était ouverte, et ses paumelles mal vissées. Pour la refermer, je dus la soulever. Je me retrouvai dans un vestibule sordide, où régnait une odeur de pauvreté, masquée par celle du formol. Un jour, me dis-je, ces murs s'ornaient de posters du Che, de Stokely et de Hô Chi Minh ; à présent, un tableau d'affichage offrait un prospectus ronéotypé vantant les mérites d'un bal de lesbiennes. A côté, une autre feuille racolait pour un meeting de protestation contre les réductions du budget de l'Aide sociale. Je passai la tête par la porte d'un bureau. Une fille à lunettes, dont les cheveux bruns avaient un air maladif, parlait au téléphone.

— Je sais... Je sais... Exactement... On n'a pas le droit de traiter les gens comme ça... Exactement... Une seconde. » Elle leva vers moi un regard agressif. « Oui ?

— J'aimerais voir le Dr Grainger.

— Il est très occupé en ce moment.

— Ce n'est pas un problème médical. Je désire seulement lui parler. Dites-lui que c'est au sujet de Harry Brightman.

Elle parut hésiter.

— Harry Brightman ?

— C'est cela. Je crois qu'il se souviendra du nom, si vous lui en faites part.

— Soit... Mais il vous faudra tout de même attendre. Allez dans la salle, sur votre droite.

Sans enthousiasme, je suivis ses instructions. Par une sorte d'arcade, j'entrai dans une vaste pièce carrée, sans doute un salon au temps où la maison était habitée. Il faisait sombre, mais je me dis que j'étais en train de respirer l'air pur des bonnes œuvres. Contre les murs, assises sur de simples chaises, plusieurs personnes attendaient : des jeunes et des vieux, des Blancs et des Noirs, mais

tous pauvres ; des gosses de la rue, une petite vieille avec son sac à
provisions, une Noire enceinte... Je m'assis à côté de cette dernière
et lui demandai :

— Vous connaissez le Dr Grainger ?

Elle me lança un regard soupçonneux :

— Ouais, je le connais.

— C'est la première fois que je viens. Nous aurons longtemps à
attendre ?

Elle marqua un temps avant de répondre, peut-être pour écouter
la fille du bureau, toujours au téléphone : « Exactement... Exactement... Il faut voir les choses sous cet angle... »

— Ça dépend, dit la Noire. Si c'est lui que vous voulez voir, vous
le verrez. Mais il y a un autre docteur, qui serait un peu plus
rapide.

— Mais vous pensez que le Dr Grainger est meilleur ? Vous le
recommanderiez ?

Un peu plus aimable, elle posa la main sur son ventre :

— Ma foi, le Dr Charlie m'a mise au monde, et il avait mis ma
mère au monde, alors il fera bien pareil pour celui-ci.

Je souris.

— J'imagine qu'il est ici depuis longtemps.

Elle hocha la tête et resserra davantage l'imperméable autour de
sa taille.

— Aussi longtemps que je me rappelle. Ma mère est née en
1933, alors il était déjà là. » Puis elle se rembrunit et jeta autour de
la pièce un regard désapprobateur. « Bien entendu, ça n'a pas
toujours été comme ça. Je vois encore comment c'était quand
j'étais petite. Il habitait ici, voyez-vous. On entrait par une porte
sur le côté, et puis on descendait au sous-sol. Sa *Surgery*, comme il
l'appelait toujours, c'est le nom qu'ils donnent en Angleterre...

« Docteur Charlie », le médecin des pauvres, le praticien qui
possédait une conscience sociale. Un étrange ami pour Brightman ?
La question ne manquait pas d'intérêt et je m'y attardai ; mais elle
n'était pas assez passionnante pour me faire perdre conscience du
passage du temps. La fille semblait rivée à son téléphone. Un des
gosses, un petit Noir avec des gouttes de sueur qui luisaient dans ses
cheveux, se mit à trembler et je me demandai sur quelle drogue il
était branché. Je fermai les yeux et conjugai quelques verbes

russes. J'essayai de penser au livre sur lequel j'aurais dû être en train de travailler. Puis la fille du bureau finit par paraître sur le seuil et se tourna vers moi.

— Pouvez-vous m'accompagner, je vous prie ?

Je le pouvais et je le fis. Un couloir, une porte, la salle du personnel — une chaise chromée bon marché, une table pliante, des tasses mises à sécher à l'envers sur une serviette en papier... Nous étions à l'arrière de la maison. La fille ouvrit une porte au fond de la pièce et me fit entrer.

« C'est son bureau. Pouvez-vous attendre ici ? Il descendra dans une seconde.

Je passai devant elle. Curieusement, la pièce dans laquelle je venais d'entrer me rappela aussitôt la bibliothèque de Brightman, bien qu'elle en fût exactement l'opposé — très petite, très sombre, donnant une impression de plafond bas, d'exiguïté. En un sens, elle ressemblait davantage à mon atelier de Charlottesville, car c'était également une véranda aménagée pour l'hiver. Un plafond et des murs en lambris mouluré. Une double porte-fenêtre en triste état donnait sur un jardin envahi par les mauvaises herbes et les broussailles. J'écoutai la pluie courir sur le toit et crépiter sur les feuillages. Et, malgré tout, ce fut à la bibliothèque de Brightman que je songeai. Comme elle, il s'agissait d'un lieu de retraite, d'ailleurs encombré d'objets de la même manière — sauf que c'étaient des livres et non des gravures. Il y avait des étagères à livres partout ; des étagères branlantes de briques et de planches adossées à un mur, des étagères fabriquées avec de vieilles caisses d'oranges superposées, et même une vieille bibliothèque vitrée coincée dans un angle. J'ai toujours aimé espionner les lectures des gens, et ici, j'aurais eu du mal à l'éviter. Il y avait quelques textes médicaux, comme on pouvait s'y attendre, une étagère affaissée sous les journaux et une vieille encyclopédie, mais la plupart des ouvrages étaient des livres de poche, par rangées entières, par milliers. Beaucoup, très anciens, étaient recouverts de la pellicule de cellophane utilisée autrefois, et qui avec le temps se décollait par plaques. Je reconnus, en grand nombre, de vieux Penguin datant de l'époque où ils avaient tous la même couverture. Orange pour les romans. Bleue pour les essais et les bibliographies. J'en pris un. Les pages me parurent friables au toucher, comme celles de la *Royal*

Gazette dans le bureau de Cadogan. Puis je compris que la plupart de ces ouvrages appartenaient précisément à la même période. *Les Réfugiés et Vous*, une enquête exclusive de Penguin... *Ce que veut Hitler*, par E.O. Lorimer... *L'Allemagne revient en arrière*, « Nouvelle édition revue et augmentée de nouveaux éléments en avril et en août 1938 ». Précisément un an avant le début de la guerre, deux ans avant l'adoption de May — il était donc possible que Brightman se soit tenu à la même place que moi et qu'il ait regardé ce même livre, tout neuf à l'époque, sur le bureau de Grainger. Je continuai le long de la même étagère, le regard attiré par une rangée de reliures rouges uniformes. Je pris l'un des ouvrages et je vis qu'il s'agissait d'éditions du Club du livre de gauche, datant des années trente : *la Future Lutte pour le pouvoir,* par John Strachey. *Le Communisme soviétique : une nouvelle civilisation,* par Sydney et Beatrice Webb. *Manuel de marxisme,* par Emile Burns... Dans un lointain passé, semblait-il, la « bonne volonté » du Dr Charlie avait possédé un certain mordant : il avait fait preuve d'un intérêt, à tout le moins intellectuel, pour la gauche.

Mais au même instant — j'avais encore l'ouvrage de Strachey entre les mains — il entra dans la pièce.

Je lui souris. Il était difficile d'imaginer ce vieux monsieur sous les traits d'un quelconque révolté ou contestataire. Le Dr Charlie, de très petite taille, avait un visage doux tout ridé. Une toison de fins cheveux blancs auréolait sa tête. Vêtu de sa blouse blanche de médecin, c'était le genre de praticien vieillissant que l'on imagine volontiers en train de donner de sages conseils à un jeune Dr Kildare. Il me toisa.

— Allons donc, dit-il, vous n'êtes pas Harry Brightman.

— Désolé, docteur. La jeune personne m'a mal compris. Je désire vous parler au sujet de Brightman, mais je m'appelle Robert Thorne.

— Charlie Grainger. » Il me tendit une main fine, ferme et chaleureuse. Puis il sourit. « Pour tout vous dire, cela me soulage. Si vous aviez été Brightman, j'aurais eu en face de moi un vrai fantôme du passé. » D'un geste, il m'invita à m'asseoir. « Vous devriez trouver un fauteuil sous ces livres. »

Il passa derrière son bureau, près de la porte-fenêtre, et il dut lui-même faire un peu de vide pour s'installer.

— Vous aimez lire, docteur...

— Oh, ce que j'aime en réalité, c'est comprendre... sans pourtant prétendre que j'y parviens. » Il parcourut la pièce du regard. « Tous ces livres se réduisent en fait à trois questions : *Qui exploite ? Qui profite ?*

— La question de Lénine ?

— Si vous voulez. Mais beaucoup d'autres l'ont posée. Puis vient : *Qui gouverne les gouvernants ?* C'est la question du sage. Et enfin : *Que vont-ils bien pouvoir nous faire ensuite ?* qui est ma propre question.

Je souris. Quel âge pouvait-il avoir ? Bien plus de soixante-dix ans, à coup sûr. Enfin installé derrière son bureau, il croisa les mains devant lui et me dévisagea d'un œil intelligent et curieux. Je m'attendis presque à l'entendre me demander : de quoi souffrez-vous ?

— Je suppose que vous n'avez pas vu Brightman récemment ? lui dis-je.

— Je n'ai pas entendu prononcer son nom une seule fois depuis trente ans, monsieur Thorne. Peut-être davantage. Je suis surpris de l'avoir reconnu... C'est même drôle, car je me suis souvenu de lui sur-le-champ.

— Voyez-vous, il a disparu. C'est à ce sujet que je désirais vous parler. Il a quitté son domicile il y a deux semaines et personne ne l'a vu depuis.

— C'est désolant. J'espère qu'il ne lui est rien arrivé. Donc... Vous appartenez à la police ?

— Non. Je suis un ami de sa fille. Elle m'a demandé de l'aider à le retrouver.

Il haussa les épaules.

— Je ne sais que vous dire. Je suis certain de ne pas l'avoir vu. Vous ne croyez tout de même pas qu'il serait venu ici ? Vous savez, je ne l'ai connu que très peu de temps, et c'était il y a une éternité.

— Je comprends bien. Mais une partie du mystère qui entoure la disparition de Brightman est le motif de son acte. Il était en bonne santé, il avait de l'argent. En fait, la seule chose qui l'ait préoccupé au cours des semaines précédant son départ était l'adoption de sa fille. Il avait envie, semble-t-il, de lui en parler.

Pendant un instant, il parut mal à l'aise, comme il fallait plus ou moins s'y attendre. Puis il se ressaisit et sourit.

— C'était il y a si longtemps, monsieur Thorne.

— Oui.

— Et lui en a-t-il effectivement parlé ?

— Non.

— Mais vous voudriez que moi, je vous en parle ?

— Oui. Mais je n'ai nullement l'intention de vous mettre sur le gril. Disons que j'ai lu la requête, que j'en ai discuté avec l'avocat de Harry Brightman, et que j'en ai tiré la conclusion évidente.

— Qui est ?

— L'enfant adopté par Brightman était sa propre fille illégitime.

Il y eut un instant de silence, puis Grainger haussa les épaules et fit un petit geste de la main.

— Je ne devrais probablement pas offrir de commentaire à cette proposition... Mais peut-être est-il un peu tard dans la journée pour se montrer pointilleux sur des questions de principe. Procédons comme si votre conclusion était exacte. Qu'est-ce que cela change ? Autant que je sache, rien dans cette adoption ne pouvait déranger qui que ce fût.

— J'ignore si cela change quelque chose, ou si cela ne change rien, répondis-je. Et sans doute est-ce pour cela que je suis ici. Sa fille — qui s'appelle May — ne connaît pas la vérité, mais je suis certain que cela ne la dérangerait pas — comme vous dites. Je pense même qu'elle en serait ravie...

— Est-elle attachée à son père ?

— Très attachée.

— Donc vous croyez, *sans hésitation*, qu'elle serait ravie. Et pourquoi donc ne pas le lui dire ? Autant que je me souvienne, Brightman n'était pas homme à faire tant de façons — certains se seraient peut-être sentis un peu gênés à la perspective de ce genre d'aveu, mais pas au point de disparaître. Après tout sa fille est adulte à présent. » Il se pencha en arrière et passa les bras derrière le dossier du fauteuil. « Il me semble, monsieur Thorne, que vous vous lancez sur une mauvaise piste.

— C'est probable... Mais deux ou trois choses piquent cependant encore ma curiosité.

— Par exemple ?

— Songez à ce que vous venez de me dire, docteur. Pourquoi ne rien dire à May ? Je suis certain que la plupart des enfants adoptés sont parfois angoissés par leur situation, par leurs relations avec leurs parents adoptifs. Brightman aurait pu apaiser toutes ces angoisses. Or, il ne l'a jamais fait. Peut-être n'auriez-vous pas raconté toute l'histoire à la fillette, mais, comme vous le dites, May est à présent une femme adulte. Il ne lui a cependant pas révélé la vérité. Comme se fait-il ?

Il haussa les épaules.

— Je l'ignore. Je suppose qu'il doit y avoir de nombreuses raisons... parfaitement innocentes.

— Peut-être. Mais on peut creuser un peu plus. Voyez-vous, non seulement May ne connaît pas la vérité, mais prétend ne pas avoir *envie* de la connaître — elle s'est montrée très nette à cet égard. Même maintenant — après m'avoir demandé d'éclaircir la question — elle préfère que j'indique à la police ce que je découvrirai mais que je ne lui dise rien à elle. Ne trouvez-vous pas cela un peu étrange ?

Il secoua la tête en souriant.

— Non. Je ne vous suis pas du tout, monsieur Thorne.

En réalité, je pensais à haute voix, et plus j'avançais, plus les choses me paraissaient plus claires.

— Brightman, continuai-je, n'a jamais révélé la vérité à sa fille bien que les faits — à première vue — n'auraient pu que les rapprocher. En outre — mais je reconnais que sur ce point j'en suis réduit à des conjectures —, il lui a en quelque sorte insufflé l'idée qu'il valait mieux pour elle qu'elle ne sache rien. Vous comprenez ? Cela implique que la « vérité » ou bien n'est pas vraie, ou bien est incomplète. Il doit y avoir autre chose.

Il pencha la tête en arrière, perdu dans ses pensées, puis, avec un haussement d'épaules, il baissa les yeux.

— S'il y a autre chose, monsieur Thorne, je ne crois pas être au courant.

Son regard rencontra le mien. Et le soutint. En fin de compte, ce furent mes yeux qui se détournèrent. Sa sincérité paraissait évidente. Je repris la parole.

— Pouvez-vous me dire comment était Brightman quand tout

cela s'est passé. Semblait-il ému ? Comment avez-vous fait sa connaissance, par exemple ?

— Oh, c'était longtemps avant, à la fin des années vingt ou au début des années trente. Il importait et exportait des fourrures, vous savez, et, quand Montréal était bloqué chaque hiver, il les expédiait d'ici. Un jour, il est tombé malade et il m'a appelé en consultation de la manière habituelle. Vous l'avez connu ?

Il employait le passé, mais c'était bien normal : il ne l'avait pas vu depuis des années.

Je secouai la tête :

— Nous ne nous sommes jamais rencontrés.

— C'était un garçon passionnant, en tout cas à l'époque. Il était allé en Russie très tôt après la révolution, et il prétendait même connaître certains grands leaders soviétiques. En ce temps-là, j'étais vaguement socialiste, et cela m'intéressait donc. Il jouait aussi aux échecs — une de mes passions. Quand il venait en ville, j'allais parfois faire une ou deux parties à son hôtel. Je le battais le plus souvent.

— En fait vous êtes devenus amis ?

— Je n'irais pas jusque-là. Nous nous connaissions. Mais je ne l'ai jamais vu en dehors de Halifax.

— Et l'adoption elle-même ? Comment le sujet a-t-il été abordé ?

De nouveau, un instant d'hésitation puis un haussement d'épaules.

— Je suppose qu'il n'y a rien de mal à vous en parler... En fait, il n'y a vraiment pas grand-chose à en dire. Il s'est présenté un jour à mon bureau et il m'a avoué qu'il avait mis une jeune femme enceinte — une serveuse, une fille de l'hôtel, quelqu'un dans ce genre. Bref, il ne voulait pas l'épouser, mais il désirait s'occuper de l'enfant. La question était : accepterais-je de suivre la femme tout au long de sa grossesse, puis d'organiser l'adoption ? J'ai accepté.

— N'était-ce pas un peu inhabituel ?

— Bien entendu. Précisons donc, monsieur Thorne, que j'en ai discuté longtemps avec Brightman, puis que j'ai parlé à la jeune femme — aussi longuement — et qu'ensuite j'ai accepté.

— Excusez-moi. Je ne voulais pas vous froisser... Mais avez-vous bien connu la femme, Florence Raines ?

— Pas vraiment. C'était une jolie petite blonde, je me rappelle. En parfaite santé. Une fois l'accord conclu, je l'ai reçue dans mon cabinet pour les visites habituelles, puis je me suis chargé de l'enfant après la naissance. En dehors des questions médicales, je n'ai jamais rien su d'elle. » Il se pencha en avant. « Vous comprenez, il n'y avait rien d'indélicat dans cette affaire. Même aujourd'hui, certaines jeunes femmes préfèrent abandonner leur bébé de façon privée et demandent à leur médecin de s'en occuper. Légalement, c'est parfaitement normal... La seule difficulté dont je me souvienne, c'est que cette femme a disparu sans signer certains papiers, et des démarches juridiques supplémentaires se sont avérées nécessaires. J'ai oublié les détails. En fin de compte, cela revenait au même.

— Et vous êtes certain qu'il n'y a pas eu d'autres difficultés ? J'essaie d'imaginer un problème *de l'époque* qui pourrait refaire surface *à présent*.

Grainger s'adossa de nouveau à son fauteuil ; puis, en se penchant davantage, fouilla dans la poche intérieure de sa blouse. Il en sortit un paquet de cigarettes et un briquet Bic bleu. Il alluma le briquet puis bascula en avant, le visage baissé vers la flamme orange. Il se concentrait. Tout cela semblait parfaitement banal, mais ces gestes se transformèrent complètement à mes yeux. Pendant une seconde, sans savoir pourquoi, il me vint à l'esprit que l'âge est le plus sûr de tous les déguisements. Il ne paraissait pas plus jeune qu'à l'instant précédent, mais je pris conscience qu'il n'avait pas toujours été vieux. Peut-être le personnage qu'il avait joué jusque-là n'était-il pas entièrement faux, mais c'était réellement un *personnage* : un masque nommé « Dr Charlie », que le temps, les circonstances et la commodité l'avaient amené à porter. La personne « vraie », derrière ce masque, était beaucoup plus complexe ; pas seulement un vieux médecin aimable, ou un philosophe de pacotille, mais un être qui avait eu — entre autres choses — une relation passionnée avec tous les livres de cette pièce.

Bien entendu, il ne fut pas entièrement inconscient de l'effet qu'il avait créé. Quand il souffla la fumée, ses yeux fixèrent les miens et il dit :

— Ne mâchons pas les mots, monsieur Thorne. Nous savons tous les deux que de l'argent a changé de mains. Naturellement, je n'y ai pas été mêlé, mais Brightman était riche, et je suis sûr que la femme y a trouvé son compte. Pourquoi Florence Raines aurait-elle fait des difficultés ? N'oubliez pas que le monde était très différent à l'époque. La plupart des jeunes filles dans sa situation se seraient estimées heureuses d'avoir un Harry Brightman pour s'occuper d'elles.

Je m'adossai à mon tour. Dr Charlie ne s'en laissait conter par personne. Et, bien entendu, il avait raison. D'ailleurs, Florence Raines ne pouvait plus faire d'ennuis à quiconque puisqu'elle était morte. Or, plus que jamais, je sentais que des problèmes — d'une espèce ou d'une autre, en un lieu ou en un autre — existaient bel et bien. Brightman n'avait jamais parlé de l'adoption à May. Pourquoi ? si la question était aussi claire et nette qu'elle en avait l'air. Et si tout était vraiment simple, pourquoi Brightman se serait-il inquiété soudain, pourquoi se serait-il enfui, saisi de panique ? Or il s'était enfui. Et quelqu'un avait fouiné dans sa maison... Ainsi que dans la mienne — juste au moment où May essayait de me joindre.

Au-dehors, la pluie continuait de tomber à seaux ; derrière nous, dans la clinique, un téléphone se mit à sonner. Je savais que je devais prendre congé, mais je restai immobile, dans un silence rageur. La frustration dut se lire sur mon visage, car le vieux médecin me dit :

« Je regrette, monsieur Thorne. J'aimerais pouvoir vous aider davantage, mais je ne vois pas comment. » Puis, avec un sourire — le masque « Dr Charlie » de nouveau bien mis en place —, il ajouta : « Bien entendu, quand on a mon âge, il arrive parfois que l'on ne sache plus très bien ce que l'on a dans la tête, alors si vous voulez continuer à poser des questions...

L'allusion était très claire. Je souris.

— Vous vous êtes montré très patient, docteur. Je n'ai pas le droit de vous prendre davantage de temps... Et malgré vos dénégations, vous m'avez beaucoup aidé.

Il inclina la tête puis, comme je me levais, il me demanda :

— Dans quelle direction allez-vous continuer ?

Je haussai les épaules.

— Florence Raines s'est mariée. Elle est morte mais son mari est encore en vie. Et elle a eu des enfants. Je peux leur parler.

— Vous ne croyez tout de même pas que ses enfants seront au courant de cette affaire ?

— Non. Mais son mari, peut-être.

Il plissa le front.

— Même sur ce point, vous supposez trop. La plupart des femmes conservent des secrets pour leur mari. Pourquoi Florence Raines aurait-elle mis qui que ce fût au courant d'un passé révolu ? Et vous savez que vous risquez de faire beaucoup souffrir ces gens, sans raison — cela mérite réflexion, non ?

J'acquiesçai ; son raisonnement se tenait.

— D'un autre côté, lui dis-je, May est en train de souffrir beaucoup pour une excellente raison : son père a disparu. Et elle craint qu'il ne se soit tué. Florence Raines est morte. Personne ne peut plus lui faire de mal.

— Peut-être. Mais réfléchissez un peu, monsieur Thorne. Je vous ai dit que je ne connaissais pas très bien Brightman, et c'est la vérité. Mais je le connaissais manifestement mieux que vous, semble-t-il. Si Harry Brightman n'a pas parlé à sa fille adoptive, c'est qu'il devait avoir ses raisons, et de bonnes raisons. Et si Harry Brightman a préféré disparaître pendant quelque temps, je gage qu'il sait ce qu'il fait. Je ne me permettrais pas de vous conseiller de vous occuper de vos affaires, monsieur Thorne... Mais vous pourriez peut-être accorder à Harry une chance de régler les siennes.

Un aimable discours, aimablement prononcé. Je lui tendis la main.

— Merci, docteur. Je ne l'oublierai pas.

Il contourna son bureau et je traversai la salle du personnel derrière lui. Nous prîmes congé dans le couloir. Il disparut dans un escalier et je hâtai le pas vers la salle d'attente et le petit bureau de la fille au téléphone — elle était encore en train de parler. J'ouvris la porte en la soulevant du sol. Dehors la pluie tombait maintenant en plaques denses, inclinées. Pas très encourageant... Mais rien ne semblait très encourageant, de quelque côté que je me tourne. Sans joie, je pataugeai jusqu'à Gottingen Street, où je trouvai un taxi pour rentrer à l'hôtel — mon unique coup de chance de la journée. Je réfléchis à mes options. La liste n'en était pas très longue. Les enfants de Florence ? Exclus. Même si l'on écartait le problème moral soulevé par Grainger, et à supposer qu'elle leur ait raconté son secret, il était peu problable qu'ils fussent au courant du genre de détails dont j'avais besoin. L'avocat auquel Brightman avait fait appel pour la requête — R.A. Powell — connaissait peut-être un ou deux éléments, mais jamais il ne me parlerait si j'entrais dans son bureau le nez au vent ; il me faudrait d'abord persuader Cadogan de préparer le terrain. Restait donc une seule piste : James Murdoch... et il se trouvait à Montréal. Devais-je m'y rendre ? Tout en finissant de me sécher dans ma chambre d'hôtel, je songeai aux paroles de Grainger, juste avant mon départ. Son raisonnement ne manquait pas de sens, or il avait pourtant produit sur moi l'effet contraire de ce qu'il avait sans doute escompté. Plus que jamais j'étais convaincu que quelque chose avait mal tourné, très mal tourné. Grainger m'avait offert un portrait beaucoup plus clair de Brightman, en tout cas du Brightman d'autrefois ; et je pouvais très bien me représenter le jeune médecin progressiste — bourré de lectures et d'idéaux — en train de jouer aux échecs avec le jeune homme d'affaires — voyageur accompli et amateur d'art. Mais c'était une image très différente de celle que j'avais en tête jusque-là. J'étais parti de l'hypothèse que Brightman, âgé, avait fait une bêtise d'homme âgé : sa disparition, me disais-je, aurait une explication conventionnelle et sans doute comique. Ma visite à sa maison avait modifié cette hypothèse et maintenant j'étais amené à l'écarter complètement. Grainger, ne fût-ce que par son étrange métamorphose sous mes yeux, m'avait rappelé qu'il faut se méfier des apparences ; et son petit discours avant de prendre congé répétait en un sens ce message. *Si Harry Brightman a préféré disparaître pendant quelque temps, je gage qu'il sait ce qu'il fait. Je ne me permettrais pas de vous conseiller de vous occuper de vos affaires, mais vous pourriez peut-être accorder à Harry une chance de régler les siennes.* Mais quelles étaient les affaires de Brightman ? Si ce n'étaient pas celles d'un vieux monsieur tombant dans le gâtisme, mais celles d'un homme important et riche, possédant incontestablement du courage et de l'imagination — témoin, ces voyages en Russie au lendemain de la révolution —, pourquoi avait-il cafouillé de façon aussi lamentable ? Parce que c'est ce qui avait dû se passer. Jamais il n'aurait, volontairement, bouleversé sa fille à ce point, ou créé une situation dans laquelle la police — quoique sans enthousiasme — s'était mise à sa recherche. Donc, quelque chose avait dû tourner mal. Mais quoi ? Impossible à dire... Or le seul indice, jusqu'ici, était la première intuition de May : l'adoption. Ce qui signifiait : aller voir James Murdoch. Et par conséquent réserver une place pour le premier avion à destination de Montréal, le lendemain matin.

Il était deux heures et demie. Écœuré, ne sachant trop à quel saint me vouer, je téléphonai à May. Pas de réponse. Je pris un café au restaurant de l'hôtel et parcourus le canard de la ville. La pluie continuait de tomber à seaux. Il suffisait de regarder par la fenêtre pour décider de ne pas mettre le nez dehors.

Puis j'eus une idée ; pas précisément une inspiration mais de quoi m'occuper jusqu'au lendemain. Dans son adolescence, à Cannes, May avait pendant quelque temps éprouvé une certaine curiosité pour sa mère. Si je décidais de lui dire qui était son vrai père — je n'avais encore rien résolu à ce sujet —, ce sentiment allait sans doute revivre, et je pourrais au moins lui dire où sa mère était enterrée. J'empruntai un parapluie au portier et me dirigeai vers la bibliothèque municipale, où je me fis donner le *Chronicle Herald* de Halifax sur microfilm. Florence Murdoch était morte le 12 juin 1971. C'était une année qui ressemblait beaucoup à mes souvenirs, pleine de grèves, de prises d'otages, de Palestiniens et d'effondrements monétaires. Au milieu de ces événements, son avis de décès semblait décent, bourgeois, éminemment respectable :

> Murdoch, Florence Esther. Lundi dernier, dans sa demeure, à Halifax. Épouse tendrement aimée de James Murdoch et mère chérie de John, Devon, June, William et Susan. Service funèbre en l'église baptiste d'Old Guysburough Road, mercredi 16 juin. Au lieu de fleurs, prière d'adresser vos donations au fonds paroissial.

Je relus le texte et notai les détails ; je remarquai même que Florence s'intéressait aux œuvres de la paroisse, d'où les donations

— et j'ajoutai le pasteur à ma liste de personnes à voir. Mais c'était viser très loin, je n'avais pas l'intention de poursuivre dans cette voie pour l'instant. Pourtant, en rendant le microfilm, il me prit envie de faire un saut jusque là-bas. Je n'avais rien de mieux à faire, et voir un autre quartier de la ville embrumée de Kipling me distrairait. En fait, je vis de la campagne. Le concierge de l'hôtel me montra Old Guysburough Road sur la carte, et c'était au milieu des pâquerettes. Il fallait donc que je loue une voiture, mais, comme c'était possible depuis mon hôtel, je ne renonçai pas. A quatre heures, j'étais au volant. Il faisait presque nuit. Je traversai la ville en louvoyant au milieu d'une modeste circulation d'heure de pointe, les yeux rivés sur le trou de lumière creusé par les phares. Les banlieues, aussi uniformes que les poteaux indicateurs, se succédèrent, puis des cultures rachitiques, enfin des landes tout aussi rabougries. Quand j'arrivai à Old Guysburough Road, le paysage devint encore plus désolé — rochers, buissons, petits ruisseaux. Des chemins sans nom conduisaient nulle part ; j'aperçus entre les arbres des cabanes couvertes de papier goudronné. Enfin, depuis le haut d'une côte, je repérai l'église, adossée à la pente d'un vallon encaissé. On avait tracé et nettoyé des champs des deux côtés de la route, et plusieurs petites maisons, posées sur des parpaings, lançaient vers le ciel le tuyau de la cuisinière qui assurait en même temps leur chauffage. Une rangée de poteaux téléphoniques zigzaguait dans le lointain, et près du fossé deux enfants jouaient dans la carcasse rouillée d'une voiture. Au-dessus de l'allée, une pancarte branlante proclamait fièrement : *West Baptist United Church.*

Je m'engageai dans l'allée et m'arrêtai sur une pelouse défoncée et creusée d'ornières par les camionnettes des paroissiens. Personne dans les parages ; à vrai dire, l'église semblait presque abandonnée. Les marches de ciment conduisant au porche étaient craquelées, prêtes à s'effondrer ; d'un côté de la pelouse, des balançoires métalliques rouillées étaient retenues par une chaîne vétuste ; une table de pique-nique, à laquelle il manquait un pied, avait basculé sur le côté.

La pluie dégoulinait toujours, mais j'avais gardé le parapluie du portier ; je l'ouvris à la hâte puis claquai la portière de la voiture derrière moi. J'attendis une seconde. Personne n'apparut. Je fis un pas ; mon pied s'enfonça dans la boue avec un bruit mou. Une sente faisait le tour de l'église. Dans l'ombre du bâtiment, tout me parut plus noir. Au-dessus de ma tête, la pluie battait la charge sur les tôles du toit et quand je tournai au coin du bâtiment je fus accueilli par l'eau qui débordait des dalles. La sente, garnie de gravier à cet endroit-là, conduisait à une porte latérale, mais il n'y avait pas la moindre lumière : je n'avais apparemment aucune chance de parler au pasteur. Je continuai sur le sentier néanmoins, car il tournait brusquement sur la droite, traversait un champ nu, puis s'engageait sous des arbres tordus, qui semblaient les restes d'un verger. La nuit et la pluie s'associaient pour m'accabler ; malgré le parapluie, je commençais à être trempé. Tête baissée, je pressai le pas au milieu des arbres. J'aperçus bientôt une clôture, avec une grille ; au-delà, le cimetière, puis une vaste étendue de champs sombres. Je poussai la grille et m'avançai. L'allée se divisait aussitôt en une douzaine de sentiers, car le cimetière s'étalait sans plan régulier, en toute simplicité, les tombes disposées un peu au hasard. Il y en avait beaucoup, et la plupart étaient modestes : souvent un moulage en ciment. Je me penchai en avant — aussitôt la pluie parvint à se glisser sous mon col, le long de mon cou — et je passai les noms en revue. Florence Murdoch, née Raines, se trouvait au fond. On ne pouvait guère qualifier sa tombe d'imposante mais elle était plus importante que les autres — une dalle basse de granit gris, angles abattus et lettres simples :

FLORENCE ESTHER MURDOCH
1919-1971
« Chez elle enfin »

Mon regard essaya de percer la pénombre et la pluie, comme devant la tombe de mon père quelques jours auparavant. Était-ce pour cela que j'étais venu jusqu'ici ? L'endroit et le moment semblaient mal choisis pour une séance d'introspection, mais on pouvait se demander si...

Mais aussitôt, je me concentrai.

Car la tombe de mon père, malgré le passage des ans, refusait d'entendre les questions que je lui posais et demeurait muette —

alors que celle de Florence, à ma vive surprise, répondait à toutes, et avec éloquence.

Je n'étais là que par un heureux hasard. Mais j'aurais de toute façon appris la même chose, soit de James Murdoch quand je lui aurais parlé — à l'instant où j'aurais posé les yeux sur lui — soit du pasteur. Sur un côté de la pierre tombale, gâchant complètement sa dignité, dépassait un objet ovale, d'aspect nickelé, d'environ quinze centimètres de longueur. Avec un peu de bonne volonté, on pouvait le comparer à un gros médaillon ; mais, si l'on voulait être précis, il évoquait plutôt le bouchon de radiateur d'une Dodge 1955. Le couvercle à charnière ressemblait aux capots métalliques qui protègent les prises de courant extérieures. Je me penchai en avant, presque à genoux, pour le soulever. Il dissimulait un ovale de plastique lisse ou de porcelaine — rappelant de nouveau, vaguement, une broche — sur lequel avait été reproduite, par quelque nouveau miracle de la science funéraire, une photographie en couleurs de la défunte.

Je la fixai, et je jurai entre mes dents.

C'était une jolie petite blonde, je me rappelle.

Eh bien, pas exactement.

Peut-être — peut-être ? — Harry Brightman était-il le vrai père de May... Mais Florence Raines, la femme très noire que j'avais sous les yeux, n'avait jamais donné naissance à un enfant au teint de lis et de rose.

6

Je me redressai et reculai d'un pas.

Je regardai la pluie, luisante sur le fond noir. Au-delà des ombres basses, ramassées, des pierres tombales se trouvait une clôture de fil de fer penchée sur le côté, puis un champ boueux, où pointaient les chaumes du blé de l'été précédent. La clôture craquait et grinçait dans le vent. Alarmés par ma présence, deux vieux corbeaux s'élevèrent du champ, puis s'éloignèrent d'un vol gauche dans le crépuscule. Ils croassèrent deux fois puis disparurent.

Je ne bougeai pas. Pendant un instant, ma vive surprise m'empêcha de ressentir quoi que ce fût, même le contact de la pluie. Mais, dès que cet engourdissement cessa, ce que j'éprouvai fut si fort que je me mis à trembler. C'était de la peur — non pas ma propre peur, mais la peur de quelqu'un d'autre. Une odeur enterrée depuis longtemps se dégageait de cette tombe : enfin libérée, l'odeur de peur qui émane de tout danger de mort. Je regardai la pierre. Les hommes cachent bien des choses, leurs trésors et leurs hontes, mais leur motivation est toujours la même — la peur de perdre, la peur d'être découvert, la peur de la trahison, toujours la *peur,* d'une espèce ou d'une autre. Ce que je venais de découvrir était la preuve qu'un jour quelqu'un avait connu une frayeur terrible.

Au même instant, je tournai la tête. Une lumière s'était allumée sur le côté de l'église. La porte latérale s'ouvrit brusquement et une silhouette en sortit. Dans le rectangle de lumière qui tombait de la porte je vis que c'était un Noir. Évidemment. Une église baptiste noire : il y avait toujours une sorte d'enclave noire dans ces banlieues pauvres, et c'était là que la Noire Florence Raines avait été portée en terre. Tête baissée, fermant son imperméable de plastique d'une main crispée sous son cou, la silhouette referma la porte derrière elle puis se retourna. Aussitôt il me vit. Tout bien considéré — les ténèbres, la pluie, mon parapluie levé au-dessus des tombes — je devais offrir un tableau saisissant : il se figea en plein mouvement. Nous nous sommes regardés quelques secondes. Puis, à l'instant où je m'attendais à le voir hurler, j'agitai mon parapluie en signe de reconnaissance et me dirigeai vers lui. Il suivit des yeux chacun de mes pas sur le chemin : la traversée de la grille, le passage sous les arbres, puis sur l'allée ; à mesure que je m'approchais, ma respectabilité devenait plus évidente et je m'aperçus qu'il se détendait. Peu à peu, ses gros traits empâtés prirent une expression à la fois digne et bienveillante, qui m'aurait révélé sa profession de pasteur même si je n'avais pas aperçu la tache blanche de son col, sous son imperméable.

— Bonsoir, lui dis-je.

— Puis-je vous aider ? Vous cherchiez peut-être une tombe ? Il fait très sombre...

C'était un petit homme tout rond, presque chauve à part quelques mèches crépues, très blanches, au-dessus des oreilles. Son expression, figée mais résolue, constatait notre différence de couleur mais sans vouloir en faire état. Ses soupçons à mon sujet — semblait dire cette expression — avaient une cause entièrement différente.

— Merci, révérend. Excusez-moi. J'avais l'intention de me présenter à l'église, mais elle m'a paru sans lumière...

— Oh, je vous en prie. Tout est bien ainsi. C'est un endroit public et vous êtes le bienvenu sans réserve. Je me demandais seulement... A cause de l'heure, vous comprenez.

J'inclinai la tête. Il ne portait pas de chapeau et n'avait pas de parapluie, mais je sentis qu'il aurait refusé de s'abriter sous le mien.

— Je m'intéresse à une femme enterrée ici, lui dis-je, une ancienne fidèle de la paroisse, je crois. Florence Murdoch.

— Oui. Elle fréquentait cette église. Une femme très bien. Je ne l'ai connue que sur la fin de sa vie mais elle était très dévouée... à l'église, à sa famille. Son mari continue de venir ici, ainsi que deux de ses filles... Si je comprends bien, vous étiez un ami ?

— Non. Je ne l'ai jamais rencontrée.

— Dans ce cas, je ne comprends pas.

— C'est confidentiel, révérend. J'aimerais vous expliquer mais je ne peux pas.

Il se raidit, puis se renfrogna. Mais aussitôt sa réaction passa du mécontentement à l'ironie.

— Dites-moi, est-il important — pour cette affaire confidentielle — que Florence Murdoch ait été noire ?

J'hésitai.

— Elle l'était, bien sûr ?

— Bien sûr.

— Et quelle importance cela peut-il avoir, révérend ?

— Je n'en ai aucune idée — mais c'était important pour l'autre homme.

— Quel autre homme ?

— Il est venu me voir il y a environ une semaine. C'est la question qu'il m'a posée : Florence Murdoch était-elle noire ? Il s'est montré... déplaisant à ce sujet. « Noire comme vous ? » m'a-t-il dit. Je lui ai répondu : « Non. Noire comme une négresse. » Nègre, c'est le mot que je préfère... même si cela me donne un côté vieux jeu.

Son visage se tourna vers moi, comme pour me mettre au défi, tandis que le chant incessant de la pluie — coups de baguette sur le toit, éclaboussures et ruissellement — emplissait le silence. Un autre homme avait posé des questions sur Florence Raines. Brightman ?

— N'était-ce pas un homme plus âgé... encore vigoureux, grand, mais...

— Non. Pas du tout. Il était petit avec des cheveux roux. Je me souviens bien de son visage.

Je secouai la tête.

— Alors je ne le connais pas.

Mais je le connaissais : c'était le spectre aux cheveux roux qui errait sans bruit dans la maison de Brightman le soir où j'avais visité son bureau.

— Permettez-moi tout de même de vous dire ce que je lui ai répondu, lança le révérend. Laissez-la tranquille. Laissez-la reposer en paix. Si elle a péché, ses péchés ont été expiés depuis très longtemps.

— Révérend...

Mais déjà il souriait, en me tendant sa paume lisse et rose.

— Voilà, c'est tout ce que j'ai à vous apprendre. L'église est fermée, mais si vous désirez prier… Non ?… Dans ce cas, je vous souhaite bonne nuit.

Il se retourna dans un bruissement de son imperméable de plastique raide, puis s'éloigna sur le chemin.

Trempé malgré mon parapluie, je le regardai s'en aller ; et, lorsqu'il disparut au coin de l'église, l'odeur de peur ancienne revint, plus forte que jamais. Un autre homme connaissait le secret de Florence Murdoch… Mais était-ce vraiment *son* secret ? Pauvre Florence : sans doute une patiente parmi tant d'autres du brave, de l'idéaliste Dr Charlie… Rivé au même endroit, de plus en plus trempé, je jurai entre mes dents. Le vieil homme en blanc m'avait menti avec une habileté rare. Dans le métier de journaliste, on rencontre plus que son compte de menteurs professionnels, mais je suppose que nul n'arrive à la cheville d'un amateur inspiré. Il avait fait preuve d'un aplomb désarmant, et j'avais tout avalé sans sourciller. *Ne mâchons pas les mots, monsieur Thorne. Nous savons tous les deux que de l'argent a changé de mains…*

Un autre juron, puis je baissai le parapluie contre ma tête et pataugeai jusqu'à la voiture. Il faisait maintenant nuit noire ; quand je lançai le moteur, la pluie scintilla dans les faisceaux de mes phares. Personne… Le révérend était parti, l'allée vide. Dès que j'arrivai sur la grand-route, j'écrasai l'accélérateur, poussé par un sentiment d'urgence que semblait justifier pleinement l'odeur de danger qui refusait de se dissiper. Je pensai à May : *elle avait peur.* Avait-elle menti, comme le Dr Grainger ? Et qui était l'autre homme, celui qui fouillait dans le passé de Florence Raines ? De tout ce que j'avais échafaudé jusque-là, plus rien ne restait debout. Tout avait changé devant la tombe de cette Noire.

J'avais quitté l'église vers cinq heures et demie ; il était presque six heures et quart quand j'arrivai chez Grainger. Il habitait une petite rue dans ce qui me parut être un quartier universitaire. Une maison modeste : le rez-de-chaussée et l'étage, un revêtement de bois, une véranda au décor surchargé dans le style fin de siècle. Pas de lumière. Je me garai près du trottoir d'en face, puis j'ouvris mon fidèle pépin et traversai la rue. La pluie tombait encore plus dru, si c'était possible. Elle donnait à la nuit le grain d'une très vieille photographie et s'étalait sur la chaussée luisante comme de l'huile sur une poêle chaude. Je courus à l'abri de la véranda, qui résonna sous mes pas. Il y avait une vaste baie vitrée, aux rideaux tirés — mais je pus tout de même jeter un coup d'œil sur un intérieur sombre, éclairé seulement par la lueur jaunâtre d'une lampe sur une table basse. Il n'était pas là, j'en étais certain, mais je frappai néanmoins à la porte, puis sonnai. J'appuyai mon oreille à la vitre et j'écoutai la sonnerie bourdonner dans l'espace vide.

Je revins à la voiture, me séchai les mains et allumai une cigarette.

Grainger n'était pas chez lui, où donc se trouvait-il ?

Je compris vite. Il avait senti que, malgré toute son habileté, je finirais par découvrir qu'il m'avait menti — parce que je lui avais annoncé ma décision de parler à Murdoch ; et dès que j'aurais posé le regard sur Murdoch, la vérité me sauterait aux yeux. Autre détail : je n'avais pas appris à Grainger que Murdoch se trouvait à Montréal, il avait donc supposé que je le verrais le jour même ; s'il voulait agir, d'une manière ou d'une autre, il fallait donc que ce fût très vite. Mais que pouvait-il faire ? S'il essayait de fuir, de se cacher, il ne pouvait guère aller très loin ; il était âgé, jouissait d'une certaine position sociale et ne devait rien avoir préparé. Il pouvait essayer la maison d'un ami, un hôtel, peut-être une ferme ou même un endroit plus inaccessible ; mais cela revenait à peu près au même. Je pouvais me mettre à sa recherche — mais je pouvais aussi attendre sans bouger : il faudrait bien qu'il revienne sans trop tarder. Et c'est donc ce que j'envisageai : Rentre à l'hôtel, fais-toi couler un bain chaud et demain matin commence par la gouvernante... Mais cela ne me satisfit pas. Je sentais encore, au fond de ma gorge, l'odeur de la peur, et le côté sombre de cette maison ne me plaisait guère. Quoique sans grand espoir, je lançai le moteur et pris la direction de la clinique : c'était le seul endroit que je pouvais vérifier tout de suite. Lentement, je retrouvai mon chemin dans le labyrinthe nocturne d'une ville inconnue : rues à sens unique, flèches interdisant de tourner à gauche, poteaux indicateurs lisibles seulement quand on les dépasse. Enfin, presque par hasard, je tombai sur la bonne rue. Dans le noir et sous cinq centimètres d'eau, elle n'avait pas meilleure allure qu'en début d'après-midi. Les pelouses sans herbe, clôturées par de vieux tuyaux, se muaient en bourbiers et la lueur bleue des postes de télévision filtrait entre des rideaux crasseux. Je m'arrêtai devant la clinique. Pas de lumière. Je traversai le gué jusqu'à la porte. Une note, tracée au crayon-feutre noir et fixée par des punaises, disait : « FERMÉ CE SOIR. JENNY. » Je frappai quand même — il n'y avait évidemment pas de sonnette. Je secouai le loquet... rien. C'était surprenant — et inquiétant. Ce genre d'endroit reste ouvert à toute heure, même après la fermeture officielle. Il y a toujours des réunions interminables pour préparer la phase suivante de la révolution, et un sans-abri qui finit la nuit sur la banquette. Je regardai la note laissée sur la porte : sa présence même indiquait que fermer à une heure pareille n'était pas dans la norme.

Déçu dans mes espérances, je restai sur place un instant. Puis je me rappelai la femme noire enceinte, dans la salle d'attente, et je descendis du porche pour contourner la maison. Au milieu du bâtiment, sous un petit toit pointu, se trouvait l'entrée latérale : l'ancienne *surgery* du Dr Charlie. Ce n'était guère probable, mais je me dis que c'était possible — je distinguai dans le fouillis un berceau, une cuisinière, une boîte de haricots à la tomate — je baissai donc la tête et m'élançai dans l'allée. J'étais plus ou moins à l'abri entre la clinique et la maison voisine et la pluie me parut moins violente. Je parvins sous le porche d'entrée. Aussi noir que le reste. Un escalier de ciment descendait. Je m'y engageai, les mains à l'avant et, à la dernière marche, je m'enfonçai dans l'eau jusqu'aux chevilles. Il faisait très sombre, surtout sous le parapluie — mais du diable si j'allais le refermer ! — et je me glissai à tâtons vers la porte. Fermée. Cadenassée. Barricadée... Et quand je tirai sur le loquet, je compris qu'il n'avait pas servi depuis des années. J'étais encore dans mon bain de pieds, en bas de l'escalier, quand j'entendis un pas sur le chemin.

Je me figeai.

Grainger ? Les pas se rapprochèrent en crissant, vifs et rapides. Grainger avait sans doute beaucoup d'allant pour son âge mais ces pas ne pouvaient lui appartenir. Je m'adossai au mur et refermai le parapluie sans bruit. Les pas avancèrent, s'arrêtèrent... puis repartirent. Pour s'arrêter de nouveau, en haut de l'escalier. Je retins mon souffle. Une pointe de soulier, en pivotant, gratta l'asphalte. Un instant plus tard, j'entendis un petit déclic et une lampe torche s'alluma. Un mince faisceau de lumière tomba dans mon puits. Trouva la porte. S'immobilisa sur la serrure... puis s'éteignit. Il m'avait manqué à cause de l'angle. Puis, tandis qu'une tache jaune scintillait encore devant mes yeux, les pas s'éloignèrent.

J'attendis une seconde, sans trop savoir de quel côté ils étaient partis.

Non sans précaution, je remontai lentement.

Accroupi sur les marches, les yeux au niveau de l'allée, je jetai un coup d'œil vers la rue. L'allée et le trottoir étaient vides.

Je me redressai et me retournai pour regarder vers l'arrière de la maison.

Derrière moi, une voiture passa dans la rue ; j'entendis, au-dessus de la pluie et de la rumeur de la ville, le bourdonnement d'un avion. Je scrutai les ténèbres. L'ombre succédait à l'ombre, et la pluie tordait la nuit en tunnels et en tourbillons ; pas la moindre trace de quiconque. J'écoutai. Des pneus crissèrent. L'avion s'éloignait lentement. Je fis un pas. Des bruits de pluie m'emplirent les oreilles : tambour métallique des gouttes sur les tôles du toit, écoulement torrentiel des gouttières, staccato sur l'asphalte... Je m'arrêtai. Je me trouvais maintenant à l'arrière du bâtiment, à l'endroit où j'avais parlé à Grainger en début d'après-midi. L'oreille aux aguets, j'attendis. Une dalle se vidait en gargouillant, et le bruit de la pluie sur la végétation du jardin semblait plus doux. Un seul pas en avant et je vis la cour envahie par les buissons et les mauvaises herbes. Au fond, un grand mur de planches — l'arrière du garage ou de l'atelier du voisin. Contre ce mur, une bêche, une brouette retournée et un vélo dont il ne restait plus qu'une roue... tous ces objets nettement visibles dans le long rectangle déformé de lumière jaune qui provenait de la façade arrière de la maison.

Je fis deux pas rapides dans le jardin.

L'herbe m'arrivait aux genoux ; aussitôt mon pantalon fut complètement trempé. Mais d'où je me trouvais, je pouvais voir la double porte de la bibliothèque de Grainger. Un panneau était entrebâillé et un homme en imperméable marron clair se penchait sur le bureau, à l'endroit où Grainger m'avait reçu... Il me fallut cinq secondes pour déterminer qu'il ne s'agissait pas de Brightman lui-même. Ce furent quatre secondes de trop, car il se retourna et me vit. Il hésita ; je ne bougeai pas. Puis, très calme, il se dirigea vers la porte. Au moment où il la franchit, son corps se mit de côté et la lumière tomba sur son visage. Je le reconnus sur-le-champ : c'était l'homme que j'avais vu dans le couloir chez Harry Brightman, l'« autre homme » qui voulait savoir si Florence Raines était noire. Il avait le visage mince, ses dents semblaient pousser ses lèvres en avant et ses cheveux en brosse avaient des reflets roux. Dans le couloir de Brightman, je ne l'avais pas aperçu plus d'une ou deux secondes, mais je n'eus absolument aucun doute : c'était le même individu.

Me connaissait-il ?

Comment le savoir ? Il me regarda longuement en franchissant la porte, mais rien ne bougea dans ses yeux. Peut-être que pour lui, mon identité ne faisait aucune différence : car il avait un revolver à la main, et les armes n'encouragent pas aux distinctions subtiles. A la vue de l'objet, je me figeai. Pendant un instant, je fus incapable de voir autre chose, et je n'entendis plus que le battement de mon cœur, si violent qu'il dominait la pluie.

Il s'avança lentement vers moi... Il ne pouvait faire autrement, car j'étais entre la porte et l'allée. Puis pendant un instant nos regards se croisèrent et je compris qu'il ignorait totalement qui j'étais. Lentement, l'épaule contre le mur de la maison, il se glissa devant moi. Puis il s'arrêta. Il était parvenu à l'angle ; pour remonter l'allée, il fallait qu'il me tourne le dos ou qu'il marche à reculons. Il choisit la première solution — je crus même qu'il allait courir — mais, lorsqu'il voulut se retourner, il glissa : un pied dans le jardin boueux et l'autre sur l'asphalte, il fit le grand écart.

Je l'entendis jurer à mi-voix.

Je me jetai sur lui — deux pas et le plongeon : un plongeon qui le plaqua au sol si facilement que mon élan me fit culbuter au-dessus de lui. Sur le dos, dans la nuit, sous la pluie, je cherchai désespérément à saisir son bras, sa main droite, celle qui tenait l'arme, et je la secouai comme un forcené dans le vide, sans même me rendre compte que le revolver lui avait échappé depuis longtemps. Sans lâcher son poignet, je me relevai. Il poussa un grognement, lança un coup de pied... puis projeta en avant son autre main, crispée sur un long couteau. D'une secousse à son bras droit, j'éloignai son corps de moi. Il chancela, dérapa. Je tirai dans l'autre sens, puis le fis tourner de nouveau sur lui-même, une fois, deux fois — il avait du mal à maintenir ses pieds au sol — jusqu'à ce que son imperméable, avec un bruit sinistre, me reste entre les doigts. L'absence soudaine de poids me fit perdre l'équilibre en arrière, et l'imperméable s'envola dans le noir. Je tombai sur un genou. Mon haleine me brûlait la gorge, la pluie glacée glissait sur mes lèvres... Je levai les yeux. Il avait encore le couteau à la main.

Lentement, je me redressai. Puis reculai d'un pas.

C'était inutile. Car il lui suffisait de me coincer dans la cour.

Mais il fit un pas de côté, vers sa droite. Je contrai par un mouvement identique. Il recommença. Moi aussi. Une troisième fois — nous tracions un cercle. Il s'arrêta. Je m'arrêtai. Je cherchai son visage dans le noir. Ses yeux regardaient en tous sens, non vers moi ; et lorsqu'il bougea de nouveau, je compris le but de sa manœuvre : son imperméable — étalé comme la cape de Sir Walter Raleigh en travers d'une flaque au bout de l'allée. Qu'il le prenne donc ! Étant donné son couteau, je ne pouvais pas l'en empêcher de toute manière. Mon seul souci était de rester hors de son chemin. Je fis donc un pas en arrière... et mon pied heurta le revolver.

Il dut s'en douter, à cause du bruit : car il se figea en plein mouvement. Pendant un instant, nous nous sommes fixés dans les yeux. Puis je me suis baissé, j'ai ramassé l'arme et je l'ai braquée vers lui.

Fuis l'arme blanche, charge l'arme à feu... Cela paraît un bon principe, mais, quand le canon est braqué sur vous, *la prudence est mère de sûreté* semble bien meilleur. Il lança un dernier regard à son imperméable — je crus même qu'il allait plonger pour le récupérer — puis il sauta dans une zone d'ombre. Avant même que je retrouve mes esprits, il avait disparu dans l'allée.

Je baissai le revolver. La pluie tombait, je pouvais encore entendre l'avion au loin. Tout était terminé mais je reçus enfin le choc : mon cœur se mit à battre comme si je venais de courir deux kilomètres. J'attendis un instant, pour me reprendre. Puis je retrouvai mon souffle, m'engageai dans l'allée, ramassai l'imperméable et levai les yeux vers la rue. Avec le vent, la pluie et les reflets des réverbères sur le trottoir glissant, je n'eus aucun mal à imaginer des silhouettes en embuscade de chaque côté du passage.

97

Mais au bout de trois minutes, plus trempé que jamais, je me sentis en sécurité et je remis doucement le chien à sa place. Je possède un Smith and Wesson, mais c'était un Colt. Les deux marques sont assez différentes, et je pris toute précaution pour éviter de me faire sauter le pied. Je m'assurai que la sécurité était bien en place, glissai l'arme dans ma poche et gagnai la rue.

Dans les deux sens, aussi loin que je pus voir dans l'obscurité, elle était vide.

Je montai dans la voiture. J'avançai lentement jusqu'au coin de la rue, tournai à droite, puis zigzaguai d'une rue à l'autre une bonne dizaine de fois. Je ne remarquai rien d'anormal. Ce qui était probablement ce que j'avais envie de voir. Quand je m'arrêtai enfin, pour allumer une cigarette, ma main tremblait encore.

Assis dans le noir, avec les essuie-glaces qui battaient la chamade sous la pluie, j'examinai l'imperméable — le prix, semblait-il, pour lequel nous avions lutté.

Sauf l'accroc à l'épaule, il était intact. Un Aquascutum, mais fabriqué au Canada. Il avait une poche intérieure comme un veston de complet : elle contenait un stylo à bille Parker et un talon de billet d'Air Canada sans les coupons de vol. Dans la poche extérieure gauche, je trouvai 12,87 dollars canadiens en billets et en petite monnaie, un mouchoir de papier froissé et un protège-clés de cuir noir avec trois clés, dont une fixée à un porte-clés Hertz. Amusant, quoique peu révélateur. Mais, dès que je retournai l'imperméable pour fouiller la poche de droite, je découvris un objet infiniment plus intéressant : une grande enveloppe brune prise de toute évidence sur le bureau de Grainger, avec en guise d'adresse, un seul mot griffonné — *Jenny*. On l'avait déjà ouverte, manifestement à la hâte, et je vis à l'intérieur une deuxième enveloppe, de format ordinaire ; une note était agrafée à la deuxième enveloppe.

> « *Jenny, vous vous souvenez sans doute de l'homme qui m'a rendu visite cet après-midi, celui que j'ai reçu dans mon bureau. Je suis persuadé qu'il reviendra. Dites-lui que vous ne savez pas où je suis, et essayez de vous débarrasser de lui, mais, s'il commence à faire des histoires, remettez-lui cette lettre. Je m'absente pour une*

semaine, vous annulerez donc mes rendez-vous de ven-
dredi prochain. Ne vous inquiétez de rien — faites
simplement ce que je vous demande.

Dr Charlie. »

Je ne m'étais donc pas trompé. Grainger avait compris que je
découvrirais la vérité et il essayait de m'éviter. Mais, en même
temps, semblait-il, il était prêt à me fournir quelques explications,
car lorsque j'ouvris la deuxième enveloppe, je trouvai une demi-
douzaine de feuillets grand format, manuscrits, adressés à moi-
même. Je me retournai pour vérifier que la rue sombre, inondée,
était bien vide, puis j'allumai le plafonnier et me mis à lire :

« Monsieur Thorne,
  Si ceci est entre vos mains, je suis en droit de supposer
que vous avez maintenant découvert le caractère men-
songer de mes propos de cet après-midi. Je devrais
probablement vous présenter des excuses, mais je n'en ai
guère envie. Je n'ai proféré ces contrevérités que par
fidélité à un serment solennel, prononcé il y a de
nombreuses années. Je me suis aperçu, pendant notre
conversation, que j'étais incapable de le rompre. Comme
vous l'aurez deviné, j'ai fait cette promesse à Harry
Brightman, et peut-être ne désirerait-il pas que je parle,
même maintenant. Mais je ne vois plus à quoi pourrait
servir mon silence. Après avoir rencontré James Murdoch, vous savez que notre histoire est fausse, et vos
tentatives de découvrir ce que je peux si facilement vous
dire risquent de faire souffrir de nombreux innocents. En
outre, cela s'est passé il y a si longtemps, que je conçois
mal que ce soit encore important.
  Mais cela posé, je vais cependant vous décevoir : ce
que je vais vous révéler ici n'est pas la vérité, seulement
la vérité telle que je la connais — et je suis certain que
l'on m'a dit, à moi aussi, beaucoup de mensonges.
  Bien entendu, c'est Harry Brightman qui se trouve à la
source de ces mensonges, et il les a proférés ici, dans ce
bureau où nous avons bavardé cet après-midi et où j'écris

maintenant ceci. C'était en 1939, juste après le début de la guerre. Je connaissais déjà Brightman depuis de nombreuses années. Nous avions fait connaissance ainsi que je vous l'ai expliqué, mais nous étions plus intimes que je ne vous l'ai laissé entendre. Il me plaisait, il me fascinait même. Et je crois que je lui plaisais aussi. Plus d'une circonstance nous rapprochait. Nous avions le même âge et nous poursuivions l'un et l'autre des carrières conventionnelles de façon peu conventionnelle. Brightman, homme d'affaires, devait sa fortune à l'Union soviétique, et je tentais l'exploit d'être simultanément médecin pratiquant et socialiste pratiquant. Brightman était un fabuleux conteur d'histoires ; moi, je savais écouter — et les récits de ses voyages en URSS me captivaient. Je ne l'aurais pas qualifié de sympathisant (pour la gauche, je veux dire) mais sa curiosité paraissait sincère, et il observait d'un œil dénué de préjugés tout ce qui se passait en Russie. Avec le recul du temps, j'imagine que mon idéalisme juvénile l'amusait, mais je crois aussi qu'il m'en respectait d'autant. Quand j'ai ouvert ma première clinique, il m'a fait — sans que je le lui demande — une donation importante.

De toute manière, à l'automne 1939, nous étions de vrais amis, et le récit qu'il m'a fait, même s'il était faux, ne pouvait être raconté, je suppose, qu'à un intime. Tout avait commencé (me dit-il) peu avant notre première rencontre, lors de ses premiers voyages en Union soviétique. (Je ne me rappelle plus la date exacte, mais ce devait être entre 1925 et 1930.) Comme vous le savez sans doute, il était allé là-bas, au départ, pour acheter des fourrures sur l'invitation de l'organisme d'État chargé des exportations de peaux (*Soyouzpoustchnina*). Il m'a souvent décrit ce premier voyage : son excitation, la traversée lente du canal de Kiel pour accéder à la Baltique, son arrivée à la gare de Finlande, encore hantée par le fantôme de Lénine. Cette première fois, disait-il, il n'y avait pas beaucoup d'acheteurs. Deux ou trois douzaines, venus d'une poignée de pays. Toute l'affaire n'en revêtait pas moins une grande importance pour les autorités soviétiques : la fourrure était l'une de leurs seules exportations vers l'Ouest, et donc de leurs rares sources de devises fortes. En conséquence, Brightman et ses confrères furent traités en grand style : dîners et vins fins, réceptions officielles, troïkas privées pour les promener, excursions à Moscou, visites dans les coulisses du Bolchoï. (Brightman disait toujours en riant que chaque personnage officiel rencontré commençait l'entretien par un toast à la vodka et offrait des chocolats, avec un portrait de Pouchkine sur la boîte.) On continua de leur faire la cour ainsi pendant des semaines, et ce fut pour Brightman l'occasion de rencontrer un homme nommé Grigori Zinoviev. Connaissez-vous un peu l'histoire soviétique ? Zinoviev était un haut personnage, un vieux bolchevik, ami intime de Lénine et premier président du Komintern. Brightman avait souvent évoqué devant moi ses relations avec lui — le fait qu'il ait parlé à un homme de ce niveau me stupéfiait —, mais il me raconta, ce jour-là, qu'il avait eu une aventure avec une femme de l'entourage de Zinoviev qui s'appelait Anna Kostina. C'était la première fois (en 1939) qu'il prononçait son nom mais, à mesure qu'il parlait, je compris qu'il l'aimait. (Je le pense encore — et je suppose que ce sentiment me permit de croire plus facilement le reste.) Leur liaison, m'expliqua-t-il, avait commencé lors de son premier voyage et s'était poursuivie par la suite. Son dernier voyage remontait à 1933 ou à 1934, et, à la veille de son départ, Anna Kostina lui avait avoué qu'elle était enceinte de lui et désirait garder leur enfant.

Considérons bien ces dates, car elles sont importantes. Brightman me racontait tout cela en 1939. Si son histoire était exacte, Anna Kostina aurait accouché cinq ou six ans auparavant. Mais entre-temps, la Grande Purge avait débuté — et au cours du premier procès, fin 1934, Zinoviev était tombé en disgrâce. Les détails ne vous intéresseraient pas, mais en fait on le jugea et on le condamna deux fois, la seconde fois à mort, et un grand nombre de ses amis et collaborateurs perdirent leur poste en même temps que lui, y compris Anna Kostina. Apparemment, elle n'avait pas été exécutée, mais condamnée à une longue peine dans ce que nous appellerions maintenant le Goulag.

Mais l'enfant de Brightman ?

C'était évidemment la raison pour laquelle il était venu me voir. Il avait longtemps supposé (me disait-il) que la fillette était perdue, ou en tout cas qu'il ne la verrait jamais. Mais il m'assura qu'il venait d'apprendre, par un ami en URSS même, qu'il serait possible de lui faire quitter le pays. Pour y parvenir, il avait besoin de mon aide : plus précisément, il voulait que je lui fournisse les papiers nécessaires à faire entrer l'enfant dans ce pays. Il avait déjà tout calculé. Il se trouvait que j'avais deux enfants, l'un de six ans, l'autre au berceau. Si je faisais une demande de passeport, en présentant la photographie de Brightman au lieu de la mienne *, et si je faisais inclure mes deux filles sur le passeport, Brightman pourrait aller à l'étranger sous mon identité et revenir avec la fillette.

J'ai accepté de le faire.

Peu importe pour quelles raisons ; je comprenais la portée de mon acte, et j'avais envie de l'accomplir.

Quelques semaines plus tard, après avoir reçu « mon » passeport, Brightman s'en alla en Europe et, au bout de quelques mois — au début de 1940 — je vécus une expérience unique : j'allai « m'attendre moi-même » sur les quais. Mais c'était une drôle de surprise qui m'attendait. La fille que Brightman *aurait dû* ramener devait avoir six ou sept ans. Or, il avait un nouveau-né dans les bras. Une ruse très habile. Il n'avait eu aucune difficulté à la faire entrer dans le pays, car elle avait simplement joué le rôle de ma fille cadette et non de l'aînée. Mais

---

* Au Canada, les médecins (entre autres professions) sont habilités par la loi à authentifier l'identité d'une personne qui dépose une demande de passeport *(N.d.T.)*.

n'était-ce pas, en réalité, cette enfant-là qu'il avait eu l'intention de faire venir dès le départ ? Il m'affirma que non. Il m'expliqua qu'il s'était avéré impossible de faire sortir sa fille de Russie, et il avait donc sauvé à la place la fille d'un ami russe, en danger pour des raisons politiques. Qui était cet ami ? Il refusa de le dire. Il répéta simplement que le danger était réel et qu'il désirait donc adopter cet enfant le plus vite possible. De nouveau, il me demanda de l'aider. Je me montrai plus réticent — car j'étais convaincu qu'il m'avait menti — mais j'étais tellement engagé dans l'affaire que j'aurais eu mauvaise grâce de me dérober. Je cherchai donc un moyen de faire ce qu'il désirait. Cela semblait difficile, peut-être impossible — puis nous avons eu un coup de chance : Florence Raines. Vous avez sans doute deviné, dans ses grandes lignes, quelle fut sa participation, mais je vais vous en donner les détails, ne serait-ce que pour m'assurer que vous laisserez sa famille en paix. En 1939, cette jeune Noire était ma cliente depuis plusieurs années. Elle vint me voir comme de coutume et je m'aperçus qu'elle était enceinte. Cette calamité, quoique fort banale, était particulièrement dure pour elle, car elle avait un emploi au bureau de l'Éducation (emploi que d'autres auraient méprisé mais qu'elle trouvait excellent) et elle perdrait automatiquement sa place pour raison de « moralité ». Désespérée, elle vint quelques jours plus tard me réclamer un avortement. J'acceptai mais l'examen plus approfondi me convainquit que ce serait dangereux, pour des raisons médicales. Je l'aidai cependant de mon mieux, notamment en adressant à son directeur une demande de congé-maladie de longue durée. On le lui accorda. Elle alla donc s'installer chez sa mère, qui habitait un peu en dehors de la ville, et ce fut là que je l'accouchai. Comme la grand-mère était disposée à garder l'enfant auprès d'elle, le problème semblait réglé et je l'oubliai. Puis, quelques semaines après le retour d'Europe de Brightman, Florence me téléphona. Sa fille était très malade, peut-être mourante. Je me rendis immédiatement sur place, où je découvris que la grand-mère était alitée avec une mauvaise grippe. Le bébé l'avait attrapée. Le lendemain, malgré tous mes efforts, il mourut. Je vis aussitôt l'occasion qui se présentait et, sans même consulter Brightman, j'allai de l'avant. Bien entendu, c'était me mettre en infraction. Normalement, quand une personne meurt, le médecin rédige un certificat de décès, qui doit être présenté aux autorités locales pour qu'elles délivrent le permis d'inhumer. Mais je ne voulais pas qu'Élizabeth Raines meure, en tout cas officiellement. J'expliquai à Florence que l'enterrement normal de sa fille exposerait probablement sa situation aux yeux de tous, et que, si elle « s'occupait elle-même » de l'enterrement, je ne ferais pas de certificat de décès. Florence accepta d'emblée, quoiqu'il fallût plus longtemps pour circonvenir la grand-mère. Mais tout se passa bien et j'obtins ainsi, si l'on peut dire, une authentique identité d'enfant en bas âge. Je l'offris à Brightman. Au début, il se montra soupçonneux, mais il comprit vite les vertus de la solution dont le hasard nous faisait présent. Il tint absolument (c'était bien normal) à ce que Florence ne fût au courant de rien, ce qui nous obligea à engager une procédure d'adoption « publique », mais même cet inconvénient avait un avantage : il dépouillait de tout mystère l'identité de sa nouvelle fille. Nous allions lui fournir, pour ainsi dire, une généalogie qui détournerait les curiosités de sa généalogie véritable (quelle qu'elle fût). Le seul problème semblait la couleur de la mère. Mais, en réalité, ce ne fut pas un problème du tout. En Nouvelle-Écosse, la race n'est pas mentionnée sur les registres de l'état civil, et tant que personne ne rencontrerait Florence ou un membre de sa famille (par exemple un huissier pour remettre une citation), nous étions tranquilles. L'argent de Brightman entra alors en jeu. Il s'occupa de cette partie lui-même, je ne connais donc pas les détails ; mais Florence Raines et sa mère disparurent. (J'avais supposé que c'était pour toujours ; avant que vous ne me l'appreniez, j'ignorais qu'elles fussent revenues à Halifax). Ainsi donc, peu de temps après, l'adoption eut lieu.

Ce que vous venez de lire, monsieur Thorne, est tout ce que je sais à ce sujet. Une fois l'adoption terminée, mes relations avec Brightman s'espacèrent et je ne l'ai pas revu du tout depuis 1945.

Je n'ai aucune idée de la raison pour laquelle il a disparu.

Permettez-moi aussi de vous dire que je ne répondrai plus à aucune question sur cette affaire. J'ai écrit ceci de ma propre main, cela constitue donc un « aveu » — vous devriez me croire, ne serait-ce que pour cette raison — et, si vous le remettez à la police ou à un procureur de la couronne, je serai obligé de leur répondre, mais à vous je ne dirai plus rien. J'ai déclaré ici tout ce que je sais, et donc la question est réglée à mes yeux.

Cependant, j'ai réfléchi à tout cela pendant très longtemps, et, en guise de dernier mot, je peux aussi bien vous donner ma théorie sur l'identité de cet enfant. Je suppose qu'une partie de ce que m'a raconté Brightman est vrai ; c'était un bon mensonge et les meilleurs mensonges contiennent toujours une part de vérité. Il est allé plusieurs fois en Russie, n'est-ce pas ? Et je suis certain qu'il a eu une aventure avec Anna Kostina (bien que l'enfant ne puisse pas être d'elle) ; et je suis sûr aussi qu'il a vraiment connu des hommes appartenant comme Zinoviev au niveau le plus élevé de la hiérarchie communiste. J'estime donc que la fille de Brightman était (est) l'enfant d'un de ces hommes — un dirigeant persuadé qu'il périrait sous peu, victime de la terreur stalinienne. Bien entendu, cela ne rétrécit pas beaucoup le champ des recherches, mais c'est une théorie qui colle avec la plupart des faits. J'espère qu'elle est exacte. Si c'est le cas, vous conviendrez que ni Brightman ni moi-même n'avons la moindre raison de regretter notre conduite.

CHARLES GRAINGER, docteur en médecine.

La pluie tambourinait sur le toit de la voiture, la fumée de cigarette se plaquait contre la vitre puis remontait en volutes. Avec un sifflement doux, assourdi, une voiture passa au bout de la rue... Je levai les yeux de la lettre de Grainger puis regardai, à travers mon propre reflet spectral, la nuit luisante de pluie. J'étais stupéfait, abasourdi — dans un état d'étonnement si total que j'en avais perdu la voix. Jamais je n'avais éprouvé un sentiment pareil. Le récit était extraordinaire par lui-même, mais les circonstances dans lesquelles il était tombé entre mes mains — par cette nuit glacée, par cette pluie, dans cette petite ville sombre — semblaient le ranger dans la catégorie « bouteille à la mer ». La Russie révolutionnaire... Zinoviev, le chef du Komintern... Un enfant arraché aux mâchoires de la Terreur Rouge... Même si ce n'était pas vrai, on ne pouvait rien imaginer de plus mélodramatique. Question : qui était May Brightman ? Réponse : un mystère politique fascinant.

J'écrasai ma cigarette et en allumai une autre. Je démarrai puis, pendant dix minutes, roulai au hasard dans les rues sombres. Est-ce que je croyais ce que j'avais lu ? Était-ce la vérité telle que Grainger la connaissait ? Et quelle proportion de cette « vérité » était-elle un mensonge ? Surtout : qui était l'homme dans l'allée de la clinique ?

Ainsi que des vagues sur une plage, les questions se succédaient, et elles n'étaient pas plus faciles à saisir que le ressac. Mais, sur le chemin du retour à l'hôtel, je commençai à comprendre plusieurs choses. Tout d'abord, je possédais de Grainger une image plus claire. Comme il l'avait écrit lui-même, les meilleurs mensonges contiennent une part de vérité, et c'était valable pour les mensonges qu'il m'avait racontés sur son propre passé. Il avait été « idéaliste », d'accord, et incontestablement « un peu socialiste » : si idéaliste et si socialiste (étais-je prêt à parier) qu'il avait appartenu au parti communiste, avec des relations en prise directe à l'ambassade russe. Était-ce sauter trop loin ? Je ne le croyais pas. Beaucoup de communistes deviennent de braves petits vieux. Et certaines coïncidences semblaient trop manifestes pour que je les ignore. Brightman, qui faisait des affaires avec la Russie... Grainger, l'ami « socialiste » rencontré par hasard. Non. Trop beau pour être vrai. Les Russes, inévitablement, s'étaient montrés curieux au sujet de Brightman et ils avaient pris des « mesures ».

J'aurais juré que les deux hommes s'étaient rencontrés à l'initiative du docteur. Et si Grainger lui-même se trouvait au centre de tout ce que j'avais découvert ? N'était-ce pas lui qui avait un ami en Russie ? Et Brightman n'aurait alors agi qu'à son instigation ? Mais aussitôt, je fis marche arrière : je n'étais pas disposé à confier à Brightman un rôle aussi mineur après tout, c'était *lui* qui avait adopté May ; c'était *lui* qui avait disparu ; c'était *lui* que les fantômes du passé étaient revenus hanter. Et puis, pour faire pencher la balance, il y avait un autre élément...

Ou peut-être deux ; ou même trois.

Ce soir-là, pendant que j'ôtais mes vêtements trempés, puis dégustais un whisky à l'eau en regardant les lumières aller et venir au ralenti dans le port de Halifax, je ne cessai de revenir sur ces « autres éléments ». *May* : elle demeurait la question numéro un. Que savait-elle au juste ? Si elle n'était au courant d'absolument rien, son attitude des jours précédents était, par excellence, une preuve d'intuition féminine. Or, je n'y croyais guère. Peut-être ne savait-elle pas ce que j'allais trouver, mais elle devait se douter que je trouverais quelque chose. Elle m'avait fait grimper en haut du mât, puis elle avait attendu de voir qui saluerait. Pourquoi ? Pourquoi ne pas me dire la vérité ? Mais cela débouchait sur le problème numéro deux : moi. L'incident de mon courrier continuait de me trotter derrière la tête ; j'avais été impliqué, d'une manière ou d'une autre, avant même de savoir qu'il existait une affaire ! Et pourquoi étais-je impliqué ? Pourquoi May s'était-elle adressée à moi en premier lieu ? Doté, comme je le suis, d'une vanité de dimensions « normales » je ne me serais sans doute pas posé cette question s'il ne s'était pas produit une autre coïncidence — et qui était de taille : la Russie. Au début, les relations de Brightman avec ce pays m'avaient semblé une question secondaire, qui ajoutait simplement un peu de pittoresque à son personnage. Mais, à présent, elles me paraissaient au centre de tout. *Or, la Russie jouait également un rôle central dans ma vie.* Je n'avais nul besoin des petits exposés de Grainger sur Zinoviev et les procès de la Grande Purge — ces sujets constituaient mon pain quotidien. N'était-il pas étrange et remarquable qu'un homme comme moi fût tombé précisément sur ces remous de l'histoire soviétique ? Et cela soulevait le point numéro trois... Parce que cette histoire n'était peut-être pas aussi ancienne qu'elle le paraissait. Assis dans ma chambre d'hôtel, les pieds sur le radiateur et le whisky en train de me réchauffer de l'intérieur, je rejouai dans ma tête la scène de l'allée, et il ne me resta plus aucun doute. Quand le rouquin avait dérapé, il avait proféré un juron — un juron que j'avais reconnu sur-le-champ, mais uniquement parce que je parle couramment le russe : *moy tvoyou mat*, qui est plus ou moins l'équivalent de « putain de ta mère ». Un Russe : un vrai Russe soviétique, en chair et en os...

Que faisait-il là ?

Que pouvait-il bien chercher ?

Pourquoi se souciait-il de Florence Raines ou de ce que Harry Brightman avait pu en faire en 1940 ?

Je relus deux fois la lettre de Grainger. Et, sans cesse, les mêmes questions revinrent. A onze heures et quart, je n'avais trouvé aucune réponse.

Le téléphone sonna.

C'était May, au bord de la crise de nerfs. On avait retrouvé son père, mort, à Detroit.

Deuxième partie

Georgi Dimitrov

Siégeant à Moscou, les hiérarques de la IIIᵉ Internationale — qui n'est qu'un instrument du gouvernement soviétique, entièrement dépendant de lui sur le plan financier — se considèrent, en raison de l'argent qu'ils distribuent, comme les seigneurs et maîtres absolus des partis communistes qu'ils subventionnent.

KARL KAUTSKY, *Die Internationale und sowjetrussland*, 1925.

7

Il parlait posément, avec la condescendance patiente d'un professionnel en face d'un novice.

— Monsieur Thorne, me dit-il, avez-vous déjà vu un homme qui s'est tué d'un coup de fusil ?

« J'avance dans un rêve. Je flotte, en suspens dans un soleil de feu. La sueur me brûle la peau, les yeux me piquent, et quand je sors de la forêt, sur le chemin, de la poussière colle à mes lèvres. Un peu plus loin, les bois s'ouvrent, et je me remets à courir. Il doit être venu ici, me dis-je, il doit être venu ici... Les arbres sont plus hauts, le soleil tombe entre leurs branches en longues traînées lumineuses. Enfin, je vois une cabane à demi effondrée. C'est là qu'il est. Il doit être dedans. Et je cours donc plus vite. Ensuite, brillant... »

— Oui, lui dis-je. Cela m'est arrivé.

Katadotis, lieutenant-détective de la police de Detroit, haussa les sourcils. Pour éviter toute question gênante, je me hâtai d'ajouter :

« C'était un accident de chasse, lieutenant. Pas très agréable. Je sais donc de quoi vous parlez, et je suis sensible à vos égards pour Mlle Brightman. Mais je tiens tout de même à vous signaler que je n'ai jamais rencontré Brightman, et qu'il serait exagéré de me considérer comme un de ses amis. Cela posé, j'accepte volontiers d'identifier son corps.

Il hésita : les convenances et le devoir devaient s'affronter dans sa tête. Je regardai ma montre. Deux heures vingt. Le matin même, à l'aurore, j'avais pris l'avion de Halifax à Toronto, puis j'étais venu avec May à Windsor, la petite ville canadienne en face de

Detroit, sur la frontière. Depuis deux heures, on nous traînait de bureau en bureau, au quartier général de la police de Detroit, rue Beaubien : attente, interrogatoire, imprimés à remplir, nouvelle attente. Au début, May avait très bien tenu le coup, puis elle s'était effondrée. Pas de larmes, pas de crise de nerfs, mais elle ne pouvait pas en supporter davantage et elle avait sombré dans une sorte d'apathie générale. Une auxiliaire féminine l'avait emmenée pour la faire examiner par un médecin. Quant à moi, j'étais naturellement désolé pour elle, mais j'éprouvais aussi un sentiment de rage impuissante et de dépit — surtout à cause de mon inefficacité. Quand May m'avait appelé à l'aide, à Charlottesville, j'avais cru qu'il n'y avait rien à tenter ; puis à Halifax, j'avais eu l'impression de faire vraiment quelque chose ; et maintenant, quoi que j'eusse fait, cela n'y changeait rien.

D'un air las, je regardai le visage de Katadotis. Il devait avoir la cinquantaine, un peu trop pour son grade : un simple agent promu dans la brigade des détectives au tout dernier moment. Ses doigts, gros et courts, paraissaient mal à l'aise au milieu des papiers de son bureau, et son complet trois pièces faisait légèrement étriqué. Quand il haussa enfin les épaules, sa décision prise, le col de sa chemise s'enfonça dans la chair de son cou.

— Je ne crois pas que cela fasse une grande différence, monsieur Thorne. Je ne voudrais pas paraître insensible, mais il a pris les deux cartouches d'un fusil de calibre douze en pleine figure et il n'y a donc pas grand-chose à identifier. Je ne crois pas que nous ayons besoin de déranger Mlle Brightman. Tout ce qu'il me faut, c'est une personne qui remplisse les formalités et me signe l'imprimé.

— Très bien. Je peux le faire.

— Il n'y a aucun doute, voyez-vous. C'est bien lui... Et c'est bien un suicide.

Oui. Il avait raison sur tous les plans. Il n'y avait aucun doute — en tout cas dans leur esprit. Et, vu l'heure, j'étais même prêt à écarter les miens. Ce que j'avais découvert à Halifax demeurait sujet à caution — intéressant uniquement pour expliquer les motivations d'un acte dont les détails eux-mêmes semblaient indiscutables. Le fusil de chasse Savage-Stevens qui avait tué Harry Brightman avait été acheté au magasin de sports de Grosse Pointe avec sa carte Visa. Aucun doute sur sa signature, et aucun doute non plus sur la lettre qu'il avait laissée — écrite de sa propre main — et adressée à May. « *Tu sais à quel point je t'aime, mais je ne peux plus continuer. Pour moi, ce sera vraiment plus facile ainsi. Ton père qui t'aime. Harry.* » Il avait posé ce mot, plié avec soin, sur le tableau de bord de la voiture. Ensuite, il devait s'être placé, avec le fusil à canon long, dans une position qui lui permettrait d'en finir : l'arme calée contre la porte, du côté du conducteur, le corps à demi incliné sur le siège du passager. Enfin, surmontant la difficulté de tous les suicides au fusil de chasse (Hemingway s'est servi de ses orteils, je crois ; mon père, d'un bâton), il avait posé un numéro roulé très serré du *News* de Detroit contre la détente de l'arme. La mort — l'effaçage — avait dû être instantanée.

Je repris mon souffle, puis demandai :

— Y aura-t-il une enquête ?

— Simple routine, monsieur Thorne.

— Et pour May ? Sera-t-elle obligée d'y assister ?

— Ce n'est pas à moi d'en décider, vous savez. Sans doute, préféreraient-ils qu'elle vienne, mais ils se contenteront probablement d'une déposition. » Il haussa de nouveau les épaules. « Elle est canadienne, souvenez-vous. Le parquet peut lancer une citation à comparaître, mais nous n'avons pas l'autorité de la faire exécuter.

J'en convins.

Il s'éclaircit la gorge.

« Bien entendu, il y aura également une ou deux autres formalités.

— Par exemple ?

— Eh bien, la question de la dépouille mortelle de M. Brightman, pour commencer. En attendant l'enquête, nous conservons les corps, mais, quand tout est terminé, nous les rendons.

— Et ce sera quand ?

— Difficile à dire. Seulement, je ne voudrais pas qu'elle prenne des dispositions — qu'elle fixe une date — avant que la voie ne soit libre en ce qui nous concerne.

Des dispositions. Pendant une seconde, je ne compris pas de quoi il parlait. Mais, bien entendu, il songeait aux obsèques ; et, bien entendu, il faudrait que je demeure près de May jusque-là.

« Une autre question, monsieur Thorne, simplement pour éviter tout malentendu. Nous rendrons la dépouille de M. Brightman ici, à Detroit, il faudra donc que sa fille lui fasse passer la frontière elle-même. Je sais qu'il y a une certaine marche à suivre, mais vous feriez bien de vérifier auprès des douanes canadiennes.

Je fermai les yeux : j'imaginais très bien les joyeusetés bureau-cratiques que supposait le transport d'un cadavre d'un côté à l'autre d'une frontière internationale. Mais je me bornai à hocher la tête.

— Je m'en occuperai, lieutenant.

Cette promesse était une pénitence : des excuses à May ; et à l'ombre de Brightman pour mes pensées peu charitables — surtout pour ne pas l'avoir découvert avant sa mort.

« Autre chose ?, demandai-je.

Katadotis feuilleta les papiers sur son bureau, le front plissé pour mieux voir. Avec ses lèvres il fit de petits mouvements de succion comme s'il essayait de déterminer un arôme. Il choisit enfin un imprimé et l'examina en l'éloignant un peu de son corps : il avait besoin de lunettes, mais devait être trop vaniteux pour en porter.

— C'est à peu près tout, sauf pour la voiture.

— Comment, la voiture ?

— Selon ce constat, ils n'en ont plus besoin. Nous pourrions la rendre tout de suite, et vous pourriez rentrer avec elle.

— Lieutenant, en toute sincérité, je n'ai pas l'impression que Mlle Brightman aura envie de revenir à Toronto dans ce véhicule-là.

Sous ses sourcils froncés, son regard n'exprimait que de la sympathie.

— J'imagine... Je me disais seulement que cela vous économise-rait un voyage.

Brightman, découvris-je bientôt, s'était tué sur le siège avant de sa conduite intérieure Jaguar Mark VII — modèle, si je me souvenais bien, à peu près aussi vaste et voyant que le *Queen Mary*. En un sens, cette voiture constituait à présent un mystère en soi. Comment se faisait-il que May ait oublié son existence ? La police avait trouvé une voiture, une Buick, dans le garage de la maison de Brightman, et May n'avait pas dit un mot de la Jaguar. Elle prétendait maintenant qu'il ne la prenait jamais et la garait à des kilomètres de chez lui — elle n'y avait pas songé...

Je vouai ce maudit engin à tous les diables.

— Un de vos hommes ne pourrait-il pas la ramener ?

— Nous ne sommes pas à même de prendre cette responsabilité, monsieur Thorne. Ce serait aller contre notre politique. » Puis son visage s'éclaira. « Mais à supposer que vous désiriez la ramener vous-même, je pourrais probablement détacher une auxiliaire féminine pour raccompagner Mlle Brightman. Je veux dire, si un docteur certifiait qu'elle n'est pas en mesure de voyager seule.

Ou bien elle pouvait engager quelqu'un à Toronto pour venir chercher la voiture... sauf que je l'en empêcherais — je le savais — et, en fin de compte, je ferais la corvée moi-même. Je soupirai.

— Peut-être devrais-je en discuter avec elle.

Il attira le téléphone vers lui, son énorme main avala presque le combiné. Il composa un numéro d'une main décidée : ses doigts entraînaient le chiffre jusqu'au taquet d'arrêt, puis le lâchaient avec beaucoup de soin. Il passa trois appels : le dernier — source de satisfaction plutôt que de gêne — détermina que May se trouvait juste à l'entrée de la pièce. Nous nous levâmes. Le bureau de Katadotis n'était qu'un simple recoin dans un ensemble plus vaste, avec des cloisons de bois verni et de verre dépoli — on eût dit le bureau du principal d'un collège désuet. Six tables métalliques occupaient le reste de l'espace. Derrière l'une d'elles, les pieds sur le plateau, les bras écartés, un détective lisait le journal ; devant une autre, un agent en uniforme scribouillait. Je me dirigeai vers la porte. Il y avait dans un coin un banc de bois pour les visiteurs. C'était là que May attendait. Son visage me parut décomposé. Elle portait un vieux tailleur bleu marine qui, associé à ses cheveux longs — affectation de jeunesse non couronnée de succès —, lui donnait un air encore plus égaré et vieilli. Je m'assis à côté d'elle. De l'autre côté de la cloison quelqu'un éclata d'un rire joyeux. Au loin, un téléphone se mit à sonner, puis s'arrêta. Je lui pris la main et murmurai :

« Comment vas-tu ?

Elle ébaucha un sourire.

— Mieux. Je l'ai laissée me donner quelque chose. Je regrette. Tout à coup, je...

— Ce n'est rien. Ne t'en fais donc pas. Nous en avons presque terminé, mais il reste un ou deux détails. Il va falloir que j'identifie le corps de ton père.

Elle me regarda, puis jeta un coup d'œil vers Katadotis qui faisait semblant de s'affairer à l'autre bout de la salle.

— Tu ne peux pas, chuchota-t-elle. Tu ne l'as jamais rencontré.

— Ne t'inquiète pas, ils sont compréhensifs. Nous avons tout arrangé.

Son regard se troubla et se détourna.

— Je ne sais pas, Robert. Mon Dieu, je devrais au moins...

— Ce sera mieux ainsi, crois-moi. » J'hésitai. « Mais il nous faut décider de ce que nous voulons faire de la voiture.

Elle ferma les yeux : j'eus peur qu'elle ne se remette à pleurer.

— J'en suis vraiment malade. Si seulement je leur en avais parlé...

Je serrai sa main. Qu'aurais-je pu lui dire ? Si elle s'était souvenue de la voiture, la police aurait peut-être retrouvé Brightman. Et si seulement j'avais crié quelque chose à mon père — ne serait-ce qu'un mot —, il se serait peut-être arrêté. Oui. C'était la vérité. Mais il est également vrai que si un homme a la volonté de se tuer il en trouve toujours les moyens... Je me sentis épuisé soudain. Je me penchai en arrière jusqu'à ce que ma tête repose contre la cloison. Elle trembla légèrement quand quelqu'un entra. C'était un autre détective, un Noir qui portait un café dans une tasse de polystyrène. De nouveau, un téléphone se mit à sonner dans un bureau voisin. Dans le couloir, quelqu'un sifflait. Je surpris Katadotis en train de m'observer, mais il détourna les yeux aussitôt. Pour lui, me dis-je, cette scène était la routine quotidienne : il connaissait toutes nos émotions et nos désespoirs aussi bien que les panneaux indicateurs sur la route qu'il prenait chaque soir pour rentrer chez lui. J'éprouvai pendant un instant un sentiment d'irréalité. Je songeai à May. *Pourquoi ne s'était-elle pas souvenue de la voiture ? Et la question que je m'étais posée la veille au soir à Halifax refit surface. Que savait-elle au juste depuis le commencement ?* Mais rien de tout cela ne pouvait changer la situation actuelle — parce que c'était la fin. En outre, nous étions tous des menteurs, ici. Nous jouions tous des rôles. May, celui de la « fille-accablée-de-chagrin » ; moi, celui de « l'ami-plein-d'attentions » ; Katadotis, celui du « fonctionnaire-scrupuleux-mais-déférent ». Mais ce que nous ressentions en réalité n'avait probablement qu'un rapport ténu avec Harry Brightman. Je me demandai si May n'éprouvait pas un certain soulagement — elle ne connaissait plus, en tout cas, les affres de l'incertitude. Peut-être même se sentait-elle justifiée dans son attitude : tout le monde avait douté d'elle, or, toutes ses craintes s'étaient réalisées. Quant à moi, au cours des douze dernières heures, Brightman m'était presque complètement sorti de l'esprit — et, si sa mort avait suscité en moi une émotion quelconque, c'était uniquement en raison de sa similitude remarquable avec la mort de mon père. Et Katadotis, sous son masque de compassion, ne songeait sans doute qu'à se débarrasser de nous au plus vite.

May, tout près de moi, se racla la gorge, mais sa voix demeura rauque.

« La voiture ? chuchota-t-elle.

— Il faut que nous la ramenions à Toronto. Ils nous la rendront maintenant si nous voulons la prendre. Je pourrais la conduire jusque chez toi ; ils te feront accompagner par une auxiliaire féminine dans l'avion.

Elle réfléchit un instant, puis acquiesça.

— D'accord... mais je ne veux personne avec moi. Rentre en voiture, mais je partirai seule.

— Tu ne devrais pas. On ne sait jamais.

— Je vais très bien, maintenant. Je passerai à Windsor et prendrai le train. Je crois que ce sera le mieux. J'aurai le temps de me ressaisir. » Elle posa la main sur la mienne. « Mais tu es bien sûr que cela ne te dérange pas, Robert ? Tu as déjà fait tant de choses pour moi, je me sens vraiment...

Ses protestations — étant donné mes pensées précédentes — ne firent qu'aviver mes remords de conscience. En fait, je n'étais guère enchanté de sa décision de voyager seule, et je me mis à imaginer catastrophe sur catastrophe... May, terrassée par une crise de nerfs, errant dans des gares vides. D'un autre côté, il était manifeste que je finirais, quoi qu'il arrive, par m'occuper de la voiture d'une manière ou d'une autre, et je préférais le faire maintenant. Toute l'affaire est terminée, me dis-je, autant en finir tout de suite, moi aussi.

Je me levai et me rendis auprès de Katadotis.

— Je vais ramener la voiture, mais Mlle Brightman préfère rentrer seule.

Il lança un coup d'œil par-dessus son épaule et quand il me regarda de nouveau, ses yeux semblaient de verre.

— Elle sait probablement mieux que nous ce qui lui convient, monsieur Thorne.

— Oui. Mais trouvez une voiture pour la conduire de l'autre côté de la frontière.

— Pas de problème de ce côté-là.

Il retourna dans son bureau. J'aidai May à mettre son manteau et, au retour de Katadotis, nous sortîmes ensemble. Novembre était arrivé ; on sentait déjà dans l'air un froid hivernal et les rayons de soleil semblaient aussi fragiles que du cristal. Sans un mot, aussi mal à l'aise les uns que les autres, nous nous arrêtâmes en même temps dans le hall de pierre de taille du commissariat central, les yeux fixés sur la rue. Puis, une voiture de ronde — un *scout car*, comme on les appelle à Detroit — s'arrêta près du trottoir et Katadotis nous poussa dans le vent. May me prit le bras pour descendre l'escalier et s'appuya si fort que je dus me raidir. Ce n'était plus un mystère à présent... mais une femme entre deux âges au bord de l'épuisement, dont le père venait de mourir et continuait de mourir, de mourir, de mourir... Sans qu'elle puisse encore y croire. Je lui dis :

— Écoute, tu es sûre que tu te sens bien ?

Ses lèvres effleurèrent ma joue.

— Merci. Merci, Robert. Ne t'inquiète surtout pas.

— J'arriverai probablement ce soir, mais tard.

Elle hocha la tête, puis sourit, d'un air presque gêné :

— Je ne sais que dire, Robert. Sans ta présence, je n'aurais jamais pu affronter tout ça.

— C'est la moindre des choses, voyons. A ce soir.

Elle me donna un autre baiser rapide, puis salua Katadotis d'un signe de tête et monta dans la voiture. Dans un silence presque solennel, Katadotis suivit la voiture des yeux comme moi, mais, dès qu'elle disparut, je sentis son humeur changer. A présent, entre hommes, nous pouvions passer aux affaires.

Et quelles affaires !

— Si vous voulez bien me suivre, monsieur Thorne, nous irons à la morgue à pied.

Nous descendîmes la rue Beaubien. Je n'étais pas venu à Detroit depuis des années, et la ville me parut encore plus sinistre que dans mon souvenir. Les rues étaient désertes. Les immeubles autour de nous évoquaient les ruines d'une civilisation antérieure, plus puissante, mais depuis longtemps engloutie. Il fallait lever les yeux au-dessus des vitrines en aluminium bon marché et de la saleté qui régnait au niveau de la rue, pour apercevoir les vestiges de la gloire révolue : gratte-ciel des années vingt et trente, la plupart en pierre de taille, dont les proportions et les façades aux sculptures élégantes exprimaient une confiance sans réserve. A présent, presque toutes les fenêtres étaient barricadées avec des planches et, derrière les vitres crasseuses des autres, je pouvais lire des écriteaux fanés, sans espoir, annonçant vainement des loyers à des prix sans concurrence. Une sorte de dépression s'empara de moi — émanant de cette ville autant que de l'objet de notre promenade. Nous nous engageâmes dans la rue La Fayette. La morgue se trouvait en face du Service des eaux, derrière la pharmacie à prix réduits de Sam. Katadotis me fit signe d'entrer et je le suivis le long d'un couloir, puis, après plusieurs portes, dans une longue pièce sombre carrelée de blanc, où la température était en permanence de l'ordre de 3 degrés C — comme dans toutes les morgues du monde. Des rangées de casiers en acier inoxydable, derrière des portes de chambre froide de boucher, tapissaient tous les murs. En attendant que Katadotis trouve un des responsables, je me mis à les compter — ce qui me rappela le soir où, dans le bureau de Brightman, j'avais compté ses gravures. Oui — telle était la vraie raison de mon état dépressif : je n'avais jamais découvert leur secret, et Brightman, du fait qu'il occupait l'une des cent quatre-vingt-six alvéoles autour de moi, avait rendu toutes mes questions sans intérêt. Sauf qu'il n'était pas du tout là. Katadotis revint vers moi, visiblement contrarié.

« Il s'est produit un malentendu, monsieur Thorne. Ils l'ont gardé au-dessous.

Il me fit sortir de la salle et me conduisit à l'ascenseur. Un étage plus bas, nous pénétrâmes dans un vaste sous-sol bas de plafond. Des tubes fluorescents dispensaient une faible lueur bleue et le carrelage était de couleur brun sale. L'écho répétait le moindre bruit dans l'air glacé. Quatre tables d'acier, bien alignées, occupaient l'espace. Trois hommes s'affairaient autour de la plus lointaine. J'entendis un murmure étouffé. « Rein, 156 grammes... pancréas, 333 grammes... »

Katadotis prit un air sombre.

« Désolé, monsieur Thorne. Jamais vous n'auriez dû être exposé à tout ça.

J'aurais pu lui dire que j'avais, à mes débuts de journaliste, effectué le stage de rigueur aux chiens écrasés, mais ce n'aurait été que bravade de ma part. Il avança. Je pris conscience d'une odeur mouillée, une odeur de lessive, et je m'aperçus que je retenais mon souffle. Je passai la langue sur mes lèvres : l'odeur avait également un goût. Je regardai Katadotis consulter les hommes autour de la table ; un instant plus tard, il me fit signe. Sans joie, les jambes raides, je traversai la pièce. En arrivant près de la table, je m'ordonnai de ne pas regarder, mais bien entendu on regarde toujours : un cadavre, à demi recouvert d'une feuille de plastique bleu layette. En tout cas, ce n'était pas Brightman — je n'aurais pas à regarder ses entrailles — car Katadotis contournait déjà la table et me faisait signe de l'imiter. Je vis aussitôt un chariot roulant, poussé dans un coin pour libérer le passage.

« Je ne sais pas comment une chose pareille a pu se produire, murmura Katadotis. Ils auraient dû l'envoyer en haut depuis plusieurs heures.

Je baissai les yeux. Brightman était placé dans un sac spécial, en vinyle vert épais, qui ressemblait à une housse à vêtements. Katadotis se mit à tirer sur la fermeture Éclair et je sentis mon estomac se soulever. Je détournai les yeux. La fermeture était coincée. Avec un grognement, Katadotis donna une secousse. Je forçai mes yeux à revenir vers le corps. Katadotis devait avoir ouvert du mauvais côté, ou bien le cadavre avait été placé à l'envers, toujours est-il que ma première vision de Harry Brightman en personne fut ses chevilles et ses pieds : raides, étalés, les orteils écartés et recourbés comme des griffes.

120

« Nom de Dieu, murmura Katadotis et il remonta la fermeture à glissière. Mais, je ne sais pourquoi, l'absurdité de la situation libéra mes émotions et je pus me détendre. Katadotis reprit sa bagarre avec la fermeture Éclair, mais il n'avait pas le choix : il dut exposer tout le corps pour me montrer le visage.

Un corps maigre : des côtes comme des ombres bleues sous la peau.

Tout fripé : un réseau complexe de rides patinées à l'endroit où le cou rejoint la poitrine.

Un homme de plus petite taille que je ne m'y attendais...

Harry Brightman, pris par May Brightman avec son Brownie personnel, Georgian Bay, 1er août 1949.

J'essayai d'évoquer cette photographie, ainsi qu'un fantôme, pour voir dans quelle mesure elle correspondait à la dernière enveloppe corporelle de Brightman ; mais, en trente ans, il avait changé. Les cheveux, cependant, étaient plus ou moins les mêmes, encore épais, d'une couleur indéterminée entre le brun et le gris. Quant au reste de son visage... il n'y avait pour ainsi dire rien. Pendant un instant fugitif, je me retrouvai dans les bois, penché au-dessus de mon père. Puis cela passa. Non, cette bouillie ne me concernait pas. Et ne concernait plus personne désormais.

J'essayai de donner à ma voix un ton ferme.

— Il a dû tenir le fusil assez loin de son visage.

Katadotis, surpris par cette remarque professionnelle, me lança un regard curieux.

— C'est bien ça. Douze ou quinze centimètres d'après nos calculs. Ils font ça quand ils veulent s'effacer complètement de la face de la Terre.

Était-ce ce que mon père avait désiré ? Une autre question en suspens : sans plus de réponse ici que devant sa tombe. Je hochai la tête.

— Très bien, lieutenant.

Katadotis souleva son classeur, l'éloigna un peu trop de ses yeux et se mit à lire d'une voix monocorde.

— Robert Thorne, identifiez-vous, d'après ce que vous savez et en toute bonne foi, la dépouille mortelle que vous avez sous les yeux comme celle de Harold Charles Brightman ?

— Oui.

121

Ma voix me parut d'une solennité ridicule, mais Katadotis hocha la tête, satisfait, et remplit son imprimé.

— Si vous voulez bien signer ici, monsieur Thorne...

Je paraphai.

« Parfait. Terminé...

Les yeux très hauts, nous sommes sortis. Dans l'ascenseur, nous n'avons pas échangé un mot, mais Katadotis me lança un regard rapide, un peu gêné — peut-être se demandait-il si j'avais remarqué qu'il n'avait pas refermé la housse de Brightman. Mais mon attitude en la circonstance, décidai-je, ne me donnait pas le droit de critiquer autrui, et, quand l'ascenseur s'arrêta brusquement, je ne me fis pas prier pour sortir à l'air libre. En tripotant le col de son manteau, Katadotis me lança :

« Il vaut mieux qu'elle ne soit pas passée par tout ça, monsieur Thorne.

— Oui.

— Attendez-moi ici une minute, je vais faire venir une voiture. Nous irons directement à la fourrière.

Il s'éloigna. Le dos au vent, j'allumai une cigarette. Telle était donc la fin de Harry Brightman. Personne ne pouvait plus rien pour lui — y compris moi-même. Peut-être n'en était-ce que mieux. Je regardai ma montre. Presque trois heures. Je ne prendrais probablement pas la route avant une heure, et Toronto devait bien se trouver à trois heures de Detroit. Donc, sept heures et demie environ. Non que cela changeât quoi que ce fût — il faudrait de toute façon que je passe la nuit chez May —, mais, si elle se sentait bien, je pourrais rentrer à la maison demain. Oui. Rentrer, puis revenir pour les obsèques — plus cher, mais je préférais. Pour me sortir tout cela de l'esprit et me remettre au travail... Aussitôt je jurai entre mes dents. L'ennui, c'était que je n'avais pas envie de me remettre au travail, mais bien de découvrir ce qui était arrivé à Harry Brightman. J'énumérai les faits.

Un : quelqu'un s'était introduit chez moi et avait fouillé mon courrier.

Deux : quelqu'un s'était introduit dans la maison de Brightman le soir où je m'y trouvais.

Trois : cette même personne, un *Russe*, avait braqué un revolver sur moi la veille au soir à Halifax.

Cela signifiait forcément quelque chose. Mais la réponse, quelle qu'elle fût, ne cessait d'être contredite par le quatrième fait, à savoir que Brightman s'était suicidé. J'avais lourdement insisté auprès de Katadotis et de l'un de ses confrères — le détective qui avait mené l'enquête —, mais rien ne permettait d'envisager un meurtre maquillé. Évidemment, quelqu'un avait pu forcer Brightman à écrire la lettre, mais il avait acheté le fusil de son plein gré : le vendeur se souvenait de lui et affirmait que l'achat s'était déroulé de façon parfaitement normale. Ce que j'avais découvert devait être lié au suicide de Brightman, mais, puisqu'il s'était suicidé, cela ne faisait guère de différence. Rien ne pouvait plus lui rendre la vie. Même s'il était victime d'un chantage, ou poursuivi d'une manière ou d'une autre, puis acculé à se tuer, le fait de découvrir la raison, ou même la personne qui l'avait traqué, ne lui ferait aucun bien, tout en faisant probablement beaucoup de mal à May.

A l'arrivée de Katadotis, je lançai ma cigarette dans le caniveau, puis montai à côté de lui. Non, me dis-je mieux valait me résigner, m'enfoncer dans mon siège et regarder défiler cette ville de malheur. L'endroit était en harmonie avec mon humeur, et cela s'exprima sans doute sur mon visage, car au moment d'obliquer vers le fleuve, Katadotis grogna :

« Une sacrée ville, n'est-ce pas, monsieur Thorne ?

Je répondis d'un ton neutre (après tout, c'était là qu'il habitait) :

— Tout le monde dit qu'elle s'est bien améliorée.

Un sourire erra sur ses lèvres.

— Monsieur Thorne, mon père est venu ici il y a cinquante ans pour travailler à la chaîne chez Henry Ford, et, pour lui, c'était le paradis. Aujourd'hui, c'est comme quelque chose qui colle à vos godasses.

Je ne risquais pas de le contredire. La voiture tourna dans Jefferson Avenue, large, déserte, désolée. Une succession de bâtiments anonymes : magasins de meubles bon marché ; marchands de vins et liqueurs ; entrepôts abandonnés et crasseux. Plus loin, très en retrait de la chaussée, je vis un grand immeuble d'appartements ; sur la façade un immense panneau publicitaire disait : « Vivez dans l'élégance et la *sécurité*. » Dans ces rues-là, tous les visages étaient noirs, bien que l'on se trouvât près de

Grosse Pointe, avec son parc, ses fermettes, ses bosquets et ses bords de lac — d'un blanc de lis. Bien avant d'y parvenir Katadotis tourna dans St. Jean Street, au milieu d'une véritable zone de guerre. Tout le long de la rue, sur la droite, se dressaient les carcasses vides, incendiées, de petites maisons de bois. Tout un quartier avait été rasé — le feu n'avait rien épargné.

— Ce n'est tout de même pas le résultat de l'émeute ? demandai-je.

— Si. Et du désir de toucher un peu d'assurance.

Les vérandas penchaient ; les huisseries des fenêtres pendaient ; des langues de suie léchaient les murs. Les trottoirs n'étaient plus entretenus, les chardons et le chiendent envahissaient la rue. La voiture avança en cahotant d'ornière en ornière, sur la chaussée défoncée. A gauche, une clôture de gros treillis apparut : la fourrière des voitures. Des écriteaux annonçaient : ENTRÉE INTER-DITE ! *Surveillance électronique.* TOUTE INFRACTION FERA L'OBJET DE POURSUITES. ACCÈS AUTORISÉ UNIQUEMENT AUX DÉPANNEUSES. GAREZ VOTRE VOITURE DANS LA RUE ET ENTREZ À PIED ! Je commen-çai à comprendre pourquoi ils avaient envie de rendre la voiture le jour même — dans un quartier pareil, personne ne voulait être responsable d'une Jaguar de collection plus longtemps que néces-saire.

Négligeant les écriteaux, Katadotis franchit la grille et s'arrêta à côté d'une petite cabane. Je l'attendis dans la voiture. Une odeur de vapeurs d'échappement et de caoutchouc brûlé empestait l'air ; un treuil pleurait dans le lointain. Tels les ossements fossilisés des créatures dont elles avaient emprunté les noms — cougouars, mustangs, bobcats, ramchargers — les épaves de milliers de voi-tures s'éparpillaient en tous sens, et des carcasses entières, apla-ties, s'entassaient ici et là comme des peaux de sauvagines. C'était un chef-d'œuvre de pop art, un paysage surréaliste ; et comme les voitures mises à la fourrière pour délits de circulation étaient alignées en rangées et classées par marque, l'endroit avait même le caractère ordonné que l'on retrouve dans certains rêves. *Motor-ville, USA.* En fait, décidai-je, un musée des épaves de la route.

Katadotis réapparut, accompagné par un mécanicien en salo-pette.

« Je vous présente Jerry, monsieur Thorne.

Je le saluai d'un signe de tête.

— Vous avez une sacrée bagnole, monsieur Thorne, me dit Jerry, mais je serai ravi quand vous l'emmènerez. Vous la laissez deux nuits de plus, il ne restera plus que les essieux.

De nouveau, j'inclinai la tête et il tourna le dos pour nous entraîner, d'un pas confiant, au sein même de cette nature étrange : montagnes de pneus, vallées de verre brisé, défilés de batteries et de radiateurs entassés. La Jaguar de Brightman se trouvait assez loin vers l'arrière, déjà assimilée au style pop Dali de l'endroit. Sur la gauche, s'élevait un énorme tas de vieilles jantes ; derrière, en arc de cercle, une douzaine de motocyclettes noires. Il ne manquait qu'une femme nue, appuyée à l'immense capot de la voiture, pour donner la touche finale à une publicité pour whisky élégant.

Katadotis hocha la tête d'un air sombre.

— C'est une vraie honte, monsieur Thorne. Si elle nous avait dit qu'il avait pris cette voiture, nous l'aurions cueilli à la minute où il a traversé la frontière.

Je regardai l'engin. Dans mon enfance, j'avais la folie des voitures, je les connaissais toutes, et, en revoyant ce modèle — pas du tout rare dans le milieu des ambassades —, je le reconnus sur-le-champ. Une Mark VII, 1955 environ. La version allégée, avec une carrosserie d'aluminium, avait gagné au Mans. Elle était de couleur blanche et vraiment énorme avec ses lignes arrondies, liquides — l'équipage sans chevaux d'un homme riche, datant d'une ère où les paquebots sillonnaient encore l'Atlantique.

— On dirait qu'il manque des enjoliveurs.

Jerry sourit.

— Ouais. Et un mec a dû scier le jaguar sur le radiateur. Ce qui part ensuite, c'est la calandre.

Il pêcha les clés dans sa poche, ouvrit la portière et se glissa au volant. Bien entendu, il y avait encore un starter manuel et un démarreur actionnés par un bouton séparé. Mais ces reliques fonctionnaient encore et le moteur partit au quart de tour. Le ralenti avait conservé sa discrétion authentiquement britannique. Jerry descendit et flatta le capot de la main.

« Elle tourne comme une grande dame qu'elle est. Vous devriez regarder sous le capot. Il l'entretenait vraiment nickel.

Et pourtant May avait oublié jusqu'à l'existence même de cette

125

voiture... On ne pouvait s'empêcher d'y songer. C'est vrai que l'automobile ne l'intéressait guère ; depuis que je la connaissais, je ne l'avais vu conduire que des Coccinelle Volkswagen. Sa mémoire n'avait pas enregistré ce transatlantique.

Katadotis s'avança, une grande enveloppe brune à la main.

— Le contenu de la boîte à gants, monsieur Thorne. Il vous faut signer la décharge, ainsi bien entendu que celle de la voiture elle-même.

Je pris l'enveloppe, il me tendit un imprimé que je lus — sans découvrir la moindre proposition d'indemnisation pour enjoliveurs ou bouchon de radiateur manquants. Je signai cependant : « Reçu en bon état. » Katadotis reprit :

« Il ne nous reste plus qu'un problème, monsieur Thorne. La carte grise se trouvait dans son portefeuille, et nous devons la conserver... Effets personnels du défunt, n'est-ce pas... Voilà ce que j'ai fait : j'en ai demandé une photocopie et je vous ai rédigé une petite lettre. Si quelqu'un y trouve quelque chose à redire, demandez-lui de me téléphoner.

— Vous pouvez y compter, lieutenant.

Je me glissai sur le siège avant avec précaution, un peu intimidé à la perspective de conduire ce monstre. Je respirai à fond, et mon nez s'emplit de senteurs de cuir, de cirage et de cire — l'arôme dense et fruité d'une voiture de riche. Je regardai autour de moi. Du côté du passager, la moquette était tachée, et il y avait une autre tache — on remarquait qu'une main avait essayé de l'essuyer — sur le plafond, au-dessus de la portière. Mais cela mis à part, tout était assez propre : vraiment nickel, comme aurait dit Jerry. Oui, il suffisait de s'asseoir au volant pour se rendre compte que la voiture avait été magnifiquement entretenue. L'immense tableau de bord, probablement en ronce de noyer, avait été ciré avec amour et il n'y avait même pas de poussière sur les cadrans. Brightman avait adoré cette belle mécanique : le fait qu'il ait choisi d'y finir ses jours semblait logique.

Katadotis se pencha par la portière.

— Tout va bien, monsieur Thorne ?

— Oui. Merci, lieutenant.

— Je suis désolé d'avoir fait votre connaissance dans ces circonstances, mais croyez-moi, monsieur Thorne, vous nous avez beaucoup aidés. Vous vous êtes montré, pour Mlle Brigthman, un excellent ami.

Une poignée de main. Jerry me cria la direction à prendre. Je lâchai la pédale d'embrayage. La boîte de vitesses enclencha, et ce fut comme si une grande locomotive me poussait délicatement en avant. Je retins mon souffle. M'agrippai au volant. Tournai à droite aux pneus. A droite encore aux portières. A gauche le long de la clôture... J'atteignis l'entrée, encore en première vitesse, puis je passai hardiment en deuxième pour m'engager dans St. Jean Street. Comme tout cela était bizarre ! J'étais Churchill en train de visiter le front au lendemain du débarquement. Ou bien James Bond au milieu des quartiers noirs d'Afrique du Sud que hantent les contrebandiers de diamants... Je tournai à gauche dans Jefferson. Pour la première fois, j'appuyai légèrement sur l'accélérateur, et passai en troisième. La Jag se déplaçait comme dans un rêve, sans donner l'impression d'un effort, d'une contrainte. Je décidai de récapituler mes raisons d'être heureux. Demain, je serais chez moi à Charlottesville. Dans un mois, tout cela serait oublié. Toutes ces questions sans réponse demeuraient agaçantes, mais autant les prendre avec philosophie, me dis-je. Quand on est journaliste, on apprend vite que quatre-vingt-dix pour cent des questions que l'on pose ne reçoivent jamais de réponse, et que les meilleurs articles ne franchissent pas l'étape de la machine à écrire — ce qui n'en est probablement que mieux. Donc, je me détendis. Consultai ma montre. Trois heures quarante-cinq... Je ne m'étais rien mis sous la dent depuis le matin, dans l'avion, et j'avais soudain une faim de loup. A choisir entre Detroit ou Windsor, je sais où je préférerais vivre, mais, sur le plan des restaurants, je me demandai si je ne serais pas mieux loti ici. En outre, se dressaient sur ma gauche les tours du Renaissance Center, le gigantesque complexe de bureaux et l'hôtel, qui est censé « revitaliser » le centre ville de Detroit. Je savais que j'y trouverais quelque chose de correct ; laborieusement, je fis tourner mon carrosse et descendis sans hâte la rampe d'accès à un parking. Je trouvai une place libre... Puis, malgré toute ma philosophie, je restai au volant. J'allumai une cigarette et ouvris l'enveloppe que Katadotis m'avait remise, à la recherche d'un dernier espoir, d'un indice qui aurait échappé à la police. Il y avait très peu de chose à découvrir ; en tout cas aucune révélation ; rien qui puisse m'empêcher de prendre définitivement congé de Harry Brightman : une carte officielle de l'Ontario, une vieille carte Rand McNally des États de la Nouvelle-Angleterre, et une carte de membre de la Canadian Automobile Association, expirée depuis 1968... Je les remis à l'endroit d'où elles venaient, une boîte à gants de la taille d'un coffre à bagages ordinaire.

Puis, un visage se pencha vers la portière.

Je baissai la glace.

— Monsieur ?

C'était un jeune Noir — l'employé qui m'avait laissé entrer à la grille.

— Oui ?

— J'ai un appel urgent pour vous, dans ma cabine.

— Je ne comprends pas. Un appel téléphonique ?

— Oui, m'sieur. Le type a dit : l'homme dans la grosse voiture blanche qui vient de passer.

— Comment s'appelle-t-il ?

Le jeune Noir parut s'impatienter.

— Vous vous appelez Brightman, non ? Il m'a seulement demandé de descendre vous chercher.

— Attendez, lui dis-je. J'arrive dans une seconde.

8

— Monsieur Brightman ?

— Oui. Je suis Brightman.

— Mais je sais qui vous êtes, monsieur Thorne. Je désirais seulement obtenir votre attention.

Une voix d'homme. A l'accent russe.

— Qui êtes-vous ?

— Peu importe, monsieur Thorne. Nous ne nous sommes jamais rencontrés — mais maintenant, je crois que nous devrions le faire.

— Je n'en suis pas si sûr. Je veux dire : nous nous sommes peut-être déjà rencontrés.

Un silence. Puis :

— Intéressant, cette remarque, monsieur Thorne. Mais je vous assure que nos regards ne se sont même pas croisés.

Et je le crus — ce n'était pas le Russe de Halifax. Mais, qui que ce fût, il avait dû me suivre ; sinon comment aurait-il connu ma présence ici ? Je regardai autour de moi. La cabine ne faisait que deux mètres sur trois, mais elle était cependant bien aménagée : plinthes chauffantes, vestiaire encastré, une étagère avec un téléviseur portatif — qui diffusait (en couleurs) un de ces jeux publicitaires. Des quatre côtés, des baies pourvues de vitres teintées. L'homme devait être tout près, mais je ne pouvais pas voir grand-chose : la cabine se trouvait à mi-pente et c'était à peine si je distinguais le toit des voitures passant sur Jefferson. L'autre côté de la rue demeurait hors de mon champ de vision.

« Monsieur Thorne ?

— Oui, je suis là.

— Je suis surpris de vous sentir si peu intéressé. Je peux tout vous raconter, monsieur Thorne. Comment cela s'est passé. Ce qui est arrivé à Brightman. Tout.

— Je vous écoute.

— Non. Une rencontre personnelle serait préférable.

La Russie. Brightman y était allé, j'y avais vécu, cet homme à Halifax, et maintenant...

— Peut-être pourrons-nous parler d'autre chose que de Brightman ? lui dis-je.

— Oh oui, de tas de choses.

— Par exemple ?

— Ce que vous voudrez.

— Vous êtes russe. Peut-être devrions-nous en parler.

— Si cela vous convient. Nous pourrons parler de n'importe quoi... Nous pourrons parler des *byliny* ou des *bégouny*, ou des Cent Noirs — de n'importe quoi. Je suis un vrai Peter Kirillov, monsieur Thorne. Vous me posez la question, et je vous indique où vous voulez aller.

Une voiture qui quittait le parking parut de l'autre côté de la vitre. Le jeune Noir glissa le ticket dans un horodateur qui retomba avec un bruit sec, puis il tendit le ticket à l'extérieur.

« Monsieur Thorne ?

— Je suis d'accord.

— Bien. Il est quatre heures. Dans une heure et demie, à cinq heures trente. Dans Grayson Street, au numéro 362. Ce n'est qu'un vieux garage, mais de là nous pourrons aller ailleurs.

— D'accord. J'y serai.

— Parfait. Et bien entendu, vous viendrez seul. Pas de police. Ce n'est pas pour eux. Cela n'a rien à voir avec eux. Vous devez le comprendre. Je suis sérieux. Je vous parlerai de Brightman, mais je vous dirai également autre chose. Ce sera personnel, monsieur Thorne. Vous comprenez ? Une chose que vous n'aimeriez pas voir tomber dans l'oreille d'un flic.

Silence.

— Que voulez-vous dire ?

— Ce que j'ai dit.

Son souffle fit un bruit étrange dans l'écouteur... puis il coupa la ligne et je demeurai glacé sur place, le téléphone coincé entre mes doigts.

Ce sera personnel. Une chose que vous n'aimeriez pas voir tomber dans l'oreille d'un flic.

Je raccrochai. Je n'avais pas la moindre idée de ce qu'il voulait dire — mais mes paumes étaient déjà moites de sueur. Depuis le tout début, j'avais eu le sentiment que toute l'affaire se retournerait contre moi. Et c'était arrivé. Or il n'existait absolument aucune corrélation avec moi personnellement — et il n'existait rien que je n'aimerais pas voir tomber dans l'oreille d'un flic... May ? C'était mon lien avec cette affaire mais il ne pouvait pas être plus innocent. La Russie ? Elle nous reliait tous les uns aux autres — moi, Brightman, l'homme au téléphone — mais je ne m'étais rendu coupable de rien là-bas... Et pourtant... Et pourtant, ma peau était devenue poisseuse, et mon estomac commençait à se soulever, comme si... Comme si quoi ? *Comme si, au fond de moi, je savais déjà...*

— Monsieur ?

Je me retournai.

« C'est parfait, m'sieur. Je me demandais seulement si vous aviez encore besoin du téléphone.

Je lui donnai deux dollars et sortis de sa cabine. Le vent qui soufflait en rafales depuis la Detroit River colla mon imperméable à mon corps et du sable, soulevé sur le ciment de l'immense parking, me picota les joues. Pendant un instant, j'errai entre les longues rangées de voitures. Le dos tourné au vent, j'allumai une cigarette et essayai de me calmer. Je n'avais pas le temps de m'abandonner à mes états d'âme — il fallait que je me décide. Avant tout, que devais-je faire ? téléphoner à Katadotis ? Mais, avant même de l'envisager, je savais que je ne le ferais pas. Même si je ne tenais aucun compte des avertissements de mon mystérieux interlocuteur, je savais qu'il se montrerait très prudent, et qu'au premier soupçon d'intervention de la police il filerait. Mais cela posait la question suivante. Si j'allais à notre rendez-vous, que se passerait-il ? un Russe hier, un deuxième Russe aujourd'hui — et le premier avait un revolver. Cela donne à penser. Certaines initiales se mirent à clignoter à la périphérie de mon cerveau. Mais c'était trop incroyable, et cela ne semblait pas du tout dans la note. *Komitet Goussoudorstvennoï Bezopasnosti* est peut-être difficile à prononcer, mais, après huit années en URSS, j'étais capable de sentir un homme du KGB à deux kilomètres, et je n'en avais assurément pas reniflé un à l'autre bout du fil. Cette odeur était différente, pas officielle du tout.

Je jetai ma cigarette. En tout honnêteté, je n'avais pas la moindre idée de ce que tout cela signifiait, ou pouvait signifier. Mais je savais que j'irais de toute façon. Si je n'y allais pas, je ne me le pardonnerais jamais. Et je n'avais pas le temps d'hésiter. Mon heure et demie était déjà écornée de quinze minutes. Grayson Street, un vieux garage — il fallait que je trouve où c'était, puis que je m'y rende. Pas en taxi ; je voulais avoir mon moyen de transport personnel. Et pas dans la voiture de Brightman, qui avait déjà été reconnue. Par conséquent...

Mon esprit, mobilisé par les détails pratiques, commença à se calmer. Je regardai autour de moi. J'avais erré jusqu'au milieu de ce vaste parking. Sur ma gauche, derrière une haute clôture métallique, se trouvait la tranchée boueuse de la Detroit River, avec le Canada qui s'étendait, maussade, sur l'autre berge. Devant moi, se dressant vers le ciel comme un mirage urbain, les tours du Renaissance Center. Je me dirigeai vers elles, persuadé que je pourrais y louer une voiture, mais, en fin de compte, je préférai prendre un taxi devant l'entrée. J'étais curieux : l'homme au bout du fil avait dû me suivre toute la matinée — à moins qu'il n'ait filé May et ne soit passé d'elle à moi — et je me demandais s'il n'était pas encore sur ma piste. Au bout de dix minutes, j'optai pour la négative. Nous étions alors dans Michigan Avenue. Le chauffeur fit demi-tour, revint vers le centre ville et me déposa au bureau de Hertz, Washington Boulevard. Après les formalités habituelles, je me retrouvai au volant d'une Pontiac et l'employé me montra Grayson Street sur une carte.

Je pris vers le nord et remontai Woodward au pas, en me concentrant résolument sur la conduite : c'était le meilleur moyen d'oublier ma nervosité. Cinq heures. Un crépuscule lugubre s'attardait sur la ville, tandis que les foules de l'heure de pointe s'enfuyaient vers Ann Arbor et Flint, Ypsilanti et Lansing. Je me joignis à leur fuite. Pris par leur panique quotidienne, je laissai la circulation me happer le long de Gratiot, puis sur l'autoroute Chrysler. Comme la plupart des voies express de Detroit, elle a été construite sans tenir compte des normes, et ce n'est qu'un canal plein de gaz carbonique et de bruit. Au-dessus de ma tête, un panneau électrique donnait la température (9 degrés C) et signalait que ce jour-là 5 467 Fords étaient sortis d'usine. Sur la radio, le présentateur ânonnait : « Comme disait toujours M. Ford : Je ne crois pas à l'efficacité des cages, pour les oiseaux, les animaux ou tout être vivant. »

Je m'échappai de tout ça, non sans mal, à la sortie de l'usine Plymouth. Je me retrouvai dans Hamtramck et me mis à la recherche de Grayson. Coincée entre les bretelles de l'autoroute et une vieille voie ferrée, elle s'avéra d'accès presque impossible : elle était soit bloquée par de hautes clôtures, soit séparée des rues ordinaires par d'immenses terrains vagues. Mais j'y parvins cependant, à mon troisième essai, en traversant au milieu des nids de poule une allée privée abandonnée, puis en suivant un chemin de gravier jusqu'aux premiers numéros de la rue.

Il commençait à faire sombre. Sur les trottoirs, deux ou trois gosses et deux Noirs en bottés et salopette, en train de rentrer lentement chez eux. Le quartier, sans paraître aussi désolé que la rue St. Jean et les alentours de la fourrière, dégageait une atmosphère mélancolique. Les maisons, de petites villas identiques, en parpaings, étaient pour la plupart en triste état, avec des pelouses minuscules, bien que certaines fissent parade, devant une porte, d'une haie de fusains très banlieusarde — ce qui les rendait encore plus pathétiques. Je ralentis pour essayer de repérer les numéros des maisons, mais le garage lui-même m'apparut. Il avait l'air abandonné ; son style désuet me fit songer aux stations-service que l'on rencontre encore parfois dans certaines villes de campagne ; les pompes étaient surmontées d'une sorte d'auvent et le stuc de la façade s'écaillait. J'accélérai un peu — pourquoi me trahir ? —, dépassai le bâtiment et tournai dans une rue latérale.

Je me garai et regardai ma montre. Dix minutes d'avance. J'examinai la rue. Dans les maisons, des lumières allumées ; quelque part, une porte claqua et une voix de femme lança un nom d'un ton sec. Quatre rues plus bas, la chaussée se terminait sur un remblai de chemin de fer, protégé par une clôture métallique branlante et signalé par un seul feu rouge. Je baissai la glace de mon côté. Derrière moi, dans le rétroviseur, les phares d'une voiture passèrent dans Grayson, et quelques secondes plus tard, un petit Noir s'avança dans ma rue à bicyclette. Ses yeux brillants fixèrent longuement mon visage de « sale Blanc ». Puis, il disparut dans les ombres.

J'allumai une cigarette et la fumai lentement. Je me rappelai une soirée à Moscou, où j'avais attendu ainsi. Je préparais un article sur l'armée soviétique et j'avais pris contact avec un *Mladshii Lietenant* d'une division de la Garde. Il ne devait me parler que de la gamelle, de ses permissions et de sa solde — les petites misères banales de la vie quotidienne dans n'importe quelle armée —, mais nous savions l'un et l'autre que, techniquement, c'était de l'espionnage, et que seules les définitions les plus techniques intéressent les tribunaux soviétiques. A présent, en comparaison... mais peut-être valait-il mieux ne pas comparer. Je lançai ma cigarette par la portière et descendis. La rue était vide en dehors de quelques vieilles bagnoles le long du caniveau — l'une reposait déjà sur ses jantes. Je fermai la voiture à clé et rebroussai chemin jusqu'à l'angle. Le ciment du trottoir crissait sous mes pas. Dans Grayson Street, je m'arrêtai pour jeter un coup d'œil autour de moi. Sur la gauche, à une trentaine de mètres, plusieurs silhouettes indistinctes formaient groupe près d'une voiture. Quelqu'un éclata de rire. Puis, la portière de la voiture s'ouvrit et, à la lueur du plafonnier, j'aperçus des jambes, des chaussures et l'éclair d'un sourire. Des jeunes, me dis-je, en train de passer le temps... Je me tournai vers la droite, vers le garage. Sous cet angle, je ne pouvais le voir, mais un espace vide, sombre, marquait son emplacement. Sur le trottoir opposé, un homme seul marchait dans ma direction, les mains enfoncées dans les poches de son coupe-vent ; de mon côté, mais plus loin — après le garage —, deux hommes s'éloignaient. Les réverbères creusaient des cônes de pénombre dans le noir absolu. Quand les deux hommes traversèrent une de ces zones relativement éclairées, je remarquai qu'ils portaient sur l'épaule des sacs-poubelles verts ; ils se dirigeaient vers le lavaupoids, me dis-je, pour faire leur lessive avant l'arrivée en masse des ménagères, après le dîner.

Je repartis. Chacun de mes pas faisait un bruit précis, distinct. J'entendis les jeunes rire derrière moi, puis l'un d'eux lança d'une voix pointue : « Vingt dieux ! mec, tu es de l'autre bord, ma parole », et tous de rire de plus belle. L'homme au coupe-vent, sur l'autre trottoir, me croisa ; devant moi, les deux hommes aux sacs de linge sale disparurent dans le noir. Puis je pus voir le garage.

Désert. En retrait. Pareil à une station-service oubliée sur une route perdue en pleine brousse. Au-dessus de l'entrée, fixé à un échafaudage de bois, un grand panneau disait : EMPLACEMENT COMMERCIAL À VENDRE. AGENCE MURPHY 543-6454. A côté, une cour envahie par la végétation et une maison barricadée.

Je ralentis le pas, mais personne ne se montra. A la hauteur de la porte, je traversai en biais le terre-plein asphalté vers les deux pompes rachitiques. Puis je m'arrêtai. La bâtiment sombre et l'asphalte sombre semblaient se fondre dans la nuit. Toute la rue parut reculer. Et personne ne se présenta — en fait, la rue était maintenant complètement vide, car je vis en me retournant que même l'homme au coupe-vent ne s'y trouvait plus. En m'approchant des pompes, je m'aperçus que leurs tuyaux étaient coupés, et les vitres des cadrans brisées. On voyait encore à l'intérieur les sceaux fanés du ministère du Commerce de l'État de Michigan. Le prix affiché était 39,9 *cents* le gallon et la dernière vente s'élevait à 12,94 dollars.

La nuit. Le froid. Et l'impression d'être planté dans le vide... Mais il fallait qu'il puisse me voir. Je commençai à m'agiter : à lisser mes gants sur mes doigts, à enfoncer mes mains dans mes poches pour les ressortir aussitôt. Puis — après tout, merde ! — j'allumai une cigarette en laissant la flamme du Bic éclairer mon visage. Personne ne vint. Je fumai lentement, sur place, mais en regardant dans toutes les directions. Des ombres. Le vent... Supportable, me dis-je ; oui, ce serait même très supportable si Grayson Street était un décor de film, si j'étais Humphrey Bogart, et si Lauren Bacall m'attendait à la maison en préparant le dîner. Mais, dans ma situation... Deux minutes s'écoulèrent. Je fumai mon mégot jusqu'au bout puis l'écrasai par terre. Où diable était ce bonhomme ? Je me dirigeai vers le bureau du garage : peut-être attendait-il à l'intérieur et ne m'avait-il pas encore vu. Je m'arrêtai devant la fenêtre. Sur chaque vitre se trouvait une lettre, à la peinture blanche :

E-S-S-E-N-C-E P-A-S C-H-E-R

De près, on pouvait voir les traces du pinceau, et quand je fis de l'ombre avec ma main pour regarder à travers le N, le vieux verre poussiéreux m'emplit le nez d'une odeur de cuivre sale. Tout était noir à l'intérieur, on avait du mal à voir, mais j'aurais juré qu'il n'y avait personne. Un vrai dépotoir : le comptoir de contre-plaqué était renversé et il y avait des ordures partout — des bouteilles, des cartons aplatis, de vieilles boîtes de conserve, des bidons de plastique. Personne n'y était entré depuis des semaines. Je reculai. Puis je décidai d'essayer d'ouvrir la porte du bureau. Le loquet tourna tout seul. J'hésitai puis entrai. Il faisait encore plus sombre. Encore plus froid. Je restai sur le seuil, encore conscient de l'obscurité et du vide de la rue derrière moi. Je regardai devant. Dans l'angle, un vieux distributeur de Coca-Cola, de ceux où les lettres sont en émail blanc, et qui ont sur le côté un panier métallique pour les gobelets vides. J'eus envie d'appeler, me retins de le faire, puis changeai d'avis. « Il y a quelqu'un ? »

Comme si je sifflais dans le noir... Le silence me laissa tout déconfit, et ridicule. Même pas un écho, seul le crissement du sable sous mes talons quand je fis passer le poids de mon corps d'une jambe sur l'autre. Sur la gauche, je distinguai la tache grise du passage conduisant à l'atelier. J'étais déjà là et il n'y avait aucun autre endroit où aller : j'avançai ; mais presque aussitôt, voulant m'assurer une ligne de retraite, je m'arrêtai. Devant moi, l'espace vide. Très sombre, mais il venait de la rue suffisamment de lumière pour créer dans les ombres des flux et des remous, comme dans une nappe de brume. *Ce n'est qu'un vieux garage, mais de là nous pourrons aller ailleurs.* Je regardai autour de moi. Je vis deux fosses de graissage, dont on avait enlevé les vérins ; sur le mur du fond, un tuyau en caoutchouc pendait à un crochet ; et juste au-dessus de ma tête était suspendue l'effigie sur carton de Miss Rheingold 1955. Rien d'autre. Lentement, je continuai d'avancer. Le sol était de ciment, mais de larges plaques avaient éclaté ou s'étaient effondrées, et l'on pouvait voir la terre dans les trous. Odeurs : huile de vidange, l'odeur que dégage le béton froid, l'odeur aigrelette de la terre mouillée. Mon pied heurta une boîte vide. Elle roula dans le noir, puis le tintamarre cessa. Je pivotai lentement pour regarder vers la rue. La plupart des vitres des grandes portes du garage étaient brisées ; sur les autres, griffonnées dans la poussière, je pus lire les obscénités habituelles ; il y avait même une partie de « morpion » : les croix avaient battu les ronds trois fois sur cinq jeux... Certain qu'il n'y avait personne, j'allumai mon briquet pour consulter ma montre. Cinq heures trente-huit. M'avait-on posé un lapin ?

C'était irritant. Mais je me sentais tout de même un peu plus détendu. J'étais sûr à présent que personne n'allait sortir des ténèbres, et cela me permettait de feindre la bravoure. Le problème, c'est que l'inverse de la peur n'est pas le courage, mais l'ennui. Je tapai du pied. J'allumai une cigarette. Je regardai ma montre toutes les deux minutes. Peut-être s'était-il égaré, me dis-je, quoique cela fût invraisemblable pour un vrai Peter Kirillov. Peter est un personnage mythique de l'époque des Vieux Croyants, saints pèlerins russes qui rêvaient d'un mythique royaume des Blanches Eaux où régnait la vertu. La route pour y parvenir était longue et dure, mais dans un certain village, si l'on réussissait à l'atteindre, Peter Kirillov vous montrait le bon chemin... Une voiture remonta Grayson Street. Ses phares projetèrent un étrange réseau d'ombres autour de moi — très mélodramatique, mais la voiture passa sans s'arrêter. Cinq heures quarante-six... Il ne viendrait pas, j'en étais certain. Ou peut-être jouait-il au plus fin ? Peut-être était-il déjà ici, aux aguets, attendant que je m'en aille ? Il me suivrait et se présenterait au moment où je m'y attendrais le moins. En fait, ce n'était pas inconcevable — et cela me fournissait un excellent prétexte pour filer tout de suite. Mais je me forçai à patienter. Jusqu'à six heures. « Accorde-lui jusqu'à six heures et va-t'en. »

Cinq heures quarante-neuf. Je me mis à marcher, juste pour me réchauffer. Mes yeux s'étaient habitués à l'obscurité. Je me rendis compte que l'endroit était abandonné depuis des années. La moitié du sol s'était effondrée. Il restait quelques bidons de plastique et des boîtes métalliques d'un litre ayant contenu de l'huile, deux ou trois cartons éventrés, mais l'intérieur avait été vidé jusqu'à l'os par une génération d'adolescents. Tout ce qui était utilisable avait disparu. A une époque, des vagabonds avaient fait du feu dans un coin ; je lançai ma cigarette sur le tas de cendres grises et continuai d'avancer le long du mur noirci... C'est alors que j'entendis un léger bruit. Pas grand-chose, comme un froissement — quoique plus métallique — sans être exactement un grincement. Il se produisit de nouveau. J'avançai jusqu'au seuil d'une autre porte. La porte elle-même n'existait plus, mais on ne pouvait pas voir par l'embrasure parce qu'un objet bloquait le passage. Je m'approchai. Ce n'était qu'un de ces énormes bacs métalliques qui servent au ramassage des ordures. Je sortis. L'endroit, noir et froid, dégageait une odeur de cendre mouillée et d'humus. De nouveau j'écoutai, mais n'entendis rien — ce ne devait être qu'un rat. Je résolus de regagner la rue en contournant le garage et je me glissai donc entre le bac rouillé et le mur. De grandes herbes sèches. Une gouttière qui pendait, encore maintenue d'un côté. Un compteur électrique cabossé... Je parvins enfin au bout du bac — et le bruit recommença, à l'intérieur du conteneur de métal. Le bruit de quelque chose qui se met en place, comme lorsqu'on passe le poids de son corps d'une jambe sur l'autre. J'hésitai — je n'aime pas beaucoup les rats, ni les trous noirs. Mais je levai les bras, m'agrippai au rebord du bac et me hissai. Je regardai. Puis me laissai retomber. Qu'avais-je vu au juste ? Je pris mon briquet. Maladroit avec mes gants, je réglai la flamme au plus fort, puis me hissai de nouveau. Ce bon dieu de truc était tellement rouillé que le métal s'effritait comme du sable sous mes doigts. Je poussai un grognement, tendis le cou, appuyai ma poitrine contre le rebord et passai le bras droit. La flamme orangée du Bic sifflait et vacillait dans le noir. La rouille avait rongé le fond du conteneur depuis des années ; des herbes folles perçaient la dentelle de métal et une flaque noire brillait dans la boue. Il n'y avait pas grand-chose à voir : un tas de vieilles boîtes d'huile pour moteurs Quaker State, des bouts de pots et de tuyaux d'échappement, la moitié d'un panneau de porte et une bâche de plastique utilisée par un peintre, qui enveloppait quelque chose. Le plastique transparent, replié et tordu, était sillonné de lignes et de fissures comme un pain de glace. Mais ces replis étaient humides et rouges. Et, glacé au centre de la bâche, se trouvait le cadavre d'un homme gras, poilu, sans tête, ni mains, ni pieds.

Je retombai en arrière, mes genoux heurtèrent le bac ; le reflet rouge de la flamme du briquet continuait de clignoter devant mes yeux alors qu'il était éteint. Je me figeai, accroupi. *Mon Dieu !* Puis je m'élançai dans l'espace entre le mur et le conteneur. Les herbes sauvages me saisirent les jambes. Le mur me griffa la joue. Le conteneur se resserra sur moi et un objet dépassant du mur me poignarda la cuisse. Avec un soupir de soulagement, je me dégageai. J'avançai d'un pas chancelant, puis marchai sur quelque chose — le couvercle d'une poubelle — et me tordis la cheville. Je tombai sur un genou, les mains en avant. Je touchai le sol froid et ne bougeai plus. Puis je me rappelai les deux hommes aux sacs à linge, et je compris ce que leurs sacs contenaient ; avec toute la spontanéité d'un enfant, je me mis à vomir.

Pendant un instant, je fermai les yeux pour ne plus voir l'horreur.

Puis je les ouvris lentement. Les vomissures autour de mes pieds dégageaient de la vapeur.

Il ne t'est rien arrivé. Tout va bien.

Je repris mon souffle, trouvai un vieux bout de Kleenex et m'essuyai les lèvres. Je me redressai. La cheville m'élançait, le genou me faisait mal et l'écorchure sur ma joue me brûlait. Je jurai entre mes dents. *Tout va bien. Calme-toi.* Je lançai un coup d'œil au coin du garage. La nuit, jusqu'à la rue. Des fenêtres luisaient comme des yeux de chats et je pouvais entendre le grésillement du néon d'un réverbère. Personne, et je forçai donc mes jambes à avancer. Je traversai le terre-plein asphalté du garage. Puis le trottoir. A gauche. *Tout va bien.* Ne cours pas. Le coin de la rue. Encore à gauche...

J'arrivai à la voiture et montai. Puis je ne pus m'empêcher de verrouiller toutes les portes, comme si le cadavre décapité risquait de me suivre. Je regardai dans le noir et mon reflet aqueux glissa sur le pare-brise. Il y avait des lumières dans les maisons mais personne dans la rue. J'entendis au loin le grondement d'un camion en première. Le vent, plus violent, secoua la voiture... J'inspirai à fond et expirai lentement. Cinq minutes, me dis-je, peut-être moins : à cinq minutes près, j'avais failli assister à un meurtre, j'avais failli sans doute être assassiné moi aussi. A retardement, mon cœur se mit à battre plus vite, j'étais au bord de l'évanouissement. D'une main tremblante, je portai une cigarette à mes lèvres. Il fallait que je réfléchisse. Qui était-ce ? Qui l'avait supprimé ? Pourquoi ? Qui, en dehors de toi (me dis-je), savait qu'il se trouverait là ? Puis je me ressaisis et bloquai mes pensées — à quoi bon poser des questions auxquelles personne ne pouvait répondre ? Pas de temps à perdre en théories et en abstractions. Es-tu en danger ? C'était la seule question qui comptait. Et la réponse était non, pas maintenant, pas ici. Preuve ? Ceux qui avaient tué l'homme n'avaient pas attendu, ce qui signifiait forcément qu'ils ignoraient ma venue. Ou bien qu'ils ne s'en souciaient pas. *Ce sera personnel. Une chose que vous n'aimeriez pas voir tomber dans l'oreille d'un flic...* Peut-être s'agissait-il d'un simple mensonge ; peut-être n'étais-je lié en rien à toute l'affaire... Alors que faire ? Devais-je... *Non. Pas de grandes décisions. Fous le camp d'ici, c'est tout. En ce moment, tu ne serais pas fichu de trouver la sortie d'un sac en papier mouillé...*

Soulagé, d'un violent tour de clé je lançai la voiture. La vérité ? Je n'avais aucune envie de réfléchir, de poser des questions, de savoir. Mon seul désir ? Filer. Mais, comme un ivrogne prudent, je me forçai à procéder lentement. Je m'écartai du trottoir. Redressai. Appuyai doucement sur l'accélérateur... Et, peut-être est-ce à cause de ces précautions que je la remarquai juste au coin de la rue suivante, et je m'arrêtai pile.

Je me retournai pour regarder par la lunette arrière.

Le long du trottoir, une demi-douzaine de voitures — je m'étais garé derrière elles. Elles étaient toutes rouillées, de vrais tas de ferraille ne tenant encore debout que par la force de l'habitude, ou par paresse de tomber. Sauf une : une Pontiac dernier modèle, aussi étincelante que la mienne. Je réfléchis une seconde, puis passai en marche arrière. Le moteur poussa une plainte aiguë et je reculai. Je m'arrêtai, ouvris la portière et m'avançai vers l'autre voiture. Je me penchai, les mains au-dessus de mes yeux, et regardai par la portière, côté conducteur. Une conduite intérieure de série à deux portes : boîte de vitesses automatique, sièges façon velours, tableau de bord sans poussière. Même si je n'avais pas vu l'étui de plastique Hertz, j'aurais compris qu'il s'agissait d'une location sans chauffeur. J'essayai les portières, mais elles étaient fermées à clé. L'évidence même. Il avait fait comme moi : il avait garé sa voiture ici, puis s'était dirigé vers le garage avec précautions... sauf que ses précautions n'avaient pas suffi.

Je ne sais pourquoi, cette petite découverte me rassura, et, quand je remontai dans ma voiture, je me sentis davantage maître de moi. Je repris l'autoroute Chrysler, suivis la circulation d'heure de pointe vers le nord, mais tournai avant Flint. Ensuite, je roulai au hasard pendant un moment. Peu à peu, je retrouvai tout mon calme. Et le long d'un boulevard éclairé au néon où s'entassaient marchands de voitures et magasins d'accessoires, je découvris que j'avais très faim. Je m'arrêtai dans un McDonald et profitai des toilettes pour me nettoyer un peu ; mais le fait de récupérer ma respectabilité tua mon appétit pour leur genre de nourriture et je continuai mon chemin jusqu'à un centre commercial. Ce que j'y trouvai ne valait guère mieux — un bar de style western portant le nom de *The Chances R* : portes de saloon, serveuses en chapeau de cow-boy, roues de chariots suspendues au plafond avec une ampoule dans chaque essieu. Je pris un tabouret et commandai un bourbon — bon marché et suffisamment écœurant pour vous dégoûter de quoi que ce soit d'autre. Mais le sandwich au bifteck n'était pas trop mal. Après quoi, mon cerveau revint plus ou moins sur ses rails, et, avec le café et la cigarette, j'essayai de définir où j'en étais. Premier point : aucune raison de me paniquer. L'homme qui m'avait téléphoné, à supposer que ce fût le même qui se trouvait à présent dans le bac à ordures, savait que j'étais impliqué dans l'affaire, mais ceux qui l'avaient tué devaient probablement l'ignorer ; ou ne pas s'en soucier. Sinon, ils auraient attendu dans les parages pour me tuer à mon tour. Deuxième point : je n'avais pas envie de parler à la police, du moins pour le moment. *Ce sera personnel. Une chose que vous n'aimeriez pas voir tomber dans l'oreille d'un flic...* Cela faisait partie des données. Et peut-être désirais-je — après ma fuite affolée du garage — retrouver un peu de ma propre estime, en tout cas à mes yeux. Après tout le chemin que j'avais parcouru, pourquoi ne pas aller un peu plus loin ? Et quand j'eus terminé mon repas, j'arpentai donc le centre commercial jusqu'à ce que je trouve une quincaillerie encore ouverte. J'achetai une massette de deux kilos.

Il était sept heures passées. Sur l'autoroute, en direction du sud, très peu de voitures. Il ne me fallut que dix minutes pour arriver à Hamtramck Street, mais je perdis encore vingt minutes à retrouver Grayson. Rien n'avait changé. Le garage me parut, en passant, aussi sombre et calme qu'à mon départ. Pourquoi en serait-il autrement ? me dis-je. On ne découvrirait pas le cadavre avant des mois — on ne le découvrirait peut-être jamais.

Je tournai dans la rue latérale et me garai trois voitures au-delà de la Pontiac.

Tous phares éteints, mais le moteur en marche. Je me penchai en

arrière pour couper le contact au plafonnier, puis j'ouvris doucement la portière. Le vent froid me piqua les yeux. L'odeur âcre,
chimique, me brûla le nez. Je repoussai la portière sans bruit en
laissant un léger espace, puis je remontai la rue en direction de
Grayson Street, où une voiture passa. Ses phares balayèrent le
croisement. Je m'arrêtai, indécis ; je faillis revenir sur mes pas ;
mais la voiture continua son chemin et je me remis en marche. A la
hauteur de la Pontiac, je pivotai sur mes talons. La voiture se
trouvait juste en face d'une maison dont les fenêtres étaient
éclairées, mais la maison voisine demeurait dans le noir. Je soulevai
le marteau et frappai de toutes mes forces. Au premier coup, la
glace de la portière ne fit que bouger légèrement dans son
encadrement, sans même se fendre. Mais le deuxième coup l'étoila
comme un glaçon et le troisième enfonça un large morceau de verre
dans la voiture. Avec la main, je poussai d'autres éclats, puis
engageai le bras pour ouvrir la boîte à gants. Et je trouvai ce que je
cherchais : l'imprimé de la location. Je le pris et me hâtai de
regagner ma voiture. Personne ne m'avait vu. Deux minutes plus
tard, j'étais revenu sur l'autoroute.

Je pris vers le sud et ne m'arrêtai qu'au centre de la ville. Je me
garai pour lire l'imprimé à la lumière du plafonnier. L'homme
s'appelait Michael Travin. Son permis de conduire, délivré dans le
Maine, indiquait une adresse permanente à Lewiston. La voiture
avait été louée au comptoir Hertz du Renaissance Center et
l'adresse locale était le Plaza Hôtel de Detroit, chambre 909 —
l'hôtel qui faisait partie du complexe. Hertz avait pris comme
caution la carte Visa de Travin. Il avait payé trois dollars pour
l'assurance complémentaire...

Le moment de la décision. Mais tout était déjà décidé. Je trouvai
Michigan Avenue et la suivis jusqu'à Randolph Street, qui me
conduisit jusqu'au Renaissance Center. Je me garai dans le parking
où j'avais laissé la Jaguar de Brightman. Venu du fleuve, le vent
froid, violent, soulevait la poussière. Devant moi, les tours luisan-
tes comme du cuivre se détachaient sur le ciel nocturne. Je me
dirigeai vers l'entrée principale et trouvai la réception de l'hôtel
juste en face de moi. Je la contournai, le temps de m'orienter.
L'endroit évoquait un décor de film de science-fiction à grand
spectacle : le hall principal brillamment éclairé, un foyer de la

hauteur de cinq étages où des arbres respiraient un air fabriqué par l'homme, des jets d'eau qui s'élevaient au-dessus de lacs artificiels, et des « bornes de repos » en béton, jaillissant du sol. Beaucoup d'effet, et la sécurité devait être sans doute supérieure à la moyenne — mais l'endroit était très vaste, très animé, et, malgré tout ce qui m'était arrivé, j'avais encore l'air très respectable.

Sourire.

— Bonsoir. Je suis M. Travin, chambre 909. Je ne trouve pas ma clé. J'ai dû vous la laisser. En tout cas, j'espère...

Sourire.

— Un inst... Oui, monsieur Travin, vous l'avez laissée. La voici.

— Merci.

Je m'éloignai du comptoir d'un pas décidé, puis je cafouillai, ne sachant trop où aller, car un réseau complexe d'escaliers circulaires et d'escalators vous conduisait aux différents étages à l'intérieur même du hall — c'était ce genre d'endroit. Mais je suivis bientôt un groom jusqu'à un ascenseur, qui partit comme un boulet de canon jusqu'à l'étage des chambres. Je débouchai dans un couloir vide, un couloir circulaire. Je le suivis. La porte 909 ressemblait à n'importe quelle autre porte d'hôtel. J'hésitai un instant, je faillis même frapper ; puis j'enfonçai la clé et entrai.

Aussitôt, d'instinct, je sentis que la chambre était vide.

J'allumai une lampe. Je me trouvais dans un petit vestibule, avec la salle de bains sur ma droite. Je passai la tête. Net. Propre. Les serviettes avaient servi mais elles étaient suspendues avec soin. La douche était l'un de ces modules en plastique moulé — très au-dessous du standing de la réception. Quelques gouttes d'eau autour de l'évacuation, mais rien d'autre. Je reculai et m'engageai dans la chambre proprement dite. Rien de plus qu'une chambre ordinaire d'hôtel américain de classe moyenne. Une table-bureau-coiffeuse, avec un miroir et une chaise cannée. Un téléviseur sur son socle de plastique. Un fauteuil tube recouvert de vinyle ; puis le lit, à une place, avec table de chevet et lampe. Même l'unique tableau de la pièce était passe-partout — un abstrait comme on en trouve dans toutes les salles d'attente de médecin, de New York à Los Angeles.

Ordinaire. Vide. Nu.

Et pas la moindre trace de Michael Travin.

Je regardai partout... Non qu'il y eût de nombreux endroits où regarder. Pas de valises, pas de vêtements dans la commode ou dans la penderie, la pièce était aussi nette, semblait-il, que si la femme de ménage venait de la finir. Lit fait. Cendriers propres. Corbeille à papier vide. J'allumai le téléviseur. Il était réglé sur une des chaînes canadiennes de Windsor. Je tirai les rideaux. Aucun message griffonné sur les vitres, et les lumières de la ville clignèrent vers moi sans rien dire...

J'allumai une cigarette, aspirai une bouffée. La chambre était si bien rangée qu'on avait l'impression d'un départ définitif du client. Mais ce n'était pas le cas — sinon je n'aurais pas pu obtenir la clé en donnant son nom. Et une femme de chambre, me dis-je, n'aurait pas fait les choses ainsi : les serviettes se trouvaient à leur place, mais on ne les avait pas changées ; les cendriers semblaient propres, mais il n'y avait pas de boîtes d'allumettes neuves. Que s'était-il passé ?

Une impression particulière se précisa en moi. Je ne sais pas trop comment la décrire — un picotement d'angoisse sur ma nuque. Je ne l'avais pas ressenti depuis des années... depuis mon séjour en URSS... Et comprenant aussitôt de quoi il s'agissait, je me remis à chercher — à chercher les signes révélateurs d'une fouille si soigneuse que, même si l'on en trouvait des traces, on ne pourrait être certain de rien. Vraiment certain. Jamais... A quatre pattes, je tâtai le rebord de la moquette : elle n'était pas fixée ; en tirant d'un côté, je pouvais mettre à nu tout le sol de la chambre. Un entrepreneur négligent ? Ou bien quelqu'un l'avait-il soulevée ? Ensuite, je suivis les joints du papier peint, en tâtant avec mon pouce. Décollés. Usure naturelle, ou quelqu'un s'était-il servi d'un rasoir ? Je retournai les fauteuils, tirai le bureau et le lit, vérifiai le téléviseur — trois écrous portaient des éraflures peut-être récentes. Ils recherchaient un objet de petite taille, me dis-je, une feuille de papier, un document. Ou autre chose : quand je retournai le matelas, je trouvai une fente de quinze centimètres à l'endroit où ils avaient fouillé — une faute d'étourderie ? Mais, quel que fût l'objet recherché, j'étais sûr maintenant d'une chose. CIA, SIS, SDECE, STASI, BND... Les services de sécurité laissent partout le même sceau, mais l'odeur particulière que je reniflais maintenant dans cette pièce ne pouvait avoir qu'une seule origine : le KGB.

Ce qui ne me troubla pas outre mesure. J'avais davantage l'habitude du *Komitet* que des cadavres. Mais je me mis à réfléchir plus vite. Car ils avaient agi, eux, *très* vite. A quatre heures, Travin me téléphone au parking. Par la fenêtre je pouvais voir la cabine — était-il possible qu'il m'ait appelé depuis cette chambre ? Non. Il aurait pu reconnaître la voiture de Brightman malgré la distance, mais sûrement pas moi — or, il connaissait mon nom. Ensuite, nous prenons rendez-vous. Pour cinq heures trente. Donc, ils l'avaient repéré entre quatre et cinq heures, puis s'étaient mis à le filer. Cela s'était sans doute produit ici, car ils devaient surveiller sa chambre ; de toute manière, ils l'avaient suivi jusqu'à Grayson Street. Qu'avaient-ils cru qu'il allait faire là-bas ? Cacher un objet ? Invraisemblable. Ils ne pouvaient envisager qu'une seule chose : un rendez-vous avec quelqu'un. Mais ils ne s'en étaient pas souciés, j'étais déjà arrivé à cette conclusion. Dans ce cas, qu'est-ce qui les intéressait ? A la réflexion, la seule chose dont ils se fussent préoccupés était son identité. Ils lui avaient coupé la tête, les mains et les pieds, pour que l'identification du cadavre par un médecin légiste relève du miracle. Mais ils s'étaient montrés très négligents, car ils avaient oublié la voiture. A moins qu'ils n'aient pas été au courant ? S'ils l'avaient filé jusqu'au garage, ils devaient savoir... Or, ils avaient fait comme si la voiture n'existait pas : à la place, ils étaient venus ici fouiller la pièce. Ce qui avait sans doute un sens : peut-être savaient-ils déjà que l'identité de Travin était fausse et ne suffirait pas, à elle seule, à établir qui cet homme pouvait bien être.

Possible.

Mais peut-être pas.

Le Kremlin et le Pentagone, chacun pour ses raisons, trouvent très commode la notion d'un État soviétique tout-puissant et suprêmement efficace. Ils ne cessent de répandre cette idée, mais toute personne ayant vécu en Russie ne peut qu'en rire. Et ce ne serait pas la première fois que le KGB aurait commis une bévue.

Un Kleenex à la main, je décrochai le téléphone.

— Ici chambre 909, mademoiselle. J'aimerais parler aux renseignements de Lewiston, dans le Maine.

— Oui... Demandeur, parlez.

Je dépliai l'imprimé de Hertz, épelai le nom de Travin et indiquai l'adresse. Au bout d'un instant la voix me dit :

« Pas de Travin dans l'annuaire, monsieur.

— C'est peut-être un nouvel abonné.

— Non, monsieur. Aucun abonnement à ce nom.

Je raccrochai... puis j'eus une autre idée. J'appelai la réception.

— J'aimerais payer, est-ce possible ? M. Travin, au 909. Je suis assez pressé. Pouvez-vous me faire monter la note ?

— Un instant, monsieur... Oui, vous désirez régler avec votre carte Visa ?

— Certainement. Je crois que vous l'avez déjà.

— Oui, monsieur Travin. Je vais vérifier la note, puis vous la faire porter dans votre chambre.

Dix minutes plus tard, le visage dissimulé, je glissai un dollar dans l'entrebâillement de la porte et reçus la note de Travin en retour. Mais elle ne m'apporta pas grand-chose : même adresse, même numéro de téléphone, même numéro Visa que sur l'imprimé Hertz. Il avait pris son petit déjeuner dans sa chambre chaque matin, deux autres repas dans l'un des restaurants de l'hôtel, plus quelques consommations au bar. Au total, il était resté six jours ; malheureusement, aucun appel interurbain. Donc... les hommes qui avaient fouillé la chambre n'avaient pas commis la moindre gaffe. Le nom de Travin, son permis de conduire, la carte de crédit et la note d'hôtel n'aboutissaient qu'à une impasse. Dans quelques jours, Hertz sonnerait l'alarme. La police retrouverait la voiture, mais n'irait pas plus loin. Même si elle découvrait le cadavre et concluait qu'il s'agissait de Travin, cela ne l'avancerait guère. Michael Travin — qui que ce fût en réalité — avait efficacement disparu de la face de la Terre.

Je respirai à fond, me dirigeai vers la fenêtre et fixai la nuit. Les feux d'un cargo minéralier clignotaient sur le fleuve et cela me rappela Halifax. Ce n'était qu'hier, mais cela me parut dater de plusieurs siècles. La mort de Brightman avait creusé un abîme, un grand vide... et qu'avait-elle à voir avec tout cela ? *Je peux tout vous raconter, monsieur Thorne. Comment cela s'est passé, ce qui est arrivé à Brightman. Tout.* Travin avait-il été tué parce qu'il savait ? Et n'était-ce pas pour la raison inverse que ses meurtriers ne s'étaient pas souciés de moi ? Tant que je ne l'avais pas rencontré, je ne savais pas... Mais les questions de ce genre n'étaient pas à ma portée, et j'avais des problèmes extrêmement plus urgents. Quelle était ma place dans le tableau ? Que devais-je faire à présent ? Je me sentais parvenu à un tournant — sur le plan émotionnel, en ce qui concernait mon engagement personnel, mais aussi à d'autres égards. Je me posais des questions pratiques. Je ne suis pas un aventurier professionnel. Mon travail d'écrivain me permet d'organiser mon temps, mais il restait tout de même la petite question de l'argent et celle — plus subtile — de l'énergie. Avais-je vraiment envie de faire cet investissement ? Sans parler des considérations juridiques. En ce moment, ma situation vis-à-vis de la loi était excellente, nullement sujette à caution. Je n'avais pas assisté en personne à un crime, et personne n'est tenu de déclarer à la police les cadavres sur lesquels il tombe par hasard. La voiture ? Rien de bien grave. Dans la mesure où je rembourserais à Hertz la réparation de la glace brisée, aucun flic au monde ne songerait à m'inculper. Pour vol ? Je n'avais pris aucun objet de valeur. Pour obstruction à la justice ? Personne, sauf moi, ne savait que le contrat de location se trouvait dans la boîte à gants ; de plus, la police pouvait obtenir l'original aux bureaux de Hertz. Sans doute avais-je violé quelque article de la réglementation de l'hôtellerie en m'introduisant dans cette chambre, mais même cela serait difficile à prouver, car je n'avais, en le faisant, aucune intention criminelle. Qu'avais-je pris ? Qu'avais-je détruit ?... Non, si je décrochais le téléphone à l'instant pour appeler la police, je ne recevrais en fait qu'un sermon bien senti sur les devoirs d'un bon citoyen. *Si...*

Mais, au même instant, on frappa à la porte.

Je me figeai.

On frappa de nouveau, un peu plus fort.

Je retins mon souffle.

— Oui ?

— Monsieur Travin ? La femme de chambre, monsieur ; on m'a téléphoné de la réception pour me signaler votre départ. Je me suis dit que vous alliez oublier votre complet.

— Une minute.

Avec encore plus de précaution que pour le groom, je m'assurai que la femme de chambre ne verrait pas mon visage : Travin était mort — je ne voulais pas prendre sa place. Et pourtant, d'une étrange façon, j'étais visité par son ombre. J'enlevai la housse de plastique et j'étalai le complet sur le lit — macabre imitation de son propriétaire : sans tête, ni mains, ni pieds. En dehors de cela, il était parfaitement quelconque : gris, un seul pantalon, pas de gilet. *Sears, boutique de l'homme,* disait l'étiquette. Puis je vis, fixée au centre, une petite enveloppe jaune. *Nous avons trouvé ceci dans vos poches...* Je l'ouvris et vidai le contenu sur l'oreiller.

Une pochette d'allumettes, venant d'un endroit portant le nom de Mikado Room.

Soixante-dix-sept *cents* de monnaie, dont une pièce de vingt-cinq *cents* canadienne.

Et une fiche de retrait émise par une boutique de photographe.

Je la pris. C'était le talon classique : la partie supérieure de l'enveloppe qu'on vous remet quand vous apportez une pellicule à développer. Un bout de papier gris sur lequel on avait, d'un coup de tampon, inscrit le numéro 2009 et le nom et l'adresse de la boutique. *Articles pour photos, Berlin (New Hampshire).*

Ma foi, peut-être avaient-ils tout de même commis une bourde.

Et, sur-le-champ, je pris ma décision. Sans comprendre exactement pourquoi. J'étais en train de joindre les points d'un de ces dessins surprises comme les journaux en publiaient autrefois le dimanche, et voici qu'un autre dessin se présentait. Cela faisait partie du jeu ; et la Russie aussi, ainsi que mes sentiments concernant ce pays. May Brightman entrait également dans le tableau. Mais surtout, surtout, c'était « personnel » comme me l'avait dit Travin au téléphone : l'impression, présente depuis le tout début, que chacun de ces événements, si impossible que cela parût, aboutissait en définitive à moi-même.

Mais peut-être les raisons que l'on se donne ne changent-elles jamais rien. Une rose est une rose : on fait ce qu'on fait. Le complet de Travin roulé en boule sous mon bras, je descendis dans le hall. Quarante minutes plus tard, au volant du transatlantique immaculé de Brightman, j'entrai dans le tunnel de Detroit-Windsor et retraversai la frontière canadienne.

9

Windsor-Toronto, Toronto-Montréal, puis, en direction du sud de nouveau, vers la frontière. Traversée du New Hampshire sur la 26, puis routes secondaires jusqu'à l'interstate 91, enfin la 84 vers l'est à travers la Pennsylvanie. Vingt-quatre heures après avoir quitté Detroit, j'étais attablé dans un restaurant de Washington, DC. Mais on pouvait dire que j'avais pris le chemin des écoliers. Au bout du compte, j'étais épuisé, malgré mes nombreux arrêts — avant tout pour de l'essence, que l'insatiable moteur-mammouth de Brightman avalait goulûment. Mais j'avais également fait un détour pour récupérer mes valises à l'aéroport international de Toronto, où je les avais laissées en consigne à mon retour de Halifax. Pendant quelques heures, j'avais sombré entre les draps d'un motel à l'entrée de Kingston (Ontario). Enfin et surtout, j'avais pris le temps de visiter Berlin (New Hampshire), pour récupérer les photographies de Travin.

Tandis que défilaient les kilomètres, je réfléchissais et roulais, roulais et réfléchissais, si bien que mon cerveau se mit à crisser au même rythme que les pneus. Sur la route, j'avançais à belle allure, mais mentalement ma progression n'était pas aussi régulière : je ne cessais d'osciller entre la confiance et le doute. Et si je ne découvrais rien ? Et si toute cette histoire n'avait aucun sens ? J'avais aussi des démangeaisons de conscience, je me sentais en fuite, et, plus Detroit s'éloignait derrière moi, plus mes spéculations paraissaient incroyables. Brightman s'était suicidé : je n'avais aucune raison de mettre en doute cette conclusion et aucun argument pour la contredire. Et je n'étais pas sûr que quelqu'un, à plus forte raison un membre du KGB, eût fouillé la chambre d'hôtel. Mais, juste comme je commençais à me trouver ridicule, mes pensées s'orientèrent dans une autre direction. Travin était mort. Quelqu'un l'avait tué. Et même si Brightman n'avait pas été assassiné, peut-on qualifier un suicide de « normal » ? Non : il se passait quelque chose de très particulier... J'en étais sans doute convaincu même avant d'avoir récupéré ces photographies : mon esprit avait simplement besoin d'un certain temps pour s'y habituer.

Je découvris que Berlin (New Hampshire) était un centre de pâte à papier. Les cheminées d'usine répandaient une brume blafarde, sulfureuse, sur les collines de la Nouvelle-Angleterre. J'estimai la population à une quinzaine de milliers d'habitants — la ville était assez importante pour s'enorgueillir d'un Wolworth's, d'un journal (le *Berlin Reporter*) et d'un hôtel de ville surmonté d'une belle tour d'horloge. Une bourgade agréable, quoique un peu délabrée ; jolie même, si l'on faisait abstraction des cheminées, car elle était traversée par l'Androscoggin River. C'était le genre d'endroit qui symbolisait parfaitement l'Amérique des petites villes avant qu'on ne découvre le Midwest. Malgré le nom, je ne vis guère de traces d'une influence germanique, et je constatai plutôt la présence d'un élément canadien-français — les Canucks, comme on les appelle en Nouvelle-Angleterre. L'épicier s'appelait Mercier, je vis un Club des raquettes et, à l'entrée de la ville, une église catholique Sainte-Anne, en brique rouge. Bien entendu, au cours de cette première visite, je ne remarquai cela qu'au passage : mon esprit se concentrait entièrement sur le magasin du photographe, où, en échange de 65,48 dollars, je reçus deux grandes enveloppes grises.

Quand je les ouvris, je n'avais pas la moindre idée de ce que j'allais trouver. Pendant les cent kilomètres précédents, je m'étais préparé à quelque chose de tout à fait banal : l'amie de Travin en costume d'Ève... la dernière partie de pêche... des couchers de soleil... Mais, dès que je reçus le paquet des mains de l'employée, je compris que je n'avais pas complètement perdu mon temps. Les deux enveloppes étaient agrafées ensemble, et une main avait griffonné sur la première : *M. Travin, RFD 2, Berlin, Tél. 236-6454.* C'était, me dis-je, plus probablement sa véritable adresse que celle du permis de conduire. Ce renseignement n'était pourtant qu'un prix de consolation. Quand j'ouvris la première enveloppe, je décrochai le gros lot. Vingt-quatre agrandissements 13 × 18 tombèrent sur mes genoux. Chaque cliché était différent, mais le sujet demeurait toujours le même : May Brightman.

Ce qui était peut-être la seule chose à laquelle je ne m'étais *pas* attendu.

Detroit avait balayé Halifax. Les douze heures précédentes et ma découverte du cadavre de Travin avaient creusé un gouffre entre le présent et tout ce qui s'était produit auparavant : l'adoption de May, et le Dr Charlie, Florence Raines, l'avocat de Toronto... C'étaient des personnages d'un âge révolu mais voici qu'ils reprenaient vie.

Désorienté soudain, je me mis à classer les clichés. En vérifiant les négatifs — tous de format 24 × 36 — je pus les ranger dans l'ordre où ils avaient été pris. A en juger par le décor, cela s'était probablement passé en été. C'étaient toutes des photos « caméra invisible » : May ne savait manifestement pas qu'on la photographiait. Trois avaient été prises depuis l'intérieur d'une voiture au moment où elle sortait de chez elle ; une autre série la montrait dans la foule, probablement en train de faire des courses dans le marché de son quartier ; et, sur une troisième série de trois clichés, elle était assise sur un banc dans un jardin public. L'une de ces dernières photos était très surexposée, mais les deux autres me parurent parfaites, très piquées, bien lisibles. Elle avait une expression calme et détendue : elle prenait le soleil. Les rides autour de ses yeux trahissaient son âge, mais elle conservait un côté juvénile — taches de rousseur sur ses joues, mèches blondes en liberté sur son chandail de grosse laine. La série suivante, comme à dessein, formait un contraste frappant. Deux clichés : elle portait un tailleur de ville blanc et semblait plutôt gauche, un peu comme la veille au commissariat de police. Elle avait remonté ses cheveux en chignon et mis peut-être un petit peu de rouge à lèvres. L'ensemble me rappela une dame de banlieue bourgeoise — très britannique — qui a fait toilette pour son après-midi mensuel en ville. Oui, il y avait en elle quelque chose d'anglais, ou en tout cas d'européen. Mais les quatre dernières photos me rappelèrent que ce côté spécial n'était pas lié à tel ou tel pays, car Travin s'était glissé dans l'allée latérale de la maison de May, exactement comme moi à mon arrivée à Toronto, et l'avait surprise en train de travailler dans son jardin. J'imaginai sans peine l'endroit où il s'était placé — comment n'avait-elle pas entendu le déclic de l'appareil ? Mais le jeu en valait la chandelle, car l'un de ces clichés était vraiment une très belle photographie, et tous les quatre avaient saisi précisément la nature de May telle que je l'avais perçue ce jour-là ; il y avait en elle quelque chose de fondamentalement anachronique et détaché de ce monde. Gosse de riche et hippie, princesse et paysanne — les contradictions existant en elle l'arrachaient au temps présent et au lieu immédiat. Sur les photos de Travin, elle portait un grand chapeau de paille qui faisait de l'ombre à une partie de son visage, et une robe longue à col haut, ornée de dentelles. Un long châle à franges protégeait son cou et retombait sur ses épaules. L'effet d'ensemble était attachant, mais indéniablement étrange : on avait l'impression de lancer un regard dans le passé, d'observer une grande dame des années 1900 en train de se distraire. Quelle énigme elle était ! Et Travin, me dis-je enfin, en serait convenu volontiers. En repassant les photos en revue, je m'aperçus qu'il s'était manifestement intéressé avant tout au visage de May, comme s'il voulait comparer ce visage — *son* visage — à un autre. Il se posait donc la même question que moi : qui était May Brightman ?

Naturellement, quand j'ouvris la deuxième enveloppe, j'espérais découvrir la réponse à l'intérieur. Et peut-être s'y trouvait-elle, si seulement j'avais pu la voir.

Cette enveloppe ne contenait que trois photos : des agrandissements 18 × 24 identiques, mis à part de légères différences dans le développement. Je vis aussitôt qu'ils n'avaient pas été tirés d'après un négatif original : il s'agissait de photos d'une photo. Travin avait effectué un travail passable : l'éclairage était bon et il avait utilisé un pied ou peut-être même un banc-titre. Mais c'étaient incontestablement des copies ; même le meilleur agrandissement comportait une sorte de voile translucide, comme si l'on avait étalé une mince couche de blanc d'œuf sur l'image. En outre, l'original devait être très petit et légèrement sous-exposé ; le photographe avait essayé de compenser au développement, mais sans grand succès. On n'avait cependant aucun mal à distinguer ce que représentaient les photos. Quatorze hommes dans la cour de derrière d'une maison, avec en arrière-plan un grand hangar, ou un garage, de bois. L'auteur du cliché avait visiblement attiré leur attention pour qu'ils regardent l'appareil, mais ils ne posaient pas : ils attendaient, le regard levé, le sourire aux lèvres, et l'un d'eux avait croisé les bras sur sa poitrine. La cour avait l'air très nue et mal entretenue. Le hangar du fond avait connu des jours meilleurs et des touffes de mauvaises herbes poussaient à l'entrée. Le soleil, qui tombait dans la cour du côté gauche, projetait l'ombre de la maison sur plusieurs personnes du groupe, et leur visage était plus sombre. A l'extrême droite se dressait une table de pique-nique, avec des bouteilles et des plats ; un coin de la nappe voletait dans le vent. Autour de la table, plusieurs chaises pliantes en toile ; deux hommes y étaient assis, dont l'un avec une assiette posée sur un genou. Neuf hommes portaient un complet, ou au moins une veste et une chemise blanche ; les autres avaient une tenue plus décontractée : chandails, une chemise de bûcheron à carreaux, une chemise blanche sans cravate (l'homme aux bras croisés). Les vêtements (pantalons amples, gros nœuds de cravate) indiquaient sans ambiguïté que la photographie avait été prise à la fin des années trente ou pendant les années quarante. Mais il ne pouvait subsister aucun doute à ce sujet : deux des hommes avaient été entourés d'un coup de crayon gras blanc, et la même main avait écrit au bas du cliché, sur une seule ligne : *Halifax,* 1940 — ou, plus exactement ГАЛИФАКС, 1940.

Je penchai le cliché pour mieux prendre la lumière et je concentrai mon attention sur le plus petit des deux personnages encerclés. C'était Brightman. Je n'avais pas pu associer la bouillie sanglante de la morgue du comté de Wayne au visage de la photo prise par May « avec son Brownie personnel », mais cette fois, aucun doute n'était possible. Il était debout à l'arrière et son ombre remontait sur le mur du hangar. Un homme grand, à la poitrine puissante. Des cheveux épais, un peu en retrait sur le front et tirés en arrière comme s'il venait de se recoiffer d'un geste de la main. Il portait un complet sombre ; il avait enfoncé les mains dans les poches de son pantalon et sa veste bâillait. Le vent soulevait sa cravate... Harry Brightman, tel qu'il était quand il avait adopté sa fille. Pensait-il à elle à cet instant-là ? On pouvait presque l'imaginer, car son visage affichait une expression distraite et impatiente à la fois, comme s'il aurait préféré se trouver ailleurs. Pourquoi ?

Qui étaient ces gens autour de lui ? Des amis ? Des confrères ? l'un d'eux pouvait-il être le vrai père de May ?

Fasciné, je parcourus la photo des yeux et j'examinai tous les autres personnages, mais surtout le deuxième homme encerclé. Même dans cette distinction spéciale qui soulignait son importance, il tranchait au milieu du groupe. Il se trouvait loin de Brightman, à l'avant-plan, près de la table de pique-nique : de petite taille mais robuste, il avait le visage large, charnu et de grosses lèvres ourlées en une moue amère. Peut-être avait-il envie, lui aussi, d'être ailleurs. Je détournai les yeux un instant, puis fixai de nouveau cet homme, espérant que ses traits lourds, volontaires, évoqueraient tout de même un nom... Mais en vain. Ni les autres visages. Et pourtant...

La Russie.

Brightman.

Halifax, 1940.

Dr Charlie...

Et, quand je pris mon café au Macauley's Inner Circle Restaurant, avec les photographies étalées devant moi, j'eus le sentiment de me trouver plus proche de certaines bonnes réponses que je ne l'avais été auparavant. Les hommes qui avaient fouillé la chambre de Travin recherchaient ces clichés ; je l'aurais presque juré. Donc, je n'étais pas en train de prendre des vessies pour des lanternes —, et, en soi, cela semblait déjà rassurant. En outre, ces photos associaient irrévocablement la disparition de Brightman à l'adoption de May, car Travin s'était intéressé *à la fois* au père et à la fille. Et pourtant, tout ce qui s'était passé à Detroit prouvait aussi que la corrélation ne paraissait pas « personnelle » au premier abord : ce n'était pas une tentative de chantage sans risque, par la « vraie » mère de May ou par toute autre personne. L'adoption de May avait donné un intérêt particulier au passé de son père — un intérêt redevenu soudain brûlant dans le présent —, mais c'était néanmoins le passé lui-même qui constituait le problème. Qui était May Brightman ? Cette question, la question que Travin se posait, ne semblait plus maintenant qu'un des aspects d'un autre mystère : qui était Harry ? Je n'avais aucune idée précise de la réponse.

Mais cet après-midi-là, en m'éloignant de Berlin, je possédais plusieurs indices avec lesquels jouer, et je me mis à les réunir. May et Harry, ensemble, constituaient le mystère, et la Russie devait être la clé de la solution. Brightman y était allé, j'y avais vécu, et plusieurs Russes vivants — et un Russe mort — s'intéressaient apparemment à l'affaire. Et, lorsqu'on pense Russie, on pense communisme, un mot facile à rapprocher de l'année 1940, et plus facile encore à associer au Dr Charlie, le médecin « un peu socialiste », qui avait entassé tant de livres gauchistes dans son bureau. Enfin, il y avait la photo elle-même, avec son inscription en caractères cyrilliques, et ce curieux groupe d'hommes. Je ne sais pas pourquoi, mais quelque chose dans leur attitude — une agressivité, une tension — me parut soudain familier. D'étranges associations d'idées jouèrent dans mon cerveau : vieux films de James Cagney où les gangsters se cachent dans la montagne... Vieilles photos des grands pionniers du chemin de fer posant devant la dernière traverse... Et comme je songeais à la Russie et au communisme, j'évoquai également ces portraits officiels, figés, de Engels et de Marx, de Lénine et de Staline, qui constituent l'iconographie officielle du panthéon soviétique. Cela paraît très vague et *c'était* très vague — mais pas seulement une idée en l'air. Je devais en savoir plus long que je n'en avais encore conscience. Mais j'avais besoin d'un indice crucial, d'un dernier coup de pouce, d'un seul mot de plus... J'avais joint les points du dessin, mais sans pouvoir distinguer le sujet du tableau. J'avais rempli les pointillés, mais sans pouvoir prononcer le mot que les lettres formaient. Ou, plus précisément, je possédais la photographie, mais encore me fallait-il la légende.

Je me mis à sa recherche à Washington — et la trouvai trois jours plus tard à New York.

Les recherches étant ce qu'elles sont, celle-ci ne me parut pas très difficile, et ce fut en fait un plaisir pour moi : quelque chose qui ressemblait à du travail, et même un retour à la civilisation. Je n'avais à affronter rien de plus menaçant qu'un lecteur de microfiches récalcitrant, et la plus grande provocation que reçut mon équilibre digestif fut la cafétéria du *Washington Post*. Je n'oubliai cependant ni la fin de Travin, ni celle de Brightman. Je récupérai ma voiture, mis la Jaguar à l'abri dans un garage, et quoique installé dans la maison de ma mère à Georgetown, je me montrai très discret. Je ne prévins pas mes amis, évitai certains contacts et lieux de rencontre évidents, et essayai de ne me faire remarquer en aucune circonstance. Avec May, je restai dans le vague. Bien qu'elle fût rentrée à Toronto sans encombre, elle demeurait bouleversée — c'était tout naturel. Elle essaya de m'arracher la promesse d'abandonner, mais je fis la sourde oreille et, après m'être assuré qu'elle allait pour le mieux, je lui racontai une histoire de panne de voiture et promis de l'appeler le surlendemain.

En fait, je m'étais accordé une semaine de délai. C'était moins arbitraire qu'il n'y paraît. Je connaissais bien ce genre de problème et l'expérience m'avait appris que, si on ne le résout pas rapidement, on ne le résout jamais. Qui étaient les gens de la photographie ? Que faisaient-ils à Halifax en 1940 ? Surtout, qui était l'autre homme encerclé par Travin ? A supposer que ce fût possible, répondre à ces questions ne serait qu'une entreprise de difficulté moyenne.

J'avais trois indices : Brightman, Halifax et 1940. J'éliminai vite le premier. Si j'avais confronté le nom de Brightman aux fichiers des journaux de Toronto, j'aurais sûrement obtenu une ou deux références, mais, à Washington, il n'y avait rien. Mon deuxième indice, Halifax, s'avéra plus productif — une énorme explosion en 1917, d'innombrables visites royales, les activités navales pendant toute la guerre... Quant à 1940, ce fut une véritable pêche au trésor : toutes les histoires que ma mère m'avait racontées se déroulèrent dans le champ brillant, couvert d'éraflures, du lecteur de microfilms.

11 février — L'URSS lance une nouvelle invasion massive de la Finlande.

9 avril — L'Allemagne attaque le Danemark et la Norvège.

10 mai — L'Allemagne s'empare de la Belgique.

13 mai — L'Allemagne envahit la France.

26 mai — Début de l'évacuation de Dunkerque.

14 juin — Chute de Paris.

21 juin — La France capitule...

Tout était là noir sur blanc et avec beaucoup de photographies ; Molotov, Chamberlain, Weygand, Churchill, Reynaud, Guderian, Roosevelt, Lindbergh... Mon homme, de toute évidence, était du beaucoup plus menu fretin — un personnage mineur, un visage en fond de champ, un assistant, un collaborateur. Mais j'étais certain qu'il s'agissait d'un personnage public. Si la photo n'avait pas d'implications plus vastes, pourquoi fouiller la chambre de Travin dans les règles pour la retrouver ? Je continuai sur ma lancée : je vérifiai tous les journaux et la bibliothèque du Congrès ; puis je fis des copies de la photo — en effaçant Brightman — et je les montrai autour de moi. Deux hypothèses s'éliminèrent en une demi-journée, je perdis une soirée avec un vieux de l'UPI dans un bar, mais je finis tout de même par avoir de la chance, en élargissant mes recherches. Ce fut à New York, aux Archives Bettman — le dernier endroit où je me rendis alors que, indubitablement, j'aurais dû commencer par là. Les Archives Bettman abritent l'une des plus vastes collections de photographies historiques existant au monde, et elles sont magnifiquement organisées. Au lieu de vous faire patauger dans des plateaux d'agrandissements ou des classeurs qui finissent toujours par s'étaler en vrac sur le parquet, on a mis au point un système clair et précis de fiches indexées. D'un côté de la fiche, une reproduction de la photo en petit format, un paragraphe de commentaire, puis une demi-douzaine de références renvoyant à des fiches classées sous un autre titre. Je fis ma première découverte sous le titre « Guerre civile espagnole » : la photo d'un homme plutôt râblé, porté en triomphe par des membres des Brigades internationales qui riaient de toutes leurs dents. Ce n'était pas très convaincant : l'homme ressemblait bien à celui que Travin avait encerclé — il possédait le même genre de présence — mais avec des photos si différentes je ne pouvais conclure de façon certaine. Seulement, je savais maintenant dans quel sens chercher, et je trouvai rapidement trois autres clichés. Le meilleur — dans le « Dossier date » de 1933 — était pris en plongé et montrait la tête et le buste d'un homme d'environ quarante-cinq ans. Cheveux bruns épais, yeux marron. Ses épaules puissantes tendaient le tissu de son complet. Il avait une expression résolue mais vaguement distraite, comme s'il détournait les yeux pendant un instant, après une période de concentration. Même dans cet instantané banal, la forte personnalité de l'homme sautait aux yeux, surtout par contraste avec les personnages derrière lui. L'un d'eux, penché en avant, semblait dans un état d'accablement extrême ; le deuxième était un garde au regard vide qui portait l'uniforme de la police allemande. La « description » de la fiche disait :

> Georgi Dimitrov (1882-1949), leader communiste d'origine bulgare, accusé par les nazis de complot contre la sûreté de l'État, en relation avec l'incendie du Parlement allemand (Reichstag), le 27 février 1933. Son procès à Leipzig fit sensation sur le plan international et Dimitrov devint le héros des groupes antinazis et gauchistes dans le monde entier. Dimitrov se défendit brillamment, ridiculisa Göring et Goebbels à l'audience, et fut finalement acquitté. Marinus von der Lubbe (le personnage effondré derrière Dimitrov) fut reconnu coupable et exécuté. Par la suite, Dimitrov devint président du Komintern, puis Premier ministre de Bulgarie.

Je mis les deux photographies côte à côte, passai à plusieurs reprises de l'une à l'autre, mais il n'y avait absolument aucun doute. Le deuxième homme encerclé par Travin était bien *Georgi Dimitrov*, l'homme que les nazis avaient essayé d'impliquer dans l'incendie du Reichstag. *Georgi Dimitrov*, le dernier chef du Komintern.

Quand je me penchai en arrière sur mon siège, aucune fanfare ne retentit, aucune cloche ne se mit à sonner : seulement le silence, le silence qui entoure les vrais secrets. Car c'en était un. A partir du milieu des années trente, Georgi Dimitrov passait pour l'un des leaders communistes les plus importants. Or, Brightman l'avait connu. Qui plus est, ils étaient ensemble au printemps 1940 — juste après que Brightman fut rentré d'Europe avec May et eut lancé le Dr Charlie sur la voie tortueuse de l'adoption.

Le centre du tableau paraissait évident. Mais, en examinant de nouveau la photographie de Travin, je me rendis compte que plus d'un détail l'était beaucoup moins. Que faisaient ces deux hommes ? Qui donc se trouvait avec eux ? Et quelle était la relation entre la présence de Dimitrov à Halifax en 1940 et la disparition de Brightman maintenant ? Ce n'est pas le genre de questions auxquelles on peut répondre en fouinant dans les bibliothèques. Le jour même, en montant dans la navette qui me ramènerait à Washington, je savais qu'il me fallait faire appel au cerveau de quelqu'un. Quand l'avion atterrit, j'avais dressé une courte liste de trois noms. En tête, Leonard Forbes. Sur la question du Komintern — l'organisme à travers lequel les Russes contrôlaient les partis communistes en dehors de l'URSS —, il y a peut-être une douzaine de personnes au monde qui en savent aussi long que Forbes ; mais davantage que lui, personne. De grande taille, toujours ébouriffé, très sympathique, il est professeur à Georgetown. Ma première rencontre avec lui date de mon malheureux essai dans l'univers académique, et nous sommes restés amis. Sexagénaire, veuf depuis peu, il vit seul. A six heures et demie, il était encore dans son bureau, mais il accepta sur-le-champ mon invitation à dîner.

— J'ai des raisons cachées, alors c'est moi qui régale. Disons Chez Odette dans une demi-heure ?

— Fabuleux.

Il n'avait pas changé : son esprit en demi-teinte maintenait l'univers à distance à grands coups d'ironie. Nous parlâmes d'amis, de ce qui se passait à l'université, de politique. Mais, au café, Leonard alluma un cigare, croisa les mains sur sa panse et grogna :

« Alors, où voulez-vous en venir ?

— Jetez un coup d'œil à ceci, lui dis-je en lui tendant le meilleur des agrandissements de Travin, *Halifax, 1940.*

Il l'examina un instant. Puis son visage se plissa : il se concentrait ; il repoussa ses lunettes sur son front d'un geste irrité et plaça la photo contre son nez.

Puis il la reposa et me regarda :

— Un faux, dit-il.

— Une copie, c'est certain.

— Je veux dire que la légende est fausse. Même si la photo est authentique, elle n'a pas été prise à Halifax en 1940.

— Parce que Georgi Dimitrov ne se trouvait pas à Halifax à cette date ? lui demandai-je.

— Donc, vous l'avez reconnu...

Je lui souris.

— Pas en trente secondes, en tout cas. Mais je l'ai reconnu.

Leonard, ajoutai-je, vous comprenez que vous devez garder tout ceci sous votre bonnet ?

— Oh ! oui. Je vois déjà votre article s'étaler en double page dans le *New York Times Magazine*. Mais prudence ! Je maintiens qu'il s'agit d'un faux.

— Vous pourriez jurer qu'il *ne se trouvait pas* à Halifax ?

— Non. Non, sans doute. Mais c'est improbable.

— Où était-il, dans ce cas ?

— A Moscou, je suppose. Où d'autre ? Il ne pouvait pas voyager incognito. Songez donc : l'un des leaders communistes les plus connus dans le monde à l'époque — au parti, on l'appelait *Déda* — Pépé — et non sans raison. En outre, le Komintern, surtout les représentations étrangères, venait d'être frappé par les purges. Je pense qu'il devait passer le plus clair de son temps, rue Gorki, à tenir la main des survivants.

Lancé sur son terrain, Leonard devenait difficile à suivre, et il ne fallait pas lui laisser prendre trop d'avance.

— Rue Gorki... Vous voulez dire à l'Hôtel Lux, où résidaient tous les communistes étrangers ?

Il hocha la tête.

— Ulbricht, Béla Kun, Thorez, Togliatti. On raconte que Tito tomba par hasard sur Earl Browder sous la douche... Épouvantable expérience, j'imagine.

Il s'arrêta de lui-même et plissa le front.

« Faites-moi voir, je vous en prie. » Il étudia de nouveau la photographie. « Bon Dieu, c'est vraiment Browder !

Je me penchai au-dessus de la table pour regarder. Jamais je ne l'aurais reconnu spontanément, mais, avec son nom dans la tête, je le repérai aussitôt : Earl Russel Browder, secrétaire général du parti communiste des États-Unis. Lentement, sans quitter le cliché des yeux, Leonard murmura :

« Vous savez, je ne le jurerais pas, mais ce type-là, celui qui a les bras croisés... Son nom m'échappe, mais je crois qu'il était à la tête du PC canadien... Buck. Tim Buck. » Il leva les yeux vers moi. « Si c'est un de vos trucages, j'avoue qu'il ne manque pas d'ingéniosité. Comment avez-vous fait ?

Je levai la main en signe de protestation.

— Ce n'est pas un trucage, je vous assure. Revenons un instant à Browder, je le croyais en prison à l'époque.

— Le procès a eu lieu en 1940 — passeport frauduleux — mais il n'a sans doute été incarcéré que beaucoup plus tard.

— Donc, ce cliché représente peut-être une rencontre, à Halifax, entre le chef du Komintern et un groupe de leaders communistes nord-américains ?

— S'il est authentique.

— Il l'est, vous pouvez me croire.

Je repris la photographie et l'étudiai pour la millième fois. Dimitrov, Browder, ce communiste canadien... et je reconnus soudain la cour dans laquelle ils se trouvaient. J'y étais allé moi-même la semaine précédente : c'était l'arrière-cour de la clinique du Dr Charlie, à Halifax. J'allumai une cigarette et pris une décision irréversible. Ce n'était pas difficile — après tout ce que j'avais déjà confié à Leonard Forbes.

« Len, tout cela est confidentiel.

— Entendu.

— Voyez-vous, je ne comprends presque rien dans cette affaire, mais ce qui m'a lancé sur la piste est l'homme à l'arrière-plan, l'autre dont le visage a été aussi encerclé.

— Je ne le connais pas.

— C'est bien normal. Il est mort à présent, mais c'était un Canadien, un riche homme d'affaires. Pas du tout le genre de type que l'on s'attend à voir traîner au milieu de tous ces révolutionnaires. Il faisait le commerce de la fourrure et il avait séjourné à plusieurs reprises en Russie au cours des années vingt. Apparemment, il connaissait assez bien Zinoviev. Il avait même eu une aventure avec une femme de son entourage. Elle s'appelait Anna Kostina — je suppose que vous n'avez pas entendu parler d'elle ?

Il plissa les lèvres autour de son cigare et secoua la tête.

— Non. Je ne pense pas.

— Elle a été inculpée et jugée en 1934, en même temps que Zinoviev, mais je crois qu'on ne l'a pas exécutée.

Leonard haussa les épaules, puis secoua de nouveau la tête.

— Cela ne me rappelle rien. Elle est probablement passée par un des *osoboé sovechtchanié,* or, pendant ces années — de 1936 à

1939 —, le nombre de personnes qui ont subi le même sort a été considérable : plus d'un million de membres du Parti arrêtés, six cent mille exécutés sur-le-champ, quatre-vingt-dix pour cent du reste, morts à petit feu dans les camps. Au milieu d'une foule pareille, aucun visage particulier ne saurait se détacher, si vous voyez ce que je veux dire.

— Voici où je voulais en venir : cet homme d'affaires, par l'intermédiaire de gens comme Zinoviev ou cette femme, pouvait-il entrer en relations étroites — sur le plan personnel — avec Dimitrov ?

— Je pense que cela n'a rien d'improbable — mais je ne vous suis pas du tout. Zinoviev était le premier président du Komintern, et, dès les années vingt, Dimitrov se trouvait à la tête de la section « Balkans » de ce même organisme. Donc si ce Canadien connaissait Zinoviev assez bien pour filer le parfait amour avec une femme de son entourage, il avait sans doute rencontré Dimitrov.

— Mais, à l'époque, Dimitrov n'était pas très en vue ?

— Non. Des révolutionnaires comme lui, on en trouvait dix pour cinq sous. Sa percée n'est survenue qu'en 1933, quand les nazis ont essayé de le faire condamner pour l'incendie du Reichstag — si l'on peut appeler ça une percée. Mais c'est sans doute le mot juste, car le procès a fait de lui une vedette de l'actualité. Il a tourné Göring et Goebbels en ridicule, et, en fin de compte, ils ont préféré couper court : ils l'ont simplement expulsé. L'année suivante — ou l'année d'après, je ne sais plus —, il a été élu à la tête du Komintern. En un sens, il doit sa carrière à Hitler.

— Revenons à 1940. Dans quelle situation se trouvait-il à l'époque ? Vous avez parlé des purges...

— En fait, les purges ont touché le Komintern un peu plus tôt, disons en été 1937.

— Mais Dimitrov n'a pas été visé ?

— Pas directement, quoique beaucoup d'autres Bulgares y soient passés. Toutes les représentations étrangères ont encaissé. Dans les sections de Pologne et de Hongrie, il n'est resté qu'un seul survivant. Un seul, je ne plaisante pas.

— Mais Dimitrov est passé au travers.

— Oui.

— Pourquoi ?

Leonard haussa de nouveau les épaules.

— Allons, allons. Vous devriez savoir ça. Dans l'ensemble, Staline a utilisé les purges pour consolider son pouvoir personnel, mais pourquoi tel ou tel individu particulier est mort — ou a échappé à la mort — demeure presque impossible à déterminer. En fait, je crois que Medvédev a écrit dans son livre que le NKVD avait commencé une quelconque enquête sur Dimitrov. Elle n'a pas été menée à son terme. Nul ne saura jamais pourquoi.

— Mais revenons encore à 1940. N'avait-il pas *peur* d'être éliminé dans un proche avenir ?

— Oh ! j'en mettrais ma main au feu ! En fait, 1939-1940 ont dû lui paraître des années particulièrement difficiles. Dimitrov, ne l'oubliez pas, était à l'origine du Front populaire : les communistes devaient s'allier aux libéraux et aux socialistes pour barrer la route au fascisme. Dans le monde entier, les partis communistes devinrent très populaires.

— Vous voulez dire, jusqu'à ce que la Russie et les nazis signent le pacte Molotov-Ribbentrop.

— Exactement. Le 23 août 1939 : Staline et Hitler tombent dans les bras l'un de l'autre, au nom de la paix générale et de l'intérêt des peuples. Bien entendu, la semaine suivante, ils envahissent conjointement la Pologne. Du jour au lendemain, toute la politique du Komintern doit faire un demi-tour à droite. Maintenant, ce sont les nazis qui représentent le bien et la vertu. Évidemment, ce fut un désastre incroyable au sein des PC occidentaux, et Dimitrov, si je puis me permettre, incarna leur confusion. Oui, quand on y pense, c'est tout de même un miracle qu'il ait survécu.

— Or il a survécu. Il est resté vivant. Sa personne privée, mais aussi son personnage public : il est demeuré à la tête du Komintern. Et, à ce titre — si l'on accepte l'authenticité de la photographie —, il a fait un voyage secret en Amérique du Nord au printemps ou en été 1940. Pourquoi ? Comment est-ce possible ?

Leonard avança les lèvres, laissa son menton s'appuyer de nouveau sur les plis de son nœud de cravate, et secoua la tête en prenant son air le plus professoral.

— Vous ne pouvez pas me demander de répondre. Personne ne saurait rien affirmer, en tout cas, sur la seule base de cette photo.

— Essayez de deviner.

— Les historiens ne devinent pas.

— Mais les amis qu'on invite à dîner s'y risquent. Prenez un autre cognac... et je vous promets que rien de ce que vous direz ne sera utilisé contre vous.

Il hésita pendant une demi-minute — mais je savais déjà qu'il ne pourrait pas résister. A l'inverse de la plupart des universitaires, Leonard possède un cerveau et prend plaisir à le faire fonctionner. Il se pencha en avant, prit une gorgée de cognac, puis cala la photographie contre sa tasse à café.

— Puisque vous me placez le revolver sur la tempe, commença-t-il, je dirais que la meilleure chance d'interprétation consiste à revenir au *moment* et au *lieu* de cette rencontre, autant qu'aux participants. 1940 fut une année très intéressante. A en juger d'après les détails du décor, vous l'avez dit vous-même, la photo a été prise probablement au printemps. A ce moment-là, les nazis ont déjà envahi la Pologne et partagé l'Europe de l'Est avec Staline. Ils se tournent donc vers l'ouest, vers la France — la « drôle de guerre » est finie et la guerre sérieuse a déjà commencé...

— Je sais. Souvenez-vous : ma mère et mon père se trouvaient là-bas.

— Très bien... Rapprochons tout ceci de l'endroit : Halifax, Canada. Intéressant en soi. Pourquoi pas aux États-Unis ?

— Par commodité. Question d'organisation. Dimitrov pouvait se rendre plus facilement au Canada qu'ici.

Leonard sourit.

— Je vois à présent pourquoi vous avez si lamentablement échoué comme professeur ! N'acceptez jamais l'explication la plus simple d'un problème. Mais, pour une fois, vous avez peut-être tort. Peut-être est-ce lié au fait que les Canadiens se trouvaient déjà engagés dans la guerre, alors que nous en étions encore au stade des palabres. En un sens, cela ne signifie sans doute pas grand-chose : je suppose qu'à ce moment-là leurs possibilités militaires demeuraient limitées. Mais, ce qu'ils possédaient, en revanche, c'était une capacité de production industrielle. Je sais qu'ils ont construit des quantités énormes de canons, de bateaux et de moteurs Merlin pour les Spitfire. Et l'on voit aussitôt le lien avec Dimitrov et les communistes. Au cours des années trente et quarante, le parti communiste avait encore la haute main sur les syndicats d'ouvriers : il pouvait donc exercer une influence réelle sur l'effort industriel orienté vers la guerre ; grèves, ralentissement des cadences, refus de travailler en heures supplémentaires, voire sabotage... Cela pouvait aller très loin, vous comprenez. Et, bien entendu, la ligne *officielle* du Parti affirmait que les vrais prolétaires n'étaient pas concernés par l'issue de la guerre. D'un autre côté, nous savons qu'en Union soviétique bien des responsables clairvoyants comprenaient qu'il leur faudrait combattre Hitler dans un avenir prochain. Donc, l'intérêt bien compris de la Russie exigeait que les syndicats communistes, ici en Amérique, *soutiennent* l'effort de guerre au lieu de s'y opposer. Peut-être Dimitrov fut-il envoyé à Halifax pour leur passer le mot. » Il reprit une gorgée de cognac. « Même l'autre, l'homme d'affaires...

— Il s'appelait Brightman.

— ... est parfaitement à sa place dans ce tableau. C'était un rouge ?

— Je ne pense pas.

— Non, on dirait un Cyrus Eaton junior — un capitaliste qui a traité suffisamment d'affaires avec les Russes pour entretenir certaines relations avec eux. Ce qui faisait de lui un intermédiaire parfait... Supposons que le gouvernement canadien, inquiet des conséquences possibles d'une action syndicale du PC, désire faire sermonner les dirigeants par quelqu'un d'« en-haut ». Dimitrov, avec tout le prestige dont il jouit à l'Ouest, apparaît comme le personnage idéal pour transmettre le message ; et le nommé Brightman, comme l'agent idéal pour organiser les détails. Bien entendu, tout va se faire sans bruit. Et puisque Browder est présent, Roosevelt se trouvait peut-être dans le secret. » Il écrasa son cigare. « Ce que vous devriez faire, ajouta-t-il, c'est identifier les autres personnages de la photographie. Si ce sont des dirigeants syndicaux liés au PC, je dirais qu'il y a dans ces hypothèses davantage que pure conjecture et détestable ineptie... Mais regardez jusqu'où, habilement, vous m'avez entraîné !

Je souris. J'étais certain qu'il ne s'agissait pas d'ineptie. Au contraire : la théorie paraissait extrêmement logique — sauf qu'elle ne m'avançait guère. Si Dimitrov était lié à l'enfant — si, pour ne pas tourner autour du pot, c'était le père biologique de May —, en quoi avait-il eu besoin de Brightman ? S'il était venu à Halifax en toute légalité pour affaires politiques, pourquoi ce scénario compliqué avec le Dr Charlie, le faux passeport et le reste ?

— Votre explication est donc entièrement politique, avançai-je. Je veux dire : vous n'envisagez pas que Dimitrov ait pu se rendre à Halifax pour des raisons personnelles ? vous m'avez signalé qu'on le soupçonnait, que le NKVD avait lancé une enquête... Ne pouvait-il pas essayer de passer à l'Ouest ? Ou en tout cas, y penser ?...

Leonard fit une grimace.

— Vous posez beaucoup de questions à une simple photographie. Qui sait à quoi il pensait ? Mais il n'est pas passé à l'Ouest, nous en sommes certains. Presque aucun d'eux n'a essayé de se sauver de cette manière, même quand l'occasion s'en présentait. C'étaient des communistes, ne l'oubliez pas, parfaitement loyaux, même avec le canon d'un revolver appuyé contre leur nuque. Et si Dimitrov y songeait, comment expliquez-vous sa présence au côté d'un stalinien comme Browder ?

— Et sa famille ? demandai-je. Savez-vous si sa famille était en danger ?

— S'il était en danger, elle l'était elle aussi... cela va sans dire. Mais je ne crois pas à un danger particulier.

Je pris une gorgée de Drambuie et réfléchis à cette dernière remarque. Mon esprit avait suivi la piste évidente, le trait en pointillé qui courait en filigrane dans toute cette histoire ; si je creusais jusqu'au bout, découvrirais-je le trésor ? L'hypothèse de Leonard était remarquablement voisine du récit de Grainger. Dimitrov : un leader communiste dont le passé permettait de remonter jusqu'à Zinoviev et à d'autres personnages que Brightman connaissait. Dimitrov : il n'avait pas été victime des purges mais, en 1940, il devait normalement être *inquiet*. Tout concordait. Pourtant, quelque chose manquait... Et je donnai un coup de pioche au hasard.

— Mais il avait tout de même de la famille. Une femme... Des enfants.

— Il s'est marié deux fois. Sa première femme était morte beaucoup plus tôt. Avant l'incendie du Reichstag, je crois. Je ne sais pas s'ils avaient eu des enfants, mais après la guerre, avec sa

deuxième femme, il en a adopté plusieurs. Fanya... Boyko...
Peut-être un autre. Les Bulgares en ont fait tout un plat — le brave
Oncle Georgi, etc.

Je ne sais comment, je parvins à ne pas trahir mes sentiments :
j'avais enfin mon indice. Dimitrov, en danger de mort, n'avait pas
pu, ou voulu se sauver, mais avait tenu à sauver son enfant. Plus
tard, comme il avait survécu, il s'était racheté auprès du Destin en
en sauvant deux autres. Bien entendu, de nombreuses questions
restaient en suspens. Était-ce Dimitrov qui avait emmené May à
Halifax, ou bien Brightman ? Était-il possible que les efforts de
Brightman eussent constitué une forme d'assurance, une solution
de secours si Dimitrov n'avait pas pu accomplir le voyage lui-
même ? Surtout, pourquoi tout cela concernait-il encore qui que ce
fût à présent ? Pourquoi n'était-ce pas un simple incident curieux,
une anecdote que je pourrais raconter à Leonard et dont nous
ferions une petite note de bas de page ? Mon Drambuie terminé, je
sentis toutes ces questions faire surface dans ma tête, mais je les
retins, en tout cas pour l'instant. Leonard avait l'air fatigué, et il
m'avait donné un si grand nombre de réponses que j'aurais eu
mauvaise grâce de lui en demander davantage.

Je le raccompagnai chez lui en voiture — il habitait juste de
l'autre côté de la limite du comté de Fairfax, en venant d'Arlington
—, et, quand je rebroussai chemin, il était plus de onze heures.
J'évitai les autoroutes et pris tout mon temps pour descendre
Wilson Boulevard jusqu'à Key Bridge, puis, je retournai à Georgetown et m'engageai lentement dans Q Street juste avant minuit.
Ce quartier, qui constitue un village, est le lieu de résidence des
puissants de Washington : paisibles rues étroites, grilles de fer forgé
peintes en noir, haies taillées avec soin. Les maisons à terrasse,
restaurées avec goût, ont des façades convexes avec, au-dessus des
fenêtres, des linteaux sculptés. Mon père avait acheté une maison
dans le quartier à la mort de son propre père, et mes parents
l'avaient toujours conservée — elle leur donnait un endroit qu'ils
pouvaient appeler leur foyer, quand le ministère les envoyait à
l'autre bout de la Terre. Elle était petite, la dernière porte d'une
série de trois : briques peintes en blanc, garde-fou en fer forgé
limitant un porche surélevé de trois marches, grilles identiques aux
fenêtres du premier, et une jolie mansarde qui éclairait le grenier.

J'avais toujours adoré cette maison, mais, au décès de ma mère, elle était devenue un problème. Je ne pouvais pas supporter l'idée de la vendre, sans avoir la moindre envie de l'habiter. Je m'en servais simplement de pied-à-terre pour mes séjours à Washington. Étant donné les impôts, c'était un luxe que je n'avais pas les moyens de m'offrir, mais j'étais enchanté, ce soir-là, de la posséder. Elle n'avait qu'un seul inconvénient, comme la plupart des maisons de ce genre : pas de garage, ni même d'allée, et le trottoir était tellement encombré de voitures que je dus me garer dans la rue latérale suivante, à une cinquantaine de mètres de l'angle.

Tout était silencieux ; claquer une portière de voiture semblait un attentat à la paix publique. Du côté de Wisconsin Avenue, la circulation faisait un bourdonnement doux, intime, et le vent fredonnait doucement dans les arbres : de vieux chênes à l'ombre si épaisse qu'on s'y sentait au frais, même en été. J'avançai dans cette ombre. Sur ma droite, les voitures garées prêtaient à la nuit des reflets très doux, et, à chaque pas, des souvenirs revenaient me hanter dans le noir. Rien d'étonnant. Toute mon enfance s'était passée exactement comme ce soir : à *revenir* vers cette maison — mon retour rendu d'autant plus émouvant par la certitude d'être presque aussitôt contraint d'en repartir. Je ne pouvais jamais suivre cette rue sans éprouver les mêmes sentiments anciens : attente impatiente, bonheur de me reconnaître, puis épanouissement renouvelé de l'enthousiasme car l'endroit n'était jamais tout à fait comme on s'en souvenait... Oui, j'avais adoré cette maison. Ma mère également — sans doute plus que moi. Quand mon père lui avait fait quitter la France, elle y avait vécu seule pendant presque huit mois, et elle avait toujours prétendu qu'elle s'y sentait parfaitement chez elle : une maison assez vieille, disait-elle, et presque assez incommode pour être française. A vrai dire, cette maison demeurait *sa* maison. Mon père s'y plaisait, certes, mais, quand je songeais à lui, j'évoquais plutôt notre cabane d'été en Pennsylvanie, ou bien nos voitures (en particulier une vieille Packard), ou encore des voyages à New York par le train...

J'arrivai à la porte : trois marches de pierre et j'entrai. Je m'arrêtai dans le vestibule. Le couloir étalait sa perspective d'ombres devant moi, parquet d'érable et lambris de chêne au

lustre satiné. Sur ma gauche, un peu de lumière filtrait dans la salle
à manger et faisait briller les portes de verre d'une bibliothèque.
J'allumai la lampe, accrochai mon manteau et montai directement
au premier. Mais, au lieu de me rendre dans ma chambre, je pris
l'escalier en colimaçon qui dessert le grenier. Pourquoi ? Je
l'ignore. Encore emporté par le train de souvenirs que je ramenais
à la maison, je devais penser à mon père, car le grenier avait
toujours été son refuge. Il se composait de deux pièces mansardées.
La plus petite avait toujours servi de débarras, la plus grande de
bureau personnel à mon père. Après sa mort, ma mère y avait
gardé tout ce qui lui avait appartenu et qu'elle se refusait à jeter.
J'ouvris la porte. Rien n'avait changé depuis des années. Et,
comme je savais précisément ce que j'allais trouver, pendant un
instant ce fut exactement ce que je vis — le passé en train de
renaître des ombres, sous la lumière douce. Je vis les galbes art
nouveau de son fauteuil Horta ; les rangées impeccables de la revue
Foreign Relations dans la bibliothèque ; la carte encadrée du
ministère des Affaires étrangères (avec ses couleurs passées) qui
représenterait toujours pour moi le monde ; et, au-dessous, son
bureau, avec sa série de photographies : la promotion de mon
père à l'école des cadres du Foreign Service ; mon père, coincé
dans son col dur, faisant ses adieux avec le personnel de l'ambassade à je ne sais quel ambassadeur ; mon père à des réunions et à
des conférences ; mon père jouant avant-centre dans l'équipe de
soft-ball du consulat ; et mon père, un sourire figé sur les lèvres, en
train de serrer la main de tous ces noms dont on a du mal,
aujourd'hui, à se souvenir : Acheson, Dulles, Christian Herter...
Pendant une seconde, je le répète, ce fut ce que je vis. Mais
aussitôt, je me rendis compte de ce que j'avais en fait sous les
yeux.

On ne pouvait pas dire que la pièce se trouvait dans un état de
chaos, ou même qu'on l'avait dévastée — cela aurait impliqué un
degré de violence que rien ne trahissait. Mais quelqu'un l'avait
néanmoins entièrement lacérée. Le dos de chaque livre avait été
ouvert d'un coup de rasoir : mais de façon si nette qu'il suffirait
d'un bout de papier adhésif pour le réparer. La vieille carte avait
été retirée, mais reposée avec soin contre le côté du bureau.
Chaque photographie avait été enlevée de son cadre, mais tous les

clichés et toutes leurs petites montures de carton avaient été rangés en tas séparés, sans le moindre désordre.

La maison de Brightman... La chambre de Travin... et à présent ceci ! J'étais presque trop fatigué pour recevoir le choc et ce fut à peine si la question « Que cherchaient-ils ? » se formula dans ma tête. Mais aussitôt, j'eus très peur. D'un bond, je traversai la pièce jusqu'à la fenêtre et jetai un coup d'œil prudent dans la rue. Je vis deux hommes descendre d'une voiture garée à une trentaine de mètres et refermer les portes sans bruit derrière eux.

Je compris plus tard à quel point j'avais eu de la chance. Comme je m'étais garé loin de la maison, ma voiture ne les avait pas avertis de mon retour ; selon toute vraisemblance, ils ne m'avaient même pas vu descendre la rue — seule la lumière du couloir, quand je l'avais allumée, avait dû attirer leur attention. Mais, comme je l'ai dit, je ne songeai à cela que beaucoup plus tard. Sur le moment, je me bornai à fuir, et sans hésitation. Je crois que cela m'a sauvé la vie. Je sortis de la pièce, descendis l'escalier quatre à quatre jusqu'au premier, puis m'élançai dans le couloir pour gagner l'escalier de derrière. J'arrivai dans la cuisine et la traversai à tâtons, dans le noir, jusqu'à la porte du jardin. A l'instant où je l'atteignis, j'entendis quelqu'un gratter du côté de la façade. Je m'enfonçai dans la nuit. Le jardin est petit — deux mètres de pelouse, soixante centimètres de plate-bande, une clôture qui m'arrive à la poitrine. Je sautai par-dessus et atterris au milieu des bulbes de mes voisins. Je m'élançai au milieu des arbustes : les feuilles tremblaient comme des tambourins et des ombres pointaient vers mes yeux. Je me glissai le long du mur de la maison, parvins à une grille et débouchai enfin sur le trottoir. Je décidai de ne pas prendre ma voiture. D'un pas rapide, mais normal, je m'engageai dans la 31ᵉ Rue, gagnai Q, puis courus d'une traite jusqu'à Wisconsin Avenue. Il y avait encore un peu de monde. Sans m'éloigner des gens, je pris la direction du sud, jusqu'à ce que, enfin, j'aperçoive un taxi. Gelé jusqu'aux os, je me laissai tomber sur la banquette et demandai au chauffeur de me conduire à l'Hay-Adams. C'est très cher, mais, ce soir-là, cela me parut beaucoup plus sûr que chez moi.

10

Je n'arrivai à Berlin (New Hampshire) que trois jours plus tard. Encore une fois, j'avais pris le chemin des écoliers — et, avant même de me mettre en route, j'avais dû faire plusieurs détours.

Le plus important, bien entendu, concernait May.

Jusque-là, je n'avais pas reçu de menace directe. Ni elle. Mais nous nous trouvions maintenant l'un et l'autre en danger. Ma rencontre dans l'allée de Grainger et les événements macabres de Detroit pouvaient être attribués au hasard, à une coïncidence, mais non la fouille de la maison de ma mère. Cela changeait tout. J'étais devenue une cible, même si je ne comprenais pas pourquoi. Mais, cela signifiait aussi que May courait un danger — forcément puisque, sans elle, je n'aurais pas été impliqué. Cette nuit-là, tandis que j'essayais de me ressaisir à l'Hay-Adams, cette conclusion me parut tout d'abord irréfutable, puis terrifiante : car, dès que j'eus fait le tour de la question, je composai le numéro de May à Toronto... et n'obtins pas de réponse. Je l'appelai à minuit, à une heure, à une heure et demie, puis toutes les dix minutes jusqu'à trois heures du matin. Sans résultat. Je m'endormis, enfiévré par ma culpabilité. Je m'éveillai à sept heures. Toujours pas de réponse. Puis, comme j'allais téléphoner à l'aéroport pour retenir une place, une idée me vint : je connaissais quelqu'un d'autre à Toronto — Stewart Cadogan, l'avocat de Brightman. A la place, je composai son numéro. A sept heures vingt-cinq, il n'y avait personne dans son bureau, mais à sept heures trente et une — Bon Dieu ! — le vieil homme de loi décrocha en personne.

Un instant de silence, le temps qu'il enregistre mon nom, puis il poussa un grognement.

— Je suis surpris de vous voir sur le pied de guerre à une heure si matinale, monsieur Thorne. Surpris mais enchanté. J'ai...

Je n'étais guère d'humeur à supporter son humour et je le coupai :

— C'est urgent, monsieur Cadogan. Je suis très inquiet au sujet de May.

— Pour quelle raison ?

— Peu importe. Je voudrais seulement que vous envoyiez...

— Mais cela m'importe beaucoup, monsieur Thorne. A votre ton, on pourrait presque croire qu'elle est en danger.

— Elle l'est.

Cela le fit réfléchir une seconde.

— Comment le savez-vous ?

— Je téléphone chez elle presque sans arrêt depuis hier soir. Il n'y a personne.

— Cela n'indique nullement...

— Écoutez, je n'ai pas envie de discuter. Envoyez quelqu'un chez elle pour vous assurer qu'elle va bien.

Il finit tout de même par percevoir la colère dans ma voix.

— Excusez-moi, monsieur Thorne. Je n'avais pas compris que vous étiez alarmé à ce point. Et, bien entendu, si vous y tenez, j'enverrai quelqu'un chez elle — ou j'irai moi-même — mais je n'en vois vraiment pas le besoin. Elle n'y est pas. Parce qu'elle est partie en France hier après-midi.

— En France ?

— Oui.

— Vous en êtes certain ?

— Oui... Raisonnablement certain. Elle est passée à mon bureau hier après-midi, et elle m'a dit qu'elle se rendait directement à l'aéroport. Elle avait ses bagages avec elle.

Je réfléchis un instant, le temps de digérer la nouvelle. Cela semblait incroyable. Elle venait à peine de rentrer de Detroit. Mais elle possédait une maison en France, et c'était donc possible.

— Comment vous a-t-elle paru ?

— Calme. Déprimée, mais calme.

— Le fait qu'elle s'en aille à un moment pareil ne vous a pas surpris ?

— Il ne m'appartenait pas d'être surpris, monsieur Thorne. Elle m'a dit qu'elle se sentait fatiguée, qu'elle désirait s'évader de tout cela. Je sais qu'elle adore la France et qu'elle y passe beaucoup de temps — cela ne m'a pas paru déraisonnable. Et elle m'a laissé diverses instructions concernant ses biens, le testament, la dépouille de son père... et même vous concernant, monsieur Thorne.

— Que voulez-vous dire ?

— Ce que je dis. Mlle Brightman m'a donné votre numéro de téléphone en Virginie et j'ai essayé de vous joindre dès hier. Elle désirait que je vous remercie en son nom et, comme vos efforts — m'a-t-elle dit — ont dû vous démunir considérablement, elle m'a demandé de vous adresser un chèque de dix mille dollars.

J'étais stupéfait — par tout ce que je venais d'apprendre mais surtout par l'argent. Même si j'avais songé plusieurs fois à combien tout cela me coûterait, je ne m'en sentais pas moins offensé. Au bout d'un instant, je répondis :

— Bien entendu, je n'accepterai aucun argent, monsieur Cadogan — l'argent n'a rien à voir dans cette affaire, et, de toute manière, c'est une somme hors de proportion, ridicule.

— Monsieur Thorne, elle m'a demandé — en son nom — d'insister.

— Très bien. Vous avez insisté. Mais je continue de refuser.

— Soit. Il y avait une autre question. Elle désirait que je vous remercie de ce que vous avez fait, mais elle m'a également expliqué que, dorénavant, vous deviez vous arrêter. Elle s'est montrée très catégorique à ce sujet. Elle a précisé qu'elle vous écrirait plus tard pour vous expliquer, mais, pour le moment, elle voulait que je vous fasse promettre, inconditionnellement, d'abandonner toutes les recherches que vous avez entreprises sur son passé. Cela ne pourra que faire du mal, la faire souffrir. C'est ce qu'elle m'a dit.

Je ne répondis pas : j'essayais de comprendre où May voulait en venir. D'un certain point de vue, cela ne manquait pas de sens : partir, faire table rase...

« Monsieur Thorne ?

— Oui.

— Je vous demande de faire cette promesse.

— Je ne suis pas sûr de pouvoir.

— Monsieur Thorne, je vous prie de bien réfléchir à tout cela... » Mais il s'interrompit aussitôt. Et quand il reprit, ses paroles me surprirent. « Je regrette, monsieur Thorne. Vous parler ainsi était présomptueux de ma part, car je sais que vous réfléchirez à cela mieux que personne. Mais je suis tout de même inquiet au sujet de Mlle Brightman... malgré ce que je vous ai dit. Peut-être vaudrait-il mieux pour tout le monde que nous fassions exactement ce qu'elle nous demande.

J'hésitai. May lui avait-elle appris certains éléments qu'elle ne m'avait pas révélés ? Peut-être, car le vieil avocat poursuivit :

« Vous comprenez, je suis discret, monsieur Thorne. De par mon caractère et de par la nature de ma·profession. Mais peut-être ignorez-vous à quel point je maudis parfois cette discrétion. C'est le cas en ce moment, car il y a beaucoup de choses que j'aimerais vous dire... mais je ne peux pas. Je me bornerai donc à ceci : je connais les Brightman depuis bon nombre d'années, et je sais que May Brightman a toujours été le soutien de son père (c'était sa vie de femme), et il était le soutien de sa fille (c'était sa vie d'homme). A présent, voyez-vous, tout ce qu'il reste à Mlle Brightman, ce sont ses souvenirs. Si vous deviez les modifier, ou révéler qu'ils avaient une base fausse, vous lui feriez beaucoup plus de mal que vous ne sauriez le concevoir.

— Je crois en être conscient, monsieur Cadogan.

— Très bien. Faites ce que vous jugerez le mieux, et si vous avez besoin de moi — pour quelque raison que ce soit —, vous pouvez toujours me joindre à ce numéro. N'hésitez pas à m'appeler.

— Merci, monsieur. Je ne l'oublierai pas.

Je raccrochai. Pendant un instant, debout devant le téléphone, j'éprouvai un étrange amalgame de sentiments. Du soulagement, de la consternation, et autre chose... Dieu seul sait quoi. De la méfiance ? Des soupçons ? La fuite de May, son offre d'argent — une telle somme ! —, puis son désir de me voir cesser mes recherches... Qu'est-ce que cela signifiait ? Et, tout en me posant cette question, je découvris la réponse à une autre. Je compris ce que May avait révélé à Cadogan : elle lui avait parlé de nos fiançailles rompues. Oui, j'en étais certain ; et cela avait modifié mon statut aux yeux du vieil avocat : cela me prêtait une légitimité — en tant que vieil ami de la famille —, à peu près du même ordre que la sienne. Mais étant donné les circonstances, elle ne lui avait confié cela que pour une seule raison : lui donner plus d'efficacité dans son appel à ma loyauté. Après tout, il s'était

montré assez clair : continuer mes recherches serait trahir May.
Devais-je passer outre ?

Pour moi, c'était une question cruciale et j'y réfléchis la majeure
partie de la journée, plus une deuxième nuit sans sommeil. Je
n'avais aucune envie de trahir May ; surtout, je ne voulais pas la
mettre en danger. Mais, plus je songeais à ce qui s'était passé, plus
je me sentais mal à l'aise. Sa fuite en France, en dernière analyse,
ne me semblait pas naturelle, et certaines questions refusaient de se
faire oublier. A Halifax, je m'étais demandé pour la première fois
dans quelle mesure elle connaissait la vérité, et dans quelle mesure
elle m'en avait dissimulé une partie. Et, malgré tous mes efforts
pour la croire, son oubli de la Jaguar de Brightman continuait de
paraître très curieux. Enfin, il y avait l'argent : sans doute me
montrais-je un peu trop susceptible, mais je me sentais toujours
offensé. J'avais l'impression qu'elle tentait de me soudoyer.

Pourtant — bien entendu — mon raisonnement avait son revers.
Elle avait fui, et après ? C'était sa manière de lutter contre le
chagrin. Et sa douleur, après tout, devait être d'autant plus amère
qu'elle confirmait ses pires inquiétudes. Elle pouvait même penser
que ses angoisses avaient forcé en quelque sorte le destin — et
donc, se juger responsable de la mort de son père. Insensé, mais les
gens sont comme ça... Ensuite, je devais prendre en compte mes
motifs personnels. Si, au fond de moi, je ne lui faisais pas
confiance, il fallait peut-être en chercher les raisons en moi-même :
les anciennes blessures dont ma vanité avait tant souffert. Après
tout, elle m'avait trahi, *moi* : peut-être mon inconscient voulait-il
maintenant prendre une revanche tardive. Et cette explication
semblait malheureusement logique, parce que les autres explications, quand j'y réfléchissais — et je passai beaucoup de temps à
réfléchir cet après-midi-là, au bar de l'Hay-Adams —, frisaient
vraiment le ridicule. Et si je la soupçonnais, *de quoi* la soupçonnais-
je ? Pouvais-je vraiment l'imaginer impliquée, de plein gré et avec
des intentions malveillantes, dans la disparition et la mort de son
père ? C'était une idée insensée.

Oui, insensée. Mais, à tort ou à raison, je suppose que ce furent
des questions comme celle-ci, qu'elle avait elle-même semées dans
mon esprit, qui me poussèrent en définitive à continuer mes
recherches sans tenir compte de ses désirs. Pourtant, j'avais

également d'autres motifs — qui démontraient à quel point toute cette affaire était devenue *mon* affaire. J'avais commencé comme spectateur, puis comme catalyseur malgré moi ; mais à Detroit, j'avais déjà pris l'initiative. Parce que j'avais commis une effraction sur la voiture de Travin, j'étais au courant — étais-je le seul ? — de Dimitrov. Bien plus : je possédais un moyen de remonter la piste de Travin. Où me conduirait-elle ? Pourrais-je encore me regarder dans la glace si je refusais de le découvrir ? Enfin, il existait une dernière question que je ne pouvais plus passer sous silence : j'étais de toute évidence une cible, et cela depuis le début — n'avait-on pas pris le télégramme de May le premier jour, à Charlottesville ? Pour m'empêcher d'accourir à son aide ? Mais était-ce la bonne explication ? Ne pouvait-il y en avoir une autre ? *Ce sera personnel. Une chose que vous n'aimeriez pas voir tomber dans l'oreille d'un flic...* Tout en dégustant mon bourbon au bar de l'Hay-Adams, je me mis à échafauder une théorie. Brightman s'était rendu en Europe fin 1939 ou début 1940. Son voyage de retour avait probablement coïncidé avec le début de l'attaque de Hitler sur le front de l'Ouest. Il était donc concevable, et même probable, qu'il s'était trouvé à Paris au moment de la capitulation de la France. Une période difficile. Et si quelque chose avait mal tourné ? Après tout, il voyageait avec des faux papiers... Deux coups de fil à l'ambassade du Canada établirent que les Canadiens avaient évacué Paris en même temps que les Anglais (et ma mère) le 10 juin 1940 : *donc, après cette date il ne pouvait plus s'adresser à son consulat pour demander de l'aide.* Soit. Mais l'ambassade des États-Unis continuait ses activités comme de coutume, et *mon père y travaillait.* Mon père avait-il rendu un service à Brightman — peut-être à la limite de l'illégalité ? Étais-je plus directement impliqué (et donc plus directement capable de représenter une menace) que je ne l'avais jamais imaginé ? Des conjectures, certes. Mais elles s'inscrivaient bien dans la ligne de certains faits, et la seule possibilité qu'elles puissent être la vérité m'interdisait de faire marche arrière.

Donc je continuai.

Mais avec prudence.

Je pris l'itinéraire le plus détourné auquel je pus songer. L'avion jusqu'à New York, le train jusqu'à Hartford, un autobus pour

Boston, vol régulier pour Portland, et finalement — le lendemain matin — je louai une vieille Ford et pris la route du New Hampshire. Dans l'après-midi, tandis que je roulais vers la région de la White Mountain qui se trouve à l'ouest de Berlin, j'étais à peu près certain que personne ne m'avait suivi. Je pris cependant mes précautions. Berlin est une petite ville, les motels n'y sont pas nombreux. Je les excluai tous et continuai jusqu'à Lancaster, à une quarantaine de kilomètres à l'ouest. J'y parvins en début de soirée, trop tard pour entreprendre quoi que ce fût. Je fis un tour en ville, achetai le *Globe* de Boston, puis regardai la télé et me couchai tôt.

Le lendemain matin, je mis mon « plan » à exécution. Un plan assez simple. Il n'y avait aucun abonné du nom de Travin dans les annuaires locaux, et le numéro qu'il avait laissé sur l'enveloppe des photos ne répondait pas. Je ne me décourageai pas pour autant. Il avait dû utiliser un autre nom pour le téléphone et, dans la situation où il se trouvait, je ne pouvais m'attendre qu'il décroche. Mais j'espérais que les renseignements de base qu'il avait laissés chez le photographe étaient justes. Et, dans ce cas, je pourrais vérifier le numéro de téléphone en fonction de l'adresse et découvrir où il habitait.

J'arrivai à Berlin vers dix heures et mon premier arrêt fut pour la poste. Personne ne se souvenait du nom de Travin, mais un employé, d'un coup de crayon sur ma carte, m'indiqua RFD 2 — le code de la poste rurale inscrit sur l'enveloppe. Je suivis ces indications : cinq kilomètres sur la grand-route, puis à gauche sur une route secondaire sans le moindre poteau indicateur. Une longue ligne droite et la montée commença, très rapide. J'abordai les premiers lacets au milieu d'un bois de sapins touffu.

La première boîte aux lettres — l'étape suivante de mon plan — apparut peu après.

Elle était carrée, au bout d'une courte allée conduisant à une maison préfabriquée en aluminium. Avec de ces lettres autocollantes, noir et argent, que les paysans placent sur les portières de leurs camionnettes. Je ralentis pour lire le nom à haute voix, après avoir mis en marche le magnétophone à cassettes que j'avais acheté à Boston. Je savais que ce ne pourrait pas être Travin, mais il faut bien commencer quelque part — et W. F. Grafton se trouva donc en tête de liste. Après le tournant, en succession rapide je vis trois maisons identiques à la première. Puis un espace désert — presque deux kilomètres de cèdres et de sapins — et une vaste maison dans le style Nouvelle-Angleterre : clochetons, vérandas et mansardes. Chaque fois, je ralentis légèrement et murmurai le nom du propriétaire dans le micro. Les kilomètres défilèrent. J'appris que les lettres réfléchissantes orange sont plus faciles à lire que les noires : je me posai des questions sur le style des adresses à la campagne — le côté officiel de « H. Edward Wilmott » ; la concision de « Chez Carson » — et j'essayai (sans succès) de discerner le principe de la subdivision des parcelles : plusieurs villas de banlieue se serraient d'un côté de la route, puis trois ou quatre kilomètres de désert, un exemple de misère rurale, une belle ferme ancienne surplombant une vallée, puis de nouveau les villas de banlieue et les antennes de télévision. Au bout d'un certain temps, toutefois, même ces signes de relative civilisation s'espacèrent et la forêt prit le dessus. Des chemins de débardage « qui ne mènent nulle part »... Un gros panneau en forme d'Indien indiqua une allée conduisant à une colonie de vacances. Puis rien. Encore des arbres. Sur des kilomètres. Avec un grondement qui sonnait creux, mes roues rebondirent sur un pont de traverses et je dépassai un camp de chasse. Et de nouveau rien. A midi, j'arrivai au point où mon chemin, après un grand cercle, rejoignait la grand-route ; je retrouvai bientôt la 3 et pris la direction de Lancaster.

Dans ma chambre de motel, j'avalai un sandwich MacDonald puis écoutai mon enregistrement, qui me fournit la liste de tous les habitants du secteur postal RFD 2. Sans enthousiasme, je cherchai leurs noms dans l'annuaire — espérant trouver en face de l'un d'eux le numéro que Travin avait laissé au magasin. Cela me prit vingt-cinq minutes. Michael Travin avait séjourné à un endroit répondant au nom de Gerry's White Mountain Camp.

Pas du tout ce à quoi je m'attendais — un hôtel, une pension, un terrain de camping : un établissement où il serait resté deux ou trois jours avant de poursuivre sa route. J'essayai de me rappeler à quoi ressemblaient les lieux, mais il ne me restait qu'une image de taillis et de fourrés ; je repris donc la route. Je savais où j'allais, mais il me fallut presque une heure, car c'était du côté le plus sauvage du secteur : la route suivit un défilé étroit entre les pentes, franchissait un torrent, puis grimpait sur une crête plus élevée. La boîte aux lettres, qui penchait sur son piquet, se trouvait au bas de ce raidillon, au croisement d'un petit chemin de terre qui s'enfonçait dans les fourrés. Je m'arrêtai non loin et descendis de la Ford pour jeter un coup d'œil, mais ma mémoire m'avait malheureusement bien servi : il n'y avait, en fait, rien à voir sauf des arbres. Pas de bâtiments, la maison la plus proche se trouvait à six ou sept minutes en arrière, et, dans l'autre direction, on tombait très vite sur la route principale, de l'autre côté de la crête. J'avançai à pied jusqu'au portail — tout neuf et fermé avec un cadenas, mais ce n'était qu'un portail ordinaire de ferme en fer. Le chemin du camp disparaissait entre les arbres, et pouvait avoir plusieurs kilomètres.

Je rentrai à Lancaster.

Il était déjà plus de trois heures de l'après-midi. J'appelai le camp deux fois, mais sans obtenir de réponse, et, avant qu'il ne soit trop tard, je décidai de vérifier quelque chose. Lancaster, quoique plus petit que Berlin, est le chef-lieu du comté de Coos (New Hampshire). A ce titre, la ville se flatte de posséder un beau palais de justice ancien, avec, à l'intérieur, autant de cuivres polis qu'un yacht de milliardaire — et bien entendu les services du cadastre. Un fonctionnaire m'aida à consulter les registres et je parcourus l'histoire du camp de Gerry. A l'origine, Gerry se nommait Gérard Ledoux. La cession datait de 1947. En 1962, il avait légué la propriété à son épouse, qui l'avait conservée trois ans de plus. Depuis lors, le camp avait changé de mains à peu près régulièrement tous les deux ans. Le dernier acquéreur, un nommé Evans, l'avait acheté dix mois auparavant. Je ne fus pas déçu, car je ne m'attendais pas à trouver Travin sur les registres. De retour au motel, j'essayai de nouveau le numéro du camp, mais sans plus de succès.

Pas de réponse.

Ce soir-là, en regardant de nouveau la télévision — Lancaster n'a guère d'autres distractions à offrir à un voyageur de passage —, je commençai à me poser des questions à ce sujet. Cela semblait un peu étrange. On était en novembre. Je n'avais pas chassé depuis longtemps et jamais dans cet État, mais la saison du cerf devait approcher ; pour un camp de chasse, le moment était donc mal venu de fermer boutique. Bien entendu, tout le monde pouvait se trouver en forêt, le camp pouvait aussi avoir fait faillite, ou peut-être M. Evans avait-il acheté la propriété pour une utilisation différente. Et, comme je continuais de n'obtenir aucune réponse, je décidai de redoubler de prudence.

Le lendemain matin, vers neuf heures, j'allai à Berlin en voiture rendre visite au Bazar Pinkham, magasin de sports de la rue principale. Un Canuck aimable et compétent me vendit une chemise de chasse, un gros chandail de laine, un poncho camouflé, un tapis de sol caoutchouté, deux bidons, une hachette, un couteau de chasse Russel, une lampe-torche, une boussole Silva, des jumelles Bushnel puissance 10, et un sac à dos de nylon pour ranger le tout. Il n'avait pas de cartes, mais je supposai que je n'aurais pas trop loin à aller. J'entrai ensuite dans une épicerie : jambon, fromage, pain et un litre de valpolicella bon marché. A mon retour près de la voiture, je transvasai le vin dans les bidons ; puis je quittai la ville.

Il ne faisait pas plus beau que la veille, une journée glacée et sinistre, mais dans le fumet confortable de la Ford (huile de vidange, vieille poussière, cigarette) le monde extérieur froid me parut lointain, pareil à un film ou à l'un de ces paysages-miniatures que traversent les modèles réduits de trains : l'Androscoggin River n'était plus qu'un tortillon de pâte à modeler grise, des cure-dents baptisés bouleaux grattaient leurs branches contre le ciel d'ardoise, et les épais bosquets de sapins n'étaient que des écouvillons-cure-pipes trempés dans l'encre.

Lentement je gravis les collines du secteur RFD 2. Par habitude, je jetai un œil sur les boîtes aux lettres et remarquai que les petits drapeaux de métal étaient levés, pour signaler aux gens le passage du facteur. Je reconnaissais très bien, maintenant, les traits saillants du paysage : un lacet qui révélait une longue vallée couverte de forêt, une crête couronnée par un énorme sapin à la forme tourmentée. J'avais même mes décors préférés : une ancienne ferme de bois avec un pré clôturé de piquets blancs, trois poneys Shetland et la carcasse d'une grange incendiée, près de la saignée blanche d'un torrent.

Au bout d'un moment une grosse camionnette me dépassa — le premier véhicule que je vis sur cette route —, puis, comme je me rapprochais, je ralentis. De nouveau, les traverses de bois mal fixées rebondirent sous mes roues, et je passai le pont. Cent mètres plus loin, la route tournait légèrement sur la gauche. A l'entrée de la ligne droite suivante, j'arrivai à la hauteur du portail du camp — toujours cadenassé. Je m'élançai sur la pente raide, après un coup d'œil au compteur. Au bout de deux kilomètres, un chemin forestier partait sur la gauche. J'aurais préféré que ce fût plus près mais il n'y avait vraiment aucun autre endroit où m'arrêter. Le sol, quoique irrégulier, semblait ferme. J'engageai la voiture. Au bout de dix mètres, le chemin s'élargissait un peu, obliquait légèrement à droite puis, envahi par les broussailles, devenait tout à fait impraticable. Que demander de mieux ? Passé le coude, la Ford serait invisible de la route.

Pour rester sec, au prix de mille contorsions, je me changeai dans la voiture. J'enfilai la chemise de flanelle — un affreux tissu écossais vert et noir —, par-dessus ma chemise normale. Puis, ce fut le tour des bottes de marché et du chandail, assez ample pour que j'y sois à l'aise. Ensuite, je fis mon sac à dos en m'assurant que les jumelles et le tapis de sol seraient accessibles. J'enfilai une courroie sur une épaule, à la manière des marchands de journaux, pour faire reposer le poids sur ma hanche gauche. Enfin, par-dessus tout le reste, vint le poncho. Je mis le capuchon en place et m'enfonçai dans la désolation.

La forêt de conifères, surtout si elle a été élaguée récemment, constitue l'une des pires brousses existant au monde. Au bout de cinq minutes, je compris que j'étais tombé dans un véritable enfer : l'équivalent nordique de la jungle amazonienne.

Les arbres, en majorité des sapins, poussaient si serrés qu'on pouvait à peine avancer, et leur végétation, dense et lourde, m'empêchait de voir dans quelle direction j'allais. Les branches mortes piquaient comme des lances. Sous les pieds, les élagages récents étaient devenus aussi glissants que de la glace. Et tout était mouillé — au bout de trois mètres, j'avais les jambières de mon pantalon trempées. Rien à faire, sauf serrer les dents et foncer la tête la première — pour ainsi dire, car j'avançais à reculons au moins la moitié du temps. Je m'empêtrai dans d'énormes toiles d'araignée gluantes, et des branches taillèrent une douzaine d'éraflures douloureuses sur mon visage. La pluie suintait sous forme de

181

brouillard âcre, résineux — on se serait cru dans un bain de résine. Pour comble de malheur, j'étais parti assez haut sur la pente et je ne cessais de descendre, tout en essayant de conserver une ligne droite, un peu à l'est du nord, pour demeurer parallèle au chemin du camp. Mais, au bout de dix minutes, j'abandonnai toutes ces subtilités et tentai simplement de ne pas tourner en rond ou de revenir sur mes pas. Par bonheur, la situation s'améliora un peu car je tombai sur une piste de cerf. Elle allait vers le nord-est, dans le sens de la pente, mais je n'étais plus d'humeur à me montrer tatillon. Pendant dix minutes j'avançai d'un pas vif et aisé. Puis la forêt se dégagea, car les sapins et les pins cédèrent la place aux érables et aux chênes — leurs feuilles lançaient des reflets roux et or dans la grisaille —, et je pus même entrevoir, au-dessus de ma tête, un ciel de plomb.

Je m'arrêtai pour reprendre mon souffle et essayai de déterminer ma position. J'avais marché pendant quarante-cinq minutes, mais sans parcourir guère plus d'un kilomètre et demi depuis mon entrée sous les arbres. Je n'avais cessé de descendre en biais, ce qui signifiait, selon mes calculs, que j'allais bientôt couper le chemin du camp. Or, je n'en avais nullement l'intention ; en tout cas si près de la route et sans savoir au juste où je me trouvais. Je n'envisageais qu'une reconnaissance du camp : repérer ses occupants — s'il y en avait — avant qu'eux-mêmes ne me repèrent. Je regardai autour de moi — je me trouvais dans une clairière parsemée de jeunes chênes, mais il y avait un grand mélèze isolé non loin et je décidai d'y grimper. Pas facile : il n'avait pas de branches basses et il fallut que je taille des encoches avec ma hachette pour me hisser sur les trois premiers mètres. Quand je parvins à la première grosse branche, mes doigts étaient collés ensemble par la résine et l'écorce. Mais j'obtins ce que je voulais — une vue d'ensemble sur le paysage. A sept mètres, je m'arrêtai de grimper et regardai au-dessous de moi. De l'autre côté de la vallée, il n'y avait rien à voir en dehors d'une longue nappe grise d'arbres. Mais, en me retournant vers le haut de la pente que je venais de descendre, je vis exactement ce que je cherchais : un éperon rocheux près de la crête. Je relevai sa position avec ma boussole, descendis de mon perchoir et m'offris deux lampées de vin avant de reprendre la route.

Il était midi vingt quand je partis pour l'éperon rocheux ; je l'atteignis exactement deux heures plus tard.

A ce moment-là, je commençais à être rodé pour la traversée de ce genre de forêt. Pour des raisons de terrain ou de climat, les conifères — les fantassins en treillis de nos bois — occupaient les hauteurs, tandis que les essences dures défilaient dans leurs beaux uniformes colorés sur le pied des pentes. Et, tout en bas, à l'endroit où la pente s'aplatit en vallée, les arbres étaient beaucoup plus vieux, ou en tout cas plus hauts, et poussaient moins serrés les uns contre les autres. Comme cela me permettait de marcher plus facilement, je décidai de rester en bas, d'avancer parallèlement au versant que, bien entendu, je devrais gravir par la suite. Mais, entre ces grands arbres, je pourrais marcher au lieu de me traîner, suivre mon chemin au lieu de trébucher en aveugle. Mon pas et mon souffle prirent un bon rythme ; mon esprit trouva un joli coin tranquille à l'arrière de mon crâne et se mit à somnoler joyeusement. Ce confort n'était pourtant que relatif. Il faisait encore froid, et très humide — la pluie redoubla pendant dix minutes et les essences de lumière n'offraient qu'une maigre protection. Mais j'avançai régulièrement et, quand la pluie s'apaisa un peu, je perçus même une bouffée de l'agréable parfum des bois — terre humide, eau pure, aiguilles de pin, pourriture molle sous les branches mortes. Je me reposai un moment sur un rocher, ma respiration se calma enfin, et j'écoutai dans le silence l'eau qui tombait doucement des feuilles autour de moi. Des souvenirs me revinrent. La Pennsylvanie. Les parties de chasse avec mon père. Le silence parfait qui se forme juste avant que votre doigt n'appuie sur la détente ; les douleurs que l'on a toujours derrière les jambes... Cinq minutes plus tard, depuis une clairière, je levai les yeux vers les crêtes, et je vis mon éperon rocheux presque au-dessus de moi.

Dès lors, il s'agissait de grimper — et la pente était raide —, mais ce fut plus facile que je ne m'y attendais. Le terrain, plus rocailleux, rendait la marche plus aisée. Les bois durs s'espacèrent, puis cessèrent. Sur ce sol plus rocheux il poussait de toute façon moins d'arbres — quelques sapins, mais davantage de bouleaux et de cèdres. Pendant les passages les plus abrupts, je dus me mettre à quatre pattes, pourtant je pus trouver un endroit où caler mes pieds la plupart du temps, et de petits éboulis de rochers formant saillie me permirent souvent d'avancer en biais par rapport à la pente. Mieux encore, à peu près à mi-chemin, je tombai sur une corniche rocheuse, une sorte d'étagère qui constituait un sentier naturel. Je la suivis sans encombre, et, de temps à autre, je pus même entrevoir — immenses étendues uniformes — la vallée au-dessous de moi. Puis le sentier s'élargit, un violent coup de vent me gifla, et j'arrivai sur l'éperon rocheux.

En fait, ce n'était pas un éperon. Je me reposai un instant, adossé à la paroi, et je m'aperçus qu'il s'agissait d'une véritable plate-forme — l'élargissement de la corniche que j'avais suivie jusque-là — dépassant du versant de la montagne comme un champignon collé à un tronc d'arbre. Elle était complètement nue, le vent s'engouffrait dans mes oreilles, et à cette hauteur même le ciel sombre, couvert, devenait aveuglant. Je me protégeai les yeux de la main pour observer la vallée. Un vide vertigineux s'ouvrait à mes pieds : une coupole de ciel gris au-dessus, une coupole de kaki sombre au-dessous. Je calculai que la vallée devait avoir plus de trois kilomètres de large, mais je n'ai jamais été bon juge en matière de distance. Le versant opposé semblait un peu plus bas que celui où je me trouvais, et des crêtes plus hautes s'élevaient au-delà. Bien que le fond de la vallée fût irrégulier et boisé, j'aperçus également un reflet d'eau à travers les arbres — un ruisseau important, sinon une véritable rivière. Bien visible de l'autre côté de ce cours d'eau, légèrement plus haut sur la pente, le camp de Gerry : un grand bâtiment, deux autres plus petits, un tortillon de fumée.

Rassuré par ma découverte, je me détournai. Derrière un gros rocher, j'étalai mon tapis de sol, immobilisai les angles avec des cailloux, puis installai mon pique-nique, évidemment saturé d'eau. Mais j'avais une faim de loup — même mes sandwichs pâteux eurent une saveur fantastique et je refusai de me plaindre de l'arrière-goût de plastique que le bidon donnait au vin. Enfin, les jambes bien allongées, je me détendis en fumant une cigarette. Je songeai même à faire du feu, mais y renonçai. J'aurais très bien pu allumer quelques branches — les techniques oubliées me revenaient à l'esprit —, mais, sous cette pluie, la moindre flamme dégagerait de la fumée, et, si je pouvais voir la fumée du camp de

184

Gerry, ses occupants verraient probablement la mienne. Refusant de prendre ce risque, je me réchauffai avec une deuxième cigarette.

A trois heures, j'étais prêt à passer aux choses sérieuses.

A l'extrême rebord de la plate-forme, deux gros rochers formaient une sorte de fauteuil. Je m'y glissai pour examiner la vallée avec mes jumelles. Je pouvais voir la route sur laquelle j'étais arrivé en voiture, mais le chemin du camp, celui que fermait le portail, demeurait invisible. En fait, le seul élément remarquable du paysage était le torrent, reflet qui serpentait à travers les arbres. Sur la gauche, la forêt s'ouvrait sur une prairie — sans doute un endroit inondé au printemps —, et juste au-dessous du camp lui-même la rive était très rocheuse, un éboulis de pierres d'une vingtaine de mètres de largeur. Du côté du torrent opposé à moi, cette plage de rocaille rejoignait le pied d'un versant abrupt, presque une falaise, qui s'élevait à pic jusqu'à une vaste terrasse plate, dégagée, à l'exception de quelques cèdres. C'était là que le camp se dressait.

Il y avait trois bâtiments séparés. Le plus grand, qui tournait sa façade vers moi, représentait le type même de la ferme de Nouvelle-Angleterre que je commençais à apprécier. Une maison à étages : deux niveaux à hauteur normale et un grenier mansardé. Du côté de l'est s'élevait une haute tour hexagonale, et une galerie couverte s'enroulait autour de tout le rez-de-chaussée. Le toit de la maison était fait de bardeaux de cèdre, en très mauvais état ; à en juger par le délabrement de la couverture et par l'affaissement du toit de la véranda, je compris que l'on avait laissé les lieux se dégrader, quoique quelqu'un en eût pris soin depuis peu : même dans cette lumière grise, je reconnus le reflet d'une couche de peinture récente — blanche pour les murs, vert sombre pour les volets et les huisseries. Parallèle à ce bâtiment principal (sans nul doute le « manoir ») s'élevait une deuxième construction plus petite, à peu près de la même époque : une sorte de remise. Et tout à droite, plus près de moi, un long hangar offrait à mes regards un toit de tôle.

Au milieu de cet ensemble, je décelai quelques signes d'une présence humaine.

De la fumée sortait encore de la cheminée, traînée blanche sur le ciel gris ; et juste à l'instant où je relevai mes jumelles, j'entendis, faible et lointain, un claquement de porte. Mais ce devait être une porte de derrière, car personne n'apparut sur la façade. De plus, trois véhicules étaient garés sur un terre-plein de gravier, devant le hangar au toit de tôle : une petite camionnette marron, une Volkswagen Sirocco jaune, et une conduite intérieure rouillée dont je mis un certain temps à reconnaître la forme carrée : une vieille Datsun 510. Il y avait donc, me dis-je, quelqu'un dans la maison — pourquoi personne ne répondait-il au téléphone ?

Mais, tout en inspectant de nouveau l'endroit — en maintenant bien fixes devant mes yeux les images plates des jumelles —, je me demandai si une autre question n'était pas plus intéressante étant donné les circonstances. Quel avait été le statut de Travin en ces lieux ? S'il s'agissait vraiment d'un camp de chasse, était-il un client ? Un employé ?

J'essayai d'y réfléchir, accroupi dans mon nid d'aigle, tout en me réchauffant avec mon vin et mes cigarettes — une demi-heure s'écoula. Je me répétai qu'au fond je n'étais pas si mal ; la pluie cessa totalement, et, au bout d'un moment, le vent tourna et je me trouvai confortablement à l'abri de la crête. J'observai un rapace qui planait au-dessus de la vallée, et étudiai une daine venue se désaltérer au torrent — elle payait chaque gorgée par un regard angoissé, frissonnant. Dix minutes de plus, une autre cigarette... Puis, à l'improviste, un personnage sortit de la galerie. Je saisis les jumelles, relevai les cheveux qui me tombaient sur les yeux et manipulai la molette de mise au point.

C'était un homme. Il marchait d'un pas vif vers les voitures.

Je ne le vis avec une netteté parfaite que pendant une fraction de seconde, à l'instant où il montait dans la camionnette. Un blue-jean. Un blouson léger, fermeture Éclair ouverte. Une touffe de cheveux châtains tirant sur le roux... Un coup d'œil fugitif, pas davantage, mais, en un sens, cela me permit presque de l'identifier plus facilement.

Surprise ?

Soulagement ?

Peur ?

Un peu de chaque. La camionnette recula puis tourna sous les arbres. Je posai les jumelles et cessai de retenir mon souffle.

Un rouquin au visage de belette.

L'homme de Halifax, derrière la clinique de Grainger.

L'homme qui m'était apparu dans le noir à la porte du bureau de Brightman, pour disparaître aussitôt dans le corridor ainsi qu'un fantôme.

11

J'observai le camp pendant six jours.

La plate-forme me servait de base, et je parvins bientôt à en faire un endroit presque confortable : un deuxième tapis de sol, tendu entre deux cèdres, me protégeait de la pluie ; enveloppé dans un sac de couchage, et avec deux brûleurs de camping au butane orientés de telle façon qu'un gros rocher réfléchissait la chaleur, je me maintenais à peu près au chaud. Mes repas se composaient de sandwichs et de biscuits Dare ; je remplaçai mes bidons de vin par une thermos de café arrosé de cognac, et j'améliorai les choses sur le plan optique avec un télescope Zeiss de puissance 20. Des conditions acceptables donc, quoique pas précisément exaltantes. Une sorte de routine s'établit. Je quittais mon motel vers cinq heures chaque matin et, normalement, j'étais déjà en train de battre les fourrés quand l'aurore caressait l'horizon. En arrivant sur la plate-forme, vers sept heures, je me pelotonnais dans mon sac de couchage et regardais le brouillard s'élever du torrent en volutes épaisses, ou bien quelques canards vagabonds venus du Canada battre rapidement en retraite au fond de la vallée, le cou tendu en avant. En général, ma première observation se produisait vers huit heures : l'un des hommes sortait sous la véranda avec de grandes gamelles de plastique pour donner à manger aux chiens. Parfois, plusieurs heures s'écoulaient avant que je les revoie — mon plus grand problème demeurait l'ennui. Ma première pause-café, un événement en soi, n'était qu'à dix heures. Je grignotais mes sandwichs à midi, puis nouvelle pause-café à deux heures. Je partais toujours à quatre heures et quart — pour que la nuit ne me surprenne pas au milieu des broussailles.

Le résultat de tout cela ?

Pas grand-chose.

Travin « savait tout » ; Travin savait *pourquoi* Brightman était mort. J'avais donc supposé qu'en remontant la piste de Travin j'apprendrais « tout » moi aussi — à savoir : la corrélation fondamentale entre Brightman, Dimitrov, l'adoption de May et l'irruption de tous ces événements dans le présent.

Or, ce que je découvrais maintenant semblait m'entraîner dans une direction différente. Assis sur mon rocher, à moitié gelé, je n'avais qu'une certitude : les gens que j'observais à travers mon télescope n'étaient pas sans lien avec Brightman, mais les « comment » et les « pourquoi » m'échappaient.

Je recueillis néanmoins certains faits, cinq hommes (aucune femme) habitaient au camp, et le télescope me permit bientôt de les reconnaître. Le rouquin que j'avais vu dans la maison de Brightman semblait manifestement être leur chef. Par deux fois, je le vis donner des ordres aux autres — d'un geste, le doigt tendu —, et ils lui obéirent sans protester. Mais il était tout aussi manifeste qu'il ne dirigeait pas un camp de chasse. L'unique visiteur se présenta pendant ma troisième journée d'observation, or il portait un complet et repartit au bout d'une heure.

A ce moment-là — le troisième jour —, j'étais déjà très déçu. Les espoirs dont je me berçais à Washington — je me croyais à deux doigts d'une solution — s'estompaient maintenant dans la brume. Surtout, que devais-je faire ? Me rapprocher du camp ne rimait à rien. Avec mon télescope je voyais très bien ; seulement voilà, ce que j'avais envie de savoir n'était pas le genre de choses que le regard perçoit : des projets, des relations, des motifs. J'envisageai de m'introduire dans la maison pour la fouiller, mais, outre tous les autres risques — et je n'étais pas sûr d'avoir le cran de les surmonter —, se posait le problème des chiens. Ils n'avaient rien de spécial, deux chiens de berger ordinaires, mais chaque soir ils étaient lâchés, visiblement pour garder la maison.

Et le troisième soir, dans ma chambre de motel, je pris le parti de lancer une opération plus simple : suivre ces gens quand ils quittaient le camp en voiture.

Dès le début, j'avais assisté à plusieurs de ces départs. La plupart avaient un motif évident — vider leurs ordures à la décharge, faire des provisions — mais d'autres me paraissaient moins clairs, et ils étaient assez fréquents pour susciter ma curiosité. Par exemple, le deuxième jour, le rouquin était parti avec la Sirocco peu après neuf heures et n'était pas rentré avant que je quitte mon perchoir. Où était-il allé ? Qu'avait-il fait ? Le suivre serait le moyen le plus facile de le découvrir, et je m'attaquai à ce problème le quatrième matin, en cherchant un endroit d'où je pourrais surveiller l'allée du camp. J'en trouvai un. Pas très bon, car le virage m'obligeait à rester presque le nez sur le portail pour le voir ; de plus, il n'y avait pour ainsi dire aucun accotement et aucune possibilité de dissimuler ma voiture — il faudrait donc que je reste sur le qui-vive pour éviter d'être surpris. Dès qu'une voiture sortirait du camp, je démarrerais, comme si je passais sur la route, puis je regarderais dans mon rétroviseur la direction que prendrait mon homme. Je ne parvins presque jamais à une bonne synchronisation : j'arrivais au premier virage avant que le conducteur ne soit descendu de voiture, n'ait ouvert le portail et ne se soit engagé sur la route. Je devais alors rouler très lentement jusqu'à ce qu'il entre dans mon champ de vision. En ce cas, je continuais d'avancer normalement et en général il me dépassait. Mais, s'il tournait dans l'autre direction, il me fallait faire demi-tour rapidement et me lancer à sa poursuite. Tout cela semble très primaire, mais s'avéra cependant efficace. Pendant les trois journées qui suivirent, je les filai au cours de sept sorties différentes. Quatre fois, je décrochai presque aussitôt, de peur qu'ils ne me repèrent, mais les trois autres fois, je fus à même de rester avec eux jusqu'à leur destination.

Mais, toutes ces sorties furent très banales, et seule l'une d'elles m'apprit quelque chose de significatif.

Ils achetèrent de l'alimentation, de l'essence, des timbres ; ils retirèrent des vêtements de la teinturerie ; ils firent réparer la Sirocco chez Al, malgré le panneau publicitaire énorme — SPÉCIALISTE DE LA VOITURE JAP — et ils allèrent chercher un stère de bois dans une ferme du côté de Gorham, village situé à une quinzaine de kilomètres au sud de Berlin. Rien de cela n'était très exaltant, mais j'étais plus à l'aise dans la Ford que sur mon rocher. Puis, le cinquième jour, la camionnette alla porter les ordures au dépotoir et je décidai de jouer les chiffonniers. Personne ne me vit : la décharge, au bout d'un chemin d'accès de quelques centaines de mètres, n'était qu'un trou dans la nature. Il y avait une cabane de bois, sans doute pour un gardien, mais ce matin-là je n'eus pour compagnie que deux corbeaux effrontés. Je repérai vite l'endroit où la camionnette s'était garée. Trois sacs-poubelles jaunes trônaient non loin. Comme un authentique agent de la CIA, je me mis à fouiller et je découvris vite que les ordures sont des ordures : pelures d'oranges, coquilles d'œufs, cartons de lait, balayures. Mais le troisième sac contenait des journaux et je trouvai quelque chose : au milieu des *Times* de New York et des *Globe* de Boston, deux vieux numéros d'un journal en langue russe, *Nasha Strassa* (*Notre Patrie*). J'en avais entendu parler, mais c'était la première fois qu'un exemplaire me tombait sous les yeux : publié à Buenos Aires, il s'adressait à l'importante population d'émigrés russes installés en Argentine. Les deux numéros dataient de deux mois, le papier, déjà fragile, jaunissait. Je les lus de la première page à la dernière, bien au chaud dans ma voiture, mais sans rien trouver qui présentât un intérêt particulier. Cela me permit néanmoins d'établir un fait important : les relations de Travin avec le camp n'étaient pas dues au seul hasard.

Une heure plus tard, je fis une autre découverte — aussi importante, même si je fus incapable d'en déterminer précisément la signification.

Je venais de retourner à ma place habituelle sur le bord de la route, quand une bonne femme tout en rondeurs, dans une vieille Toyota, s'arrêta devant le portail pour déposer le courrier — une enveloppe qu'elle glissa dans la boîte. Dès qu'elle s'éloigna, je fis ce qui s'imposait. La vieille boîte aux lettres avait une serrure, mais qui ne fonctionnait plus depuis longtemps. L'enveloppe, de format normal, mais grosse et lourde, craquait entre les doigts. Je la glissai dans ma poche et repartis aussitôt à mon motel.

Quand je l'ouvris, je trouvai trois choses : une liasse de reçus agrafés ensemble ; vingt billets de cent dollars ; et une lettre d'un avocat de Springfield (Massachusetts), adressée à « M. Howard Petersen, aux bons soins de Gerry's White Mountain Camp ». Elle récapitulait toutes les factures payées, précisait : « Ci-joint le versement habituel » et concluait : « Après ces transactions, les fonds gérés pour votre compte dans notre cabinet s'élèvent à 22 736,79 dollars. » La signature, Robert Evans, correspondait à l'en-tête de la lettre.

Robert Evans — le nom qui se trouvait sur le titre de propriété du camp. Intéressant. Je feuilletai les reçus. Il y avait de tout, depuis un paiement d'impôts locaux jusqu'à un relevé de l'American Express. Les factures locales provenaient toutes du camp, les autres d'une entreprise portant le nom de E. Arnold Travel Ltd. Cela semblait logique pour ce qui concernait le compte American Express — il faisait état de nombreux voyages : Boston-Montréal, Montréal-Toronto, Toronto-New York, Boston-Londres, Amsterdam-Francfort, Bruxelles-New York... Au cours du mois précédent, M. Petersen avait vu du pays — et pris certaines précautions pour couvrir sa piste : ou bien il se dissimulait derrière son avocat, ou bien il payait en espèces — et je m'avisai soudain que je n'avais jamais vu l'un des hommes du camp passer à la banque.

Il devait être trois heures lorsque je fis cette découverte. Étant donné les sommes impliquées, je supposai que M. Petersen attendait sa lettre. Je partis donc à Springfield sur-le-champ et la remis à la boîte. Comme il se faisait tard, je décidai de passer la nuit dans la ville et ne repris la route de Berlin que le lendemain matin.

Ce fut un trajet lugubre. Je ne savais plus où j'en étais. Il se passait quelque chose et Berlin constituait l'un des centres de l'action, mais Brightman, Dimitrov et Travin tournaient autour de ce centre ainsi que de mystérieuses planètes inconnues. Surtout, je ne voyais pas du tout quelle place occupait Travin dans le tableau. Il avait probablement vécu au camp. Les gens d'ici savaient-ils ce qui lui était arrivé ? Ou bien s'agissait-il d'un renégat, qu'ils auraient eux-mêmes éliminé ? Cela demeurait une possibilité, mais, si je l'acceptais, je devais rejeter ma théorie précédente — à savoir que les gens ayant liquidé Travin et fouillé sa chambre d'hôtel étaient des « officiels ». Or ils l'étaient, je l'aurais juré. Ce qui signifiait que j'avais affaire à deux groupes de Russes : le KGB — les assassins de Travin — et les gens que je surveillais en ce moment. Mais qui pouvaient-ils être ? Une bonne question... à laquelle je ne pouvais répondre.

Pourtant, chemin faisant, je me demandai si je ne possédais pas déjà certains indices. Des Russes. Appartenant visiblement à un groupe organisé. Peut-être en relations avec les émigrés : témoin le journal que j'avais trouvé dans les ordures. Et ces faits semblaient reliés, quoique par un fil très ténu : certaines remarques de Travin au téléphone, à Detroit. Sur le moment, je ne leur avais guère accordé d'attention, mais elles me revenaient maintenant à l'esprit. « Nous pourrions parler des *byliny*, ou des *bégouny*, ou des Cent Noirs », m'avait dit Travin. J'avais cru qu'il voulait dire : Nous pourrons parler de n'importe quoi sous le soleil — mais peut-être m'avait-il révélé davantage qu'il ne l'entendait. Les *byliny* est la grande épopée médiévale de la littérature russe, et leur plus célèbre héros, Ilya de Murom, est demeuré longtemps le symbole de la puissance russe, de l'unité russe, du christianisme russe et de la noblesse de l'homme de la rue. Les *bégouny*, si je me souvenais bien, constituaient une secte religieuse insolite du XIXᵉ siècle (le mot signifie « fuyard »). Ils refusaient toute autorité civile (notamment le recensement et les passeports) et prenaient le maquis à la manière de Robin des Bois. Bien entendu, les Cent Noirs étaient un groupe de terroristes antisémites ayant des appuis à la cour du tsar, dont le programme d'action s'incarnait dans le *Protocole des Sages de Sion*. Sur ce point, on pouvait même établir une relation directe avec moi-même. Le *Protocole* se présentait comme la révélation d'un complot juif pour conquérir le monde par la subversion. En fait, il avait été concocté par la police secrète russe vers 1900. Il constituait encore un instrument important de la propagande antisémite pendant les années trente et même plus tard. Car, en septembre 1972, l'ambassade soviétique à Paris avait publié *mot pour mot* une des versions du *Protocole* sous la forme d'un document intitulé *Israël, école d'obscurantisme*. Je travaillais à Paris à l'époque et j'avais écrit un article à ce sujet, ce qui m'avait valu un refus de visa pour Moscou l'année suivante.

Tout cela pouvait-il être lié ? Travin, à son insu, m'avait-il laissé entendre que ces gens constituaient une sorte de secte fanatique d'émigrés — russes et religieux, antisémites et antisoviétiques ? Rien ne s'y opposait ; des groupes d'émigrés russes de ce genre existent dans le monde entier, c'est un fait. Mais quelle relation avec Brightman, avec Dimitrov, avec May ? Et pourquoi les hommes du KGB prenaient-ils ce groupe tellement au sérieux qu'ils étaient prêts à assassiner ses membres au cœur des États-Unis ?

A mon arrivée à Berlin, je ne possédais pas la moindre réponse à ces questions, ni ne savais de façon certaine si ces questions elles-mêmes avaient le moindre sens. En fait, je n'avais plus d'idées du tout et si, au milieu de l'après-midi, je repris ma position habituelle, près du portail du camp, c'était bien parce que je n'avais rien trouvé de mieux à faire.

J'étais arrivé vers trois heures et demie et, pendant les deux heures suivantes, je m'assommai à mourir avec la futilité de mes propres pensées. Mais, enfin, au moment où le crépuscule commençait à fondre en nuit noire, des phares balayèrent le portail. Un homme parut et son ombre s'allongea sur la route. Le rouquin — à présent je les reconnaissais à la silhouette, à la démarche, au comportement. Seulement, il y avait une autre personne dans la voiture, ce qui aviva ma curiosité, car je ne les avais jamais vus se déplacer à deux. C'était le petit trapu, celui qui conduisait en général la camionnette... Mais j'étais déjà lancé dans mon numéro : démarrage, descente sur la route. Une fois encore, j'avais mal coordonné mon départ. Quarante secondes s'écoulèrent et toujours pas de phares dans mon rétroviseur. Je fis donc demi-tour sur place et repartis le pied au plancher. La route était vide, mais, après le virage, j'aperçus leurs feux arrière au loin. Ils avaient pris la Sirocco et roulaient vite. Dans la direction opposée à Berlin, vers la route 26. Exceptionnel, car la plupart du temps ils tournaient vers la ville. Mais, d'un autre côté, jamais je ne les avais suivis si tard dans la journée. Ils débouchèrent sur la grand-route, et prirent à gauche, vers le nord. Ce qui était rare également. La route se mit à serpenter en abordant les pentes et je cherchai ma carte dans le compartiment du tableau de bord. Au nord de Berlin, une seule ville, du nom de Colebrook. Très petite. Puis la frontière du Vermont ; et ensuite, le Canada.

De virage en virage, la route grimpait. Puis elle se glissait par le Seuil de Dixville. Accroché au volant, je me concentrai sur la conduite ; la Sirocco, comme le lièvre de la fable, filait à toute allure, tandis que ma Ford, maladroite, dérapait dans les lacets et peinait sur les raidillons. Mais, plus nous avancions, plus je me félicitais de prendre du retard ; sur une route pareille, faite de côtes et de virages, il était peu probable qu'ils me repèrent, mais à quoi bon courir des risques ? Surtout qu'il y avait peu d'endroits où ils puissent tourner.

Mais, même ainsi, je faillis commettre une erreur. Nous traversâmes Colebrook, où je regagnai un peu du terrain perdu, et la frontière, douze ou quinze kilomètres après le village, survint plus vite que je ne m'y attendais. Le poste-frontière est très petit — Canaan du côté américain ; un village minuscule du Québec dont je n'ai jamais appris le nom du côté canadien — il n'y a donc qu'une petite cabine et un seul homme. Je ne compris ce qui se passait qu'au tout dernier moment — si je n'avais pas freiné brusquement, je me serais trouvé juste derrière leur voiture pendant qu'ils traversaient. Je leur laissai cinq minutes avant de me présenter et j'arrivai juste au moment où ils démarraient. Après les formalités, je me lançai à leur poursuite.

La route, non goudronnée, serpentait le long de la rive d'un lac, et, quelle que fût votre voiture, vous ne pouviez pas faire de vitesse. Personne ne semblait habiter la région. Je vis une ferme abandonnée, plusieurs maisonnettes mal entretenues : le « Camp chrétien de la frontière ». Après un dernier cahot, je rebondis sur de l'asphalte et, presque aussitôt, je repérai leurs feux. Ils me conduisirent jusqu'à une ville appelée Coaticook, puis plus à l'ouest sur la même route étroite. Je vis des collines au loin, grosses masses d'ombres, mais une campagne vallonnée s'étendait de part et d'autre du canon jumelé de mes phares. Il y avait davantage de maisons, à présent, et des fermes dont les silos éclairés portaient la fleur de lis bleue. Je ralentis — car les voitures étaient rares — et, quand la Sirocco s'engagea sur une route encore plus petite, je coupai mes phares. Une nuit d'encre. Il me fallait conduire en aveugle. Je me plaçai à cheval sur la ligne blanche centrale et devinai les virages en voyant tourner leurs feux rouges. Dès l'entrée dans les bois, la route commença à grimper. Je dus ralentir, mais, chaque fois qu'ils disparaissaient derrière un virage, j'allumais mes lumières et fonçais jusqu'au tournant suivant, où je les éteignais de nouveau. Deux kilomètres plus loin, ils prirent à droite. Je ralentis aussitôt et les vis traverser un terrain découvert. Leurs phares dessinèrent cette route latérale pendant deux cents mètres environ, puis s'arrêtèrent ; au bout d'un instant, ils firent marche arrière sur dix mètres puis tournèrent complètement à gauche. Il devait donc y avoir une maison ou une ferme. J'attendis qu'ils aient disparu, puis je les suivis. Mes roues crissèrent sur le gravier. En passant à la hauteur de l'endroit où ils avaient tourné, je vis une allée qui montait entre les arbres et, au-delà des arbres, le reflet de lumières. Je continuai tout droit pendant une centaine de mètres, fis demi-tour et m'arrêtai.

Je laissai le moteur tourner au ralenti et baissai ma glace. Autour de moi le bruissement doux de la nuit. L'air était frais, chargé de parfums d'herbe et de terre mouillée. Après tous ces kilomètres dans le noir, j'avais besoin d'un instant de repos, et j'allumai une cigarette ; mais dès que mes nerfs se furent calmés, je descendis de voiture. En silence, sans quitter l'herbe de l'accotement, je retournai jusqu'à l'allée. Bien entendu, il y avait une boîte aux lettres — je me demandai si ces maudits objets n'allaient pas hanter mes rêves à l'avenir comme symboles banals d'identité cachée. Elle était vieille, avec le nom peint en rouge, sans grand soin : N. BERRI.

Je suivis l'allée sur quelques mètres mais ne pus distinguer qu'une vague tache de lumière derrière un groupe d'érables. Puis mon nez frémit : il y avait dans l'air une odeur étrange, inconnue. L'endroit devait être une ferme, mais il ne s'agissait pas de fumier. Des poulets ? Des porcs ? Non, une odeur différente, plus forte. Comme une odeur de putois, mais ce n'était pas cela non plus. La brise changea de direction, l'odeur disparut... J'hésitai. J'avais bien envie de continuer sur l'allée, mais quel risque ! Les deux hommes de la Sirocco, plus ce N. Berri — cela faisait au moins trois contre un, et, s'ils me prenaient en train de fureter dans les parages, quelle explication leur donnerais-je ?

Je retournai à la Ford.

Une heure s'écoula.

Puis, vers huit heures et demie, un hurlement affreux troua la nuit et se prolongea par le plus émouvant des gémissements que j'eusse entendu de ma vie.

Ce fut si soudain, si stupéfiant, que cela me glaça sur mon siège. Je regardai dans le noir, me penchai en avant et coupai le moteur. Le silence bourdonna dans mes oreilles. Puis un chien aboya. Sauf que — comme pour l'odeur — ce n'était pas tout à fait un aboiement. Un jappement plutôt, mais différent de celui d'un chien, plus sec, plus aigu. Aussitôt, un deuxième animal se joignit au premier, puis un autre, et encore un autre. Pendant les

197

vingt-cinq minutes suivantes, cela ne cessa pas : les hurlements impuissants et désespérés d'animaux qui arpentaient leurs cages ou leurs parcours. Sans le moindre répit ; des cris de souffrance, de peur, de désolation, qui me donnèrent la chair de poule. Que s'était-il passé ? Et que pouvais-je faire ?

Peut-être aurais-je pu, aurais-je dû, intervenir d'une manière ou d'une autre, mais je demeurai là, à attendre, figé.

Puis des phares balayèrent l'allée.

La Sirocco. Lorsqu'elle marqua un temps au bout de l'allée, j'aperçus deux ombres à l'intérieur, dont celle du rouquin du camp. Aussitôt la voiture tourna en direction de la grand-route.

Je regardai leurs feux rouges disparaître dans le lointain. Une moitié de moi, je l'admets, avait envie de les suivre, mais j'en fus incapable — j'avais déjà assez honte, et fuir ces hurlements déchirants m'aurait donné de trop gros remords. Je lançai donc le moteur de la Ford, revins jusqu'à l'allée et m'y engageai. Des cailloux sautèrent sous mes pneus et les arbres prirent des reflets d'argent à la lueur de mes phares. Sur cinquante mètres, l'allée s'enfonça, aussi noire qu'un tunnel, mais ensuite elle dessina un arc de cercle et une pelouse scintilla comme de la glace noire. Je vis alors la maison — toutes les lampes allumées à l'intérieur —, un petit bâtiment, guère plus qu'une fermette, avec un toit en pente raide sur une galerie en façade. Deux fenêtres lançaient à l'extérieur de brillants éventails de lumière, mais tout le reste restait dans l'ombre. Quand mes phares tournèrent, je me rendis compte que l'espace entre le parquet de la galerie et le sol était clos avec un clayonnage peint en blanc, contre lequel on avait posé des pelles et des râteaux ; une brouette, pleine de feuilles mortes, attendait juste au bout de l'allée.

J'arrêtai la Ford, mais laissai tourner le moteur, puis je donnai deux ou trois coups de klaxon.

Les gémissements et les aboiements redoublèrent de violence, mais nul ne sortit de la maison.

Je pris mon courage à deux mains et descendis de voiture. Puis, j'attendis un instant, une main sur le haut de la portière, un pied encore à l'intérieur. J'examinai la maison par-dessus le toit de la voiture. Je tendis le bras pour klaxonner de nouveau. Toujours personne. Au-dessous des hurlements macabres des chiens — si c'étaient des chiens —, la nuit continuait de chuchoter, et l'air frais me caressa la joue. L'odeur musquée que j'avais déjà sentie était devenue très forte, sans que je puisse en préciser davantage la nature. Je fermai la portière sans bruit, contournai le capot, m'arrêtai de nouveau, puis me dirigeai carrément vers la galerie. Une porte métallique. Je frappai et elle vibra. Sachant à présent que personne ne viendrait, je décidai de l'ouvrir. Je m'aperçus aussitôt qu'elle était légèrement entrebâillée et je la poussai devant moi.

Depuis le seuil, je regardai : une petite pièce brillamment éclairée. Pleine à craquer du genre de vieux meubles qui s'entasse naturellement dans ces endroits : un sofa inconfortable, une chaise d'osier blanc, un grand fauteuil carré datant des années cinquante, des lampes sur pied avec des abat-jour à franges.

Mais, sur le moment, ce ne fut pas cela que je vis.

Juste en face de moi, au fond de la pièce, une sorte d'arche s'ouvrait sur la cuisine et, au milieu de cet espace, attaché avec des cordes à une chaise droite, se trouvait un vieux bonhomme — avec, posées sur sa tête comme un sac, la tête et les épaules d'un renard ; un renard blanc dont les babines se retroussaient en un rictus d'agonie. L'autre moitié du corps de l'animal gisait à côté de la chaise ; les tripes s'en écoulaient en une masse d'un rose bleuâtre, et la hache qui avait servi à trancher la tête était plantée dans le parquet non loin. Il y avait du sang partout. La pièce empestait le sang. Le sang poissait comme de la peinture dans la fourrure du renard. Le sang luisait sur les pieds de la chaise. De grandes flaques de sang noir tachaient le tapis.

Je repris mon souffle — mais l'odeur de la bouffée d'air me bloqua la gorge. Je n'ai pas l'estomac particulièrement délicat, mais Dieu seul sait pourquoi je ne tournai pas de l'œil à ce spectacle. Peut-être, après Detroit, étais-je prêt à tout. Ou, peut-être, la cruauté de la scène transforma-t-elle en colère l'horreur que je ressentais... En tout cas, je traversai la pièce jusqu'à l'homme (je sentis mes souliers glisser sur la boue sanglante). Il était vivant. D'un geste brusque, je fis basculer la tête du renard. L'homme dut se rendre compte de ma présence seulement à ce moment-là, car il commença à se débattre et faillit même renverser la chaise. Je le pris par le bras. Il tremblait de peur, et, lorsque je passai la main derrière la chaise pour détacher les cordes, il se mit à gémir.

— Ils vont les tuer tous, exactement comme ça. Ils ont dit qu'ils les tueraient tous l'un après l'autre...

Je toussai. Si je toussais, j'éviterais peut-être de vomir. Mes mains, gluantes de sang, tirèrent sur les cordes.

Le vieil homme continua de geindre ; les renards continuèrent de hurler.

— Tout va bien, lui dis-je, en le libérant de ses liens. Tout va bien. Ils ne tueront plus rien ni personne à présent, monsieur Berri. Vous n'avez aucun mal. Écoutez : je suis un ami. Comprenez-vous ? Je suis un ami.

Je le pris par l'épaule et l'éloignai un peu de moi.

« J'étais un ami de Harry, lui dis-je. De Harry Brightman.

Enfin, une lueur brilla dans son regard.

— Pauvre Harry, gémit-il. Les choses ne finissent jamais comme on croit.

12

Comme devait le dire Berri plus tard, c'était moins affreux que cela n'en avait l'air — mais cela suffisait amplement.

Ils l'avaient giflé, son nez saignait, et l'affaire de la tête du renard l'avait mis en état de choc, pourtant, tout compte fait, il avait eu plus de peur que de mal. Je le forçai à s'allonger sur son lit, lui mis une couverture sur les épaules et lui apportai de l'eau. Il parvint à se reprendre assez vite, puis je m'aperçus qu'il se sentait gêné. Irrationnel, mais compréhensible : c'était un vieil homme plein de fierté, comme je le découvris bientôt, et il avait honte qu'un inconnu le voie dans cet état. Je m'assurai donc qu'il n'avait pas besoin d'un docteur, puis je le laissai seul et retournai dans la cuisine. De là, à travers l'arche, je vis la salle de séjour : c'était une véritable horreur.

Un spectacle indescriptible qui suscitait un dégoût au-delà de toute expression.

La pièce avait dû paraître agréable autrefois, et son étrange ameublement mal assorti — découvertes de marché aux puces, cadeaux d'amis, du genre : « Je l'ai bricolé moi-même » — lui donnait un caractère sympathique et intime. Mais, ce soir-là, on eût dit l'intérieur d'un abattoir. Du sang brillait sur le brocart luisant du vieux et lourd fauteuil ; il s'étalait sur les murs. Une bibliothèque formait une digue contre laquelle une mare de sang était en train d'épaissir. Les restes du renard constituaient la viande de ce ragoût macabre. Le pire, c'était la tête. Séparée par plusieurs coups de hache mal ajustés, la gueule grimaçait, figée dans l'agonie ; les énormes yeux jaunes demeuraient révulsés par la douleur que l'animal avait ressentie. Ils avaient également ouvert le ventre, et les tripes s'étaient répandues autour des pieds de la chaise. J'avais du mal à retenir mon estomac, mais je ne pouvais pas demander à Berri d'affronter une horreur pareille, et je traversai donc ce carnage à pas prudents, pour aller chercher une pelle sous la galerie. A la pelle, je réunis tout ce que je pus en une flaque sanglante au milieu du tapis, que je repliai comme un baluchon et déposai dans la brouette.

Obscène !... Il n'y avait qu'une chose à faire : enterrer le tout. J'essayai de ne pas regarder ce que j'avais juste sous le nez, et d'arrêter chaque bouffée d'air avant qu'elle ne me descende dans la gorge... Je saisis les poignées de la brouette et la poussai vers le côté de la maison, à la recherche d'une poubelle, d'une vieille boîte en carton, de n'importe quoi. Derrière la maison et d'un côté de la cour, s'étendait une longue bande de jardin et je cahotai donc jusqu'au fond, au milieu de sillons et de vieilles fosses à concombres. Là, avec pour lamentation funèbre les hurlements déchirants des renards — ils n'avaient jamais cessé —, je creusai un trou et versai tout à l'intérieur. Je recouvris de terre et lançai la pelle dans la nuit.

Enfin, je pus respirer librement. Je fis quelques pas hors du jardin. La fraîcheur de la nuit me revigora et je regardai autour de moi dans le noir. Je ne vis pas la lune, mais elle devait briller quelque part car le ciel avait un reflet doux d'étain. Sur ma gauche, à l'arrière de la maison, j'aperçus un tas de fers à cheval usés, des planches, un rouleau de clôture. Devant moi et sur la droite, une douzaine de vieux pommiers lançaient leurs ombres torturées contre le ciel plus clair. Les chenils — cages, antres, si vous préférez — se trouvaient un peu plus loin. Ils étaient entièrement grillagés, montés sur des pilotis de bois qui les surélevaient par rapport au sol. De là venaient l'odeur dense, musquée, que j'avais sentie de loin, et les cris qui, même en ce moment, hérissaient mes cheveux sur ma nuque. Des renards : peut-être deux douzaines. Je les regardai arpenter leur domaine, ombres grises qui semblaient voleter, pareilles à des chauves-souris. Avec l'odeur du sang d'un animal de leur propre espèce aussi violente dans l'air, ils étaient pris d'une panique que seul l'épuisement pourrait calmer. Or, tous en même temps — je suppose qu'un coup de vent leur apporta mon odeur —, ils se turent, et le vide de la nuit, tel un globe de cristal, tomba autour de moi. Je ne bougeai pas. Puis, je retins mon souffle, presque en état de transe : une douzaine d'yeux d'or luisaient dans le noir. Pendant un instant, ils me glacèrent sur place. Puis un renard se mit à gémir, un deuxième intervint et bientôt tous hurlaient de nouveau.

Je retournai dans la maison.

Malgré mes efforts, la salle commune demeurait, presque littéralement, un bain de sang. J'arrachai deux bouts de carton à une vieille boîte et grattai le plus de saleté que je pus. Puis, j'étalai des pages de journal un peu partout. Après quoi, sans seau et sans serpillière, qu'aurais-je pu faire d'autre ? Il était plus de dix heures. Pendant que je m'affairais, j'avais entendu couler la douche, mais elle s'était arrêtée et je passai dans la cuisine sur la pointe des pieds, persuadé que Berri essayait de dormir. Mais, au bout d'un moment, je crus l'entendre bouger à l'arrière de la maison, et je l'appelai.

Un silence, assez long pour trahir une certaine gêne, puis il me répondit :

— Je viens dans une minute.

La cuisine, vieille et délabrée, me rappela un peu la clinique de Grainger : le linoléum décollé faisait des vagues, et le vieux buffet avait subi d'innombrables couches de peinture blanche, qui continuaient de s'écailler. Il y avait aussi une cuisinière ancienne avec de gros boutons en porcelaine. Je fouillai dans les placards à la recherche de café, mais trouvai seulement des boîtes de soupe Campbell's, du ragoût irlandais Cordon Bleu, et beaucoup de thé : du Red Rose en sachets, et quatre petites boîtes de Twining's — Irish Breakfast, Earl Grey, Russian Caravan et Darjeeling. Connaissant maintenant les goûts de Berri, j'emplis une bouilloire, la posai sur la vieille cuisinière, puis installai tasses et soucoupes sur la table, au fond de la pièce — à l'endroit où se trouvait, accrochée au mur, la seule touche de décoration de la cuisine : un calendrier de 1941 offert par la Compagnie de la baie d'Hudson, qui représentait un Indien très brun de peau, mal peint, en train de porter un canoë le long de rapides. Je m'assis près de la bouilloire en attendant que l'eau chante et essayai de me faire une idée plus précise de l'homme qui habitait cet endroit. Un homme seul, me dis-je, un solitaire ; aucune femme n'avait exercé ses droits sur cette cuisine. Et un ensemble d'indices (le caractère bricolé, au meilleur sens du mot, de la maison et des meubles, la situation de la propriété, et même la présence des renards) me fit songer à l'un de ces ouvriers manuels, autodidactes et autosuffisants, qui suivent des cours du soir, nourrissent des obsessions et des projets secrets, mais ont assez d'esprit pratique pour, tant bien que mal, leur faire voir le jour. Mes conjectures s'avérèrent assez justes. Dès qu'il entra dans la pièce un instant plus tard, je me rendis compte que j'avais en face de moi un personnage de caractère : un petit bonhomme sec et nerveux, avec des cheveux gris coupés en brosse raide, et une trace de barbe blanche mal rasée sur des joues creuses à la peau tannée. Il s'était changé : gros chandail gris et vieux pantalon de laine, mais il avait préféré rester pieds nus, ce qui le faisait paraître d'autant plus vigoureux. Bien entendu, couvert de vomissures et de sang, il m'avait semblé assez pitoyable, mais il ne donnait plus du tout cette impression. Un vieux marin, aurait-on dit. Ou un vieux jockey endurci — sauf qu'il semblait tout de même de trop grande taille.

Il hésita une seconde, comme s'il se sentait gêné, puis parvint à esquisser un sourire fugitif.

« Je dois vous remercier, je pense.

— Il n'y a pas de quoi, monsieur Berri.

— Nick, répondit-il. Nick Berri.

— Robert Thorne.

Il inclina la tête et se risqua de nouveau à sourire :

— C'est vraiment une chance, j'imagine, que vous soyez justement passé par ici...

Je servis le thé et tentai de me montrer de bonne humeur.

— Je me suis dit que vous en aviez grand besoin...

Il acquiesça et traversa la pièce. Je compris que je m'étais assis à sa place habituelle et voulus me lever, mais il m'en empêcha d'un geste et alla chercher une chaise. Il prit une gorgée de son thé — une gorgée à la fois délicate et bruyante, une gorgée de vieil homme. Et, au même instant, je remarquai un détail qui m'avait échappé jusque-là. A part quelques bols, toute la vaisselle que j'avais trouvée dans le placard était du même type : une céramique lourde, vernie, d'une couleur jaunâtre d'argile. Des tasses larges et peu profondes, des soucoupes presque plates. Assez élégantes comparées au reste de l'endroit, et je les reconnus. C'étaient des

« Russel Wright », style très populaire au cours des années quarante ; mes parents en possédaient, les dernières pièces du service
finissaient leurs jours dans la maison de campagne.

Quand il reposa sa tasse, je lui dis :

« Vous allez mieux, monsieur Berri, vous en êtes bien sûr ?

— C'est parfait.

— J'ai une voiture. Si vous voulez, je peux vous conduire chez
un médecin.

— Non. Je vous l'ai dit : c'est parfait.

Il secoua la tête. Il était sur la défensive. En deçà de l'hostilité,
mais tout juste. J'essayai de garder un ton neutre.

— Vous venez de traverser une rude épreuve. Vous devez
vraiment avoir besoin d'un bon repos.

— Je vais bien. Je vous remercie encore pour tout ce que vous
avez fait, mais à présent je vais bien. Vraiment.

Je souris.

— Et j'imagine que vous aimeriez bien me voir décamper
d'ici...

Sa bouche se crispa, ce qui creusa de nouveaux plis dans ses
joues.

— Désolé de vous avoir donné cette impression. Comme je vous
l'ai dit, je vous dois de la reconnaissance, et, en toute sincérité, je
vous suis vraiment reconnaissant. Mais à présent, je me sens au
mieux. Il est tard, et, si vous désirez rester, vous êtes le bienvenu ;
mais ne restez pas à cause de moi. Ces hommes ont obtenu ce qu'ils
cherchaient ; ils ne reviendront pas.

Obtenu quoi ? me demandai-je. Mais je posai une autre question :

— Vous les connaissiez ?

Il secoua la tête.

— Jamais vus de ma vie.

— Vous voulez dire qu'ils sont entrés comme ça...

— Oui.

— Qu'est-ce qu'ils cherchaient ?

— Je n'en ai aucune idée.

— Mais vous venez de dire...

— Écoutez, monsieur Thorne, ce qui s'est passé ce soir... Ce
serait difficile à expliquer et je ne suis pas sûr que cela rime

à grand-chose. Et c'était moins affreux que cela n'en avait l'air.

J'hésitai. Un instant s'écoula. Les renards continuaient de glapir à tout rompre dans la cour et les yeux de Berri se posèrent sur la fenêtre. Sa chaise craqua quand le poids de son corps se déplaça. De toute évidence, il n'avait aucun désir de parler de ce qui lui était arrivé, malgré la reconnaissance qu'il éprouvait pour son sauveteur. Je ne pouvais guère lui reprocher d'avoir envie d'attendre le lendemain matin. En un sens j'aurais d'ailleurs préféré. Mais il était important, me dis-je, de bien préciser mes intentions : de toute façon, il faudrait qu'il parle. Et le plus aimablement que je pus, je lançai :

— Je suis un ami de Harry, monsieur Berri. Je crois vous l'avoir dit.

Il hocha la tête.

— Il me semble.

— Vous savez qu'il est mort ?

— Ils ont dit... Ils me l'ont dit.

— Oui... Il est mort il y a une quinzaine de jours à Detroit. La police croit qu'il s'agit d'un suicide, et c'est peut-être la vérité, mais ces hommes l'ont poussé à la mort. Vous avez de la chance d'être encore en vie, monsieur Berri.

Il me fixa, les yeux plissés.

— Comment se fait-il que vous sachiez tout cela ?

Je haussai les épaules.

— Je ne suis pas venu ici par hasard. Je file ces hommes depuis plusieurs jours. Comme vous le dites, les raisons seraient difficiles à expliquer, et je ne suis pas sûr que cela rime à grand-chose. Je suis un ami. Je suis de votre côté. C'est cela qui compte, souvenez-vous-en.

— Harry avait beaucoup d'amis. Mais même ses meilleurs amis ne connaissaient pas certaines choses.

— Écoutez, monsieur Berri. Peu importe ce que vous direz, peu importe ce que qui que ce soit peut dire : rien ne peut plus faire de mal à Harry à présent. Mais d'autres personnes risquent de souffrir. Vous-même...

— *Je m'en fous !* lança-t-il d'un ton soudain véhément. C'est ce que je me suis dit ce soir. Pourquoi me soucier de tout ça ? Après toutes ces années ? Ces enfants de salauds méritent bien ça. »

Il sourit — grimace rapide et sans joie. « C'est pour cela que je suis encore en vie, monsieur Thorne. Pas du tout par un coup de chance. Ni grâce à vous. J'ai seulement raconté à ces salopards ce qu'ils voulaient savoir. Qui peut bien s'en soucier encore ?

Ne sachant trop ce qu'il voulait dire, je me gardai de parler. J'observai son visage. Pendant une seconde, l'épuisement triompha, vide profond, intérieur, dans lequel ses traits parurent se dissoudre. Puis, il se pencha en avant et avala son thé, bien que ma propre tasse fût froide quand je la touchai. Son regard se tourna vers la fenêtre, s'y fixa un instant.

« Pauvre Harry, murmura-t-il. Il m'a téléphoné, il y a à peine un mois. Il m'appelait comme ça de temps en temps. Pour prendre des nouvelles des renards — c'était son prétexte. C'est lui qui me les a achetés, vous savez, quand j'ai cessé de travailler. Six couples d'élevage, tous avec leurs papiers. Harry se plaisait à dire qu'il s'agissait d'une association entre nous : un passe-temps pour le moment, mais un jour le marché reprendrait, c'était forcé. Il l'avait toujours cru. Il adorait les renards. « Ils sont rusés », disait-il. Il aimait beaucoup les hybrides, comme les miens, mais il adorait surtout les roux, les naturels. La plus belle des fourrures. Chaude. Résistante. Des peaux faciles à travailler. Il disait toujours que nous ferions les choses en grand, tous les deux — son argent et mes compétences. Ah, les projets de Harry ! C'est ce qui m'a frappé la dernière fois qu'il m'a appelé. Aucun projet. On aurait presque dit qu'il me faisait ses adieux. » Il haussa les épaules. « Oui, c'était peut-être ça.

J'écrasai ma cigarette dans la soucoupe, en prenant tout mon temps. Il semblait lancé. Devais-je l'encourager à continuer ou bien remettre notre conversation au lendemain ? Le risque, c'était qu'au matin ses réticences se seraient probablement durcies en obstination — et je soupçonnais Nick Berri de pouvoir se montrer extrêmement obstiné. Je pris ma décision, me penchai un peu en avant et dis :

— Ces hommes, monsieur Berri. Pouvez-vous me parler d'eux ?

— Des Russes.

— Comment le savez-vous ?

— Ils parlaient le russe. Ils ont discuté entre eux.

— Donc, vous parlez le russe ?

— Évidemment. Je m'appelle en réalité Berjine. Mon père est né à Kiev.

— Mais vous êtes canadien ?

Il hocha la tête.

— Je suis né à Montréal. Berri est un nom français. Mais mon père est resté russe jusqu'au jour de sa mort. Nous parlions toujours le russe à la maison. C'est pour cette raison que j'ai rencontré Harry, vous savez. Parce que je savais le russe.

— A quelle époque était-ce, monsieur Berri ?

— En vingt-huit ? En vingt-neuf ? Je ne sais plus.

— Vers l'époque où Brightman a fait ses premiers voyages en Russie ?

— Vous êtes au courant ?

— Oui. Je ne savais pas que c'était si secret...

— Non. Pas secret du tout. De toute manière, cela s'est passé ainsi. Je l'ai accompagné. Il voulait un homme qui parle la langue et qui s'y connaisse également en fourrures. A l'époque, j'étais contrôleur, je classais les fourrures selon leur qualité. Personne ne connaissait les peaux mieux que Harry, mais j'avais aussi pas mal d'expérience.

— Vous lui avez donc servi d'interprète ?

— C'est cela. Mais je n'ai fait le voyage que deux fois. Ensuite, il avait retenu assez de mots pour se débrouiller seul. » Il toussa. « Les Russes ne juraient que par les fourrures à l'époque, surtout les fourrures canadiennes. A peine un an plus tôt, Jack Caswell leur avait vendu soixante-cinq paires d'argentés — et ce fut la base de toute leur industrie. » Il hocha la tête, comme s'il parlait tout seul. « Ils nous ont reçus magnifiquement. Les meilleurs hôtels. Notre troïka personnelle pour nous balader. Certains voyageurs, en Russie, se sont morfondus à cause du pain noir ; mais nous, c'est le caviar qui nous a terrassés. »

— C'est à ce moment-là que vous avez rencontré Zinoviev ?

— Donc, vous savez aussi cela... Mais c'est la vérité. Kirov puis Zinoviev. Les deux premiers que le Bolchevik a exécutés.

— Oui... » Puis, sur une impulsion, j'ajoutai : « Et vous avez également rencontré une femme, Anna Kostina ?

— Le Bolchevik l'a tuée, elle aussi... Pauvre Harry, il n'a jamais eu de chance avec ses femmes.

Je me souvins des paroles de Grainger : *les meilleurs mensonges contiennent une part de vérité.*

— Il paraît qu'il l'avait mise enceinte...

— Ça n'a pas de sens, voyons... Quoique à la réflexion... Avec les femmes, on ne sait jamais. Une femme passionnante, vous savez. Une vraie rouge — on dit qu'elles sont encore plus dures que les hommes. Anna. La vieille dame, Brechkovski. Anna connaissait tout le monde — Lénine, Trotski, Kamenev... et le Bolchevik les a tous tués, l'un après l'autre jusqu'au dernier.

— Et Dimitrov, monsieur Berri ? Anna n'a-t-elle pas présenté Brightman également à Dimitrov ?

Il plissa le front.

— Je n'ai pas entendu ce nom depuis très longtemps.

— Mais vous savez qui c'est, n'est-ce pas ?

Il secoua la tête.

— Je ne le savais pas à l'époque.

— Quand l'avez-vous appris ?

— En même temps que tout le monde : au moment de l'incendie du Reichstag, à l'occasion du grand procès. Je me rappelle avoir demandé à Harry s'il le connaissait, et il m'a répondu qu'il l'avait rencontré autrefois. Un grand homme, m'a dit Harry. Peut-être bien. Le Bolchevik ne l'a pas eu, *lui.*

— Vous avez dû être très fier de le rencontrer ?

Son regard devint fuyant.

— Ah bon ? Vous devez savoir beaucoup de choses, peut-être plus que je n'en sais moi-même.

— Sûrement pas, monsieur Berri, mais je crois vraiment que vous l'avez rencontré. Quelques années plus tard, probablement au printemps 1940. Dimitrov a fait un voyage secret au Canada cette année-là, pour le Komintern. Je ne sais pas exactement dans quel but, mais il voulait sans doute demander aux communistes d'Amérique du Nord d'oublier l'existence du pacte Molotov-Ribbentrop. Il désirait qu'ils n'en tiennent pas compte. Staline et Hitler filaient le parfait amour, mais les ouvriers devaient soutenir l'effort de guerre à outrance. Il est venu à Halifax le leur dire — peut-être même avec l'aide des gouvernements canadien et américain — et je crois que c'est à ce moment-là que vous l'avez rencontré.

— Peut-être, et après ?

— Mais n'est-ce pas la clé de tout, monsieur Berri ? La mission *politique* de Dimitrov avait également un aspect *privé*, et c'est là que Harry Brightman est entré en scène. Dimitrov avait peur. Kirov, Zinoviev, Kamenev, Radek, Toukhatchevski, Pyatakov, Béla Kun, Lenski, Warski, Copic, Éberline... Staline avait déjà une énorme liste de victimes, et Dimitrov avait peur d'être le suivant. Il essayait donc de sauver ce qu'il pouvait. Il ne conservait aucun espoir pour sa propre personne — même s'il refusait de revenir, ils le retrouveraient et le tueraient —, mais il a cru possible de sauver la vie d'une fillette. Peut-être s'agissait-il de son enfant, peut-être pas. Cela n'y change rien. De toute manière, avec l'aide de Brightman, il a fait sortir l'enfant clandestinement de Russie, puis Brightman a adopté la fillette. Tout s'est passé discrètement — mais pas assez. Quarante ans plus tard, quelqu'un est venu le lui faire payer.

Je regardai le visage de Berri. Il était concentré, contracté, mais n'exprimait que le plus sincère des étonnements. Lentement, il secoua la tête.

— Vous n'y êtes pas du tout. Vous ne comprenez pas.

Je haussai les épaules.

— Ah bon ? » Mais j'étais certain de comprendre. « Dans ce cas, racontez-moi, monsieur Berri.

Il garda le silence. Une minute s'écoula. Ses yeux soutinrent mon regard pendant un instant, puis se tournèrent vers la fenêtre sombre. Les renards continuaient de gémir, de pleurer et de glapir, exactement comme avant. Il les écouta et je pus voir sur son visage la douleur que leur affolement faisait naître en lui. Peut-être ai-je trop insisté, me dis-je. Peut-être vaut-il mieux que j'attende à demain. J'essayai de garder un ton très aimable :

« Si vous préférez..., commençai-je.

Mais il secouait déjà la tête. Lentement, il s'écarta de la table.

— Non, non, lança-t-il. C'est parfait. Vous ne comprenez pas... Vous ne comprenez rien du tout. Mais je vais vous expliquer. Accordez-moi seulement une minute, que je les calme.

Une porte latérale desservait la cuisine ; à côté, sur un vieux journal, une paire de bottes en caoutchouc couvertes de boue. Le haut de la botte était retourné, exactement comme les bottes que je portais dans mon enfance. Il les enfila et ouvrit la porte. Je ne fis pas un geste pour l'arrêter et, quand le pêne cliqueta en se refermant, je me levai à mon tour. Je regardai dehors, à travers mon reflet sur la vitre. *Vous ne comprenez pas*, avait-il dit. Avais-je tout vu de travers ? Je ne le croyais certes pas, mais je savais, bien entendu, que ce « tout » m'échappait encore. Je sortis. Il y avait un porche en ciment armé qui penchait d'un côté sans que cela paraisse voulu. De là, la nuit semblait immense, à perte de vue, tandis que dans le ciel les nuages formaient d'énormes ombres portées devant une lumière argentée, venue de l'infini. Sur la pelouse, je vis les traces brillantes laissées dans la rosée par les bottes de Berri. Je les suivis dans l'herbe humide, à travers le verger où l'odeur prenante, acide, des pommes tombées se mêlait au musc des renards. J'atteignis une aire de terre battue. Au-delà, les cages se dressaient dans le noir.

J'attendis, légèrement en retrait. Dans leurs cages, les renards se tordaient et virevoltaient comme des lambeaux de brume, et, dès que Berri arrivait à la hauteur d'un parcours, le renard à l'intérieur bondissait et glapissait, excité. Je rattrapai le vieil homme au moment où il arrivait près de la dernière cage. Le grillage était arraché. Il rapprocha les bords de la déchirure, mais ils s'écartèrent en faisant ressort, avec un bruit métallique. Berri murmura :

— C'était la mère de presque tous. Sinon, ils auraient sans doute eu moins peur.

— Je regrette », lui dis-je. Puis, me rappelant, non sans remords, ma longue attente sur la route, j'ajoutai : « Vous comprenez, monsieur Berri, je croyais que vous étiez l'un d'eux, avec eux. C'est pour cela que je ne suis pas venu plus tôt.

Il hocha la tête ; puis je vis ses doigts se crisper sur le grillage de la cage saccagée. Je détournai les yeux, du côté des renards. Je pus voir pourquoi il les aimait. Ils étaient beaux, splendides ; leurs yeux d'or, sauvages, brillants, semblaient jaillir de leurs têtes fines, plus sombres. Ils se déplaçaient avec la grâce de félins, une sorte d'élégance furtive. On ne pouvait prétendre qu'ils étaient apprivoisés, mais ils avaient l'air doux lorsqu'ils avançaient leurs museaux jusqu'au grillage pour renifler. Ils n'étaient pas tous de la même couleur. Certains, comme la renarde morte, avaient une fourrure d'un blanc pur ; d'autres, presque noirs, semblaient parés d'une couche étincelante d'argent.

Berri, près de moi, se racla la gorge.

— C'étaient des salauds, vous savez. De vrais sagouins. On peut tuer un renard sans qu'il souffre. On l'attrape par les pattes de derrière et on le retourne sur le dos — il reste immobile ainsi —, il suffit alors d'appuyer légèrement avec le pied à la hauteur du cœur. L'animal ne sent absolument rien. Il s'endort... Je crois qu'ils savaient. En tout cas, ils savaient comment on les manipule. Mais, au lieu de ça, ils ont... » Il s'appuya à la cage. Sa phrase resta en suspens, puis il murmura de nouveau : « Des sagouins.

Enfin, comme les animaux recommençaient à glapir à l'autre bout de la rangée, il s'écarta du grillage d'un coup d'épaule et s'avança le long des cages. Je lui emboîtai le pas.

— Laissez-moi vous répéter, monsieur Berri, que je n'ai rien à voir avec ces individus.

— Je comprends bien.

— Je suis un ami de Harry. Un ami de sa fille, May Brightman.

— Elle n'a rien à voir dans tout cela. Je vous l'ai dit : vous n'y êtes pas du tout.

— Mais il y avait un enfant. Vous savez qu'il y avait un enfant.

— Peut-être. Peut-être. Ce que je dis, c'est que cela ne fait aucune différence.

Il s'arrêta devant une cage, remonta la main dans la manche de son chandail de laine, puis passa le bout de manche vide à travers le grillage. Le renardeau de la cage était aussi noir que l'heure de minuit. Il s'élança, tira sur la laine et se mit à la téter. J'attendis. Tout près des cages, il régnait une odeur très forte, mais l'on ne pouvait s'en offenser étant donné la beauté de ces bêtes. Elles paraissaient plus calmes, hurlaient moins, et leurs glapissements ressemblaient davantage à des aboiements. Mais la plupart conti-

nuaient d'arpenter leurs parcours et je pouvais entendre le grattement rapide de leurs pattes sur les planches. Au bout d'un moment,
Berri retira la manche, puis s'avança vers la cage suivante, où il
procéda de la même façon. Le renard mâchonna et lécha la
manche, sans cesser de grogner doucement.

Puis, le visage appuyé contre le grillage — comme s'il s'adressait
à quelqu'un situé à l'autre bout de la cage —, Berri se mit à parler.
Par la suite, je me suis parfois demandé pourquoi il avait choisi ce
moment-là. Peut-être se sentait-il plus à l'aise avec ses renards, ou
peut-être simplement parce que le choix ne dépendait que de lui.
En tout cas, les mots lui vinrent aisément. J'eus presque l'impression qu'en fait il ne me parlait pas, mais précisait les choses pour
lui-même.

« Pour comprendre, commença-t-il, il faut connaître la Russie, la
Russie de l'époque — disons les années trente et quarante. A ce
moment-là, le Bolchevik avait toutes sortes de problèmes, mais le
plus grave demeurait celui de tout le monde : il était fauché. Pour
lui, la circonstance avait un caractère très particulier, car même
l'argent qu'il possédait ne représentait aucune valeur. Tous les
roubles du monde entassés l'un sur l'autre ne valaient même pas un
dollar. En fait, c'était bien pis, car, même s'il réussissait à amasser
quelques sous, il ne pouvait pas se rendre dans une banque, du fait
que Lénine, en prenant le pouvoir, avait refusé de rembourser les
bons émis par l'ancien régime tsariste. Toutes les banques du
monde en détenaient et, chaque fois que le Bolchevik essayait
d'ouvrir un compte ou de vendre quoi que ce fût, elles allaient
chercher l'huissier. Donc, le Bolchevik s'est vraiment trouvé coincé
sur tous les plans, et il a tout essayé pour se dégager. Il a confisqué
les coffres des banques du pays pour s'approprier des devises
étrangères, il a tenté de vendre les joyaux de la couronne — à peu
près sans valeur, a-t-il découvert — et en 1923, il s'est emparé de
l'or et de l'argent des églises. L'or, bien entendu, il en possédait —
c'était même la seule chose qu'il possédait. Pour des communistes
rouges, artisans de la révolution égalitaire et prolétarienne, on peut
dire qu'ils s'intéressaient de près au métal jaune. En fait, la
première chose qu'ils ont décrétée après la Grande Révolution —
respect des priorités, me direz-vous —, c'est la réouverture des
mines... Mais même l'or ne pouvait leur servir à grand-chose. Les

Américains avaient mis le holà : dès 1920, avec les Anglais et les Français, ils avaient voté une loi rendant illégale l'importation d'or russe dans les trois pays. Vous devinez ce que cela signifiait. Personne ne voulait consentir de crédit au Bolchevik, il n'avait pas d'argent — sa monnaie ne valait rien — et les gens refusaient même son or. Pour obtenir la moindre des choses, il fallait qu'il se livre à toutes sortes de combines. Vous me suivez jusqu'ici ?

Certes. Et je savais que tout ce qu'il m'expliquait était exact.

— Je vous suis, monsieur Berri, lui répondis-je, mais je ne vois pas très bien où vous voulez en venir.

— Peu importe. J'y suis presque. » Mais il s'arrêta, retira de la cage la manche mouillée, en lambeaux, de son chandail, et passa à la cage suivante. Le renard se précipita, et, dès qu'il se mit à téter, Berri poursuivit. « Souvenez-vous seulement de ce que je viens de vous dire. Le Bolchevik n'avait presque aucun moyen d'obtenir les choses les plus ordinaires : des locomotives, des machines-outils, même de quoi manger... Et maintenant, songez à toutes les *autres* choses, si chères au cœur du Bolchevik. Certains produits de la science, par exemple. Ou des engins militaires. Et l'exportation de la Révolution mondiale qui devait assurer la sécurité du Bolchevik. Maintenant, bien entendu — alors qu'ils s'en moquent comme d'une guigne —, cela ne leur pose aucun problème. Veulent-ils soutenir le PC français ? Il leur suffit d'effectuer un virement à un compte bancaire. Veulent-ils financer leurs amis en Afrique, ils se servent des banques suisses. On apprécie leur or, maintenant. Ainsi que leur gaz naturel. Même leur fichu rouble vaut quelque chose.

— Qu'essayez-vous de me dire ? Que Brightman a fait la contrebande d'or russe à l'occasion de ses achats de fourrure ?

— Réfléchissez un instant. Les fourrures *étaient* l'or. Et chaque année, Harry allait à Leningrad et en ramenait.

— Je ne comprends pas. Ces voyages n'avaient rien de secret.

— C'est la beauté de l'affaire. Tout se faisait à découvert.

— Le monde entier savait de quoi il retournait, monsieur Berri. Aucune loi n'interdisait de vendre des fourrures russes.

— Presque... Selon les lieux et les moments, cela n'a pas toujours été le cas. Mais là n'est pas la question.

— Quelle est la question, monsieur Berri ? Je vous le demande.

— C'est tellement simple que personne ne s'en est jamais aperçu. Chaque année, Harry ramenait ces fourrures, et chaque année, balle après balle, il les revendait. *Mais jamais les Russes ne lui ont envoyé une seule facture.* Tel était son secret. Ils lui *donnaient* ces fourrures. Ils ont donc enrichi Harry, mais il devait utiliser l'argent selon les instructions que le Bolchevik lui envoyait. » Berri se mit à rire, un gloussement de vieil homme, au creux de la gorge. « Avez-vous déjà entendu l'expression « l'or de Moscou », monsieur Thorne ? Eh bien c'était cela. Tout se réduisait à cela, voyez-vous. *L'or du Bolchevik.* Dans les cassettes du pauvre Harry.

Au-dessus de nous, la lune finit par enfoncer un disque de lumière d'argent à travers une nappe de nuages, et, tout près de moi, un renard enfonça son museau à travers le grillage.

« *Ils sont rusés* », *disait-il... Il adorait surtout les roux, les naturels.*

Harry Brightman : un renard roux aux yeux d'or.

13

Tout.

Sans exception.

Maintenant, je savais tout moi aussi, exactement comme Travin. Mais pendant encore un instant, je ne pus le digérer, et encore moins le croire.

Berri passa la main à travers le grillage pour caresser le renard et se moqua de nouveau de mon incrédulité.

— J'ai toujours eu envie de raconter cette histoire à quelqu'un, juste pour voir sa tête... Et si vous me permettez ma franchise, ça valait le coup.

Je souris.

— Si c'est exact, monsieur Berri, c'est vraiment impeccable.

— Oh ! c'est exact. Pas le moindre doute. Je n'ai jamais su comment Harry se débrouillait pour ses déclarations d'impôts, mais je parierais qu'il ne sortait même pas de la plus stricte légalité.

— Mais pourquoi l'a-t-il fait ? Était-il communiste ? Ou bien était-ce seulement pour l'argent ?

— Non, non. Harry était bien un rouge. Il y croyait. Ils l'ont enrichi, mais ce n'est pas pour cela qu'il l'a fait. Je le sais parce que j'ai vu à quel point il a souffert quand il a cessé d'y croire. Mais je n'ai jamais été certain d'une chose : s'il était rouge avant son premier voyage là-bas, ou bien après que le Bolchevik eut posé la patte sur lui.

— Vous étiez communiste, vous aussi, non ?

— Aussi rouge qu'une voiture de pompiers. J'appartenais même à une vraie cellule — tous des ouvriers du vêtement : de vieux juifs et des jeunes filles pas bêtes qui portaient de grosses lunettes. La première fois, ce sont eux qui m'ont orienté vers lui. Tels étaient les ordres : convaincre Harry Brightman de m'emmener en Russie avec lui. Mais peut-être était-il déjà rouge. Je ne le lui ai jamais demandé, et il ne me l'aurait probablement jamais avoué. Plus tard, entre nous, nous avons fait comme si cela allait de soi.

Je m'appuyai à la cage, le grillage céda légèrement sous mon poids.

— Récapitulons. Vous prétendez qu'il exportait ces fourrures de Russie...

— Sans rien cacher. Ouvertement.

— Puis il les revendait, également au vu de tous, ce qui signifiait qu'il transformait ces fourrures en devises fortes — dollars canadiens, dollars américains. Je suppose qu'ensuite il renvoyait ces devises aux Soviets ?

Il secouait la tête.

— Pas tout à fait. Ce n'était pas leur accord. Il gardait l'argent pour développer son affaire. Ils voulaient qu'il devienne un homme riche et respectable. Un banquier. C'était sa plaisanterie favorite. « Je suis un banquier, Nick, disait-il. Je dirige la Komintern Bank of America. »

— Mais, s'il ne donnait pas l'argent aux Soviets, qu'en faisait-il ?

— Cela a évolué, n'est-ce pas. Mais vous comprenez, je n'ai jamais connu tous les détails. Au début, c'était politique — il remettait de l'argent aux organisations, aux syndicats, ce genre de choses. Une partie de l'argent restait ici, au Canada ; mais bien entendu leur objectif principal demeurait les États-Unis. Plus tard, le Bolchevik lui a demandé d'acheter des choses, en particulier du matériel scientifique de toute espèce. Harry m'a expliqué qu'il achetait en général en Europe, et, comme il voyageait toujours beaucoup, ce n'était pas trop difficile. Ensuite, la guerre est venue, et...

Berri haussa les épaules.

— Que s'est-il passé ?

— Devinez. Harry achetait ce dont le Bolchevik avait besoin. Pendant la guerre, de quoi la Russie avait-elle le plus besoin ? De renseignements, ne croyez-vous pas ?

— De quoi parlez-vous ?

— De quoi voulez-vous donc que je parle ? Les espions coûtent cher, monsieur Thorne, comme le reste.

J'étais trop stupéfait pour répondre. Je demeurai immobile, à écouter le murmure du vent et les renards qui se calmaient peu à peu dans leurs cages. Puis Berri posa la main sur mon bras.

« Ils vont s'endormir, murmura-t-il. Nous pouvons rentrer à la maison.

C'était à son tour de faire le thé et il le prépara avec un plaisir manifeste, ravi de ma mine déconfite. Il ne s'était pas trompé : je n'avais absolument rien compris. Et tandis qu'il emplissait ma tasse et s'installait sur sa chaise, je voulus m'assurer qu'à présent je ne me fourvoyais plus.

— Reprenons au commencement, lui dis-je. Quand, exactement, êtes-vous allés ensemble en Russie pour la première fois ?

Il secoua la tête.

— Exactement ? Je ne saurais le dire. Mais je pense que c'était en 1929.

— D'accord. Et combien de voyages avez-vous faits au total ?

— Deux. Je vous l'ai dit.

— Excusez-moi. Je songeais à Harry. Combien de fois est-il parti ?

— Trois, sans doute. Peut-être quatre. Il sautait une année de temps en temps. Mais, même s'il n'allait pas en Russie, il importait les fourrures.

— Beaucoup ?

— Bien sûr. Il en revendait des quantités à d'autres négociants, voyez-vous. Et il achetait de tout. Des bleus et des renardeaux. Du kolinski — c'est un castor russe, proche du vison. Pas beaucoup de karakul, en tout cas les premiers temps. De la marmotte. Du phoque. Du suslik. Des lynx et quelques rats musqués, mais leurs peaux n'ont pas la qualité des nôtres. Bien entendu, l'article vedette était la zibeline. Et là, il jouait sur du velours. Il importait des peaux de Bargouzin de tout premier choix — la « zibeline couronnée » comme l'appellent les Russes — mais les faisait passer pour de la martre ou même de la loutre commune. A la douane, ils n'y voyaient que du feu.

— Et quelles sommes représentaient ces fourrures ?

— Je ne l'ai jamais su, mais des sommes énormes. Les expéditions étaient toujours considérables, et Harry a continué jusqu'au début de la guerre.

— Des dizaines de milliers de dollars ? Des centaines de milliers ? Un million ?

— Plus d'un million... mais si j'en disais davantage, ce ne seraient que des conjectures...

— Soit, mais, quelle que fût la somme, vous avez dit que Harry réinvestissait dans son affaire l'argent gagné grâce à cet accord.

— Oui. Mais ne vous en faites pas, le Bolchevik tenait ses comptes. Le Bolchevik savait toujours à un sou près combien Harry lui devait. Au bout de quelque temps, Harry garda même leur part séparément et convertit tout en or — en or métal, je veux dire.

— En un sens, c'était comme un compte de dépôt.

— Si vous voulez.

— Soit. Revenons à ce qu'il faisait de l'argent. A votre connaissance, il le donnait surtout aux groupes d'action du PC, au Canada et aux État-Unis ?

Berri fit la grimace.

— Au début, oui. Mais en réalité le parti communiste, ici ou de l'autre côté de la frontière, n'intéressait guère le Bolchevik. Browder, tous ces types, étaient des idiots. Par l'intermédiaire de Harry, le Bolchevik leur a donné ce qu'il ne pouvait pas éviter de donner, mais pas un dollar de plus. Ce que le Bolchevik désirait, c'était des brevets, des alliages spéciaux, des instruments, des pièces rares...

— Et Harry leur a acheté tout cela ?

— Pas directement. Il fournissait l'argent. C'était le problème, voyez-vous : toujours l'argent. Il travaillait avec des intermédiaires qu'il finançait. Il a même créé des sociétés.

— Sauf que, d'après vous, tout a changé à la guerre. Il avait commencé par distribuer de l'argent à des fins politiques ; puis, il a continué en fournissant du matériel technique, et il a terminé... comme espion.

— C'est vous qui prononcez ce mot. Qui sait ce qu'il veut dire ?

— Vous l'avez utilisé il n'y a pas trois minutes, monsieur Berri ; et, si la situation était inversée, je crois qu'aucun tribunal russe n'aurait de mal à déterminer ce qu'il signifie.

— Peut-être. Mais Harry demeurait très en retrait. Il agissait toujours par personne interposée. Il transmettait des messages et en recevait, mais, avant tout, il payait les factures.

— Cela ne le gênait pas ? Vous avez dit qu'il « y croyait ». En êtes-vous certain ? Comment savez-vous qu'ils ne le faisaient pas chanter ? Peut-être que la première fois, à Leningrad, ils l'avaient pris au piège en lui offrant un marché impossible à refuser — après tout, les fourrures russes l'ont enrichi, *lui* — et qu'ensuite ils l'ont forcé à les aider.

Avant même que j'eusse fini, Berri secouait sa petite tête dure.

— Non, non. Vous vous racontez des histoires. *Il y croyait,* je vous l'ai dit. Autant que le reste d'entre nous. Je vous le répète : j'en ai eu la preuve quand il a *cessé* d'y croire.

— A quelle époque ?

Berri se pencha en arrière sur sa chaise et croisa les bras sur sa poitrine — concentré, le front plissé, il ressemblait presque à un gnome. Puis, avec un petit sursaut d'énergie, il bascula en avant et tapa deux fois avec son index sur le dessus de la table.

— A la réflexion, ce n'est pas sans intérêt. Vous avez fait allusion à Dimitrov et à sa venue ici — qui n'avait vraiment aucune importance dans tout ça, comme vous le voyez — eh bien, c'est à cette époque que cela a commencé. Dimitrov lui a appris la vérité — sur Staline, les procès, tout. Le pacte germano-soviétique était le pire. Je ne sais pas ce que Dimitrov a raconté à Buck — Tim Buck, le secrétaire général du PC canadien —, Browder et les autres idiots qu'ils ont réunis à Halifax, mais, à Harry, il a dit la vérité. Sans fard. On entend encore parfois des gens prétendre que c'était la faute des Français ou des Anglais — ils refusaient de traiter avec le Bolchevik et donc celui-ci se trouvait contraint de s'allier à Hitler — mais Dimitrov savait que tous ces arguments ne sont que de la merde. Les Anglais ne pouvaient pas offrir à la Russie la moitié de la Pologne, la Lettonie, l'Estonie et le reste — mais les nazis le pouvaient et c'était la clé de tout. La raison pour laquelle le Bolchevik aimait tellement Hitler soudain, au point de livrer les partis communistes allemand et polonais à la Gestapo.

J'attendis. A mesure qu'il parlait, son regard devenait plus pénétrant, plus farouche ; deux taches rouges apparurent sur ses joues. Ces événements remontaient à une quarantaine d'années, mais, pour Berri, ils dataient de la veille.

— Et comment Brightman a réagi ? lui demandai-je.

Il secoua légèrement la tête comme si, de quelque manière obscure, il discutait encore avec lui-même.

— Il s'est mis au diapason de Dimitrov. Vous ne pouvez pas comprendre quel grand homme était Dimitrov à l'époque. Pour tous les communistes du monde, il représentait le révolutionnaire modèle, un héros à qui l'on pouvait faire confiance. Il a expliqué à Harry qu'un conflit se déroulait au sein même de l'appareil bolchevik. Les plus clairvoyants savaient que Staline avait tort de se fier à Hitler ; ils devinaient tout ce qui allait se produire, et — toujours d'après Dimitrov — leur heure sonnerait bientôt. Harry a donc continué.

— Mais Dimitrov se trompait...

— Du tout au tout. Seulement n'oubliez pas : c'était la guerre. Et, dès que les Russes se sont rangés du côté des Alliés, tout s'est trouvé pardonné pour la durée des hostilités.

— Et après la guerre ?

Il redressa brusquement la tête et sourit.

— Harry a serré les dents — comme nous tous — et attendu. Bien sûr, c'est devenu de plus en plus difficile à admettre — 1948 : les ouvriers allemands ; 1956 : la Hongrie ; 1968 : Prague... Moi, je n'ai rien pu avaler après Budapest, mais Harry a tenu le coup plus longtemps, jusqu'à la Tchécoslovaquie. Ensuite, il les a envoyés se faire foutre.

— Attendez une minute. Vous dites que jusqu'au printemps de 1968 Harry a continué de travailler pour eux ?

— Autant que je sache... Ce qui signifie oui, parce que justement je sais.

— Et que faisait-il ?

— Que croyez-vous donc ?

— Mon Dieu ! murmurai-je en m'appuyant au dossier de ma chaise.

— Pour tout vous dire, il a failli se faire prendre au moment de la défection de Gouzenko. Il m'a avoué qu'il existait une sorte de piste. Mais il l'a brouillée et, en fin de compte, la police montée ne l'a pas débusqué.

Je réfléchis un instant. Contester tel ou tel point n'avait aucun sens, absolument aucun sens. Ou bien c'était vrai, ou bien c'était faux, et rien ne me permettrait jamais d'en faire la preuve, dans un sens ou dans l'autre. En tout cas, cela *avait l'air* authentique. Mais qu'est-ce que cela signifiait ? Et surtout qu'est-ce que cela signifiait *maintenant*, aujourd'hui ? Le passé reprenait vie, mais quelle était sa relation avec le présent ? Au bout d'un moment, je crus entrevoir une possibilité et je me penchai au-dessus de la table.

— Vous dites que, finalement, il les a envoyés se faire foutre ; mais je me demande si c'est vraiment exact : il était trop engagé. Et, de toute façon, personne ne peut les envoyer se faire foutre.

Il acquiesça.

— Vous n'êtes pas idiot, monsieur Thorne, et vous avez raison. Logiquement, il n'aurait pas dû pouvoir le faire — mais il l'a fait. Je ne sais pas comment. Il possédait une sorte de prise sur eux, un moyen de pression... Pour une raison que j'ignore, ils avaient peur de lui. Il ne m'a jamais dit ce que c'était, mais cela a marché. Ils l'ont laissé tranquille.

— Jusqu'à il y a deux mois, vous voulez dire. Cela a peut-être marché pour un temps, monsieur Berri, mais pas jusqu'à la fin.

Il fit la moue et rentra les joues.

— N'en soyez pas si sûr. Les hommes, ce soir, n'étaient pas envoyés par le Bolchevik. Ils représentent autre chose. Je ne suis même pas sûr que le Bolchevik soit au courant.

« Le Bolchevik » : j'avais supposé qu'il faisait allusion à Staline, mais ce mot devait représenter pour lui une essence du soviétisme, transcendant tout être humain particulier — un esprit, une ombre qui l'avait hanté pendant si longtemps qu'il devait la connaître mieux que sa propre ombre. Si les hommes qui l'avaient agressé ce soir-là n'étaient pas « envoyés par le Bolchevik », il devait le savoir — mais, dans ce cas, qui étaient-ils et que désiraient-ils ? Je fixai le vieux lutteur, il détourna son regard. Nous avions enfin parcouru le cercle complet. Je pris ma voix la plus douce pour lui lancer :

— Vous savez ce que je suis obligé de vous demander maintenant, monsieur Berri.

— Oui... Je crois...

— Je n'ai aucun désir de vous forcer la main, mais... ce sera moi ou la police. Vous devez le comprendre.

223

Le silence. Les renards s'étaient tus et l'on n'entendait plus que le souffle assourdi du vent, de l'autre côté de la fenêtre. Quand Berri se retourna vers moi, sa tête dodelinait et il y avait comme une pellicule humide sur ses yeux. Il s'éclaircit la gorge et avala.

— C'est comme je vous l'ai dit, je ne les connais pas. Je ne sais qu'une chose : c'étaient des Russes mais que le Bolchevik n'avait pas envoyés. Et l'un d'eux — on aurait dit une petite belette — se nommait Soubotine. L'autre l'a appelé ainsi.

Soubotine... un nom pour mon fantôme. Mais je ne laissai pas ce détail me faire perdre le fil.

— Savaient-ils ce que vous m'avez expliqué ?

— Peut-être. Presque tout.

— Alors que désiraient-ils ?

Il me regarda avec des yeux ronds.

— L'argent, bien entendu. Où le trouver.

— Quel argent ?

— Je vous l'ai dit : celui du Bolchevik. Tout n'était pas dépensé, voyez-vous, quand Harry a repris sa liberté. Il m'a dit qu'il préférerait crever plutôt que remettre le moindre sou au Bolchevik, mais il ne voulait pas le dépenser lui-même : cela lui aurait porté malheur, disait-il. Alors, il l'a caché.

— C'était encore l'argent provenant des fourrures ?

— Oui. Le reste.

— Combien ?

— Oh... Il m'a parlé de huit cent mille dollars. Mais ce n'était pas en argent, vous comprenez. Il gardait toujours la part du Bolchevik en or — des certificats de dépôt, parce que c'est plus facile à transporter et qu'on peut toujours les encaisser sans que personne pose de questions. » Berri sourit. « Il disait toujours en plaisantant : « J. Edgar Hoover a raison, c'est vraiment l'*or de Moscou.* »

J'hésitai, le temps de réfléchir un peu. Les certificats de dépôt d'or sont émis par certaines grandes banques suisses et plusieurs autres institutions. Chaque certificat représente une certaine quantité d'or, et, comme moyen de détenir du métal jaune, ils sont beaucoup plus pratiques que les barres, les lingots ou les pièces ; de jolis petits bouts de papier qui peuvent valoir des milliers de dollars. *Et c'était toujours cela qu'ils cherchaient*, un objet de petite taille, comme une feuille de papier : dans la chambre d'hôtel de Travin à Detroit ; à la clinique de Grainger ; dans la maison de Brightman où, pour la première fois, j'avais vu Petersen... qui s'appelait en réalité Soubotine. Et — était-ce possible ? — même le premier jour, chez moi à Charlottesville. Jusqu'à maintenant, j'avais supposé qu'on s'était introduit chez moi dans l'intention de prendre le télégramme de May — pour s'assurer que je ne l'aiderais pas — mais peut-être avaient-ils cru qu'elle avait confié les certificats à ma garde.

Je regardai Berri. Au même instant, il se leva, se dirigea vers l'évier et s'aspergea le visage d'eau fraîche. Pendant qu'il s'essuyait avec une serviette, je lançai à son dos :

— Où les a-t-il cachés ?

— Je ne sais pas. C'est ce que je leur ai dit.

J'hésitai. Je n'avais pas menti en lui affirmant que je n'avais aucun désir de lui forcer la main. Je n'élevai pas la voix :

— Monsieur Berri, vous m'avez dit vous-même qu'ils avaient obtenu ce qu'ils étaient venus chercher.

Penché au-dessus de l'évier, il me tournait encore le dos ; mais il hocha la tête.

— Ils savaient que je ne les avais pas, vous comprenez. Ils le savaient déjà.

— Ils ont tué la renarde, monsieur Berri. Ils ont massacré l'un de vos renards et menacé d'abattre tous les autres. Pourquoi ? Parce qu'ils essayaient de vous faire parler, de vous faire dire quelque chose, ou donner quelque chose que vous possédiez...

J'écoutai. Il poussa un étrange soupir, très rauque, mais ce fut seulement lorsqu'il parla que je compris qu'il pleurait.

— Ils voulaient un nom... » Il se racla la gorge, mais sa voix demeura cassée. « Ils voulaient un nom... Ils savaient que j'aidais Harry. Je ne sais comment, ils l'avaient appris. Ils savaient qu'il m'arrivait de porter des messages à ses collaborateurs. Ils savaient que Harry devait avoir confiance en ces gens, alors ils s'étaient dit que peut-être... peut-être leur avait-il donné l'argent à garder. Je leur ai donné un nom, une personne déjà morte. Mais ils étaient au courant, alors ils ont tué la renarde et ils m'ont menacé...

Brusquement, il se pencha en avant en gémissant et vomit dans l'évier. Je détournai les yeux. Je l'entendis suffoquer, tenter de reprendre son souffle. Puis il poursuivit, haletant :

« Ils m'ont menacé de tuer tous mes renards de la même manière que le premier. Et ensuite, ils m'abattraient. Alors j'ai parlé.

Il soupira, avec un bruit de râle, puis essaya d'avaler une nouvelle gorgée d'air.

« Je m'en fous. Je jure devant Dieu que je m'en contrefous...

Après un silence, je murmurai :

— Quel nom ?

— Paul Hamilton.

— Qui est-ce ?

— Il travaillait au State Department, le ministère des Affaires étrangères des États-Unis. C'est tout ce que je sais.

— Mais vous connaissez son adresse ?

— Il y a cinq ans, Harry m'avait confié un message pour lui. Il était à la retraite — Hamilton, je veux dire. Il habitait Paris.

Je me levai brusquement. Maintenant, à un certain niveau, je savais vraiment tout. Brightman avait emporté dans sa tombe son dernier secret : l'endroit où se trouvait l'or. Depuis sa mort, Soubotine allait d'un ancien « contact » de Brightman à un autre, dans l'espoir de le découvrir. Je me sentis soudain très nerveux : qu'était-il arrivé au Dr Charlie ? A en juger par ce qui s'était passé ici ce soir, son sort n'avait pas dû être très agréable. Et celui de Hamilton ne le serait pas davantage. Il s'agissait d'un ancien espion — pourquoi mâcher les mots ? —, et je ne lui devais rien, mais il fallait tout de même que je le prévienne, par simple humanité. Le téléphone se trouvait dans la chambre. Il était minuit quand je décrochai, donc cinq heures du matin à Paris, mais cela n'en valait sans doute que mieux ; et pourquoi attendre ? Selon toute vraisemblance, Soubotine n'avait pas pu agir aussi vite, mais, à en juger par son relevé de l'American Express, il bougeait beaucoup, et sans doute possédait-il en France des amis prêts à agir sur un simple coup de téléphone. De toute manière, je mis quarante minutes à obtenir la communication. La ligne était mauvaise et vous seriez surpris d'apprendre combien il y a de Hamilton dans l'annuaire de Paris — je réveillai deux Peter et un Philippe avant de tomber sur Paul. Il décrocha avec un grognement en français, mais, quand je lui demandai s'il avait travaillé au State Department, puis prononçai le nom de Harry Brightman, il parut parfaitement éveillé. Mais il se montra très prudent.

— J'ai peut-être connu un homme de ce nom. Je n'en suis pas certain.

— Si vous avez écouté jusqu'ici, monsieur Hamilton, c'est que vous le connaissiez. Un Canadien. Riche. Marchand de fourrures...

— Soit, je l'ai rencontré. Qui êtes-vous ?

Sa voix avait l'accent plat, neutre, des Américains qui parlent français depuis très longtemps, mais il venait de la côte Est, probablement de Boston.

Je fis comme si je n'avais pas entendu sa question. A peine avais-je parlé quelques secondes à cet homme qu'il m'était déjà antipathique. Spontanément.

— Brightman est mort, monsieur Hamilton, répondis-je. Il s'est tué — soumis à de très fortes pressions.

— Je ne sais rien de tout ça. Je ne suis pas au courant. » Une voix de vieil homme à présent, un peu plaintive. « Cela n'a rien à voir avec moi. C'était il y a très longtemps...

— Peut-être, monsieur Hamilton. Mais cela *aura* bientôt à voir avec vous : les hommes qui exerçaient des pressions sur Brightman vont bientôt en exercer sur vous. Ils croient que Brightman vous a laissé quelque chose. Quelque chose de précieux. Est-ce le cas ?

— Non. Absolument pas. Je ne l'ai pas vu, je n'ai pas eu de ses nouvelles depuis de nombreuses années.

— Très bien. Mais cela n'y change rien. Les gens qui vous rendront visite — peut-être d'un instant à l'autre — ne se contenteront pas d'une réponse négative. Ce qu'ils...

— Qui êtes-vous ? Vous n'avez pas encore répondu à ma question.

— Je suis un ami de Brightman, si l'on veut. Je sais qu'il aurait désiré que je vous prévienne.

— Et qui sont ces gens dont vous ne cessez de parler ?

— Je n'en suis pas tout à fait sûr. Mais réfléchissez : vous parviendrez sans doute à une conclusion évidente, mais je crois qu'elle serait fausse. Je pense que ces hommes n'agissent pas à titre officiel. D'un autre côté, je suis certain qu'ils viennent du même pays que les autres... si vous me suivez.

Un long silence.

— Je vois.

Nouveau silence. Puis :

« Vous me prévenez... Vous prétendez donc que je cours un danger à cause de tout cela ?

— Exactement, monsieur Hamilton. Un grand danger. Un danger de *mort*.

Dans le silence qui suivit, l'écho du mot « danger » traversa plusieurs fois l'Atlantique sous l'océan (ou au-dessus, selon la façon dont se font les choses à présent) — mais pour Hamilton cet écho venait de toute façon du passé, d'un passé qu'il redoutait, et qui l'humiliait.

— Soit, dit-il enfin. Vous m'avez prévenu. Que me proposez-vous de faire ?

Comme si j'étais responsable de lui. Comme si c'était ma faute.

— Ce que vous voudrez, lui répondis-je.

Encore le silence. Je crus l'entendre se racler la gorge. Puis il dit :

— Je regrette. Je ne sous-entendais nullement que...

Je m'interrogeai : à qui avais-je affaire ?... Quel poste avait-il occupé ? Qu'avait-il fait pour « eux » ? Et pourquoi ? Était-ce un idiot ? Un salaud ? Un homme d'argent ? Un homosexuel ? Puis je me demandai si, au point où il en était, il aurait seulement pu répondre à ma question.

— Monsieur Hamilton, lui dis-je, écoutez-moi bien. Vous devez quitter votre domicile, et tout de suite. Allez à un endroit où personne ne pourra retrouver vos traces. Pas dans un hôtel, à mon sens, ni chez un ami — du moins si vos liens d'amitié permettent de remonter jusqu'à vous. Choisissez un endroit...

— Je pourrais m'installer...

— Ne me le dites pas. Je ne veux pas le savoir, du moins pour l'instant. Allez-y tout de suite. C'est mon conseil. Partez sur-le-champ. Ces gens peuvent avoir des associés à Paris ; ils sont peut-être déjà en route. Alors filez, même si vous devez passer les prochaines heures à errer dans un jardin public. Vous m'entendez bien ?

— Oui.

— Parfait. Je vais venir à Paris. Je ne sais pas quand j'y arriverai, mais ce sera sous quarante-huit heures. A mon arrivée, je laisserai un message pour vous à l'American Express. Au bureau principal, près de l'Opéra... Vous savez où c'est ? Je vous indiquerai où je suis et comment entrer en contact avec moi. Vous me téléphonerez dès que vous pourrez.

Je lui laissai le temps d'enregistrer mes paroles. Il ne songeait plus à finasser. Il avait compris. Il me croyait.

— Très bien, dit-il, mais il me faudra votre nom.

— Thorne. Robert Thorne. » Un long silence plein d'échos puis je compris et ajoutai : « Il est possible que vous ayez connu mon père, monsieur Hamilton. Il travaillait au Département d'État lui aussi.

— Oui. Je crois me rappeler ce nom...

Mais, au ton de sa voix, j'en doutai.

— Peu importe, lui lançai-je. De toute façon, partez immédiatement.

— Oui. Vous êtes sûr que vous ne pouvez pas...

— Oui. Partez. Je vous expliquerai tout dans quelques jours.

Je raccrochai et rallumai une cigarette. J'étais absolument vanné. En secouant l'allumette, je parcourus des yeux la chambre de Berri. Elle était inachevée, les montants des cloisons demeuraient apparents et on pouvait lire la marque imprimée sur le papier-goudron des murs : *Ten-Test, Ten-Test, Ten-Test...* Je m'étirai les jambes, m'allongeai en arrière sur le lit et envoyai lentement vers le plafond une bouffée de fumée. La pièce était très petite. Une cellule : Berri avait appartenu à une cellule et dormait encore dans une cellule chaque nuit. Berri et Hamilton... J'essayai de les associer par la pensée. Deux hommes très différents, à coup sûr, mais deux communistes, et je pouvais voir le lien qui les unissait. En réalité, ce n'était pas l'idéologie, mais un trait de caractère : un côté guindé ; un soupçon de puritanisme ; la volonté de se maîtriser — un ensemble d'inhibitions qui exerçaient un contrôle rigoureux sur leur volonté de puissance. Et quand ces inhibitions disparaissaient... je fermai les yeux ; j'étais très fatigué et ces méditations vagues, je le savais, me servaient seulement de prétexte pour retarder mon retour dans la cuisine, où Berri attendait. Il avait posé ses vêtements ensanglantés en vrac au pied du lit. Allait-il les laver puis les remettre ? Nettoierait-il les meubles du séjour ? Rincerait-il le sang des murs ? Sans aucun doute : après tout, c'était sa vie, et il faudrait bien qu'il en ramasse les morceaux. Je demeurai allongé ainsi, en fumant paisiblement. Sa vie... me dis-je. Et ce sur quoi il l'avait bâtie : la capacité de croire. De se mentir à soi-même. Une folie... Qui trahissait qui ? Fausseté. Loyauté. Vérité... Et au bout du compte, quel était le désir le plus cher à son cœur ? *Je m'en fous. Je jure devant Dieu que je m'en contrefous.*

Inutile de traîner. J'écrasai ma cigarette et passai dans le couloir. Pour la deuxième fois de la soirée, Berri avait pris une douche ; il était assis à la table de la cuisine, une bouteille de whisky devant lui. Du Canadian Club. Je ne sais pas où il l'avait prise : pas dans les placards. Sans doute l'avait-il mise de côté — comme les petites boîtes de thé Twining's — pour les grandes occasions.

« Tout va bien, lançai-je à son dos. Je l'ai joint avant eux.

Il essaya, sans y parvenir tout à fait, de répondre d'une voix égale :

— A votre avis, valait-il vraiment un renard ?

Je secouai la tête.

— Probablement pas, monsieur Berri. En tout cas, il ne valait pas votre amour pour ce renard.

D'une main ferme, il porta à ses lèvres sa tasse à thé pleine de whisky, et il en prit une bonne gorgée. Puis il la reposa sur la soucoupe, d'un geste aussi précieux et affecté que s'il prenait le thé chez une vieille baronne.

— Je vous le répète, ça m'est complètement égal.

Je pris mon élan :

— J'ai seulement peur d'une chose. Ils risquent de croire que vous l'avez prévenu. Ne le trouvant pas à Paris, ils reviendront ici.

— Qu'ils reviennent. J'ai un fusil de chasse. Cette fois, je serai prêt.

— Vous en êtes certain ?

Il haussa les épaules.

— De toute façon, je ne peux pas laisser les renards. Pas plus de vingt-quatre heures.

Je traversai la pièce et m'assis près de lui. Puis — unique geste de sympathie que je jugeai acceptable pour lui —, je me servis un peu de whisky. Je laissai l'alcool tracer une traînée de feu dans ma gorge.

— Encore une ou deux choses, murmurai-je. D'après la police, Harry s'est suicidé. Et tout porte à le croire. Mais cela vous paraît-il logique ? Si ces hommes étaient à ses trousses — ceux qui sont venus ici —, se serait-il tué plutôt que de leur remettre l'argent ?

— Peut-être. Ou peut-être l'ont-ils menacé de s'attaquer à sa fille, comme ils m'ont menacé de tuer tous mes renards. Il aimait sa fille, je le sais. Il aurait fait n'importe quoi pour elle.

— Mais cela prouve plutôt l'inverse. Le moyen le plus simple de la protéger était sans aucun doute de leur remettre l'argent. Or, il ne l'a pas fait.

Il haussa les épaules.

— Harry pouvait se montrer salement têtu. A moins que la police... Peut-on leur faire confiance ? Les inspecteurs ont pu se laisser abuser. Un meurtre se maquille facilement en suicide.

Je commençais à me le demander. Jusque-là, même si ses motifs demeuraient obscurs, le suicide m'avait paru assez convaincant. Mais si Brightman pouvait simplement leur remettre l'argent — s'il avait un moyen aussi facile de se dégager —, pourquoi choisir une solution aussi horrible, pour lui *et pour May* ? D'un autre côté, Soubotine ne pouvait pas désirer la mort de Brightman tant que celui-ci ne lui avait pas révélé où se trouvait l'or... Mais peut-être cela ne faisait-il guère de différence. D'une façon comme de l'autre, Harry Brightman était mort.

— D'accord, n'en parlons plus, dis-je à Berri. Mais il y a autre chose que je ne saisis pas encore. Ce moyen de pression que possédait Harry par rapport au Bolchevik... Était-ce lié à l'enfant ?

Il prit une gorgée de whisky, puis secoua la tête avec impatience.

— Je ne sais pas. Peut-être. Qui sait ? Vous en savez maintenant aussi long que moi.

— Mais il y avait un enfant, monsieur Berri. Cela ne fait aucun doute. Et je suis sûr qu'il a quitté la Russie au moment du voyage de Dimitrov ici.

— Laissez-moi vous dire une chose, monsieur Thorne. Ne vous y trompez pas. Dimitrov était peut-être le héros de tout le monde dans le temps, mais il a fini comme le reste de la clique, dans la peau d'un salopard. En 1940, il avait les mains couvertes de sang. S'il a arraché un bébé des griffes du Bolchevik, c'était parce qu'il croyait que cela le sauverait *lui*, et non pas le bébé.

J'attendis, mais il retourna à sa tasse. Je réfléchis un instant — son idée avait au moins le mérite de la nouveauté. Mais était-il possible qu'un *enfant* eût protégé Dimitrov et que cette protection se fût transmise à Brightman ? En 1940, de l'avis de tout le monde, Dimitrov se trouvait réellement menacé : la plupart de ses amis n'existaient plus et sa politique venait d'être entièrement discréditée. Et pourtant, malgré ces ombres, il avait survécu — simple fait historique. La remarque de Leonard Forbes me revint aussitôt à l'esprit : *Pourquoi tel ou tel individu particulier est mort — ou a échappé à la mort — demeure impossible à déterminer... Plus que probablement, Dimitrov a survécu par pur hasard.* Mais peut-être pas. Peut-être... Tout était trop vague ; et, en fin de compte, Berri devait avoir raison — il avait eu raison plus souvent que quiconque, après tout —, l'enfant n'avait en réalité aucune importance. Je pris une autre gorgée du whisky du vieil homme et revins sur un terrain plus solide.

— Une dernière question, lançai-je. A propos de l'argent. Vous m'avez dit qu'il le gardait en or, en certificats de dépôt. Savez-vous quand il les a achetés ? Non, pas la date exacte... Mais était-ce avant 1970 ?

— Longtemps avant. Une année ou une autre, qu'est-ce que ça change ?

Beaucoup de choses, je ne l'ignorais pas ; mais, si Berri ne comprenait pas, ce n'en était que mieux. Je versai un peu de whisky dans sa tasse et passai dans la salle de séjour.

J'avais étalé sur le sol tout le papier que j'avais pu trouver. Le sang de la renarde avait marqué les pages de journal de taches sombres, encore humides. Mais je découvris ce que je cherchais, les caractères imprimés brillaient comme un reflet sur une table de laque noire : la *Gazette* de Montréal de la semaine précédente, et, à la page des cours de la Bourse, l'encadré indiquant les prix des matières premières.

Je m'agenouillai, pris mon stylo et fis mes calculs dans la marge du journal.

D'une simplicité enfantine. Avant le 15 août 1971, le Trésor des États-Unis achetait et vendait l'or au cours fixe de trente-cinq dollars l'once Troy. Harry Brightman avait dû acheter son or à ce prix, et, pour huit cent mille dollars, il avait reçu des certificats équivalant à presque vingt-trois mille onces. Mais, depuis 1971, le cours de l'or était déterminé non plus par le gouvernement, mais par les forces du marché, et sa valeur avait augmenté en flèche. Selon la *Gazette*, le cours de Londres, trois jours auparavant, était de l'ordre de cinq cents dollars l'once — ce qui signifiait que les certificats de Brightman valaient maintenant entre onze et douze millions de dollars.

A genoux dans cette salle commune, je fixai ce chiffre pendant un long, un très long moment. Il expliquait beaucoup de choses. Davantage que ce que j'avais découvert sur Dimitrov, bien plus que ce que j'avais pu découvrir sur l'adoption de May. Tel était donc le passé — le passé de Brightman — qui surgissait soudain dans le présent. Tels étaient les motifs de sa disparition, de son suicide et du meurtre de Travin. Mais aussitôt, je songeai à May... Était-elle au courant de la situation ? Si je pouvais l'appeler maintenant, que me dirait-elle ? Avait-elle demandé à Cadogan de m'arrêter dans mes recherches précisément parce qu'elle savait ce que je découvrirais ? *Mais, dans ce cas, pourquoi m'avait-elle lancé sur cette piste au départ ?*

Des questions ! Toujours des questions qui demeuraient sans réponse. Mais il y avait aussi la solution de Berri : à savoir, qu'aucune réponse ne changerait quoi que ce fût, que mes questions n'étaient qu'une obsession, un nuage dans ma tête... Je regardai mes calculs dans la marge du journal : sans doute avait-il raison. May, Dimitrov, Grainger, Florence Raines — peut-être m'accrochais-je à eux comme un savant amoureux de ses théories, à qui l'on présente soudain de nouvelles preuves contradictoires. Je me refusais, simplement, à admettre que tout s'orientait à présent dans une direction différente. Vers Brightman, en tant qu'espion et non en tant que père ; vers Paris aujourd'hui et non vers Halifax autrefois.

Mais qu'est-ce que tout cela avait à voir avec moi ? Telle était la dernière question, la plus cruelle. J'avais annoncé à Hamilton que j'irais en France, et je sentais que je n'avais pas le choix sur ce point, même si cela me laissait sans le sou. Après le chemin déjà parcouru, il me fallait continuer jusqu'au bout, et je ne songeais pas à renoncer ; mais n'étais-je pas poussé par quelque logique intérieure, cachée ? Paris... La ville de ma mère. Paris... Où mes parents s'étaient rencontrés. Vraiment étrange. Chaque pas que je faisais dans le passé de Brightman ne semblait que m'entraîner plus loin au cœur de mon propre passé. Et là, accroupi dans la salle commune de Berri, éclaboussée de sang, les paroles de Travin me traversèrent pour la centième fois l'esprit : *Ce sera personnel, monsieur Thorne, une chose que vous n'aimeriez pas voir tomber dans l'oreille d'un flic...* Peut-être savais-je déjà de quoi il s'agissait. La vérité se trouvait là, me dis-je, sur le bout de ma langue, au coin de mon œil — mais j'avais trop peur pour oser la dire et la voir.

Peut-être.

De l'autre côté, il y avait la solution de Berri : toutes ces questions vagues ne se posaient en réalité que dans ma tête...

Douze millions de dollars...

Pour la plupart des êtres humains, cela pouvait justifier n'importe quel acte. C'était une raison suffisante pour Soubotine, me dis-je, et ce serait aussi une raison suffisante pour moi. Que voulait-il faire de cet argent ? Pourquoi était-il prêt à tuer et à torturer pour l'obtenir ? Je n'en avais aucune idée, mais j'étais sûr d'une chose : je ferais n'importe quoi pour l'empêcher de réussir. De quelque bord qu'il fût — celui de Berri, celui de Brightman, ou même celui de mon père —, je me trouvais dans l'autre camp.

Puis les renards reprirent leurs lamentations — ce qui effaça aussitôt ces pensées de mon esprit. Leur appel mélancolique me donna des frissons dans le dos. J'écoutai sans bouger d'un pouce. Leurs hurlements s'élevaient, puis s'apaisaient en une harmonie primitive, déchirante, comme le cri d'une fée arrivée trop tard, ou bien l'appel douloureux d'un fantôme à sa propre âme égarée — le Renard roux était mort, mais peut-être son ombre, troublée par les événements de la nuit, errait-elle dans les forêts voisines, incapable de trouver le repos.

Dans la cuisine, Berri se leva. Je l'entendis ouvrir la porte. Puis ce qui avait troublé les renards — quoi que ce fût — dut cesser d'une manière ou d'une autre, car ils se turent presque aussitôt.

14

J'arrivai à Paris le 9 novembre.

Si vous avez un brin de chance, novembre peut être un des meilleurs mois de Paris — mais pas cette année-là. De Montréal-Mirabel à Paris-Charles-de-Gaulle, je ne fis que passer d'une pluie glacée à une autre, et Paris me parut même pis : la pluie, fouettée par le vent, tombait sans relâche. Dans l'autobus de Roissy à la porte Maillot, la ville nageait, brouillée, derrière les glaces embuées, ainsi qu'une image de mauvais film s'estompant dans le souvenir. Mais peut-être était-ce la meilleure façon de regarder Paris : Montmartre, Clichy, le XVIIᵉ, vus depuis le périphérique... La pluie dispersait les tourbillons violets des échappements des poids lourds et adoucissait les contours des tours modernes, pour leur donner l'élégance floue d'une aube impressionniste. Inévitablement, je pensai à ma mère. Elle n'avait jamais revu Paris. Mais il faut dire qu'elle l'avait toujours considéré sans la moindre illusion. « Paris est très beau, disait-elle souvent, mais, quand on y habite, ce n'est qu'une ville comme toutes les autres : un endroit où l'on n'a jamais assez d'argent. »

Au terminus aérien, je retins une voiture au guichet Hertz pour la fin de l'après-midi, puis je pris le métro. Je descendis à Châtelet, croisai dans les interminables couloirs l'habituelle cohorte de mendiants, puis remontai à l'air libre et gagnai la place Saint-Michel. La Rive gauche, le quartier Latin, a toujours été l'endroit de la ville où je me suis senti le plus à l'aise. Et je tiens cela de ma mère — à l'origine sa famille était lyonnaise. Ils n'étaient « montés » à Paris — pour combler les rêves de sa propre mère — que lorsqu'elle avait déjà quatorze ans. « C'était uniquement pour maman, se plaignait-elle toujours. Le déménagement, le grand appartement près du parc Monceau, la voiture neuve. Pour moi, je perdais d'un coup toutes mes amies. Je ne me suis vraiment sentie chez moi à Paris que beaucoup plus tard, à la Sorbonne. » Étudiante sur la Rive gauche, elle avait vécu des années vraiment heureuses. C'était le Paris dont elle conservait le souvenir et qu'elle m'avait appris à aimer.

Le quartier n'avait pas beaucoup changé ; un soupçon de *doner kebab* et de *souvlaki* se mêlait aux odeurs traditionnelles de pain et de tabac, mais les jeunes, même à cette heure de la journée, entraient comme avant dans les cinémas. Tête basse, je longeai les murs et laissai mes pieds retrouver leur chemin dans le dédale de rues autour de Saint-Séverin. Ils me conduisirent à la pension Müll. Je m'ébrouai dans le café sombre, au rez-de-chaussée, et constatai qu'il n'avait pas changé lui non plus, bien que deux ou trois jeux électroniques fussent venus se mêler aux antiques flippers. Il y avait aussi un téléviseur couleur neuf au-dessus du bar. L'endroit manquait totalement d'atmosphère, et les touristes n'y mettaient jamais les pieds, mais cela convenait parfaitement à la patronne : elle hébergeait les immigrants pauvres et les retraités qui vivent derrière le décor du spectacle pour touristes, et qui aspirent au modernisme au lieu de le mépriser.

J'avais déjà logé là quand j'étais étudiant, et c'était devenu une habitude — sans parler de l'avantage, pour ce séjour, d'un anonymat total. Après deux verres de rouge au bar, je montai dans ma chambre. Je m'allongeai. Je sentis l'effet du vin se mêler à celui du décalage horaire et, cinq minutes plus tard, je dormais.

Je m'éveillai à deux heures et demie, encore fatigué et avec un mal de tête qui provenait sans doute du vin. Mais la douche glacée, au fond du couloir, me secoua un peu. Je partis vers l'Opéra d'un pas vif et, quand j'arrivai, mon sang circulait de nouveau dans mes veines. L'American Express se trouvait à deux pas ; à la porte, comme autant de chats faméliques, des jeunes désargentés attendaient avec impatience le virement de la famille ; à l'intérieur, dans une odeur de moquette neuve, une jolie vietnamienne s'occupa de moi. Je touchai un chèque, payai mon relevé mensuel, et laissai pour Hamilton le numéro de téléphone du café. Quand ce fut fait, il était déjà quatre heures. Je décidai de passer chez Hertz prendre ma voiture, mais je retournai au café avant cinq heures et commandai une Suze.

Pendant l'heure suivante, j'essayai de ne pas paraître nerveux ; mais je l'étais. J'estimais que Soubotine n'avait pas pu arriver ici avant moi, mais cela demeurait possible ; et il était également possible que Hamilton, réflexion faite, ait décidé de ne pas tenir compte de mon avertissement — ou bien que, saisi de panique, il ait complètement disparu. Mais non. A six heures vingt, le barman me fit signe de prendre le téléphone.

— Thorne ? » Il parlait d'une voix basse, tendue, mais il se contrôlait parfaitement. « J'espère que je ne vous ai pas fait attendre. Je n'ai appelé à l'American Express qu'à la dernière minute, pour vous laisser le plus de temps possible.

— Parfait. Où êtes-vous ?

Une légère hésitation, mais bien entendu, il fallait qu'il me le dise.

— Dans un café du quai des Grands-Augustins. Le Café Raymond.

— Bien. Je suppose que vous avez évité votre appartement ?

— Ne vous en faites pas, monsieur Thorne. J'ai été très sage. J'en suis sorti vingt minutes après votre appel et je n'y suis pas revenu.

Il me déplaisait ; je lui déplaisais. Difficile à expliquer, mais c'était très clair depuis le début.

— Ne bougez pas, lui dis-je. Je vous rejoins d'ici une dizaine de minutes.

— Je suis le vieil homme au bar, devant une Stella.

Les quais ne se trouvaient qu'à cinq minutes de marche. Le soir tombait, et la pluie s'était réduite à une sorte de grésil glacé, ininterrompu. Derrière moi, Notre-Dame se dressait dans la brume comme un rêve de poète ; des lumières brillaient faiblement sur la tache noire de la Conciergerie. Sur la chaussée, une circulation intense de gens irascibles. Sur les trottoirs, la foule jouait des coudes sans la moindre joie, avec cette agressivité qui permet aux Français de défendre leur individualité contre la masse.

Le café n'avait rien de spécial : une grande salle envahie par la clientèle de la sortie du travail. Minuscules tables de plastique, chaises de plastique orange, beaucoup de fumée, et le staccato accusé d'un français rapide. Hamilton se tenait au bar et je le reconnus aussitôt quoique je ne l'aurais sans doute pas défini comme un vieil homme en train de prendre une bière. Il était grand, bel homme, avec des cheveux gris argent très brillants mais un peu trop longs, et de petites mèches indisciplinées frisaient derrière ses oreilles et sur sa nuque. Quand il leva les yeux de son verre, il passa la main dans son cou, d'un geste machinal, pour les lisser. Je n'aurais pas pu préciser son âge : la génération de mes parents, mais parmi les plus jeunes ; et il avait cette santé rayonnante, signe de confort et de prospérité, qui trahissait une « retraite anticipée ». Il portait un gros chandail gris de pêcheur et un pantalon de laine assorti : le genre décontracté, mais avec une élégance discrète. Un cadre supérieur de la fonction publique en congé, aurait-on dit. Il devait faire de la voile, ou bien du cheval ou de la varape.

Et il continua de ne pas me plaire.

Je me demandai pourquoi. C'était un « espion », bien sûr, un « traître ». Et de plus un menteur. Il acceptait la confiance, puis la trahissait... Pourtant, on pouvait dire la même chose de Berri et j'avais éprouvé de la sympathie pour lui. Peut-être parce que Berri avait payé — non seulement par les coups reçus ce soir-là, mais en un sens plus large : du fait qu'il avait accepté la responsabilité de ses actes. Il les avait analysés, médités, ressassés, et payé le prix en termes de respect de lui-même. Mais pas cet homme. Je le regardai allumer une cigarette. Il souffla de la fumée vers le bar puis se pencha légèrement en arrière et, de sa main droite, épousseta un brin de cendre tombé sur son chandail. Très à l'aise dans sa peau ; très content de lui. Puis, il lança un regard rapide par-dessus son épaule, et je lus l'angoisse dans ses yeux pâles, larmoyants. Et je ne sais pourquoi, ce regard me hérissa ; son impatience semblait insatiable, avide même, puante d'égoïsme. Sans enthousiasme, je m'avançai vers lui. Il prit aussitôt conscience de ma présence, mais, avant qu'il ne se lève ou ne m'adresse la parole, je me mis à lui parler, très vite, en français. Inutile d'attirer l'attention sur nous sans nécessité. Je dois reconnaître qu'il joua le jeu le mieux du monde. Au bout d'un instant, tout naturellement, il descendit de son tabouret et je le suivis dehors.

240

Il s'arrêta sur le seuil, à la limite de la pluie, et écrasa sa cigarette sur la terrasse.

« Votre français est excellent, monsieur Thorne. Je parle couramment, mais je ne suis jamais parvenu à me défaire tout à fait de mon accent.

— Ma mère était française.

— Ah, oui. J'oubliais... Mais cela précise les choses, n'est-ce pas ? Je connaissais donc votre père. » Il m'adressa un sourire. « Il était plus âgé que moi, plus haut placé, n'est-ce pas ? Mais je me souviens très bien du charme de votre mère.

Intéressant, mais rien de bien surprenant — le Département d'État, surtout avant 1950, constituait un monde très limité. Je hochai la tête et vis son sourire s'effacer du fait que je n'enchaînais pas sur ses relations avec ma famille. Je me demandai soudain s'il n'était pas homosexuel — peut-être un vieux préjugé me faisait-il réagir de manière négative à son attitude —, mais cela me parut peu probable. Ce n'était pas un vieux monsieur qui aimait les petits garçons ; plutôt un homme d'un certain âge conservant encore certaines manières de l'adolescence masculine : il me faisait songer à des écoles privées, à des gosses de riches en blazer et pantalon de flanelle grise. Justement, comme pour renforcer cette image, il enfonça les deux mains dans ses poches et s'élança d'un pas confiant au milieu des voitures, pour traverser du côté Seine des quais. Je le suivis de mon mieux et le rattrapai en haut d'un large escalier de pierre qui descendait au niveau de l'eau. Nous nous trouvions presque dans l'ombre du Pont-Neuf. En contrebas, le bruit de la circulation n'était plus qu'un grondement doux, et l'odeur boueuse du fleuve dominait les vapeurs d'essence. Il y avait des bateaux amarrés tout le long du quai ; un peu plus loin, brillant légèrement des premières lumières de la soirée, la Seine tendait ses deux bras noirs autour de l'île de la Cité. La plupart des bateaux étaient des péniches, amarrées sur trois rangs : une trentaine, peut-être quarante. Certaines avec des coques de métal ; d'autres, plus élégantes, encore en bois. Mais toutes mesuraient une trentaine de mètres de long et avaient à peu près la même ligne : un poste de pilotage à l'arrière, avec une longue cabine basse jusqu'à la proue. Des gens y vivaient. Un réseau complexe de fils à linge, d'auvents et de bannes se découpait en silhouette sur les lumières embuées de l'île de la Cité. Je perçus l'odeur d'un feu de charbon de bois ; quelqu'un éclata de rire ; une radio jouait du Mozart.

Hamilton avait pris un peu d'avance. Il s'arrêta pour m'attendre. La pluie avait formé des perles sur la grosse laine de son chandail et accentuait le brillant de ses cheveux. Il me sourit. Il avait le visage allongé et les traits marqués par des plis profonds dans sa peau hâlée.

« Il faut être un peu acrobate, me dit-il, puis, d'un geste gracieux, il sauta sur la première péniche — mal tenue, à coque de fer, avec des traînées de rouille sur le pont.

Maladroit, je le suivis pesamment, puis traversai le pont en évitant tant bien que mal les seaux et les bouts de corde. Il s'arrêta de l'autre côté du bateau, plus ou moins vers le milieu de la péniche, à l'endroit où les plats-bords se trouvaient contre les protections de la péniche suivante. D'un bond impeccable, il sauta sur le deuxième bateau. Il semblait désert, avec un pont parsemé d'obstacles dans le noir, pareil à un champ de mines, mais je finis tout de même par le traverser et, tel un pirate entre deux âges, je me lançai de nouveau à l'abordage.

Lorsque je me redressai, le souffle court, je vis que Hamilton avait encore les mains dans les poches — ce qui, je l'avoue, ne me le rendit pas plus sympathique. Il sourit :

« Bienvenue à bord de *la Trompette*, monsieur Thorne.

Je regardai autour de moi. Je me trouvais sur le pont d'une vieille péniche de bois. Ses boiseries vernies à neuf et ses accessoires de cuivre briqués brillaient d'un éclat doux sous la lumière qui tombait des belles demeures de la place Dauphine et des voitures traversant le Pont-Neuf.

Cela faisait beaucoup d'effet, et je me demandai dans quelle mesure c'était un refuge discret.

— Vous êtes absolument certain qu'on ne peut pas suivre vos traces jusqu'ici ?

Il secoua la tête.

— Je l'ai achetée au printemps, mais je l'ai fait aménager à Janville, et on ne me l'a livrée que la semaine dernière.

Cela me parut assez sûr, et mieux qu'un hôtel ou l'appartement d'un ami. Je le suivis dans le poste de pilotage carré. Des lampes à pétrole projetaient des ombres ; les bruits de la capitale battaient en retraite, remplacés par le craquement léger de la coque. Tout était assourdi, et, avec la pluie qui perlait sur les vitres embuées, j'eus l'impression, chère aux enfants, de me trouver dans un autre monde, loin du présent. Puis Hamilton alluma le plafonnier et je vis la décoration flambant neuve, acajou et cuivre, la table des cartes qui se repliait contre la cloison, les meubles renforcés de cuivre aux angles, les lampes neuves montées sur cardans. Le volant de la barre, en revanche, était ancien. Une grande roue à rayons, en fer rouillé. Hamilton posa la main dessus.

« C'était tout ce qu'ils pouvaient sauver, m'ont-ils dit ; mais j'y tenais, et je les y ai forcés.

Paul Hamilton, homme de bon goût... Il éteignit la lumière. De nouveau, le reflet doré des veilleuses et les ombres mouvantes. Il se glissa par une porte et me fit signe. Je le suivis sur une échelle donnant dans la cabine principale ; très grande : une longue salle basse d'acajou, aussi intime et luxueuse qu'un club anglais du début du siècle. Vers la proue, une partie était aménagée en salon avec des banquettes encastrées, une bibliothèque et même un téléviseur et une chaîne stéréo. Plus près de nous, la cambuse, ensemble ultra moderne d'éviers en acier inoxydable, de plans de travail en bois style boucherie, et de petits râteliers astucieux pour gadgets. C'était là qu'il bricolait : je vis des clés, des bouts de tuyaux et un chalumeau à butane, posés sur un journal. En guise d'explication, il ouvrit une porte à glissière sous l'un des plans de travail, et tapa du bout de l'ongle sur une grosse bouteille métallique.

« Mon grand problème, dit-il. Propane ou gaz naturel, lequel choisir ? Je viens de le brancher cet après-midi. Pour la cuisine je préfère le propane, mais il est plus lourd que l'air, alors, dès qu'il se produit une fuite, le gaz s'enfonce dans les cales et... boum ! Tandis que le gaz naturel s'en va directement par la fenêtre. Sécurité absolue.

— Donc je peux fumer ?

— Je vous en prie. Et prenez un siège. Je vais même vous trouver de quoi boire, si vous voulez.

Le parquet — sur une péniche ne faut-il pas dire le plafond ? — était en teck huilé. Je traversai la cambuse et m'installai sur l'un des divans. Je sentis autour de moi l'odeur d'apprêt, très particulière, des tissus d'ameublement neufs. A l'autre bout de la pièce,

243

Hamilton tourna la poignée de bronze d'un placard encastré, et un bar contenant plusieurs niches pour bouteilles et accessoires sortit sans bruit de la cloison. Le dos tourné il versa du Johnny Walker étiquette rouge dans des verres de cristal et mumura :

« A propos, je compte sur votre courtoisie. Pas de micro ? Pas de magnétophone dissimulé ?

Je possède un Nagra, mais il était chez moi, à Charlottesville — qui, en cet instant, me parut vraiment très loin.

— Ne vous en faites pas, monsieur Hamilton. Ceci est seulement de vous à moi.

— Bien. Il ne serait guère utile de bavarder si nous ne pouvions le faire en toute sincérité.

Il se retourna, un verre dans chaque main, le sourire aux lèvres. Et il y avait dans ce sourire une condescendance très nette : il prenait acte de notre hostilité mutuelle, suggérait que j'étais en fait un raseur... mais qu'il me supporterait néanmoins. Puis le sourire s'effaça et Hamilton me tendit le verre.

« Donc Brightman est mort, grogna-t-il.

J'acquiesçai.

« Et des mauvais garçons sont à mes trousses ?

— C'est un peu ça.

— Parce que je suis censé détenir une chose que Brightman m'aurait confiée ?

Je pris une gorgée de whisky. Son inquiétude, sous le vernis de son ton facétieux, ne fit qu'accroître mon antipathie. Mais j'essayai de répondre d'une voix égale.

— Si vous n'y voyez pas d'inconvénient, je préférerais commencer par mes propres questions.

Il haussa les épaules, en apparence très décontracté. Mais, quand il pencha la tête en arrière pour boire, je lus de nouveau de l'angoisse dans ses yeux, et ses lèvres happèrent goulûment le bord de son verre. Il le reposa. Il avait englouti deux bons doigts de whisky. Il s'assit, croisa les jambes et se mit à frotter le verre sur son genou, en dessinant de petits cercles.

— Soit, dit-il enfin, mais si je refuse de répondre ?

— Je ne crois pas que vous ayez le choix, monsieur Hamilton.

— Ce n'est pas exact, pas tout à fait. Vous auriez tort de le croire. Mais... » Nouveau sourire. « Allez-y !

Les petites appliques des cloisons répandaient des flaques de lumière jaunâtre dans cet espace sombre, intime, masculin avec ses cuirs présents partout.

— Je commencerai par la question qui vient naturellement à l'esprit. Quand avez-vous vu Brightman pour la dernière fois ?

Il prit une autre gorgée de whisky, mais avec une discrétion de gentleman, cette fois.

— Naturellement à l'esprit, comme vous dites... Mais je n'ai guère envie d'y répondre. Puis-je la mettre de côté ? Pour le moment ? Je désire être franc, je vous l'ai dit. Je préférerais que vous me permettiez de sincères réticences plutôt que de me contraindre à un mensonge.

— L'avez-vous vu au cours des six derniers mois ?

— D'accord... La réponse est oui.

— Que désirait-il ?

— De l'aide, je pense. Il avait quelques ennuis, c'était assez évident.

— Des ennuis de quel genre ?

— Il ne me l'a pas dit.

— Et quel genre d'aide demandait-il ?

— Il s'est montré vague.

— Vous a-t-il laissé quelque chose ? Ou en avait-il l'intention ?

— Je suppose que vous songez à une variation sur le thème de la lettre « A ouvrir en cas de décès » ?

— Oui. Mais pas tout à fait cela, sans doute. Il possédait une chose que des gens désiraient, et désiraient au point que la possession de cet objet faisait de lui une cible. Alors, je crois qu'il avait décidé de le remettre à quelqu'un. Il se disait : si je ne l'ai plus, ils n'auront aucune raison de me harceler... Quand vous l'avez-vu, avez-vous eu l'impression qu'il se sentait en danger ?

— Je ne crois pas que mes impressions aient été aussi précises.

— Peut-être auriez-vous dû faire davantage attention. Il courait réellement un danger et il essayait de l'affronter en se débarrassant de l'objet en question. Non seulement, cela le situait hors de la ligne de tir, mais cela jouait également le rôle d'une assurance. Comme il était la seule personne à savoir où l'objet se trouvait, les gens intéressés avaient désormais tout intérêt à ce qu'il reste en bonne santé.

— Je vois. Vous me dites que...

— Je vous dis, monsieur Hamilton, qu'il vous faisait un cadeau empoisonné. Toute personne qui possède cet objet court un danger considérable. Ne vous y trompez pas.

Il se leva, montra mon verre du doigt, mais je secouai la tête. Il se dirigea vers son bar de luxe et se servit en me tournant le dos.

— Cet objet... pouvez-vous me dire plus précisément de quoi il s'agit ?

— Si vous l'avez, vous le savez. Sinon... peut-être me permettrez-vous à mon tour de réserver ma réponse.

Il se retourna.

— Volontiers. Mais qu'est-ce qui vous fait croire que je l'ai ?

— La liste des candidats n'est pas très longue. Et vous m'accorderez qu'il existait entre Brightman et vous des relations particulières, uniques même.

— Si l'on veut, répliqua-t-il en souriant. Mais je le connaissais mal, vous savez. Moins bien que vous, j'en jurerais.

— Puisque vous soulevez la question, je ne le connaissais pas du tout. Je suis seulement un ami de sa fille.

— Vous voyez bien. Je ne savais même pas qu'il avait une fille. Au cours des années, je crois avoir rencontré Brightman en tout et pour tout trois fois.

Il revint vers les divans et s'assit en face de moi. Il pencha la tête en arrière et leva les yeux au ciel : il jouait la comédie de l'homme qui se souvient.

« La première fois, je pense, ce devait être au début des années quarante. Je ne saurais vous préciser la date. La deuxième fois, en 1956, je m'en souviens assez bien. Puis la dernière... et c'est tout. Je ne vois pas ce qui vous permet, vous ou quiconque, de supposer qu'il est venu me demander un service, et surtout un service vital. Je le connaissais à peine et n'avais jamais rien fait pour lui à titre personnel.

— Et qu'aviez-vous donc fait pour lui à titre non personnel ?

J'observai son visage. Pendant un instant, il parut indécis, mais je me demandai si cela aussi n'était pas une comédie. Après tout, c'était lui qui avait rappelé le passé en termes explicites, et j'eus l'impression qu'il était ravi de trouver un prétexte pour aborder le sujet ; il avait déjà calculé précisément ce qu'il dirait.

Il haussa les épaules et avala une gorgée rapide.

— J'ai un peu étudié les sciences, à la faculté, commença-t-il. Pas grand-chose, rien dont on puisse se vanter, mais dans les milieux diplomatiques américains, en tout cas de mon temps, les qualifications scientifiques étaient aussi rares que le franc-parler. Au début des hostilités — comme on avait enfin découvert que les sciences et l'art de la guerre n'étaient pas sans rapports — cela me permit d'obtenir un certain nombre de missions importantes pour la bonne raison que j'étais pour ainsi dire le seul qualifié. Certaines missions me mirent en relation avec diverses commissions de contrôle des exportations de matériel scientifique. Vers les pays en guerre, pendant la période où les États-Unis restèrent neutres, puis vers nos alliés par la suite.

— Y compris l'Union soviétique ?

Il hésita.

— En ce qui me concernait, monsieur Thorne, j'aidais une nation qui avait été assiégée dès sa naissance et qui combattait alors, au péril de son existence, contre le même ennemi que nous — le plus grand ennemi que l'Humanité ait jamais connu.

Je ne pus m'empêcher de sourire à l'hypocrisie de ces nobles sentiments — tandis que le courant du fleuve berçait doucement la péniche et que les lampes lançaient leurs langues de lumière d'or vers cet intérieur luxueux.

— Je ne suis pas sûr que ce discours convienne à votre style.

— C'était mon style à l'époque. Vous pouvez me croire.

— Vous étiez communiste ?

— Ne dites pas de sottises. J'essayais d'être un homme bien. J'essayais de faire ce qu'il fallait. » Sa voix, à ma vive surprise, trembla soudain un peu. « L'ennui, c'est que j'étais entouré par des imbéciles. Des idiots qui ne voyaient pas la menace que représentait Hitler — et, quand ils l'ont vue enfin, ils ont laissé leurs préjugés idéologiques entraver une collaboration totale avec la Russie.

Je regardai son visage. En était-il convaincu maintenant, ou bien se remémorait-il seulement des sentiments depuis longtemps refoulés ? Peut-être était-ce encore plus subtil : ces opinions d'autrefois, si peu qu'elles eussent vécu, avaient néanmoins représenté la seule chose en laquelle il eût sincèrement cru durant toute sa vie. Aujourd'hui, même s'il les trouvait ridicules, il ne pouvait se raccrocher à rien d'autre. Sauf à Hitler, bien entendu. Je me demandai si ce n'était pas l'héritage le plus durable des nazis : leurs horreurs étaient devenues une excuse à peu près sans limite pour les horreurs moindres perpétrées par les autres. Mais, malgré l'agacement que je ressentais, je n'avais aucun désir de discuter avec lui.

— En fait, vous étiez en désaccord radical avec la politique étrangère américaine ?

— Si vous voulez.

— Et vous avez utilisé Brightman pour... la circonvenir.

Il me lança un petit sourire :

— Quelle façon aimable de présenter les choses... Mais inutile de vous montrer aussi poli. J'étais incontestablement un espion. Et je savais très bien ce que je faisais.

J'avais sous-estimé sa vanité ; il avait mérité son titre d'espion et il le portait avec fierté.

— Très bien, lui dis-je. Vous avez espionné. Sur quoi ?

— Vous croyez que je me donne des grands airs, monsieur Thorne. Il n'y a pas de quoi. Ce n'était que de la petite bière. Comme je vous l'ai dit, des problèmes d'équipement scientifique. Les Soviets tenaient particulièrement à certaines de leurs requêtes, et je faisais mon possible pour qu'elles soient considérées sous un jour favorable. Il leur était également utile de savoir ce que d'autres pays demandaient... Je suppose que cela leur fournissait une indication sur leurs efforts de guerre.

— Quels autres pays ?

— La Grande-Bretagne, évidemment... Mais aussi le Canada, l'Australie... tous les centres de production militaire et scientifique des Alliés. Après la guerre, la France, les Pays scandinaves...

— Vous avez donc continué après la guerre ?

— Dans une certaine mesure.

— Nous parlons maintenant de matériel nucléaire, n'est-ce pas ?

— Non. Pas de matériel. Je vous l'ai dit : de l'équipement, des appareils.

— Et tout cela passait par Harry Brightman ?

Il secoua la tête.

— Je ne saurais le dire. Cela ne me concernait pas, vous comprenez. Tout était organisé... De façon tout à fait classique étant donné les circonstances, je pense. Mais jamais je n'ai su précisément qui recevait les renseignements que je communiquais.

— Alors, pourquoi donc avez-vous rencontré Brightman ?

Il haussa les épaules.

— Eh bien, la première fois, c'était au milieu de la guerre. On m'a dit d'aller le voir à New York. Il avait besoin d'un équipement particulier — quelque chose d'électronique, je crois, mais je n'en ai pas gardé un souvenir précis. Il avait l'argent, n'importe quelle somme. Je lui ai expliqué que ce qu'il cherchait ne se trouvait pas dans le commerce — l'élément en question existait, mais il avait été fabriqué sur commande dans un laboratoire d'université. Alors nous avons mis au point un plan pour l'obtenir par d'autres moyens.

— Comment cela ?

Il se pencha confortablement en arrière et prit une gorgée de whisky.

— C'est lui qui a eu l'idée, une idée très ingénieuse. Je devais me présenter à mon petit comité, rongé par de pieuses inquiétudes : quelqu'un ne pourrait-il pas assembler cette pièce à partir d'éléments existant déjà dans le commerce ? Notre sécurité n'était-elle pas en danger par ce biais ? Cela souleva une vraie tempête, et l'on demanda aux chercheurs impliqués de démonter l'appareil en question et de nous indiquer tous les éléments constitutifs — dont la plupart se trouvaient effectivement dans le commerce, ce qui confirmait mes angoisses feintes et l'intuition de Brightman. Je remis la liste à mon contact, et je suppose que Brightman l'a reçue. Ce n'était pas une réussite à cent pour cent, mais presque.

Je me demandai de quelle pièce d'équipement il s'agissait, mais après tant d'années cela ne faisait aucune différence — en tout cas en dehors d'une cour de justice. Une chose me parut pourtant claire : Hamilton disait (au moins en partie) la vérité, puisque, d'après Berri, c'était précisément ce genre de services que Brightman rendait.

— Selon vos propres dires, vous l'avez rencontré une deuxième fois. En 1956.

— Oui. La Hongrie, vous vous souvenez ? De nouveau quelque chose de spécial : à l'époque — mais personne ne me l'a jamais dit —, je crois que j'étais sous le contrôle de Brightman. Un certain nombre de gens comme moi devaient l'être, et l'un d'eux avait des remords. Apparemment, il avait gobé tout le baratin sur les Combattants de la liberté, et on craignait qu'il ne fasse quelque idiotie. Car ce devait être un idiot. Les Hongrois avait littéralement accueilli les nazis à bras ouverts ; des milliers d'hommes avaient défilé dans les rues de Budapest pour aller se battre sur le front russe. Donc, en ce qui me concernait, ils méritaient bien ce qui leur arrivait... Bref, cet homme travaillait comme moi au Département d'État et Brightman désirait que je le calme.

— Qui était-ce ?

— Je n'en ai aucune idée. J'ai dit à Brightman de ne pas insister. Je n'allais pas prendre des risques personnels pour un type qui battait déjà de l'aile. C'était le problème de Brightman, je lui ai demandé de me laisser en dehors.

— Et il a accepté ?

— Oui.

— Était-il furieux ?

— Non... Il est revenu à la charge pour que je parle à cette personne, mais je crois qu'il comprenait très bien ma position.

Intéressant. Brightman lui avait donc déjà demandé un service. Mais Hamilton avait refusé.

— C'était une rencontre personnelle comme la première ?

— Oui.

— Mais vous deviez avoir d'autres moyens de communiquer ?... Des messages. Et — au moins une fois — un messager.

— Vous êtes au courant de ça ? C'était un drôle de bonhomme, un petit Canadien français. Il m'avait dit son nom mais je l'ai oublié. J'habitais déjà Paris à l'époque — je venais de prendre ma retraite. Brightman désirait que j'organise une rencontre pour lui, par l'entremise de l'ambassade... De l'ambassade soviétique, bien entendu. J'ai refusé.

— Pourquoi ?

— Et pourquoi l'aurais-je fait ? Pourquoi aurais-je pris un risque pour lui ?

— Soit... Mais pourquoi pensez-vous que Brightman ait fait appel à vous ? A tous égards, il était plus élevé que vous dans la hiérarchie : plus proche de l'ambassade, si vous préférez.

Il haussa les épaules.

— C'est une bonne question, et à l'époque je l'ai moi-même posée. Seulement, vous comprenez, je n'avais pas affaire à lui personnellement, mais à un simple messager, qui, de toute évidence, ne savait rien. J'ai supposé que Brightman avait ses procédures habituelles pour entrer en contact avec eux, mais que cette fois, pour je ne sais quelle raison, il préférait faire appel à une personne extérieure. Ou peut-être avait-il obtenu des résultats négatifs avec ses contacts normaux et désirait-il en essayer un autre. De toute manière, j'ai considéré que l'affaire ne me concernait en rien, et j'ai refusé.

— Vous devez reconnaître que c'était un peu étrange. Brightman n'avait jamais été proche de vous, sur le plan personnel ou professionnel...

— C'est exact.

— Et pourtant cette fois-là, dans des circonstances que nous pouvons supposer exceptionnelles, c'est vous qu'il avait choisi pour un service important. Pourquoi ?

— Je l'ignore, monsieur Thorne. Faire appel à moi était probablement plus sûr. Plus efficace. Plus rapide. Qui sait ? Peut-être l'a-t-il décidé pour une raison parfaitement anodine. Nos rapports professionnels datent d'il y a très longtemps, voyez-vous. J'étais jeune quand je me suis lancé — si je peux me permettre cette expression —, selon toute vraisemblance, les autres personnes que Brightman connaissait étaient beaucoup plus âgées. A l'époque de la visite du messager — il y a quelques années — les survivants devaient se faire rares.

En tout cas, cela semblait possible. Du « réseau » original de Brightman, peu de membres pouvaient être encore en vie. Il s'agissait d'histoire ancienne. 1939 : le pacte Molotov-Ribbentrop — plus important pour ces gens, curieusement, que l'ouverture des hostilités. 1941 : l'Allemagne lance ses chars contre l'Union soviétique. Les communistes cessent d'être gênés par l'alliance des

Russes avec les nazis : ils sortent de leurs cachettes et « aident » la Russie sous couvert d'aider l'effort commun contre Hitler. 1945 : début de la guerre froide. Un homme comme Hamilton — comme les Rosenberg, comme Alger Hiss — court maintenant un grand péril. Pis : en 1956, avec le soulèvement de la Hongrie, la désillusion commence à se répandre ; le jeu ne semble plus en valoir la chandelle. Et en 1968, quand la Tchécoslovaquie est envahie, même les inconditionnels comme Brigthman commencent à chercher une sortie de secours. Or, la plus récente de ces dates remonte à une douzaine d'années ! Sans doute reste-t-il donc peu de monde ayant commencé en même temps que Brightman, et ce sont forcément des gens âgés — comme Philby ou Anthony Blunt. Brightman avait donc peut-être été contraint de faire appel à Hamilton, que cela lui plût ou non. Et cela avait dû lui déplaire ; étant donné ce que je savais de Brightman et ce que je pouvais deviner de Hamilton, les deux hommes n'avaient rien en commun. Or, il s'était confié à lui... il lui avait demandé des services. Pourquoi ?

Pendant que je me livrais à ces réflexions, Hamilton retourna au bar se servir un autre doigt de whisky.

« Et nous voici revenus au présent, dit-il. Au présent et à Harry Brightman. Sauf que Harry n'en fait plus partie, n'est-ce pas ?

Je le regardai boire en silence. De nouveau la succion nerveuse de ses lèvres sur le bord du verre. Il leva les yeux vers moi.

« Il est vraiment mort ? Vous en êtes sûr ?

Comme c'était manifestement très important pour lui, je répondis d'un ton définitif :

— Oui. J'ai vu de mes yeux son cadavre. Harry Brightman est mort.

Il me lança un regard appuyé, puis haussa simplement les épaules.

— Il ne m'a jamais trahi, monsieur Thorne, et je n'ai aucun désir de le trahir. Mais à quoi bon tous ces scrupules, s'il est mort...

Venant de sa part, ces protestations de loyauté ne pouvaient être que ridicules... Et constituaient une erreur, car, pour la deuxième fois, il attirait mon attention sur un point crucial : la mort de Brightman semblait plus importante pour lui que tout le reste. Je le regardai reposer son verre, puis se retourner et s'appuyer au bar, face à moi.

« En tout cas, continua-t-il, rien ne m'empêche de tout vous dire... A propos de notre dernière rencontre, n'est-ce pas ? » Il reprit son verre : un geste naturel, banal, mais qu'il n'avait pas tout à fait joué à la perfection. Avant qu'il n'ouvre la bouche, j'étais sûr qu'il allait me dire un mensonge. « C'était la deuxième semaine de septembre dernier. J'ignorais qu'il viendrait. En fait, il a surgi un jour à côté de moi, au marché — il s'entourait manifestement des précautions les plus strictes. Nous avons pris un verre et bavardé. Comme je vous l'ai dit, il avait des ennuis ; il voulait que je l'aide. J'avais déjà refusé de lui rendre service, bien sûr — et je ne songe pas à m'excuser —, mais cette fois-là, je l'admets, cela semblait spécial. J'ai essayé de lui faire dire de quoi il s'agissait, mais il a refusé de répondre tant que je ne lui aurais pas donné ma parole. Je ne pouvais pas faire ça. Vous le comprenez, n'est-ce pas ? L'unique raison pour laquelle j'ai survécu si longtemps, c'est que je me suis montré très prudent.

Je secouai la tête. Parce que j'avais précisé mes idées.

— Je ne vous crois pas, monsieur Hamilton. Pas un mot.

Il se détourna.

— Croyez ce que vous voudrez.

Mais je secouai de nouveau la tête ; le plus important, dans n'importe quel mensonge, demeure toujours sa motivation, et je connaissais à présent la motivation de Hamilton.

— Il a fait appel à vous la première fois et vous lui avez refusé votre aide... Or il a continué de revenir, au long des années. Comment se fait-il ? Pourquoi prendre la peine de vous contacter ? Si vous étiez si prudent, vous refuseriez *toujours* de tendre le cou... Or, il n'a pas cessé de revenir vers vous. En réalité il a persisté à s'adresser à vous *parce que vous avez toujours exécuté ses ordres à la lettre*. Il vous faisait chanter, monsieur Hamilton — voilà ce que je crois. Il possédait une belle petite liasse de documents dans un coffre de banque, et vous deviez donc lui obéir au doigt et à l'œil.

— Ne soyez pas ridicule. S'il pouvait me faire chanter, songez à tout ce que j'avais contre lui.

— Rien. Certainement rien sur papier. En outre, il s'en

moquait. Si vous l'aviez menacé, il risquait de vous prendre au mot — c'était un vieil homme sans illusion, las de lui-même et du monde. Mais vous ? Oh non !... Vous avez beaucoup à perdre. Vous avez envie de profiter de votre douce retraite dans votre belle péniche. Alors vous avez fait exactement ce qu'il vous a indiqué.

Il ne put empêcher ses yeux de le trahir. J'avais raison. Il se détourna.

— Vraiment ridicule. Écoutez...

— Non. C'est vous qui allez m'écouter. Ne vous bercez pas d'illusions, Hamilton. Il vous a confié ce paquet parce qu'il était trop dangereux de le laisser à sa fille ou à toute autre personne à qui il tenait. Et le danger reste le même à présent. Si vous l'avez encore dans quarante-huit heures, croyez-moi, vous êtes un homme mort.

Il essaya d'allumer une cigarette, reprit son calme, mais son inquiétude ressortait comme de la sueur.

— Je ne vous crois pas, bégaya-t-il. Pourquoi vous croirais-je ? Si votre théorie est exacte, pourquoi Brightman a-t-il été tué *après* qu'il m'eut remis son paquet ? C'est vous qui mentez.

— Encore une chose que vous devez vous enfoncer dans la tête. Vous avez ce paquet, vous savez donc probablement ce qu'il contient. Une clé ? Une combinaison de coffre ? Quoi que ce soit, cela conduit à un gros tas d'argent — mais ne vous laissez pas tenter. Cela fait partie de l'argent que les Soviets ont donné à Brigthman pour acheter le genre d'équipement que vous lui fournissiez. Il est resté une très grosse somme. Certaines personnes, certains Russes, tentent de s'en emparer ; et vos anciens employeurs essaient de les en empêcher ; ils veulent étouffer toute l'affaire. Alors quoi que vous fassiez n'allez pas leur demander de l'aide. Je crois que c'est l'erreur que Brightman a commise.

Je ne savais rien de tout cela avant de commencer de parler mais je sentis aussitôt que j'étais dans le vrai. Soubotine d'un côté, le KGB de l'autre : il s'y ajoutait sans doute d'autres complications, mais c'était le nœud de l'affaire. Brightman avait dû s'adresser à ses anciens maîtres pour qu'ils le débarrassent de Soubotine, au lieu de quoi ils l'avaient éliminé et ils avaient aussi supprimé Travin. J'en eus soudain la conviction absolue, et ma conviction dut se communiquer à Hamilton, car quand je me tus, il se servit un autre whisky mais écarta son verre.

— Je n'en crois rien, dit-il. Absolument rien. J'ai été loyal... Jusqu'au bout. J'ai conservé mes contacts. Les années ont passé, mais il reste encore quelques personnes qui se rappelleront mon nom, qui se montreront reconnaissantes. Et chacun sait que les Soviets ne laissent jamais tomber l'un des leurs.

Je le regardai, interloqué. Croyait-il ce qu'il disait ? C'était impensable.

— Monsieur Hamilton, lui dis-je, vous êtes un « squelette dans le placard » depuis quarante ans. Ils ne songeront qu'à une chose : s'assurer que vos os ne se mettront pas à cliqueter.

Une expression de stupeur se peignit sur ses traits. Curieusement, je crois que ce fut mon mépris qu'il perçut. Il comprit que je le prenais pour un imbécile et il en fut gêné — il n'aimait pas que l'on pense cela de lui. Il sortit du salon à grands pas, traversa la cambuse et ouvrit la porte d'une cabine, située au-dessous du poste de pilotage. Une lumière s'alluma et je l'entendis fourrager dans un bureau. Je connus un instant de panique, car je songeai instinctivement à un revolver. Mais il prit un tube de comprimés, en avala deux ou trois, puis me fixa. Son regard se troubla. Quand il prit la parole, sa voix était devenue si basse que j'avais du mal à le comprendre.

— D'accord... Vous avez touché juste... Et je reconnais que je n'ai pas dit toute la vérité. Mais écoutez, il faut que vous m'aidiez.

— Donnez-moi seulement le paquet, l'enveloppe... l'objet en question. Je m'en débarrasserai à votre place et je leur ferai comprendre que vous ne le détenez plus. Vous serez libre comme l'air.

Il secoua la tête.

— Non... Écoutez, je ne peux pas. Pas comme ça... Ce n'est pas si simple. Vous devez me croire. Il faut que je réfléchisse. J'ai besoin de temps. » Il leva les yeux vers moi et fit de la main un geste rapide qui désignait la péniche. « Ne suis-je pas en sécurité, ici ?

— A peu près comme un homme au bord d'un précipice. Ils possèdent l'adresse de votre appartement. N'y a-t-il rien qui puisse les conduire ici ?

255

Il passa la main dans ses cheveux.

— Je ne crois pas... en tout cas pas dans l'immédiat.

— Dans ce cas, ils ne vous trouveront pas... dans l'immédiat. Mais ils finiront par vous coincer.

— Vingt-quatre heures... Je n'ai pas besoin de davantage, mais il me les faut. Pouvez-vous me les accorder ? Attendre demain ? Revenez demain soir, Thorne. Nous mettrons quelque chose au point demain soir.

Je le regardai, à l'autre bout du bateau. Un vieux monsieur pomponné comme une grue — si l'on peut qualifier un vieux monsieur de grue... Le ton suppliant qui perçait dans sa voix aurait dû augmenter mon mépris, mais je ressentis malgré moi un peu de pitié.

— J'espère que vous le comprenez, Hamilton ; ce n'est pas moi, votre problème.

Il acquiesça.

— Bien sûr... Bien sûr. » Il essaya même de sourire. « Je sais bien que vous ne cherchez qu'à m'aider. Et je vous en remercie. Mais ne faites rien pour le moment. Accordez-moi un peu plus de temps. Jusqu'à demain... Oui revenez demain, monsieur Thorne. A la même heure. Nous tirerons des plans.

Je ne répondis pas. A vrai dire, je commençais à me lasser, et une moitié de moi-même avait envie d'envoyer ce vilain petit bonhomme directement en prison. Sauf qu'il n'irait jamais. Ce qu'il avait fait remontait à trop longtemps ; et la CIA, qui n'avait jamais laissé les Anglais étouffer l'affaire de Philby, ne s'exposerait sûrement pas à la confusion qui accompagnerait des révélations comme celles de Hamilton. Non, on lui rendrait la vie dure — contrôles fiscaux, suppression du passeport, harcèlement bureaucratique — mais ces inconvénients ne seraient que marginaux. Et il le savait. Ce qui signifiait que je ne pouvais même pas le menacer de la police. Mais j'étais certain qu'il allait faire une bêtise. Il avait le « paquet » de Brightman et il désirait gagner du temps... Oui, il allait commettre une sottise.

Je me levai et enfilai mon imperméable.

— Hamilton, lui dis-je, avez-vous la moindre idée de ce que sont ces hommes ?

Il écarta ma question d'un petit geste de la main.

— Brightman a fait allusion, il me semble, à une faction du service — du KGB — associée aux militaires... Ce ne sont pas des agneaux.

— Vous ne songez tout de même pas pouvoir les convaincre que vous êtes de leur côté ?

— Oh ! non, répondit-il. Bien sûr que non. Absolument pas.

— Et n'essayez pas non plus de convaincre l'ambassade.

La colère crispa soudain ses traits.

— Je ne suis du côté de personne. Peu m'importe...

— Pas de ça, je vous en prie. Depuis le tout début vous êtes du même côté. Celui de vos intérêts.

Il ricana, mais sans grande conviction.

— Qu'en savez-vous ? Vous n'avez pas eu à vivre l'époque que nous avons traversée.

— Non. Mais les gens comme vous n'ont pas facilité les choses à ceux qui l'ont vécue.

Pour le remettre à sa place, c'était plutôt faible, mais je ne trouvai pas mieux. Et cela lui cloua le bec, le temps que je passe devant lui, traverse la cambuse et monte l'escalier jusqu'au poste de pilotage. Sur le pont, je consultai ma montre. Plus de huit heures. Nous avions parlé longtemps. La pluie avait cessé mais un vent glacé s'engouffrait le long de la Seine. Il emportait le bruit des voitures sur le Pont-Neuf et faisait danser sur l'eau les lumières de l'île de la Cité. Je traversai les péniches ; quelqu'un avait fait cuire un poulet pour dîner, j'entendis un bruit d'eau que l'on jette, puis de casseroles qui s'entrechoquent. Tout près, un homme toussa et murmura « Bonsoir ». Je lui répondis d'un vague signe de la main dans le noir.

Je remontai sur le quai. Sur le trottoir, j'allumai une cigarette. Je ne me sentais pas bien dans ma peau. Je savais qu'il allait tenter quelque chose, et que ce serait ma faute. En partie. Mais non, me dis-je aussitôt, je ne pouvais tout de même pas me juger responsable d'un homme comme Hamilton ! Pourtant, je préférais ne pas le perdre de vue. Je traversai donc la rue, entrai dans un café et m'installai à une table qui me permettait de surveiller l'escalier d'accès à la Seine. Et bien entendu, vingt minutes plus tard, Hamilton apparut — mais rien de sensationnel : il se dirigea vers une cabine téléphonique, passa un coup de fil, puis ressortit. Une demi-heure s'écoula. Puis une voiture s'arrêta non loin, le genre de voiture américaine qui paraît toujours ridicule dans une rue d'Europe : une énorme Charger Dodge, peinte en jaune clair, surchargée d'enjoliveurs et de chromes, avec des raies métallisées sur les glaces. Elle s'arrêta et ses feux de position clignotèrent. Quelqu'un en descendit... et, non sans un sourire, je jurai pour la millième fois de ne plus jamais lancer d'hypothèses hâtives sur la vie sexuelle d'autrui, car l'ami de Hamilton était un jeune et beau garçon. Ils parlèrent pendant un instant, puis le jeune homme se remit au volant et s'en alla. Mais Hamilton resta sur le trottoir, alluma une cigarette et passa la main dans ses longs cheveux d'argent. Quelques minutes plus tard, le jeune homme revint, cette fois à pied. Ils descendirent ensemble vers la Seine. Au bout d'une heure, comme ils n'étaient pas revenus, je me dis qu'ils ne bougeraient plus de la nuit. Mais pourquoi prendre le moindre risque ? Je fis le tour du quartier et trouvai vite la Dodge du jeune homme, coincée dans une ruelle. J'allai chercher ma petite voiture près de la Pension Mull et me garai un peu plus haut dans la même rue.

Dix heures vingt-deux... Onze heures seize... La pluie cessa, puis reprit. Lentement, les heures se succédèrent. De temps en temps, je somnolais. Le siège avant d'une Renault 5 ne saurait faire un lit confortable, mais il faudrait bien s'en contenter.

15

Je ne passai pas une nuit calme.

Quatre ivrognes, deux combats de chats, une prostituée qui n'arrivait pas à digérer mon refus, et même un flic qui braqua sa torche par la portière et me demanda mes papiers. Au total, je ne dormis guère, quoique personne ne touchât à la grosse voiture jaune. Vers quatre heures, la ville parut s'assoupir, bercée par le murmure lointain de camions sur les voies express ; mais une heure plus tard, les livraisons commencèrent dans les cafés et, presque aussitôt, les ouvriers du quartier apparurent. A Paris comme partout, les pauvres se lèvent toujours avant les autres. Les manœuvres des équipes du matin partaient à bicyclette sous la pluie ; de vieilles femmes, emmitouflées dans de gros manteaux et un foulard sur la tête, gagnaient à pied les grands hôtels où elles travaillaient comme femmes de ménage. Un vieil homme en veston de serge bleue prit place dans un kiosque à journaux au coin de la rue. A six heures, la foule se déversa sur les trottoirs, et même les hommes épuisés, mal rasés et à court de cigarettes, qui ont passé toute la nuit dans leur voiture, durent se lever et s'étirer... Je me dirigeai vers le quai des Grands-Augustins et l'escalier de la Seine. Au-dessus du fleuve, le crachin se transformait en brume grise. Sur certaines péniches, la vie reprenait ses droits — fumée épaisse, bruit sourd d'une pompe — mais *la Trompette* somnolait encore. Pour le moment, cela me convenait à merveille. Je traversai la rue, trouvai un café et commandait un noir.

A sept heures, barbe exceptée, je me sentais à moitié humain. Qu'allais-je faire ? Hamilton, qui n'appartenait pas au genre lève-tôt, ne ferait probablement pas surface avant des heures. Mais, presque aussitôt, surprise : le petit ami apparut. Il avait

259

même l'air en pleine forme — il franchit d'un bond les dernières marches de l'escalier, puis s'élança au pas de gymnastique au milieu des voitures. Je me demandai si je devais le suivre, mais la question perdit aussitôt tout intérêt car il se dirigea tout droit vers le café où je me trouvais. Pendant une seconde, je craignis que Hamilton ne survienne sur les talons du minet, mais celui-ci commanda tout de suite et s'assit pour déjeuner seul. Il était facile à surveiller : il ne se trouvait qu'à cinq ou six tables de moi, il ouvrit un journal et se concentra sur sa lecture. Il portait un blouson de cuir fauve, un blue-jean et une paire de petites bottes Nocona. Il était très hâlé : M. France-Californie, aurait-on dit. Mais, comme il arrive souvent avec les imitations européennes des styles américains, la sincérité même de l'effort produisait un résultat très différent de l'original. Dans son cas, c'était d'une innocence plutôt sympathique. Cinq ans plus tôt, il devait se gaver de rock'n roll et de vedettes de cinéma ; à présent, après sa nuit avec son vieil amant américain, il essayait de ne pas être choqué par lui-même. Il alluma une cigarette et repoussa son journal ; quand le garçon apporta le café et les croissants, il ne daigna le remercier que d'un très discret signe de tête. D'un geste précieux, il éteignit sa cigarette, puis se mit à manger lentement. Il parcourut alors la pièce du regard ; pendant un instant ses yeux croisèrent les miens, mais continuèrent leur exploration le plus normalement du monde. Il semblait d'un calme parfait : si Hamilton l'avait mis au courant de ses problèmes, rien ne transparaissait.

Je réfléchis pendant que le jeune homme mangeait. Je savais que Hamilton avait quelque chose en tête, et je n'avais donc guère envie d'abandonner ma surveillance des quais. D'un autre côté, le minet pouvait s'avérer important lui aussi. Hamilton lui avait téléphoné aussitôt après m'avoir parlé, et je ne devais pas négliger la voiture. Hamilton avait sûrement assez de bon sens pour comprendre que sa propre voiture constituait un danger, et la nuit dernière je m'attendais un peu qu'il prenne la Dodge pour filer à l'anglaise. Il pouvait encore le faire. Ou bien envoyer son jeune ami faire une course à sa place. Ce dilemme en puissance se concrétisa peu après huit heures. Le jeune homme replia son journal et appuya sur un bouton de sa montre. Informé de l'heure au millième de seconde, il se leva et se dirigea vers la sortie. J'hésitai... Je décidai finalement de le suivre, mais non sans réserves. Seulement jusqu'à la péniche. Ou jusqu'à la voiture — il pouvait avoir donné rendez-vous à Hamilton là-bas. Ou bien...

Il sortit sur le quai.

Les trottoirs étaient bondés et, dans les rues, Paris essayait de « s'adapter à l'automobile » — selon l'expression immortelle du président Pompidou —, exactement comme n'importe quelle grande ville américaine : avec un embouteillage cacophonique étalé sur des kilomètres. Le jeune homme suivit le quai des Grands-Augustins, continua sur le quai Saint-Michel, puis remonta vers la rue Saint-Jacques. Il se dirigeait vers sa voiture. Je pris un raccourci et le devançai. Hamilton ne s'y trouvait pas, mais je ne m'y attendais pas vraiment — il était sans doute au chaud dans son lit. Je décidai de prendre un peu d'avance et lançai la Renault. Son moteur était déjà chaud alors que la grosse Dodge toussait encore dans l'air humide. Lorsqu'il partit en marche arrière, il fit crisser les pneus — encore le style californien — puis il démarra en trombe. Il revint sur le boulevard Saint-Germain, traversa la Seine au pont Sully et continua sur le boulevard Henri-IV... Dans la circulation, je n'avais aucun mal à le suivre, mais, même en dehors de la cohue, il aurait fallu mettre beaucoup de bonne volonté pour perdre de vue l'énorme tache jaune. Quarante minutes plus tard, je m'arrêtai le long du trottoir de l'avenue Foch à Saint-Mandé.

Je ne connaissais pas cette banlieue, mais elle ressemblait à beaucoup d'autres ; immeubles anciens aux formes massives derrière des grilles de fer forgé noir ; rues très calmes ; le trottoir encombré de voitures : des Peugeot et des Citroën, mais aussi une MG entretenue avec amour. La Dodge jaune semblait déplacée, mais, en voyant le jeune homme entrer dans l'un des immeubles, j'eus l'impression qu'il s'agissait du domicile de ses parents.

Je ne sus jamais si c'était exact, mais il ressortit vingt minutes plus tard avec deux valises de toile. Il les rangea dans le coffre de la Dodge, puis m'entraîna jusqu'au périphérique. Il le quitta à la porte de Gentilly pour s'engager sur le boulevard Jourdan. Il tourna dans l'une des entrées de la Cité universitaire et chercha une place.

Je faillis ne pas le suivre, supposant qu'il se rendait à un cours, ou chez un ami. Mais pourquoi les valises ? La question m'intriguait suffisamment pour que j'attende un moment, moteur en marche, près de l'entrée de service de l'un des bâtiments. Comme je m'y attendais, il apparut au bout de trois minutes. Et il n'alla pas à un cours. D'un pas alerte, il traversa une pelouse et sortit sur le boulevard. Il y a une bouche de métro juste en face, mais il n'y descendit pas. Il s'engagea dans le parc Montsouris et en sortit à l'entrée d'une petite rue latérale. Je ne compris qu'en lisant le nom de la rue : c'était celle de l'appartement de Hamilton. Je n'en croyais pas mes yeux. Je m'étais fait une opinion assez négative de cet homme, mais cela dépassait tout. Malgré mes avertissements, il avait laissé le jeune homme venir ici — il le lui avait *demandé* — évidemment sans le prévenir du danger, car, sans même essayer de brouiller sa piste, mon Californien de Paris entra dans le vestibule d'un immeuble. J'éprouvai une pointe de culpabilité mais je me dis aussitôt que, selon toute probabilité, Soubotine n'était pas encore arrivé à Paris, et je traversai la rue en direction d'un café-tabac. Cinq minutes, décidai-je ; je ne lui accorde pas plus. Mais cinq minutes sont un long délai pour la conscience d'un homme, et, quand les cinq premières minutes furent écoulées, je lui en accordai cinq de plus... puis deux de plus, et vingt-six secondes plus tard, il réapparut.

Parfaitement insouciant, semblait-il.

Le crachin se muait en pluie. Il glissa les mains dans les poches de devant de son blue-jean, fit le dos rond et courut d'un drôle de pas — jambes raides — jusqu'au coin de la rue, juste sous mon nez. Il s'arrêta, regarda dans les deux sens, puis traversa à la hâte et pénétra dans le parc. Depuis l'intérieur du café, je surveillai ses arrières. Peut-être était-il filé, mais je ne vis personne. Au cours des quatre-vingt-dix secondes suivantes, une voiture s'engagea dans la rue et une autre en sortit, mais j'eus l'impression qu'il était bien seul — Soubotine n'était donc pas encore arrivé —, et je le suivis. La pluie avait redoublé, des gouttes se glissaient sous mon col. Je pouvais voir le jeune homme devant moi ; il se hâtait, mais c'était visiblement à cause de la pluie : ce qu'il avait fait dans l'appartement de Hamilton ne l'avait pas troublé. Et s'il y avait pris quelque chose, c'était assez petit pour entrer dans sa poche. Donc probablement rien de sensationnel : de l'argent, un chéquier, des cartes de crédit — le genre de choses que Hamilton avait dû oublier dans sa précipitation après mon coup de téléphone. Tête baissée, je traversai le parc au pas de course et rattrapai mon Californien sur le trottoir du boulevard Jourdan. Ménageant ses bottes fantaisie, il traversa la chaussée en évitant soigneusement les flaques, mais, quand j'arrivai au passage clouté, la circulation était plus dense et je dus attendre. Mais je ne le perdis pas de vue. Et, cette fois, il entra dans l'une des « Maisons » de la Cité. Il disparut longtemps avant que j'aie pu traverser le boulevard, et je retournai donc directement au parking.

J'attendis douze minutes, puis il ressortit et se dirigea lentement vers la Dodge. De nouveau, pas le moindre signe d'inquiétude ou de méfiance. Il monta dans la voiture, lança le moteur et passa lentement devant moi, penché au-dessus du volant pour essuyer la buée sur le pare-brise. Il s'engagea sur le boulevard, puis de nouveau sur le périphérique et reprit le même chemin qu'à l'aller. Saint-Mandé, puis l'autoroute A 4. Il conduisait avec beaucoup de prudence ; il accélérait si la circulation se dégageait, mais pendant quelques secondes seulement, et j'eus l'impression qu'il n'avait pas l'habitude de cette voiture ou même qu'elle lui faisait un peu peur. Je ne m'en plaignis pas : j'avais déjà assez de mal comme ça. Il pleuvait à verse et, dans ma petite Renault, j'étais constamment noyé sous les éclaboussures boueuses des poids lourds. Je fus soulagé quand il quitta l'autoroute, juste avant Villiers, pour prendre la nationale qui traverse les bourgades et les villages des bords de Marne. Je gardai prudemment mes distances — sur l'autoroute je n'étais qu'une Renault parmi tant d'autres, mais ici je me trouvais beaucoup plus exposé —, bien qu'il ne trahît aucun signe de méfiance : à une allure paisible, agréable, nous serpentions à quelque distance de la rivière — comme pour tracer une carte illustrant la ligne du front en septembre 1914.

Il quitta soudain la nationale puis, presque aussitôt, tourna de nouveau dans une petite route latérale. Nous devions être à quarante ou cinquante kilomètres de Paris, dans les environs de Meaux. Le terrain descendait en pente douce vers la Marne, dont une ligne un peu floue de grands arbres gris marquait le lit, au loin. Lentement, en cahotant sur les nids de poule, la Dodge se dirigea dans cette direction. Nous dépassâmes plusieurs fermes, un hameau de quatre maisons basses, des vergers et des parcelles de bois où les branches dénudées des arbres s'agitaient dans le vent. Au bout de trois kilomètres une grande bâtisse, une sorte de grange, apparut sur la droite. Le jeune homme mit son clignotant, je levai le pied de l'accélérateur. C'était un restaurant de campagne, le genre d'endroit que fréquentent les voyageurs de commerce : grande salle, service rapide, bons repas à des prix abordables. A en juger par le nombre de voitures sur le terre-plein devant la porte, il faisait de bonnes affaires. Mon Californien s'arrêta. Il semblait ne pas craindre d'être filé, mais je redoublai de prudence. Je passai sans ralentir puis fis demi-tour. Je me garai juste au moment où le jeune homme franchissait la porte d'entrée.

Je réfléchis un instant. Il semblait n'avoir aucun soupçon, mais il m'avait bien vu dans le café des quais. D'autre part, il était encore un peu tôt pour déjeuner, ce qui avivait ma curiosité, et peut-être — mais je ne voyais pas comment — allait-il retrouver Hamilton dans ce restaurant. Je décidai de prendre le risque de le suivre. En réalité, il n'y avait aucun risque. A l'avant de la salle à manger principale (très vaste) se trouvait un bar mal éclairé. Assis au comptoir, je pouvais entrevoir le jeune homme à son insu chaque fois que quelqu'un ouvrait les grandes portes battantes pour entrer ou sortir de la salle. Il était seul et, apparemment, n'attendait personne.

Je commandai un vermouth, puis découvris que je pouvais me faire servir un sandwich. J'en dévorai deux à la file. Puis je profitai pleinement d'une heure de sociologie française. Le bar était fréquenté par la population locale : les Meldois, comme on appelle les gens de la région de Meaux. Une clientèle nombreuse mais qui entrait et sortait : le bar n'était donc jamais envahi. Une majorité de paysans, aimables quoique taciturnes, mais aussi des retraités installés à la campagne — aisés mais pas riches, une sorte de petite bourgeoisie des champs. Ils bavardaient de la pluie et du beau temps, de l'état des routes et de la pêche : Paris semblait à mille lieues.

Au bout d'une heure, je m'offris un deuxième vermouth, et j'étais en train d'en déguster un troisième, quand le jeune homme ressortit enfin de la salle à manger. Absolument rien d'anormal. Il s'arrêta sur le seuil pour boutonner son blouson avec soin, ce qui obligea les gens derrière lui à le contourner, puis il sortit. Gardant à l'esprit qu'il m'avait aperçu à Paris, je ne bougeai qu'au moment où j'entendis ronronner le gros moteur de la Dodge. Je me levai pour regarder, depuis le seuil, mon Californien quitter le parking. A ma vive surprise, au lieu de tourner à gauche, vers la nationale, il prit à droite, vers la Marne. Je compris avant même d'avoir rejoint ma Renault. Car c'était évident. Je me trouvais à moins de dix kilomètres de la rivière, qui se jette dans la Seine à l'entrée de Paris. Le jeune homme avait bien rendez-vous avec Hamilton — mais Hamilton arriverait *en péniche*. Filer le Californien s'avérait donc un coup de chance fantastique... en tout cas je le crus jusqu'au moment où je tournai la clé de contact de la Renault.

Rien ne se produisit.

Au bout de trois essais — et après avoir compté lentement jusqu'à cinquante — je descendis et soulevai le capot. Le moteur demeurait encore chaud après le trajet du matin, et des gouttes de pluie grésillèrent sur le bloc. Mais si chaud, si bien réglé que fût un moteur, il n'était pas question qu'il démarre avec deux fils de bougies absents. Je m'assis dans la voiture.

La pluie tambourinait sur le toit et dégoulinait sur le pare-brise transformant les gens qui sortaient du restaurant en fantômes aux formes fluides, aquatiques. J'allumai une cigarette et regardai mon haleine chaude couvrir le verre de buée. Il y avait deux possibilités, me dis-je : l'une terrifiante, l'autre simplement agaçante. Mais pourquoi me montrer alarmiste ? J'étais sûr que Soubotine ne se trouvait pas dans l'appartement de Hamilton : jamais il n'aurait laissé ressortir le jeune homme. Et j'étais *presque* sûr que personne ne nous avait suivis dans le parc Montsouris... Mais ce *presque* me fit frissonner. Pourtant, inutile de se laisser aller à la panique, raisonnai-je ; très probablement, je m'étais montré trop confiant, trop insouciant, et le Californien ne devait pas être aussi naïf qu'il y paraissait. Il s'était montré plus malin que moi. Il m'avait repéré, m'avait entraîné jusqu'à cet endroit et m'avait planté là. Entre deux ouvertures de porte, il avait largement eu le temps de faire son coup.

Sans bavures — sauf que cela ne faisait aucun différence. Aucune différence si, comme je le pensais, Hamilton arrivait en péniche. La Marne se trouvait à deux pas. Je pouvais la rejoindre à pied en moins d'une heure. J'écrasai ma cigarette. J'étais à peu près certain

de mes conclusions — mais n'avais pas envie de perdre une minute.
Je retournai au restaurant. Le barman m'accorda toute sa sympathie et m'offrit de téléphoner à un garage, un peu plus loin sur la
nationale 3, mais je savais que cela prendrait des heures.

— Ce n'est rien, vous comprenez. Si j'avais la pièce, je pourrais
réparer moi-même.

— Un taxi ? Mais il faudra qu'il vienne de Meaux.

— Et une bicyclette ? Si ce n'est pas trop loin...

— Par ce temps ! Vous croyez vraiment ?

Une des jeunes filles de la cuisine en avait une. Elle me prit pour
un fou, à cause de la pluie, mais refusa l'argent que je lui proposais.
Sa bécane, attachée avec une chaîne de sécurité à une gouttière de
l'arrière du restaurant, n'avait rien d'un vélo de course : une vieille
bicyclette de dame, grinçant de partout, avec un panier de plastique
rouge fixé à l'avant du guidon. Je l'enfourchai, partis en zigzag, puis
découvris que les gens ont raison : on n'oublie jamais. Ce n'est pas
votre mauvaise mémoire qui vous empêche de redevenir enfant,
mais trente ans de bouffe, de gnôle et de tabac. Heureusement la
route vers la Marne descendait. Je pédalai, trouvai mon rythme —
deux coups de pédale, expiration — et toutes les trois expirations
un bref coup d'œil à travers la pluie. Les roues sautaient de
nid de poule en nid de poule, la selle avait des bosses indignes d'un
vélo de dame et mon pantalon, entièrement trempé, collait à mes
cuisses. Je dépassai une ferme et deux maisonnettes, mais, par ce
temps-là, personne ne mettait le nez dehors et je ne vis pas une
seule voiture. Pendant un vingtaine de minutes, j'avançai. Puis la
route se rétrécit et le revêtement changea : du gravier tassé. Je
pénétrai sous un dôme sombre de grands chênes, si touffus que
même sans la plupart de leurs feuilles ils arrêtaient la pluie. La
pente augmenta ; je continuai en roue libre. Il faisait très sombre et
tout était assourdi, le moindre son prenait une résonance
particulière. Tout près, emplissant mes oreilles, l'écho de ma
respiration haletante et le crissement doux, constant, des roues sur
le gravier ; mais, au-delà de ces bruits, s'étendait une vaste zone de
silence, que venait clore le clapotis de la pluie sur les hautes
branches au-dessus de ma tête. Une lumière douce, délicate,
argentée ; comme si tout se réfléchissait sur un miroir embrumé.
Des feuilles mortes s'entassaient dans les fossés ; des deux côtés de

la route, la forêt semblait dense. Je me remis à pédaler, puis repartis en roue libre dès que la pente devint plus forte. Je glissai dans un tournant, et juste au début de la ligne droite suivante, je vis la Dodge jaune.

Elle était dans le fossé ; elle avait basculé sur le côté droit et son gros museau s'écrasait contre l'un des chênes.

Je freinai de toutes mes forces. Le vélo fit un tête-à-queue. Je mis pied à terre et regardai la route noire, détrempée.

Rien ne bougeait. La Dodge gisait là comme un énorme tas de ferraille. Je ne pouvais en être certain, mais elle semblait vide. La portière du conducteur était restée entrebâillée, celle du passager grande ouverte — comme un bras tendu pour équilibrer la voiture et l'empêcher de capoter tout à fait. J'écoutai. Rien, en dehors de la pluie. Avec les portes ouvertes ainsi, j'aurais dû entendre un signal sonore si les clés se trouvaient encore sur le tableau de bord.

Donc...

Le jeune homme avait basculé dans le fossé. Indemne, il avait retiré les clés, puis était parti demander de l'aide... Possible, mais je n'y croyais pas. Cette route n'avait rien de périlleux, sauf si l'on roulait trop vite ; or, malgré son blue-jean serré et ses bottes fantaisie, ce garçon conduisait avec prudence. Surtout, je ne l'avais pas croisé, alors que le restaurant était le premier endroit auquel il aurait songé pour chercher du secours. Non. Cette explication trop simple ne tenait pas et j'éprouvai une sorte de malaise que je commençais à reconnaître trop bien... Mais Soubotine pouvait-il être ici ? Je n'étais sûr de rien. A la sortie de Paris, sur le périphérique, j'avais eu trop de mal à voir à travers le pare-brise pour me soucier de la lunette arrière, et une fois sur la nationale 3, n'importe qui pouvait nous filer facilement sans attirer l'attention.

A regret, j'enfourchai de nouveau mon vélo.

Je roulai jusqu'à la hauteur de la Dodge. Elle était bien vide. Et il n'y avait pas de sang — première constatation favorable. Je me dirigeai vers l'avant. L'aile droite coincée contre le chêne avait creusé une blessure blanche, brillante, dans le tronc. En tant qu'accident, c'était un peu plus qu'un pare-brise tordu, mais rien de spectaculaire. La calandre tape-à-l'œil ressemblait à une boîte de bière écrasée, et le radiateur fuyait mais le jeune homme n'allait pas assez vite pour se blesser.

A supposer, bien sûr, que ce fût un accident.

Et quand, en reculant, je vis le métal froissé au-dessus de l'aile droite, le doute me reprit.

Un corbeau croassa dans les bois. Cela attira mon œil dans cette direction. La forêt était très touffue car des quantités de petits arbres — bouleaux et jeunes pins — poussaient entre les énormes vieux chênes. La pluie avait arraché de leurs branches les feuilles qui formaient de gros tas autour des troncs — sauf à l'endroit où quelqu'un avait tracé une traînée sinueuse : la couche supérieure, repoussée sur les côtés et retournée, révélait les couches tassées, humides, du dessous.

Je fixai cette sente, ainsi qu'on regarde une porte que l'on a pas envie d'ouvrir. Et, exactement comme dans le garage de Detroit, j'eus envie d'appeler, de vérifier qu'il n'y avait personne. Mais je n'ouvris pas la bouche et me figeai ; je n'entendis que le goutte-à-goutte lent, mais constant, de l'eau du radiateur.

Une minute s'écoula. Aucun moyen de me dérober à ce que je devais faire. Je contournai la voiture et enjambai le fossé. Les feuilles mouillées, spongieuses sous mes pieds, dégageaient à chaque pas une forte odeur de moisissure. Partout présent, le murmure de la pluie sur les arbres. Une bouffée de vent agita les branches et davantage d'eau tomba. On ne pouvait pas avancer sans faire énormément de bruit. Tous les trois mètres, je m'arrêtais pour prêter l'oreille. Des oiseaux pépiaient et voletaient. Très haut, dans le gris du ciel au-dessus du treillis des arbres, un avion à un seul moteur ronronnait en passant son chemin. Je poussai devant moi une branche mouillée de pin. Tout ce que je touchais était gorgé d'eau ; déjà trempé, je me trempai davantage. Mes pieds commençaient à me démanger dans mes chaussettes imbibées, et j'avais l'aine irritée — sensations sur lesquelles je me concentrai, exactement comme dans mon enfance je me concentrais sur les irrégularités du trottoir, quand je courais le long d'une rue sombre qui me faisait peur.

Par bonheur, je n'eus pas à aller très loin ; les hommes voulaient seulement qu'on ne le voie pas de la route. Il était assis dans un creux du terrain, au pied d'un bouleau, les jambes devant lui et ses belles bottes en peau de serpent enterrées sous les feuilles mortes. Ils lui avaient ligoté les bras dans le dos, de part et d'autre du tronc.

Sa tête était attachée à l'arbre elle aussi : ils avaient utilisé sa ceinture : un tour autour du cou et autour de l'arbre, puis ils avaient coincé un bâton dans la boucle et tourné pour serrer, comme on tend le caoutchouc d'un avion de gosse. Il avait le visage en sang. Il ne bougeait pas. Au creux de mon estomac, je sentis quelque chose se nouer. La culpabilité. Et aucun faux-fuyant pour l'esquiver : c'était en grande partie ma faute. J'aurais pu l'arrêter — sur les quais, devant l'appartement de Hamilton, au restaurant. Puis — Dieu merci ! — ses yeux s'ouvrirent, brillants, et tout son corps se tendit vers moi. Quel soulagement ! Je descendis, non sans déraper, la pente couverte de boue et de feuilles.

Il poussa un gémissement. La ceinture avait creusé un sillon rouge dans son cou. Elle était assez serrée pour l'empêcher de parler. Quand je l'enlevai, il poussa un petit cri rauque. Puis je lui déliai les mains. Il me lança un regard rapide, le regard implorant d'un enfant qui a honte de son impuissance — un regard de gosse qui ne peut s'empêcher de souiller sa culotte —, puis il bascula sur le côté et se mit à respirer, simplement à respirer, à grandes bouffées aspirées jusqu'au fond des poumons, puis rejetées...

A genoux dans les feuilles boueuses, j'attendis. Malgré le sang, je me dis — comme pour Berri — qu'il avait eu plus de peur que de mal. Allongé sur le flanc, il remonta les genoux contre son ventre, sa respiration se mua en longs sanglots frémissants et des larmes tracèrent des sillons luisants sur le sang de ses joues. Je me détournai pour lui laisser le temps de se reprendre, et je m'aperçus que le sol autour des pieds du jeune homme était littéralement jonché d'argent, de billets neufs, feuilles brillantes au milieu des feuilles mortes. Des francs français et des francs suisses, des couronnes suédoises, des livres sterling...

Il retrouva son souffle. Il me lança un coup d'œil furtif puis se détourna. Quand il parla, sa voix douce tremblait.

— Je vous remercie. J'ai cru que personne ne viendrait. Merci beaucoup.

— Si vous voulez, je peux aller chercher un médecin.

Il secoua la tête.

— J'irai très bien dans une minute... Mais un mouchoir... si vous en avez un...

Je lui tendis un Kleenex. Il était trempé et, quand il s'essuya le visage, des bouts de papier se collèrent au sang.

« Excusez-moi », dit-il. Il plaça le mouchoir contre son nez, qui saignait encore, et pencha la tête en arrière. « Je suis désolé... Je ne sais vraiment que dire, comment expliquer... J'ai été attaqué par des hommes...

Sa voix se bloqua. Il n'en revenait pas. Il avait l'air soudain très jeune et apeuré, son adolescence plus évidente à présent que son style sexuel. On aurait pu le prendre pour un gamin en goguette — une bière de trop et la voiture avait fini dans le fossé. A présent, il était blessé et son meilleur ami était sans doute mort — mais cela, il l'ignorait encore.

— Inutile de m'expliquer, lui dis-je. Je connais Hamilton... Je sais qui sont ces hommes. Ils ont dû vous filer depuis son appartement... Comme je l'ai fait, moi. Mais je ne les ai pas vus.

Il redressa la tête mais ne lâcha pas le Kleenex que sa main gauche appuyait contre ses narines. Sans lui laisser le temps de parler, j'ajoutai :

« Ne craignez rien. Je ne suis pas avec eux, mais de votre côté. Dites-moi, au restaurant, avez-vous touché à ma voiture ?

— Non... Je ne me doutais pas... Vous me suiviez ? Je ne comprends pas. Qui êtes-vous ? Qui sont ces hommes ?

— Je m'appelle Robert Thorne. Je suis américain. Vous pourrez interroger Paul à mon sujet. Il sait qui je suis. Mais vous devez me dire... Quand vous êtes passé à son appartement, qu'y avez-vous pris ?

Il écarta le Kleenex de son nez. Une petite goutte de sang perla à sa narine gauche, descendit jusqu'à la ligne de sa lèvre supérieure et la contourna, pareille à une moustache tracée au crayon, ou bien à un reste de chocolat autour de la bouche d'un enfant.

— Vous connaissez Paul ?

— Oui. Je suis un de ses amis américains.

— Il m'a dit qu'il avait des pépins. Il voulait que je lui rende un service. Je lui ai demandé quel genre d'ennuis, mais c'était trop compliqué, m'a-t-il dit. Des gens surveillaient son appartement, c'était son problème. Il ne pouvait pas s'y rendre, mais moi, oui, parce qu'ils ne sauraient pas qui j'étais.

— Sauf qu'ils le savaient.

— Mais ce n'est pas possible. Paul me l'a affirmé. Il n'y avait aucun danger parce qu'ils ne me connaissaient pas.

— Peut-être Paul le croyait-il, mais il se fourvoyait. A-t-il des photos de vous ? Dans l'appartement, je veux dire ?...

Je vis ses yeux briller, puis il se détourna.

— Oui... Peut-être. Je n'en suis pas sûr.

Mais Hamilton avait évidemment des photos de lui — posées avec amour, prises avec un goût exquis. Et, quand Soubotine s'était introduit dans l'appartement, il les avait vues — et cela lui avait fourni un moyen de parvenir jusqu'à Hamilton quand il le voudrait.

— Peu importe, lui dis-je. De toute manière, ils vous ont reconnu. Ils vous ont filé de l'appartement jusqu'à la Cité universitaire et de là jusqu'ici... Ils voulaient savoir ce que vous faisiez pour Paul.

— Oui.

— Et que faisiez-vous ?

— Je ne sais pas si je dois vous le dire.

— Il le faut... C'est très important — pas pour vous, maintenant, mais pour Paul.

Il me regarda droit dans les yeux, comme un enfant en quête de confiance.

— Vous le jurez ? Vous êtes l'ami de Paul ?

— Je le jure.

Il me crut. Il désirait me croire : parce que c'était le seul secret qu'il ne pouvait s'empêcher d'avouer. Les mots se bousculèrent sur ses lèvres.

— Paul avait un casier fermé à la Cité universitaire — à la bibliothèque. Pour l'ouvrir il me fallait la clé qui se trouvait dans l'appartement. A l'intérieur du casier, il y avait trois enveloppes ; je devais en poster une — je l'ai fait aussitôt, à la Cité — et lui apporter les deux autres.

Je regardai les billets éparpillés autour de nous parmi les feuilles.

— Cet argent se trouvait dans l'une des enveloppes ?

— Oui.

— Et les deux autres ? Vous en avez posté une, mais vous aviez gardé la deuxième ?

— Oui. Paul m'avait dit de ne pas la mettre à la boîte. Il voulait d'abord y jeter un coup d'œil. Mais les types me l'ont prise. Elle portait une adresse au Canada. Je ne crois pas qu'elle était importante parce qu'ils l'ont froissée aussitôt après l'avoir ouverte.

— Cette adresse au Canada... Comprenait-elle un nom ?

— Oui. La lettre était destinée à un certain Cadogan, de Toronto.

— D'accord. Pensez maintenant à celle que vous avez mise à la boîte. A qui était-elle adressée ?

Il me regarda et avala sa salive.

— C'est ce qu'ils voulaient savoir. Ils m'ont dit qu'ils me l'arracheraient de la gorge...

Sa voix trembla et le remords crispa son visage — remords, Dieu sait, qu'il n'avait aucune obligation de ressentir pour un homme comme Hamilton.

— Ne vous reprochez rien ! lui dis-je. Parce que c'est exactement ce qu'ils auraient fait. Ils vous auraient étranglé.

— Oui... Je le sais. Mais j'ai quand même essayé de ne rien dire. Et je ne leur ai pas tout dit.

— Très bien. De nouveau, je vous le promets : me parler ne peut faire aucun mal à Paul.

Il pencha la tête en arrière et lança le bout de Kleenex dans les feuilles. Sa voix, très douce, se réduisit presque à un murmure.

— La lettre était adressée en Russie... Dans une enveloppe de l'ambassade de Russie à Paris — il y avait leur cachet dans le coin, avec leur adresse. Bien entendu, cela m'a surpris et je l'ai bien regardée. L'adresse du destinataire n'était pas écrite en français, mais en russe — j'ai eu plus de mal à lire les noms, mais je suis presque sûr qu'il s'agissait d'un certain Youri Chastov, dans la ville de Povonets. Mais je ne le leur ai pas dit, vous savez... Seulement que la lettre était partie en Russie.

Il me regarda, en quête d'approbation, et je hochai la tête.

— Vous n'avez aucune idée, d'après les enveloppes, de ce qui se trouvait à l'intérieur ?

— Pas vraiment. Celle qu'ils ont prise, adressée au Canada, était une enveloppe ordinaire, comme pour une lettre. L'autre, plus épaisse, avait l'air bien garnie. Mais pas lourde. Même pour la Russie, il n'y avait que quelques francs de timbres.

Il se tut, tendit le bras en arrière, s'appuya contre le tronc de l'arbre et essaya de se lever. Il y parvint, mais son visage devint pâle, exsangue soudain. Il se pencha en avant et posa les mains sur ses genoux.

— Doucement, lui dis-je.

Comme il avait la tête basse, le sang se remit à couler de son nez et forma des taches rouge foncé sur les feuilles mortes. Je demeurai silencieux, essayant d'analyser ce qu'il venait de m'apprendre. Au mieux, je crus en comprendre la moitié. J'avais eu raison sur un point : Brightman possédait un moyen de pression sur Hamilton. Mais Hamilton avait conclu un marché ; et, en un certain sens, on pouvait même dire qu'il l'avait honoré. Le salaire de Hamilton, pour conserver l'enveloppe de Brightman, devait être le renvoi de l'instrument du chantage, quel qu'il ait été. Et Hamilton avait dû s'assurer qu'il le recevrait même si Brightman disparaissait — la lettre à Cadogan, probablement de la main de Brightman, devait contenir des instructions à ce sujet ; ou, en tout cas, Hamilton le supposait.

Mais ce n'était pas tout, et le reste semblait encore plus intéressant. Brightman avait sans doute laissé à Hamilton des instructions concernant l'autre enveloppe, celle qui était adressée en Russie. Et Hamilton les avait exécutées. Il devait avoir trop peur pour ne pas le faire — peur de ne pas recevoir son salaire s'il se dérobait. Mais quel sens cela avait-il du point de vue de Brightman ? Si la deuxième enveloppe contenait la clé de tout — si c'était le trésor enterré que recherchait Soubotine —, pourquoi diable Brightman avait-il ordonné à Hamilton de l'envoyer en Union soviétique ?

Pas de réponse.

Je dévisageai le jeune homme.

« Je ne connais pas votre nom.

Il essaya de renifler le sang, toussa et cracha un caillot.

— Alain, dit-il.

— Alain, vous m'avez bien dit toute la vérité ?... C'est important.

273

— Je le comprends.

— Vous ne vous souvenez de rien d'autre à propos de ces enveloppes ?

Il me regarda dans les yeux, mais je ne pus rien déduire de son regard.

— C'est tout ce dont je me souviens, je le jure.

— Et c'est la vérité ?

— Oui.

— D'accord. Ces hommes ne vous ont rien demandé d'autre ?

Il se redressa avec précaution et respira à fond.

— Ils voulaient savoir où Paul se trouvait.

— Il vient ici, n'est-ce pas ? Avec la péniche ?

Je me relevai à mon tour. Machinalement, j'avais ramassé les billets au milieu des feuilles mortes. L'équivalent de plusieurs milliers de dollars : le magot d'urgence de Hamilton.

Alain posa de nouveau la main sur son nez.

— Vous saviez qu'il partait ?

Je secouai la tête :

— Je m'en suis douté. Je connais sa péniche. J'y suis monté hier avec lui, juste avant qu'il vous téléphone.

Il acquiesça, comme si cela expliquait quelque chose pour lui.

— Ils n'étaient pas au courant, seulement je ne l'ai pas compris assez tôt. Je leur ai dit que nous avions rendez-vous ce soir à Meaux, au bout du canal.

— De la Marne, vous voulez dire ?

— Oui, mais entre Chalifert et Meaux, c'est un canal.

— En fait, vous tentiez de leur dissimuler la vérité.

— Oui. Nous devions nous retrouver au bout de cette route. Il y a un poste d'amarrage et un endroit où laisser la voiture ; Paul est parti tôt — il pouvait aller jusqu'à Meaux dans la journée — mais il ne voulait pas s'arrêter en ville, où il serait plus simple de le retrouver.

Trois mensonges, trois éléments d'information qu'il avait gardés pour lui : mon Californien avait beaucoup plus de cran que ne le méritait Hamilton.

— Vous pensez qu'ils vous ont cru ? lui demandai-je.

— Je n'en suis pas sûr. Je m'étais dit qu'ils iraient vers Meaux, pour l'attendre... Mais, à en juger par le bruit de leur voiture... Je ne sais pas, mais j'ai l'impression qu'ils sont repartis vers Paris.

Ce qui était logique. Ils n'avaient pas envie d'attendre. Ils avaient fait demi-tour jusqu'à la nationale, et tous les deux ou trois kilomètres, ils reviendraient vers la Marne par des routes latérales. Tôt ou tard, ils tomberaient forcément sur Hamilton dans sa péniche. Peut-être était-il déjà mort.

— Dites-moi, Alain, où croyez-vous qu'il soit en ce moment ? Quelle distance a-t-il pu parcourir ?

— Une grande distance. Il ne doit plus être loin maintenant. Je n'en suis pas sûr. Cela fait des heures qu'il est parti.

— Et quand vous ont-ils quitté ? Les hommes... L'homme aux cheveux roux ?

— Il y a une demi-heure... peut-être quarante minutes.

Une belle avance. Assez de temps pour retrouver Hamilton s'il n'était pas loin. Et Soubotine était en voiture. D'un autre côté, il pouvait très bien avoir « sauté » son objectif — avoir sous-estimé la vitesse de la péniche et être revenu trop près de Paris. Ou peut-être avait-il choisi la solution de facilité et attendu à Meaux... Mais je n'en croyais rien.

« Nous devons le prévenir.

— Oui, acquiesçai-je, mais c'est moi qui vais m'en charger. Vous en avez assez fait. Maintenant, il vous faut décamper d'ici au plus vite. » Je lui tendis l'argent et, comme il voulait protester, je le fis taire d'un geste. « Vous vous trouvez dans une position dangereuse, très dangereuse, et vous n'êtes plus assez en forme pour l'affronter. Écoutez-moi bien. Retournez à votre voiture. Vous trouverez une bicyclette. Prenez-la et revenez à l'endroit où vous avez déjeuné. Vous téléphonerez à un garage et leur demanderez de réparer la Renault rouge qui se trouve dans le parking du restaurant. Voici les clés. Ramenez la voiture à Paris et laissez-la chez Hertz. Ensuite, prenez un avion — je ne plaisante pas —, prenez un avion pour n'importe où en dehors de France. Et restez là-bas au moins deux semaines.

Il baissa les yeux vers ma main. Je glissai l'argent dans la sienne. Il garda l'argent sans prendre les clés. Du sang gouttait encore de son nez, mais il ne se soucia pas de l'essuyer.

— Que se passe-t-il ?... Que fait Paul ? Qui est-il en réalité, et qu'est-ce que ces hommes veulent de lui ?

J'hésitai.

— Je regrette, répondis-je. C'est à lui qu'il faudra poser la question.

— Pourquoi ? Pourquoi ne pouvez-vous pas me le dire ?

— Parce que le temps presse. Parce que ce n'est pas à moi de raconter cette histoire... et parce que si vous la connaissiez, vous n'auriez peut-être pas envie que je la raconte.

Sa tête se redressa légèrement, je vis passer dans ses yeux bruns une expression fugitive... de soupçon... de reproche. Il retrouvait sa fierté et cela se traduisait par une réaction hostile : il cherchait quelqu'un à incriminer. Il tendit le bras pour me prendre les clés des mains :

— Si je fais ce que vous dites, lança-t-il d'un ton maussade, comment Paul saura-t-il où je suis ?

De nouveau, j'hésitai.

— Vous êtes sûr d'avoir envie qu'il le sache ?

C'était une question que je ne pouvais éviter de poser, mais elle provoqua un petit sourire de méfiance sur ses lèvres.

— Vous n'êtes pas un ami de Paul, n'est-ce pas ? C'était un mensonge.

— Peut-être pourrait-on dire qu'il était davantage l'ami de mon père.

Le sourire changea ; il avait plaisir à me prendre en défaut et à confirmer ses premiers soupçons.

— Je sais ce que vous pensez de moi, dit-il. Ne croyez pas que je l'ignore.

— N'en soyez pas si sûr.

— Vous me prenez pour un idiot. Vous croyez que je suis un sale petit pédé. Mais vous feriez peut-être mieux, entre autres choses, de vous occuper de vos affaires.

Je ne répondis pas.

Sa main se referma sur les clés.

« Je ferai ce que vous dites, mon « ami », mais dites bien à Paul... Dites-lui que je lui écrirai dans une semaine chez mon oncle.

J'acquiesçai. Il me lança un dernier regard, un coup d'œil furieux. Puis il se détourna et sortit du creux de terrain. La pente n'était pas raide, mais il n'avait pas les jambes solides et il dut s'arrêter en haut. Se refusant à trahir sa faiblesse, il brossa son blouson comme si c'était la vraie raison de son arrêt, puis il souleva un pied après l'autre pour ôter les feuilles mouillées de ses bottes. Quand il eut terminé, il parut sur le point de se retourner pour dire quelque chose, mais il n'en fit rien. Il bomba le torse et s'éloigna vers la route.

J'attendis, le temps qu'il s'en aille.

Le vent, plus violent, fit tomber des arbres un peu plus de pluie. Mais je n'aurais pas pu être plus trempé. Chaque cigarette devenait une éponge humide après trois bouffées. Je jetai la dernière du paquet. J'écoutai. Le coffre de la Dodge claqua. Alain : il devait se changer. Cela l'aiderait à restaurer sa dignité, mais ne changerait rien au fait que les horreurs et les humiliations subies n'avaient aucun sens. Plus j'y songeais, plus j'étais sûr que Hamilton était mort. Pis. Le courage d'Alain, au lieu de protéger son ami, avait rendu sa mort inévitable : une fois établie l'importance de l'enveloppe, Soubotine poursuivrait ses desseins avec un acharnement implacable.

Et pourtant, il fallait que j'essaie de le devancer. Pour moi, pour le jeune homme, voire un peu pour Hamilton lui-même. Je me dirigeai donc vers la Marne. Alain avait raison : il s'agissait en fait d'un canal, une tranchée d'une dizaine de mètres de largeur. Et je vis aussitôt l'endroit dont il parlait, où il devait retrouver la péniche : on avait enfoncé dans le tronc de deux grands chênes d'énormes anneaux de fer tout rouillés — qui permettaient d'assurer l'amarrage. Mais il n'y avait personne, et je continuai donc à patauger sur le chemin de halage en direction de Paris. Je n'avais aucune idée précise de l'endroit où je me trouvais : à l'ouest de Meaux, au nord de Villiers, rien de plus. Sur ma gauche, des champs et de petites fermes, et sur ma droite — taches scintillantes à travers l'écran des arbres —, je m'aperçus que la Marne suivait paisiblement son cours. Les maisons, dans cette direction, se trouvaient donc en fait sur la berge opposée. Puis le canal se transforma en aqueduc pour traverser une vallée, avant d'entrer dans Esbly. Je m'arrêtai, le temps d'observer un homme sur un pont de chemin de fer, mais ce n'était pas Soubotine et je repris ma marche — épuisé et trempé jusqu'aux os. A la sortie de Coupvray, je la vis : avant même de pouvoir lire les élégantes lettres d'or de *la Trompette*, je reconnus le vernis étincelant de la coque. Le canal traçait une courbe au milieu d'un bosquet, après les champs boueux d'une petite ferme. La courbe devait créer un courant ; la péniche était amarrée par la proue à un piquet de fer planté dans la berge, mais la poupe s'était légèrement écartée vers le milieu du chenal. Je me rapprochai ; puis je me dis que Hamilton ne méritait pas les risques que je prenais, et je quittai le chemin de halage pour observer la péniche à l'abri d'une épaisse haie de lilas.

Cinq minutes s'écoulèrent. Sur le pont, tout semblait silencieux, paisible, parfaitement normal. La coque noire, couverte de pluie, luisait comme du plastique, et l'antique superstructure vernie donnait à l'ensemble un air de jouet précieux. J'allais sortir de ma cachette quand je vis la corde reliant le bateau à la berge se tendre soudain. Une silhouette sortit du poste de pilotage.

C'était une femme. Avec une cape imperméable bleu marine jetée sur les épaules et un foulard noué sur la tête.

Elle se tourna vers le canal, donc de dos par rapport à moi, puis elle pencha la tête et je distinguai son profil. Je n'en crus pas mes yeux — elle ressemblait à May Brightman trait pour trait.

16

Toujours la pluie. Elle glissait sur les feuilles sombres des lilas, réveillant les derniers effluves du parfum de l'été, et délavait l'image du canal, de la péniche et de May — était-ce bien elle ? — pour lui donner les teintes argentées, monochromes, d'un vieux film muet. Pendant un instant, la silhouette parut en suspens dans l'air comme une vision irréelle, spectrale. Était-ce bien elle ? Était-ce possible ? Puis une rafale de vent écarta le rideau de pluie, et je fus certain.

Ma tête se mit à tourner. Ce que j'avais sous les yeux semblait impossible — May ne pouvait pas se trouver ici. Or, elle y était. Puis je compris tout ce qu'impliquait sa présence — en même temps que me revenaient mes premiers doutes et mes soupçons —, et mon étonnement s'étendit bien au-delà de ce moment et des circonstances actuelles.

Tout changeait. Même le passé. A travers le rideau de feuilles, je l'observais à son insu, comme le premier jour à Toronto, mais la distance entre nous que j'avais sentie alors était à présent multipliée par mille. Que faisait-elle ici ? M'avait-elle trahi ? Ce jour-là également, je m'étais demandé qui elle était en réalité, mais en partant du principe que j'avais droit à une réponse. Maintenant cette présomption n'existait plus. Nous étions devenus des inconnus. Je n'avais plus sous les yeux la femme que j'avais aimée et désiré épouser mais un être que je n'avais pas encore rencontré. Je sentis une pointe soudaine de douleur, le dernier déchirement de l'ancienne blessure, puis les derniers liens qui nous avaient unis se rompirent — en vérité, l'ivresse que j'avais ressentie un instant était peut-être celle de la liberté. Et pourtant... Quelle réaction étrange : au même instant je me sentis attiré vers elle, *appelé* vers elle, avec davantage d'intensité et d'urgence que n'importe quand depuis que tout cela avait commencé. Emmitouflée dans son foulard et sa cape, avec la pluie battante qui griffait le vide autour d'elle, elle semblait tellement seule, abandonnée et lointaine. Si elle était complètement coupée de moi, avait-elle des liens avec quelqu'un d'autre ? Je ne savais pas qui elle était, mais — quelle que fût son identité — quelque chose en elle m'appelait, et m'appelait avec une telle force que je fus entraîné hors de ma cachette, sur le chemin de halage.

Elle se retourna et me vit.

— Robert !

Je me figeai. Je ne savais que dire. Je ne savais même pas comment l'appeler. Puis, nouvel étonnement : elle s'avança vers les plats-bords de la péniche et je pus la voir plus nettement. Mon dernier souvenir d'elle datait de Detroit, de la salle d'attente — les traits tirés, au bord de l'épuisement. Mais elle était complètement métamorphosée. Tous les anciens éléments contradictoires se trouvaient de nouveau présents et elle semblait encore vivre telle qu'autrefois... Mais comme elle était belle ! Avec sa cape bleu marine tombant de ses épaules et ses cheveux remontés sous son foulard, on aurait pu la prendre pour une paysanne française traversant une toile de Pissarro, ou bien une jeune infirmière pataugeant jusqu'à son campement de secours pendant la bataille de la Somme : mais de toute manière, quelle beauté ! La pluie avait effacé les années, son visage brillait de vie, resplendissait, comme s'il s'agissait d'un vieux film dans lequel j'aurais pénétré avec elle pour remonter dans le temps jusqu'à notre première rencontre — car peut-être était-ce justement à cette époque-là qu'elle appartenait en réalité. Et sa voix était forte : elle avait repris sa vie en main.

« Robert, que fais-tu ici ? Il faut que tu t'en ailles. Je t'ai dit...

— Tu vas bien ?

— Oui, bien sûr. Où as-tu...

— Hamilton est là ?

— Non. Mais je ne... Écoute-moi...

— Dans une seconde, mais rentre dans la péniche.

Elle hésita un instant, mais ma voix avait retrouvé son mordant : j'étais à nouveau moi-même, revenu au présent, à ce qui se passait, et le sentiment d'urgence qui m'avait entraîné jusque-là se muait maintenant en crainte d'une nouvelle menace : Soubotine pouvait être en train de nous épier.

« Dépêche-toi, lui dis-je.

May disparut. J'inspectai le chemin de halage dans les deux sens ; aucun signe de présence humaine. Je m'élançai vers la péniche, me hissai par-dessus le bastingage, puis courus jusqu'au poste de pilotage. May m'attendait à l'intérieur, le menton en avant, visiblement inquiète.

— Robert, je ne veux pas que tu fasses cela. J'avais demandé à Stewart Cadogan...

— J'ai très bien compris le sens du message.

Le ton de ma voix la fit hésiter et son regard se détourna.

— Je suis désolée...

— N'en parlons plus.

— C'est à cause de l'argent, n'est-ce pas ?

— En partie...

— Je voulais seulement... Je voulais que tu comprennes à quel point je t'étais reconnaissante, et je ne pouvais pas te le dire moi-même. Je n'en avais pas le temps.

— Soit. Ce n'est pas très important. Tu cours un danger maintenant. Un grand danger.

— Je ne crois pas. Il suffit que je sois prudente.

— Soubotine... Tu connais ce nom ?

— Non.

— Travin... Petersen... Tu les connais ?

— Non, mais je ne vois pas...

— Alors, tu ne sais pas quel danger tu cours. Quand es-tu arrivée ici ?

— Il y a une vingtaine de minutes.

— Où était Hamilton ?

— Nulle part. Il n'y avait personne. J'ai appelé, mais rien. Au début, j'ai cru que je ne pourrais pas monter à bord, puis une grosse péniche est passée sur le canal et les vagues ont poussé celle-ci vers la berge. Il n'y avait personne.

Pourtant il y avait eu quelqu'un : je vis un livre ouvert et une carte étalée sur la table, près d'une tasse à café vide.

— As-tu regardé à l'intérieur ?

— Non, pourquoi ? J'ai attendu ici. J'ai appelé. Il n'y a personne, Robert...

— Ne bouge pas !

Je descendis dans la cabine. May hésita une seconde, puis me suivit. Les appliques répandaient une lumière douce sur toute la longueur de la péniche. Dans la cuisine, le beurre était sorti du réfrigérateur, ainsi qu'un pot de confiture Dundee. Des miettes de pain sur la planche à découper... Une rondelle de tomate... Je regardai autour de moi sans rien découvrir de plus inquiétant — en tout cas aucun signe de lutte. Mais où se trouvait Hamilton, et pourquoi avoir laissé la péniche ici ? Où serait-il allé ? Et quand je découvris les cirés jaune clair soigneusement rangés dans la penderie, je ne pus m'empêcher de frissonner. Sous une pluie pareille, il ne serait pas sorti sans l'un d'eux. Je regardai dans la pénombre du salon. Des vagues venaient lécher doucement la coque. Le vide que je ressentis avait un caractère glacé, définitif.

May dut avoir la même impression.

— Qu'est-ce qu'il y a ? murmura-t-elle.

Je me tournai vers elle.

— Je ne sais pas... Mais il n'est visiblement pas ici.

Entre ses longs cils d'or, ses yeux paraissaient immenses, et pendant un instant je lus en eux de la frayeur. Elle se rapprocha d'un pas ; instinctivement, en quête de protection. Puis elle s'arrêta. Avait-elle perçu, elle aussi, la nouvelle distance entre nous ? Depuis que je l'avais rejointe sur la péniche, nous n'avions fait aucun geste pour nous toucher, à plus forte raison, nous enlacer. Peut-être y songea-t-elle, car elle se rapprocha encore d'un pas et me saisit le bras.

— Robert, chuchota-t-elle ; je regrette que tu sois venu. Je regrette d'avoir... Mon Dieu, c'est affreux.

— Je sais.

— Je ne veux pas que tu penses...

— Tout est pour le mieux. » Je chuchotais moi aussi. Je lui serrai la main. « Mais il faut que tu me dises tout, et il faut que tu me dises la vérité.

Elle leva le visage vers moi, je sentis l'odeur de laine mouillée de sa jupe ; je perçus la chaleur de son haleine. Pendant un instant, ses yeux soutinrent mon regard, puis elle dit :

— J'ai essayé, je te le jure. Au début, quand je t'ai appelé — sais-tu pourquoi j'étais effrayée ? Ce n'était pas seulement à cause de mon père... J'ai eu très peur quand je n'ai pas pu te joindre, pendant ton absence. Parce que je savais que tu étais la seule personne sur Terre à qui je puisse dire la vérité.

— Alors, pourquoi as-tu voulu que je m'arrête ?

— Il le fallait. J'avais peur pour toi. J'avais peur que...

Sa voix resta en suspens — s'agissait-il d'un mensonge qu'elle n'avait pas la force de prononcer ? Mais je n'en était pas sûr — là, maintenant, en sa présence, je n'étais plus sûr de rien. Pourquoi ne s'était-elle pas souvenue de la voiture de son père ? M'avait-elle manipulé dès le début ? M'avait-elle jamais dit la vérité ? Ces questions et ces doutes ne cessaient de m'assaillir et pourtant, je ne sais pourquoi, j'avais plus que jamais envie de la croire.

— Que fais-tu ici ? lui demandai-je. Comment as-tu appris l'existence de Hamilton ?

Son corps bougea imperceptiblement et elle détourna les yeux. Je crus qu'elle allait s'éloigner de moi, mais elle me regarda de nouveau.

— Je devais le rencontrer ici. A mon retour à Toronto, le lendemain ou le jour suivant (je ne m'en souviens plus), une lettre de mon père est arrivée au courrier. Il l'avait postée à Detroit. Il me disait que si je recevais cette lettre, cela voudrait dire qu'il était mort, et il me demandait de faire certaines choses.

— Lesquelles ?

— Je t'en prie, Robert... Je t'en supplie...

— Il faut que je le sache.

Elle hésita.

— Il me disait... Il m'écrivait d'aller à une boîte postale — la clé se trouvait dans la lettre. A l'intérieur, je devais prendre une enveloppe. Elle était adressée à Paul Hamilton, ici — à Paris —, il fallait que je la lui remette en échange de... d'une autre enveloppe — adressée à Stewart Cadogan, et que je devais détruire — et de quelque chose d'autre, une sorte de récépissé... Il existait une deuxième enveloppe, tu comprends. Hamilton devait la poster mais me donner un reçu — un imprimé comme on en remplit pour les lettres recommandées, un document de la poste prouvant qu'il avait bien effectué l'envoi.

— Mais non l'enveloppe elle-même.

— Non... En tout cas s'il pouvait l'éviter. C'était dangereux. Si je ne pouvais faire autrement, écrivait mon père, je devais la prendre, mais la poster aussitôt.

— Et en échange, tu devais lui donner...

Elle recula. Sous sa cape, elle portait un chandail tricoté à gros points. Elle glissa la main dessous et me tendit une enveloppe de grande taille, assez épaisse. Je la tâtai : elle contenait une liasse de papiers. Je ne l'ouvris pas. C'était inutile. Je savais à présent que mes spéculations avaient touché juste. Cette enveloppe contenait les éléments qui avaient permis à Brightman d'exercer des pressions sur Hamilton — éléments qu'il aurait rachetés par la lettre à Cadogan, celle que Soubotine avait pris à Alain. A présent, tout cela ne faisait guère de différence... sauf sur un point.

« La deuxième enveloppe, lui dis-je, celle pour laquelle tu devais recevoir un bordereau d'envoi... Que te disait ton père dans sa lettre ? Si tu ne devais recevoir qu'un récépissé, comment saurais-tu que Hamilton l'avait bien envoyée ?

Elle me regarda. Je lus de l'hésitation dans ses yeux. Mentir ou ne pas mentir — elle essayait de trancher. Puis elle se décida :

— Mon père me donnait l'adresse, l'adresse qui devait se trouver sur le reçu.

— Une adresse en Union soviétique, n'est-ce pas ?

— Mon Dieu, oui. Comment le sais-tu ?

— Donne-la moi, je t'en prie...

Elle prit un bout de papier dans la poche de sa jupe et me le tendit. L'adresse était inscrite en majuscules, d'une main ferme :

YOURI CHASTOV, POVONETS, CARÉLIE. URSS.

« Sais-tu qui est cet homme ?

— Non. Je n'ai jamais entendu parler de lui. Il n'y avait rien d'autre dans la lettre de mon père. Seulement le nom et l'adresse.

— Et qu'y avait-il dans l'enveloppe à expédier en Russie ?

— Je n'en ai aucune idée... Je te le jure.

Je la crus. Je croyais presque tout à présent. Et je compris autre chose : Soubotine devait être au courant lui aussi. Parce que le jeune Alain m'avait menti. Il m'avait révélé qu'il avait posté la lettre mais non qu'il avait obtenu un récépissé. Pourquoi ce mensonge ? Simplement pour dissimuler que Soubotine le lui avait pris... Mais comment aurais-je pu lui en vouloir ? Donner ce reçu lui avait sans conteste sauvé la vie. Avec peut-être une autre conséquence favorable : si Soubotine possédait déjà l'adresse du Russe, il n'avait plus besoin de Hamilton, et cela signifiait qu'aucun de nous ne risquait plus rien. Mais, en étais-je sûr ? Si Soubotine n'était pas venu ici, où était passé Hamilton ? Tant de questions, me dis-je, tant d'incertitudes. Même la nature précise du décès de Brightman redevenait problématique. J'avais supposé qu'il était mort assassiné, mais, s'il avait réellement envoyé de Detroit une lettre à May, cela impliquait qu'en définitive il s'était suicidé. Se méfiant de Hamilton, qui risquait de ne pas suivre ses instructions, il avait fait jouer à May le rôle d'un messager posthume. Cela ne semblait pas dans son personnage car cela exposait sa fille au danger, mais il lui recommandait de ne pas s'occuper de l'enveloppe, en personne ; et peut-être avait-il soupesé les risques à d'autres égards et décidé que la sécurité de May exigeait la certitude absolue que Hamilton avait tenu sa promesse.

Je me tournai vers May.

— Tu as parlé à Hamilton ?

— Oui.

— Mais pas depuis Toronto ?

— Non... Dans la lettre, mon père m'indiquait comment le joindre. Je ne devais pas téléphoner, ils avaient une procédure spéciale... J'ai pris l'avion pour Paris, mais je suis allée directement chez moi — j'ai toujours ma maison à la sortie de Sancerre. Je suis revenue ensuite. Je lui ai parlé hier.

— Quand ?

— D'abord le matin, puis plus tard dans la soirée. C'est à ce moment-là qu'il a accepté... Et il m'a expliqué comment venir ici.

Je réfléchis à son explication, tout se tenait. Elle n'avait pas téléphoné à Hamilton depuis Toronto, j'en étais certain ; mon appel, depuis la maison de Nick Berri, l'avait pris complètement au dépourvu. Mais hier, quand je l'avais vu sur la péniche, il avait déjà parlé à May : voilà pourquoi il me posait tant de questions — et pourquoi, surtout, il voulait s'assurer de la mort de Brightman. Je la lui avais confirmée et peut-être était-ce pour cette raison qu'il avait finalement accepté de discuter avec May. Puis il avait téléphoné à Alain ; et plus tard — pendant que je somnolais dans ma voiture — il avait mis tous les détails au point avec May. Oui, me dis-je, tout concordait, et, quand on l'admettait, on pouvait — ou devait — accepter tout le reste. Mes soupçons au sujet de May se réduisaient à rien... Mes soupçons ! Seule la force même de mon désir d'y renoncer demeurait sujette à caution.

Parce qu'en vérité j'avais tellement envie de la croire ! Je la suivis des yeux. Elle traversa le salon, ôta son foulard et fit tomber ses cheveux d'un geste ; des mèches se collèrent à ses joues humides et elle les écarta. Quelle allure extraordinaire ! Paysanne... hippie... mais dans cette cape et avec sa jupe de grosse laine — avec aux pieds des bottes en caoutchouc vert foncé —, elle faisait aussi l'effet d'une parfaite aristocrate, une comtesse campagnarde qui rentre d'une belle promenade dans la boue, à travers ses terres. Et comme elle vivait intensément ! Son père venait de mourir, elle aurait dû être abattue par le chagrin, et pourtant elle avait l'air radieux. Nouveaux soupçons ? Mais je me demandai aussitôt si sa nouvelle vitalité ne constituait pas un indice. Connaissait-elle déjà la vérité sur Harry ? Et n'était-elle pas soulagée que sa longue lutte soit finie ? N'avait-elle pas participé elle aussi à cette lutte ?

Elle dut sentir ces questions se formuler dans mon esprit, car elle me lança :

« Tu crois qu'il est mort, n'est-ce pas ?

— Je n'en suis pas sûr. C'est possible.

— Robert... S'il est mort, tu dois partir. Je m'en sortirai très bien. S'il n'est pas revenu d'ici une heure, je m'en irai.

— C'est une folie. Il faut que tu partes, tu n'as plus aucune raison de rester. La première lettre — celle adressée à Cadogan — ne sera jamais envoyée. Et la deuxième, celle de Russie, l'est déjà.

Son visage trahit aussitôt son inquiétude.

— Tu ne peux pas en être certain... Tu ne peux pas savoir.

— Ne t'inquiète pas : j'en suis sûr. Je ne peux pas t'expliquer pourquoi, mais je le sais.

Elle enregistra ma réponse, puis réfléchit. Pour la première fois, peut-être, elle se demandait si elle pouvait me croire. Puis ses traits exprimèrent la décision — et le soulagement.

— Très bien. Dans ce cas, nous devrions partir ensemble. S'il est mort... S'il n'existe aucune raison de rester...

Elle s'avança vers moi. Si près que je sentis son haleine et goûtai sur mes lèvres son parfum frais de fleurs. Puis elle se pencha un peu plus en avant et m'embrassa ; pression douce de ses lèvres sur ma joue. Ma réaction à ce geste — le désir que je ressentis — me fit un choc : une sensation aussi parfaitement inattendue que mon étonnement en la reconnaissant sur le pont de la péniche. Était-ce son but ? Essayait-elle de me tenter ? Il s'était produit quelque chose qui avait entièrement effacé l'ardoise. Ce qui nous avait contraints de rester séparés dans le passé — quoi que ce fût — n'existait plus désormais. En un sens, c'était comme si je ne l'avais jamais rencontrée auparavant, et je pouvais donc me sentir de nouveau attiré vers elle... Oui, si cela avait été vrai, je serais sans nul doute parti avec elle. Mais ce n'était pas vrai.

Doucement, je lui rendis son baiser.

— Il faut que je reste, lui dis-je. Il a peut-être caché des documents, quelque chose qui permettrait d'établir un lien entre lui et ton père.

Elle recula.

— Je ne veux pas. Je ne veux plus que tu fasses quoi que ce soit.

— Il le faut.

— *Non*. Je t'en supplie. Tu te feras du mal. Et tu me feras du mal.

— May, tu n'as nullement peur pour moi, lui répondis-je, ni pour toi ; tu es encore en train de le protéger, *lui*. Mais Harry est mort — il ne peut plus souffrir. Et ce que je découvrirai dorénavant ne peut rien changer : je connais déjà tous ses secrets.

— Robert, peut-être le crois-tu, mais c'est faux. Personne ne les connaît, même pas moi.

— Tu te trompes. Je sais tout. La Russie. L'or et les fourrures. Qui il était, ce qu'il faisait. Ce que faisait Hamilton...

— Mon Dieu...

— Le seul secret que j'ignore, c'est ce que tu sais au juste, et quand tu l'as découvert.

Elle se détourna et un long moment s'écoula. Dans le silence, je pouvais entendre les vagues lécher la coque et la pluie ruisseler sur le pont. Puis elle pivota lentement vers moi :

— Ne peux-tu deviner ? Ne te rappelles-tu pas ? Quand tu m'as demandée en mariage, je suis allée le voir. Tu te souviens de ce que je t'avais répondu : que j'allais te demander ta main si tu ne m'avais pas demandé la mienne. Et c'est à ce moment-là qu'il m'a tout avoué. C'est pour cela que je n'ai pas pu... aller jusqu'au bout.

Le silence. La pluie. Le monde entier en suspens. L'avais-je pressenti ? De toute manière cela n'amortit pas le choc. J'étais incapable de bouger, d'éprouver quoi que ce fût. Incapable plutôt de sentir ce que je ressentais : je ne pouvais que lire mes sentiments comme dans un miroir sur le visage de May — dans son attente angoissée de ma souffrance, dans la consolation qu'elle aurait aimé m'offrir, tout en sachant qu'il était beaucoup trop tard. Un moment extraordinaire. J'avais toujours connu un secret que la plupart des être n'apprennent jamais : la tragédie n'arrive pas aux autres, elle n'arrive qu'à soi-même. La mort de mon père me l'avait enseigné... mais cela survenait de nouveau. Seulement, c'était, si l'on peut dire, une tragédie à retardement : elle s'était produite il y avait si longtemps... Et quand je retrouvai mon souffle, j'éprouvai une pointe de douleur et de pitié — comme pour quelqu'un d'autre —, puis un terrible regret. Quel destin à subir ! Perdre l'amour ainsi. Renoncer à la moitié de sa vie. Se retirer. Se cacher. Mener une existence tellement vide... Puis la réalité me frappa : je n'étais pas l'ami attentionné de la victime, mais la victime elle-même. Je crus que j'allais pleurer, j'en avais envie — mais une partie du prix que j'avais payé était la perte de toutes mes larmes. May pleura donc pour moi ; c'était sa consolation et le testament final à ce que nous avions failli vivre. Je la serrai contre moi. Elle murmura :

« Quel moment pour tout te dire !...

J'essayai de sourire.

— J'ai toujours été un peu curieux. Et je n'ai jamais cru l'autre idiotie... Ce que tu m'avais raconté.

— Mais je ne pouvais pas te dire la vérité. Quand je suis allée le voir, il m'a dit qu'il ne pouvait pas me laisser t'épouser sans me mettre au courant, parce qu'il avait peur que la police retrouve ses traces. Nos deux vies auraient été détruites — il ne pouvait pas l'éviter —, mais il ne voulait pas détruire la tienne. » Elle s'écarta pour me regarder. « Plus tard, j'ai failli tout te raconter. Je croyais que nous pourrions recommencer ensemble. Mais c'était déjà trop tard. Et tous mes rapports avec Harry avaient changé ; je ne pouvais plus le quitter. Nous avions toujours été très liés — tout ce que je t'ai dit au sujet de l'adoption était vrai —, mais quand j'ai su... Cela signifiait en un sens que...

Oui, je savais ce que cela signifiait, car je m'étais déjà aperçu que nos vies, quoique séparées, étaient demeurées curieusement parallèles : nous avions vécu l'un et l'autre dans l'ombre de notre père. Mais Harry était mort et elle se trouvait libre : ce devait être la raison de sa métamorphose. Je la regardai et des phrases me traversèrent l'esprit : Il n'est jamais trop tard... Nous pouvons vivre ensemble à présent... Recommencer... Faire comme s'il ne s'était rien passé — mais ces phrases restèrent où elles se trouvaient : dans ma tête. Quelque chose me retint de les prononcer bien que May fût là, devant moi, offerte, et je crois que...

Mais elle se contracta soudain contre moi : un coup bref, assourdi, venait de résonner dans toute la coque.

Je levai la main.

Il se reproduisit, de l'autre côté de la péniche — le choc d'une barque ou bien...

— Attends-moi, murmurai-je.

Mais elle remonta l'escalier à ma suite et à l'entrée du poste de pilotage, je dus la retenir.

« Baisse la tête. Si quelque chose se produit, prends la fuite. Saute de la péniche et file.

Accroupi, pour ne pas être vu par la fenêtre, je m'élançai vers la porte. J'écoutai un instant puis me glissai sur le pont. La pluie noyait tous les bruits dans un grand vacarme de douche et de ruissellement. Mais rien ne me parut inquiétant et quand je tournai la tête, je retrouvai presque toute mon assurance : un peu plus loin sur la berge, un vieux bonhomme suivait péniblement le chemin de halage, une canne à pêche sur l'épaule. Puis j'entendis un autre coup sourd contre la coque et je traversai le pont dans cette direction. Près du bastingage, je me penchai pour jeter un coup d'œil vers l'eau.

Derrière moi, May lança à mi-voix :

— Qu'est-ce que c'est ?

Je me retournai.

— Tout va bien. Mais il faut que tu partes. Écoute : rester serait dangereux. Et inutile.

— Viens avec moi, Robert.

— Je ne peux pas. Je te l'ai dit. Il faut que je reste pour fouiller la péniche.

— Mais quand tu auras fini... Il faut que tu viennes.

Je secouai la tête.

— Je ne peux pas m'arrêter en chemin. Je ne sais pas comment cela s'est produit mais cette affaire est devenue autant la mienne que la tienne.

Elle réfléchit une seconde — et peut-être avait-elle déjà franchi par la pensée une étape de plus que moi.

— Robert, je t'en supplie... Ne va pas en Russie.

— Ne t'inquiète pas. Je m'en sortirai.

Elle me fit face et je crois qu'elle était sur le point de discuter ; mais elle me prit la main et dit :

— Tu es bien sûr ?

— Oui.

Elle m'adressa un sourire.

— Je sais ce que tu pensais tout à l'heure...

— Quoi ?

Qu'il est trop tard. Mais elle se contenta de sourire de nouveau et je lui dis :

« Il faut que tu partes. Tu es venue en voiture ?

Elle détourna les yeux.

— Hamilton m'avait dit de la laisser sur une route latérale.

— Très bien. Je crois que tu ne cours plus aucun risque, mais ne retourne pas directement à Sancerre — roule dans la nature, va d'un hôtel à l'autre. Puis, si tu veux, rentre au Canada.

— Tu m'appelleras ?

— Bien entendu.

— Mais si je n'y suis pas... il ne faudra pas t'inquiéter. » De nouveau, elle essaya de sourire. « Qui sait ? Tout est bien fini, à présent. Je partirai peut-être en voyage.

— De toute manière, nous nous retrouvons toujours.

Elle hocha la tête, faillit dire autre chose, puis se retourna très vite, traversa le pont et sauta sur la rive. Elle trébucha et atterrit sur un genou.

« Ça va ?

— Très bien.

Elle se releva en souriant, noua le foulard sur sa tête, me fit un petit signe de la main et s'engagea sur le chemin de halage. Je la regardai s'éloigner. Elle rattrapa le vieux à la canne à pêche, puis se retourna pour me lancer un dernier regard. La pluie tombait de biais, chassée par le vent. Comme une fenêtre embrumée... mais derrière la fenêtre le visage de May semblait de nouveau lumineux, aussi radieux qu'à l'instant où je l'avais aperçue sur la péniche. J'agitai la main à mon tour, et un instant plus tard, elle disparut derrière la courbe du canal.

Je me retournai, traversai le pont en trois enjambées et me penchai de nouveau au-dessus du bastingage pour fouiller des yeux l'eau trouble. La chose était encore là. Un bout de tissu en lambeaux... Une masse qui remontait puis s'enfonçait aussitôt — en heurtant la coque au passage. Le tout enveloppé dans un nuage de rouge poisseux.

Paul Hamilton : avec pour linceul le pavillon qu'il s'était choisi.

Paul Hamilton : l'homme « bien » qui essayait d'agir « bien ».

Je reculai en reboutonnant mon imperméable. Mille pensées tourbillonnaient déjà dans ma tête — des « que se serait-il passé si » et des « j'aurais peut-être pu ». Seulement, May avait sans doute raison, et moi aussi : il était définitivement trop tard. Et trop tard, peut-être, à d'autres égards. Soubotine avait pris beaucoup d'avance, et la Russie — comme le savait à coup sûr Brightman — se trouve loin, très loin de tout.

Pas de temps à perdre. Je sautai de la péniche et m'élançai sur le chemin de halage. Derrière moi — un dernier regard par-dessus mon épaule —, *la Trompette* resplendissait sous la pluie.

Troisième partie

Aleksandr Soubotine

Il est devenu nécessaire de prêter attention au fait qu'il existe en URSS des cercles influents qui ont choisi comme idéologie un racisme à visage découvert, emprunté in toto à l'arsenal de propagande de l'Allemagne nazie. Cette idéologie est essentiellement une arme tactique dans la lutte politique interne de ces cercles pour la conquête du pouvoir. Ils désirent réunir autour d'eux, à l'aide de slogans racistes, de larges couches de l'appareil gouvernemental et de la population... Bien entendu, ces cercles ne possèdent pas encore une influence prédominante sur les destinées politiques de la nation, mais cette influence est cependant suffisante pour exercer...

MIKHAÏL AGOURSKI, *Novyi Journal*, 1974.

17

Après Vienne, l'avion survola la Tchécoslovaquie en direction du nord, puis obliqua vers l'est pour traverser la Pologne.

Il n'y eut aucun arrêt à Varsovie.

Bientôt, il devint difficile de savoir où nous nous trouvions — de là les malheurs particuliers de l'histoire de la Pologne — mais, à mesure que les kilomètres défilaient, le paysage se couvrait davantage de blanc, et la terre rouge des champs labourés ressortait comme les taches de la robe d'un poney pie. Avec la neige, mes souvenirs de Russie refirent surface : comme le murmure de la brise dans une forêt de bouleaux, comme les bouffées de fumée s'élevant de l'*isba* d'un paysan pauvre, puis avec la violence d'une crue, aussi fascinante et implacable que la débâcle du printemps. La Russie... En fermant les yeux, je pouvais voir le soleil se coucher sur le lac Baïkal ou refléter ses feux sur les dômes lumineux du Souzdal ; et, quand je tendais l'oreille, même le grondement des moteurs à réaction Kouznetsov était noyé sous la musique gutturale de la langue. Au milieu de souvenirs et d'images, je glissai dans le sommeil, puis un rêve me vint, très simple et clair. *Un bateau arrive à Leningrad. Une silhouette apparaît en haut de l'échelle de coupée, énorme dans un volumineux manteau de fourrure...* Ce doit être Brightman ; même dans mon rêve, j'en ai conscience. Lentement, il descend sur le quai et se joint à une immense queue qui serpente sous un hangar avant de passer devant un bureau. Sur le bureau, un petit écriteau : *Vieille coutume russe : attendre. Vous êtes des États-Unis ?* Lorsque l'homme s'avance, passeport à la main, il se tourne légèrement, en souriant dans sa barbe à cette tentative d'humour. Mais l'homme n'est pas Brightman ; c'est moi. Et quand le fonctionnaire lève les yeux, je reconnais le visage de...

Je m'éveillai en sursaut. Mais sans aucune raison de sursauter. Il s'agit d'un vol Aeroflot, nous sommes sur un Tupolev-154 (l'odeur particulière de leurs cabines) et notre destination est la mystérieuse Leningrad — pour la plupart de mes compagnons de vol, c'est précisément l'étrangeté de l'entreprise qui les enthousiasme ou les trouble.

Mais pour moi c'est l'inverse. Comme si je souffrais d'une crise de « déjà vu », c'est ce que je connais bien qui me désespère — je suis allé à Leningrad si souvent, mais qu'est-ce que je viens y faire cette fois ? En suivant un total inconnu je vais finir sur le pas de ma porte ! Comment est-ce possible ? Charlottesville, Halifax, Paris... Leningrad serait forcément le bout de la piste, mais je continuais d'avoir l'impression de tourner en rond — à moins que je n'aie rien compris, et que le cercle tourne autour de moi...

Mais toutes ces questions, même si j'aurais dû en connaître les réponses, demeuraient secondaires ; j'avais des problèmes plus concrets à résoudre. Qui était Youri Chastov ? Pourquoi le paquet de Brightman allait-il finir à Povonets, simple point sur la carte à plus de six cents kilomètres au nord-est de Leningrad ? Et plus difficile encore la question subsidiaire : comment allais-je résoudre ces problèmes ? Car, quelle que soit votre définition du mot « totalitaire », vous retombez toujours sur la notion d'« État policier », or je me proposais maintenant de pénétrer dans le plus grand État policier de l'Histoire et d'opérer d'une façon qui serait à la fois clandestine et illégale. Pour aggraver les choses, j'étais un Occidental ; pis, un Américain ; et pour comble de malheur, un journaliste. Ce qui signifiait soupçon automatique et peut-être surveillance... Justement ce que je devais éviter. Il fallait qu'au sein de la société la plus strictement contrôlée de la Terre, je parvienne d'une manière ou d'une autre à « disparaître », à trouver un moyen d'avoir les mains libres et les coudées franches.

J'avais un plan — variante d'une manœuvre que j'avais déjà utilisée autrefois — et sa première phase était simple : rester le plus normal possible.

Pudvolko, l'aéroport de Leningrad, se trouve au sud de la ville. Un autobus parfait vous emmène jusqu'à l'avenue de la Neva, mais j'ai toujours préféré le taxi — et j'en pris donc un comme d'habitude. La journée s'annonçait froide et grise. Les premiers tas de neige s'alignaient de chaque côté de la route, et dans les champs balayés par le vent la terre gelée prenait une couleur d'acier. Je baissai la glace pour emplir mes poumons. L'air semblait épaissi par l'odeur de toutes les grandes villes russes, mélange de poussière de ciment et des vapeurs d'échappement des énormes camions Belaz, dont les gens vous expliquent fièrement (et à bon droit) que ce sont les plus gros poids lourds du monde. Je demandai au chauffeur de prendre mon itinéraire détourné habituel et nous passâmes devant la vieille aciérie Poutilov, avec sa colossale statue de Kirov — bras tendu, il montre l'usine du doigt en un geste supposé dramatique et révolutionnaire, mais que les habitants de la ville interprètent en un sens plus vulgaire —, puis sous l'arc de triomphe de la Neva, en direction de la vaste étendue grise et sinistre du port. Il allait bientôt être pris par les glaces, sauf les chenaux que maintiennent ouverts des brise-glace à propulsion nucléaire. Je remarquai déjà une pellicule solide sur les canaux. Le taxi s'engagea sur l'un des six cents ponts de la ville et prit la direction du centre.

Je descendis comme toujours à l'Astoria. On disait autrefois qu'il avait un air de gloire un peu fanée, mais aujourd'hui la gloire a disparu et le fané demeure. Il ne me plaît pas moins. Les lits s'affaissent et grincent, il faut presque une heure pour remplir sa baignoire, mais il règne, malgré tout, un certain confort et le personnel m'a toujours paru plus attentionné que dans les autres hôtels soviétiques. Alors qu'ailleurs on vous regarde avec des yeux ronds quand vous demandez le moindre des services classiques que rendent les hôtels, à l'Astoria ces services font partie de la routine quotidienne. A vrai dire, cet après-midi-là, je ne réclamai rien de bien exceptionnel : une bouteille de vodka. Après deux lampées en guise de bienvenue, je défis mes valises, puis sortis de l'hôtel à pied en direction de la place Saint-Isaac. Dans l'angle opposé à la cathédrale s'élève un immeuble massif en pierre de taille qui abritait autrefois l'ambassade d'Allemagne et qu'occupe maintenant l'agence principale d'Intourist. Après une longue discussion, au cours de laquelle je dus citer plusieurs noms influents, j'obtins ce que je désirais : un itinéraire de voyage approuvé et une Jigouli — pour vous une Fiat — bleu foncé que j'allai chercher au terminus d'Aeroflot, sur l'avenue de la Neva. Je retournai aussitôt à l'Astoria.

Il devait être trois heures de l'après-midi. Je m'allongeai sur le lit en attendant la sonnerie du téléphone.

Car je savais qu'il sonnerait.

Sans doute Soubotine avait-il un moyen d'entrer en URSS sans attirer l'attention, mais, pour moi, c'était impossible. J'avais vécu et travaillé ici comme journaliste, et mon nom se trouvait donc dans trop de dossiers. Surtout à Paris, j'avais dû tirer des ficelles pour obtenir un visa en moins de vingt-quatre heures au lieu des trois à huit jours habituels. Chacune de ces ficelles avait une clochette à l'autre bout ; inévitablement, ces clochettes s'étaient mises à tinter ici même. Le premier appel me vint d'un homme que je connaissais à la section Traductions de l'agence Tass, juste pour dire bonjour. Puis ce fut un correspondant de l'United Press, mis au courant (me dit-il) par Aeroflot — logique, puisque mon contact de Paris pour le visa était une vieille connaissance du service Relations publiques d'Aeroflot, et d'ailleurs, je n'avais obtenu la voiture qu'en invoquant son appui. Enfin, à cinq heures moins le quart, un officiel de l'Association des journalistes me souhaita la bienvenue à Leningrad.

Je l'avais déjà rencontré. Il se nommait Viktor Gloubine, mais c'était l'Yvan Ivanov typique, le genre de bureaucrate idiot qui assure aux gens « d'en haut » — les *nachalstvo* — que leur volonté est faite, tout en s'assurant que rien ne sera fait, ou presque. Mais cette fois, j'étais content de le voir ; il constituait — lui ou l'un de ses semblables — un élément presque essentiel de mes plans. Avant de me lancer sur la piste de Soubotine, il fallait que je couvre la mienne. Même si le KGB n'était pas au courant de ce que je faisais, mon arrivée avait été enregistrée et elle devait piquer leur curiosité. Pour les rassurer — deuxième phase de mon plan —, j'avais préparé une petite explication apaisante, et j'avais besoin de quelqu'un pour la leur transmettre. Viktor Gloubine semblait parfait : en ce qui concernait le *Komitet*, Gloubine était à peu près aussi « amateur » qu'un athlète olympique russe. J'acceptai avec joie son invitation à dîner, puis entrepris de me faire couler un bain. Après quoi, je m'allongeai et somnolai.

Gloubine se présenta vers sept heures.

C'était un petit rondouillard tout fripé, à la bouche crispée en un sourire aigri. Son front semblait aussi graisseux que le dos d'une cuillère à soupe. Je lui offris un verre au bar de l'Astoria. Nous échangeâmes des ragots sur nos relations dans la presse — pour briser la glace entre nous. Avec n'importe quel Russe c'est déjà délicat, mais à plus forte raison avec un *journaliste* russe. Ils tiennent pour acquis qu'ils font partie du même univers que vous — que le mot « journaliste » a le même sens à Leningrad qu'à New York —, mais, dès que vous leur appliquez les normes du monde de la presse occidentale, ils sont enclins, comme des gosses, à reprendre leurs billes et à rentrer chez eux. Ce soir-là, je m'attachai à jouer au diplomate parfait, et je fus trop préoccupé par mon propre rôle pour remarquer le moindre défaut dans l'exécution du sien.

Peut-être ne fit-il d'ailleurs aucune erreur : tout se passa le plus normalement. Il m'emmena au Byka, un restaurant azéri. De taille modeste selon les normes soviétiques : une trentaine de tables. L'atmosphère plutôt sinistre était égayée par quelques tapis clairs aux murs et un orchestre. En Russie, il y a toujours un orchestre — les Russes, comme certains Américains du Midwest, considèrent que sans un peu de danse une soirée n'est pas tout à fait une soirée. A notre entrée, l'orchestre jouait une version lugubre de *Memories Are Made of This* et les clients protestaient, considérant sans doute la rengaine trop démodée. Le repas valait mieux que le spectacle. L'Azerbaïdjan est une République socialiste soviétique coincée entre le nord de l'Iran et la mer Caspienne. Les Azéris sont des musulmans chi'ites mais leur cuisine ressemble beaucoup à celle des Turcs. Je commençai par une sorte de *tolma* (feuilles de vignes farcies), continuai par de la *dovta* (soupe au lait aigrelette) puis commandai un *chachlik kebab* — chaque plat accompagné, comble de l'hérésie, par de la vodka Starka, que Gloubine servait sans barguigner, verre sur verre. Ma langue déliée par l'alcool, je livrai soudain tous mes secrets, y compris les « vraies » raisons de mon séjour à Leningrad : j'écrivais un livre, un livre *personnel* — aucune politique —, qui contiendrait des anecdotes et des réflexions fondées sur les années où j'avais vécu en Russie. Et j'avais l'intention au cours de ce voyage de revoir tous les coins du pays où j'avais habité ou séjourné... Comme n'importe qui pourrait le confirmer en vérifiant mon « Document de voyage » à l'Intourist.

299

Viktor, attentif comme il se devait, hocha la tête d'un air entendu :

— Cela paraît très intéressant, Robert. Ce sera un livre plein de sentiment.

L'orchestre jouait, à présent, *A Hard Day's Night* — apparemment plus acceptable pour le public —, et des messieurs se glissèrent entre les tables pour inviter les dames à danser.

— Vous avez raison, lui répondis-je. Il faudra qu'il y ait du sentiment. Mais je ne veux tout de même pas qu'il soit trop sentimental... trop russe, si vous voyez ce que je veux dire.

Viktor sourit. Les Russes, fiers d'être sentimentaux, ne se froissent pas quand on les taquine à ce sujet... quoique, si vous leur faites observer que l'avers de tout ce sentiment est la brutalité, ils n'apprécient sûrement pas.

Il leva son verre.

— Aux larmes russes. Noyons-nous en elles.

Nous continuâmes de boire. Puis, montrant qu'il avait bien lu mon dossier, il fit observer que le voyage serait long : j'avais vécu dans tellement de villes — Kiev, Kharkov, Moscou, et même Semipalatinsk... Nous bûmes à la santé de chacune d'elles. Il m'adressa un sourire joyeux et, en un sens, il n'y avait dans tout cela rien de répréhensible, ni même d'hypocrite. Nous étions en Russie. Il savait, et je savais, que notre dîner avait pour but de lui permettre de faire son rapport à la police. Mais ce n'était pas son « véritable » but, pas plus que le véritable but de respirer est d'éviter l'étouffement ; on le fait tout simplement, sans y penser. Et, dans deux semaines, il pourrait raconter en toute sincérité à ses copains la bonne soirée qu'il avait passée avec son « ami américain Robert Thorne ». Quoi qu'il en fût, mon histoire semblait l'avoir convaincu et, au bout d'un moment, je posai mon verre et parcourus la salle du regard. L'orchestre s'était remis à jouer un morceau que je ne reconnus pas. En face de notre table, une jolie Hongroise blonde arrangea les bretelles de sa robe pour cacher celles de son soutien-gorge, puis tendit la main à un soldat qui portait le béret bleu des parachutistes soviétiques. Tout le monde se mit en branle ; comme s'ils avaient donné le signal de la danse. Même Viktor se leva — quoique seulement pour annoncer une petite excursion aux toilettes.

Je pris une autre gorgée de vodka, puis une cuillerée de baklava. Mon regard passa de table en table et je me souvins de l'époque où j'aurais pu écrire un article sur chacun des personnages : le vieux garçon, dont la grand-mère avait participé aux manifestations pour la paix et le pain qui avaient permis aux bolcheviks de prendre le pouvoir ; un ingénieur d'Allemagne de l'Est, dont le précédent séjour à Leningrad remontait à 1942, quand les troupes allemandes assiégeant la ville étaient parvenues à quelques centaines de mètres des usines Poutilov devant lesquelles j'étais passé dans la matinée ; et un poète roumain, disciple de Barbu, qui visitait la ville escorté par un commissaire culturel... Deuxième ville d'un grand empire, Leningrad avait toujours eu beaucoup d'histoires à raconter — mais mes yeux, je l'avoue, revenaient sans cesse à la blonde Hongroise. Vraiment sensationnelle... Quel gâchis de la voir au bras d'un para ! Puis, comme je l'observais, je surpris les regards furtifs, inquiets, qu'elle lançait vers le fond de la pièce chaque fois que les mouvements de la danse la faisaient tourner dans cette direction. Je suivis ces regards — et je le vis. De petite taille, empâté, mais portant un complet bleu nuit de bonne coupe qui l'amincissait. J'aurais dû le repérer plus tôt, me dis-je, car c'était la seule personne dans la salle qui fût seule à sa table.

Je posai ma fourchette.

Je ne ressentis aucune crainte, et pourtant je compris sur-le-champ qu'il était là à cause de moi. Il existe des officiers du KGB de tous les formats et de tous les modèles. Beaucoup ne sont que des petits durs ; un certain nombre appartient à la classe des jeunes arrivistes du parti communiste à la recherche d'un raccourci vers les sommets ; mais la plupart sont simplement les bureaucrates mesquins de l'oppression, les fonctionnaires dont tous les États totalitaires ont besoin pour continuer de subsister : les censeurs ; les responsables du système de « passeports » internes qui permettent, en Union soviétique comme en Afrique du Sud, de surveiller les déplacements des personnes à l'intérieur du pays ; ou bien les *oupravdom* des immeubles d'appartements, chargés de signaler toutes les allées et venues des occupants. Ces hommes constituent, comme le mandat de leur organisation le précise en toute candeur, le « bouclier du Parti » : ils défendent le Parti contre n'importe quelle menace éventuelle émanant du peuple. Un très petit nombre

301

d'entre eux est donc impliqué dans des activités d'espionnage ou dans la surveillance des étrangers. Et ceux qui le sont paraissent relativement évolués et bien éduqués, avec même parfois l'expérience que donnent les voyages. Si les dirigeants du *Komitet* avaient eu de mauvaises intentions — ne serait-ce qu'une expulsion rapide à l'aéroport —, ils auraient envoyé un autre homme.

Je le fixai. Quand la musique s'arrêta, il se leva de table et traversa la salle.

— Monsieur Thorne ?

Il avait sur ses traits une expression interrogative polie, voire un peu guindée.

J'ai pour règle de me montrer courtois mais jamais obséquieux. J'inclinai simplement la tête.

— C'est exact.

— Je m'appelle Valentin Loginov, monsieur Thorne. Viktor m'a signalé qu'il vous inviterait ici ce soir et m'a demandé de passer. Il jugeait utile que nous bavardions.

La jeune Hongroise retourna à sa table en évitant de regarder dans notre direction ; et le serveur, toujours affairé, détourna ostensiblement les yeux.

« Puis-je ? demanda Loginov en posant la main sur la chaise en face de moi.

J'acquiesçai.

« Est-ce que l'orchestre est bon ?

— Pas mauvais.

— Mais pour le rock'n roll ce genre d'ensemble ne vaut rien. Trop de musiciens. Tous ces instruments se gênent mutuellement.

— Oui, c'est sans doute vrai.

Il hocha la tête.

— C'est pour cela qu'ils n'aiment pas le rock'n roll. Les professionnels, je veux dire. Les musiciens. Cela ne fournit pas assez d'emplois. Ils préfèrent Tommy Dorsey et Benny Goodman, seulement le public ne les apprécie plus.

Il devait avoir raison. Quand l'orchestre attaqua *Serenade in Blue*, seuls deux ou trois couples se levèrent pour danser. La Hongroise et son para avaient changé de place — la blonde nous tournait maintenant le dos.

« Bien entendu, poursuivait Loginov, Benny Goodman a commencé avec un trio — Gene Krupa, Teddy Wilson et lui. Puis Lionel Hampton s'est joint à eux.

— Je ne connais pas grand-chose en musique… surtout dans le domaine du jazz.

Il sourit.

— Cela prouve seulement que je suis beaucoup plus âgé que vous.

Non. Cela prouvait qu'il désirait se montrer « amical » et qu'il n'était pas un péquenot. Il devait approcher la cinquantaine, forte poitrine et panse rebondie bien que le complet lui donnât un air plus svelte. Il portait un petit insigne épinglé sur son revers : des ailes et une hélice, en croix. L'insigne de l'armée de l'air soviétique mais les officiers du KGB ont souvent des affectations dans d'autres corps et portent les uniformes de ces armes — de préférence l'aviation, car les tenues sont plus élégantes. Comme notre conversation sur la musique semblait terminée, je dis :

— Je n'ai pas l'impression que Viktor m'ait parlé de votre venue, monsieur Loginov.

— C'est que je n'étais pas sûr de pouvoir me libérer. Mais par bonheur…

Il m'adressa un sourire ravi en tendant les deux mains, paumes vers le ciel, comme pour dire : « Me voici, n'est-ce pas drôle ? »

Puis le garçon arriva en trottinant et posa un autre verre. Naturellement, ce fut Loginov qui servit la vodka — démonstration claire et nette qu'il prenait la situation en main. Nous bûmes une simple *vachezdorovye*. Quand je posai mon verre, je dis :

— Vous avez l'avantage, monsieur Loginov. Je pense que vous en savez plus long sur moi que moi sur vous.

Il sortit de sa poche un paquet de John Player's Special et m'en offrit une.

— Je suppose que c'est la vérité. Pour commencer, je crois avoir lu tout ce que vous avez écrit.

— Permettez-moi d'en douter.

Il haussa les épaules et alluma nos cigarettes.

— Ma foi, peut-être pas tout, mais une grande partie. Ainsi que des résumés fidèles du reste. Et des profils rédigés sur vous.

— C'est un dossier que j'aimerais bien voir.

— Je peux vous affirmer, monsieur Thorne, que ses conclusions sont toutes très positives. Vous vous êtes donné la peine d'apprendre notre langue, vous avez fait de votre mieux pour comprendre notre pays, et vous êtes un homme équitable. Cela ne vous a pas rendu moins critique, mais en tout cas vos critiques ne sont pas stupides. Et la critique intelligente est aussi rare — et revient au même — que les bons conseils. » Il leva son verre. « Buvons à cela... Aux bons conseils.

Je bus, ou plutôt je trempai mes lèvres. Mais comme le plus souvent dans cette vie, quand on songe à surveiller ce qu'on boit, c'est qu'il est déjà trop tard. En reposant son verre, Loginov ajouta.

« Peut-être puis-je vous rendre la pareille, monsieur Thorne. Vous donner non pas des conseils, à vrai dire, mais des renseignements.

— Ah bon ? Votre organisation n'a pas une réputation de générosité dans ce domaine.

Sa voix baissa d'un ton : il me regarda droit dans les yeux.

— Écoutez, monsieur Thorne... Je n'ai cité aucune organisation, et, bien que j'aie naturellement un employeur, pourquoi ne pas l'oublier ? A partir de maintenant, chassez-le donc de votre esprit...

— Plus facile à dire qu'à faire.

— Je n'en disconviens pas. Mais — vous comprenez ? — notre conversation n'a rien d'officiel. Dites-moi de partir, je le ferai. Et il n'y aura pas la moindre répercussion. Vous êtes le bienvenu en Union soviétique. Ça, c'est officiel. » Il marqua un temps, puis ajouta : « J'aimerais simplement contribuer à rendre votre séjour plus profitable.

— En me fournissant des renseignements ?

— Exactement.

J'entendis de nouveau l'orchestre. Il continuait de sauter de rengaine désuète en refrain dépassé. Il attaqua *How Much Is That Doggie in the Window ?* et tout le monde gloussa.

— Comme vous le savez, monsieur Loginov, je suis journaliste. Et un journaliste ne se lasse jamais de recevoir des renseignements.

— Bien... Il se trouve que je suis particulièrement bien informé à propos de votre projet actuel... dont M. Gloubine m'a parlé.

— Je vois, répondis-je, bien que Viktor Gloubine n'eût rien connu de mon « projet » actuel vingt minutes plus tôt.

Loginov hocha la tête.

— Oui. Les dissidents. Naturellement, ils constituent un sujet passionnant à l'Ouest. Mais ils font l'objet de nombreux malentendus. Je trouve vraiment utile qu'un homme possédant vos connaissances et votre sensibilité s'attaque à cette question.

Je me penchai en avant pour ôter la cendre de ma cigarette.

— Monsieur Loginov, je ne voudrais pas vous paraître discourtois mais, pour que tout soit bien net, mon projet actuel — comme vous dites — n'a rien à voir avec le mouvement dissident.

— Ah bon ? » Il avait l'air sceptique : « J'en prends note — pour que tout soit bien net, selon votre expression. Mais je crois sincèrement que vous vous trompez. Peut-être s'agit-il de confusion dans la terminologie ; peut-être parlons-nous de la même chose, mais en utilisant des mots différents. Vous voyez ce que je veux dire ?... Ce sera sans doute plus clair à mesure que j'avancerai, ajouta-t-il.

Il était officier du KGB et nous nous trouvions à Leningrad ; s'il désirait continuer de parler, je n'avais aucune intention de l'en empêcher. Je m'adossai à mon siège.

— Vous n'êtes pas un dissident, je pense, monsieur Loginov ?

Il sourit.

— Pas tout à fait. Mais j'en connais beaucoup... Cela vous surprend ?

Je haussai les épaules.

« Bien entendu, reprit-il, connaître personnellement n'est pas synonyme d'amitié, bien que Yevtouchenko, comme nul ne l'ignore, ait été l'ami de Khrouchtchev. Voyez-vous, ce que les gens de l'Ouest ne comprennent pas, c'est que les dissidents libéraux sont en très petit nombre et appartiennent presque tous à l'élite de la société soviétique... Nos intellectuels, nos savants. Ils forment un groupe très lié, et, si vous en connaissez un, vous les connaissez tous. Comme une famille. Ou les personnages de nos grands romans — il y a toujours un tableau en fin de volume pour indiquer leur parenté. » Il prit la bouteille de vodka et nous resservit. « Peut-être est-ce même héréditaire, ajouta-t-il, ou en tout cas une tradition — comme la peinture des icônes — transmise de génération en génération. Prenez le cas de Youli Daniel. C'était l'élève de Siniavski, le célèbre « Abram Tertz ». Et Siniavski, bien entendu, était un grand ami de Pasternak — il a tenu un des cordons du poêle à ses obsèques. Et Pasternak, à son tour, appartenait à une famille liée à celle de Tolstoï — lui-même suffisamment dissident en son temps pour mériter l'excommunication de l'Église orthodoxe. Vous voyez donc que dans les veines de Youli Daniel coule, si l'on peut dire, le sang d'une tradition de résistance qui remonte à l'époque des tsars.

— Quelle théorie passionnante, monsieur Loginov. C'est vous qui devriez écrire un livre.

Il secoua la tête.

— Ça ne m'intéresse pas. Et si je puis me permettre, cela ne devrait pas vous intéresser non plus. Pourquoi ? Parce que les dissidents dont je viens de vous parler — les démocrates, les libéraux que vous admirez tellement à l'Ouest — n'ont que peu d'importance ici. Je ne dis pas *aucune* importance, comprenez-moi bien, mais seulement un peu. Et surtout, ce qui explique leur *peu* d'importance est aussi la raison pour laquelle ils n'en auront jamais beaucoup : comme je vous l'ai dit, ils appartiennent à l'élite. N'importe quel régime doit se soucier de ce que ses grands hommes, les hommes comme Sakharov, disent à haute voix, mais en dernière analyse ces hommes ne comptent pas, parce qu'ils n'exercent aucun pouvoir populaire.

— Vous voulez dire qu'ils ne se fondent pas dans la masse ?

— Moquez-vous de mon expression, monsieur Thorne, mais non de l'idée. Demandez à Johnson et à Nixon pourquoi ils n'ont pas pu gagner leur vilaine petite guerre, au Viêt-nam — au bout du compte, parce qu'ils n'avaient pas le peuple derrière eux. Et les dissidents libéraux ont le même problème. Vous comprenez, ce n'est pas parce que les gens soutiennent le régime ou adorent le communisme. En Russie, monsieur Thorne, le communisme n'est même plus une mauvaise blague, seulement une *vieille* blague. Comme cette anecdote éculée sur Gorki — vous la connaissez ? Il visitait, dit-on, une magnifique usine moderne, un modèle d'efficacité. Tout fonctionnait à merveille autour de lui. Alors, il demanda au directeur quel produit l'usine fabriquait. Réponse : des écriteaux PANNE D'ASCENSEUR... Pour nous, le communisme, c'est cela — le mieux qu'il puisse faire —, et tout le monde le sait. Mais ce « tout le monde », voyez-vous, est russe. Voilà l'ennui. Car « démocratie » n'est pas russe, « liberté » n'est pas russe, « droits de l'homme » n'est pas russe. Ces idées viennent de l'Ouest, d'où nous est venu Napoléon, ainsi que les chars de Guderian : c'est la raison pour laquelle les dissidents libéraux ont été de tout temps condamnés à l'échec.

Je ne répondis rien ; en Russie, ce genre de propos peut indiquer une certaine largeur de vues, mais constituer également un piège. Au bout d'une seconde, Loginov sourit.

« Vous être surpris, monsieur Thorne ?

— Je n'ai nulle envie de remettre certains organismes sur le tapis, mais il en existe un, vous le savez, qui se prétend le « bouclier du Parti »...

— Ah, le Parti ! Ai-je prononcé un seul mot de critique à l'égard du Parti ? Je m'en voudrais, monsieur Thorne... Je me mépriserais. Mais le Parti a plus de quatre-vingts ans, et seul un vieil idiot peut croire encore à ses rêves de jeunesse. » Il secoua la tête. « Quand on parle du Parti, c'est du pouvoir soviétique que l'on parle, du pouvoir soviétique légitime... Et les points communs avec le communisme sont de moins en moins nombreux.

— Soit. Je ne discuterai même pas le mot « légitime ». Mais quel rapport avec moi ?

— Revenons donc aux dissidents. Je vous ai expliqué pourquoi les libéraux ne pouvaient pas réussir — ils s'identifient trop à l'Occident, à des idées étrangères. Les Russes ordinaires, même si la situation actuelle ne leur plaît pas, ne se tourneront pas dans cette direction —, ils iront donc chercher ailleurs. Ils se tourneront vers eux-mêmes, vers la Russie, vers leur passé. En soi, bien entendu, c'est de la rébellion. Trouver quoi que ce soit de valable avant 1917 revient à critiquer ce qui s'est passé depuis, qu'on le veuille ou non. Mais, d'un autre côté, peut-on désapprouver ? Qu'y a-t-il de mal à aimer son pays, l'âme de son pays et son histoire ?

— Rien. Ce que vous me décrivez là ressemble beaucoup à du

307

patriotisme, monsieur Loginov... Comme dans votre expression
« Grande Guerre patriotique ».

— Peut-être. Mais réservons le mot « patriotique » à des sentiments où l'honneur ne saurait être mis en doute. Utilisons plutôt un
autre vocable... Pourquoi pas un terme neutre comme « nationalisme » ? Mais peu importe : ce qui compte, c'est de comprendre ce
que l'on veut dire par là.

— Et que veut-on dire ?

— Écoutez-moi un instant. Ce dont je parle a débuté au cours
des années soixante dans le milieu universitaire. Mais nos étudiants
de l'époque étaient différents des vôtres. Leur rébellion s'est
exprimée par un regard *en arrière*, à la recherche d'anciennes voies
et non de nouvelles. Le passé de la Russie les fascinait. Ils faisaient
des excursions à Vladimir et à Souzdal pour voir les vieilles bâtisses
et les monuments. Rien que de très innocent. Seulement, voyez-
vous, ils ont attiré du monde dans leur sillage — du beau monde
comme Antonov, le concepteur d'avions —, et le Parti a décidé de
jouer le jeu. On a constitué la Société panrusse pour la protection
des monuments historiques. En 1967, d'après l'agence Tass, cette
association comptait trois millions de membres — et ce n'était
que la partie émergée de l'iceberg. Au-dessus de l'eau, la
presse du Parti monta soudain en épingle certains thèmes natio-
nalistes ; et au-dessous de l'eau, clandestinement, en *samizdat*,
on a commencé à voir des ultra-nationalistes comme le groupe
Vetché prendre de l'importance... Vous en avez entendu parler,
je pense ?

— Oui, répondis-je. Vladimir Osipov. Un nationaliste slave : la
Russie aux Russes, et non aux Ouzbeks, aux Tartares, aux juifs,
aux Kazakhs, aux Yakoutes et à toutes les autres minorités —
minorités qui constituent aujourd'hui plus de la moitié de votre
population.

— Je vous trouve trop poli. *Nationaliste* slave ! » Il fit la grimace.
« Les gens comme Osipov sont des chauvins antisémites et racistes.
Et si vous refusez de les qualifier ainsi, que direz-vous de la
VSKSON ? » Il cracha le nom de l'association que représentaient
ces initiales. « L'Union panrusse sociale chrétienne pour la libéra-
tion du peuple... Ils parlent de « renaissance spirituelle », de
« retour à la religion orthodoxe », de « liberté de conscience », mais

pour eux ces expressions ont à peu près le même sens que pour les nazis.

— Monsieur Loginov, la VSKSON n'a jamais eu plus de quarante membres et a été anéantie — par une organisation dont nous sommes convenus de ne pas parler.

— C'est la vérité. La vérité officielle.

L'épithète me parut intéressante. Mais j'hésitai — pour une autre raison maintenant : je commençais à faire des rapprochements. J'entendais encore la voix de Travin au téléphone. *Nous pourrons parler des* byliny, *ou des* bégouny, *ou des Cent Noirs...* Et ensuite, le journal des émigrés trouvé à la décharge.

— Vous comprenez que je n'ai aucune sympathie pour ce genre de personnes, lui dis-je, sur mes gardes.

— Oui. Je le sais.

— Et vous ne vous attendez sûrement pas à ce que je vous croie si vous prétendez qu'ils vous font peur ? Même la CIA a renoncé à ses rêves les plus fous de voir le peuple soviétique se soulever pour renverser les bolcheviks et remettre un tsar sur le trône.

Il secoua la tête.

— Là n'est pas la question, monsieur Thorne. Vous avez évidemment raison. Personne ne renversera notre régime « d'en bas ». Chez nous, tout changement procède « d'en haut », dans le Parti. Mais considérez le Parti un instant... Le croyez-vous composé d'imbéciles ? Ou d'idiots ? Croyez-vous que les bons éléments de notre parti ne voient pas les graves problèmes auxquels l'Union soviétique est confrontée en ce moment ? Cela tombe sous le sens. Je vous en donnerai un seul exemple. Tout le monde sait que l'agriculture soviétique est une catastrophe... Comment peut-on imaginer, à l'Ouest, que nous attaquerions l'Amérique, monsieur Thorne ? Si nous bombardions le Kansas ou le Manitoba, la Russie crèverait de faim l'année suivante. Mais pourquoi, alors que notre pays est immense et riche ? Nos cultivateurs disposent d'un nombre suffisant de tracteurs — nous ne pouvons donc plus avancer ce prétexte. La raison, c'est le système lui-même. Savez-vous que les parcelles privées de nos fermes collectives — les « lopins capitalistes », comme nous nous plaisons à dire — représentent moins de trois pour cent des terres cultivées, mais produisent environ trente pour cent de notre consommation alimentaire ? Si vous appartenez au Parti, qu'est-ce que cela vous apprend ? Que le système a échoué, monsieur Thorne, voilà ce que cela vous apprend.

— Changez donc le système.

— Soit ! Mais comment y parvenir en maintenant le Parti au pouvoir ? Comment y parvenir sans que la Russie se désintègre ? L'idéologie, l'opinion, la foi, le mythe — tel est le ciment qui maintient l'unité d'une nation. Si vous démantelez le système pour essayer de le reconstruire d'une autre manière, il vous faut posséder un autre ciment. Vous me suivez ?

Certes. Mais je voulais m'assurer contre toute erreur.

— Vous prétendez que certains éléments au sein du Parti estiment qu'une forme de nationalisme d'extrême droite...

— ...peut créer dans le pays le genre d'élan spirituel qui nous a permis de tenir les Allemands en échec pendant la guerre.

Je le regardai un instant, puis me penchai en arrière. Rien de tout cela ne me surprenait outre mesure ; en fait il ne m'avait rien appris que je n'ai déjà su... Mais l'entendre de sa bouche ! Cela faisait tout de même une sacrée différence.

— Vous avez parlé d'*éléments au sein du Parti*. A qui pensez-vous exactement ?

Il écarta ma question d'un geste, puis sourit et y répondit malgré tout.

— Ce ne sont que des politiciens, bien entendu. Certains staliniens qui voient là une occasion de revenir à la ligne dure du passé. Mais d'autres croient en ce qu'ils racontent : ils parlent d'une « nouvelle vision de la Russie ». Il y a aussi de jeunes technocrates — les technocrates, pourrait-on dire, qui ont pris conscience des limites de leur technocratie. Ils comprennent que le *management* ne peut pas tout faire : à un certain niveau, une forme de foi demeure toujours nécessaire. Et, bien entendu, vous vous en doutez, cette tendance existe également en dehors du Parti, au sein d'autres institutions soviétiques.

— Par exemple ?

— Je suis sûr que vous pouvez deviner. Où s'épanouit tradition-nellement ce genre d'idéologie ?

— Dans l'armée, vous pensez ?

Il acquiesça. Et, par sa sécheresse, son hochement de tête

démentait le caractère raffiné de ses vêtements et de ses façons —
ce qui confirmait l'étiquette KGB, mais d'une autre manière.

« Ce doit être un grand souci, lui dis-je.

Il plissa les lèvres et agita la main en un geste ambigu.

— Un nuage à l'horizon », lança-t-il, puis ses doigts pêchèrent
une cigarette dans le paquet qu'il avait laissé sur la table. Quand il
l'alluma, il se rembrunit. « Oh, n'exagérons pas, dit-il. Rien ne se
produira demain ou après-demain, ni même le mois prochain...
Mais dans cinq ans, qui sait ? De toute manière, un aspect de la
question devrait vous intéresser particulièrement. Il concerne
l'Ouest, voyez-vous. Un groupe clandestin de représentants de
cette tendance essaie de s'établir en dehors de Russie... Ils sont en
train, si vous aimez mieux, de recenser les ressources.

— Pourquoi se donner cette peine ?

— Ne vous y trompez pas, monsieur Thorne. Ce qui se passe en
dehors de la Russie — les attitudes des gouvernements étrangers —
exerce une grande influence sur ce qui se produit ici. En outre, il y a
de nombreux avantages pratiques. Des refuges sûrs. Des attraits
certains. Des alliés... Des considérations banales : par exemple, si
vous désirez parler au capitaine d'un contre-torpilleur soviétique
pour l'influencer, ce sera probablement plus facile à Djakarta
qu'ici, à Leningrad.

J'acquiesçai. Il avait raison. Cette « tendance », pour reprendre
son expression, avait besoin d'une base à l'Ouest, ne serait-ce que
la Suisse comme dans le passé, pour recueillir les exilés à leur
arrivée. Or, établir cette base exigeait des ressources... comme par
exemple de vieux certificats de dépôt d'or valant au bas mot douze
millions de dollars. Mais comment avaient-ils découvert la carte
leur indiquant où creuser pour mettre au jour ce trésor ?

Je me retournai vers Loginov.

— Vous dites que l'armée constitue sans doute un des pivots de
cette tendance... ne pourrait-il en exister un autre, plus proche...
plus proche de chez vous, je veux dire ?

— Peut-être.

— En fait, ne pourrait-il même se produire en ce moment une
certaine perte de contrôle sur ces éléments ?

Il se pencha en avant, posa les coudes sur la table et appuya le
menton sur ses mains jointes.

— Monsieur Thorne, je ne suis pas au courant de cela. Mais je peux vous affirmer une chose. Les hommes que je vous ai décrits sont très dangereux. Très, très dangereux. Ils ne plaisantent pas. Ils ont renoncé à tout pour ce en quoi ils croient. Vous m'avez dit, au début de notre conversation, que vous ne vous intéressiez pas aux dissidents dont je me proposais de vous parler — que votre projet actuel n'avait rien à voir avec eux. Ce sont vos propres paroles. Si c'est le cas, rien n'est perdu : vous avez simplement la base d'un article intéressant, citant des sources soviétiques sûres mais désireuses de conserver l'anonymat. D'un autre côté si vous vous intéressez à ceci et désirez aller plus loin, tenez-vous pour averti. Méfiez-vous. Soyez prudent. Surtout, monsieur Thorne, comprenez bien que si vous rencontrez *cet* homme, vous aurez en face de vous un tueur.

Il glissa la main dans sa veste et en sortit une petite enveloppe blanche qu'il me tendit. Elle contenait une photo mal éclairée, comme on en trouve sur la plupart des papiers d'identité officiels. Une photo de face, représentant le visage et les épaules d'un jeune homme en uniforme soviétique. Elle devait dater d'avant 1970, car je reconnus l'ancienne *gymnasterka* à col haut de l'armée rouge. Des yeux noirs, légèrement plissés, peut-être à cause du flash... Le visage pour ainsi dire resserré, comprimé dans le sens de la largeur, avec des dents qui avançaient dans la bouche... Et, bien que le cliché fût en noir et blanc, j'aurais juré que les cheveux en brosse étaient roux.

— Pouvez-vous me dire, monsieur Loginov... Cet homme a-t-il jamais travaillé pour votre employeur ?

Il hésita, puis hocha les épaules.

— Pourquoi en ferais-je un mystère ? Aleksandr Soubotine travaillait au GRU. Il est même possible qu'il y travaille encore. Il était spécialiste de certains problèmes de sécurité relatifs à la marine soviétique. » Le GRU, les services de renseignements de l'armée soviétique, autrefois rivaux du KGB, mais devenus une sorte d'agence annexe du *Komitet*. « Mais je ne peux pas vous en dire davantage, ajouta Loginov en se levant, désormais, vous êtes livré à vous-même.

— Mais non sans avoir été averti ?

— Informé, corrigea-t-il en souriant.

Je m'inclinai. Il resta près de la table une seconde de plus. Songeait-il à échanger une poignée de main ? Mais il se décida pour la négative et je ne bougeai pas. Je le regardai franchir la porte puis je fis signe au garçon. Mais Gloubine, quelles que fussent ses autres carences en tant qu'hôte, s'était occupé de la note. Comme je me levais pour partir, l'orchestre se remit à jouer *You Light Up My Life* et tout le monde dansa, joue contre joue. La Hongroise blonde était encore avec son para, mais, quand elle regarda par-dessus son épaule, ses yeux évitèrent les miens.

J'attendis jusqu'à la fin du morceau, applaudis avec les autres, puis sortis dans la rue.

18

Quand je sortis du Byka, il neigeait. De gros flocons mous flottant si paresseusement qu'on pouvait les suivre un à un. Je gagnai l'avenue de la Neva à pied. La neige se mit à tomber plus vite et colla à mes paupières : les globes des réverbères, changés en étoiles, lançaient des étincelles magiques vers les ténèbres, au-dessus de la plus grande artère de Leningrad. La circulation était calme et la neige bruissait doucement dans le silence. Puis, deux rues plus loin, un trolleybus traversa avec un bruit de ferraille ; la rangée de lumières de couleur sur la carrosserie, visible même par le plus violent des blizzards, indiquait son itinéraire. Sur le trottoir, un maigre flot de passants. Des bureaucrates du siège du Parti (au n° 41 de l'avenue), qui se hâtaient de rentrer chez eux ; ou bien des employés du grand magasin Gostinyy Dvor, qui venait juste de fermer ; ou encore des étudiantes enveloppées dans des châles qui sortaient de l'ancienne bibliothèque impériale. Les têtes s'inclinaient à la perspective de l'hiver imminent ; emmitouflé dans le silence résolu des Russes dans la masse, chacun se dirigeait vers son métro.

Je les regardai, immobile, en réfléchissant à ce que m'avait dit Loginov. Est-ce que je le croyais ? Existait-il vraiment une dissidence *russe* au sein de l'*Union soviétique* — une dissidence avec laquelle il fallait compter ? En un sens, me dis-je, cette rue démontrait ses paroles. Les bolcheviks avaient essayé de rebaptiser l'avenue de la Neva, la célèbre Nevsky Prospekt, « avenue du 25-Octobre », mais cela n'avait pas marché. Et beaucoup d'autres choses n'avaient pas marché non plus. Depuis 1917, la Russie avait parcouru un long chemin mais le reste du monde aussi ; relative-ment peu de chose avait changé. Elle demeurait le véritable

« homme malade » de l'Europe, avec un vaste empire rebelle, une économie désespérément rétrograde et un gouvernement cruellement répressif. Je levai les yeux. Au loin, encadrée par la longue perspective des réverbères à trois boules, la flèche d'or de la tour de l'Amirauté resplendissait sous les projecteurs. C'était le symbole de la ville il y a cent ans, avant l'arrivée de Lénine à la gare de Finlande, et sa présence semblait se moquer, purement et simplement, de ce qu'il avait fait. La « révolution » ? Une illusion. Mais la « Russie soviétique » n'était-elle pas une illusion elle-même ? Pour Brightman et un million d'autres « fidèles » de sa génération, elle avait représenté un Shangri-la, un paradis retrouvé n'existant que sur les cartes de leur esprit ; pour Hamilton, elle ne constituait sans doute qu'une scène secrète sur laquelle jouaient les fantasmes de sa volonté de puissance avortée ; et pour Soubotine ?... Une pureté nouvelle ? Le véritable foyer de l'âme slave ? Une voie « spirituelle » entre le « matérialisme » de l'Occident et l'« ordre » de la fourmilière, caractéristique de l'Orient ?

Oui, je pouvais le croire... Mais plus j'y songeais, plus je sentais que là ne résidait pas l'importance réelle du message de Loginov ; en tout cas par rapport à moi, dans le présent. Les motivations de Soubotine étaient passionnantes mais sans relation immédiate avec ma situation, et je n'avais besoin de personne pour savoir qu'il s'agissait d'un tueur. Je repris ma promenade. En fait, le point essentiel n'était pas la substance de ce que m'avait dit Loginov, mais la manière. Extraordinaire, à tout prendre. Il s'était montré si prudent et si circonspect... Il m'avait proposé des « renseignements » et des « conseils ». Or, il n'était ni professeur d'études soviétiques ni un brave grand-père. Un officier du KGB. Et — en plein Leningrad — un officier du KGB n'a pas la moindre raison de prendre des gants. S'il désirait quelque chose, il lui suffisait de donner un ordre, et, si vous n'obéissiez pas, il vous flanquait en prison ou vous renvoyait dans vos foyers par le premier avion en partance. Or, il n'en avait rien fait. Il jouait un jeu... et je croyais savoir pourquoi.

May Brightman, Florence Raines, le Dr Charlie, Dimitrov, Nick Berri, Hamilton : tous les éléments isolés que j'avais découverts tournaient autour d'un axe central : Harry Brightman et son or. C'était de toute évidence la « ressource » que Soubotine recherchait. Mais Harry Brightman avait été un agent du KGB — ou, pour employer une expression sans doute plus correcte, une « source » du KGB. Ce qui soulevait une question intéressante : si Harry Brightman avait enterré le magot, qui avait indiqué à Soubotine où il devait creuser ? Il n'y avait qu'une seule réponse possible : *même si Soubotine et sa « tendance » s'appuyaient sur les milieux militaires soviétiques, ils avaient d'excellents contacts au sein du KGB.* Sans cela, jamais ils n'auraient pu ne serait-ce que flairer le rôle joué par Brightman. Cela posé, la démarche curieuse de Loginov devenait logique. Elle impliquait qu'il existait, *au sein du KGB lui-même*, des dissentiments, ou au moins de l'ambiguïté, sur la façon dont il convenait de traiter l'affaire Soubotine... Et tel était le point critique en ce qui me concernait. Cela signifiait que je disposais d'un certain degré de liberté. Mais cela m'imposait en même temps des contraintes majeures. Soubotine avait des alliés, sans doute haut placés, et, quand ceux-ci s'aviseraient de ma présence, ils risquaient de frapper fort. Il fallait donc que j'agisse très vite — maintenant ou jamais. Si je voulais aller jusqu'au bout, je devais disparaître en un tourbillon de fumée, aller à Povonets et en revenir avant que quiconque ne le remarque.

En tout cas, tel fut le résultat de mes réflexions lorsque j'atteignis le *Narodnyy Most*, le pont du Peuple, sur la Moïka.

Et — sans vouloir me vanter —, dès que je parvins à cette conclusion, je fis exactement ce qu'il fallait.

Me jugeant sous surveillance, j'essayai de paraître parfaitement normal. Jusqu'ici tout allait bien, car je suivais un itinéraire logique pour retourner à l'hôtel. Je m'arrêtai, allumai une cigarette et me penchai naturellement au-dessus du parapet du pont. La Moïka est le plus petit des trois cours d'eau — les deux autres sont la Grande Neva et la Fontanka — qui arrosent Leningrad. L'eau commençait déjà à geler, le vent poussait des serpents de neige blanche sur une pellicule de glace noire et luisante. L'hiver se faisait les griffes. Le froid n'était pourtant pas trop vif pour une promenade, surtout si un officier du KGB venait de vous donner matière à réflexion. Je traversai donc la rue pour descendre sur le quai sud. Le vent me parut plus violent ; les rares passants se hâtaient, enveloppés dans leurs propres ombres, et la neige crissait sous leurs bottes. Mais je me bornai à remonter mon col sans presser le pas : comme un homme perdu dans ses pensées et dont la décision n'est pas encore prise. Je continuai le long des vieux hôtels particuliers sombres qui hébergent maintenant des instituts et des académies, puis m'arrêtai de nouveau, tourné vers la rive opposée pour admirer la cape de neige argentée sur la coupole d'or de Saint-Isaac. Je fumai une autre cigarette ; en évitant de regarder derrière moi. Puis, prenant apparemment conscience du froid, je pivotai, enfonçai mes mains dans mes poches, baissai la tête contre le vent et repartis d'un pas plus alerte : mais comme si j'avais simplement envie de me réchauffer et non d'entreprendre un acte téméraire. Après le pont Bleu se trouve une vieille passerelle pour piétons. Mes pas résonnèrent sur le fer quand je passai. Sur cette rive-là, le quai se confond avec l'Ulitsa Gertsena. Je revins sur mes pas, traversai la vaste place devant Saint-Isaac et parvins bientôt à l'Astoria.

Dans le hall, je pris également tout mon temps : j'achetai deux paquets de cigarettes, un exemplaire de la *Pravda*, et laissai au comptoir l'ordre de me réveiller le lendemain matin. Puis je pris l'ascenseur jusqu'à l'étage de ma chambre. Comme dans tous les hôtels russes, il y a à l'Astoria un « employé de nuit » par étage, souvent des vieilles dames qui montent la garde sur les clients et le personnel. Elles se trouvent toujours sur votre chemin. J'échangeai quelques mots avec la mienne — je lui demandai jusqu'à quelle heure le bar restait ouvert —, puis j'entrai dans ma chambre.

Il était onze heures vingt-cinq.

Je me lavai le visage et me mis sur mon trente et un : chemise propre, cravate différente, blazer bleu marine que j'avais acheté à Montréal. L'effet d'ensemble n'avait rien de renversant, mais faisait respectable. Puis j'étalai mon imperméable sur le lit, c'était un Aquascutum, pas très chaud, mais possédant une doublure amovible fixée par une fermeture Éclair, qui s'avéra très pratique. Je l'ouvris, rangeai à l'intérieur deux chemises, un chandail et une paire de chaussettes, enfonçai le tout dans une taie d'oreiller et plaçai mes bottes par-dessus. Une fois ficelé, cela faisait une version très convenable du classique baluchon de clochard. Ensuite, je pris une serviette dans la salle de bains, en enveloppai mon poing et frappai plusieurs coups à la vitre de la fenêtre fixe. Le verre s'étoila. C'était un vitrage isolant, à double paroi ; j'ouvris les fentes avec mon canif, puis dégageai les éclats de verre du montant de plastique. J'y parvins sans aucun bruit ou presque ; même si ma chambre avait donné sur une rue passante, personne ne l'aurait remarqué. En fait, elle se trouvait à l'arrière, en face d'un autre immeuble. Quand le trou fut assez grand, je poussai mon baluchon dehors. Il disparut dans le noir et je ne l'entendis même pas atterrir.

Minuit.

Je sortis dans le couloir et me dirigeai vers l'ascenseur. L'employée de nuit me vit, mais pas de problème. Elle remarqua que je n'étais pas habillé pour sortir et elle savait déjà que je voulais aller au bar. Ce fut d'ailleurs là que je me rendis. Un bar vieillot et plutôt sinistre, pâle imitation de club anglais. La salle était déjà presque pleine et d'autres gens ne cessaient d'arriver, car à Leningrad tout ferme vers minuit en dehors des hôtels pour Occidentaux comme l'Astoria, ouverts en général jusqu'à deux heures du matin.

Je m'assis à une table avec un Danois spécialiste des moules à injection et deux Allemands, avocats d'affaires. Ils avaient commandé du « N° 1 », un vin blanc russe convenable. Je les imitai et fis venir une bouteille. Au bout de deux verres, c'était Sven, Dieter et Bob — je n'ai jamais pu saisir le nom du deuxième Allemand. Ils connaissaient bien Leningrad tous les trois. Nous avons échangé des anecdotes et comparé nos notes. Vers une heure, deux autres Allemands se sont joints à nous — des avocats eux aussi ; il se tint une sorte de conférence internationale, et, quelques minutes plus tard, l'un d'eux nous invita tous à prendre un dernier verre dans sa chambre. Je refusai, invoquant la fatigue, mais les accompagnai jusqu'à l'ascenseur. Puis je me dirigeai carrément vers le hall et, deux minutes plus tard, je me trouvais dans la rue.

Personne n'avait remarqué mon départ ; l'employée de mon étage supposerait qu'elle m'avait manqué à mon retour et que je dormais dans ma chambre. Avec un peu de chance, je ne serais porté disparu que le lendemain.

Dehors, la neige continuait de tomber mais, chassée par le vent, elle traçait de grandes lignes obliques. Bien entendu, il me fallut une bonne dizaine de minutes pour trouver cette maudite ruelle — je ne sais pourquoi, le monde semblait très différent d'en bas, rien de commun avec ce que j'avais vu de ma fenêtre. Je grelottais de tous mes membres, mais je finis par la situer et je récupérai le baluchon. Frissonnant, sautant d'un pied sur l'autre, j'enfilai mes bottes, puis l'imperméable. C'était parfait, sauf qu'il me fallait serrer la ceinture pour empêcher tout ce que j'avais fourré sous la doublure de glisser jusqu'à l'ourlet.

La ruelle semblait ne servir à rien ; il n'y avait même pas de poubelles. A l'autre bout, une tache de lumière marquait l'emplacement de la rue. Rien n'indiquait que l'on m'eût suivi. Je partis aussitôt à la recherche de ma voiture, garée à deux rues de là : j'étais en plein centre de Leningrad, mais l'une des vertus des villes soviétiques, c'est que l'on peut se garer à peu près n'importe où, à n'importe quelle heure. Je ne vis qu'une seule autre voiture garée dans cette rue. J'entrai dans la Jigouli. Le moteur froid toussa : l'huile figée dans le carter résistait. Puis il pétarada deux fois et retomba dans un ralenti bancal, hésitant. Je le laissai se réchauffer en essayant de me réchauffer moi-même. J'allumai une cigarette et examinai la rue. Dans le lointain, la lueur de la place Saint-Isaac. Une rue plus loin, un taxi passa — sans doute se rendait-il au Leningradskaya, hôtel situé juste derrière l'Astoria. Mais rien d'autre ne bougeait, uniquement la neige, drue dans les cônes de lumière des réverbères. Si quelqu'un me suivait, c'était du travail bien fait ; mais cela m'aurait surpris. En dehors de Moscou, il y a si peu de circulation dans les villes russes qu'on ne peut pas filer une autre voiture sans se faire remarquer ; dans certains cas, c'est une tactique d'intimidation utile, mais Loginov aurait pu m'intimider de façon beaucoup plus directe, or il n'en avait rien fait. De toute manière, je savais que la voiture serait le maillon le plus faible. Trop facile à identifier et à retrouver. Pour le moment, j'avais disparu en fumée — encore me fallait-il jouer le même tour de passe-passe avec la Jigouli.

J'allumai les phares. La Jigouli, version russe de la Fiat, ne vaut pas mieux que l'original ; avec un grincement déchirant et un choc sourd, elle finit par accepter de passer en première. Lentement je suivis la rue. J'examinai l'autre voiture, mais elle était vide et le vent avait plaqué une congère sur son pare-brise. J'accélérai, pris la direction de l'avenue de la Neva, l'atteignis mais la quittai presque aussitôt pour passer derrière le Gostinyy Dvor. Je connais Leningrad comme le dos de ma main et cela constituait un avantage précieux : personne — la *militsia*, par exemple — n'aurait pu deviner à ma façon de conduire que j'étais un étranger. Je pris l'avenue Kirov et traversai les îles que sculpte la Neva en coulant vers le golfe de Finlande, puis je m'engageai dans Novaya Derevnya, le vieux quartier de maisons de campagne. Sans incident, je m'arrêtai à la station-service n° 3.

A la fois poste d'essence et garage, c'était un vaste établissement rappelant ceux que fréquentent les poids lourds dans l'Ouest américain. En Russie, c'est le type normal : plusieurs batteries de pompes où l'on distribue de la *benzin* à divers degrés d'octane, et un bâtiment en parpaings avec une vieille bonne femme derrière un guichet, à une fenêtre. La neige tourbillonnait comme des papillons de nuit autour des lampes des pompes, et un petit chasse-neige s'agitait en tous sens pour nettoyer un espace au fond du parking. Comme il y a peu de postes d'essence à Leningrad, et encore moins de stations-service ouvertes toute la nuit, celle-ci faisait de bonnes affaires. Des voitures, des camions, des semi-remorques et même deux chasse-neige se mettaient en ligne en roulant au pas et leurs moteurs cognaient avec le bruit rauque et sourd caractéristique de l'essence pauvre en octane. Je pris la queue derrière une antique Sköda, et, quand vint notre tour, je me dirigeai vers la cabine en même temps que l'autre conducteur.

— Sale nuit, me dit-il.

— Si ça ne s'arrange pas, je m'arrêterai à Novgorod, répondis-je. Chez mes cousins.

— Mais vous avez une voiture neuve. Impeccable.

— Oui. Mais elle se sentirait mieux en Italie.

Il rit et nous entrâmes. Je payai vingt litres puis revins au trot jusqu'à la voiture : dans les stations-service russes, on paie l'essence d'abord, puis l'employée (car c'est presque toujours une femme) compose la quantité sur une sorte de cadran de téléphone qui déclenche la livraison — et, si vous n'arrivez pas assez tôt, l'augmentation soudaine de pression chasse le tuyau du réservoir et les trois quarts de votre essence se trouvent répandus sur le béton. Mais, dans mon cas, ma petite course était de pure forme : Intourist m'avait fait le plein et presque tout finit par terre de toute façon.

Quand j'eus terminé, je remis le tuyau en place et me rangeai d'un côté du parking, à un endroit encore éclairé mais juste à la limite de la zone de lumière, de façon que les voitures et les camions entrant et sortant de la station me dissimulent aux yeux de l'employée dans son cagibi.

Je descendis ouvrir le capot. La chaleur et l'odeur d'huile du moteur me sautèrent au visage. La neige grésilla sur le bloc. Je vérifiai l'huile ; pas de problème. Je secouai les cosses de la batterie ; fantastique. Puis, découvrant apparemment quelque chose qui clochait, je revins à l'intérieur de la voiture prendre la trousse à outils. J'en sortis un tournevis et une paire de pinces, puis m'affairai sur le ralenti pendant deux bonnes minutes, pour le régler absolument comme je l'avais trouvé au départ. Je laissai le capot relevé et revins m'asseoir sur le siège avant de la voiture, mais en laissant la portière ouverte et les deux pieds dehors, sur le sol.

J'allumai une cigarette.

Cinq minutes s'écoulèrent.

Les véhicules, surtout des camions, formaient toujours une file ininterrompue. A leur arrivée près des pompes, leurs phares puissants se posaient directement sur ma petite voiture et projetaient une ombre longue derrière elle. Quand j'écrasai ma cigarette et pénétrai dans cette zone noire, je devins presque invisible. Je fis le tour vers le garage. On avait déblayé la neige mais les portes des ponts de vidange étaient fermées à clé. Plus loin, vers l'arrière du bâtiment, s'étendait une clôture métallique ; j'aurais pu la franchir sans peine mais c'était inutile. Il y avait une porte — avec un verrou cassé. Je poussai fort pour chasser la neige accumulée de l'autre côté et je me hâtai de passer.

Je regardai autour de moi. Je me trouvais sur le petit terrain asphalté où l'on garait les voitures en attente de réparations. Elles étaient rangées sur deux files, ensevelies sous un tapis de neige. Au fond, faible écho d'une lointaine journée à Detroit, je vis une sorte de cimetière : des tas de vieux pneus (mais enchaînés) ; beaucoup de ferraille tordue ; une vieille portière qui se dressait comme une aile brisée ; et un amoncellement de tuyaux d'échappement dépassant de la neige ainsi que des ossements. S'il y avait un gardien, je ne le vis pas. Je me dirigeai vers les voitures. Celle qui me convenait se trouvait dans la deuxième rangée. Une Jigouli vert foncé, mais la nuit on aurait du mal à la distinguer de celle que je conduisais. Son propriétaire avait dû essayer d'enfoncer un mur de briques : l'avant en accordéon, la calandre arrachée, un bout de carton fixé sur le pare-brise avec du papier collant. Je me penchai : la plaque d'immatriculation avant ne tenait plus que par un boulon mais n'avait pas trop souffert. Au lieu d'essayer de la dévisser, je fis levier avec mon tournevis et elle céda dans un grincement affreux. Je passai à l'arrière. Les dégâts semblaient beaucoup moins graves quoique le coffre fût arraché à ses charnières et replié vers l'intérieur. Je me mis au travail. L'un des écrous était grippé par la rouille mais j'en vins à bout en quatre-vingt-dix secondes. Je glissai les deux plaques sous mon imperméable et retournai à la grille. Personne ne m'avait vu. Dans vingt minutes, la neige aurait recouvert mes traces. Et il se passerait sans doute des jours avant que l'on remarque l'absence des plaques. Même à ce moment-là, on supposerait sans doute que le propriétaire les avait enlevées pour qu'on ne les lui vole pas.

Je retournai vers ma voiture.

Immobile, avec le capot levé et la portière ouverte, elle semblait faire partie du décor ; le pare-brise était déjà couvert de neige. Je me glissai à l'intérieur et rangeai les plaques sous le siège. Puis j'allumai une cigarette et fis démarrer le moteur... quoique ma portière restât ouverte et que ma pantomime ne fût pas achevée. Je laissai le moteur chauffer. Je terminai ma cigarette. Puis je mis les essuie-glaces en marche et attendis qu'ils creusent deux éventails parfaits dans la nuit. Enfin je descendis refermer le capot. Cette fois, en remontant, je claquai la portière. Mes allées et venues avaient été si lentes et progressives que personne, j'en étais sûr, ne les avait remarquées.

Je gagnai la route.

A deux kilomètres, je m'engageai dans une rue latérale, m'arrêtai le long du trottoir, et dix minutes plus tard (malgré le froid et mes doigts gourds) une Jigouli n'existait plus et une autre avait pris sa place.

J'avais disparu. La voiture avait disparu. Pour au moins une nuit, je pouvais jouir de la plus grande — de la plus horrible ? — liberté concevable dans un pays totalitaire : je n'avais aucune identité officielle.

Mais je savais que cette liberté serait très brève ; il me fallait l'utiliser vite. Je traversai la ville à toute allure en direction du sud. Curieusement, mes plans dépendaient maintenant de la police : il fallait qu'elle me voie au moins deux ou trois fois. Je restai donc sur les grandes artères : l'avenue de la Neva, l'avenue Oborony après le palais d'Alexandre, puis la route 22. Au croisement se trouvait un poste de GAI dont la lumière jaune semblait flotter très haut au-dessus de la route. Je ralentis comme il se doit. Les GAI sont l'équivalent soviétique de la police de la route. Ils font des rondes dans des voitures jaunes et se tiennent en permanence dans des postes de surveillance le long des grands itinéraires. Certains de ces postes sont petits mais d'autres, comme celui devant lequel je passais, se trouvent dans de hautes tours. A l'intérieur, quelqu'un allait noter mon numéro minéralogique et le transmettre au poste suivant. Cela me convenait à merveille : demain, quand ma voiture serait portée disparue, on vérifierait tous ces rapports et du moment que son numéro n'apparaîtrait pas — ni la mention *Jigouli non identifiée* — tout le monde supposerait que je me trouvais encore quelque part dans Leningrad.

J'accélérai après le poste et la route s'ouvrit devant moi. De chaque côté, les ténèbres de la nuit arctique, mais devant moi, pris au piège de mes phares, un blizzard d'or. Le vent secouait la petite voiture, et au bout d'une demi-heure l'effort pour la maintenir stable me donnait des douleurs dans les bras. Mais la route était plate et à peu près droite. Je maintins l'aiguille du compteur à quatre-vingts, quatre-vingt-dix, et les kilomètres défilèrent. Il y avait peu de chose à voir dans le noir, seulement la neige entassée sur les champs déserts ou à l'orée des bois, mais je savais que je suivais la rive sud du lac Ladoga, le plus grand lac d'Europe, et, de temps à autre, le vide prenait une profondeur sans limites. Je traversai deux ou trois villes — Novya Ladoga, Perevoz, Lodey-noye Pole — mais à Olouets la route obliqua vers le nord-est, en rase campagne.

Cinq heures du matin... J'étais maintenant en Carélie, gros doigt de rochers et de broussailles qui s'étend entre la frontière finnoise et les mers arctiques. C'est un pays désolé de rocaille, d'arbres, de lacs, de torrents et de cascades, dont les villes ne sont que des dortoirs desservant les puits de mine et les centres de débardage. Une bonne partie de ce territoire appartenait autrefois à la

Finlande ; et bien qu'un demi-million de Finnois ait quitté le pays au moment de l'invasion russe, on parle encore le finnois de l'Est un peu partout, et je vis même des noms en finnois sur les rares poteaux indicateurs. La fatigue se fit soudain sentir ; j'avais mal aux épaules et les yeux commençaient à me brûler. Mais à Pryaja, où une route secondaire rejoignait celle où je me trouvais, je me plaçai derrière des camions forestiers et leur laissai le soin de me tracer le chemin. Il y en avait trois, à vide, se déplaçant en convoi. Les énormes chaînes noires, avec lesquelles on attacherait les grumes, sautaient et rebondissaient sur les longs plateaux plats et je suivis leur rythme sourd, dans le vent, la nuit et la neige, jusqu'à l'entrée de Petrozavodsk.

Située sur la rive du lac Onega — le plus grand lac d'Europe après le lac Ladoga — Petrozavodsk, capitale de la République socialiste soviétique autonome de Carélie (KASSR), compte environ deux cent mille habitants. A l'époque impériale, on l'appelait « la Proche-Sibérie », parce qu'on y exilait les gens de Pétersbourg condamnés pour des délits mineurs. Mais c'est devenu aujourd'hui un centre administratif qui possède une usine de tracteurs, et peut se vanter d'un embryon d'activité touristique, fondée sur une liaison par hydroglisseur avec l'île Kiji — et sa vieille église de bois — au milieu du lac. Mais il n'était pas question d'excursion en bateau ce jour-là. Une aube grise, indécise, faisait pâlir l'horizon et je vis que la rive basse, couverte de neige, se fondait avec la glace du lac en une plaine blanche ininterrompue. Il fallait regarder au loin, très loin, pour deviner une étincelle sombre d'eau libre.

Sans lâcher les camions, je traversai le quartier ouest de la ville. Nous rejoignîmes vite la grand-route. La circulation avait augmenté, et, bien que la neige eût cessé, il en était tombé assez pour provoquer quelques dérapages. Je ralentis. Il me fallut presque une heure pour gagner Kondopoga, cinquante kilomètres plus loin. Peu après la ville, vers neuf heures et demie, les camions s'engagèrent sur une route latérale. Mais je n'avais plus besoin de guide ; il n'y avait plus qu'une route, vers le nord, seule piste au milieu d'un désert sans piste. Sur ma droite, la désolation du lac — d'un blanc pur. Sur ma gauche, une forêt sans fin de sapins et de pins dont les branches violettes penchaient sous le poids de la neige blanche toute neuve. Avec pour seule compagnie la ligne du chemin de fer, aperçue de temps à autre entre les arbres, je continuai d'abattre les kilomètres. Enfin, j'en vins à bout. Medvejegorsk, avec ses vingt mille habitants, était le dernier point de quelque importance sur la ligne. Puis vint Pindouchi, petit village perché près d'une baie glacée, étroite et longue. Ensuite, la route se rétrécit, les congères se rapprochèrent, puis je distinguai enfin quelques bâtiments sombres dispersés le long de la rive rocheuse du lac blanc sans limites. Aucun panneau indicateur — comme moi, l'endroit était anonyme. Mais je savais qu'il s'agissait de Povonets, domicile de l'homme qui avait hérité de l'étrange fortune de Harry Brightman.

Je ralentis. Tout à coup, je me sentis épuisé. J'avais parcouru un long chemin. J'espérais que ce serait le bout de la route.

19

Quelques rues de glace creusée d'ornières et de boue, des bâtiments de rondins gris et des hangars métalliques, de la fumée noire s'élevant paresseusement des tuyaux de poêle émergeant des toits, tel était Povonets. Comme un million d'autres villages russes.

S'il existait des voitures dans le village, tout le monde les connaissait de vue, et une Jigouli inconnue attirerait aussitôt l'attention. Je pris donc le premier chemin latéral que je rencontrai. C'était un cul-de-sac. Les troncs gris, hérissés de branches cassées, de pins morts, se serraient de chaque côté de la chaussée qui aboutissait à la carcasse incendiée d'un bâtiment de parpaings. Le toit s'était effondré à l'intérieur et le haut des murs demeurait noir de suie. Il n'y avait manifestement personne, l'endroit semblait abandonné depuis des années.

La neige devint plus épaisse. Je m'arrêtai et descendis. Le claquement de la portière, dans mon dos, resta en suspens dans l'air glacé. Je ne bougeai pas. Les arbres et la neige semblaient figés à jamais sous le ciel gris infini. Tout était très silencieux. Le vent soufflant en sourdine lissait la neige poudreuse, et dans les bois les branches mortes, raides, des pins s'agitaient imperceptiblement ; le seul bruit humain venait du murmure d'un avion au-dessus du lac — minuscule tache marron. Cela me rappela Halifax : un avion avait volé au-dessus de ma tête pendant que j'explorais l'allée de Grainger. Et dans le New Hampshire, accroupi sur ma plate-forme rocheuse, j'avais parfois entendu un avion passer.

J'attendis qu'il ait disparu avant de retourner vers la route principale. J'avançai dans les traces creusées par ma voiture, penché en avant sous l'effort ; les jambières de mon pantalon frottaient l'une contre l'autre.

C'était irrationnel, mais à l'intérieur de la voiture j'avais éprouvé une certaine impression de sécurité. Elle n'existait plus et jamais je ne m'étais senti aussi nerveux. Au croisement, je me retournai. Un léger tournant dissimulait la voiture, mais ses traces dans la neige n'étaient que trop visibles. Devant moi, la route descendait une colline raide, bordée de chaque côté par les mêmes pins sinistres. Sur ma droite, derrière l'écran des arbres, je pouvais apercevoir le lac et le village au loin. Le lac formait une nappe blanche immaculée ; le village évoquait des gouttes de café tombées d'une tasse : quelques centaines de maisons, trois ou quatre mille personnes. Je plissai les yeux pour me protéger de l'éclat diffus du ciel, et je remarquai que certaines gouttes étaient assez bien alignées pour constituer une rue. Devant l'une des gouttes — mais la métaphore s'arrêtait là —, un autocar au ralenti lançait vers le ciel des bouffées violettes de gaz d'échappement.

Je respirai à fond et repartis, dans les traces profondes, dures, que devait avoir laissé l'autocar au passage.

La route serpentait sur le flanc de la colline et au bout d'un moment je perdis le village de vue. Je continuai d'avancer, toujours nerveux. Mais je savais que si j'essayais de « prendre des précautions », de me montrer trop prudent, je ne ferais qu'attirer davantage l'attention. Et, de toute façon, je serais contraint de me montrer à un moment ou à un autre. Je n'avais pas le choix. Pour trouver Chastov, il me faudrait parler à quelqu'un — et me faire passer pour un Russe. Je me savais capable d'y parvenir jusqu'à un certain point, mais pas davantage. A tous égards, je parle un russe tout à fait correct ; à Moscou, je passe souvent pour un habitant de Leningrad et à Leningrad pour un Moscovite, mais personne ne me prend jamais pour un étranger. Seulement je me trouvais sans papiers — un homme de la *militsia* se montrait curieux et j'étais grillé. Surtout, mes vêtements juraient dans le décor, et cela m'inquiétait davantage. Les bottes pouvaient passer à la rigueur (quoique les Russes consacrent beaucoup de temps à examiner les bottes), mais mon imperméable, non ; trop léger et trop élégant. Seule sa forme massive, due aux autres vêtements qui se trouvaient encore dans la doublure, lui donnait un air vaguement russe. Mais, comme camouflage, il y avait mieux. J'étais un inconnu, habillé de façon étrange et entouré par des gens comptant parmi les plus soupçonneux de la Terre — les paysans russes —, j'allais donc être remarqué. Je n'avais qu'une solution : trouver Chastov le plus vite possible, puis filer avant que l'on ne commence à se poser sérieusement des questions.

Au bas de la colline, la route s'étendait sur un kilomètre au milieu d'un paysage plat parsemé de gros rochers noirs piqués sur une neige gris-bleu parmi les ombres longues des arbres. Quelques petites maisons se blottissaient entre les rochers. Du haut d'une butte, un gamin me regarda passer, mais le seul adulte que j'aperçus était une vieille bonne femme avec un immense tablier noir drapé autour de son ventre. Elle m'examina depuis sa cour... Le sol devint soudain entièrement plat et je me trouvai au bout de la « rue principale » de l'agglomération.

Une rue petite et sombre, pareille à une bouche garnie de mauvaises dents : des maisons basses, en triste état, serrées l'une contre l'autre, puis un vide. Certains bâtiments étaient des *isbas* de rondins, mais il y avait aussi des maisons de planches et un vaste dortoir en forme de boîte carrée, revêtu de chaux écaillée. Des escaliers de bois nu zigzaguaient sur les côtés de ces maisons et, à l'arrière de l'une d'elles, je vis un fil à linge avec quatre draps gris, gelés, aussi raides que des feuilles de contre-plaqué. Ils craquaient dans le vent. La neige épaisse, tachée de gris par les cendres et la boue, s'entassait contre les fondations. Pas de trottoirs, mais d'étroites sentes bourbeuses, pareilles à des pistes faites par des poulets, sillonnaient la rue. J'eus l'impression d'arriver dans un ancien camp de réfugiés, car toutes les maisons semblaient des constructions provisoires. Seulement des gens y vivaient depuis aussi loin que remontait le souvenir. Ou peut-être les avait-on évacués, car il régnait un air d'abandon total, que soulignait le seul bruit audible — la plainte d'une scie. Je reniflai. Une odeur de vinaigre. Au bout d'un moment, la plainte de la scie devint plus grave, parut hésiter, puis s'arrêta.

J'allumai une cigarette. Que devais-je faire ? Enfin, ce qui me rassura un peu, une femme apparut à une porte et s'éloigna de moi, sur une des pistes en pente : vêtue de noir, elle portait un sac de corde *avochka* qui lui donnait un curieux air penché. Elle disparut entre deux maisons. Mais presque aussitôt un homme sortit d'un bâtiment de ciment à toit plat, un peu plus bas dans la rue — sans doute le débit de boissons — et me lança un coup d'œil. Oui, nos regards se croisèrent : je devins donc officiellement l'inconnu dans la ville... Indécis, je ne bougeai pas.

Après le débit de boissons s'élevait une construction de brique à un étage avec un toit de tôle ondulée, bâtiment splendide pour Povonets et abritant donc, sans aucun doute, les bureaux du gouvernement. On m'y donnerait l'adresse de Chastov, mais cela impliquait des dangers évidents, que je n'avais aucune envie de courir. Je préférai suivre la piste de la vieille femme : je remontai la rue et tournai. Un peu plus loin, l'autocar que j'avais aperçu d'en haut était toujours là et son tuyau d'échappement avait tracé sur la neige un éventail de suie. Il était garé devant un bâtiment sombre et bas, probablement le magasin du village. Je pourrais y apprendre où habitait Chastov. Poser la question ne serait pas sans risque, mais il fallait bien que je commence quelque part. Je jetai ma cigarette, suivis ma piste jusqu'à ce qu'elle en croise une autre, puis traversai la rue.

Dans l'autocar, un gant de laine nettoya un espace dans le givre et deux yeux regardèrent : sans doute la vieille femme au sac de corde. Je contournai la masse du véhicule sans passer dans le champ de vision du chauffeur. La neige s'était accumulée sur la galerie du magasin que soutenaient de gros troncs encore couverts d'écorce. On avait planté un clou dans l'un de ces poteaux pour accrocher une lampe-tempête. Les skis, les raquettes et les sacs à dos entassés de part et d'autre de la porte me firent songer à de vieilles gravures représentant « La vie dans le Grand Nord ».

Je poussai la porte, aussitôt englouti par un nuage de fumée de tabac, de poussière et de vapeurs de pétrole, brouillard si épais que mes yeux mirent une minute à s'adapter à l'atmosphère trouble. Quand ma vision redevint nette, je m'aperçus que je me trouvais dans une salle basse — on avait presque envie de pencher la tête — divisée par un comptoir de bois. Derrière ce comptoir, une fenêtre, mais avec un carré de carton à la place d'une vitre, et les autres carreaux tellement encombrés de casseroles, poêles et autres articles suspendus à des crochets contre le mur du fond, qu'aucune lumière ne filtrait. Je m'enfonçai dans la pièce. Le parquet était jonché de sciure pour empêcher le froid de remonter. Les murs ?

Des planches nues. A peine avais-je fait trois pas qu'une voix grogna :

— Il est plus d'une heure. L'électricité vient d'être coupée. Je regrette, mais le magasin est fermé. Nous ouvrirons ce soir à six heures, quand ils remettront le courant.

Je suivis la direction de la voix et je pus voir la femme, entre deux âges, à l'autre bout du comptoir. Dans ce coin sombre de la pièce, elle se perdait dans l'ombre d'un tuyau de poêle qui reliait un énorme calorifère noir à un trou percé dans le plafond. Derrière elle, une batterie d'étagères, vides à l'exception d'un coupon de toile noire et d'une petite pyramide de boîtes de conserve. La femme était grosse, grande et robuste ; plusieurs couches de chandails et de châles augmentaient encore sa masse. Elle me fixait des yeux, debout, bras croisés comme pour se réchauffer bien que le magasin me parût assez chaud.

— Peut-être pourrez-vous tout de même m'aider, lui dis-je. Et... auriez-vous des cigarettes ?

— Seulement des *papirosi*. Aujourd'hui, il n'a apporté que ça.

« Il » devait être le chauffeur de l'autocar, car j'entendis à l'extérieur le moteur s'emballer.

— Des *papirosi*, parfait, lui répondis-je.

Elle glissa la main sous le comptoir. Les *papirosi* sont de petits tubes de carton avec un peu de tabac mal tassé d'un côté. Si vous aspirez trop fort, vous en avalez une bouchée. Si vous soufflez trop fort, vous répandez de la cendre dans toute la pièce. Je pinçai le bout de carton et l'allumai. La femme me jaugea — et, malgré la minceur de son stock, elle avait l'œil de la marchande : elle fit l'addition et il resta de la monnaie.

— Vous êtes de Moscou, dit-elle.

En fait, une conjecture raisonnable. Mon origine réelle était si invraisemblable que même l'intuition la plus fine n'aurait pu la percer à jour. Mais elle savait que je n'étais pas d'ici et elle sentait en moi quelque chose qui l'incitait à se méfier — les gens de Moscou correspondaient sans doute à cette définition. Je ne discutai pas.

— Exact, répondis-je.

Elle sourit.

— Sans vouloir vous offenser, j'aimerais mieux voir. Par ici, on ne rencontre pas beaucoup de gens de là-bas.

Je lui rendis son sourire.

— Regardez donc derrière ma tête. J'ai une autre paire d'yeux pour y voir dans le dos... J'habite Moscou, mais je suis né à Pestovo... dont vous n'avez jamais entendu parler, pas plus que les gens de là-bas ne connaissent Povonets. Et pourtant, c'est bien un endroit où l'on naît, voyez-vous.

Un léger changement d'attitude m'indiqua qu'elle m'acceptait. Son sourire s'élargit.

— Et que voulez-vous donc, monsieur Moscou-Pestovo ?

— Je cherche un nommé Youri Chastov. Je voudrais savoir où il habite.

Ses lèvres se contractèrent. Ça ne lui plaisait pas : les amis savent où leurs amis habitent — donc, toute personne qui pose cette question n'est pas un ami. La Russie est le pays qui a inventé « le coup frappé à la porte », et donc, même aujourd'hui, les portes des anciens immeubles d'appartements sont souvent sans numéro. J'essayai de rester naturel.

— Je pourrais demander plus haut dans l'autre rue, mais pourquoi rendre les choses officielles ?

— Et pourquoi pas. Si c'est...

— Non, non. Ce n'est pas nécessaire. J'apporte un message, de la part d'un vieil ami. Il m'a dit où aller — sur la route qui mène à l'usine incendiée. C'est ce que j'ai fait, mais personne n'avait entendu parler de lui.

Elle hésita, puis se décida.

— Il n'a jamais habité là-bas. Tout le monde le sait... Je suppose qu'il n'y a pas de mal... Il vient rarement ici à présent. Il habite sur la deuxième route du canal. Vous reconnaîtrez sa maison. Il y a un drôle de petit toit au-dessus du puits.

— Il vit seul ? Je croyais...

— Une vieille s'occupe de son ménage.

— Ah, je vois. Merci.

Elle sourit.

— Ça ne m'a pas dérangé... et j'ai aidé un homme de Pestovo.

— Mais vous m'avez épargné beaucoup de dérangement... Et à

Pestovo, je dirai à tout le monde de vous aider, le jour où vous irez.

Elle rit de bon cœur ; il est vrai que ses chances de quitter un jour ce village relevaient de l'humour.

— La deuxième route, lança-t-elle quand je me retournai pour sortir. Il vous faut d'abord aller jusqu'au bout de la rue.

Je traversai les ténèbres. Dehors, l'air glacé figea en buée mon soupir de soulagement. Tout s'était bien passé ; elle avait défini « l'inconnu » à ma place : l'homme de Moscou-Pestovo. Je m'étais senti maladroit mais elle m'avait trouvé convaincant. En tout cas, elle ne se précipiterait pas à la police. Mais cela ne me faisait gagner que très peu de temps. A six heures, quand le magasin ouvrirait de nouveau, les questions fuseraient — elle possédait maintenant un ragot de choix à raconter à ses clientes. Qui voulait voir Youri Chastov et était venu jusqu'ici depuis Moscou pour lui parler ? Bien entendu, me dis-je, il y avait une solution simple : quitter le village avant six heures.

Je remontai la rue. Le soleil essayait de percer et il faisait un peu plus chaud ; la neige devenait collante comme le glaçage d'un gâteau. Suivant les indications de la marchande, je continuai. Les maisons s'espacèrent, puis la route s'éloigna du lac, vers l'intérieur des terres. Pendant un certain temps, il y eut des pistes que je pouvais suivre, puis je dus continuer en m'enfonçant dans la neige. J'en avais jusqu'en haut de mes bottes. Une dure marche ; je soufflais comme un phoque, mais j'avançais, tête baissée. Mon nez se mit à couler. Au bout d'un kilomètre et demi, la route monta sur une petite colline et, quand j'arrivai en haut, je m'arrêtai pour me reposer. Je pouvais voir très loin. Derrière moi, la plaine blanche du lac. Devant, des bois chétifs, peu denses, s'étendaient de chaque côté de la route — des bouleaux et des pins de petite taille qui repoussaient sur les souches de grands arbres coupés —, mais, au-delà, la forêt devenait plus épaisse. Et plus loin encore, je constatai que les bois s'éclaircissaient de nouveau et j'en déduisis qu'il s'agissait de la saignée du canal.

Il avait fallu que la marchande prononce le mot « canal » pour que remontent d'un coin de ma mémoire les souvenirs qu'évoquait le nom de Povonets. De 1931 à 1933, plus de cent mille personnes étaient mortes de faim, de froid ou d'autre chose pour construire

333

le canal Bélomor reliant la mer Blanche, entre Mourmansk et Arkhangelsk, au lac Onega. Je me trouvais à l'extrémité sud du canal et je marchais parallèlement à la série d'écluses de « l'escalier de Povonets » — en fait, un gigantesque cimetière, et, si les arbres poussaient si mal, c'est que leurs racines se nourrissaient de bile amère. Pour une raison étrange, ce fut l'un des crimes de Staline que l'on ne put jamais étouffer ni oublier. A l'époque de la construction du canal, ce « grand triomphe du socialisme » avait engendré une quantité fantastique de propagande — des livres de Gorki, des croisières officielles sur le canal par Staline et Kirov —, et la campagne publicitaire s'était accompagnée de la création d'une marque de cigarettes, les « Belomorkanal », dont les paquets s'ornent d'un dessin qui évoque l'ouvrage d'art. Les Russes ont le culte du tabac — un de leurs goûts que je partage. On peut leur raconter bien des mensonges et réécrire leur histoire... Mais toucher à leurs cigarettes ? Aucun régime ne prendrait ce risque. Aujourd'hui donc, même si l'on n'utilise plus beaucoup le canal — il n'est assez profond que pour les péniches les plus plates —, les cigarettes continuent d'exister et sont même un peu moins repoussantes que la plupart des autres marques russes. Je me demandai si l'on en vendait dans le magasin de la femme, et surtout qui pouvait bien en acheter ici...

Je continuai mon chemin. Dix minutes plus tard, une route secondaire déboucha sur ma route : la « première » route du canal, me dis-je. Un camion en était sorti, ce qui me fournit des pistes fraîches à suivre. J'avançai plus vite. Vers une heure et demie je parvins à la deuxième route, et, dix minutes plus tard, j'arrivai devant la maison de Chastov.

Je m'arrêtai, le souffle court. Je transpirais sous mon imperméable. A travers un écran de bouleaux et de pins, je pouvais voir une cabane de troncs équarris, jointoyés au ciment. Une allée, en partie envahie par la neige, conduisait à l'entrée, sous un auvent de rondins fendus qui montait jusqu'au toit à forte pente. Une *isba* : Youri Chastov devait y vivre un style de vie que les Russes ont pratiqué pendant des siècles.

Je regardai autour de moi. Un paysage nu, figé par les glaces. Ma présence ici semblait incroyable, et, tandis que mon haleine glacée picotait ma barbe mal rasée, je me demandai de nouveau s'il ne

s'agissait pas de quelque tour bizarre de la part de Brightman —
peut-être avait-il tiré le nom de Youri Chastov du fond d'un
chapeau et expédié sa fortune à l'aveuglette, pour la renvoyer, au
hasard, à l'endroit d'où elle lui était venue... Mais cette possibilité
ne résistait pas au raisonnement, et je fouillai donc mes poches à la
recherche d'un Kleenex, me mouchai et m'engageai dans l'allée.
Pareille à une ombre sous la neige récente, elle montait en pente
douce parmi les bouleaux. Personne — Soubotine, par exemple —
n'avait marché à cet endroit depuis des heures ; et de la neige
poussée par le vent s'était accumulée en une ligne bien nette devant
la porte de l'*isba*. Je frappai. Et aussitôt, comme si l'on m'attendait,
une voix répondit doucement :

— Entrez, entrez.

Il n'y avait ni serrure ni loquet ; une simple tige de fer que je
soulevai. Je poussai la porte, ce qui déclencha devant moi une
petite avalanche de neige.

Je me retrouvai dans une pièce sombre. Davantage l'intérieur
d'une grange ou d'un petit bâtiment de ferme qu'une maison
d'habitation. La suie avait noirci les murs de rondins, de la paille
jonchait les planches du sol, et un feu maigre couvait dans l'âtre.
Deux fils électriques noirs pendaient du toit mais, comme il n'était
pas encore six heures, la seule lumière provenait du feu et de deux
lampes à pétrole ; ces deux lampes se trouvaient sur un tabouret, à
côté d'un fauteuil « à oreilles » de proportions gigantesques : pieds
galbés s'achevant en griffes d'aigles crispées sur des boules de
cuivre ; oreilles aussi vastes qu'une coiffe de nonne ; siège de la
dimension d'un lit. En un lieu pareil, un fauteuil de ce genre
constituait une vision incroyable ; mais plus étrange encore, il
semblait parfaitement à sa place. En fait, c'était le centre naturel de
la pièce. Ancien, très usé, il était recouvert d'un brocart fané mais
qui conservait son lustre, comme si on l'avait astiqué avec amour
pendant des années. Réfléchies par ce brocart, les flammes
hésitantes du feu prenaient un éclat cuivré, un peu flou, et la
lumière des lampes traversait les ombres en répandant une lueur
soyeuse qui transformait tout ce qu'elle touchait ; oui, tout ce que
cette lumière touchait — un simple cruchon sur la table ou la
photographie en couleurs (découpée dans un journal) fixée au mur
— semblait isolé de son cadre et relié au fauteuil lui-même. Et ce

fauteuil formait comme un écrin, avec un diamant blotti à l'intérieur. Le contenu du fauteuil, comme il fallait s'y attendre, était
enseveli dans des couches et des couches de couvertures et de
plaids, l'ensemble recouvert d'un drap blanc aussi fin que du papier
de soie. Mais le diamant avait la forme d'un petit vieillard. Tout
ratatiné, il avait des yeux noirs brillants et une moustache en
bataille — et ces yeux constituaient les véritables sources de
lumière de la pièce. Il lisait, et, comme il attendait manifestement
quelqu'un d'autre quand j'avais frappé, il avait repris sa lecture.
Lorsqu'il me remarqua enfin, son regard me fixa pendant une
seconde avant qu'il ne repose le livre lentement sur ses genoux.
Puis il dit :

« Qui êtes-vous ?

— Vous êtes Youri Chastov ?

— Naturellement. Et je vous répète : qui êtes-vous ?

Je l'ignorais sur le moment, mais c'était un instant crucial.
Comment allais-je expliquer ma présence ? L'esprit accaparé par
les problèmes du voyage, je n'avais pas réfléchi à la question. Ma
consternation soudaine, manifestement sincère, s'avéra convaincante. Sous le regard fixe du vieux Russe, je dis simplement la
vérité :

— Je m'appelle Robert Thorne, monsieur Chastov. Je suis
américain.

Il enregistra.

— Américain ?

— Oui.

Une bûche craqua dans l'âtre. Une étincelle tomba sur le
plancher. Je regardai autour de moi. Accoutumés à l'obscurité, mes
yeux distinguèrent une longueur de tuyau de poêle noir qui pendait
du toit au-dessus du feu. Un filet de fumée s'élevait dans sa
direction, mais la majeure partie dérivait dans la pièce.

Chastov, le front plissé, baissa les yeux et referma le livre sur son
doigt.

— Excusez-moi, mais je suis obligé de vous demander une
confirmation. Vous êtes américain ?

— Oui.

— C'est difficile à croire.

— Je suis venu de très loin pour vous voir, monsieur Chastov.

J'espère que vous comprendrez... mais ce n'est pas facile à expliquer.

Je regardai son visage ; manifestement, il ne me croyait pas. Je ne pouvais lui en tenir rigueur. Je devais être à coup sûr le seul Américain — peut-être le seul étranger — qu'il eût jamais vu ; à ma connaissance, aucun Américain ne s'était rendu à Povonets au cours de ce siècle. Et sans doute jamais. Au bout d'un instant, il détourna les yeux — mais aussitôt, comme s'il avait peur de me perdre de vue, il me fixa de nouveau.

— Vous dites que vous êtes... des États-Unis d'Amérique ?

— Oui. C'est exact.

Il hocha la tête ; puis sa bouche se durcit. Il se redressa un peu dans le fauteuil.

— D'accord. Alors, dites-moi : quelle est la capitale du Dakota du Sud ?

Ce fut à mon tour de le fixer bouche bée. Non seulement à cause de la question qu'il venait de poser, mais parce qu'il l'avait posée dans un anglais tout à fait acceptable. J'hésitai. Avec ces yeux qui ne me quittaient pas, j'avais l'impression de me retrouver au brevet élémentaire. Et j'aurais lamentablement échoué. Je secouai la tête.

— Je n'en ai aucune idée.

— Ah bon ? Devinez...

— Comment le pourrais-je ? Je ne sais pas.

— Cela me surprend, puisque vous êtes américain. La réponse est Pierre. La capitale du Dakota du Sud est Pierre.

— Vraiment ? Et quelle est la capitale du Dakota du Nord ?

Son regard brilla d'un éclat plus vif.

— Bismarck. Je ne sais pas pourquoi, mais je suppose qu'il doit y avoir beaucoup d'Allemands là-bas. Bismarck... Je ne me trompe pas ?

Je lui souris.

— Sincèrement, monsieur Chastov, je ne connais pas cette capitale non plus. Mais je suis américain.

Il secoua la tête.

— Vous avez un anglais excellent pour un tchékiste, mais votre russe est beaucoup trop bon pour un étranger, et surtout pour un Américain. Seulement, je ne comprends pas. Pourquoi êtes-vous venu ici ? A quel jeu jouez-vous avec moi ? Si vous avez une question à poser, pourquoi ne pas la poser sans ambages ?

— Je ne suis pas un tchékiste, monsieur Chastov, vous pouvez me croire.

Une minute s'écoula. Il me fixait droit dans les yeux, sans peur. Je crus qu'il allait parler — me dire sans doute « d'aller me faire voir » —, et je n'en avais pas envie, je ne voulais pas qu'il se bute et s'enferme dans un silence têtu, aussi je le devançai :

« Votre anglais est excellent, lui aussi. Puis-je vous demander où vous l'avez appris ?

Il me dévisagea.

— A Perm, répondit-il. A l'école.

— Vous êtes de Perm ?

— Il y a bien longtemps. Tout est dans mon dossier. Vous avez le pouvoir de le consulter... Vous le savez très bien.

— Non, monsieur Chastov. Je vous assure. Je n'ai absolument aucun pouvoir.

Il haussa les épaules ; sans doute ne me croyait-il pas encore, mais je le sentais tout de même troublé.

— De toute manière, je réside à Povonets depuis de nombreuses années. Par ordre de l'État, vous comprenez. J'ai été déporté ici pour travailler au canal.

— Pourquoi... avez-vous été déporté ?

Un sourire erra sur ses lèvres. Mais peut-être ma naïveté me servit-elle, car il répondit :

— Oui, vous devez être un étranger ! Qui sait pourquoi les gens sont déportés ? On avait sans doute besoin de déportés ici, alors on m'a déporté. Ou bien, comme il y avait des déportés disponibles, on a décidé de les employer au canal.

J'hésitai. Je n'aurais su dire s'il était amer ou s'il plaisantait.

— Vous avez travaillé à la construction du canal ?

Il rit doucement.

— Non, non. Si j'avais travaillé au canal, mes os se trouveraient quelque part par là-bas. J'ai été déporté ici plus tard. J'étais, paraît-il, un *koulak*, vous comprenez ? Dans mon cas, cela signifiait que j'enseignais dans un petit village non loin de Perm. Mais je savais lire et écrire, n'est-ce pas ? Alors les bolcheviks ont décidé que je constituais une menace et Staline m'a envoyé ici avec ma femme. Je faisais partie du personnel nécessaire au fonctionnement. Les écluses, l'entretien, les registres à tenir quand des centaines de bateaux passeraient... Il n'en est jamais passé des centaines, mais nous étions prêts. Personne ne pourra jamais le nier. Et je suis resté. Je suis même resté quand les Allemands sont venus.

Pendant qu'il parlait, jamais son regard n'avait quitté mon visage et j'eus l'impression que sa curiosité commençait à triompher de ses soupçons. Et Dieu sait que ma confusion était sincère. Peut-être raisonnait-il aussi par élimination. J'étais tout à fait incroyable — or les tchékistes, à coup sûr, ne l'étaient pas : donc... Je fouillai dans mes poches et en sortis de vraies cigarettes. Je m'avançai vers lui en tendant le paquet. Il en prit une, l'examina... Puis, des plaids qui recouvraient ses genoux, il parvint à extraire une petite pipe noire, lisse et brillante. Avec soin, il déroula le papier de la cigarette pour bourrer sa pipe avec le tabac. Elle n'était pas très pleine, et je lui offris une deuxième cigarette. Il sourit et hocha la tête.

« Vous êtes généreux, dit-il.

— Les tchékistes ne sont pas généreux.

— Peut-être. Mais je suis sûr que plus d'un fume des cigarettes américaines.

Je songeai à Loginov.

— Ou anglaises.

Il tassa le tabac avec le pouce et l'index de sa main droite, puis passa la main sous le culot comme pour le faire briller davantage, ou peut-être pour allumer le tabac par le frottement. J'allumai ma cigarette de façon plus conventionnelle et je jetai l'allumette dans le feu... Au même instant, d'un petit geste rapide de la main qui tenait sa pipe, il m'invita à m'asseoir.

Il y avait une table contre le mur de droite de la pièce. Je tirai l'une des chaises glissées sous la table et m'assis près de lui. Satisfait, il hocha la tête. Puis, fourrageant sous ses couvertures, il trouva ses allumettes et alluma sa pipe. J'étais assez près pour voir le titre du livre qu'il lisait : *Récits d'un chasseur* de Tourgueniev.

« Monsieur Chastov, lui dis-je, je ne suis pas un tchékiste. J'espère que vous me croyez maintenant.

— Oui, je commence à vous croire. » Il tira sur sa pipe et sourit. « Mais comme vous êtes américain, il faut que je vous dise un secret sur les Russes. Ce n'est que justice.

— Quel secret ?

— Ils mentent toujours.

Je souris.

— Ah, bon ?

— Oui. Savez-vous pourquoi ?

Je secouai la tête.

« Étant américain, vous comprendrez la raison. C'est une question d'intérêt... Réfléchissez... Si vous dites la vérité, qu'obtenez-vous ? Rien. Mais si vous connaissez la vérité et dites un mensonge, vous fabriquez un secret. La vérité devient un secret. Et cela peut être très précieux.

— Vous voulez dire : comme le secret que vous venez de me révéler ?

— Exactement.

— Donc, vous ne me croyez pas ?

— Oh, si. Je vous crois. C'est cela la vérité.

Puis il sourit. Je respirai à fond et me lançai :

— Monsieur Chastov, laissez-moi vous dire à mon tour un secret — une vérité, mais de celles au sujet desquelles on doit toujours mentir. Vous me suivez ?

— Bien entendu.

— C'est la raison pour laquelle je suis venu à Povonets. Vous voir...

— Oui.

— Quelqu'un vous a envoyé, ou vous enverra, quelque chose de très précieux. Un objet venant de l'Ouest. Ce sera plus gros qu'une lettre, mais cela vous arrivera par la poste.

Il me regarda à travers la fumée qui s'élevait de sa pipe.

— Une lettre venant de l'Ouest... Les tchékistes seraient au courant. Et n'apprécieraient pas beaucoup.

— Non. Mais je ne suis pas un tchékiste. Et je ne crois pas que les tchékistes seront au courant, car l'homme qui a envoyé cette lettre était très habile. Elle arrivera de Paris dans une enveloppe de l'ambassade soviétique en France.

— Je n'ai reçu aucune lettre de ce genre. Je n'ai jamais connu un seul Français, et je ne vois vraiment personne qui puisse m'adresser une lettre de France. Ou l'adresser d'ailleurs à quiconque.

— Il s'appelle Brightman. Harry Brightman.

Je me trouvais à un mètre de lui et je fixais ses yeux. Mais le nom de Brightman ne provoqua aucune réaction. En tout cas, je n'en discernai aucune. Mais sa vie lui avait probablement enseigné à ne jamais trahir ses pensées et ses sentiments. Il secoua la tête.

— Je ne le connais pas. Vous êtes le seul Américain que j'ai rencontré... Un jour, dans un journal, j'ai vu une photo de Nixon...

— Mais Brightman n'était pas américain. Il était canadien.

Il haussa les épaules.

— Je ne le connais pas davantage. » Il remua dans son fauteuil, s'appuya à l'accoudoir et se redressa un peu plus. « Qu'y a-t-il dans cette lettre ?

— Un grand secret, un secret précieux, comme vous avez dit.

— Précieux en quel sens ?

— Précieux comme l'or est précieux.

Il sourit et avec le tuyau de sa pipe me montra sa petite pièce.

— Vous avez sous les yeux la preuve que cette lettre n'est pas arrivée.

— Vous n'avez aucune idée de ce dont je vous parle ? Mes paroles n'ont pas le moindre sens pour vous ?

— Exactement. Vous ne sauriez mieux dire.

Je gardai le silence. Je le croyais ; c'était ce que j'avais craint sans oser me l'avouer. Premier jour : Alain poste l'enveloppe à la Cité universitaire ; le lendemain, à Paris, je vois mon ami de l'Aeroflot. Deux jours plus tard, le visa arrive. Une autre journée pour organiser mon voyage. Puis hier. Six jours au total — un délai trop court pour qu'une lettre de Paris arrive jusqu'ici... surtout en tenant compte du détour par la censure. A supposer même que l'astuce de Brightman — l'enveloppe de l'ambassade — accélère un peu les choses, la situation n'avait rien de surprenant.

— Avez-vous jamais reçu quoi que ce soit, du courrier ou autre chose, en provenance de l'Ouest ?

— Si vous êtes un tchékiste, vous le savez.

— Mais je ne le suis pas.

Il sourit.

— D'accord, dans ce cas, j'avoue. Dans mon enfance, à Perm — avant la révolution, avant même la grande guerre impérialiste —, je collectionnais les timbres. J'ai reçu deux fois des paquets de Berlin.

De nouveau, je me demandai s'il me prenait pour un fou. Avait-il cru une seule de mes paroles ?

— Vous devez comprendre que c'est sérieux, monsieur Chastov : plusieurs personnes ont été torturées et même assassinées à cause de cette lettre. Je connais quelqu'un qui vous tuera pour l'obtenir.

— Mais vous, non ?

— Non.

— Pourquoi ?

— La raison n'y changera rien. Mais vous devez me croire, parce que me croire peut changer tout.

Le feu siffla de nouveau et lança des étincelles ; un crépitement aigu anima un instant le foyer, puis le silence retomba, emprisonné par le murmure doux du vent autour de la cabane. J'essayai de réfléchir, de trouver un moyen de le convaincre. En un sens, quand la lettre arriverait, ce serait plus facile. D'un autre côté, ce serait peut-être trop tard.

Puis Youri Chastov me fixa d'un regard parfaitement calme et rompit le silence.

— Monsieur Thorne, j'essaie de vous croire. Mais il y a une chose que je ne comprends pas.

— Laquelle ?

— Pourquoi quelqu'un, dans le monde, m'enverrait cette lettre ? Pourquoi moi ? Pourquoi Youri Fedorovitch Chastov ?

Je secouai la tête énergiquement, et ce fut à mon tour de le regarder dans les yeux.

— Vous connaissez la réponse, monsieur Chastov. Vous la connaissez mieux que personne au monde. C'est votre grand secret, je pense... Un secret à propos duquel vous avez menti votre vie entière.

Il sourit.

— Malgré ce que je vous ai dit, monsieur Thorne, je ne suis qu'un vieillard. Trop âgé pour avoir des secrets.

— Mais je sais que vous en avez trois. Au moins trois.

Il haussa légèrement les sourcils.

— Tout compte fait, vous devez être un tchékiste — ils font toujours ça : ils inventent des secrets pour les autres. Ils ne vous font même pas assez confiance pour vous laisser mentir tout seul.

— Je vous l'ai dit, je ne suis pas un tchékiste, mais votre premier secret est celui que vous refusez de me révéler parce que vous avez encore peur que j'appartienne à la Tchéka...

— Je ne vous dirai rien... puisque je vous ai déjà annoncé que les Russes ne profèrent jamais que des mensonges.

— Ensuite, il y a le secret qui explique comment vous avez survécu jusqu'à un âge aussi avancé...

— Mais ce n'est pas un secret, mon ami. Comme tout le monde vous le dira, Youri Chastov a toujours mené une vie de bonté et de vertu.

— Et il y a enfin le secret — et ce doit être un grand secret — du fauteuil sur lequel vous êtes assis, et de la façon dont il est parvenu jusqu'ici.

Il gloussa doucement :

— Ah ! Ce secret-là ne m'appartient nullement. C'est l'œuvre de mon épouse. Chez nous, à Perm, mon père occupait toujours ce fauteuil. A sa mort, j'en ai hérité. Je l'emmenais partout. Puis on nous a expédiés ici et j'ai cru le perdre pour toujours, mais, je ne sais comment — elle ne me l'a jamais dit —, ma femme a trouvé un moyen de le faire venir. Depuis Perm ! Vous vous rendez compte ? Et nous étions des déportés ! Deux hivers de suite, il a failli se transformer en bois de chauffage, mais il a toujours survécu. Comme moi. Quand je m'en irai, je jure qu'il mourra lui aussi... Seul mon poids, en poussant vers le bas, lui donne une raison de continuer.

Il me mentait, bien sûr. Au cours des cinq minutes précédentes, il m'avait probablement raconté cinq cents mensonges : des mensonges tissés ensemble dans son esprit, comme les pas compliqués d'une danse paysanne. Et je ne pouvais pas lui en vouloir. Pourquoi m'aurait-il fait confiance ? Pourquoi aurait-il fait confiance à quiconque, mais surtout à un étranger tombé du ciel, avec l'histoire à dormir debout que je lui avais racontée ? Vaincre ses soupçons serait aussi difficile que de vaincre l'Everest. Et après la longue route, après trente-six heures sans sommeil, je n'avais plus l'énergie nécessaire. Mais peut-être était-ce la clé... Peut-être le secret que je recherchais, tel un rêve ou un souvenir oublié, viendrait-il à moi seulement quand je cesserais de le poursuivre. En tout cas, quand je repris la parole, je n'avais aucune intention particulière : ce n'était qu'un propos de simple politesse, pour que la conversation ne tombe pas.

— Votre épouse me semble une femme très remarquable, lui dis-je.

— Elle l'était. Bien entendu, elle n'est plus là depuis de nombreuses années. Elle est morte l'année qui a précédé la Grande Guerre patriotique — et ne me dites pas que vous êtes désolé, car ce fut pour elle une bénédiction de ne pas assister à toutes ces horreurs. Mais maintenant, je regrette qu'elle ne soit plus là pour bavarder... » Il sourit, puis sa main droite plongea sous ses couvertures et en ramena une petite photographie encadrée, qu'il me tendit aussitôt. « Elle était très belle, comme vous pouvez le voir.

En fait, il ne s'agissait pas d'une photographie mais d'un procédé plus ancien ; un cliché sur ferrotype, ou même un daguerréotype. Le cadre, lourd, semblait en argent, et la plaque se trouvait scellée derrière du verre épais et un faux cadre ovale. Il s'agissait d'un portrait de trois quarts : une belle femme brune. L'ancienneté de l'image même et les caprices de la mode — elle portait une robe noire à col montant et ses cheveux bruns formaient une seule vague lourde d'un côté de son visage — ne permettaient pas de définir précisément son âge, mais je lui aurais donné la trentaine. Elle était d'une beauté stupéfiante, et très russe ; pour jouer le rôle de la Natacha de Tolstoï, cette femme aux traits fins et aux immenses yeux noirs aurait constitué un excellent choix. Et pourtant ce n'était pas sa beauté en elle-même qui faisait trembler ma main. Mais plutôt un caractère étrange, éthéré, provenant en partie d'une attitude aristocratique distante et en partie de timidité — caractère immédiatement reconnaissable quand on l'avait vu une fois. Je posai la photographie avec précaution sur les genoux du vieillard et pris mon portefeuille dans la poche de mon imperméable ; j'avais emporté deux des photos de Travin : celle de Georgi Dimitrov en train de pique-niquer avec les braves camarades d'Amérique du Nord, et un cliché de May Brightman devant sa porte à Toronto. Ce fut celle-ci que je mis en premier sous les yeux de Chastov.

— Si le portrait encadré est celui de votre femme, lui dis-je, cette photo doit représenter votre fille.

20

Si j'avais su quel message j'apportais, je l'aurais transmis avec plus de ménagements ; en tout cas, j'aurais essayé. Mais je ne suis pas sûr, en fait, que cela eût été possible. En d'aussi étranges circonstances — à la lueur de deux lampes à pétrole, pris dans l'aura de ce vieillard sur son fauteuil, entraîné dans une danse incessante à cheval sur le passé et le présent, la vérité et le mensonge, avec les photographies des deux femmes posées entre nous —, en de telles circonstances, la nouvelle tenait vraiment du miracle. Et rien ne prépare au miracle : ils arrivent, c'est tout.

Curieusement, je crois que l'effet fut le même sur chacun de nous. Nous étions au-delà de la stupéfaction, totalement désarmés, aussi décontenancés l'un que l'autre. Le visage de Chastov afficha une douzaine d'expressions sans s'arrêter à aucune, et, quand il essaya enfin de parler, il en fut incapable. Je suppose que quarante années d'inexprimable se trouvaient bloquées dans sa gorge. Et, en définitive, ce fut moi qui pris la parole.

Je lui racontai tout. Brightman. Ce qui s'était passé. May. Quand je mentionnai son nom, pour la première fois il se mit à pleurer : May, presque le même mot en anglais et en russe, le prénom que sa femme et lui avaient choisi pour leur enfant. Brightman l'avait conservé. Des larmes se mirent à glisser sur ses joues et j'eus l'impression qu'il pleurait autant sa femme que tout le reste — cette photographie l'avait soudain ramenée à la vie, mais uniquement pour la faire mourir de nouveau avant même de savoir si sa fille était saine et sauve. Au milieu de l'espérance, le plus profond des désespoirs. Après cela, il n'y avait pas grand-chose à ajouter. Donc, j'attendis. Puis je me souvins que j'étais dans une maison russe, et que les maisons russes ont toujours un remède au chagrin.

Dans le mur du fond, au-delà de la lumière des lampes (nous attendions encore l'instant fatidique de six heures), s'ouvrait une porte. Elle desservait une cuisine, petite pièce nue au sol jonché de sciure. Une porte hollandaise, s'ouvrant au-dessus d'une table et d'un évier — pour préparer le repas des bêtes —, donnait sur un appentis contenant une auge de bois pleine de paille noire, moisie. Au fond de la pièce, la cuisinière de fonte était allumée. Pour donner au vieil homme un peu plus de temps pour se reprendre, j'ajoutai un bout de bûche et fis tomber les cendres. Puis je trouvai de la vodka et des verres dans un petit placard, et je revins dans la pièce de devant. Il s'était ressaisi. Quand je lui donnai la vodka, il l'avala d'un trait et tendit son verre pour que je le remplisse. Ce que je fis. Cette fois, il but à petites gorgées.

— Mon Dieu. Vous devez nous juger si mal !

— Non. Je ne crois pas, monsieur Chastov.

Il secoua la tête.

— Vous pensez que pour agir ainsi elle devait être sans cœur. Et moi, son mari, encore plus pervers pour l'avoir laissée faire.

— Pourquoi le souhaitait-elle ?

Une des lampes s'était mise à filer et une traînée de fumée grasse et noire s'élevait du verre. Chastov se pencha en avant pour régler la mèche, puis il prit une autre gorgée de vodka et se frotta les yeux avec le coin de son drap.

— Vous devez comprendre, dit-il, nous avions eu un bébé à Perm, au lendemain de notre mariage. Un garçon. Mais il était mort presque aussitôt. Ma femme, accablée de chagrin, jura de ne plus en avoir. Les gens du village, ici, disaient que je devais la traiter comme si j'étais un saint ou le diable en personne, mais à la vérité c'était elle — elle faisait toujours tellement attention. Plus tard, elle a cru que tout était terminé, qu'elle ne pourrait plus en avoir, et peu après elle s'est trouvée enceinte. J'étais content. Oui, heureux, en toute sincérité. Mais elle était hors d'elle-même ; je crois qu'un jour elle a essayé d'interrompre sa grossesse. Il y avait une femme au village... Mais cela n'a pas marché, puisque l'enfant est né. Cela a failli tuer ma femme. A son âge, vous comprenez. L'enfant était en parfaite santé, mais ma femme savait qu'elle allait mourir, et, si elle mourait, comment l'enfant pourrait-il vivre ? Il n'y avait pas de lait, ici... Même aujourd'hui on a du mal à s'en procurer. Alors vous voyez ? C'est pour cela qu'elle a agi ainsi.

Je voyais. Dans cette cabane, dans cette lumière, si près du canal et de son charnier d'ossements anonymes... Je pouvais croire à un désespoir sans limites.

— Oui... Et elle a pensé...

— Elle m'a demandé de lui permettre de sauver la vie de l'enfant. Elle m'a dit qu'elle connaissait des gens qui la recueilleraient et veilleraient sur elle. Si elle-même survivait à l'hiver, très bien : notre petite fille reviendrait ; mais, si elle mourait, ou si je mourais, l'enfant resterait où elle serait. J'avais très peur. Parce qu'elle refusait de me dire qui étaient ces gens — elle écrivit une lettre qu'elle ne me laissa pas lire. Puis elle devint de plus en plus faible... Ce qui allait arriver ne faisait aucun doute... Lui refuser aurait tué son dernier espoir. Alors je les ai laissés venir et ils ont emporté le bébé. Peu de temps après, elle est morte ; puis la guerre est arrivée — j'ai toujours pensé que ma femme avait senti venir la guerre et je me suis dit qu'elle avait bien fait. Elle mourut... Quoi qu'il puisse m'arriver, notre fille se trouvait du moins saine et sauve.

— Qui étaient ces hommes ?

Il me regarda dans les yeux ; sans aucun doute possible, il me disait la vérité.

— Je ne sais pas.

— Mais pourquoi voulaient-ils l'enfant ?

— Je ne sais pas... Je ne suis pas sûr qu'ils en avaient envie. Sur le moment, j'ai cru qu'ils étaient venus le chercher à la place de quelqu'un d'autre.

— Quel genre de personnes était-ce ?

— Des hommes ordinaires, mais de la ville. De Leningrad, je suppose. Ils étaient deux. Un seul a parlé. Il avait des cheveux en broussaille, très bouclés comme ceux de Trotski. L'autre, plus grand, n'a rien dit. Un grand bonhomme avec une forte poitrine, un visage plein de dignité.

Harry Brightman, pris par May Brightman avec son Brownie personnel... Je pouvais le voir ce jour-là. Je pouvais voir l'intérieur sombre de la cabane enfumée, ou leur coin de baraquement. Je pouvais sentir la sueur et la crasse, entendre le vent gémir par les fentes des murs. Un bébé pleure. La voix de la femme désespérée et faible. Et Brightman attend calmement, à l'écart, avec le passeport du Dr Charlie dans sa poche : *Mais pourquoi ? Pourquoi la fille de Youri Chastov ?*

— Vous dites que le premier homme ressemblait à Trotski — mais ce n'était pas lui ? Vous en êtes sûr ?

— Sûr et certain. A l'époque, le pauvre Trotski devait être mort.

En fait, on ne l'avait assassiné qu'en été de la même année, mais les chances qu'il se soit trouvé en Russie à ce moment-là étaient nulles.

— Le deuxième homme... c'était Brightman, lui dis-je.

— Je l'ai donc rencontré ?

— Oui.

— Et maintenant, il m'a envoyé cette lettre ?

J'acquiesçai.

— Oui, et vous savez pourquoi ?

— Non, monsieur Thorne. Ça, je ne le comprends toujours pas.

Et moi le comprenais-je ? Harry avait-il envoyé l'argent à Chastov comme un geste définitif de désespoir ? Avait-il simplement voulu lancer tout le monde sur une fausse piste ? Ou bien avait-il décidé que Chastov était la seule personne au monde ayant le droit moral d'avoir cet or ? Mais, à la réflexion, je décidai que la réponse devait être plus simple.

— Il adorait sa fille, monsieur Chastov — *votre* fille. A la fin de sa vie, je crois qu'il tenait à elle davantage qu'à toute autre chose au monde, plus qu'à la vie même. Il estimait qu'il vous devait beaucoup, et il a essayé de rembourser sa dette.

Le silence se prolongea. Chastov prit la photographie de May et la rapprocha de son visage.

— Vous savez, ce que vous venez de dire est faux, monsieur Thorne. Je lui dois davantage qu'il ne m'a jamais dû — et je vous dois aussi beaucoup. Or, qui a des dettes doit rembourser. » Il posa la photographie. « Je vais rembourser les miennes. J'ai reçu la lettre que Brightman m'a envoyée. Olga — la femme qui m'aide un peu — me l'a apportée ce matin, et elle était exactement comme vous me l'avez décrite : une enveloppe de l'ambassade soviétique à Paris.

Je me redressai, stupéfait ; puis je souris.

— Vous savez très bien garder les secrets, Youri Fedorovitch.

— Je vous avais prévenu, non ?

— Et que dit cette lettre ?

— Voyez vous-même.

Il se pencha sur le côté, glissa la main sous ses couvertures et en retira une grosse enveloppe matelassée, correspondant exactement à la description d'Alain : une grande étiquette imprimée portait l'adresse de la nouvelle ambassade, boulevard Lannes. Chastov l'avait ouverte. J'en retirai le contenu. Il y avait deux objets. Le premier était une lettre, dactylographiée en caractères cyrilliques sur du papier à en-tête de l'ambassade, d'apparence très authentique. Le texte disait : *Vous auriez dû normalement adresser votre lettre au ministère compétent à Moscou, ou bien directement au gouvernement de la République française. Toutefois, à titre exceptionnel, nous avons satisfait à votre requête.* Suivi de la signature d'un deuxième attaché consulaire. La « requête » devait se rapporter à l'horticulture, car l'autre objet dans l'enveloppe était une publication du ministère français de l'Agriculture sur les vergers de pommiers — une brochure très épaisse, non cartonnée, rappelant un catalogue de musée, imprimée sur papier brillant avec de nombreuses photos en noir et blanc et des dessins au trait.

— C'est tout ?

— Absolument. Alors vous voyez, je ne sais vraiment que penser.

Ce que Brightman avait fait me parut évident. Non sans précaution, je découpai l'enveloppe avec mon canif. Le rembourrage se répandit par terre. Mais il n'y avait rien à l'intérieur et je m'attaquai au livre — il contenait le trésor. Dès que je découpai le dos de la brochure, je découvris une longueur de papier adhésif plastique, qui protégeait les objets suivants :

— Une clé métallique plate.

— Un certificat de naissance (province d'Ontario, Canada) au nom de Harold Charles Brightman.

— Un permis de conduire de l'Ontario au même nom.

— Et un reçu au nom de Brightman émis par une succursale de la Dauphin Deposit Bank à Harrisburg (Pennsylvanie).

Le vieillard me fixa.

« Avez-vous trouvé ce que vous escomptiez ?

Était-ce vraiment ce que j'escomptais ? J'acquiesçai.

— Les papiers permettent d'utiliser la clé... et c'est la clé d'une grande fortune.

Je lui remis les documents. Il les posa sur ses genoux, puis reprit le reçu de la banque et l'examina.

— Harrisburg, dit-il. C'est la capitale de la Pennsylvanie. Du *Commonwealth* de Pennsylvanie.

Je souris.

— Celle-là, je la connais, monsieur Chastov.

— Vous y êtes allé ?

— Très souvent. Mon père était originaire de la région, et nous y passions tous les étés.

Harrisburg... Aurais-je dû m'attendre à cela aussi ? Dès que mon esprit avait enregistré la coïncidence, je m'étais rendu compte qu'au plus profond de moi je *savais* depuis le début.

Chastov se pencha en avant pour me rendre les papiers.

— On me les a envoyés, monsieur Thorne. Acceptez-les, je vous prie, en présent de ma part.

— Il est difficile de déterminer à qui ils appartiennent en réalité.

— Vous connaissez sans doute l'expression célèbre : « La possession constitue les neuf dixièmes du droit. »

— Dans ce cas, cela crée un problème.

— Je ne vois pas lequel.

— Je vous l'ai dit : d'autres hommes recherchent ceci. Je l'ai entre mes mains, mais ils croiront que vous le possédez. Quand ils viendront ici, vous serez en danger.

— Et pourquoi ? Je leur dirai que vous avez pris l'enveloppe. Je leur expliquerai comment elle est arrivée et ce qu'elle contenait — pas de mensonges, vous voyez, pas de secrets —, puis je dirai que je vous l'ai donnée. Je prétendrai plutôt que je vous l'ai vendue. Ils le croiront plus facilement. Cette brochure idiote ne m'était d'aucune utilité, mais vous étiez prêt à me donner de l'argent en échange, alors je l'ai accepté.

Je regardai le vieillard ; son raisonnement se tenait mais ne me plaisait guère. D'un autre côté, le temps pressait. Il fallait que je reparte très vite, non seulement pour éviter Soubotine, mais pour retourner à Leningrad si possible avant que mon absence ne soit signalée. Et son idée avait des chances de marcher. Des chances... Mais si elle ne marchait pas ? Éventualité peu agréable — et que je ne désirais pas avoir sur la conscience. Je secouai la tête.

— Écoutez, Youri Fedorovitch. Ce que vous proposez risque de réussir, mais cela me fait peur. Quand ils apprendront que je les ai devancés, ces hommes vont se mettre en fureur. Ils peuvent vous maltraiter, même sans la moindre raison.

— Non. Ils s'attireraient davantage d'ennuis.

— Peut-être, mais je n'en suis pas certain. Et j'ai une autre idée. Souvenez-vous : vous avez de nouveau une fille. Elle est riche. Très riche. Je suis sûr qu'elle serait heureuse de vous voir. Pourquoi ne pas la rejoindre ?... Attendez donc ! Je ne suis pas fou. Je connais sur ces autres hommes certaines choses que les tchékistes seraient ravis d'apprendre. En échange de ce que je leur dirais, je pense qu'ils vous laisseraient sortir du pays.

Il prit la photographie de May, la fixa pendant un instant puis son regard se détourna. Il parcourut la pièce des yeux, et mes yeux suivirent les siens : l'*isba* sculptée par les flammes vacillantes ressemblait à l'intérieur d'une grotte, mais d'une grotte habitée par les hommes pendant des siècles, comme les catacombes des anciens Pères de l'Église russe. Enfin, avec l'ébauche d'un sourire, il secoua la tête.

— Je ne crois pas, dit-il. Je suis content de posséder ceci... (il souleva la photo de May) mais aurait-elle vraiment envie de me voir ? » Il haussa les épaules. « Qui peut le dire ?... Et puis, je suis ici chez moi, monsieur Thorne. Cela ne vous paraît peut-être pas très reluisant, mais je ne pourrais pas vivre ailleurs, vous savez. Comme le vieillard dans l'histoire du loup. Vous devez la connaître. C'est un vieillard qui vit avec son épouse, cinq moutons, un poulain et un veau. Un jour, un loup survient et leur chante une chanson. Aussitôt, l'épouse de l'homme lui dit : « Quelle merveilleuse chanson. Donne-lui un mouton. » Le vieillard le lui donne et le loup le mange. Mais il revient bientôt après et se remet à chanter.

Et il continue de chanter jusqu'à ce qu'il ait tout mangé : les moutons, le poulain, le veau et même la femme. Et le vieillard reste seul. Le loup revient, mais, cette fois, le vieux prend un bâton et tape sur le loup. Et le loup s'en va pour ne jamais revenir, laissant le vieillard seul avec son malheur... Vous voyez, monsieur Thorne ? Cet endroit, la Russie, est peut-être aussi mauvais qu'un loup, mais c'est tout ce qu'il me reste. Si je l'abandonne, ou si je le laisse m'abandonner, que ferai-je ? » De nouveau, il secoua la tête. « Non, dit-il, je resterai ici. Mais je ne veux pas que vous vous fassiez du souci...

— Je m'en ferai.

— Non. Dites-moi : vous avez de l'argent américain ?

— Oui.

— Beaucoup ? Cent dollars ?

— Davantage.

— Cela suffira. Donnez-les-moi. Si ces hommes viennent, je les leur montrerai. Ne craignez rien, ils me croiront. Et savez-vous ce qu'ils feront ? Des menaces... parce qu'il est illégal d'accepter de l'argent étranger. Il me suffira ensuite de jouer la frayeur et de leur raconter tout. Vous êtes venu ici en voiture ?

— Une Jigouli sombre.

— Bien. Et où m'avez-vous dit que vous vous rendiez ensuite ?

— Je retourne à Leningrad.

— Ils le croiront. Et ils me laisseront tranquille.

Si quelqu'un était capable d'abuser Soubotine, c'était bien lui.

— Soit, lui répondis-je. J'accepte. Mais faites cependant quelque chose pour moi : allez vous installer chez quelqu'un ou demandez à quelqu'un de s'installer ici...

Il fit la grimace.

— Non.

— Mais cette femme, Olga...

Son expression devint encore plus amère.

— Elle veut m'épouser. La veille de ma mort, je lui donnerai peut-être cette joie — mais pas une minute avant. » Puis il fit claquer sa main sur son genou. « Mais je vais le faire pour vous... Je vais lui dire de venir ici. Ce sera plus naturel.

Et, à ma vive surprise, il se leva du fauteuil : pas d'un bond, certes, mais avec beaucoup plus de vigueur que je ne m'y attendais. Il portait une chemise de nuit de flanelle, un caleçon long, plusieurs paires de chaussettes et des pantoufles tricotées — l'ouvrage d'Olga — qui lui remontaient presque jusqu'aux genoux...

« Partons tout de suite, dit-il. Elle doit aller au village à la réouverture du magasin.

Il franchit une porte dissimulée par un rideau et en ressortit quelques minutes plus tard, aussi emmitouflé dans des chandails et des manteaux qu'il l'était sous ses couvertures, dans le fauteuil. En sortant, il me prit le bras. Je l'entraînai vers la route.

L'après-midi s'achevait, le ciel devenait plus sombre et les ombres grises des bouleaux et des pins s'allongeaient sur la neige. Mais il faisait plus chaud et seuls de rares flocons voletaient, comme à regret. Nous suivions chacun la trace d'une roue de camion, séparés par la largeur de l'essieu, et je dus ralentir le pas pour respecter son allure, mais, de toute évidence, il n'avait aucun problème. Il avançait d'un pas raide, un peu craintif peut-être, mais prudent ; il se concentrait sur lui-même — ce qui était bon signe, me dis-je, et je m'inquiétai moins pour sa rencontre avec Soubotine. En dix minutes, nous atteignîmes la « première » route du canal ; c'était là qu'habitait Olga.

« Je vais aller la chercher, me dit Chastov, mais ne m'accompagnez pas. Ce n'est pas loin et il vaut mieux qu'elle ne vous voie pas.

J'en convins. Nous nous serrâmes la main. Puis, avec un petit tremblement de gêne, il fouilla dans les replis de son costume et en retira une petite boîte noire recouverte de cuir.

« Pour elle, me dit-il. Pour ma fille. C'était à sa mère. C'est tout ce que j'ai à lui offrir... Si vous voulez bien...

— Oui. Bien sûr.

Je pris l'objet ; en fait, il ne s'agissait pas d'une boîte mais d'une petite icône de voyage : les côtés et le haut constituaient des rabats que l'on pouvait déplier pour dresser un petit autel. C'est un cadeau russe traditionnel pour souhaiter à un enfant la fête de son saint — le saint dont il porte le nom. Comme sur la plupart des icônes, il y avait une image du saint ciselée en relief sur un petit disque d'or fixé au rabat vertical — je ne reconnus pas de quel saint il s'agissait. Et ce disque se trouve toujours au-dessus d'armoiries. Les

355

familles nobles plaçaient naturellement leurs armes à cet endroit, mais les Russes ordinaires, à qui cet honneur était refusé, empruntaient le blason national, les aigles impériaux des Romanov ; et c'était ce que la femme de Youri Chastov avait fait. Sur l'émail cloisonné d'or, très beau quoique un peu usé, les deux aigles brillaient de toute leur gloire passée.

« C'est splendide, lui dis-je. Je le remettrai à May.

Il sourit et ses yeux noirs pétillèrent sous l'énorme casquette de laine qui tombait jusque sur ses sourcils.

— Et vous vous souviendrez aussi de Pierre...

— Dakota du Sud...

— Et de Bismarck...

— Oui, je me souviendrai.

— Très bien.

Puis il leva la main en guise de salut et se retourna. Je le regardai s'éloigner. Un peu plus loin, il m'adressa un autre signe et je repris le chemin de Povonets.

Il faisait sombre ; la route était vide. Je pataugeai dans les traces du camion, mais aux abords du village j'obliquai sur la droite... Je traversai non sans mal un champ caillouteux jusqu'à un bosquet d'arbres. C'étaient toujours les mêmes pins à l'agonie, dont l'écorce gris cendré s'écaillait en longues bandes, mais leurs ombres noires m'engloutirent. Je poursuivis ma route. Le vent s'était levé et de la neige tombait des branches au-dessus de ma tête ; parfois je m'enfonçais soudain dans un creux, avec de la neige jusqu'aux cuisses. Mais je me savais plus en sécurité que sur la route. Et, juste au moment où j'aperçus le lac devant moi, une gerbe de lumière flamba brusquement sur ma gauche : six heures. Je me retournai et, à travers les volutes troubles de mon haleine, je lançai un dernier regard à Povonets, illuminé à travers les arbres.

Vingt minutes plus tard, je parvins à ma voiture. Elle était exactement comme je l'avais laissée. Je fis une prière et tournai la clé... Le moteur toussa deux ou trois fois, renâcla, mais la batterie tint bon et il démarra. Pendant qu'il chauffait un peu, je réfléchis à cette journée incroyable. Je ne songeais pas à me plaindre : j'avais trouvé plus que je ne cherchais. Et pourtant, tout en serrant la clé de Brightman dans ma paume, je ne pus m'empêcher de penser qu'une fois de plus, chaque facette de cette « affaire », quand je croyais la « résoudre », ne faisait que soulever un mystère de plus. Je dépliai la petite icône et l'installai sur le tableau de bord. Je caressai le cuir — aussi doux que de la soie, et je compris que l'objet devait se trouver dans la famille de Chastov, ou celle de sa femme, depuis des générations. May serait la dernière de la lignée. Mais qui était-elle ? Et quel rapport y avait-il entre sa véritable identité et la disparition de Brightman ? Je retombais précisément sur les questions qui s'étaient imposées à moi au départ. Chastov m'avait appris la plupart des éléments manquants de l'histoire de May, mais, à vrai dire, je n'avais aucune idée de ce que cette histoire signifiait... *Je suppose qu'une partie de ce que m'a raconté Brightman est vrai*, avait écrit Grainger. *Il est allé plusieurs fois en Russie, n'est-ce pas ?... Et je suis sûr aussi qu'il a vraiment connu des hommes appartenant au niveau le plus élevé de la hiérarchie communiste. J'estime donc que la fille de Brightman est l'enfant de l'un de ces hommes — un dirigeant persuadé qu'il périrait sous peu, victime de la terreur stalinienne.* A l'époque, cela m'avait paru une conjecture valable, mais j'étais certain, à présent, que ce ne pouvait pas être la vérité : ni Chastov ni sa femme n'avaient été des communistes de premier plan. Et le raisonnement de Berri ne valait guère mieux : *Ne vous y trompez pas. Dimitrov était peut-être le héros de tout le monde, dans le temps, mais il a fini comme le reste de la clique, dans la peau d'un salopard. En 1940, il avait les mains couvertes de sang. S'il a arraché un bébé des griffes du Bolchevik, c'était parce qu'il croyait que cela le sauverait, lui, et non pas le bébé.* Sans doute avait-il raison au sujet de Dimitrov — mais comment la fille de Youri Chastov aurait-elle pu sauver qui que ce fût ? Et qui pouvait donc avoir envie de la sauver ?

Toutes ces questions se bousculaient dans ma tête quand je repris la direction de Leningrad : mais elles semblaient sans réponse et j'avais pour l'instant d'autres problèmes à résoudre. Le plus urgent ? Mon épuisement. Après avoir serpenté le long du lac pendant une cinquantaine de kilomètres — pour bien chauffer la voiture —, je m'engageai sur la première route latérale que je trouvai. Je dormis pendant trois heures merveilleuses et, quand le froid m'éveilla, j'étais presque redevenu moi-même.

Je repartis. Les kilomètres et les heures passèrent — et la tension augmenta. Qu'allait-il m'arriver à Leningrad ? J'avais échappé à Soubotine, mais, si Loginov désirait vraiment me coincer, peu de chose pouvait l'en empêcher, car il est aussi difficile de quitter la Russie que d'y entrer. Mais peut-être ne s'intéressait-il pas à moi : je n'étais sans doute pour lui qu'un leurre capable d'attirer Soubotine en terrain découvert.

Quoi qu'il en fût, à mon retour à l'hôtel personne ne parut remarquer ma présence, et, quand je rendis la voiture — après avoir remis en place les plaques originales —, on ne fit aucun commentaire. Progressivement, mes craintes changèrent d'orientation. Où se trouvait Soubotine ? Si je servais vraiment d'appât, je devais m'attendre à une attaque, mais je n'avais aucune preuve de sa présence dans les parages. Sans doute était-il venu en Russie, où il devait avoir ses moyens personnels de se déplacer et, en toute logique, il aurait dû prendre de l'avance sur moi — ou arriver sur mes talons. Cette dernière nuit à Leningrad, épuisé dans ma chambre de l'Astoria, ma conscience aurait donné n'importe quoi pour pouvoir passer un simple coup de téléphone à Povonets. Soubotine y était-il allé ? Le vieux Chastov s'en était-il tiré indemne ? Je l'aurais parié... Oui, en ce qui concernait sa survie, j'aurais parié sur lui à cent contre un — mais je n'avais aucun moyen de m'en assurer.

Et donc le lendemain matin, je touchai du bois, remplis tous les imprimés et me dirigeai vers mon avion. Dès que je sentis les énormes moteurs nous soulever, je dirigeai mes pensées vers ma destination — Harrisburg, Pennsylvanie. Une fois de plus, Brightman avait fait preuve d'une ruse de renard, et une fois de plus sa piste secrète bouclait la boucle et se retournait vers moi. Qu'est-ce que cela signifiait ? Je n'en avais aucune idée, mais, dès que la nuit polonaise défila au-dessous de nous, je m'endormis et rêvai — ou plutôt je rejoignis le rêve que j'avais fait pendant le trajet de l'aller. Exactement le même. Je vis un bateau remorqué près des quais de Leningrad : un ancien vapeur, avec des cheminées crachant de la fumée et de grandes grues qui pivotaient. Je vis Brightman, emmitouflé dans son manteau de fourrure, qui traversait le hangar de la douane. Enfin je vis le bureau où il déposait son passeport.

Il leva aussitôt les yeux, montrant son visage : et c'était mon visage. Puis, au moment où l'officier d'immigration tamponna les documents et les rendit, un autre visage apparut. Assombri, les traits obscurcis par l'ombre de sa casquette mais bien reconnaissables : les traits de mon père.

21

Partout où je regardai, à mon arrivée à Harrisburg, j'eus une impression troublante de déjà vu, mais aussi d'étrangeté et d'aliénation, qui masquait mal le fait que je connaissais trop bien ce qui se trouvait sous mes yeux.

Paris : l'endroit où mes parents s'étaient rencontrés.

Leningrad : ma ville en Russie.

Et maintenant ici, un lieu où chaque coin de rue me ramenait à mon passé...

Je me sentais comme un amnésique en train de se construire une nouvelle vie, et qui découvre soudain qu'elle se borne à répéter la première. La rue du Marché était toujours au même endroit mais elle me parut sale et triste : le magasin Pomeroy tenait encore le coup, mais le vieux cinéma Capitole avait fini par expirer, noyé dans les miasmes des films de kung-fu et les odeurs fades de pop-corn. Pourtant, malgré la décadence, malgré Three Mile Island, Harrisburg restait toujours la même.

Au cours des années où nous avions possédé cette cabane dans les Tuscaroras, Harrisburg avait représenté pour moi quelque chose de spécial, une sorte d'étalon de la normalité américaine. Comme j'avais grandi soit en dehors du pays soit à Washington, je jugeais la ville représentative des endroits où vivaient les « gens ordinaires » : la Susquehanna, large et paresseuse, avec ses brumes matinales qui s'élevaient autour des îles, et la longue rangée de maisons solides, très bourgeoises, sur la 2ᵉ Rue, ne faisaient qu'un dans mon esprit avec l'Amérique des pionniers et l'Amérique de Ike. Comment un endroit pareil pouvait-il servir de décor à un crime ? Et pourtant c'était le cas — puisque je retournais sur les lieux. Mais de quel crime s'agissait-il, et qui l'avait commis ?

Je mis ces questions en réserve. Il faut dire que j'étais encore épuisé après le vol de retour de Paris. J'arrivai en ville à dix heures du matin, mais Dieu seul sait à quelle heure mon corps croyait vivre — sûrement une heure où mes yeux auraient dû se fermer au lieu de cligner pour percer la brume glacée de la rue du Marché. Et j'avais d'autres éléments à considérer. Le coffre de Brightman recelait une immense fortune, une fortune appartenant à May (du moins, je le supposais). Mais j'espérais qu'il contiendrait aussi les réponses à certaines de mes questions, et j'avais donc envie d'être le premier à l'ouvrir — bien entendu, au prix d'un subterfuge frauduleux. Mais me faire passer pour Brightman risquait de ne pas être si facile. Un permis de conduire canadien et un certificat de naissance ne constituent pas les meilleures preuves d'identité au monde — et de nouveau, je touchai du bois.

La banque, lorsque j'y parvins, n'avait rien qui pût me calmer les nerfs. Derrière la façade soutenue par de fines colonnes grecques, l'intérieur évoquait le hall d'une gare fière et prospère de la fin du siècle dernier : d'immenses ventilateurs tournaient lentement sous la haute coupole, et des allées tracées par des cordons de velours rouge vous conduisaient aux guichets. Le décor communiquait une impression si intense de probité qu'en avançant vers le comptoir j'éprouvai presque le besoin d'avouer mes intentions malhonnêtes. A cela près — mais je l'ignorais encore — que cet aveu aurait été impossible car il n'y avait plus la moindre malhonnêteté à commettre. Ma requête d'accéder au coffre de Brightman, acceptée au départ comme banale, provoqua très vite des froncements de sourcils, des regards gênés et des murmures, puis une expression professionnellement soucieuse et enfin d'abondantes excuses — le tout de la part d'un jeune homme courtois répondant au nom de M. Corey.

— Désolé de vous avoir fait attendre, monsieur Brightman, mais il semble qu'il y ait un malentendu. Selon nos registres, le coffre a été annulé et tous les frais afférents réglés à la date d'hier après-midi.

Dans l'ensemble, je réagis bien : pas de hauts cris, la vive contrariété que n'importe qui, en apprenant que son coffre vient d'être vidé par une autre personne, est bien en droit de ressentir. Et j'étais intérieurement assez calme pour jouer sans fausse note le Client Offensé.

— Je ne sais rien de vos registres, monsieur Corey, mais, la majeure partie de la journée d'hier, je me trouvais soit à dix mille mètres d'altitude au-dessus de l'Atlantique, soit dans un taxi pris au piège sous le Holland Tunnel. Je n'étais certainement pas à Harrisburg et je n'ai certainement pas annulé mon coffre. » Je sortis la clé de ma poche, et la lui mis sous le nez. « Quand vous annulez un coffre, ne reprenez-vous pas la clé ?

Il parut très malheureux. Je ne sais pas très bien ce que je ressentais au juste, mais ma colère n'était qu'en partie feinte — j'avais parcouru un très long chemin pour parvenir jusqu'à ce guichet de banque. D'un autre côté, je n'avais probablement aucun droit de me montrer surpris. Pourquoi le dernier acte aurait-il été plus simple que les précédents ? En tout cas, mes récriminations aboutirent : on alla chercher une dame, une de ces vieilles secrétaires mariées à leur profession dont les yeux, sans jamais fixer personne, irradient de l'hostilité en tous sens. Elle leva le menton d'un air pincé et résolut notre petit mystère.

— Cela s'est passé hier après-midi, monsieur Corey. En fait, c'est M. Simmons qui s'en est occupé. Une dame s'est présentée avec des documents en règle lui donnant accès au coffre, au titre d'exécuteur du testament de son père. Elle était canadienne, je crois — elle avait des papiers canadiens et des documents du Commonwealth. Un avocat l'accompagnait. M. Simmons a discuté avec lui.

— Vous souvenez-vous de son nom ?

— M. Simmons l'a noté dans son dossier, monsieur Corey. Si je me rappelle bien, le nom de la dame était également Brightman.

Mon visage exprima de façon convaincante que je commençais à entrevoir la vérité.

— Voilà qui commence à avoir un peu de sens, monsieur Corey. Mlle Brightman est ma sœur... et c'est bien elle l'exécuteur testamentaire de mon père — elle vivait à ses côtés à Toronto — et je suppose que certains de mes papiers ont dû se mêler aux siens. Ce n'est pas impossible, voyez-vous. Nous nous appelons Harold tous les deux et je n'ajoute jamais Junior.

Une explication un peu trop embrouillée, et M. Corey parut

concevoir des doutes. Mais, comme il se préoccupait avant tout de la banque, il profita de l'occasion qui s'offrait pour lancer :

— Dans ce cas, je pense que rien de préjudiciable...

— Non. Assurément rien dont la banque soit responsable. » Je me tournai vers la femme. « Pouvez-vous me dire quand ma sœur est passée ? Hier, m'avez vous dit ?...

La femme conçut des doutes à son tour et sollicita l'approbation de M. Corey avant de répondre — elle parvint d'ailleurs à le faire sans s'adresser directement à moi.

— Elle est venue vers une heure remettre les documents à M. Simmons. Puis elle s'est présentée de nouveau beaucoup plus tard, vers quatre heures et demie. Je ne sais pas quand elle est repartie.

Je hochai la tête.

— Elle est donc peut-être encore en ville. Sinon, je la joindrai à Toronto. En tout cas, merci pour le dérangement... Et, tenez, autant que vous la gardiez.

Je posai la clé de Brightman sur le comptoir et, sans laisser à Corey le temps de répondre, je lui tendis la main. Je crois que ses soupçons s'étaient cristallisés dans son esprit, mais son réflexe de courtoisie fut plus fort. Une poignée de main et au revoir. L'instant suivant, je sortais déjà dans la rue.

Je repris mon souffle. J'étais épuisé, mais il fallait que je réfléchisse très vite — quel jeu jouait May ? Pendant une seconde mes anciens soupçons se ranimèrent, mais je ne pouvais pas leur accorder de crédit après notre rencontre sur la péniche de Hamilton. Quelles étaient les autres possibilités ? Harry avait-il commis une gaffe impardonnable et laissé dans son testament une trace de ce coffre de banque ? Cela semblait incroyable. Les testaments font l'objet de trop de publicité... Mais si ce n'était pas par le testament, comment May avait-elle appris l'existence du coffre ?

Très déconcerté, je retournai à ma voiture, et, quand je l'atteignis, je commençai également à me sentir très inquiet. J'avais devancé Soubotine en Russie, mais rien ne prouvait qu'il ait disparu pour de bon. Et May savait-elle seulement qu'il existait ? Avait-elle la moindre idée du danger qu'elle courait ? Il fallait que je la rencontre. Ce qui signifiait un autre avion et un voyage à

Toronto — perspective peu alléchante après les quarante-huit heures que je venais de passer.

Puis je réfléchis. Elle se trouvait ici hier. Peut-être avait-elle décidé de rentrer directement. D'un autre côté — surtout si elle était venue en voiture —, elle n'était sans doute repartie que ce matin et pouvait même ne pas avoir encore quitté la ville. Pas impossible du tout. Elle ne se hâtait jamais et il n'était pas encore onze heures — l'heure où l'on rend sa chambre, mais cela méritait tout de même un essai. Il me fallait un téléphone et je remontai donc la rue du Marché vers la 2ᵉ Avenue, dépassai le Senator devant lequel les photos de nus s'allument à dix heures quarante-cinq, puis les hôtels louant des chambres à la journée, à la semaine ou au mois, et j'entrai dans un bouge portant le nom flambant d'Olympe.

J'y gaspillai cinq jetons.

Elle n'était ni au Sheraton, ni au Marriott, ni à l'Holiday Inn, ni dans aucun des autres grands hôtels ; puis je me souvins qu'elle ne descendait jamais dans ce genre d'endroit. Toujours des résidences pour touristes, des pensions de famille, de petits hôtels que personne d'autre ne connaissait — c'était ce qu'elle aimait. Un certain nombre de noms me vinrent à l'esprit, mais c'est le genre d'endroit où il vaut mieux se rendre en personne, et je retournai donc à ma voiture, repassai devant la banque de Brightman et me dirigeai directement vers l'ancienne gare du chemin de fer, où l'on prend maintenant les autocars Trailways. Je me garai puis remontai vers la rue des Mûriers. L'Alva se trouvait au coin de la 4ᵉ Avenue.

Depuis combien d'années n'y étais-je pas entré ? C'était une grande bâtisse ancienne, de deux étages, qui occupait la moitié du pâté de maisons. Le rez-de-chaussée abritait l'un de ces vieux restaurants de famille que les chaînes de fast food sont en train de tuer : de la bonne cuisine américaine, beaucoup d'« habitués », les flics qui s'arrêtent pour leur « café arrosé »... Au-dessus du restaurant, l'hôtel avait ses « pensionnaires » — surtout des retraités —, et plusieurs élus du Capitole y résidaient quand ils ne pouvaient pas rentrer chez eux pendant la session. Le simple fait de franchir la porte provoqua en moi un flot de souvenirs, car presque rien n'avait changé depuis mon enfance : mêmes niches capitonnées (mais pas de juke-box) ; même photographie du taureau primé acheté à la foire — exposition de l'État ; même troupe de serveuses entre deux âges rehaussée par quelques jolies étudiantes.

Je demandai à voir May — ma logique était bonne, mais j'arrivais trop tard.

— Une dame aux cheveux longs, un peu roux ?

— C'est bien ça.

— Je vois qui vous voulez dire. Elle est restée ici deux jours. Elle est repartie ce matin vers dix heures. Elle avait une de ces vieilles Volkswagen, comme on n'en voit presque plus.

C'était bien elle.

En guise de consolation, je décidai de me faire servir à déjeuner, et je me glissai sur une banquette. Étant dans un endroit comme l'Alva, je commandai du café et la *spécialité de la maison*, la tarte « beurre d'arachide et crème ». En attendant de voir ce que ce pouvait bien être, j'allumai une cigarette et parcourus la pièce du regard. Il y avait des niches comme la mienne le long des murs et des tables isolées au centre. L'escalier desservant le premier étage — l'hôtel — se trouvait en plein milieu de la pièce. Un écriteau disait TOILETTES, avec une flèche vers le haut. Ma tarte arriva au bout d'un moment. Surprenant mais délicieux. Tout en la dégustant, j'écoutai la jolie serveuse chinoise flirter, quelques tables plus loin, avec un homme coiffé d'une casquette Tracteurs Caterpillar. « Oh, vous ! s'écria-t-elle en gloussant. Restez à votre place ! » Une autre serveuse, derrière le comptoir, avait du mal à glisser un filtre à café dans la machine. Puis un homme descendit l'escalier du premier. Il était en train de remonter la fermeture Éclair de son anorak ; elle se bloqua et il s'arrêta. Il la débloqua puis descendit les dernières marches vers la salle. Je le vis alors de face. C'était Soubotine. De petite taille, roux, visage mince et dur — incontestablement lui. Les poings enfoncés dans les poches de son anorak, il poussa la porte du restaurant d'un coup d'épaule et sortit dans la rue... tandis que, la main tremblant légèrement, je reposai dans mon assiette ma cuillerée de tarte « beurre d'arachide et crème ».

Le hasard, paraît-il, n'est que le surnom de la Providence : auquel cas cette rencontre était providentielle à plus d'un égard — une chance sur un million que j'aie été assis à cet endroit-là, et une chance sur un milliard qu'il ne m'ait pas vu. Assez en tout cas pour me couper le souffle — mais pas suffisant pour m'empêcher d'avoir la présence d'esprit de me précipiter vers la porte.

J'arrivai à temps pour le voir traverser la rue en direction d'un vaste garage de ciment, sur la 4ᵉ Avenue.

Comptant encore sur ma chance pendant quatre-vingt-dix secondes, je courus à la gare chercher ma voiture. Puis j'attendis, la gorge serrée — parce que le garage avait peut-être une deuxième issue que je ne pouvais pas voir. Mais les dieux étaient encore de mon côté, car, au bout de deux minutes, Soubotine sortit dans une Chevrolet et prit la direction du fleuve. Puis il ralentit ; la Susquehanna, large et placide, s'étendait devant nous, les reflets de ses ponts tremblaient sur la surface de l'eau — on eût dit une ville-musée de l'époque des pionniers.

La rue des Berges était calme ; quelques fous de jogging haletaient le long du fleuve mais presque plus personne n'habitait dans les belles demeures anciennes, annexées par les avocats, les publicistes et les conseillers spécialisés dans le « règlement des différends ». Au coin de la rue — d'une manœuvre maladroite — Soubotine tourna à gauche : il y était obligé car les berges sont à sens unique. Il avait manifestement envie d'aller dans la direction opposée car il retourna immédiatement dans la 2ᵉ Avenue. Enfin sur la bonne route, il se montra plus confiant et prit de la vitesse, toujours vers le nord, vers l'interstate 81. Je restai derrière lui et mon cerveau se mit à travailler. Que faisait Soubotine à l'Alva ? Qu'est-ce qui l'avait conduit là ?... Était-il simplement monté aux toilettes ? Cherchait-il May ? L'avait-il manquée, comme moi — ou bien était-il avec elle ? L'idée semblait absurde mais je pris soudain conscience d'une chose : absolument rien ne prouvait qu'il fût allé en Russie. Peut-être était-il rentré ici directement de France.

Tandis que ma logique se heurtait à ces difficultés, nous arrivâmes à la bretelle de l'interstate et je me concentrai sur la route. Soubotine suivit les panneaux de Marysville et s'engagea sur la 81 en direction du sud — itinéraire que je connais aussi bien que tout autre au monde, car, si l'on va jusqu'au bout, on arrive à Washington. Mais Soubotine quitta la 81 juste après Marysville pour prendre une route latérale en direction du nord — une route que je connais peut-être encore mieux que la précédente car elle traverse les Blue Mountains, franchit le Mahonoy Ridge et pénètre dans les Tuscaroras, plus hautes et plus sauvages.

L'un derrière l'autre, nous avons serpenté au milieu des pentes aimables, de couleur marron foncé. Au début les agglomérations restaient presque banlieusardes — villas luxueuses construites sur les crêtes des collines pour jouir de belles vues sur les vallons — mais nous quittâmes vite la ville. Les bois s'épaissirent. Les feuilles avaient changé de couleur et de nombreux arbres se dénudaient déjà ; sur les versants exposés des plus hautes collines, des veines d'un gris d'argent se tordaient entre la rouille et l'or. Au bout d'un moment nous glissâmes dans une vallée. Il y avait des fermes et la paille coupée par les moissonneuses délimitait nettement les contours des champs. Autour des croisements s'alignaient des villages cent pour cent américains, avec leur clocher, leurs clôtures de bois et leurs couches de peinture blanche brillante. Je connaissais tous ces endroits ; l'un après l'autre, leurs noms me revinrent en mémoire. Et chaque fois que je levais les yeux, de vastes fragments du paysage resurgissaient du passé : la façon dont la route, assombrie par la voûte des grands chênes, revenait sur ses pas après cette épingle à cheveux ; une vallée s'ouvrant soudain pour offrir toutes les nuances de brun et d'or qui accompagnent la fête de Thanksgiving Day ; la blessure d'un rocher dans le flanc d'une colline. Je n'avais nul besoin de solliciter ces souvenirs, ils étaient simplement là, et, quand nous sommes entrés dans les Tuscaroras elles-mêmes, je crus entendre encore les explications de mon père — les Tuscaroras, disait-il, étaient des Indiens ; chassés de leur territoire, en Caroline du Nord, ils s'étaient joints aux Iroquois, la dernière des fameuses Six Nations, comptant parmi les tribus des bois les plus évoluées. Prenaient-ils les scalps ? demandais-je. Peut-être, répliquait-il, mais s'ils le faisaient, c'était uniquement parce que les Blancs — plus précisément les Français — le leur avaient enseigné, exactement comme ta mère a pris le mien. Sur quoi nous éclations tous de rire, et cela devint une plaisanterie de la famille : ma mère, née à Lyon, était une princesse tuscarora par le cœur.

Il y avait d'autres souvenirs dans la réserve d'où celui-ci provenait, et, pendant un long moment, j'eus le sentiment étrange et inquiétant que Soubotine me ramenait à notre vieille cabane des bois. Mais il tourna bientôt sur une route latérale qui grimpa sur une crête de la chaîne, puis plongea dans une vallée étroite, sur l'autre versant. Il n'y avait aucune maison et très peu de cabanes ; sur ces pentes abruptes, les érables et les chênes cédaient la place aux épicéas et aux pins. Je me souvins qu'un torrent suivait le fond de la vallée, et je le vis bientôt briller entre les arbres sombres et froids. La route, qui avait du mal à s'accrocher à la pente très raide du ravin, se tortillait comme un serpent. Peu m'importait ; les virages me permettaient de suivre Soubotine de très près en restant invisible. Il roulait lentement, ce qui facilitait ma tâche d'autant ; et il ne connaissait visiblement pas son chemin, car il avait étalé une carte sur son tableau de bord et il ralentissait à chaque poteau indicateur. Nous continuâmes ainsi pendant douze ou quinze kilomètres. La pluie avait cessé, mais les rafales de vent faisaient tomber des arbres de gros paquets d'eau, et les feuilles mortes se collaient sur le capot puis se réduisaient en bouillie sous les essuie-glaces. Enfin, juste au moment où je m'y attendais, la route tourna brusquement à droite pour franchir le torrent. *Un seul camion à la fois sur le pont* disait un panneau, et Soubotine, sans doute impressionné, ralentit pour traverser. Je lui laissai prendre de l'avance avant de le suivre. J'étais sûr de ne plus le perdre, car il y avait très peu de croisements. Pendant trois kilomètres la route suivrait le torrent, puis elle attaquerait la pente, franchirait la crête et descendrait sur l'autre versant. Si mes souvenirs ne me trompaient pas (pour nous, quand nous allions à la cabane, c'était toujours dans la direction inverse), elle continuait jusqu'à Evansville et passait devant l'escalier de la petite église de bois du père Delaney... mais, inutile de le préciser, ce n'était pas là-bas que Soubotine se rendait. Dès que la route se mit à grimper, il ralentit ; cent mètres plus loin, il tourna dans un chemin de terre étroit. Je ne le suivis pas. Je dépassai le croisement, ralentis et m'arrêtai.

Je me retournai pour regarder par la lunette arrière.

Il avait dû se tromper : j'aurais presque juré que ce chemin finissait en cul-de-sac.

J'attendis. La pluie dégouttant des chênes au-dessus de ma tête battait un rythme lent sur le toit de la voiture. Cinq minutes s'écoulèrent. Aucun signe de lui. Je commençai à m'impatienter... Je passai en marche arrière, mais me ravisai aussitôt. Si j'avais raison, si le chemin était un cul-de-sac, cela signifiait que la destination de Soubotine se trouvait dans les parages et ma voiture me trahirait sur-le-champ.

Je décidai donc de partir à pied.

L'arrêt du moteur produisit un silence inquiétant, peu naturel, qui me poussa à refermer ma portière sans bruit. Pendant le trajet jusqu'au croisement, le cri soudain d'un geai dans les bois me fit sursauter. L'air, malgré l'altitude relativement basse, me parut déjà plus frais qu'à Harrisburg ; mon haleine faisait de la buée et j'enfonçai les poings dans mes poches. Je m'engageai sur le chemin. Étroit, mal stabilisé, il se divisait en Y pour déboucher sur la route. Soubotine avait très bien pu faire demi-tour à cet endroit sans que je m'en aperçoive. J'hésitai.

Il n'y avait aucun signe de lui. Le chemin descendait sur une centaine de mètres, ce qui m'offrait une excellente vue. A regret, j'avançai. Après la première ligne droite, je trouvai un léger tournant, puis un deuxième, plus serré. Les bois se refermèrent des deux côtés et l'air prit une couleur grise de brume. Une colombe triste, posée dans le fossé, prit son vol dans un doux froissement d'ailes ; des geais et des mésanges à tête noire s'esquivèrent à mon passage, en caquetant pour protester. Je continuai plus lentement en m'arrêtant tous les quelques mètres pour écouter.

Deux minutes s'écoulèrent sans que je le voie et je commençai à m'inquiéter : je m'étais complètement fourvoyé, il devait se trouver à des kilomètres de là... Mais que faire sinon continuer ? Un instant plus tard, je vis le premier signe d'une présence humaine — un écriteau CHASSE INTERDITE en triste état, cloué à un tronc d'arbre — et, peu après, un deuxième : un poteau, peint d'une main malhabile, planté sur le bord du chemin. SANS ISSUE, disait-il... Je ne m'étais donc pas trompé. Je continuai d'avancer mais en redoublant de précautions. Enfin, quatre cents mètres plus loin, je vis la voiture. Elle était engagée sur un sentier étroit qui s'enfonçait dans les bois, du côté droit du chemin.

Pendant trente secondes, je restai figé sur place ; la voiture, masquée par les arbres, avait presque l'air d'un fauve sur le point de bondir. Mais Soubotine ne m'avait pas vu — s'il m'avait vu, je serais déjà mort. Je suivis le sentier : deux ornières de pneus qui s'enfonçaient dans la forêt, pas davantage. Quelques mètres plus loin, la voiture aurait été entièrement invisible depuis le chemin. Mais il avait sans doute craint de s'embourber dans la terre détrempée, spongieuse. En passant, je regardai par les portières... et je vis sur la banquette arrière un de ces étuis à fusil de toile brune. Vide...

Cela ne me rassura guère. Où était-il ? Que fabriquait-il donc ici ? Je suivis la piste des yeux et les troncs sombres, humides des pins me fixèrent, impassibles, sans rien me révéler. J'attendis. Je savais que j'allais continuer mais il me fallait encore un instant pour m'habituer à l'idée. Puis je repartis. D'un pas vif : sur ce sol mou mes pas ne faisaient aucun bruit, et puis à quoi bon me cacher ? Dans un sentier aussi étroit, s'il était à l'affût non loin, il m'avait déjà aperçu. Pourtant, tous les vingt mètres, je m'arrêtais pour écouter, car, si je le devinais assez tôt, j'avais peut-être une chance de me jeter dans les fourrés et de m'enfuir par les taillis très denses et sombres. Mais je n'entendis rien en dehors du cri furtif d'un oiseau, d'un bruit constant de l'eau et du froissement doux de mes pas. Je continuai. Peut-être ce sentier était-il tout ce qui restait d'un ancien chemin de débardage, ou bien conduisait-il à un camp de chasse. Je me trouvais sans doute à sept ou huit kilomètres de notre ancienne cabane familiale. Si le chemin n'avait pas été sans issue, il aurait abouti à...

Je me figeai.

Devant moi, le sentier s'élargissait. La pénombre s'éclairait...

Au bout de six pas, je vis que le chemin débouchait sur une clairière bordée de bouleaux. Quelque chose brillait dans les ombres. Je m'agenouillai. Par-dessous les branches des pins je distinguai le pare-chocs avant et la moitié du capot d'une camionnette. Dans la lumière indécise, je fus incapable de déterminer la couleur : vert foncé ou bleu nuit.

Je me redressai. Continuer serait suicidaire. Soubotine devait être par là. A l'affût. Avec un fusil. Je rebroussai chemin à la hâte. Après le premier virage, quand je fus hors de vue de la clairière, je m'arrêtai pour réfléchir. Que se passait-il ? Faisais-je ce qu'il fallait ? J'en étais certain. Je ne suis pas un lâche ; mais je ne suis pas non plus un idiot. Peut-être Soubotine n'était-il venu ici que pour rencontrer quelqu'un, mais l'explication la plus probable semblait beaucoup plus dangereuse : il avait tendu une embuscade.

Il s'attendait sans doute que quelqu'un entre dans la clairière chercher la camionnette en venant de la direction opposée ; mais, dès que je me montrerais, j'étais un homme mort.

Que faire ?

Je ne pouvais pas m'en aller purement et simplement. Je me souvenais trop bien de ce que ma décision d'attendre avait coûté à Berri. Pis, mes raisonnements antérieurs prenaient un tour inverse. May ne se trouvait-elle pas là-bas ? Si Soubotine s'était rendu à l'Alva, c'était probablement à la recherche de May. N'était-il pas venu ici parce qu'il croyait l'y trouver ?

Mais comment répondre à ces questions ? Je laissai mon intuition me guider. Je rebroussai encore chemin d'une cinquantaine de mètres, puis trouvai une brèche dans le rideau d'arbres et m'y engageai. Je pris à travers bois, perpendiculairement au sentier. En moins d'une minute, j'étais trempé. Chacun de mes pas déclenchait une douche et, sur le sol de la forêt, les fougères et les buissons bas s'accrochaient à mes jambes comme des algues. Mais je ne m'arrêtai pas. Quand je me jugeai à deux ou trois cents mètres dans le taillis, je changeai de direction pour avancer parallèlement au sentier. J'avais évidemment l'intention de contourner la clairière puis de reprendre le sentier ; le seul problème consistait à évaluer quand je serais assez loin. Je m'arrêtai pour reprendre mon souffle et j'entendis aussitôt le bruit d'un torrent — un murmure constant sous le goutte-à-goutte irrégulier de la pluie sur les feuilles ; quelques minutes plus tard, en obliquant légèrement sur ma droite, je parvins sur sa rive. C'était un affluent du cours d'eau que la route principale avait traversé. Au printemps, à la fonte des neiges, il aurait été impressionnant, profond et rapide, mais ce n'était à présent qu'un mince filet d'eau noire serpentant au fond d'une sorte de ravin — ce qui était justement ma chance, car le lit du torrent, à sec, valait le meilleur des sentiers. Et son axe général semblait dans la bonne direction. Je descendis de la berge. Le fond se composait de gravier et de boue séchée ; je pouvais y marcher à grands pas. Je n'étais obligé de le quitter qu'au moment où, dans les courbes brusques, les berges se resserraient. En une vingtaine de minutes, je parcourus plus d'un kilomètre. Puis, sur la berge au-dessus de moi, j'aperçus un sentier.

Il n'avait en soi rien d'exceptionnel — une simple ligne de

moindre résistance entre les pins. Il s'élevait de la berge du torrent puis bifurquait comme les branches de la lettre K. La branche supérieure devait revenir vers la clairière, la branche inférieure continuait sans doute à travers bois, jusqu'à une cabane. En fait, la disposition des lieux, depuis que j'avais quitté la route, n'était guère différente de celle dont je me souvenais depuis mon enfance. Le sentier vous permet d'amener la voiture assez loin de la route mais il faut tout de même transporter tout le barda le reste du chemin... « comme des explorateurs », se plaignait ma mère.

Je m'arrêtai un instant, le souffle court, puis je suivis la branche inférieure du sentier.

Il n'était pas plus large que mes épaules et bordé par des pins et de petits chênes. Piétinées pendant des années, les aiguilles mortes des pins formaient une pelouse lisse et élastique. Dans les descentes, les racines des arbres avaient creusé comme de petites marches bien nettes dans la terre. J'avançais le plus vite que je pouvais, maintenant, et, à chaque halètement, j'aspirais les odeurs fortes de feuilles mortes et de pourriture de forêt ; la résine de pin et la sueur commencèrent à picoter mon visage écarlate. Le sentier contourna une énorme souche en train de pourrir, gravit une rangée de rochers nus — gamme de crevasses usées par les ans à la dimension d'un pas d'homme — puis serpenta pendant environ deux cents mètres. Ensuite une nouvelle tache plus claire apparut devant moi. Je ralentis l'allure. Un instant plus tard, je sentis de la fumée de bois, et, presque aussitôt, la cabane apparut. Entre les arbres, derrière un voile atmosphérique de pénombre violette, elle paraissait irréelle, pareille à un trompe-l'œil sur une toile de scène : la demeure du bûcheron, prince exilé d'un conte de fées... Puis, lorsque je m'accroupis au bout du sentier, elle devint soudain nette et fut réelle.

Baissé au milieu des fougères, j'examinai la petite clairière parsemée de rochers.

La cabane se trouvait au milieu. Un simple appentis de bois rehaussé par un revêtement de cèdre, avec un tuyau de poêle en guise de cheminée. Isolée du sol par plusieurs dés de béton qui la soulevaient, elle avait un air branlant, précaire — avec une gîte très nette vers bâbord — mais semblait néanmoins habitée. Un panache de fumée montait de la cheminée ; il y avait du petit bois préparé depuis peu à côté de la porte. Je repris mon souffle, soudain refroidi. Car je m'étais peut-être trompé sur toute la ligne : j'avais supposé que Soubotine s'était arrêté à la première clairière, mais pourquoi n'aurait-il pas continué sur le sentier jusqu'ici ? Il n'y avait aucune raison. Il était peut-être à l'intérieur en ce moment. Car il y avait quelqu'un, sans aucun doute. La cabane possédait une petite fenêtre et je vis passer une ombre noire derrière les vitres. Puis je retins mon souffle : la porte s'ouvrait.

Qui m'attendais-je à voir apparaître sur le seuil ?

Mes craintes criaient : Soubotine. Ma raison aurait probablement opté pour May. Mais mon cœur — ce que je ressentais au fond de moi-même — me disait, invraisemblablement : mon père.

Insensé, bien sûr. Mais, en un sens, je n'étais pas très loin de la vérité car ce que je vis de mes yeux tenait presque autant du miracle.

Il était grand, fortement charpenté, avec une poitrine large posée sur une panse pesante. Un visage rond, sympathique, avec des cheveux fournis...

Oui, il ressemblait à un ours — mais il possédait la ruse du renard.

Je me levai et sortis en terrain découvert.

Il me fixa, un morceau de petit bois à la main.

— Qui êtes-vous ? demanda-t-il.

— Je m'appelle Robert Thorne, monsieur Brightman.

22

J'étais frappé de stupeur, abasourdi... mais peut-être aurais-je dû m'en douter. Je revis May debout sur la péniche, en France. D'une beauté rayonnante. Quoi d'autre aurait pu la transformer ainsi ? Quelle autre vie pouvait la faire revivre ?

Et pourtant je m'attendais à tout sauf à voir Harry Brightman sortir de cette cabane. Harry Brightman avait disparu ; Harry Brightman s'était tué ; Harry Brightman avait été assassiné. Cette évolution vers l'oubli n'avait rien d'hypothétique, car on peut revenir sur ses hypothèses, au moins de temps en temps. Mais la possibilité qu'il fût vivant ne m'avait pas effleuré l'esprit un seul instant. Il avait fait pendant si longtemps l'objet de ma curiosité et de mille spéculations que sa présence réelle — le fait qu'il occupait un espace en dehors de mes pensées — constituait presque un affront. Harry Brightman vivant ! Comment osait-il ?

Mais il l'était — le Renard roux s'était réfugié dans son terrier.

Le voir en chair et en os dans cette cabane — et entendre sa voix — m'obligeait à modifier toutes mes impressions précédentes. Et pourtant elles n'étaient pas entièrement fausses. La photographie de May, *prise avec son Brownie personnel*, et mes propres fantasmes — la silhouette d'un homme emmitouflé dans un énorme manteau de fourrure, le personnage qui descendait du bateau dans mon rêve — avaient enregistré sa présence, son côté massif. On attribue parfois à des vieux messieurs les épithètes d'« alerte » ou de « guilleret », mais elles ne convenaient pas à Harry Brightman. Sa puissance physique évoquait celle d'un homme ayant la moitié de son âge. En outre, les images que j'avais de lui dans ma tête possédaient un côté « vieilli » que toute son allure réfutait. Je l'avais visualisé prisonnier d'un passé d'actualités désuètes, le passé de Zinoviev, de Trotski, de la Seconde Guerre mondiale ; mais il possédait manifestement une existence contemporaine — il connaissait la boîte de vitesses automatique et les guichets d'enregistrement des aéroports. Parallèlement, je devais mettre l'accent sur d'autres aspects de sa personnalité : au cours des semaines précédentes, j'avais découvert le courant principal de son existence, mais sa vie coulait aussi dans d'autres directions et était alimentée par des affluents que je n'avais même pas pris la peine de remarquer. On le devinait à sa voix : spontanée, bourrue et aimable : la voix d'un homme du monde, et de plusieurs mondes.

Je dus le dévisager longtemps avant de dire enfin :

— Je ne sais pas très bien comment on s'adresse aux morts.

— En grec, n'est-ce pas... alpha et oméga ? Ou peut-être doit-on jouer de la trompette...

Je parcourus des yeux la pièce sombre. Vaste, carrée, basse de plafond. Au fond, dans l'angle, des lits superposés. Le matelas du haut restait nu mais le lit du bas semblait fait avec soin, couvert d'une couverture marron foncé, l'oreiller sans un pli. Près de la porte se trouvait un plan de travail avec un évier, et juste devant moi une immense cuisinière à bois, toute noire. Le tuyau, noir lui aussi et accroché au plafond par plusieurs boucles de fil de fer rouillé, traversait toute la pièce avant de disparaître par le toit. Brightman leva la main et s'appuya au tuyau. Les fils de fer craquèrent. Il avait de grosses mains puissantes... C'était certainement le fantôme le moins immatériel sur lequel j'aie jamais posé les yeux.

Je me retournai vers lui.

— Je ne me sens pas assez angélique pour la trompette.

Il sourit.

— Peut-être trop de bon sens, monsieur Thorne.

Il semblait très calme, mais il devait tout de même éprouver une certaine surprise.

— Vous savez qui je suis ? lui demandai-je.

— Oui. May m'a dit que vous l'aviez beaucoup aidée.

Mon sourire, bien entendu, fut un peu ironique.

— C'est certain, lançai-je.

— Ne soyez pas amer, je vous en prie. En tout cas à l'égard de May. Je sais qu'elle était sincèrement désolée de vous mentir. Et dites-vous bien qu'au moment où elle vous a appelé la première fois, tout ce qu'elle vous a dit était la stricte vérité. Elle ignorait que j'étais en vie. Je ne le lui ai appris que plus tard, après les événements de Detroit.

— Vous ne pouviez pas faire autrement. Vous saviez que la police lui demanderait d'identifier... l'homme qui se trouvait à la morgue.

— Oui.

— Sauf que c'est moi qui ai accompli la sale corvée à sa place.

— Je vous l'ai dit, monsieur Thorne, je comprends votre amertume — mais retournez-la contre moi. Croyez-moi. Sa première impulsion était spontanée. Elle avait besoin d'un ami, d'une personne de confiance sur laquelle elle pouvait compter. Je vous remercie d'être cette personne — sans espérer que vous me rendrez la pareille.

Était-ce bien de l'amertume que je ressentais ? Peut-être pas. Je le regardai en silence prendre un petit cigare noir dans la poche de sa chemise — une chemise de bûcheron à carreaux, presque identique à celle de la photo de May. Maintenant que je le savais vivant, beaucoup de choses commençaient à prendre un sens. Mais je conservais encore des doutes au sujet de May. Dans quelle mesure m'avait-elle manipulé — malgré ses réticences ? Ou bien s'était-elle trop bien laissé duper par son père ? Cela revenait au même, en tout cas maintenant. Et il avait certainement dupé tous les autres. Pendant que nous battions la campagne à l'autre bout du monde, il attendait paisiblement dans son repaire au fond des bois. Repaire d'ailleurs confortable. La cuisinière à bois, sans doute primitive, chauffait à merveille ; la table de cuisine possédait un beau plateau de pin et les lampes Coleman donnaient assez de lumière pour lire agréablement dans la soirée. Il y avait même une gravure, dans un beau cadre : des palmiers que le vent agitait doucement sur la plage d'une île du Pacifique. Peut-être un Robert Gibbings...

Mais j'avais du mal à digérer tant de choses à la fois. Je me dirigeai vers l'unique fenêtre et écartai les rideaux. L'après-midi s'achevait, il faisait plus sombre à chaque minute ; la clairière diffusait déjà une lumière épaisse, argentée, pareille au dos d'un miroir : accroupi à l'orée sombre des bois, Soubotine resterait complètement invisible. S'il était là... Je me retournai vers la pièce. Brightman alluma son cigarillo ; derrière le nuage de fumée noire qui s'éleva, son regard me fixait, impassible. A vous de jouer, semblait-il dire. Mais il préparait déjà son propre jeu. Il n'était pas seulement vivant, me dis-je, il demeurait redoutable. Dieu seul sait quels sentiments j'éprouvais en réalité à son égard ; son existence, par elle-même, me désorientait encore trop. Mais le tour que prenaient les choses, si déconcertant qu'il fût, me donnait aussi une certaine satisfaction d'amour-propre. Car sur un certain plan mon intuition ne m'avait pas trompé. Seulement, j'avais beau pénétrer plus avant dans son passé, il m'attendait toujours au coin de la rue suivante, avec une longueur d'avance.

— Où est May en ce moment ? lui demandai-je.

— A Toronto, je suppose.

— Est-elle d'abord venue ici ? A l'aller ?

— Je ne l'ai pas vue depuis des semaines, monsieur Thorne.

Un mensonge, et cela écorna un peu sa dignité. Je secouai la tête.

— Nous n'avons pas de temps à perdre, monsieur Brightman. Inutile de dissimuler. J'ai vu Grainger. Je sais tout sur Florence Raines. Et sur Dimitrov. J'ai vu Berri et il m'a dit la vérité. Hamilton... Votre enveloppe de l'ambassade... Youri Chastov... Je sais tout cela. Je sais que May est venue à Harrisburg hier et je sais ce qu'elle y a fait. Je sais...

Mais je m'arrêtai. J'avais posé ma question parce que j'essayais de comprendre comment Soubotine avait pu trouver cette cabane — peut-être avait-il filé May — mais en réalité peu importait. J'ajoutai simplement :

« La camionnette dans la clairière au bout du sentier... je suppose que c'est la vôtre ?

Brightman me regarda. Bien en face. Je venais de lui révéler que j'avais découvert les secrets de sa vie, mais il se borna à incliner légèrement la tête — un coup de chapeau, mais sûrement pas un aveu de défaite.

— Vous vous êtes montré très entreprenant, répondit-il. Et la camionnette m'appartient, oui. J'allais la prendre. On ne peut plus boire l'eau du torrent, alors tous les deux jours, je dois aller chercher de l'eau au village.

Sur la table, trois pots à lait en plastique reliés par une corde passant dans les anses.

— Je ne vous le conseillerais pas, lui dis-je. Un homme vous attend là-bas. Il s'appelle Soubotine. En tout cas, c'est sous ce nom que je le connais. Bref, c'est un Russe, il est armé et il a l'intention de vous tuer — ou pis.

L'effet fut immédiat, mais je ne dirais pas « dévastateur » ; on ne dévaste pas les hommes comme Brightman. Pourtant la nouvelle le frappa de plein fouet. La peau se tendit sur son crâne et pendant un instant il parut vraiment son âge. Puis il se ressaisit et tira sur le petit cigare.

— Vous en êtes sûr, monsieur Thorne ?

— Oui.

— Si vous en savez autant que vous le prétendez, vous n'ignorez pas à quel point c'est important. Dites-moi...

— Je l'ai vu à l'Alva, l'hôtel où May a séjourné. Je l'ai suivi jusqu'ici. Il doit vous attendre dans la clairière où se trouve la camionnette. Je l'ai évité en faisant un détour le long du torrent, puis j'ai remonté la sente. Je suppose qu'il a suivi May quand elle est venue ici, ajoutai-je.

Il secoua la tête.

— May n'est jamais venue ici.

— Vous l'avez forcément rencontrée.

— Oui, mais à Harrisburg.

— Alors il a dû vous suivre après cette rencontre.

— Non. » Il se dirigea vers la fenêtre et regarda dehors. « Ne l'oubliez pas, monsieur Thorne, je couvre mes traces depuis plus longtemps que vous n'avez vécu. Personne ne m'a suivi ici. Mais vous dites qu'il a parlé à Hamilton...

— Il l'a tué, monsieur Brightman. Je le soupçonne aussi d'avoir tué Grainger, et il a failli tuer Berri.

Il se tourna vers moi.

— Hamilton est venu ici il y a des années. Il est possible...

— Qu'est-ce que cela change ?

— Beaucoup. Il ne désire que l'argent — mais c'est May qui l'a, à présent. S'il a découvert l'existence de cette cabane par Hamilton, il ne sait pas que May a l'argent, et elle est donc en sécurité. Voilà ce que ça change.

Nos regards se croisèrent. Aussitôt, son expression se modifia du tout au tout. Son arrogance disparut ; le calcul, la ruse, la duplicité — même sa forte conscience de lui-même — s'effacèrent, remplacés par un air de sincérité totale et de vulnérabilité. La sécurité de May : c'était son cœur, tout ce à quoi il tenait ; le reste ne parut soudain qu'une pose. Ce regard ne dura qu'un instant, mais il me fit presque peur... Je lus ensuite du soulagement sur ses traits ; mais suivi aussitôt par de la résignation, comme s'il acceptait une défaite. Avec le recul, tout ce que May avait fait — et ses craintes du début — me sembla alors beaucoup plus logique ; elle avait compris qu'il était à son entière dévotion. Percevant un écho de ce sentiment, je me hâtai de dire :

— N'en soyez pas trop certain.

J'avais raison ; cette simple allusion à la sécurité de May fit aussitôt briller son regard.

— Oui, dit-il. Avec Soubotine on ne peut jamais être certain de quoi que ce soit. Savez-vous qui est cet homme, monsieur Thorne ? Qui il représente ?

— Une faction de l'armée soviétique. Et il a des amis haut placés.

— Vous êtes allé au fond des choses. Il appartenait au GRU, les renseignements de l'armée — bien que ce soit en réalité une branche du KGB. Ses « amis » servent dans la marine.

— Et ils veulent que l'URSS n'appartienne qu'aux Russes ?

— Ils veulent le pouvoir, monsieur Thorne. La puissance, pour eux-mêmes et pour leur pays. Or ils savent que le communisme constitue un obstacle. Ils veulent une économie efficace, la loyauté nationale, des structures politiques rationnelles — pour pouvoir construire des canons plus puissants et des sous-marins plus nombreux. Ils essaieront de s'emparer du pouvoir par le biais de l'armée et de la police secrète ; ils vont essayer de les rapprocher, de mettre un terme à leurs luttes intestines. Quant ils y parviendront, ils transformeront la Russie de dictature communiste en dictature militaire.

— Et vous voulez les en empêcher ?

Il se détourna de la fenêtre et sourit.

— Non, monsieur Thorne. Je veux seulement qu'on me laisse tranquille. C'est pour cela — j'étais au désespoir — que j'ai renvoyé la clé là-bas. Qu'ils s'en débrouillent — qu'ils se débrouillent avec leurs maudits problèmes dans leur maudit pays.

Je le dévisageai ; il mentait, en tout cas en partie — mais il ignorait que je savais qui était Chastov en réalité ; il croyait sans doute que je connaissais seulement son nom. Mais peut-être n'était-ce pas entièrement un mensonge... Il était désespéré et renvoyer la clé de l'or à Chastov constituait un geste définitif de désespoir. Seulement, il essayait sans doute également d'envoyer tout le monde sur une fausse piste en Union soviétique, pendant que lui-même s'esquivait discrètement avec May — son dernier espoir contre tout espoir. Je lui dis :

— May a l'argent, m'avez-vous dit, désirez-vous encore le garder ?

Dans le regard qu'il me lança, la colère se mêlait à la pitié.

— Ne soyez pas stupide, monsieur Thorne. Je pense que je le détruirai, que je le brûlerai... Ces certificats, après tout, ne sont que du papier. L'or lui-même se trouve dans les chambres fortes d'une banque suisse, et, pour ce que j'en ai à faire, il peut y rester jusqu'à la fin des temps. Je tiens seulement à m'assurer que... Je veux finir ma vie sans plus de honte que je n'en ressens déjà.

Mais je savais ce dont il voulait s'assurer : que cet or ne serve plus d'appât, qu'il cesse de susciter les convoitises de tout le monde... et de mettre May en danger.

— C'est peut-être ce que vous désirez, mais, d'après ce que j'ai constaté de Soubotine, ce genre de sentiment ne lui paraîtra pas particulièrement contraignant. Il vous tuera, monsieur Brightman. Ou bien il vous prendra en otage pour obtenir l'argent de May. Je suggère donc que nous fichions le camp d'ici. Si nous faisons vite — avant qu'il ne perde patience —, nous devrions pouvoir repartir par le chemin que j'ai suivi en venant.

— Cela paraît une idée excellente — pour vous. Mais pas pour moi. Même si je réussis à filer, ce sera sans effet. Il sait maintenant que je suis encore en vie et il me traquera ailleurs.

— Pas si nous faisons intervenir la police.

Il sourit.

— Je ne peux guère me le permettre.

— C'était il y a longtemps, monsieur Brightman. Je suppose que le FBI désirera vous parler, mais je crois...

Il secoua la tête. Il était de nouveau parfaitement maître de lui.

— Seriez-vous donc assez naïf pour penser que le FBI m'accorderait son pardon ? Mais là n'est pas le vrai problème. Vous oubliez que je suis mort. Enterré. Si je réapparais...

J'hésitai. J'avais effectivement oublié ce petit détail — et je compris soudain à quel point c'était un sale petit détail. Mais, quand je levai les yeux, Brightman ne cilla pas. Il sourit de nouveau.

« Vous voyez ?

— De qui était-ce le cadavre ?

— Est-ce important ?

— Sur le plan pratique, oui. Était-ce un clochard, un ivrogne que vous avez ramassé au coin d'une rue ?

Une sorte d'ironie amère se peignit sur ses traits.

— Non, monsieur Thorne. C'était un ami — un « camarade » si vous préférez. J'essayais par son entremise d'entrer en contact avec nos anciens employeurs.

— Un autre Hamilton.

— Encore plus idiot. Il y croyait encore.

— Et que s'est-il passé ?

— Je n'en suis pas certain. Il n'avait jamais rompu ses liens, ou en tout cas pas aussi totalement que moi — c'était justement ce qui le rendait utile. Peut-être a-t-il transmis ma requête et reçu certains ordres en retour. Ou peut-être a-t-il décidé de m'exécuter de son propre chef, de crainte que je ne le dénonce. Je l'en avais menacé, je l'avoue. Mais il fallait bien que je lui force la main. En tout cas, il a essayé de me tuer... Il a échoué. A la place, je l'ai tué... J'ai vécu une vie que je regrette presque totalement, mais c'est bien l'unique moment qui ne torturera jamais ma conscience. Non. Le pire de tout fut la demi-heure suivante, dans la chambre du motel, avec son cadavre à côté de moi. Mais c'est alors que l'idée m'est venue. Preston était de plus petite taille que moi mais à peu près du même âge. Cela semblait tentant d'essayer. Si j'échouais, après tout, je pourrais simplement m'en tenir à mon plan original et me suicider. J'ai donc acheté un fusil de chasse ; j'ai vêtu Preston de mes habits, l'ai installé dans ma voiture, puis lui ai fait sauter le visage. Tout s'est bien passé — trop bien pour que je songe à présent à défaire ce que j'ai fait.

Il se dirigea vers la cuisinière, ouvrit le rond supérieur et lança son cigarillo dans la lueur orange du foyer. En se retournant, il ajouta :

« Je suis mort, et je vais le rester : tel est le postulat. Tout repose sur lui. Je suis mort et le monde entier ne peut que s'en trouver mieux.

— May ne serait peut-être pas de cet avis.

Mais il pensait beaucoup plus loin que moi.

— Oui, à court terme. Seulement de toute façon je vais mourir bientôt. J'avais déjà tout calculé, voyez-vous, lorsque j'ai décidé de disparaître. Je savais qu'elle en souffrirait, mais qu'elle surmonterait son chagrin ; et elle a encore une longue vie devant elle. Aucun de ces éléments n'a changé.

De nouveau, je devinai du désespoir et de la résignation sous l'écorce de cet homme. A vrai dire, il y avait davantage : une sorte de mépris de soi.

Peut-être lisait-il dans mes pensées, car, lorsqu'il se détourna de la cuisinière pour allumer un autre petit cigare, il ajouta : « Savez-vous ce qu'est un communiste, monsieur Thorne ? Comment on peut en repérer un ? L'isoler dans une foule ? Laissez-moi vous l'apprendre. C'est très simple : un communiste est la personne qui peut justifier savamment le plus grand nombre de meurtres. Ce qui fait de moi un communiste *raté*. Je peux encore tuer et torturer, sans aucun doute ; mais je ne suis plus capable de le *justifier* — j'ai perdu le plus grand talent dont je pouvais jadis me vanter.

— Très intéressant mais un peu *théorique,* répondis-je en indiquant la fenêtre d'un signe de tête. C'est un problème *pratique* que nous avons à résoudre.

— Vous faites erreur. Je suis en ce moment très pratique. La solution à notre problème est que je reste ici. Comme vous l'avez dit, Soubotine perdra patience et viendra me chercher — ou bien je le tuerai, ou bien il me tuera. En fin de compte, un cadavre de plus ne changera pas grand-chose, ni dans les faits ni pour ma conscience. Mais je tiens absolument — non, écoutez-moi jusqu'au

383

bout —, je tiens à ce que vous repartiez sain et sauf. Dieu sait que vous en avez déjà assez fait. Je vous en prie, ne discutez pas. Croyez-moi, monsieur Thorne, croyez-moi. Pour certaines raisons que vous pouvez deviner et pour d'autres dont vous n'avez à coup sûr aucune idée — votre sécurité est importante pour moi. May et moi vous avons déjà demandé beaucoup trop, et, quand je disais que tout le monde se trouverait mieux de ma mort... je pensais également à vous.

Cette remarque resta en suspens un instant. Et je compris — je compris ce que j'avais su dès le début. Mon père avait espionné pour Brightman. Mon père étant l'autre homme du Département d'État, celui à qui Hamilton avait refusé de parler. Voilà ce à quoi faisait allusion Travin — *ce sera personnel*. Il ne s'agissait pas d'une révélation à proprement parler, et je ne la reçus pas comme un choc — Dieu sait que je m'étais préparé progressivement à reconnaître le fait. Mais, pendant un instant, je fermai les yeux. Je crois que Brightman comprit la douleur que je ressentais mais, pareillement déconcertés tous les deux, nous n'avons pas dit un mot. Cela valait probablement mieux. Je détournai la tête vers la fenêtre. La pluie, de nouveau, brouillait les vitres, glissait sur le toit... et glissait aussi sur le dos de Soubotine, le tueur professionnel. Pour le moment, il nous fallait laisser les morts enterrer les morts — sinon nous irions les rejoindre.

— Vous avez un fusil ? lui demandai-je.

— Oui. Deux vieux fusils de chasse. Et je crois même qu'il y a une carabine. Ne vous inquiétez pas, monsieur Thorne. Je n'ai pas de grandes chances, mais j'en ai tout de même. S'il commet la moindre erreur...

— Je ne pensais pas à cela. Il y a peut-être un meilleur moyen.

— Il ne m'intéresse pas, monsieur Thorne. Partez d'ici. Je vous en supplie.

— Vous ne vous attendez tout de même pas que je m'en aille seul en vous abandonnant.

— Mais si. Pourquoi pas ? La conscience n'exige de personne un sacrifice idiot, monsieur Thorne. Si vous avez vraiment envie de me rendre service, sauvez-vous et continuez d'être l'ami de ma fille.

N'est-ce pas pour l'aider que vous vous êtes lancé dans cette affaire ?

— Écoutez-moi un instant. Soubotine ignore ma présence ici — et il ignore que vous êtes au courant de sa présence. Cela nous donne un avantage. Dans cette clairière, il est vulnérable. Si je repars par le torrent, comme je suis venu, et que vous descendiez directement le sentier, nous pouvons le prendre en tenaille.

Il commença à protester puis se tut. Parce qu'il savait que cela risquait de marcher.

« Et quand je dis « le prendre », ajoutai-je, je pense à le prendre vivant. Nous pouvons l'assommer, le ligoter, le ramener ici. Ensuite, accordez-moi deux heures dans une cabine téléphonique. J'étais journaliste, monsieur Brightman, je crois que vous le savez. Je conserve des contacts, dont certains à la CIA. Je peux vous assurer qu'ils seront contents de nous débarrasser de cet individu. Vous pourrez rester ici et vous justifier, ou bien disparaître, cela ne dépendra que de vous. De toute manière, vous n'aurez plus jamais à vous inquiéter de lui.

Brightman ôta le cigarillo de sa bouche et m'adressa un petit sourire.

— Si ce plan échoue, je ne m'en porterai pas plus mal de toute manière, dit-il.

— Ni moi.

— Vous en êtes sûr ?

— Donnez-moi donc un fusil.

Il traversa la pièce. Dans l'angle, entre les couchettes et le mur, se trouvait une armoire de bois dur. Il en sortit les armes, mais il dut fouiller un peu partout et ouvrir des tiroirs avant de mettre la main sur des cartouches. Je regardai par la fenêtre. Il faisait de plus en plus sombre. Mauvais : Soubotine allait devenir nerveux à force d'attendre que Brightman apparaisse. Pendant un instant, je me demandai si tout notre plan n'était pas une folie, mais je ne pus en concevoir de meilleur. Et je ne me faisais aucune illusion : capturer Soubotine s'annonçait délicat, mais empêcher Brightman de l'abattre serait sans doute plus difficile encore. Et je savais autre chose : Brightman pouvait très bien me tuer moi aussi, ce n'était pas entièrement exclu.

Il me tendit le fusil, un vénérable Stevens à deux coups datant de l'époque des chiens extérieurs et des détentes jumelées. Le genre de fusil avec lequel j'avais appris à chasser. Je l'ouvris et chargeai les deux canons, puis glissai deux autres cartouches dans ma poche.

J'essayai de regarder Brightman dans les yeux, mais je ne trouvai pas son regard. Au lieu de confirmer mes soupçons, cela en fit naître un autre : il ne tuerait pas Soubotine, il s'arrangerait pour que Soubotine le tue. Cela semblait paradoxal. Mais, même si Brightman était ressuscité à mes yeux, en ce qui le concernait il demeurait mort — et s'en trouvait mieux, comme il l'avait dit.

Le moment venu, il faudrait que j'en tienne compte. Je consultai ma montre.

« Il est presque quatre heures. Le plus tôt sera le mieux. Accordez-moi jusqu'à la demie avant de prendre position. Puis attendez mon signal. Vous parlez un peu russe ?

— Oui.

— Parfait. Je crierai *stoï* — ne bougez pas ! — quand je serai prêt. Attendez de voir ce qui se produira avant de vous découvrir.

Il acquiesça.

— Très bien.

Puis il me tendit la main — en signe d'alliance ou bien d'adieu ?

Je me dirigeai vers la porte et sortis. L'air était vif, glacé, le jour tombait vite. Le ciel prenait toutes les nuances d'une vilaine ecchymose ; sous la bruine, les arbres de la petite clairière perdaient leur définition et la forêt environnante se brouillait en une masse sombre, indistincte. Je glissai le fusil sous mon bras et descendis les marches.

Puis tout se déclencha.

Trois claquements secs — une gerbe d'éclats de bois vola dans mes cheveux.

Je me jetai au sol et rampai au plus vite sous la cabane.

23

Tout se passa si rapidement qu'il n'était pas question de réfléchir. Le choc contre le sol m'avait coupé le souffle, et, quand je roulai sous la cabane, une pierre m'écorcha le genou et un objet dépassant de la terre me taillada la joue. Mais je ne sentis rien, pas même de la terreur : je continuai simplement de rouler jusqu'à ce que je heurte un des dés de béton qui supportaient la cabane. Coincé contre ce bloc, je me mis à plat ventre. Un espace exigu, sombre et bas, le plancher de la cabane à une quinzaine de centimètres de ma tête ; de chaque côté, des rebuts et des détritus — de vieilles planches, un rateau, un écran-moustiquaire, un bout de contre-plaqué déchiqueté qui me coupa la main ; devant moi, je ne pouvais voir que le labyrinthe des dés de béton et une étroite bande de lumière, à la hauteur des fondations.

Un autre coup de feu retentit et je plaquai mon visage contre une flaque de boue pleine de feuilles mortes. Au-dessus de ma tête, le bruit traversa la cabane et se répercuta en une longue plainte. Je reculai davantage, jusqu'à ce que ma tête heurte une poutre. Cela m'arrêta et j'écoutai un instant. Soubotine cria quelque chose, mais je ne pus comprendre. Du côté de la raie de lumière, je ne pouvais voir que les tiges des herbes mortes autour des fondations. Puis j'entendis deux autres coups de feu, très proches l'un de l'autre, presque superposés, et je me tortillai un peu plus en arrière. Sentant de la lumière derrière moi, je voulus me retourner. Une toile d'araignée se colla sur ma bouche. J'écartai un vieux seau de mon passage, puis j'avançai rapidement sur les coudes et roulai en terrain découvert. Je me redressai — et au même instant une voix murmura :

— Thorne ? C'est vous ?

Je me retournai d'un bond — presque aussi surpris par ces mots que par les coups de feu. Puis je me rendis compte qu'il s'agissait de Brightman, de l'autre côté du mur ; il n'y avait pas de fenêtre, mais il chuchotait, les lèvres contre une fente entre deux planches.

« Écoutez ! Il vous a pris pour moi. C'est forcé. Et il le croit encore. *Prenez la fuite !* Gagnez l'abri des arbres. Il y a un sentier qui descend au torrent. *Restez dans le torrent.* Vite !

Je ne compris pas où il voulait en venir — j'étais trop secoué — mais, alors même que mon cerveau essayait de débrouiller l'écheveau de ses pensées, j'entendis Brightman rouler sur le parquet et je sentis Soubotine, de l'autre côté de la cabane, s'élancer dans la clairière. Je levai la tête. La lumière grise, aqueuse, palpita devant mes yeux. De ce côté, vers l'arrière, la clairière s'étendait sur une cinquantaine de mètres. Au-delà, la masse d'ombre des arbres me faisait signe. Je n'avais pas le temps de réfléchir, de « décider ». Je pris mes jambes à mon cou et m'élançai pour sauver ma peau, tête baissée, poumons haletants, une foulée poussant l'autre. Je bondis par-dessus des rochers, trébuchai dans des buissons... Je ne savais même pas où j'allais car, dans la lumière mourante, le monde avait perdu toute netteté. Les choses flottaient dans un magma informe, l'espace lui-même avait découvert de nouvelles lois. Devant moi, le refuge sombre de la forêt semblait reculer à jamais, tel un mirage. Puis des masses, vagues et lointaines, apparurent soudain, parfaitement nettes, à dix centimètres de mon visage : les ossements nus d'un bouleau, le réseau couvert de perles brillantes d'une toile d'araignée, une cosse desséchée et vidée de ses semences, accrochée à un buisson. Enfin, à l'instant même où je me croyais en train de courir dans un rêve désespéré, les arbres sombres s'avancèrent vers moi et me happèrent.

Seulement alors, je lançai un coup d'œil en arrière. La clairière était vide. Je repris mon souffle et me remis à courir. Un instant plus tard, je tombai sur un sentier. *Le sentier du torrent* : pour la première fois, je me rendis compte que je suivais les ordres de Brightman à la lettre. Et pourquoi cela fit-il naître des soupçons ? Mais ma frayeur demeurait trop intense pour que je réfléchisse à cette question, et je suivis simplement le sentier jusqu'à l'endroit où, comme il me l'avait dit, il rejoignait le lit du torrent. Je sautai de la berge, ce qui me donna la protection d'un parapet, puis me retournai.

Le visage appuyé contre une touffe d'herbes sèches de la rive, j'eus du mal à retrouver mon souffle. Je tentai de percer les ombres opaques qui s'enfonçaient dans la forêt, mais il n'y avait rien à voir et je n'entendis que le râle de ma respiration dans ma gorge et le murmure du vent dans les arbres. J'étais en sécurité — pour le moment. Mais où se trouvait Soubotine ? Qu'était-il arrivé à Brightman ? Que devais-je faire ?

Il vous a pris pour moi... Fuyez... Restez dans le lit du torrent...

Les paroles de Brightman me revinrent, et avec elles, aussi glacé que les ombres autour de moi, le nuage du doute : le même petit soupçon que j'avais éprouvé dans la cabane, mais amplifié mille fois. Je jurai — un juron à voix haute, les yeux fixés vers les bois et les lèvres appuyées contre la terre de la berge — car j'étais sûr de comprendre. Le fait d'admettre la vérité au sujet de mon père ouvrait la porte aux autres vérités. Pourquoi avais-je été choisi pour le rôle de protecteur de May ? Parce que Brightman savait qu'il aurait toujours barre sur moi — la faute de mon père lui offrait un plus grand moyen de pression sur moi que sur Hamilton. Mais j'étais allé trop loin : j'avais découvert trop de choses. Et cela avait dû contraindre Brightman à conclure un marché avec Soubotine — deux renards retors joignant leurs ruses — un marché dont la clause finale était mon élimination. Soubotine s'était donc arrangé pour que je le voie à Harrisburg : il désirait que je le suive jusqu'ici. Oui, l'embuscade dans la clairière avait été conçue pour que j'en sois la victime, et, comme je l'avais esquivée, Brightman essayait d'en tendre une autre. *Restez dans le torrent...*

Mais à peine étais-je parvenu à ces conclusions que mon esprit les écarta. Absolument impossible... Brightman, au moment où je l'avais vu sortir de sa cabane, ne s'attendait pas à entendre un coup de feu. Et May — aurait-elle pu participer à cela ? Après notre rencontre sur la péniche de Hamilton, je ne pouvais plus le croire. De plus, *Brightman avait probablement raison.* Soubotine ne m'avait pas reconnu ; il ne se doutait pas de ma présence dans la cabane. *Il m'avait pris pour Brightman.* C'était vraisemblablement la seule raison pour laquelle j'étais encore en vie. Connaissant le passé de Soubotine, j'avais du mal à croire qu'il ait pu me manquer à ma sortie de la cabane ; malgré la mauvaise lumière, je constituais une cible trop facile. Mais il avait tiré sans intention de tuer, uniquement pour faire peur : *parce que son principal objectif demeurait l'argent ; or, pour l'obtenir, il avait besoin de Brightman vivant.*

Mais pourquoi le torrent, pourquoi rester ici ? Je regardai autour de moi. Le lit du cours d'eau serpentant entre les arbres était aussi sombre qu'un tunnel, excepté le reflet doux du filet d'eau coulant encore au milieu. Malheureusement l'obscurité ne constituait pas une couverture suffisante : n'importe qui, sachant que j'étais là et me cherchant des yeux, pourrait me tirer depuis la rive comme un lapin au gîte...

Mon esprit bondissait en tous sens, partagé entre l'angoisse maladive, la fatigue et la simple frayeur. Puis, presque comme si ces courants mentaux l'avaient déclenchée, une détonation retentit. Un coup de feu dans le noir. Instinctivement, je me plaquai contre la rive. Mais l'écho à peine éteint, je me rendis compte qu'on n'avait pas tiré près de moi... et ce fut dans la direction du lit du torrent que je regardai, en direction de la cabane — et de la route, au-delà. Logiquement, cela aurait dû augmenter ma confusion, mais cela me décida.

Je me redressai et descendis jusqu'au fond du lit. A cet instant précis, je ne savais pas à quoi je pensais, ni si seulement je pensais, car, en suivant le torrent, je me dirigeais dans la gueule du loup, vers l'endroit d'où le coup de feu provenait. Peut-être estimais-je que je n'avais pas le choix — dans cette direction, en tout cas, j'avais tout de même une chance d'atteindre la route et ma voiture, alors que dans l'autre sens je m'enfoncerais toujours davantage dans les taillis. Ou alors, je soupçonnais déjà que je m'étais montré injuste à l'égard de Brightman, au moins en pensée. Puis, l'estomac soulevé, j'en fus presque certain.

Le tonnerre sourd d'un deuxième coup de fusil remonta le lit du torrent jusqu'à moi — la détonation d'un fusil de chasse et non de la carabine de Soubotine. Au lieu de me tendre un piège, Brightman essayait de détourner Soubotine de ma piste.

Désespéré, déchiré par mon sentiment de culpabilité, je me précipitai. Près de l'eau, sur le gravier et la terre du lit, ce n'était pas difficile, et il y avait juste assez de lumière pour s'orienter. Les derniers feux du crépuscule filtraient à travers les ténèbres de la forêt autour du torrent ; au-dessus, l'on devinait déjà les premières lueurs opalines d'un clair de lune. En quelques minutes je parvins à peu près à la hauteur de la cabane — mais elle était évidemment hors de vue. Je m'arrêtai pour écouter. Au bout d'un instant, n'entendant rien, je poursuivis mon chemin.

Bientôt je n'eus plus la moindre idée de l'endroit où je me trouvais ; il y avait trop de méandres où le cours d'eau revenait sur ses pas, et la masse menaçante des bois sur les berges constituait un fond de décor uniforme. Puis, coup sur coup, je tombai sur deux obstacles. Un énorme pin, déraciné de la rive en surplomb par une crue du torrent, avait basculé dans le lit, qu'il bloquait. Ses branches mortes, cassantes, étaient aussi coupantes que du fil de fer barbelé. Et, juste après, le torrent se rétrécit soudain : le niveau de l'eau augmenta suffisamment pour me forcer à remonter sur la berge. Pendant dix bonnes minutes, je dus me débattre au milieu des fourrés, dans un noir de poix, en faisant bien entendu un vacarme d'enfer. Puis le lit s'élargit, le niveau baissa et se réduisit au même petit filet qu'avant. Je pus redescendre au fond du torrent.

Cinq minutes plus tard je m'arrêtai ; je devais me trouver près de l'endroit où l'on avait tiré. Si donc Brightman m'avait donné une chance de fuir, j'avais déjoué son intention mais si c'était vraiment son intention, pourquoi m'avait-il ordonné de rester dans le torrent ? J'aurais sans doute dû deviner les plans du vieil homme à ce moment-là, mais un instant plus tard je n'en avais plus la nécessité. Comme je m'avançais avec précaution, j'entendis un bruit devant moi : un froissement, un grattement, une glissade.

Je me figeai sur place.

Pendant une seconde, je crus qu'il s'agissait d'un animal, mais cela se reproduisit et je compris que c'était autre chose. Quelqu'un venait de se laisser glisser de la berge dans le lit du torrent. Soubotine... Ou Brightman...

Je retins mon souffle ; devant moi, le torrent se perdait dans un vide noir, à vous donner le vertige. Puis une pierre en heurta une autre... et continua de tomber...

Silence : le filet du torrent ; le murmure du vent.

— Brightman ? Je sais que vous êtes ici. Et votre vieille pétoire ne me fait pas peur du tout.

Soubotine ! Évidemment... Sans bouger, je regardai autour de moi. Je me trouvais à peu près au milieu du lit du torrent, très large à cet endroit. Jamais je ne pourrais atteindre une des berges avant lui...

« Vous voyez ? C'est inutile. N'essayez pas de vous cacher. Venez ici. Je ne vous ferai aucun mal. Vous le savez. Je n'ai aucun intérêt à vous faire mal.

Nouveau silence... le craquement d'un pas... puis la lueur d'une lampe-torche.

Pendant une seconde, je fus ébloui, comme un cerf surpris par des phares. Mais en réalité le faisceau de lumière n'était pas braqué vers moi. Il sondait le haut de la berge opposée. Des ombres bondirent, dansèrent, et pendant un instant, comme sur une vieille photographie, les contours vagues des buissons et des arbres s'auréolèrent d'argent. Puis le faisceau se déplaça. Des pierres mouillées et de la boue brillèrent, scintillèrent... L'arc se rapprocha de moi... Je soulevai le fusil de chasse...

Un coup de feu retentit dans le noir. Aussitôt la lumière mourut.

Mais mon doigt n'avait pas encore effleuré la détente. Le coup, un grand éclair rouge, avait été tiré de l'amont, sur la rive opposée. Brightman... Puis il tira de nouveau, une langue de feu qui sculpta mon ombre sur les ténèbres. Mais il avait manqué sa cible, car une rafale rapide de carabine automatique explosa devant moi.

Je me jetai au sol et rampai derrière un petit tas de galets.

D'autres coups se succédèrent, si vite qu'ils donnaient l'impression de se bousculer, et leur plainte remonta le long du torrent. Je les entendis pénétrer dans les taillis, se répercuter sur les hautes berges... mais du côté opposé à moi. Et enfin je compris... *Restez dans le torrent...* et je connus un sentiment que je n'avais jamais éprouvé auparavant dans ma vie. Il fallait que je tue un homme — je n'avais pas d'autre choix. Brightman et moi étions les renards, et il attirait délibérément le chien devant mes crocs... Mais il me fallait un abri. Mon tas de cailloux ne suffisait pas ; si je ratais mon premier coup, Soubotine me tuerait. La berge ?... Mais je ferais du bruit en montant et je me découperais en silhouette pendant un instant sur la crête.

Puis, en écoutant le murmure du torrent, la plus simple des idées me vint à l'esprit.

Sans bruit, penché en avant, je revins sur mes pas le long de l'eau — deux coups de feu retentirent encore derrière moi — jusqu'à l'endroit où les berges se resserraient. Là, après une pente raide de gravier, il n'y avait que l'eau elle-même. Une soixantaine de centimètres de profondeur, un courant rapide qui jaillissait par-dessus les rochers.

En silence, je m'avançai jusqu'au bord.

Le premier contact fut comme de la glace. Au pas suivant, une bande d'acier saisit ma cheville. Mon pied glissa... Je dérapai... Mais le bruit de l'eau couvrit tout et je continuai. Au milieu du courant, quand j'eus de l'eau jusqu'aux genoux, je regardai autour de moi. A moins d'un mètre, trois gros rochers formaient une digue, au galbe aussi lisse que le dossier d'une chaise. Je pataugeai sans bruit jusqu'à eux et m'assis. Le choc du froid comprima ma poitrine, comme si l'on m'étouffait. Mais j'avais ce que je voulais : un abri. Même s'il s'attendait à me voir, il ne chercherait jamais dans cette direction. Je ramassai de la boue au fond de l'eau et me noircis le visage. Je n'étais plus qu'un rocher parmi d'autres, une masse sombre au milieu des masses d'ombres noires. Même le chien de chasse le plus acharné ne percevrait pas mon odeur à cet endroit. Je ne bougeai pas. Je cessai de respirer. Le froid — adversaire concret à combattre — constituait presque un bienfait. Puis je crus le voir avancer, accroupi, du côté opposé. Mais peut-être m'étais-je trompé, car rien ne se produisit. J'attendis. *Ne réfléchis pas. Retiens ton souffle.* Sois l'eau. Les pierres. Ton reflet comme une tache diffuse, ton ombre, un brouillard.

Puis il fut là, si proche que je faillis sursauter. Une bosse dans le noir. J'aurais pu le toucher en allongeant le bras. Il avait dû parcourir les derniers mètres en rampant sur le ventre. Puis lentement, il se leva. Sa forme se dégagea des ombres. Il remonta vers l'eau. Au bord, il recula, monta sur une pierre... Quatre mètres. Pas davantage. Qu'il fasse encore un pas. Un seul... Le canon de mon fusil se trouvait sous la surface, la culasse et la crosse appuyées sur mon genou replié... Un seul geste. Ne réfléchis pas.

393

Fais-le, fais-le. Soulève, vise et appuie sur la détente de devant...

Brightman savait-il que j'étais là ? M'avait-il vu ? Avait-il senti ma présence, ou celle de Soubotine ? Le vieux renard, inversant les rôles, avait-il flairé les traces du chien ? Jamais je ne le découvris. Et ensuite, je n'eus pas le temps de poser la question, mais, à l'instant même où mon propre doigt allait se crisper sur la détente, un coup partit, plus haut sur la berge. Je crois qu'il avait tiré en l'air — en tout cas il ne s'était pas rapproché de Soubotine —, mais, s'il essayait de détourner l'attention du Russe, il ne pouvait pas mieux réussir. Parce que Soubotine alluma aussitôt sa lampe-torche. Le faisceau traça un sentier de lumière éclatante dans les ténèbres, lança des étincelles sur l'eau, fit briller les rochers mouillés et transforma son propre visage en un masque lisse couleur d'argent. Ce fut à cet instant-là que je tirai. Une fois. Puis une autre. Pendant une fraction de seconde, une image de feu s'inscrivit sur ma rétine : les berges du torrent, l'eau qui se ruait à hauteur de ma poitrine, l'homme qui tombait à la renverse, bras en croix... Puis il n'y eut que l'écho, une pulsation rouge floue devant mes yeux, et je me relevai en chancelant, je trébuchai dans l'eau, saisi d'horreur.

— Thorne, c'est vous ? Tout va bien ?

— Oui... Pour l'amour de Dieu, ne tirez pas.

Ma voix ?... Mais ce son étranglé devait appartenir à quelqu'un d'autre. J'étais ébloui et glacé ; glacé et tremblant de tous mes membres. Brightman descendit de la berge, des galets roulèrent sous ses pas.

— J'espérais que vous aviez compris ce que je voulais dire. Il ne savait pas que nous étions deux, j'en étais certain...

Mais je n'entendais plus rien. Je fixais la masse sanglante dans le courant. L'eau bouillonnait autour du cadavre, refluait contre la courbe de ses épaules ; elle fit monter brusquement une main à la surface et les deux bras s'écartèrent. Pendant un instant, je fus incapable de détourner les yeux ; incapable de vomir également, incapable même de cracher l'amertume que je sentais dans ma bouche. Car le coup de fusil dont l'écho venait de s'éteindre dans la nuit m'en rappelait évidemment un autre et ce que j'avais maintenant sous les yeux n'était qu'un souvenir devenu réel.

Dès qu'il me vit, en s'avançant, Brightman dut le comprendre. Car je suis sûr que par ses paroles il ne songeait qu'à me réconforter — sûrement pas à se venger des mauvaises pensées que j'avais eues à son égard —, mais leur gentillesse même porta le seul coup auquel je ne m'attendais pas.

« Thorne, j'ai fait tout ce qui était en mon pouvoir. Je vous le jure. Cet après-midi-là, nous avons tout essayé, votre mère et moi, mais rien de ce que nous avons dit, rien de ce que nous avons fait, ne pouvait...

Je levai les yeux vers lui, saisi d'horreur.

— Nous... Que voulez-vous dire ?

— Nous... » Puis son visage se décomposa. « Mon Dieu, je croyais que vous le saviez. Ils participaient ensemble, votre mère et votre père. Tous les deux. Depuis le début.

Tout ce que je puis dire de l'heure suivante, c'est qu'elle s'écoula : comme certains moments au plus fort d'une maladie, il me fallut toutes mes forces pour la traverser.

J'étais paralysé, physiquement et mentalement — à supposer qu'il me fût resté un peu d'esprit. Une moitié de moi était déjà morte et l'autre désirait mourir. A vrai dire, je faillis voir ce désir exaucé. Jamais je n'avais eu aussi froid de ma vie ; j'allais contracter une pneumonie, je me trouvais à la limite de la mort par hypothermie.

Et pourtant j'eus à peine le temps de songer à la mort. Nous devions faire très vite. Nous étions en Pennsylvanie, en pleine saison de chasse, mais nos coups de feu avaient peut-être attiré l'attention. Nous n'eûmes même pas le temps de songer à l'horreur et à l'ironie de la situation : n'étions-nous pas en train de rejouer le même scénario ? Celui que Brightman et ma mère avaient joué des années auparavant ? Un cadavre en sang... Une mort à transformer en accident... Que pouvions-nous faire d'autre ?

Comme j'étais déjà trempé, je fouillai les poches de Soubotine à la recherche de ses clés et de chargeurs supplémentaires, puis je vérifiai que rien dans son portefeuille ne permettait d'établir un lien avec nous. Son arme, un Valmet semi-automatique, était tombée dans le torrent, mais je la retrouvai et lançai au même endroit le fusil de chasse que m'avait prêté Brightman. Ensuite, qu'aurions-nous pu faire d'autre ? Si l'on trouvait le corps tout de suite, la police poserait beaucoup de questions ; mais l'endroit était désert et il y avait des chances qu'il reste là tout l'hiver. Au printemps, plus personne ne pourrait élucider ce qui s'était passé.

Nous retournâmes à la cabane. Il était vital que je prenne des vêtements secs, et, bien que Brightman fût certain que personne dans les parages ne l'avait reconnu, nous devions faire en sorte que l'endroit paraisse inhabité depuis des semaines. Brightman se mit à ranger pendant que j'enfilais un de ses pantalons. Je me blottis près de la cuisinière. Lentement je commençai à me dégeler, et, puisque le feu était encore allumé, je nous fis du café. La première gorgée répandit une merveilleuse chaleur dans toute ma poitrine. Quand j'eus terminé ma tasse, Brightman sortit d'un placard une bouteille de whisky. J'en pris quelques gouttes entre mes lèvres et la brûlure douce de l'alcool commença à laver l'amertume qui m'emplissait la bouche. Je redevins moi-même et surmontai la fièvre. Je recommençai à voir net.

— Dites-moi ce que vous savez, demandai-je. Ce que vous savez de ma mère.

Il était en train de rouler un sac de couchage. Il se figea pendant une fraction de seconde, puis continua et rangea le sac dans son enveloppe protectrice de nylon bleu.

— Je ne suis pas au courant de grand-chose.

— Peut-être. Mais sur certains points, vous en savez plus long que moi.

Il marqua un autre temps d'hésitation, puis lança brusquement :

— Je ne l'ai rencontrée qu'en 1942, monsieur Thorne, après son arrivée en Amérique. Je crois qu'elle avait fait ses études à la Sorbonne et qu'elle avait adhéré au PCF de la façon la plus banale. Communisme, idéalisme, Front populaire — à cette époque, cela faisait partie de la norme, quand on était jeune et débordant de vie.

— Sauf qu'avec elle, c'est allé plus loin...

— Peut-être. Ou peut-être tout arriva-t-il seulement par hasard. En fait, je l'ignore... Je crois — mais ce n'est qu'une conjecture —

qu'elle s'est liée à ce moment-là à un groupe d'émigrés gauchistes réfugiés à Paris. Je sais qu'elle a rencontré Melinda Marling, par exemple — l'Américaine qui a épousé Donald MacLean par la suite. Il y avait beaucoup d'Américains. C'est sans doute dans ces circonstances qu'elle a fait la connaissance de votre père.

— L'avait-on déjà recrutée à ce moment-là ?

— Oui, je crois.

— Donc leur mariage...

— Non. Non, n'en croyez rien. Elle a toujours su, voyez-vous, qu'il n'était pas communiste, pas vraiment. Un jour elle me l'a avoué. « Mais je l'aime quand même », m'a-t-elle lancé.

— Donc ce qu'il a fait... Ce qu'il a fait pour vous... Tout s'est passé à cause d'elle ?

— Non. Ce serait ne rendre justice ni à l'un ni à l'autre. Il n'a pas été incité à trahir, monsieur Thorne. Chacun d'eux agissait pour des motifs légèrement différents, mais ils étaient tous les deux totalement sincères. » Il s'arrêta, me regarda, alluma l'un de ses petits cigares et me lança la petite boîte métallique qui les contenait. « C'était un homme bien, un diplomate conscient de ce que faisaient les nazis et écœuré par l'absence de réaction de son pays. Il m'a confié un jour que la période la plus horrible et la plus honteuse de sa vie avait été ces années où les États-Unis sont restés en dehors de la guerre. Cela montrait le vrai visage de l'Amérique, disait-il.

Je songeai à Hamilton — l'homme « bien » ; je ne pus m'en empêcher. Et placer mon père sur le même plan me souleva le cœur. Mais je me raidis.

— A cette époque, lançai-je, les Russes n'étaient pas en guerre eux non plus.

— Non, mais il le leur pardonnait. Ils avaient signé le pacte Molotov-Ribbentrop pour gagner du temps, non parce qu'ils convoitaient leur part des dépouilles de la Pologne. En un sens, c'était vrai ; en fait, ils voulaient les deux.

— Donc, c'est à cette époque-là qu'il a commencé à travailler pour eux ?

— Oui.

— Mais ce ne pouvait pas être par l'intermédiaire de ma mère. Il l'avait envoyée hors de France, avant la chute de Paris.

— Françoise — votre mère, je veux dire — était un amateur. A ce moment-là, les professionnels avaient pris le relais.

— Vous, par exemple ?

— Je ne suis pas sûr de mériter ce titre, mais oui : les gens comme moi. Sauf que je n'ai pas été le premier contact de votre père. Je ne l'ai pris en charge qu'après la guerre.

J'étais assis, enveloppé dans une couverture ; je la lui tendis et il s'en servit pour faire un ballot. En le regardant s'affairer, je me dis soudain : j'ai découvert ses secrets, mais il m'apprend les miens.

— Après la guerre, lui demandai-je, quand vous l'avez connu, qu'a-t-il fait ?

— Au début, il a continué. Seulement il s'est montré de plus en plus réticent. McCarthy, la chasse aux sorcières — ce genre de choses l'a incité à poursuivre. Mais il n'était pas communiste et sûrement pas stalinien. Il avait supporté les Russes parce que cela semblait le meilleur moyen d'abattre les Allemands, mais avec le temps cette ligne de pensée devenait de plus en plus inconfortable.

— Seulement il était pris au piège.

— Oui.

— Par vous.

— Il était pris au même piège que moi, monsieur Thorne. Pourtant je crois que votre mère a compté beaucoup plus que moi dans les circonstances. Elle y croyait. J'étais prêt à le laisser se dégager en toute liberté, et c'est ce que j'ai fait — il a commencé par orienter différemment sa carrière pour ne plus avoir accès à des documents importants. Mais jamais, jamais votre mère ne lui aurait permis de rompre entièrement.

— Sauf qu'il l'a fait. Avec un fusil.

— Il avait passé une semaine terrible, la semaine du soulèvement en Hongrie, vous vous souvenez ?...

— Je n'étais qu'un enfant.

— Ce fut douloureux pour beaucoup de gens. Votre mère a pris peur et m'a téléphoné. Elle craignait qu'il ne se rende à la police. J'ai été saisi de panique, je l'avoue... En partie parce que j'avais justement envie de me livrer moi-même. Vous connaissez Hamilton. Je lui ai téléphoné pour lui demander de faire quelque chose — puisqu'ils travaillaient au même ministère tous les deux —, mais il a refusé. Cela m'a effrayé encore plus. Je savais que si votre père se livrait, j'étais un homme fini. Il avait trop d'honneur pour vouloir me trahir, je n'en doute pas. Mais il l'aurait fait.

— Que s'est-il passé ?

— Nous sommes venus ici et nous avons discuté. Je possédais cette cabane depuis des années, voyez-vous ; elle constituait un lieu de rendez-vous commode et discret entre Toronto et Washington — votre père m'avait aidé à la trouver... Il n'était plus lui-même. Les Russes n'avaient pas encore envoyé les chars mais il savait qu'ils allaient le faire — il avait accès à toutes les évaluations du Département d'État, et elles l'annonçaient. Je lui ai répondu qu'il n'avait aucune certitude et j'ai essayé de le calmer. Mais, bien entendu, il savait qu'il avait raison. Et pourtant je me suis toujours demandé si ce n'est pas justement pour cela qu'il s'est tué *à ce moment-là, avant* l'intervention des Russes. Pour pouvoir conserver un certain doute jusqu'à la fin, un doute qui représentait son dernier espoir, si faible fût-il, que les choses se passeraient différemment. En tout cas, il semblait très abattu, bourrelé de remords, et votre mère m'a fait parvenir un message. Je n'ai pas jugé sûr de venir ici-même, et nous sommes convenus de nous rencontrer dans les bois. Je me rappelle que je me suis demandé plus tard s'il n'avait pas apporté son fusil dans l'intention de nous tuer tous, mais, en fait, il s'est tué avant mon arrivée. Je me souviens, à l'instant de mon départ, d'une autre présence — je me suis toujours demandé...

— Oui, c'était moi.

— Je suis navré.

— Que s'est-il passé ensuite ? Quelle fut la réaction de ma mère ?

— En quel sens ?

— A votre égard.

— Elle s'est... elle s'est durcie, elle s'est blindée, pourrait-on dire. Elle a continué. Je ne le désirais nullement, mais elle l'a fait. Elle m'a transmis des ragots, des petits échos... C'était sans utilité mais cela lui donnait l'impression d'être importante, tout en me permettant... de garder un œil sur elle.

— Vous voulez dire, au cas où il lui passerait par la tête de vous trahir ?

— Cela ne m'a jamais préoccupé. Mais je me sentais responsa-ble... Même de vous, sans vouloir vous froisser. Quand nous nous rencontrions, elle me parlait souvent de vous. Une année, j'ai appris que vous étiez à New York en même temps que May, et j'ai fait en sorte que vous vous rencontriez... Je suppose que, pour cela aussi, je devrais vous présenter des excuses.

Avait-il des excuses à me présenter pour quoi que ce fût ? Sur le moment, je ne m'en souciai guère ; plus tard, j'en doutai. Mais ce qu'il me dit ensuite, même s'il l'entendait comme des excuses, valait cent fois mieux, car cela semblait expliquer tout. Sans doute essayait-il de me peindre un portrait de mon père, de me suggérer ce que je devais ressenti à l'égard de ses actes, mais ses paroles m'offrirent en définitive une image plus claire de lui-même, Harry Brightman.

« Je veux seulement que vous sachiez une chose, me dit-il, au sujet de votre père, de la personne qu'il était. Surtout, ne l'imaginez pas très différent de l'homme dont vous vous souvenez — ne surestimez pas l'importance de tout ceci. Vous l'avez connu, en tant que son fils, beaucoup mieux que moi. Ce que vous êtes, vous, constitue une indication plus fidèle de ses qualités que ne saurait révéler n'importe lequel de ses « secrets ». Et je n'essaie pas de vous consoler — en fait je voudrais vous prévenir contre le danger de l'idéaliser. Cette époque a été trop idéalisée, voyez-vous. On en a fait des films. On a conféré artificiellement à la dépression — et à la trahison — l'auréole dorée de la nostalgie. J'entends ça tout le temps. Les gens avaient peut-être tort, mais ils « s'engageaient ». Ils agissaient de travers, mais avec audace. Vous me suivez ? Philby, Blunt, Burgess, MacLean — on peut en faire des héros. Je peux même faire de moi un héros romantique, et vous serez peut-être tenté de voir votre père sous cet angle. Évitez-le, vous lui rendriez un mauvais service. Il est facile, avec le recul du temps, d'oublier les différents clivages entre les gens, mais j'ai vécu toute cette époque et, croyez-moi, ces clivages existaient. Le commu-nisme a attiré certaines personnes parce que le capitalisme s'effon-drait — les gens crevaient de faim —, et parce que les démocraties libérales devenaient fascistes. En principe, rien de honteux dans cette attitude ; étant donné les circonstances, envisager des options différentes ne manquait pas de sens ; et, à première vue, le communisme n'était pas plus mauvais que les autres systèmes. Mais seulement à première vue. Quand ils regardèrent de plus près, bon nombre de gens découvrirent assez de vérité pour s'en détourner. Tel fut le premier clivage — parce que, bien entendu, beaucoup d'autres personnes lui restèrent fidèles. Ensuite, chaque purge, chaque assassinat, chaque massacre, en élimina certains autres... Ce sont, si vous voulez, des sous-catégories de crédulité décroissante. Quelques-uns purent avaler ce qu'on leur raconta sur Trotski mais non sur Bakounine, et cela permit de les distinguer honorablement, par exemple, de ceux qui justifièrent encore Andropov lorsqu'il fit assassiner Imre Nagy à Budapest. Comparons, si vous voulez, les deux extrêmes. D'un côté du spectre, le communiste loyal et convaincu qui a quitté le parti au moment du pacte Molotov-Ribbentrop — et, à l'autre bout, les communistes loyaux et convaincus d'aujourd'hui, qui essaient encore de prétendre que le goulag a seulement existé parce que Staline était fou. Bien entendu je me condamne. Je suis resté trop longtemps convaincu et loyal, fidèle soldat de la barbarie — quoique l'expression soit en fait probablement trop généreuse, trop grandiose. En dernière analyse, je n'ai même pas servi une idéologie, mais un pays de second plan qui ne parvient même pas à se nourrir lui-même. Et si, vers la fin de ma vie, je suis tout de même parvenu à m'en rendre compte — à prendre conscience de l'évidence —, ce fut le résultat d'un pur hasard... May, comme vous le savez, fut un coup du hasard. Cette chance — l'avoir et l'aimer —, ce caprice des sentiments... est la seule raison qui donne encore un peu de sens à ma vie. Mais comparez-moi à votre père. Faites bien la distinction. Vous voyez ce que je veux dire ? Vous ne pouvez voir en lui un héros, mais accordez-lui cependant ce qui lui est dû. Il a vu la vérité. Pas tout de suite, mais avant beaucoup d'autres. Et alors que certains se sont soumis aux chantages — au sens littéral, à cause de leur culpabilité, ou simplement en raison des circonstances —, il a refusé... Jusqu'à un certain point, mais pas plus loin... Et le prix de son erreur, il l'a payé lui-même. » Il se tut un instant, puis haussa les épaules. « Pour moi, sa mort n'a pas été entièrement gratuite, car, lorsque je l'ai vu, gisant dans les bois, j'ai compris comme jamais auparavant : *Tout ce que je faisais ne revenait qu'à ça. Ne signifiait rien d'autre. Un cadavre de plus...*

Que pouvais-je répondre ?

Pas grand-chose, je suppose : c'était son dernier mot, il l'avait très bien dit et je n'avais ni l'expérience ni la sagesse qu'il aurait fallu pour le commenter. En outre, nous n'avions pas le temps. Il avait fait tout ce qu'il pouvait dans la cabane et j'avais rangé la carabine de Soubotine, une fois démontée, dans le sac que je devais porter — nous ne pouvions pas prendre le risque que la police, en remontant à l'origine d'une arme de cette puissance, tombe sur un homme qui s'était pris les pieds dans son fusil de chasse.

Chancelant sous le poids des cartons et des sacs, nous avons suivi le sentier jusqu'au chemin. Derniers problèmes : contourner avec la camionnette la voiture garée de Soubotine. Derniers détails : enlever l'étui de la carabine du siège arrière, glisser les clés derrière le déflecteur pare-soleil. Puis, sans allumer les phares, nous avons remonté le chemin jusqu'à la route où j'étais garé. Ma voiture attendait, personne ne l'avait touchée. Et personne ne nous avait vus, nous en étions certains. Toujours vêtu d'un chandail et d'un pantalon de Brightman, je descendis de la camionnette ; puis, pendant un instant, je me penchai à la portière. A présent — beaucoup trop tard — mon esprit débordait de questions, de questions auxquelles il était le seul à pouvoir répondre. Si May était devenue la clé de sa vie, comment l'avait-il trouvée ? Quelle était la vérité sur Dimitrov ? Et sur Grainger ? Que savait-il de Travin ?...

Peut-être vit-il tous ces points d'interrogation tourbillonner dans mon regard, et je crois qu'il prit plaisir à garder par devers lui ces mystères. Mais je décidai soudain de lui en offrir un — ou au moins de faire un échange. Car, lorsqu'il me tendit la main, je lui demandai d'attendre et me dirigeai vers ma voiture pour prendre la petite icône de voyage que Youri Chastov m'avait confiée.

— Pour May, lui dis-je, de la part de ses pères, le vrai et l'imaginaire.

Il la prit et l'ouvrit. Puis son regard fouilla le mien.

— Vous savez ? me demanda-t-il. Vous avez découvert ?

— Vous savez déjà tout ce que j'ai découvert, monsieur Brightman.

— Eh bien, je vous en supplie... Ne cherchez pas plus loin.

Et alors même que j'articulais les mots pour lui demander ce qu'il entendait par là, je compris que j'avais attendu trop longtemps. Il me lâcha la main et passa en marche arrière pour faire demi-tour.

Deux phares balayant une colline — dernière image de deux yeux d'or —, et Harry Brightman sortit de ma vie.

Mais pas tout à fait.

24

Une année s'est écoulée.

J'en ai sans doute connu de meilleures.

Mais j'ai survécu. Je suppose qu'on survit toujours. J'avais mon travail, la nécessité bénie d'être obligé de gagner ma vie, et même une compagne... La vie continuait et refusait de m'abandonner, malgré ce que je ressentais. Il est même possible que la tirade de Brightman ait joué son rôle en la circonstance. Ce que j'avais appris sur mes parents — l'histoire que la pierre tombale de mon père m'avait enfin contée — changeait bien des choses mais pas tout, et peut-être l'essentiel demeurait-il le même.

Quoi qu'il en fût, au printemps j'étais redevenu à moitié moi-même ; le mystère de la mort de mon père enfin résolu et admis, tous les autres mystères recommencèrent à me hanter. Dieu sait qu'il y en avait beaucoup. Le cadavre de Soubotine serait-il découvert un jour ? Loginov avait-il appris sa mort ? Qui était Travin ? Quel rôle avait-il joué ? Et qu'était-il arrivé à Grainger ?... En fait, deux ou trois coups de téléphone à Halifax me permirent de répondre à cette dernière question : le bonhomme avait survécu, semblait-il, et continuait son combat, dans sa clinique. Et, en retournant tous ces problèmes dans ma tête, je parvins à trouver quelques solutions, car j'étais maintenant à peu près certain de ce qui avait pu se passer.

Soubotine — de toute évidence — avait besoin d'argent pour financer les activités de son groupe ; grâce à ses contacts au sein des renseignements soviétiques, il avait appris l'existence de Brightman — découverte unique, c'est le moins qu'on puisse dire. Immensément riche et immensément vulnérable, le Renard valait la peine d'être débusqué, même sans l'atout supplémentaire des restes de

« l'or des fourrures ». Et Soubotine s'était lancé sur ses traces —
mais ensuite, supposai-je, il avait exercé des pressions trop fortes.
Je songeais à May. Autant que je sache, Soubotine l'avait laissée en
paix, et à vrai dire il était peu probable que Brightman eût confié
l'or à sa fille — un choix trop évident. Mais cela n'aurait pas
empêché Soubotine de la menacer pour faire céder Brightman ; en
fait c'était la menace la plus puissante qu'il aurait pu utiliser. *Trop*
puissante, cependant : dès qu'il l'avait utilisée, Brightman s'était
braqué. Pour Brightman, la sécurité de May passait avant tout, et la
seule fois où il l'avait exposée à un danger (en France, quand elle
était allée seule sur la péniche de Hamilton), c'est qu'il n'avait pas
pu faire autrement ; car il fallait qu'il s'assure que Hamilton avait
tenu sa promesse — sans révéler qu'il était lui-même encore en
vie.

Oui, Brightman était prêt, littéralement, à mourir pour sa fille, et
aux yeux de Soubotine c'était exactement ce qu'il avait fait. Mais
cela n'avait pas suffi à arrêter Soubotine ; car avec le dossier KGB
de Brightman entre les mains, il avait simplement remonté la piste,
d'un membre du réseau de Brightman à l'autre. Grainger, Berri,
Hamilton... Brightman avait dû laisser l'or quelque part et c'étaient
les meilleurs candidats. Et l'on pouvait expliquer de la même façon
la vieille énigme agaçante des raisons pour lesquelles Soubotine
s'était introduit chez moi. Peut-être avait-il voulu m'éloigner de
May en emportant le télégramme, comme je l'avais deviné, mais,
puisqu'il connaissait le réseau de Brightman, il était au courant du
rôle de mes parents et mon nom se trouvait donc peut-être sur sa
liste. Toutefois, même si c'était le cas, je n'avais guère d'importance à ce stade : mon rôle n'avait constitué un danger en puissance
que plus tard, après ma prise de contact avortée avec Travin —
conséquence directe : la surveillance de l'ancienne maison de ma
mère à Georgetown.

Ce qui ramenait sur le tapis une autre question : Travin. Aucun
moyen de savoir avec certitude. Évidemment, il était toujours
possible qu'il appartînt au KGB, mais plus j'y songeais et plus il
m'apparaissait comme un franc-tireur agissant pour son propre
compte. Il possédait la photographie de Dimitrov et tous les clichés
de May, et il avait tenté d'entrer en contact avec moi de son propre

chef. Voulait-il l'argent pour lui ? Avait-il d'autres objectifs politiques opposés à ceux de Soubotine ?

Sans pouvoir répondre avec certitude, j'échafaudai cependant
une théorie, fondée sur ses paroles au téléphone et sur le journal
découvert à la décharge de Berlin. Travin était un émigré appartenant à la vague d'immigration russe qui s'est abattue sur les
États-Unis depuis le début des années 1970. Depuis dix ans
maintenant, des dizaines de milliers d'anciens citoyens soviétiques
se sont installés à New York, Los Angeles, San Francisco et dans
d'autres grandes villes — trente mille uniquement dans le quartier
de Brighton Beach, à Brooklyn. La plupart d'entre eux sont des
juifs ; un très petit nombre sympathise avec les objectifs politiques
pour lesquels Soubotine agissait. Mais le nationalisme russe extré-
miste dont Loginov m'avait parlé possédait aussi ses adhérents au
sein de cette communauté d'émigrés, et le groupe Soubotine avait
peut-être utilisé ces sympathisants comme couverture, ou s'il avait
besoin d'un appui.

Si ma théorie tenait debout, Travin devait être l'un de ces
hommes ; Soubotine s'était servi de lui, puis avait coupé les ponts.
Sa tentative d'entrer en rapport avec moi l'avait condamné, mais il
en savait trop de toute façon. Il était au courant de Dimitrov ; il
connaissait — comment ? — le rôle de mon père (*Ce sera
personnel, une chose que vous n'aimeriez pas voir tomber dans
l'oreille d'un flic*), et il soupçonnait quelque chose sur les origines
de May : sinon pourquoi aurait-il pris toutes ces photos d'elle ?

De nouveau, je retombais sur le véritable mystère — May
elle-même. Qui était-elle ? Pourquoi, en réalité, Travin avait-il pris
ces clichés ? Et pourquoi Brightman, s'il désirait tellement la
protéger, n'avait-il pas simplement donné l'or à Soubotine tout de
suite. Je connaissais, ou croyais connaître, la réponse : en fin de
compte l'or n'avait compté pour rien, Brightman l'avait défendu
uniquement pour éviter la révélation d'un secret plus profondément enfoui. Quel secret ? Après toutes mes découvertes et toutes
mes théories, j'en revenais à mon point de départ, à la première
question que je m'étais posée : qui était May Brightman et
pourquoi était-elle aussi importante ?

A cette question, je n'espérais plus de réponse. En fait je
m'attendais à ne plus jamais recevoir de ses nouvelles. Par

l'intermédiaire d'amis communs, j'essayai de découvrir où elle était partie, mais nul ne le savait. Une lettre à Cadogan — l'avocat de Toronto — m'apprit qu'il l'ignorait lui aussi. A un certain moment, je m'en souvenais, j'avais eu l'impression que le secret de May devenait le mien et que mon secret se mêlait au sien. Cette impression persistait. Ce que j'avais appris sur mon père constituait la moitié de la vérité, mais je la voulais tout entière. Et je continuai de ruminer ces pensées jusqu'à la fin de l'été.

A présent, en tout cas, je savais une ou deux choses.

Son père naturel était Chastov — et non Brightman ou Georgi Dimitrov, j'en étais certain. Et sa mère, bien entendu, n'était pas Florence Raines mais une Russe qui, en 1940, avait essayé de sauver son enfant de la misère autour d'elle et du carnage qu'elle pressentait. Cela méritait réflexion. Cette femme devait être remarquable (sinon Youri Chastov l'aurait-il seulement épousée ?), car, si bien des femmes russes eurent à ce moment-là le désir de l'imiter, très peu réussirent. Elle possédait une sorte d'influence, un certain pouvoir, qui — en fin de compte — lui avait permis de faire venir Harry Brightman du Canada en Union soviétique.

Quel était ce pouvoir ? Pourquoi Brightman avait-il répondu favorablement ? Frustré, je repris les photographies de Travin, celles que j'avais trouvées dans le New Hampshire, espérant découvrir la réponse. Qui es-tu ? leur demandai-je. Et qui était ta mère ? Et pourquoi tout le monde s'est-il tellement intéressé à toi ?

Mais je n'aboutis à rien. Pendant quelque temps, je résolus de laisser tomber toute l'affaire. Mais j'en fus incapable, je ne cessais d'y revenir — ou bien elle revenait à moi. En septembre, une revue m'envoya un livre pour une critique, une histoire du Komintern à l'époque de Staline, et il y avait beaucoup d'éléments sur Dimitrov ; je repris donc la question sous cet angle. Et continuai de buter contre le même mur blanc. L'enfant n'était pas celui de Dimitrov et pourquoi se serait-il intéressé à la fille de Youri Chastov ? Surtout en 1940, alors qu'il avait d'autres chats à fouetter. Berri devait avoir raison : s'il avait sauvé cet enfant, c'était uniquement parce que cela pouvait le sauver, lui... Ce qui signifiait que May devait vraiment être une enfant miraculeuse.

Je ne renonçai pourtant pas et décidai en fin de compte que

Dimitrov était impliqué d'une manière ou d'une autre. En 1940, Harry Brightman s'était rendu à Povonets ; en 1940, les deux hommes et l'enfant avaient fait leur apparition à Halifax — coïncidence trop grande pour n'avoir aucune signification. Nuit après nuit, je réfléchis à ce que Leonard Forbes m'avait appris et je relus la lettre du Dr Charlie, celle dont Soubotine avait voulu s'emparer. Était-ce vrai, au moins en partie ? Sans doute. La photographie de Travin confirmait la présence de Dimitrov, et Brightman n'aurait pas monté toute l'affaire Florence Raines sans une bonne raison. Mais quelle raison ? Et pourquoi, d'ailleurs, était-il allé en Russie ? Grainger prétendait l'ignorer, et je le croyais volontiers. Toute cette histoire sur Brightman et la femme de l'entourage de Zinoviev — Anna Kostina — sonnait juste ; je veux dire par là que c'était bien le genre de mensonge que Brightman aurait fait.

Mais, à la réflexion, s'agissait-il d'un mensonge sans aucun lien avec la réalité ? Cadogan n'avait-il pas fait allusion, dès le départ, à des remords de Brightman au sujet d'une femme prénommée Anna ? Comme Grainger me l'avait fait observer, les meilleurs mensonges contiennent un germe de vérité. On pouvait donc raisonnablement se demander : Anna Kostina n'avait-elle pas réellement existé ? Leonard Forbes n'avait pas entendu parler d'elle, mais il ne connaissait pas tout, et je passai donc une journée à essayer de la débusquer. A ma vive surprise je tombai sur son nom presque tout de suite. *Kostina, AP,* dans l'index d'une des histoires classiques de l'Union soviétique. Et après l'avoir découverte, je commençai à la voir partout.

Exactement comme Grainger me l'avait appris, elle avait fait partie de l'entourage de Zinoviev, et elle avait été condamnée à un séjour au goulag pendant la première vague des purges — je ne pus trouver aucune mention de son existence après 1935.

Mais auparavant elle avait occupé la scène politique, quoique avec un rôle de troisième plan. Assez proche de Zinoviev pour être considérée comme sa confidente — sans probablement devenir sa maîtresse —, elle avait rempli pour le compte du dirigeant bolchevik plusieurs missions délicates. La plus intéressante avait eu lieu en 1917, car c'était Anna Kostina qui avait reçu, et transmis, l'ordre d'assassiner le tsar. Craignant que le soviet local prenne de son propre chef une décision différente, Lénine et Zinoviev avaient envoyé Anna Kostina à Ekaterinbourg, où le tsar et sa famille étaient détenus. Elle avait des ordres stricts sur le traitement qu'ils devaient subir, et un jeu différent de codes télégraphiques. Tout ce qui s'était produit par la suite était passé par ses mains...

Que pouvais-je penser quand j'établis cette relation ? La possibilité qu'elle soulevait était si peu probable, si peu respectable — si l'on se considère comme un professionnel dans ce domaine — que je l'écartai sur-le-champ. En tout cas j'essayai. Mais elle ne cessait de tourner dans ma tête. Était-il possible que la femme de Youri Chastov eût des prétentions personnelles aux armoiries qui se trouvaient sur la petite icône qu'il m'avait donnée ? Était-il possible que Travin eût pris toutes ces photographies de May parce qu'il voulait comparer son visage à un autre ? Était-il possible — ne serait-ce qu'une seconde — d'imaginer la survie d'une personne, une fuite, un instant de pitié ?

Si c'était possible, il devenait presque certain qu'Anna Kostina, et elle seule, avait su ce qui s'était passé.

Si un membre de la famille avait survécu au massacre, ce ne pouvait être que grâce à elle ; et si cette personne s'était enfuie plus tard, ou si on l'avait laissée s'en aller librement, cet instant de pitié ne pouvait venir que du cœur d'Anna Kostina. Par la suite, craignant de voir son manquement révélé ou regrettant son moment de faiblesse, elle avait dû suivre de loin le destin de son otage personnel, comprenant bientôt, dès que son propre destin inexorable lui apparut, quelle arme elle possédait.

Sauf qu'elle ne pouvait pas l'utiliser — *tant que l'enfant, ou l'enfant de l'enfant, se trouvait encore en Russie.*

L'enfant de l'enfant... Mais si Anna Kostina avait parlé à quelqu'un et si cette personne (Dimitrov ?) était parvenue à faire sortir l'enfant — à le mettre à l'abri des longues griffes de Staline —, cet enfant d'une puissance presque magique ?...

L'enfant de l'enfant...

Est-ce que je le croyais ?

Quelqu'un pouvait-il le croire ?

La Russie, selon les termes même de Pierre le Grand, « est le pays où arrivent des choses qui n'arrivent jamais ». Dieu sait qu'il avait raison à ce sujet.

Les semaines passèrent. L'été de la Saint-Martin arriva puis s'en fut, et je continuai de me demander si cela n'était pas justement une de ces choses « qui n'arrivent pas ». Jamais je ne pourrais le savoir — bien entendu. Mais en toute sincérité que croyais-je au fond de mon cœur ? Les croyances, comme chacun sait, résistent davantage aux érosions que les faits. Je restai donc indécis, sans trop savoir où j'en étais, jusqu'à la fin du mois d'octobre, où je reçus le seul signe, la seule aide que j'obtiendrais jamais : un message de May.

Sauf que ce n'était pas à proprement parler un message.

Seulement une photographie : May en train de sourire au soleil, avec quelques mots griffonnés au dos : « *Avec tout notre amour, M.* »

L'enveloppe portait le tampon de Schipol, aux Pays-Bas — c'est le grand aéroport d'Amsterdam —, et cela prouvait seulement qu'ils étaient en vie, installés (ou voyageant) dans n'importe quelle partie du monde. Et le cliché lui-même n'était guère plus révélateur. Il me rappela la photo qui s'était si bien fixée dans mon esprit, *prise par May, avec son Brownie personnel*, car elle suggérait précisément la compétence un peu lourde des clichés d'amateurs d'une génération élevée avec les appareils à soufflet : Harry Brightman s'était placé avec le soleil dans le dos et son ombre portée apparaissait au premier plan, tandis que sa fille, la lumière en plein visage, clignait des yeux. Elle était debout sur un quai. Amarrés non loin, de grands yachts, bien alignés, formaient une perspective magnifique et une mer bleue scintillait au-delà — peut-être Cannes, Rio, Palm Beach, n'importe quel endroit du monde où les riches passent leur temps ; peut-être la même scène prise des années auparavant, quand May avait appris qu'elle était adoptée...

J'étudiai son visage — pendant des heures et des heures. La femme que j'avais aimée. Était-elle heureuse ? Si elle était qui je croyais, le savait-elle ? Impossible à dire. La brise collait sa robe autour de ses jambes, elle était obligée de tenir son chapeau d'une main, mais on avait du mal à distinguer son expression. En fait, son visage n'était même pas au point : il n'était pas net parce que le point de l'image se trouvait derrière elle, vers le milieu de l'appontement des bateaux.

Et la dixième fois que je regardai, ce détail attira mon œil. May n'était pas nette parce que Brightman avait fait le point sur l'un des yachts, assez loin derrière elle. C'était un beau bateau ancien, pas un voilier mais un de ces vieux yachts à moteur diesel datant des années vingt : bois exotiques brillants et cuivres toujours astiqués.

Un après-midi, je pris une loupe et l'examinai attentivement.

Énorme, la proue relevée, très passé de mode, il avait les lignes fières d'une époque où les riches n'avaient pas peur de paraître riches : la cabine du pont, surélevée, était en teck verni avec amour et le nom du bateau s'y étalait en lettres d'or. Le style même des lettres me rappela à la fois Brightman et May — me rappela le caractère anachronique que May m'avait toujours paru posséder —, mais à la vérité, rien ne permettait de l'associer à ce yacht ou même, je le répète, à cet endroit particulier : peut-être ne faisait-elle que passer avec son père. Ils dépensaient leur argent, ils profitaient du décor, et leur présence là n'était que pure coïncidence... Mais — qu'il fût important ou pas — le nom de ce bateau jaillit sous ma loupe, brillant comme de l'or et clair comme la vie : une allusion, un espoir, ou bien un dernier message de Brightman ?... Croyez ce que vous voudrez. De toute manière, je ne peux dire que ce que j'ai vu, transmettre que ce que je sais. Et je sais que ce yacht s'appelait *Anastasia*.

Table

Aubin Imprimeur
LIGUGÉ, POITIERS

Achevé d'imprimer en décembre 1986
pour le compte de France Loisirs
123, bd. de Grenelle. 75015 Paris
N° d'édition 12103 / N° d'impression L 22382
Dépôt légal, décembre 1986
Imprimé en France